Ariadne Krimis: Inwiefern anders?
Ariadnes Spezialität ist spannender Lesestoff mit literarischem und aufrührerischem Anspruch. Der Suspense findet auf mehreren Ebenen statt, also nicht nur: Wer hat gekillt bzw. wird er oder sie überführt?, sondern zusätzliche Rätsel, Fragen, Unklarheiten, Gefahren, Ängste und Nöte. Der Erzählkosmos darf keine heile Welt sein, die mit der Lösung des Falls wieder blitzsauber wird – vielmehr zieht ein guter Krimi seine Spannung auch aus den Lücken, Grauzonen und Fehlern herrschender Moral und Rechtsvorstellung. Hier sehen wir die Herausforderung einer zeitgemäßen Krimikultur: eingängig und spannend Geschichten zu erzählen, die gesellschaftliche Widersprüche und Ungerechtigkeiten ausleuchten, Zweifel an kulturellen, moralischen, sozialen Selbstverständlichkeiten wecken, kritischen Argwohn gegenüber den gängigen Glücks-, Erfolgs- und Wohlstandsversprechungen schüren, zum Misstrauen gegen blinde Ideologien, Dogmen und Normen anregen.

Ariadne Krimis neigen zum Subversiven. Dass Frauen darin die Hauptrollen besetzen, war vor 20 Jahren ein Skandal, heute stehen wir damit nicht mehr allein. Die (Anti-)Heldinnen sind Figuren, die an den Rollenmustern rütteln und neue Wege zu gehen versuchen. Bei den deutschsprachigen Autorinnen suchen und fördern wir die, die mit dem Genre experimentieren, über den Tellerrand spähen, sich auf neues Terrain wagen. Krimis sind für uns eine Art Widerstandskultur. Das muss man natürlich nicht genauso sehen, man kann auch einfach unsere spannenden Bücher genießen.

Zu diesem Buch
Antiquarin Marie Baer stößt auf verschüttetes Stück Geschichte: Wanda, behütete Tochter eines brandenburgischen Gutsbesitzers, wird in einen Kriminalfall verstrickt. Was aussieht wie ein blutiger Familienstreit um wertvolles Bauland, entpuppt sich als mörderische politische Intrige. Der stille Chauffeur Justus Hansen steht Wanda zur Seite und wird ihr Vertrauter. Ihre Ermittlungen führen kreuz und quer durch das Berlin der Kaiserzeit, wo sich in rasantem Tempo Verkehr und Wissenschaft entwickeln: Der Zeppelin fliegt zum ersten Mal über die Stadt, das Kaiser-Wilhelms-Institut wird gegründet. Sie lösen den Fall – aber der Preis ist hoch …

Ein sinnlich-opulenter historischer Detektivroman, exzellent recherchiert und auf realen Fakten und Figuren beruhend, spannend verwoben mit aktuellen Ereignissen und sympathischen Charakteren aus dem heutigen Berliner Milieu.

Dagmar Scharsich, *1956 in Magdeburg, studierte Kultur- und Theaterwissenschaften und ließ sich am Prenzlauer Berg zur Pantomimin ausbilden. Seit 1989 arbeitet sie als freie Autorin. Für ihren Roman *Die gefrorene Charlotte* (4. Auflage als ariadne classic 011) erhielt sie den Brandenburgischen Literaturpreis.

Dagmar Scharsich

Der grüne Chinese

Ariadne Krimi 1180
Argument Verlag

Ariadne Krimis
Herausgegeben von Else Laudan
www.ariadnekrimis.de

Dagmar Scharsich bei Ariadne:

Die gefrorene Charlotte (ariadne classic 011)
Verbotene Stadt (Ariadne Krimi 1142)
Der grüne Chinese (Ariadne Krimi 1180)

Deutsche Originalausgabe

Glashüttenstraße 28, 20357 Hamburg
Telefon 040/4018000 – Fax 040/40180020
www.argument.de
Lektorat: Else Laudan
Satz: Iris Konopik
Umschlaggestaltung: Martin Grundmann
Druck und Bindung: CPI Moravia Books, Pohorelice,
Printed in Czech Republic
Gedruckt auf säure- und chlorfreiem Papier
ISBN: 978-3-86754-180-0
Erste Auflage 2008

Mehr über dieses Buch und seine Hintergründe
gibt es auf der Website:
www.dergruenechinese.de

Die Fliege weiß zuerst, was in der Gruft ist. Sie ist mit mir hereingekommen, aus der Hitze des Tages in die kühle Haupthalle des Doms. Während ich durch den Hauptgang laufe, auf den Altar zu, hastig die Wände absuche, die Durchgänge zwischen den Säulen, immer schwebt ihr Brummen neben mir. Auch als ich die Kaiserloge entdecke, habe ich ihr Summen im Ohr.

Ich steuere darauf zu. Hundert neugierige Zuschauer. Schwarzrotgelbe Absperrbänder mit dem Bundesadler vor dem Eingang. Wichtige Herren in Anzügen mit Funksprechgeräten überwachen den Einlass. Davon steht nichts in meiner Zeitung. Egal, ich dränge mich durch, laufe genau auf sie zu. Schon drei Meter vor der Pforte stellen sie sich mir in den Weg. *Kein Zutritt! Regierungsveranstaltung. Nur für Geladene!*

Ich bin geladen, und wie! Hektisch wedele ich mit der Zeitung. *Tut mir leid, dass ich mich verspätet habe, wirklich peinlich, wir blamieren uns vor der Kanzlerin. Ich bin Assistentin der Produktionsleitung, hurtig, Jungs, mein Chef macht mich zur Sau, ohne mich geht da unten nicht mal ein Scheinwerfer an!*

Keine gute Ausrede, aber auf die Schnelle fällt mir nichts Besseres ein. Ich lächele sie an, entschlossen und verzweifelt. Kaum zu glauben, sie nicken sich verständnisvoll zu. Einer hebt die Absperrung, ich schlüpfe hindurch, er läuft vor mir her, durch den Zugang zur Kaiserloge, in einen langen, spärlich beleuchteten Gang. Dort weist er auf den Anfang der Treppe. *Da geht's runter, Mädchen, nun lauf!* Er zwinkert mir zu. Ich mache mich schleunigst an den Abstieg. Modrige Schwüle schließt mich ein, trotz der Abluftanlagen. Mir bricht der Schweiß aus. Die Fliege summt dicht neben meinem Ohr. Am Fuß der Treppe der private Zugang von Kaiser Wilhelm II. zu den Grabgewölben seiner Vorfahren. Restauriert, mit Schautafeln ausgestattet, alle Särge und Sarkophage ausführlich deklariert. Auch hier Absperrbänder. Wegweiser ins Gewirr der geheimen Gänge unter Dom und Spree. Sicherheitsleute, Journalisten, Kameramänner. *Vorsicht, die Kabel! – Es hat schon begonnen! – Scht, Tonaufnahme!* – Ein Lamellenvorhang aus dicker Baufolie, das vertraute Summen neben mir, wir schlüpfen hinein. Zehn, zwölf Reihen von Klappstühlen, würdige Herren und Damen in schwarzen Anzügen, die Kanzlerin, der Innenminister, der Regierende Bürgermeister, Nachfahren der Kaiserlichen Familie, alle starren auf ein grünes Baunetz, breit gespannt über die hintere Seite des Raumes. Kameras, riesige Scheinwerfer, ARD oder ZDF, die Hofberichterstattung im Einsatz. Hinter dem Rednerpult der Ministerpräsident.

… freue ich mich, Sie heute zu diesem außergewöhnlichen Ereignis begrüßen zu dürfen. Ein bewegender Moment deutscher Geschichte. In wenigen Minuten wird diese Mauer hinter meinem Rücken durchbrochen. Von Ultraschallechountersuchungen wissen wir, dass sich dahinter ein Raum befindet, der auf keinem Grundriss des Berliner Domes verzeichnet ist.

Mir tritt Schweiß auf die Stirn, meine Hände zittern. Ich bin drin, gerade noch rechtzeitig! Das Summen ist immer noch neben mir. Es wechselt von meinem rechten zu meinem linken Ohr. Dann entfernt es sich plötzlich. Ein brummender schwarzer Punkt fliegt über die gut frisierten Köpfe, umkreist den Redner, lässt sich auf dem grünen Baunetz nieder, schlüpft durch ein Loch auf die Rückseite. Bauarbeiter mit erhobenen Vorschlaghämmern warten auf ihren Einsatz. Das Summen wird leiser, der schwarze Punkt erscheint über der Oberkante des grünen Netzes, wo eine unverputzte alte Mauer sichtbar ist.

Wenn ich nun das Zeichen gebe, werden wir diese Mauer einreißen. Ein durch glücklichen Zufall entdeckter, seit hundert Jahren verschlossener Raum wird vor unseren Augen sein Geheimnis preisgeben. Wir alle wünschen und hoffen mit Ihnen, verehrte Familie von Hohenzollern, dass wir hier die so lange verschollenen Sarkophage der Hohenwalder Linie finden.

Ja, das hoffe ich auch. Bitte, nur langweilige Särge von langweiligen Hohenzollern! Nicht eine junge Frau im eleganten Seidenkostüm mit schwarzen Schnürstiefeln, die vor einhundert Jahren hier eingemauert wurde, tot oder lebendig …

Mitten auf der Mauer verschwindet die Fliege in einer offenen Fuge. Sie ist drin. Ihr Summen verstummt. Der Ministerpräsident hebt den Arm. Der erste Hammerschlag saust auf die alten Steine nieder. Ich halte den Atem an.

Ich hatte eine Farm in Afrika, am Fuße der Ngongberge …

… Ich habe ein Antiquariat in Berlin, am unteren Ende der Großen Hamburger Straße, zwischen Oranienburger, August- und Linienstraße, mittendrin in der Mitte von Berlin.

Solange ich denken kann, bin ich hier. Und solange ich denken kann, gibt es Bücher für mich. Meinen Großvater kennen alle in dieser Gegend als Bücher-Willi, die alten Leute genau wie die jungen. Auch die Studenten der Humboldt-Universität kennen ihn. Sie müssen nur über die Museumsinsel und auf der Monbijoubrücke die Spree überqueren. Opa Willi hat Generationen von ihnen mit Büchern versorgt. Besonders in den Jahren, in denen Bücher knapp waren. Bückware eben. Opa kannte alle seine Kunden, er bückte sich unter den Ladentisch und holte für jeden das richtige Buch heraus. Lehrbücher, Dissidentenbücher, Kochbücher, Krimis, Bücher mit erhabenen Botschaften oder neuen Philosophien.

Das machte er für seine Kunden, und das machte er genauso in der Familie. Als ich geboren wurde, legte Großvater meiner Mutter die druckfrische Ausgabe von *Pierre und Marie. Die Entdecker des Radiums* auf ihre Bettdecke in der Charité-Frauenklinik. Botschaft: Auch eine Frau, die ein Kind hat, kann immer noch Großes vollbringen. Großvater Willi gab meiner Mutter einen Kuss und stand fast schon wieder in der Tür, als sie hinter ihm herrief. »Und wie soll das Kind nun heißen?«

Besinnliches Schweigen. Ihre Blicke müssen beinahe gleichzeitig auf das Buch auf der Bettdecke gefallen sein. Sie waren sich sofort einig. Opa Willi nickte. »Marie also, jut jut!«

Er lächelte Mama zu. Mir auch, in meinem kleinen Plexiglasbettchen. Dann hastete er mit wehenden grauen Haaren zurück zur Buchhandlung, an deren Tür er sein übliches Pappschild hinterlassen hatte. KOMME GLEICH WIEDER! Und für ganz eilige Kunden den Ladenschlüssel nebenan im Gemüseladen.

Marie, was für ein Name. Er klingt modern, wie von heute, und doch gibt es ihn schon seit 2000 Jahren. Die wirklich genialen Dinge fallen einem immer in ein, zwei Sekunden ein. Tagelanges Verhandeln führt meist zu geistigen Havarien. Das sieht man am Potsdamer Abkommen, wie Großvater immer wieder sagte, wenn in der Buchhandlung hinter vorgehaltener Hand von der Teilung Berlins die Rede war. Und das ist auch heute nicht anders. Im September war Bundestagswahl, danach haben sie wochenlang überlegt und verhandelt. Und was dabei wirklich herausgekommen ist, ahnen wir eigentlich immer noch nicht. Dabei weiß jedes Schulkind, wenn du eine Klassenarbeit in den Sand gesetzt hast, werden deine Fehler rot angestrichen, und du musst eine ordentliche Berichtigung machen. Aber hier gibt's keine Berichtigung! Der alte Kanzler darf gehen und hinterlässt uns den kompletten Bestand seiner gesammelten Katastrophen. Super! Mit mir wäre das nicht so gelaufen. Ich hätte völlig anders entschieden, und darüber hätte ich keine Minute nachdenken müssen.

Jut jut, so bin ich. Aber leider bin ich nicht immer so schnell. Wenn ich über Fritz nachdenke, das mache ich schon seit drei Jahren, ich denke und denke und es wird einfach nichts besser davon.

Ich hatte eine Farm in Afrika ...

Ich habe ein Antiquariat in Berlin, am unteren Ende der Großen Hamburger Straße, mittendrin in der Mitte von Berlin – und ich liebe es.

Jetzt, im Oktober, wenn die Touristen langsam weniger werden und sich manchmal eine ganze Stunde kein Mensch zu mir in den Laden verirrt, mache ich es mir auf dem grünen Polstersessel vor dem Romanregal bequem. Der Herbst ist trocken in diesem Jahr, ich schlage meine Ladentür weit auf, warme Luft flutet herein, die Sonnenstrahlen legen sich über die Auslagen im Schaufenster und den Fußboden. Der Lärm von Berlin ist zu hören. Vor meiner Ladentür eilen Fußgänger vorüber, rasen Autos durch die schmale Straße. Auch wenn jetzt vorne auf der Oranienburger nicht mehr die quietschende alte Straßenbahn fährt wie zu Opa Willis Zeiten, ist es hier lauter als früher. Hier kann ich hören, wie lebendig ich bin. Jut jut, Marie, Berlin, mittendrin, genau wie ich es will!

Die schönsten Tage sind die, wenn das Telefon klingelt und eine brüchige alte Stimme mich zu einer Bücherschrankbesichtigung einlädt. Oder eine graulockige Dame legt mir den kompletten 1. Jahrgang der SIBYLLE von 1956 auf den Ladentisch. Meist sind es alte Leute, die mir ihre Bücher verkaufen. Wenn sie in eine kleinere Wohnung ziehen, wenn sie ein Zimmer untervermieten wollen, wenn sie umziehen auf den Friedhof, wo ihre letzte Wohnung auf Erden eben keine Bücherregale mehr hat – dann kaufe ich ihre Bücher und verkaufe sie weiter an die jungen Leute, die jetzt in Scharen in diese Gegend ziehen.

Ich hatte eine Farm in Afrika, am Fuße der Ngongberge. Hundert Meilen nördlicher lief der Äquator durchs Hochland, aber die Farm lag in einer Höhe von über zweitausend Metern. Da spürt man tagsüber die Höhe, die Nähe der Sonne, aber die Morgenfrühe und die Abende sind klar und friedvoll, und die Nächte sind kalt.

Die geographische Lage und die Höhe haben vereint eine Landschaft geschaffen, die in der ganzen Welt nicht ihresgleichen hat. Nirgends ist etwas Üppiges oder Überschwängliches; es ist, als wäre Afrika hier gleichsam durch zweitausend Meter emporgeläutert zu einer starken und klaren Essenz seines Wesens. Die Farben sind trocken und glasiert wie Farben irdener Geschirre …

Wie schön diese Zeilen sind. Das ist eines meiner Lieblingsbücher, ich kann die Sätze längst auswendig. Aber nichts ist angenehmer, als ein altes Buch in der Hand zu haben. Dieses hier hat eine Prägung in Türkis und Gold, dünne raschelnde Seiten mit Goldschnitt, der schwere Buchdeckel legt sich wie ein Haustier in meine Hand. So mache ich es immer, ich lese die erste Seite. Nicht mehr. Die ersten Sätze von berühmten Romanen sind wie die Vorspeise eines Fünf-Sterne-Menüs. Ein großes Versprechen, das nie gehalten wird. Ein ganzes Buch lese ich selten.

Das ist eben heute so. Kein Mensch liest heute noch ein Buch nach dem anderen, wie damals zu Opas Zeiten. Heute gehen die Leute nach der Arbeit ins Kino oder nach Hause zum Fernsehen. Ein Film von zwei Stunden erzählt eine komplette Lebensgeschichte. Du kannst lachen und weinen, alles an einem Abend. 500 Seiten liest dafür keiner mehr. Und genau deshalb haben Bücher keine Zukunft. Sie haben allenfalls eine geduldete Gegenwart. Was bleibt, ist ihre große Vergangenheit. Die wirft man nicht einfach weg, Bücher gehören nicht auf den Müll, nur weil keiner mehr Zeit für sie hat. Und das ist der Grund. Darum habe ich aus Opa Willis Buchhandlung, als ich sie vor vier Jahren übernommen habe, ein Antiquariat gemacht.

Jut jut, Marie. Ich setze nicht auf die Zukunft von Buchhandlungen.

Für die nächsten 300 Seiten von *Jenseits von Afrika* habe ich sowieso keine Zeit. Es ist ein sonniger Tag. Die Touristen wandern. Frauen und Männer stürmen aus den Büros. Mit ihren superkorrekten Frisuren, schwarzen Anzügen und kurzen Mänteln hasten sie in der Mittagspause die Straße entlang. Plötzlich bleibt eine junge Frau vor meinem Schaufenster stehen. Eine abgeschabte Einkaufstasche drückt sie an sich, die aussieht, als hätte sie sie ihrer Oma gemaust. Sie heftet ihren Blick auf die Auslagen. Lange steht sie und guckt, tritt von einem Fuß auf den anderen.

Die Tür ist offen! Ich nicke ihr zu, lächele sie an. Nicht mal die ganz alten Damen brauchen so viel Aufmunterung, um über meine Schwelle zu kommen. Worauf wartet sie denn? Soll ich einen roten Teppich ausrollen?

Doch, sie kommt ja, aber erst nach dem dritten Lächeln. Ich habe genug Zeit, sie ausgiebig zu betrachten. Sie trägt einen Wollpullover über ihren Jeans, zu warm für das schöne Herbstwetter. Ihre dunklen Haare hat sie mitten auf dem Kopf zu einem Knoten zusammengesteckt. Berliner Portierszwiebel, würde Opa sagen. Der Frisur nach ist sie ungefähr 80. Aber ihre Augen gleiten flink über meine Auslagen, dunkel, hellwach. Wenn es nach den Augen geht, ist sie Mitte 30, wie ich.

Sie stelzt zu mir herein, ich bin längst aus dem grünen Sessel heraus und stehe ordentlich hinter meinem Ladentisch. Sie kommt auf mich zu und … reicht mir zur Begrüßung die Hand. Au je! Wir sind in Berlin! Kein Mensch hier begrüßt seinen Bäcker mit Handschlag, seinen Briefträger, seine Antiquarin. Freunde begrüßen sich mit Küsschen, rechts und links neben die Wange gehaucht. Aber niemals einen Handschlag. Mädchen, Mädchen, was bist du denn für eine?

Miss Portierszwiebel reicht mir ihr eiskaltes Händchen, guckt sich unsicher um. »Sagen Sie … ist das hier ein Antiquariat?«

»Gut erkannt. Suchen Sie etwas Bestimmtes?«

»Ich … nein … aber draußen über dem Laden steht BUCHHANDLUNG Baer … und jetzt wusste ich nicht …«

Opas alte Inschrift, na gut, daran hänge ich nun mal. Und die Leute finden schon selbst heraus, was das hier für ein Laden ist. »Sehen Sie sich ruhig um, Sie können stöbern, solange Sie wollen.« Das mache ich doch gerne, schüchternen Hinterwäldlerinnen erzählen, was in Berlin, Große Hamburger Straße, so Sache ist.

Zögernd wie ein Rehlein im Unterholz streicht sie an den Regalen entlang. Ihr Blick wandert hinauf und hinab. Sie sagt nichts, fragt nichts, nicht ein einziges Mal streckt sie die Hand nach einem Buch aus. Dabei würde ich ihr gerne ein paar Titel empfehlen, ein paar Anekdoten erzählen, sie müsste mir nur einen Hinweis geben. Gleich schlafe ich ein. Aber dann bleibt das Rehlein abrupt stehen, kommt entschlossen zum Ladentisch und legt ihre Einkaufstasche darauf. »Ich ... wissen Sie ... eigentlich suche ich gar nichts. Ich wollte Ihnen nur etwas zeigen.«

Im Nu bin ich wieder hellwach. Meine Enttäuschung über diese langweilige Kundin löst sich auf wie Zucker im Tee. »Ja, klar, zeigen Sie her!« In so einem Moment erbebt mein Antiquarinnen-Herz.

Sie zieht ein kleines Paket aus der Einkaufstasche. So groß wie ein Schreibheft, so dick wie ein Buch. Umständlich holt sie es aus einer Plastiktüte, löst einen dicken Papierbindfaden, schlägt es aus seinem Einwickelpapier. Und da liegen sie vor mir, vier uralte Groschenromane. Das obere Heft ist wie neu, das sehe ich sofort, fast wie ungelesen, Bestzustand. Irgendwann aus der Zeit zwischen 1905 und 1920 könnte es sein. Damals gab es *Rolf Brand – Der deutsche Sherlock Holmes*, *Master King* oder *Geheimpolizist Gerhard Rotenberg*. Diese Heftchen hat jeder gelesen in der guten alten Zeit, von der Gräfin bis zum Küchenmädchen, vom Grafen bis zum Kutscher. Die wurden immer weitergereicht, bis sie auseinanderfielen. Deshalb gibt es nur noch wenige gut erhaltene Exemplare, die tauchen kaum in Antiquariaten auf. Und davon ein ganzer Stapel? Ein kleiner Schatz! So etwas habe ich noch nie in meinem Laden gehabt. »Wo haben Sie die denn gefunden?«

»Ich ... ja ... Großmama ...«

Sie sucht umständlich nach Worten. Ich nicke ihr aufmunternd zu.

»Großmama möchte die Hefte ... sie würde ...«

»Sie verkaufen? Selbstverständlich kaufe ich die! Wissen Sie, wie viel Geld Ihre Oma dafür haben will?«

»Ich ... nein. Großmama weiß nicht. Und ich auch nicht. Was sagen denn Sie?«

Ich nehme den kleinen Stapel vorsichtig in die Hand. Vier Hefte. *Baronesse Wanda von Brannburg. Deutschlands Meister Detectivin.* Ich kann mich dunkel erinnern, von dieser Heldin habe ich in meiner Ausbildung gehört. Es gab hunderte Polizisten, Privatdetektive, Piloten und Oberförster, aber Frauen als Titelheldinnen gab es nur drei- oder viermal.

Obenauf in dem Stapel in meiner Hand liegt Heft Nr. 19. *Der Brautschmuck der schlesischen Herzogstochter.* Ganz klein über allem die Zeile: *Jeder Band ist vollständig abgeschlossen – 20 Pfennige (25 Heller, 20 Centimes).* Darunter ein fulminantes Titelbild. Die Porträtzeichnung einer jungen Frau mit weißem Rüschenkleid und dunklen aufgesteckten Haaren. Daneben eine Zeichnung, wie ein Foto aus einem Bühnenstück. Ein junger Mann im Frack mit einer Pistole in der hoch erhobenen Hand, der, von einem Schuss durch das offene Fenster getroffen, hintenübersinkt. Um ihn herum Damen und Herren aus den besseren Kreisen mit erschreckten Gesichtern. Bildunterschrift: *Mit einem lauten Schrei brach Heribert, der Mörder, auf derselben Stelle, auf welcher er gestern heimtückisch seinen Onkel niedergeschossen hatte, zusammen.*

Ach, freu dich, mein Antiquarinnen-Herz, die Sonne geht auf!

Vorsichtig schiebe ich den kleinen Heftstapel auseinander. Nur nichts beschädigen! Keine zerlesenen Titelblätter zerreißen! Aber die unteren Hefte sind genauso ungelesen und unberührt wie das obere. Und … Überraschung! Ich halte viermal *Wanda von Brannburg – Der Brautschmuck der schlesischen Herzogstochter* in der Hand. Ich sehe Miss Portierszwiebel an.

»Können Sie mir das erklären?«

Sie guckt wieder wie ein Reh, zieht die Schultern nach oben. »Ich weiß gar nichts davon. Großmama hat mindestens zwanzig von diesen Paketen. Sie sagt, die sind ihr im Weg …«

»Wie viele genau?«

»Wenn ich das wüsste. Die liegen ja hinten, im großen Schrank.«

»Sie soll ja nichts wegwerfen!«

Sie steht vor mir, tritt von einem Fuß auf den anderen, guckt mich erwartungsvoll an. Bambi!

»Am besten, Sie gehen jetzt nach Hause und packen Omas Päckchen zusammen. Bitte gleich zählen und alles aufschreiben, wenn's keine Mühe macht. Und dann kommen Sie mit dem Zettel her, damit ich Ihrer Oma ein Angebot machen kann!«

Wenn ich in den Spiegel gucke, sehe ich immer auch Opa Willi. Die dünne Nase, die wehenden glatten Haare haben wir beide, obwohl seine inzwischen weiß sind. Auch in der Figur ähneln wir uns, nicht wie ein Ei ... eher wie ein Buch dem anderen. Ich bin groß und hager wie er. Wenn ich aufgeregt bin, hebe ich beim Gehen meine Knie wie ein großer Kranich, genau wie Opa es macht. Wer uns nebeneinander sieht, könnte uns für Geschwister halten. Bei einer Brillenstärke ab 8,5.

Keine Ahnung, wie er das macht, aber wenn ich am Abend die Wohnung aufschließe und als Erstes mit Haarbürste und Lippenstift vor dem Flurspiegel stehe – immer springt sofort seine Zimmertür auf und er steht neben mir. »Marie, du wirst jeden Tag hübscher!«

»Danke, Opa. Du auch!«

Opa strahlt. »Jut jut, Marie, ich weiß ja, dass ich ein Schlingel bin!«

Stimmt, manchmal könnte er mir schon ein bisschen von der Pelle rücken. Aber ich mag ihn, so wie er ist. Opa Willi ist cool. Und wenn jemand mich fragt, ob ich es hin und wieder bereue, dass ich mit ihm in eine Opa-und-Enkelin-WG gezogen bin, dann ist meine Antwort Nein. Das würde ich jederzeit wieder tun.

»Marie, dein neuer Lippenstift sieht zum Anbeißen aus!« Da, kaum bin ich vor dem Spiegel, schon steht er wieder im Flur.

»Ja, Opa, der Lippenstift heißt auch zum Anbeißen. Pink Grapefruit.«

»Ist der jetzt in?«

»Wie man's nimmt. Fritz hat ihn mir geschenkt.«

»Ach so, der Fritz. Aber die Farbe ist trotzdem okay.«

Ich hake Opa unter und schiebe ihn langsam durch den Flur. »Du ahnst nicht, was ich heute angekauft habe!«

»Könntest du es beim Essen erzählen, Marie? Ich habe riesigen Hunger.« Seine große hagere Gestalt wankt mit unsicheren Schritten in Richtung Küche. Seine langen weißen Haare schaukeln hin und her, als ginge ein Wind durch unsere Wohnung.

»Opa, ich habe Abendessen für uns bei unseren Freunden im *Milano* geholt. Das ist dir doch recht, oder?«

Opa nickt. Sein flatteriges Jackett und seine wehenden Haare nicken mit ihm. »Bitte, von was für Freunden?«

»Von Luigi und Mario.«

»Ach, von den Italienern. Sag das doch gleich, Marie. Wenn wir früher gesagt haben *die Freunde* – weißt du, was wir damit gemeint haben?«

Ich bugsiere ihn vorsichtig auf den Küchenstuhl. Die vier kleinen Hefte lege ich auf dem Sideboard ab, nehme zwei Teller und drapiere Risotto Funghi und Broccoli al Gorgonzola darauf. Nach dem Essen könnte ich Werner in Hamburg anrufen. Oder den Kollegen, der das Comic-Antiquariat in der Bundesallee hat. Aber führt der auch Romanhefte vom Jahrhundertanfang? Hat der nicht frühestens die fünfziger Jahre?

»Marie! Hörst du mir überhaupt zu?«

»Ja, Opa, *die Freunde*, das waren immer die Russen, unsere Brüder, unsere Genossen, das hast du schon öfter erzählt.«

»Ja, Marie, ich weiß, dass das keiner mehr hören will. – Ich habe dich grade nach den Büchlein gefragt, die auf dem Küchenschrank liegen. Das sind doch nicht etwa Comics? Seit wann kaufst du denn so was an?«

»Ja, irgendwie sind das schon Comics, allerdings aus der Kaiserzeit. Eigentlich eher Groschenhefte. Hast du die früher nie gehabt?«

Opas Blick folgt hungrig meinen Bewegungen, während ich Tomaten aufschneide und Salbeipesto und Pepperonicreme auf unsere Teller verteile. Dann schweift er wieder zurück zu dem Heftchenstapel. »Ich? Comics? In meiner Buchhandlung? Gott bewahre! Nicht gelesen und nicht verkauft. Sind die denn irgendwas wert?«

»Nachher rufe ich Werner in Hamburg an, der wird es mir sagen.«

»Jut jut, Marie, mach mal!«

Nach unserem köstlichen Mahl nimmt Opa im Vorbeigehen ganz unauffällig ein Heft und humpelt in sein Zimmer. Ich verschwinde in meinem, setze mich an den Schreibtisch und wähle die Nummer von Werner in Hamburg. Werner hat auch so ein Kiez-Antiquariat wie ich, wir haben uns vor drei Jahren auf einem Kongress der Antiquare im Europa-Center kennengelernt. Seitdem mailen wir uns. Oder ich rufe ihn an, wenn ich Rat brauche. Manche Sachen weiß er einfach besser als ich.

Werner geht nicht ran. Schließlich lege ich den Hörer auf. Schade. Bleibt nur das Internet. Werner ist immer nett zu mir, Google nicht. Meine erste Suche nach Wanda von Brannburg sagt mir, dass WANDA eine Abkürzung für Water Analysis Data Advisor ist. Außerdem finde ich den Aufruf zu einem internationalen Praktikantenaustausch vom Landesbauernverband Brandenburg, bei dem Wanda Wodarski, ausgestattet mit einer ellenlangen Telefonnummer, die Ansprechpartnerin ist. Eine Seite erläutert, dass es einen Fisch namens Wanda gibt. Und noch ein Hinweis: *Zukerman performs the Brandenburg Concertos with the New York Philharmonics*. Ah ja.

Jut jut, Marie. Noch während ich das Wort Groschenheft eingebe, schrillt das Telefon genau neben meiner Hand.

»Marie – nie rufst du mich an!«

Wenn dieser Satz nicht von meiner Mutter kommt, dann kommt er von Fritz.

Fritz ist ein kleiner König. Sein üppiges blondes Haar wallt um seinen Kopf wie eine goldene Krone. Um seine runden Hüften trägt er schwarze Hosen aus Büffelleder. Meistens auch Lederstiefel und ein Lederjackett. Und ein schneeweißes Rüschenhemd. Einen mattschwarzen Binder. Man muss was aus sich machen, sagt Fritz, Kleidung muss teuer sein, jeder Kunde muss sehen können, wie erfolgreich man ist.

Ich versuche es mit meiner üblichen Ausrede. »Ach, Fritz, du weißt doch, dass es schwierig ist mit dem Anrufen. Das Geschäft ...«

Er fängt an zu lachen. »Dein Geschäft? Von einem Geschäft kann man sprechen, wenn man Umsatz hat. Und – treten bei dir hundert Kunden am Tag das Linoleum platt? Du kannst dir kein Auto leisten. Dein Handy ist von kurz nach dem Zweiten Weltkrieg. Du hast nicht einmal eine Wohnung für dich.«

Es hat nicht viel Sinn, ihm zu widersprechen. Er hört sowieso nur, was er hören will. »Ich wohne mit Opa zusammen, weil ich das so möchte!«

»Gut, Schätzchen, lass uns nicht lange palavern. Ich komme morgen. Und dann gehen wir ins *Weinhaus Huth* und essen mal ordentlich.«

»Ich will allerhöchstens ganz kurz ins *Milano*!«

Er bricht schon wieder in sein höhnisches Lachen aus. Schließlich macht er mir gerade ein Superangebot, vornehm Essen gehen am Potsdamer Platz, mit ihm höchstpersönlich. »Marie, du kannst nicht immer nur arbeiten!«

Doch, das kann ich. Wenig Geld verdienen kann genauso viel Zeit in Anspruch nehmen wie viel Geld verdienen. Vielleicht sogar mehr Zeit. Manchmal muss man sich richtig ins Zeug legen. Aber das mache ich gerne. Ein Abend mit Opa und mit meiner Arbeit ist manchmal schöner als ein Abend mit Fritz. Kurzweiliger, spritziger, interessanter. Nein, nicht manchmal. Eigentlich immer. Sollte ich ihm das mal sagen? Schließlich habe ich es schon vor drei Jahren bemerkt, gleich als ich ihn kennenlernte. Aber so ist das mit den Dingen, über die man zu lange nachdenkt. Mist, Mist, Mist. Meine Laune sinkt in den Keller. Wenn wenigstens Werner zu erreichen wäre. »Mach's gut, lieber Fritz, meine Pflicht ruft!« Ich lege auf, Tonstörung.

Ich schicke Werner eine SMS. Kurz wie ein Telegramm. *Was weißt du über Groschenromane der Kaiserzeit? Habe ein Angebot, mehrere Hefte. Was zahlt man dafür?*

Dann begebe ich mich wieder zu meinem Nicht-Freund Google. Unter dem Suchwort *Groschenheft* habe ich mehr Treffer als vorhin bei *Wanda*. Es gibt eine Internet-Auktion, auf der Sammler ihre Suchanzeigen veröffentlichen. *Warte auf Einstellungen von alten Romanheften! Fred Gunther's Abenteuer, Fürst Petroff, Harry Pitt's Abenteuer, Harry Taxon und sein Meister, Jim Buffalo – Der Mann mit der Teufelsmaschine, Kapitän Axel Holm's Abenteuer* … eine Aufzählung von mehr als zwanzig Titeln, ganz unten in der Liste die Meisterdetectivin Wanda von Brannburg. *Jedes einzelne und gut erhaltene Groschenheft gesucht. Bitte nur Originalhefte. Bezahle pro Heft bis zu 100 Euro.*

Ach? Für diese vier kleinen Wanda-Heftchen will der Mann 400 Euro zahlen? Ich würde gerne anrufen, ihn ein bisschen ausfragen. Aber da steht keine Nummer, die ich wählen kann. Ich kann ihm nicht einmal mailen, es sei denn, ich klicke auf den Knopf *Angebot machen* und biete ihm eines der Heftchen an. Aber das kommt überhaupt nicht in Frage. Das ist mein Angebot, nicht seins!

Auf der nächsten Seite, die ich öffne, erscheint nach drei Sekunden die Meldung, dass ich sofort ein Programm installieren muss, das meinen Computer vor Überlastung und vor dem Eindringen von Viren schützt. Die Meldung ist so gestaltet, als würde sie von meinem eigenen Betriebssystem stammen, aber sie ist voller Schreibfehler. Ich klicke sie weg, folge dem Pfad, der mich zu den Namen von Sammlern von Comics und Groschenheften bringen soll, da erscheint die Meldung von neuem. *Dringent! Instaliere jetz dem Programm!* Ich schließe die Meldung, klicke die nächste Seite auf. Wieder öffnet sich mitten auf der Seite das blaue Feld.

Wahnsinn! Wegklicken. Weg! Ich hasse das Internet! Ich hasse meinen Computer, der mich vor diesen dummen Leuten nicht schützt.

Noch ein Versuch. Ich gebe mein Lieblingswort ein. *Antiquariat.* Google führt mich zu einem Adressbuch der Büchersammler und Antiquare. Groschenhefte kaufen viele an. Ein Kollege aus Schöneberg sammelt Heftchen aus allen Zeiten, Filmprogramme und Taschenbücher. Ich greife zum Telefon. Es ist neun Uhr abends, weit außerhalb seiner Öffnungszeiten, aber er geht sofort ran.

Er hat den Mund voll, kaut ohne Hast sein Abendessen hinunter. Dann erzählt er mir ruhig und freundlich, wie extrem selten diese Hefte sind. Schließlich sind die nicht alt, die sind uralt. Baronesse Wanda von Brannburg, das war doch noch zu Zeiten von Kaiser Wilhelm. Und dann eine weibliche Heldin … nie kriegt man so etwas in die Hand. Vor fünf Jahren hatte er mal zwei gut erhaltene Exemplare, die konnte er für 75 Euro verkaufen.

»Also eines für 37,50?«

»Nein, beide zusammen für 150. So selten sind die.«

Wanda von Brannburg
Deutschlands Meister Detectivin

Sammlung hervorragender Criminal-Novellen aller Länder, genau nach den Tagebüchern der Baronesse von Brannburg
Dreizehn Jahre im Kampf gegen die internationale Verbrecherwelt

Der Brautschmuck der schlesischen Herzogstochter
Von Emil Eggert-Breslau

1. Kapitel
Das Verbrechen auf der Kleinbahn

Die drei Inhaber der bedeutendsten Berliner Juwelier-Firma »Jakob Helder, Langenstein & Komp.« saßen in ihrem hinter dem Geschäftslokal gelegenen Privatkontor in eifrigstem Gespräch.

»Aber ich verstehe gar nicht, wie Sie noch im Zweifel darüber sein können, ob wir den Wunsch des Herzogs erfüllen sollen oder nicht«, sagte der Kompagnon Fritz Hartmann, ein junges, schneidiges Herrchen, zu seinen beiden Geschäftskollegen, zwei alten bedächtigen Herren. »Der Herzog ist seit Jahren unser bester Kunde, der prompt und ohne zu handeln bezahlt, was er gekauft oder bestellt hat, und da darf es doch wohl gar keine Frage geben, ob wir wollen oder nicht.«

Der junge Herr nahm bei diesen Worten einen offen daliegenden Brief vom Tische und las denselben nochmals durch, trotzdem er dessen kurzen Inhalt fast auswendig kannte.

Schloss Montesberg/Schl.
Privatkabinet
Seiner Hoheit des Herzogs
Mont von Montesberg

An die Firma J. Helder, Langenstein & Komp., Berlin

Ich ersuche Sie, mir umgehend die gesamte Kollektion Schmuck, welche ich bei meinem Dortsein zur engeren Wahl zusammengestellt hatte, durch einen zuverlässigen Mann hierher zu senden, da ich verhindert bin, nochmals nach dort zu kommen, wie ich dieses beabsichtigte.

Ich komme selbstverständlich für die durch meine erneute Disposition entstehenden Unkosten auf; außerdem ist Ihnen ja bekannt, dass mein Einkauf nicht unter 300 000 Mark betragen wird, weshalb Sie mir auch alles, was ich zur engeren Wahl gestellt, schicken wollen.

Der von Ihnen zu sendende Bote soll gleichzeitig meinen Familienschmuck mitnehmen, damit Sie an demselben die von mir gewünschten Änderungen vornehmen können.

Sie wollen also einen absolut sicheren Menschen mit der Sache betrauen.

Mit Hochachtung
Mont, Herzog von Montesberg
auf Montesberg

»Na, Opa, was sagst du?« Ich lege das Heft hin, gucke ihn erwartungsvoll an.

»Und du meinst wirklich, dass dir jemand für so einen Unsinn 75 Euro bezahlt?« Opa kuschelt sich in sein Bett, ich erhebe mich träge aus seinem Liegesessel und stopfe die Decke um ihn herum. »Noch die Wolldecke, bitte, mir klappern die Zähne. Soll man nicht denken, bei den sonnigen Tagen.«

»Das ist dein Kreislauf, Opa. – Doch, der Antiquar in Schöneberg hat eindeutig 75 Euro gesagt.«

»Aber das ist echter Mist! Ich hab's doch gelesen. Alle zwei Seiten passiert ein neues Verbrechen. Der Bote mit dem Schmuck wird erschossen. Dann stirbt der alte Herzog. Dann diese Schauspielerin. Zum Schluss auch noch Heribert. Ich bitte dich, Marie, dazu dieser Stil! Das ist jenseits aller Literatur! Das hat keine Sprache, keine Poesie!«

»Ich mache hier nur ein Geschäft, Opa. Da gibt es Sammler, die unbedingt diese Hefte besitzen wollen. Es gibt eine alte Dame, die sie loswerden will. Und dazwischen bin ich.«

»Ich verstehe die Welt nicht, Marie. Aber jut jut, wenn du sie verstehst!«

»Schlaf schön, Opa.«

Die Tür knarrt ein wenig beim Schließen. Ich gehe hinaus auf den Balkon. Unsere Wohnung liegt im Dachgeschoss, nicht gerade seniorengerecht. Von hier oben haben wir einen Blick über unseren Hof, auf den winzigen Baum, den sie vor ein paar Jahren im Nachbarhof gepflanzt haben als Ersatz für den, der schon vor dem Krieg dort stand. Rechts ragt der Turm der Sophienkirche über das Dach vom Seitenflügel, über das Hinterhaus guckt der Fernsehturm. Die Wohnung ist ruhig. Im Erdgeschoss bläst jemand seinen ganzen Weltschmerz durch sein Saxophon. Die türkische Familie zwei Häuser weiter hat ihr Radio aufgedreht und überschwemmt uns mit Heimatklängen. Vorne auf der Straße fahren immer noch Autos. So schön ist Berlin.

Ach, Opa, leicht verständlich finde ich die Welt auch nicht. Eher wie ein Kreuzworträtsel. Keiner sagt dir die Fragen, aber du sollst die Lösungen eintragen, genau passgerecht. Du musst alte Gedanken wegstreichen, neue Ideen finden. Was dabei herauskommt, sieht aus wie ein ägyptisches Hieroglyphenfeld. Auf diesem Papyrus mache ich Inventur, jeden Abend. Erstens, zweitens und drittens.

1. Ich habe meine Umsatzsteuervoranmeldung für das nächste Quartal immer noch nicht gemacht. Spätestens Ende der Woche werde ich Ärger mit dem Finanzamt kriegen. 2. habe ich morgen vielleicht das größte Geschäft seit Eröffnung meines Ladens vor mir. Und 3. Fritz … na ja, weiß ich auch nicht. Er gibt sich Mühe mit mir. Und ich gebe mir eben auch Mühe.

Über allem hängt schwer und halb verdeckt von Wolken ein strahlender Vollmond. Jut jut, Marie, mal abgesehen von erstens, zweitens und drittens geht es mir eigentlich gut.

Ich hatte eine Farm in Afrika, am Fuße der Ngongberge. Die drei Inhaber der bedeutendsten Berliner Juwelier-Firma »Jakob Helder, Langenstein & Komp.« saßen in ihrem hinter dem Geschäftslokal gelegenen Privatkontor in eifrigstem Gespräch.

Mein Lippenstift heißt heute Strawberry Fields. Ich habe meine Haare zu einem Sixties-Dutt hochgesteckt und trage ein Twinset, das Strawberries und Fields miteinander vereint: Grün und Rot. Allerdings kann ich mich immer noch nicht überwinden, meine Umsatzsteuervoranmeldung zu machen. Stattdessen sitze ich im grünen Plüschsessel und blättere in einem Buch. Eigentlich warte ich, dass Miss Portierszwiebel endlich ihre Liste oder besser gleich alle Romanhefte in einer Kiste zu meiner Tür hereinträgt.

Die Frau lässt sich Zeit. Eine Stunde vergeht, eine weitere. Draußen scheint freundlich die Sonne. Aber das sonnige Herbstwetter täuscht. Heute Morgen, als ich in dünnen Pumps, Pullover und Strickjacke meinen Laden aufschloss, war es erschreckend kalt. Gegen elf stürmt eine kleine Reisegruppe mit rheinländischem Akzent aus dem Tor vom Sophienfriedhof und strandet vor meinem Schaufenster. Sie betrachten die Auslagen mit den Berlin-Bildbänden und den kulturhistorischen Büchern. Einer nach dem anderen kommt herein, zwölf Mal klappt meine Ladentür. Alle Reisenden, die hierherkommen, sind auf der Suche nach den Geheimnissen des Scheunenviertels und der Spandauer Vorstadt. Sie kaufen Insider-Bildbände und Insider-Reiseführer, keiner kauft jemals einen Roman, es sei denn, er spielt hier im Viertel. Und alle sind ein dankbares Publikum für meine Anekdoten.

Ich habe ein breites Repertoire für sie. Diese Gruppe erfreue ich mit meiner Erzählung über Wilhelm Krützfeld, den beherzten Reviervorsteher der Polizeiwache 16 am Hackeschen Markt Ecke Rosenthaler. Er verhinderte in der Nacht vom 9. November 1938 den Brand der Neuen Synagoge in der Oranienburger Straße. Ringsum brennen in Deutschland die jüdischen Gotteshäuser, da wedelt er dem SA-Trupp, der die Synagoge anstecken soll, mit seiner Pistole und einer Denkmalschutzerklärung von Kaiser Wilhelm I. vor den Gesichtern herum. Er stellt sich vor die Herren der SA, kanzelt sie ab wie freche Jungs, die etwas Dummes tun wollen, schickt sie nach Hause. Und die, wirklich, lassen sich von ihm ausschimpfen und gehen! – Diese Geschichte spiele ich immer mit verstellter Stimme und verteilten Rollen. Das wirkt echt bedrückend. Für gewöhnlich hängen die Touristen an meinen Lippen. Sie wissen nie, wie es ausgeht, und warten mit eingezogenen Köpfen das schreckliche Ende ab. Gerade stehe ich mit gezogener Dienstwaffe in der hoch erhobenen Hand vor den Nazis und rede streng wie ein Vater auf sie ein, da reißt Miss Portierszwiebel die Tür auf und stürmt in meinen Laden. Die Touristen zucken zusammen, als hätte ich auf sie geschossen.

»Bitte … haben Sie für mich Zeit?«

Klar habe ich Zeit für sie, sieht man ja. »Nur einen Moment Geduld bitte, meine Liebe.« Ich versuche es noch einmal mit meiner bedrückenden Rede, senke meine Stimme bedrohlich …

»Bitte, es ist dringend … Großmama wirft die Hefte weg.«

Das ist allerdings ein Argument. Ich lasse meine Dienstwaffe sinken. Die Touristen wenden sich enttäuscht den kulturhistorischen Auslagen zu. Für gewöhnlich schließe ich meine Vorstellung damit, dass ich ihnen drei, vier ultimativ subversive, authentisch recherchierte und wissenschaftlich tadellos untermauerte Quellenwerke aus meinem Bestand ans Herz lege, die allesamt noch dazu großen Unterhaltungswert haben. Aber jetzt eilt es. Ich ziehe einfach ein paar Bände von Knobloch, von de Bruyn, Fontane und Brussig aus dem Regal und werfe sie auf den Ladentisch. »Die empfehle ich Ihnen besonders. Wenn Sie sie kaufen wollen, legen Sie einfach das Geld auf den Holzteller. Dann schließen Sie ab und bringen den Schlüssel nebenan in den Gemüseladen.«

Sie gucken mich an, als wären sie mitten in einen Film geraten. *Lola rennt*. Oder doch eher *Ein Käfig voller Narren*. Diese Kunden werden nie wiederkommen.

Ich schnappe mein Handy vom Schreibtisch im Hinterzimmer, greife mir meine Handtasche, packe Miss Portierszwiebel am Arm und springe zur Tür. »Behalten Sie meinen Laden in guter Erinnerung!« Und weg sind wir. Schnell noch den Kopf um die Ecke in Anorags Laden gesteckt. Er stapelt gerade Kisten mit Äpfeln und Auberginen in seine Regale. »Bist du so nett und guckst mal – ich habe noch ein paar Leute im Laden!«

Anorag lächelt freundlich. Wir laufen los.

Ach … mein Schild. Ich muss noch einmal zurück. »Anorag … ich habe mein KOMME-GLEICH-WIEDER-Schild vergessen. Würdest du bitte …?«

»Aber sischa, sischa, nun ge schonn, ge!«

Wir eilen die Straße hinab. Sie läuft vor mir, mit wehender Winterstrickjacke. Nach den ersten Metern wird sie langsamer, ich überhole sie, sie bleibt hinter mir zurück. Wo laufen wir eigentlich hin? Wer führt hier wen?

»Wo wohnt denn die Oma?«

Sie ist vollkommen außer Atem. »Geradeaus … In der Oranienburger …«

Also richtige Richtung. Das nennt man Intuition. Oder einfach Glück. Wir laufen. Am Edel-Schnickschnack-Laden vorbei, am AARTI und am Kunsthof. Ich keuche, sie keucht lauter als ich. Nun rennt Lola doch noch. Zwei Lolas rennen. Eine von beiden bricht gleich zusammen.

So schlimm wird es dann doch nicht. Wir müssen nicht mal bis zur Synagoge. Sie stoppt unvermittelt wie ein D-Zug. Da ist ein freundliches kleines Restaurant, das die Markisen tief über seine Straßentische heruntergezogen hat, so dass die Gäste vor dem Herbstwind geschützt sind. Neben dem letzten Tisch eine breite hochherrschaftliche Haustür. Wir werfen uns dagegen und drücken sie auf.

Alles ist tadellos renoviert. Der lichthelle Flur so hoch wie ein Kirchenschiff, eine altmodische Portiersloge zieht sich über die ganze Seite. Auf einer ausladenden Treppe mit schmiedeeisernem Blütengeländer fließt ein plüschiger roter Teppich nach oben. Wir hasten die Stufen hinauf. Mit zitternden Händen schließt Miss Portierszwiebel die breite Wohnungstür auf.

»Großmama? Wo bist du?« Wir treten ein. Die Tür fällt hinter uns ins Schloss. Ein dunkler Korridor, nirgendwo dringt ein Lichtschein herein. Ein leises Klicken, sie drückt auf einen Schalter, über uns flammt ein Kronleuchter auf. Wir stehen in einem Raum, der von oben bis unten mit Nussbaumholz getäfelt ist. Vielleicht ist es auch nachgedunkelte Kirsche? Opa wüsste das gleich. Auf die Felder der Täfelung sind chinesische Blumen und Vögel gemalt. Darunter eine lange Reihe von Garderobenhaken, an denen Jacken und Mäntel hängen. Nichts Modernes, alles in Schwarz oder Dunkelblau, fast wie Uniformen, goldene Knöpfe und goldene Tressen. Und da, hinten in der Ecke, ist das ein Säbel? Wo sind wir hier eigentlich? Im Kostümfundus der DEFA?

Sie stürmt vor mir her, lässt mir nicht viel Zeit, diese Pracht zu betrachten. Jetzt übernimmt sie endlich die Führung. »Kommen Sie, schnell!«

Sie öffnet eine Tür, läuft geradeaus, vorbei an einer altmodischen Sitzgruppe, an goldgerahmten Gemälden, hohen Flügeltüren, biegt links um die Ecke, wieder Türen, Gemälde, mehr als im Bode-Museum. Schließlich bremst sie ab und bleibt vor einer Tür stehen. Vorsichtig drückt sie die Klinke hinunter, sieht ins Zimmer hinein, zieht den Kopf wieder zurück und klopft an.

Keine Antwort.

»Großmama, bitte … ich komme jetzt rein.« Nein, das ist kein Museum, das ist ein Irrenhaus.

Der Raum ist taghell. Die Vorhänge sind zugezogen, überall strahlende Leuchten und Spiegel. Auf einem Lesetisch brennt eine Tiffany-Lampe mit tiefblauem Schirm. Ein blaues Sofa, voll mit Kissen und Polstern. Ein altmodischer Damenschreibtisch mit geschwungener Arbeitsplatte, eine uralte Frisierkommode, vollgestellt mit Familienfotos, ein schmales Bücherregal. Vor einem geöffneten Kleiderschrank, umgeben von kleinen verschnürten Päckchen, kniet eine alte Dame. Schlohweiße Haare, gerade geschnitten zu einem Bubikopf, thronen über einem schneeweißen Blusenkragen und langem schwarzem Kleiderrock. Wache Augen gucken durch dicke Brillengläser. »Wer sind Sie denn?«

Bevor ich antworten kann, steht sie auf, ohne jede Hilfe. Sie ist nicht sehr groß, aber schlank und drahtig.

»Sind Sie von der Müllabfuhr? Habe ich vorhin mit Ihnen telefoniert?«

»Ich … nein.« Ich bin die Irrenwärterin mit der Zwangsjacke, aber ich brauche gleich selber eine. Unsinn, verworrene Situationen hab ich mit Opa schon oft erlebt. Auch er hat hin und wieder demenzielle Ausfälle. Das hier wird mich nicht umhauen. Wozu habe ich das Buch über Validation gelesen? Erste Regel: nicht widersprechen. Gehen Sie in den Schuhen des alten Menschen. Begeben Sie sich in seine Welt und versuchen Sie nicht, ihn in Ihre zu holen. »Doch, ja, von der Müllabfuhr bin ich schon …« Zweite Regel: W-Fragen stellen. Wer, was, wie, wo zuletzt gesehen? »Was soll ich denn abholen?«

Sie zieht ihre Augenbrauen nach oben, schüttelt den Kopf. »Was denn nun, junge Frau? Erst sagen Sie, Sie wären nicht von der Stadtreinigung. Dann fragen Sie, was Sie abholen sollen. Sie sollten sich für *eine* Lüge entscheiden! Gesine, hol den Wäschekorb!«

»Ja, Großmama.«

Schön, Miss Portierszwiebel hat einen Namen. Während Gesine in den Flur rennt, stehen die alte Dame und ich uns gegenüber und haben viel Zeit, uns zu mustern. »Ich würde mich gerne bekannt machen. Ich bin Marie Baer, mir gehört das Antiquariat in der Großen Hamburger Straße.«

»Ach? Das, was früher mal die Buchhandlung war, von diesem Herrn … Bücher-Willi?«

Ich nicke. »Das ist mein Opa.«

Sie streckt mir die Hand entgegen, nickt mir würdevoll zu. »Die Ähnlichkeit mit Ihrem Großvater ist nicht zu übersehen. Wegen der Sache mit der Müllabfuhr würde ich mich schämen an Ihrer Stelle. Ich bin Rose von Reventlow. Darf ich fragen, was Sie zu mir führt?«

Ich bemühe mich, es zu erklären. Gesine mit der Zwiebelfrisur unterstützt mich mit keinem Wort. Sie packt gehorsam die verschnürten Pakete in den altmodischen Wäschekorb. Ich versuche zu zählen, möglichst ohne dass die alte Dame das bemerkt. Fünfzehn Pakete, siebzehn, zwanzig … Es ist ein riesiger Korb, die Badetücher einer ganzen Hoteletage hätten bequem darin Platz. Jetzt wird er randvoll.

»Die wollen Sie aber nicht in den Müll werfen, oder?«

»Doch. Ganz bestimmt.«

»Sie könnten mir ein oder zwei Pakete mitgeben, damit ich Ihnen ein Angebot machen kann.«

»Nein.«

»Verstehen Sie denn nicht? Jedes einzelne Heft ist wahrscheinlich 50 Euro wert!«

»Ich verstehe sehr wohl, liebe Frau Baer. Aber das hier sind die Abfälle meines Lebens, die verkaufe ich nicht.«

»Das würde Ihnen viel Geld bringen!«

»Was soll ich mit Geld? Ich habe alles, was ich brauche.«

»Vielleicht machen Sie eine Reise?«

»Mein liebes Kind, ich bin dreiundneunzig.«

»Dann geben Sie es Ihrer Enkelin!«

»Gesine kann von mir alles haben, was sie will. Sie muss es nur sagen.«

Mein Blick schweift kurz zur Seite, diese Gesine steht neben mir, mit niedergeschlagenem Bambiblick.

»So, meine liebe Frau Baer, und jetzt gehen Sie bitte. Auch wenn der nette Herr Willi Ihr Großvater ist, wir beide kommen nicht ins Geschäft. Gesine, stell den Wäschekorb in die Flurgarderobe. Ich rufe noch einmal die Müllabfuhr an.«

Gesine packt die Henkel vom Wäschekorb und versucht ihn zu heben. Braves Mädchen. Das schafft sie natürlich nicht. Sie ändert die Taktik, hängt sich an eine Seite vom Korb und zieht ihn über den Fußboden. Zehn, fünfzehn Zentimeter, weiter kommt sie nicht.

Die alte Dame reicht mir die Hand. »Es hat mich gefreut, Sie kennenzulernen, Frau Baer. Oder sagen wir lieber, teils-teils.«

Ich reiche ihr überhöflich die Hand, lächele ihr zu wie die bravste Knigge-Schülerin, greife den zweiten Henkel vom Wäschekorb und hebe an. Gesine stapft neben mir. Der Flur ist breit genug für uns beide. Der Weidenkorb knarrt unter der schweren Last. Die alte Dame schreitet mit kräftigen Schritten hinter uns her.

Schweigend laufen wir an den Zimmertüren vorbei. Die alte Dame steuert eine Tür am Ende des Flures an, Gesine biegt mit mir zur Garderobe. Lenkt mich in einen kleinen Raum. Lange Mäntel, breite Federhüte, schwarze Schnürstiefel. Schon wieder der Kostümfundus der DEFA, Abteilung Historienfilme. Wir stellen den Korb auf einen Hocker, der sich gut eignen würde, um darauf Schnürstiefel zu binden.

Gesine streckt ihren Rücken. »Es tut mir leid, dass sie die Päckchen nicht rausrückt. Jetzt war alles umsonst …«

Wieso denn? So schnell gebe ich nicht auf! Ich greife in den Wäschekorb und bediene mich. Neige mich zu Gesines Ohr. »Lassen Sie sich was einfallen! Bringen Sie den Korb in den Keller. Verstecken Sie ihn.«

Hinten im Flur erschallt eine kräftige Stimme. »Gesine, ich hoffe, du bringst Frau Baer bis zur Tür!«

»Ja, sicher, Großmama!« Sie guckt mich flehentlich an. Aber ich mache nicht, was sie will. Ich mache, was ich will! Die drei Päckchen, die ich mir aus dem Wäschekorb genommen habe, lege ich nicht zurück.

Ich öffne die Wohnungstür. »Auf Wiedersehen, Gesine! Leben Sie wohl, Frau von Reventlow!« Mit schnellen Schritten springe ich die Treppe hinab.

In meinen Laden kommen viele Touristen. Sie laufen durch Berlin-Mitte, die Nationalgalerie und das Bode-Museum, wandern vom Alexanderplatz ins Nicolaiviertel und die Linden hinunter bis zum Brandenburger Tor. Dort teilen sich die Touristenströme, die einen sehen sich das neue *Rosmarin-Karree* an und die glas- und stahlblinkenden *Galeries Lafayette*, die anderen kommen zu uns in die Sophienstadt und suchen das alte Berlin.

Aber auch die Leute vom Kiez kommen zu mir. Der Bäcker, der Fleischer, der Apotheker, die Nachbarn, die schon seit Opas Zeiten hier leben, alle verkaufen mir ihre alten Bücher. Und es kommen die ganz jungen Leute, zwanzig Jahre alt, fünfundzwanzig, sie tragen Klamotten aus den Golden Sixties und erobern das Viertel für sich. Ihnen verkaufe ich den Geist dieser Gegend, ihre Vergangenheit. Romane vom Ende des Ostens, Bildbände von Volker Döring und Harald Hauswald. Alte Stadtpläne von Ost-Berlin, auf denen hinter der Mauer nur schneeweiße Landschaften lagen.

Manchmal sagen sie mir, in welcher Straße sie eine Wohnung gefunden haben, in welchem Haus, in welcher Etage. Wenn mir die Adresse bekannt vorkommt, sehe ich in meiner Buchführung nach. Wer hat dort vorher gewohnt? Habe ich Bücher von da angekauft? Dann suche ich genau diese Bücher in meinen Regalen zusammen, schwärme den jungen Leuten vor. Und manchmal geht es auf. Die Bücher kehren in ihre alte Wohnung zurück. Ich packe sie ein, aber ich sage kein Wort darüber. Kreise, die sich schließen, mögen Zwanzigjährige überhaupt nicht. Aber ich! Ich mag Zeitschleifen. Und deshalb ist es so schade. Die Baronesse Wanda von Brannburg, Deutschlands Meisterdetectivin, kommt leider nicht aus dem Kiez. Nicht einmal aus Berlin. Schade, aber nicht zu ändern.

Bis zum Mittag passiert gar nichts. Ich setze mich im Hinterzimmer an meinen Schreibtisch und fülle die Umsatzsteuervoranmeldung aus. Der Nachmittag beginnt herbstlich und ruhig, keine Kunden. Eine

Gruppe von Schwestern in Diakonissentracht wandert hinüber zur Sophienkirche, keine macht einen Abstecher zu mir. Es kommt auch keine Zwiebelfrisur, um die verschnürten Päckchen zurückzufordern. Niemand. Nichts. Mittlerweile hatte Gesine drei Stunden Zeit.

Jut jut, Marie, dann greife ich eben zu. Ich mache es mir im grünen Sessel bequem und schnüre das erste Päckchen auf. Dicker brauner Papierbindfaden, feste Knoten, mehrere Lagen Einwickelpapier.

Überraschung: schon wieder eine Zeitschleife! Es ist alles wie gestern. Ein kleiner Stapel Hefte, viermal der gleiche Titel von Baronesse Wanda von Brannburg, Deutschlands Meisterdetectivin. Alle sind, als wären sie gestern gekauft, ladenneu, Bestzustand. Die Geschichte in diesem Paket heißt *Die Todesfahrten der Berliner Droschkenkutscher.* Doch Berlin?

Im zweiten Päckchen sind vier ladenneue Hefte von *Der Verbrecherkönig von Hamburg.* Schade, doch nicht Berlin. Die vier Hefte im dritten Paket heißen *In den Lasterhöhlen von Budapest.* Nein, nicht Berlin, nicht mein Kiez. Jut jut, Marie, aber Geschäft ist Geschäft.

Wanda von Brannburg
Deutschlands Meister Detectivin

Sammlung hervorragender Criminal-Novellen aller Länder,
genau nach den Tagebüchern der Baronesse von Brannburg

Der Verbrecherkönig von Hamburg
Von Emil Eggert-Breslau

1. Kapitel
Dem Gefängnisse entronnen

Die beiden Wärter, die in der Abteilung für Schwerste Verbrechen im Hamburger Hauptgefängnis ihren Dienst taten, saßen ruhig bei ihrem Mittagsmahle. Der Umgang mit Dieben und Mördern, der ihnen über die Jahre zur alltäglichen Pflicht geworden war, konnte sie nicht davon abbringen, sich ihrem bescheidenen Mahl zu widmen, welches ihre treuen Ehefrauen ihnen wie immer zur Mittagszeit an das Tor des Gefängnisses gebracht hatten. Schweigend beugten sie sich über ihre Eßgeschirre, als ein laut ausgestoßener Schrei sie gänzlich unerwartet aus ihrer Ruhe brachte.

»Mann entflohen! Mann entflohen!«

Vollkommener Pflichterfüllung gewiß, erhoben sich beide von ihrem Sitzplatz und strebten dem vergitterten Fenster zu, um festzustellen, woher der Schrei gekommen war. Doch schaffte der Blick aus dem Fenster für sie keine Befriedigung ihrer Wißbegierde. Blitzschnell warfen sie ihre Eßbestecke zurück auf den Tisch und gaben sich, schon im Laufen begriffen, Hinweise für ihr weiteres Vorgehen.

»Auf den Hof hinunter!« rief der ältere der beiden. »Die Hoftür verschließen, die Ausgänge im Auge behalten!«

Da schwebt im Schein der späten Nachmittagssonne ein riesiger gelber Rosenstrauß zu mir in den Laden.

»Du rufst ja nie an! Und da ich gerade hier in der Nähe bin ...« Fritz zieht mich aus meinem grünen Sessel, schließt seine Arme um mich. Die Ärmel von seinem Lederjackett knarren neben meinen Ohren. »Um halb sechs beginnt die Nachmittagsvorstellung. *Flightplan – Ohne jede Spur*. Los, wir schaffen das noch! Wenn du jetzt deine Ladentür zuschließt, merkt das doch eh keiner.« Wenn Fritz mich überreden will, lässt er seine Stimme wie die Synchronstimme von Brad Pitt klingen. Das muss er geübt haben. Johnny Depp kann er auch. Wenn er nach zwei Flaschen Wein richtig in Stimmung ist, kann er sogar Robert Redford. »Marie! Diese eine Stunde! Nun komm!«

Oh nein! Es ist gar nicht eine Stunde, es sind zwei. Und es ist mein Laden, ich halte ihn offen, solange ich will. Ich will nicht ins *Weinhaus Huth* und nicht ins Kino! Ich mag keine Katastrophenfilme, nichts mit Flugzeugen und klaustrophobischer Enge, nichts mit Kindern, die plötzlich verschwinden. Da müsste ich zwei Kannen Baldriantee in meinen Rotwein mischen, damit ich hinterher schlafen kann. Und diese Katastrophen, die nach Kino und Rotwein in meinem Bett passieren, die mag ich nun überhaupt nicht. »Ach, Fritz, lassen wir das.«

Da steht er mit seinen Rosen, reißt seine hellblauen Augen auf, strahlt mich an wie ein Leuchtturm in dunkler Nacht. Das Nein kommt gar nicht bei ihm an. Er drückt mir die Rosen in den Arm, geht ins Hinterzimmer, kommt mit meinem Ladenschlüssel zurück. Total von sich überzeugt. Er ist der Tollste, der Schönste, der Klügste, er hat hellblaue Augen und er ist blond. Wenn sein Haar sich frisch gewaschen um seinen Kopf wellt, zieht er die Blicke sämtlicher Frauen auf sich. Damit hat er Erfolg. Der erfolgreichste Autoverkäufer von Berlin. Nächsten Monat macht er sein eigenes Autohaus auf. BMW, selbstverständlich. Natürlich in Steglitz, wo er zu Hause ist.

Er hat einfach alles. Es gibt nur noch eins, was ihm fehlt. »Ach, Marie, wann hörst du endlich auf mich und machst deinen Laden dicht?« Brad Pitt.

»Wie meinst du das – *dicht*?«

»Ganz einfach: Zumachen! Schließen! Schluss, aus!« Brad Pitt, immer noch, säusel, säusel.

»Und wovon soll ich leben?«

Er bleibt vor mir stehen, den Ladenschlüssel in der Hand. Sein Gesicht knautscht sich zu diesem reizenden Lächeln, mit dem er mich immer einwickelt. Schon ahne ich, was er gleich sagen wird. Halt bloß die Klappe, Fritz, sag nichts! »Ich brauche jemanden, der mir das Büro führt, wenn ich jetzt mein eigenes Autohaus habe.« Seine Augen strahlen. Meerblau. Dabei ist dieses Meer furchtbar flach. Es gibt so viele Frauen, meint Fritz, die immer wieder darin ertrinken. Aber sosehr ich mich auch bemühe, ich schaffe das nicht. »Marie, komm, heirate mich! Du musst dir nie wieder Sorgen machen!«

Oh nein! Jetzt auch noch Johnny Depp!

»Na, was sagst du, Marie?« Er strahlt. Ein Nein gibt es für ihn nicht. Er zieht nicht einmal die Möglichkeit in Betracht. Wenn ich jetzt nichts sage, dann hat er von mir ein Ja gehört, laut und deutlich. Dann gibt es Verwicklungen, die das ganze diplomatische Corps der deutschen Regierung nicht mehr aus der Welt schaffen kann.

Los, Marie, sag Nein. Sag es! »Ich … Fritz … ich glaube nicht …«

Ein Feigling bist du, Marie! Sein Lächeln bleibt unerschütterlich, seine Lippen formen schon an dem Wort Bedenkzeit, da reißt jemand meine Ladentür auf. Wir fahren herum, als hätte man uns bei einem Banküberfall ertappt.

Die kleine Gestalt von Rose von Reventlow schreitet mit kräftigen Tritten preußisch gerade auf meinen grünen Plüschsessel zu. »Frau Baer! Ich bin wirklich sehr ungehalten. Sie sagen mir bitte sofort, wo sie ist.«

Oh mein Gott. Diese Frau kommt auf die Sekunde genau richtig. Oder nein, eigentlich doch nicht: Die Romanhefte, die ich heute Morgen aus ihrem Wäschekorb entwendet habe, liegen auf meinem Ladentisch. Das gibt Ärger … aber nur, wenn sie die Hefte sieht. Und das muss sie ja nicht. Mit großem Schwung lege ich den Blumenstrauß quer über den Ladentisch. Greife Fritz bei den Unterarmen und bugsiere ihn so, dass er die Hefte mit seinem Rücken verdeckt. Das dauert nur eine Sekunde und ist geschafft, bevor sie neben mir steht. Fritz lächelt immer noch. Alles ist vollkommen harmlos.

Ein wenig irritiert starrt Rose von Reventlow durch ihre dicken Brillengläser in das grinsende Halbmondgesicht. »Kennen wir uns, junger Mann?«

»Sie kennen ihn nicht, Frau von Reventlow, aber ich mache Sie gerne bekannt.«

»Nein, danke vielmals, das ist sicher nicht nötig. Ich wollte zu Ihnen, mein Kind. Um es kurz zu machen: Es hat keinen Sinn, sie hier zu verstecken. Sie kommt doch immer wieder zu mir zurück. Ersparen wir uns diesen Umweg!« Die Haare in ihrem weißen Bubikopf sträuben sich wie bei einer kampflustigen Katze. Sie übersieht meine Hand, mit der ich ihr Platz in dem grünen Sessel anbiete. Ihr heller Blick huscht durch meinen Laden, über die Rücken der Bücher, die hohen Holzfronten der Regale, den Eingang zur Hintertür. Ihre Stimme wird plötzlich laut. »Gesine! Wenn du hier bist, dann komm raus! Wir können über alles reden. Bitte sei nicht so dickköpfig!«

Fritz dreht sich langsam zur Hintertür. Eben war er dort und hat meine Schlüssel geholt. Vertrauen heischend lächelt er zu Rose von Reventlow hinab. »Aber da hinten ist niemand, gute Frau!«

»Ich bin nicht Ihre gute Frau, junger Mann! Und wenn meine Gesine nicht da ist, dann merke ich das alleine, ist das klar?« Sie fixiert mich mit ihrem Blick, eine Minute vergeht, eine zweite. Schließlich schreitet sie an mir vorbei und wirft einen Blick in den hinteren Raum. Ganz langsam entspannt sie sich. »Nun gut. Dann eben nicht. Aber wenn Sie sie sehen, Frau Baer, sagen Sie ihr …«

Die kleine Frau beginnt plötzlich zu wanken. Ich greife nach ihren Armen, schwenke sie herum, setze sie auf den grünen Sessel. »Ich hole Ihnen ein Glas Wasser!«

Fritz steht sofort in den Startlöchern. »Das kann ich doch!«

»Nein, Fritz! Du bleibst genau da, wo du bist.« Ich eile ins Hinterzimmer.

Ihr Blick wird wieder klarer, während sie trinkt. Sie mustert mich immer noch, ihre Stimme klingt beinahe freundlich. »Wir haben gestritten, Gesine und ich. Ich fürchte, sie tut etwas wirklich Dummes.«

»Sie meinen ... wegen der Romanhefte?«

Rose von Reventlow verzieht schmerzvoll den Mund. »Ach, diese alten Hefte, darüber streiten wir nicht. Nein ... es ist vielmehr ... ich hoffe, sie fährt nicht zurück auf das Gut. Sie kann sich nicht ihr Leben lang hinter Kühen und Kartoffeln verstecken. Sie muss eine Entscheidung treffen!«

Ich nehme ihr das leere Glas aus der Hand. Wir sehen einander ins Gesicht, prüfend. Vorsichtig wage ich einen kleinen Vorstoß. »Wenn die Hefte für Sie nicht so wichtig sind, warum verkaufen Sie sie dann nicht?«

Sie verzieht wieder das Gesicht. Bitter. Keiner ist da, der sie versteht. »Ach ... das bringt mir alles kein Glück. Was vergangen ist, soll vergangen sein. Schluss damit. Aber diese Hefte hängen wie Mühlsteine an meinem Genick.«

»Kann ich irgendetwas für Sie tun?«

Sie presst die Lippen zusammen, beginnt langsam zu nicken. »Überzeugen Sie sie, dass sie zu mir zurückkommt. Oder sagen Sie mir wenigstens, wo sie ist.«

»Das werde ich tun. Wenn ich von ihr höre. Haben Sie Telefon?«

Ein empörter Blick trifft mich. »Natürlich habe ich ein Telefon. Ein erstklassiges Siemensgerät von 1950. Aber es hat keinen Sinn, bei mir anzurufen, ich gehe nicht ran, wenn es läutet.«

»Gut, dann komme ich zu Ihnen. Ich klingele zweimal kurz, zweimal lang an Ihrer Wohnungstür. Und dann öffnen Sie mir!«

Rose von Reventlow nickt.

An den meisten Tagen besteht mein Leben aus einer fortlaufenden Reihe von Kompromissen. Aber das ist gut so, das gibt mir eine gewisse Sicherheit, denn wenn ich plötzlich alles so machen dürfte, wie ich will, würde ich mein Leben vielleicht nicht mehr wiedererkennen.

Zuerst gehen wir zu Jodie Foster ins CinemaxX am Potsdamer Platz. Dann überrede ich Fritz, wir gehen nicht sofort ins *Weinhaus Huth*, wo ich mich mit Perlhuhn und Austern aus der Bretagne verwöhnen lassen soll. Stattdessen fahren wir mit der S-Bahn in die Oranienburger

Straße zurück. Ich nehme Fritz am Ellenbogen und dirigiere ihn sanft die Stufen zum *Milano* hinauf. Sogar die Tür halte ich für ihn auf.

»Was wollen wir denn hier? Ich denke, du musst dich um Opa kümmern?«

»Ich hole nur das Abendessen für ihn. Geht ganz schnell.«

Die Salumeria ist rappelvoll. Luigi steht hinter seinem Ladentisch mit dem gläsernen Aufsatz voller Delikatessen und lächelt uns breit entgegen. »Ah, Marie, wie geht's, alles tutti paletti? Buona sera, Signor Fritze! Wir haben uns lang nich gesehn.« Dann schreit er quer durch den Laden. »Mario, schau mal, Marie is hier!«

Mit umbrischer Grandezza balanciert Mario zwischen Tischen und Stühlen hindurch, stellt das Tablett mit den leeren Gläsern ab und schließt mich in seine Arme. »Marie, buona sera!«

Ich spüre, wie Fritz hinter meinem Rücken erstarrt. Nicht eben leise nörgelt seine Stimme an meinem Ohr. »Sag mal, was hast du mit diesen Mafiosi? Kaufst du hier Spaghetti oder gehst du mit denen ins Bett?«

Mario stellt sich stolz vor die Auslagen mit den leckeren Vorspeisen. »Guckte mal – was wollt ihr? Mozzarella Caprese mit frische Tomate und Basilikum, iste heute sehre gut. Carpaccio di Manzo mit frische Champignons? Broccoli al Gorgonzola? Wir haben heute eine wunderbare Tiramisu, schwimmte in Eierlikör, iste einfach phantastisch.«

Ich stehe vor ihm, lasse seine Worte auf meinen Gaumen wirken. Luigi hält schon das erste Schüsselchen in der Hand. »Na, schwer zu entscheiden? Iste für Opa? Oder wollt ihr mit nach Hause nehmen für euch?«

»Nein, für Opa. Aber wir könnten hier essen, nicht wahr, Fritz, meinst du nicht auch?«

»Waas? Nicht ins *Weinhaus Huth*? Ich hab einen Tisch bestellt!«

»Ach, das macht nichts. Bitte, Fritz, da rufen wir an.«

»Marie, du machst mich verrückt!«

Ich nehme von dem Carpaccio. Lasse mir noch eine extraheiße Portion Rigatoni al Gorgonzola einpacken, die gerade in dieser Minute fertig sind. Wenn ich schnell laufe, sind die Rigatoni noch warm, wenn sie auf Opas Teller liegen. Schon habe ich die Türklinke in der Hand. »Bis gleich!«

Fritz guckt mich an, völlig entgeistert. »Hast du nicht eben gesagt, wir essen jetzt?«

»Willst du, dass Opa vor Hunger die Nachbarn zusammenschreit?«

»Marie, kannst du dich endlich entscheiden!«

»Das habe ich schon. Du bleibst hier und suchst schon mal aus, was wir essen. Ich bin gleich wieder da.«

Luigi drückt mir die Tüte in die Hand. »Ich hätte da noch eine Fahrrad. Iste meine alte Sportrad. Rischtisch schnell.«

»Das würdest du mir leihen?«

»Sicher. In fünfe Minuti kommst du wieder zur Türe herein.«

Fünf Minuten? Das ist schwer übertrieben. Ich blinzele ihm zu. Seeräuberblick, alter Schwede. Meine Augen wandern langsam hinüber zu Fritz. Was mache ich bloß mit ihm?

Luigi versteht mich sofort. »Und du, Signor Fritze? Kennst du den 1998er Salice Salentino ›Candido‹?« Fritz schüttelt grimmig den Kopf.

Luigi winkt Mario, der legt vertraulich den Arm um ihn. »Ah, siehst du. Na dann komme. Ich gebe dir unsere schönste Tische. Und den 1999er Primitivo di Manduria DOC ›Miali‹ kennst du wahrscheinlich auch nicht, eh? Ah, siehst du, siehst du, du wirst dich nicht langweilen bei uns.« Sie entschwinden in die Tiefe der Salumeria.

Luigi hält mir ein kleines Schlüsselbund vors Gesicht. »Die Fahrrad stehte hinten im Hof. An die Gitter von Kühlraum geschlossen.«

Ich strahle ihn an. Und schon bin ich weg. Inzwischen ist es dunkel geworden. Luigis altes Sportrad hat glücklicherweise eine Lampe unter dem Lenker. Sie ist altmodisch, aber sie funktioniert. Beim Rücklicht bin ich nicht so sicher. Ich verdrehe den Kopf und versuche einen Blick auf das Hinterrad, während ich in die Pedalen trete und in die Auguststraße einbiege. Aber ich kann kein brennendes Rücklicht sehen. Wird schon gutgehen. Es ist kühl auf dem Rad, ich halte noch einmal an und binde meinen Schal über den Jackenkragen. Dann schmeiße ich mich in den Fahrtwind. Feuchter Staub wirbelt hinter mir auf. Autos kommen mir entgegen. Die Auguststraße ist keineswegs gut beleuchtet. Die Große Hamburger auch nicht. Die Schaufenster vom REMAKE schimmern abweisend. Die beiden Mädchen im CUT & GO wühlen zu später Stunde jungen Leuten in den Frisuren herum. Die Tüte mit Opas Abendbrot schaukelt an meinem Lenker. Der Sand macht die Straße rutschig. So schnell es geht, fahre ich bis zu unserer Haustür. Alles geht gut. Noch.

»Mann, hab ich Hunger! Wo bist du gewesen, Marie?«

Es ist wie an jedem Abend, sobald ich den Schlüssel im Schloss drehe, öffnet sich Opas Zimmertür. Ich lege den Arm um ihn und führe ihn in die Küche. »Ich war im Kino, Opa. Schneller ging es nicht.«

»Ach, im Kino? Eine Literaturverfilmung? Hat sich der Weg gelohnt?«

Ich schüttele den Kopf, setze ihm die Figuren auseinander, die Schauspieler, den Plot. Er hat kein bisschen Freude daran. Mit hungrigen Blicken verfolgt er, wie ich Rigatoni auf seinen Teller häufe. Immer noch dampfen sie heiß, die Käsesoße zieht keine Fäden. Kräftiger Duft breitet sich in der Küche aus. »Übrigens, was ich dir unbedingt erzählen muss – ich hab heute noch drei von den alten Heften bekommen.«

»Von diesen Groschenromanen? Die Baronesse?« Sofort ist Opa hellwach, guckt in mein Gesicht, ob er richtig verstanden hat. Ruck, zuck greift er in meine Tasche, wühlt und zieht die drei Stapel heraus, die ich wieder sorgfältig eingepackt habe. »Drei Pakete! Sehr schön, sehr schön. Drei mal Einwickelpapier.«

»Ja, Opa. Und drei ganz lange Bindfäden, die du wiederverwenden kannst.« Ich bin fertig mit seinem Abendessen, trage die Teller hinüber zum Tisch. »Wo möchtest du sitzen, Opa?«

Aber so richtig hört er mich nicht. Schon hat er das erste Paket in der Hand, zieht an den Knoten. Weit entfernt von seiner Auswickelwonne stelle ich die Teller ab. »Lass es dir schmecken!«

Er denkt nicht daran. Das erste Heft hat er ausgepackt. »Ach, Marie, Marie, diese Hefte sind furchtbar. Literarischer Schrott! Grottenschlecht! Alteisen! Und trotzdem …«

Seine Augen strahlen, er schnürt und wickelt. Soll ich ihn alleine lassen mit seiner Begeisterung?

Er greift nach meiner Hand. Drückt mich sanft auf den Stuhl. »Komm, Marie, lass mich vorlesen!«

Ich nehme ihm das Heft samt Einwickelpapier aus der Hand. »Opa, ich lese dir vor. Aber nur eine Seite!«

Wanda von Brannburg
Deutschlands Meister Detectivin

Dreizehn Jahre im Kampf gegen die internationale Verbrecherwelt

Die Todesfahrten der Berliner Droschkenkutscher
Von Emil Eggert-Breslau

1. Kapitel
Ein Schrecken am Sonntagnachmittag

Die Frau Commerzienrath Krause, die sich an einem schönen Frühlingssonntage eben von ihrem Dienstmädchen in ihr spitzenbesetztes Schneiderkostüm helfen ließ, rief hinüber ins Comptoir zu ihrem Gatten, dem Commerzienrath.

»Wo nur unsere liebe Ottilie so lange bleibt? Dabei hatte ich dem Kinde ausdrücklich gesagt, es soll sich nicht aufhalten auf ihrem Rückweg von der Muhme. Damit wir nun am Nachmittag doch endlich zu unserem Sonntagskaffee kommen. Mein lieber Krause, laß uns in den Prater fahren. Oder hinaus nach Treptow, in diesen herrlichen Biergarten, wo man auf Gartenstühlen am Ufer der Spree seinen Kaffee trinken kann.«

Nur war der Commerzienrath, ein stattlicher Herr in den besten Jahren, selbst am Sonntage schon seit dem zeitigen Frühstück mit einer Arbeit beschäftigt, die er noch heute vollenden wollte. Und doch, seiner guten Commerzienräthin zuliebe, machte er sich gleich zu Fuß auf den Weg zur Muhme, um seinem Kind Ottilie entgegenzugehen und sodann, nach dem Auffinden derselben, sich gemeinsam in einer Droschke in Richtung Treptow zum »Zenner« kutschieren zu lassen.

Der Weg zur Muhme brachte jedoch keine Begegnung mit seiner Ottilie. Auch der beschwerliche Aufstieg in den dritten Stock des Hauses, wo die uralte Muhme in einer fürsorglichen Pension in guter Obhut wohnte, schuf keine Abhilfe. Ottilie hatte sich schon vor einer reichlichen Stunde verabschiedet und war trotz eines Weges von kaum zehn Minuten noch immer nicht zu Hause eingetroffen.

Ich lese nicht nur die ersten Sätze, nicht nur die erste Seite. Das ist alles so schrecklich, dass es schon wieder schön ist. Irgendwann lege ich dann doch das Heft aus der Hand. »Opa, du isst ja gar nicht!« Gut, es ist seine Sache, ob er seine Rigatoni kalt oder warm isst. Aber ich kann nicht mehr warten. »Bis später, ich muss jetzt …«

»Wie? Du gehst noch mal weg?«

»Fritz wartet auf mich. Im *Milano.*«

»Ach so, der Fritz. Hm.« Er nimmt mir das Heft aus der Hand. Blättert darin herum, beugt sich über die aufgeschlagenen Seiten.

Na gut, was erwarte ich. Zwei Worte über meinen blondlockigen Liebsten, das ist bei Opa so üblich. Er sagt *Ach der* oder *Na ja, eben der Fritz*. Längere Sätze hat er für ihn gewöhnlich nicht.

Inzwischen ist es noch kühler geworden. Hauchfeiner Sprühniesel legt sich über die Sophienstadt und macht den Sand am Straßenrand schwer. Jetzt wirbelt kein Staub mehr hinter mir auf, als ich mich kräftig in die Pedalen lege. Dieses Mal nehme ich einen anderen Weg. Die Große Hamburger liegt im Abendlicht. Spaziergänger sind unterwegs, vor der *Alten Schmiede* stehen junge Leute um ihre Motorräder und unterhalten sich. Im offenen Cabrio friert gleich neben dem *DE FLORE* eine Blondine in Ledermieder und Netzstrumpfhosen. Auf der Bank beim jüdischen Mahnmal sitzt eine alte Dame, die ihre Katze an der Leine zum Abendspaziergang führt. So schön ist Berlin.

Alles fliegt in italienischem Sportradtempo an mir vorbei. Jetzt schaukelt kein Beutel mehr an meiner Lenkstange, ich lege mich weit vornüber, die schmalen Reifen geben nicht viel Widerstand. Immerzu muss ich an Fritz denken. Mehr als eine Stunde hockt er jetzt bei Luigi. Dabei ist jede Minute, die ich zu spät komme, unerträglich für ihn. In fünf Minuten könnte er einen Kunden anrufen, in dreißig Minuten ein Auto verkaufen und ein paar tausend Euro verdienen. – Jut jut, Marie, es ist schließlich mein Opa. Und Fritz regt sich auch wieder ab, irgendwann.

So rase ich um die Ecke in die Oranienburger. Die Straße ist ausgeleuchtet wie ein Filmset. Das Rad legt sich schräg in die Kurve. Tolles Gefühl, fast wie ein Motorrad. Dicht an dicht parken die Autos am Straßenrand. Immer noch liegt feiner Niesel in der Luft, die Straßenlampen spiegeln sich in gepflegten Lackschichten. Die Reflektionen blenden mich. Vielleicht sehe ich darum nicht den dunkelsilbrigen BMW, der aus der Parklücke fahren will. Vielleicht hat er nicht mal geblinkt. Jedenfalls fährt er los. Gibt Gas, genau in dem Moment, als ich auf der Höhe seines hinteren Kotflügels bin.

Auf der Höhe seines vorderen Kotflügels erwischt er mich. Luigis Rad knallt auf das Straßenpflaster. Und ich mit.

Für einen Augenblick weiß ich nicht, was passiert ist. Ich weiß nicht einmal, dass etwas passiert ist. Nur – mir ist plötzlich der Straßenbelag so nahe. Meine Handflächen liegen flach auf dem Boden. Mein Kinn ... oh, wo ist denn mein Kinn?

Ich hebe mühsam den Kopf. Die Unterkante eines großen Autos ist gleich neben meiner rechten Hand. Darüber eine geöffnete Wagentür. Zwei braune Schuhe steigen aus. Blaue Jeans. Ein Gesicht kommt mir entgegen. Von oben.

»Ist Ihnen was passiert? Haben Sie sich verletzt?«

Was für eine Frage. Abwegig, irgendwie. Wieso denn verletzt? Helle Scheinwerfer umrunden mich in weitem Abstand.

»Kommen Sie, ich helfe Ihnen! Können Sie aufstehen?«

Ich versuche es. Langsam richte ich mich auf. Seine Hände greifen nach meinen Armen, ziehen mich hoch. Plötzlich hab ich überall Schmerzen. Au, Scheiße.

»Was tut Ihnen weh?«

»Nichts!« Ich ziehe meinen Arm weg. Bringe meine Füße auf den Boden. Stelle mich auf. Schwer wie eine Elefantenkuh. Und doppelt so langsam.

Eine andere Stimme kommt von der Seite dazu. Gesichter nähern sich wie durch Nebel. »Brauchen Sie einen Krankenwagen?«

Ich schüttele den Kopf, nein, ich lege keinen Wert auf Blaulicht und hektische Rettungssanitäter. Aber auch das Kopfschütteln tut weh. Ich kann mich kaum auf den Beinen halten. Die beiden Hände stützen mich fester. Jeden einzelnen Schritt setze ich, einen Fuß vor den anderen. Zwischendurch muss ich mich erholen. Schließlich werde ich an das Auto gelehnt und sehe mir die ganze Bescherung von oben an.

»Oh, das Fahrrad!«

»Ist total hinüber. Alles verbogen. Da ist nichts mehr zu machen. Bitte nicht aufregen. Ich werde es Ihnen bezahlen. Verlassen Sie sich darauf!«

»Aber das ist gar nicht mein Fahrrad. Das gehört Luigi!«

»Das tut mir leid, wirklich. Ich bezahle es Ihrem Mann.«

»Luigi ist nicht mein Mann!«

»Gut, dann werde ich es Ihrem Freund bezahlen. Bitte bleiben Sie ruhig.«

»Er ist auch nicht mein Freund!«

»Aber das macht doch nichts. Ruhig, ganz ruhig.«

»Luigi ist einfach ... er ist nett, wirklich ... das ist er.« Was für seltsame Dialoge man manchmal führt. Das gibt's in keinem dreiteiligen Russen-Film, würde Opa sagen.

Der BMW-Fahrer klaubt die Reste von Luigis Fahrrad zusammen. Er lehnt mich ein Auto weiter. Setzt seinen BMW zurück in die Parklücke. Bringt eine Wasserflasche und gibt mir zu trinken. Der Bergrettungsdienst. Das Lawinenkommando. Er lässt mir Zeit, steht neben mir und hat unendlich Geduld. Wie soll er auch nicht, die Lawine ist schließlich schon im Tal.

»Möchten Sie sich vielleicht setzen? Hier vorne ist ein Café.«

Ich schüttele den Kopf.

»Darf ich Sie nach Hause fahren?«

Ich schüttele wieder den Kopf.

»Ich begleite Sie. Wohin Sie wollen.«

Oha. Dieser Mann muss ein furchtbar schlechtes Gewissen haben. Also gut. »Ein Stückchen die Straße hoch, ins *Milano*.«

Er klemmt das zerlegte Fahrrad unter seinen linken, mich unter den rechten Arm. »Können Sie laufen?«

Ich nicke eifrig. Kacke, natürlich kann ich nicht laufen, jeder Schritt tut weh. Marie, reiß dich zusammen! Nur die Straße hinunter, an der Synagoge vorbei, um die Ecke biegen, ein-, zweihundert Meterchen humpeln ... Und schon sind wir da.

Wir erklimmen die Stufen. Mario nimmt mich sofort in den Arm. Ruft nach der Küchenhilfe als OP-Schwester und nach dem Verbandskasten. Luigi zieht sich mit dem BMW-Fahrer an den Bistro-Tisch in der Türnische zurück.

Erst als meine Wunden mit warmem Wasser gereinigt und verbunden sind, werde ich rücksichtsvoll mit der nächsten Katastrophe vertraut gemacht. Fritz ...

Das Lokal ist total voll, jeder Stuhl ist besetzt. Nur Fritz sitzt alleine an seinem Tisch hinten in der Ecke, vornübergebeugt, der Kopf liegt auf den Armen.

»Tute mir leid, Marie. Wir haben es gut gemeint mit die Rotwein. Aber hat so lange gedauert. Iste ziemlich abgefüllt.«

Vor meinem Küchenfenster singt ein einsamer Morgenvogel. Leise wie ein Großstadtindianer gieße ich Wasser in die Kaffeemaschine, decke den Tisch in der Küche für Opa und das Frühstückstablett für mich. Es ist irgendwo zwischen sechs und halb sieben, noch nicht einmal dämmrig. Über dem Herd brennt die kleine Wandlampe, mehr brauche ich nicht. Vielleicht sollte ich sogar dieses Licht löschen, ehe der kleine Schimmer auf einem Schleichweg durch das Schlüsselloch in Opas Zimmer dringt.

Und ich sollte aufhören zu stöhnen. Die Kaffeedose zurückstellen ins Regal, Teller aus dem Schrank nehmen, Tassen, Besteck, völlig lautlos. Aber wie denn, wenn jede Bewegung wehtut? Meine Arme, meine Beine, überall blaue Flecken und Pflaster. Das breiteste Pflaster klebt mitten auf meinem Kinn. Eigentlich hätte ich diesen Autofahrer auf der Stelle verklagen sollen. Auf ein Schmerzensgeld, so hoch, dass ich mir endlich neue Bücherregale in meinen Laden stellen kann.

Leise schleiche ich in mein Zimmer zurück. Hier herrscht dunkelste Dämmerung, ich sehe nur die Konturen von Stühlen und Sesseln. Fritz liegt auf dem Rücken und schnarcht. Lautlos husche ich durch den Raum. Jetzt auf mein Sofa, einwickeln in eine warme Decke, eine Tasse frisch gebrühten Kaffee in die Hand, die Romane liegen schon bereit. Fünf, sechs Anfänge schaffe ich, bis die Sonne über das Dach vom Nachbarhaus steigt. Schöner kann ein Samstagmorgen nicht sein.

Ich taste mich mit den Füßen voran. Das Hemd von Fritz, seine Lederhose, seine Stiefel, alles liegt im Zimmer verstreut. Endlich habe ich es geschafft, sitze auf meinem Sofa, greife nach meiner Wolldecke – da klingelt auf dem Schreibtisch hinter meinem Rücken das Telefon.

Vor Schreck mache ich einen Sprung. Fange mich wieder. Knalle das Tablett auf den Sofatisch. Bin schon auf dem Weg. Da, das zweite Klingeln. Laut wie eine Kirchenglocke. Das kann doch nicht wahr sein. Ich reiße den Hörer hoch. »Ja?«

Aber der Typ am anderen Ende ist nicht mehr dran. Er legt im selben Moment auf, als ich an den Apparat gehe. Klar, zweimal klingeln reicht ja auch. Das ist genug, um jemanden, den man ärgern will, aus dem Bett zu holen. In der Samstagsfrühe, wenn ich vollkommen wehrlos bin.

Fritz beginnt leise zu grunzen. Er streckt sich, mauzt wie ein dicker Kater. Lebe wohl, schöner Morgen! Ich trete auf den Dimmschalter des Deckenfluters.

Da liegt er, mein Fritz. Hat noch die Augen geschlossen. Aber er lächelt schon. Sein süßes dümmliches Lächeln. Sein blonder Haarschopf breitet sich über dem Kissen aus. Langsam kehrt er aus dem Koma zurück. Seine Nase wittert den Duft von Kaffee, der durch das Zimmer schwebt. Jetzt schlägt er die Augen auf. Und sieht mich. »Oooch!«

»Ja. Dir auch guten Morgen, Fritz.« Mit meiner Tasse in der Hand setze ich mich an den Schreibtisch und sehe ihm beim Aufwachen zu. Strecken, grunzen, stöhnen.

»Aaaach, super, Marie! Super! Fühlst du dich auch so herrlich?«

»Aber sicher.«

»Siehst du, nun musst du dich nicht mehr beklagen, nun haben wir endlich mal wieder was miteinander gemacht. Und es war toll, finde ich.«

»Wie bitte?« Was haben wir? Ich gucke ihn an.

Er guckt schweigend zurück. Nicht das kleinste bisschen verunsichert. »War doch schön heute Nacht, mal wieder so 'n bisschen Tralalahmtata, du und ich. Na? Oder!«

»Ja … ich weiß nicht.« Von wegen. Das hat er geträumt! Wir haben nichts gemacht. Nichts, nichts, nichts. Weiß er das wirklich nicht mehr? Ich hab ihn die Treppe nach oben geschoben. Vier Etagen, dieses Haus hat keinen Fahrstuhl. Hab ihm den Mund zugehalten, damit er die Nachbarn nicht weckt. Ich habe ihn ausgezogen, auf die Toilette gesetzt. In mein Zimmer bugsiert, in mein Bett gelegt. Dann habe ich mich auf meinem Sofa zur Ruhe begeben, weit weg von ihm und seinem Rotweinatem. Und sonst gar nichts. Filmriss? Komplett? Na ja, eben der Fritz …

In mir steigt ein Lachen auf. Ich kann gar nichts machen, es kommt so richtig von unten herauf. Schnell, ich muss aus dem Zimmer! Ein Lachen im falschen Augenblick kann einen Mann impotent machen für den Rest seines Lebens. Ob Fritz das wirklich vermissen würde? Dann hätten wir's hinter uns … Ich springe auf, drücke ihm meine Tasse in die Hand.

»Ich muss mal aufs Klo, hier, trink.« Schnell wie ein Marathonläufer reiße ich die Zimmertür auf und renne hinaus. Fritz lehnt in seinem Kissen und lächelt strahlend hinter mir her.

»Marie, du wirst jeden Tag hübscher!« Ein dürres Gespenst im hellgrauen Streifenpyjama schwebt zur Küchentür herein.

»Danke, Opa. Du auch.«

»Warum lachst du denn so, mein Kind?«

»Ach … keine Ahnung.« Ich setze gleich noch einmal Kaffee auf. Vielleicht trinkt Opa nur zwei kleine Schlückchen, aber schon der Geruch macht ihn wach. Ich beschäftige mich mit den Filtertüten. Mit dem Messlöffel. Mit der Kaffeedose. Alles sehr intensiv. Und langsam wird's besser. Mein Lachreiz legt sich.

Ich habe schon davon gehört, dass Männer am nächsten Morgen nicht mehr wissen, mit wem sie am Abend vorher geschlafen haben. Aber dass einer nicht weiß, ob überhaupt etwas stattgefunden hat, das ist mir neu. Möglicherweise liegt es daran, dass jeder Abend mit Alkohol Millionen Gehirnzellen zunichtemacht. Eins weiß ich aber genau: Wenn unsere Nächte wie kleine Erdbeben wären, dann gäbe es keine Erinnerungslücken. Nicht mal bei Fritz.

Hinter meinem Rücken klappert Opa mit Teller und Besteck. »Marie, ach du lieber Gott, du hast überall Pflaster, das hab ich noch gar nicht gesehen! Was ist denn passiert?«

Ich lege sein Samstagmorgenbrötchen auf den Toaster, dann drehe ich mich um.

»Nein, siehst du ramponiert aus!«

»Nur ein winziger Unfall mit dem Fahrrad, gestern Abend. Ist weiter nicht schlimm.«

»So so, und ich hatte schon den Verdacht … ich hab ja gehört, wie du Fritz heute Nacht durch den Flur bugsiert hast. Ich hätte dir so gerne geholfen. Aber ich bin nicht mehr so fit wie früher … Ach, meine kleine Marie.« Opa stützt den Kopf auf die Hände. Früher hat er mich immer beschützt. Aber jetzt geht's eben nicht mehr. Nicht vor der bösen Welt. Nicht vor dem Finanzamt. Nicht einmal vor Fritz. Mittlerweile haben seine Kräfte so nachgelassen, dass er sich freut, wenn ich das Brötchen aufschneide für ihn.

Ich gieße ihm Kaffee ein. Schneide sein Brötchen auf. Und dann pfeife ich auf das süße Lächeln, das in meinem Bett auf mich wartet. Gieße mir auch einen Kaffee ein und setze mich neben ihn. Hier hockt ein trauriges Opa-Gespenst und will nicht alleine sein. Was soll ich bei Fritz?

Sofort bringe ich das Gespräch auf das, was ihn im Moment am meisten interessiert. »Wie sind denn die neuen Romanhefte mit Baronesse Wanda? Gefallen sie dir?«

Schon fangen seine Augen an zu strahlen. Er nickt heftig. »Oh ja, die Sache ist total spannend. Literarisches Alteisen, sagte ich ja bereits. Aber diese Dame, die dir die Hefte verkauft hat – könnte es sein, dass die etwas älter ist?«

»Wie – älter?«

»Na ja, vielleicht 80 … Mitte 80?«

»Sie ist 93 Jahre alt. Das habe ich dir doch erzählt.«

»Ach so. Hast du gesagt, ja. Liegt wohl am Alter, man vergisst schon mal was.«

Ich lächele ihn an, als hätte ich nichts bemerkt. Aufpassen, Marie. Ich wollte ihn unterhalten, nicht an all das erinnern, was er verloren hat.

»Wenn die Frau 93 ist, dann ist sie doch … ja, 1912 geboren. Dann war sie 1941 schon 29, als die Nazis verboten, dass die Kinder in der Schule Sütterlin lernen … Ja, das stimmt, diese Frau schreibt noch Sütterlin!« Opa strahlt. Manchmal kommen seine Verwirrungen so plötzlich über ihn. Wenigstens ein kleines Lächeln versuche ich, ein höfliches Nicken. Ach Opa, wie traurig ist manchmal alles.

Aber viel Zeit bleibt mir nicht, über Opas Ausflüge in die Demenz nachzusinnen. Das Telefon reißt mich aus meinen Gedanken. Dieses Mal bin ich schnell genug. Ein Blick aufs Display: Wer nimmt sich heraus, mich so früh zu stören? Doch da erscheint nur die Meldung, die mich immer auf die Palme bringt: ›Rufnummer unterdrückt‹. Voller Wut drücke ich den grünen Knopf. »Ja?«

»Oh … guten Morgen. Ich hab vorhin schon mal angerufen … Ich hoffe, ich störe nicht.«

Ist das die Stimme von Miss Portierszwiebel? »Sie stören *überhaupt* nicht. Worum geht's?«

»Ich wollte Sie bitten … dass Sie mal nach Großmama gucken. Ob das vielleicht möglich ist?«

Ach du liebe Güte. Bin ich Mary Poppins für demente Senioren? »Warum gucken Sie denn nicht selber nach ihr?«

»Weil ... ich bin doch jetzt hier ...«

Oh nein! Wo auch immer diese Gesine jetzt ist, ich werde Rose von Reventlow keine Brötchen toasten und keinen Kaffee kochen! Ich werde nicht nachgucken, ob sie den Milchtopf auf der heißen Herdplatte vergisst. Ich erhebe meine Stimme. Drohend. »Also, jetzt hören Sie mir mal zu. Erstens: Wenn Sie wollen, dass ich das tue, worauf Sie keinen Bock haben, dann sind Sie bei mir an der falschen Adresse!«

»Aber Großmama darf nichts passieren.«

»Ja, ganz genau! Und zweitens ...«

Sie fällt mir einfach ins Wort. Leise, aber sehr bestimmt. »Ich möchte doch nur, dass Sie hingehen.«

»Zweitens, sagte ich ...«

»Nur ein einziges Mal! Heute Morgen. Bitte! So gegen zehn.«

Sie holt tief Luft. In meinem Kopf bohrt sich ein kleiner Gedanke fest. »Warum gegen zehn?«

»Ich ... weil ... ich denke, dass ...«

»Nur Mut! Wenn Sie wollen, dass ich hingehe, dann muss ich wissen, warum, stimmt's?«

»Weil sie Besuch kriegen wird. Heute um zehn.«

»Und?«

»Das ... sind diese Leute aus Hamburg. Die ihr Haus haben wollen.«

»Ihr Haus? Das gehört ihr, dieses Haus in der Oranienburger Straße, in dem ihre Wohnung ist?«

»Ja, genau.«

»Und diese Leute wollen ihr das Haus abkaufen?«

»Ja ... so ähnlich.«

Nun wüsste ich gerne noch, warum »so ähnlich« die Antwort auf meine klare Frage ist. Aber ich verzichte auf ihre langstieligen Erörterungen. Jede Stunde zählt. »Gesine, Sie sollten herkommen. Sofort!«

»Aber ... ich muss die Schweine füttern. Ich bin noch nicht mal rum mit dem Melken.«

Jetzt fällt mir doch die Kaffeetasse aus der Hand. Schweine? Melken? Ich würde bestimmt nicht meine Schweine melken, während meine

Oma eine Entscheidung über ein paar Millionen mehr oder weniger trifft. Was für eine komische Vogelscheuche ist diese Gesine eigentlich? Nie und nimmer wird die mir helfen, die Romanhefte von ihrer Oma loszueisen. Das kann sie gar nicht. Die sorgt nicht mal für sich selber. Ein Blick auf die Uhr über dem Küchentisch. Viertel nach acht. Um neun mache ich meinen Laden auf. Also Schluss mit dem Frühstück, noch schnell ein Sprung unter die Dusche, die Spuren meiner Begegnung mit dem Straßenpflaster abwaschen.

»Was ist …? Gehen Sie zu ihr?«

»Ich bin schon unterwegs. Allerdings, ich kann nur vor neun, später nicht. Und ich gehe nur gucken. *Machen* werde ich gar nichts. Wenn ich geguckt habe, rufe ich Sie an und sage Ihnen, was läuft. Und wenn dann irgendetwas nicht stimmt, dann kommen Sie her und bringen selber in Ordnung, was in Ordnung zu bringen ist. – Geht das klar?«

»Hm …«

»Also möchte ich jetzt Ihre Telefonnummer. Und die von Ihrem Handy. Ich nehme nicht an, dass in Ihrem Kuhstall ein Telefonanschluss ist?«

Miss Portierszwiebel macht keinen Versuch mehr, sich zu sträuben. Sie diktiert mir eine Vorwahl, die mit einer Null und zwei Dreien beginnt und dann gar nicht mehr endet. Wie die Telefonnummer von Wanda Wodarski vom Bauernverband. Dieses Dorf muss kurz vor dem Ende der Welt sein. Weit weg von Berlin, hinter dem Hinterwald.

Dann lege ich auf und springe in die Startlöcher für den turboschnellen Tagesbeginn. Trotzdem brauche ich fast eine halbe Stunde. Das liegt nicht daran, dass ich mich nicht von meiner Dusche trennen kann, nein, das liegt natürlich an Fritz.

Kaum komme ich, gehüllt in mein bananengelbes Badetuch, in mein Zimmer zurück, hüpft Fritz sofort aus dem Bett. Schlängelt sich quer durch das Zimmer, baut sich vor mir auf und guckt scherzhaft drohend in mein Gesicht. »Mit wem hast du denn eben telefoniert?«

»Tut mir leid, Fritz, keine Zeit zum Erzählen, ich muss weg.«

»Das dachte ich mir. Also, sag schon!«

Er kommt näher, breitet seine Fangarme aus. Ich weiche ihm aus, um den Schreibtisch herum und vor dem Fenster entlang, um an meine Sachen zu kommen. Kaum hat Fritz meine Absicht erkannt, schon ändert er seine Richtung. Dieses Mal habe ich keinen Ausweg. Er wickelt das Handtuch von meinen Hüften und legt seine Arme um mich. Sofort liegt seine Hand fest auf meiner Brust und fängt an zu kneten. Wirklich, er schnurrt, in der Stimmlage von Johnny Depp. Fritz, der große Verführer. Hab ich ihm nicht vor zwei Minuten gesagt, dass ich wegmuss? Energisch hebe ich seine Hand von mir herunter, angele meinen BH vom Stuhl und verstaue sein Spielzeug.

»Was ist denn los heute Morgen? Keine Lust?«

Ich hasse es, wenn mir jemand beim Anziehen so dicht auf der Pelle ist. Aber er rührt sich nicht. Ich greife um ihn herum in die Schublade nach einem sauberen Höschen. »Also gut, Fritz. Die Frau, mit der ich telefoniert habe, heißt Gesine. Aber das Problem ist …«

»Gesine? Willst du mich verkohlen? Bist du etwa andersrum?«

Ach, mein Fritz, es geht doch nichts über ein einfach gestricktes Feindbild. Seine Welt teilt sich in gute und schlechte Autos, in Restaurants, die teuer und darum gut sind, und solche, die unter den Tisch fallen müssen. In Frauen, die mit ihm ins Bett gehen, und die anderen, die schlichtweg andersrum sind.

Immer noch steht er mir im Weg. »Los, Marie, komm noch mal mit ins Bett!«

Schnurr! Seufz! Grunz! Ich ziehe den Reißverschluss von meiner Jeans zu. Jetzt noch ein sauberes Twinset ohne Risse und Unfalllöcher. Heute in Kiwi. Wieder muss ich um ihn herum, um meinen Schrank aufzumachen. Nur ein winziges Schrittchen rückt er zur Seite, dann steht er schon wieder wie ein Felsen vor mir und lässt mich nicht an den passenden Lippenstift. Ich kneife ihn in den Po. »Nun zieh mal den Bauch ein! Platz, Fritz!« Ich reiße die Zimmertür auf. Noch schnell ein Blick in die Küche. »Tschüß, Opa!«

»Viel Glück, Kind!«

Und weg bin ich. Es ist Viertel vor neun. Mächtig spät, leider. Jetzt muss ich doch zuerst meinen Laden aufschließen. Eine Gruppe Japaner kommt eben von der Sophienkirche herüber, jeder mit einer umgehängten Digitalkamera. Die ersten stehen schon vor meinem Schaufenster, während die letzten noch den Blick durch das schmiedeeiserne Kirchhofgitter filmen. Es ist Samstag. Wochenende. Kein Regen, ein paar Wolken und eine schwächliche Sonne. Immer noch gute Touristenzeit.

Ich lasse sie alle herein. Obwohl ich weiß, dass sie nichts kaufen werden. Allerdings spiele ich ihnen auch keine Anekdote vor, nein, ich warte einfach nur ab, bis sie alles fotografiert und gefilmt haben, was man bei mir fotografieren kann. Meine Bücherregale, meinen Plüschsessel, die alte Inschrift über meinem Laden, sogar mein altes Parkett. Ich weiß, ich sollte alles hier neu machen. Die alte Ladenschrift übermalen, die verschnörkelten Bücherregale wegwerfen und durch graue Blechregale ersetzen, dann passieren mir solche Heimsuchungen nicht. Aber so … Die japanische Verfilmung von *Der Laden* dauert einfach zu lange für mich.

»Anorag! Kannst du bitte mal rüberkommen?«

Anorag ist eine Minute später bei mir, wie immer, wenn ich ihn brauche. Ich drücke ihm meinen Ladenschlüssel in die Hand, werfe mich in die Jacke und laufe los. Lola rennt. Schon wieder. Nein, sie humpelt, mit lädierten Knien.

Zehn Minuten nach zehn, als die schwere Haustür bei Rose von Reventlow hinter mir zufällt, kommen mir fünf Herren entgegen. Nicht mit gemessenen Schritten, wie ich es bei vornehmen Geschäftsleuten aus Hamburg erwartet hätte. Sie rennen, springen von Stufe zu Stufe. Ihre Trenchcoats wehen, die Rockschöße an ihren Armani-Anzügen wippen auf und ab. Oben auf dem Treppenabsatz steht Rose von Reventlow und wirft Schuhe und Stiefel hinter ihnen her. Verhaltene Aufschreie verraten, dass sie trifft.

Sofort drücke ich mich flach an die Wand, unerreichbar für die Artillerie, und komme ohne Treffer davon. Die fünf Herren sprinten an mir vorbei, halten sich Kopf und Nacken. Das blanke Entsetzen steht in ihren Gesichtern. Die Tür kracht hinter ihnen ins Schloss.

Einen kleinen Moment noch, dann hört der Schuhbeschuss auf. Die Artillerie schweigt. Ich wage mich aus meiner Deckung. »Frau von Reventlow, hallo? Hier ist Marie Baer.«

Keine Antwort vom oberen Ende der Treppe.

Ich warte. Dann fällt mir das Zauberwort ein. Sesam, öffne dich! »Gesine schickt mich zu Ihnen!«

»Ach … dann kommen Sie hoch.«

Ich bin irritiert. Das ist nicht die resolute Dame, die ich kennengelernt habe vor zwei Tagen. Ein schwaches zitterndes Stimmchen. Ich sprinte die Stufen hinauf. Rose von Reventlow steht auf dem Treppenabsatz und sieht so gar nicht wie eine Amazone aus. Ihr Kleiderrock ist über eine Schulter gerutscht. Sie ist bleich, klammert sich an das Geländer, schwankt. Ihr Blick hinter den dicken Brillengläsern flackert nur noch.

Ich packe sie unter den Armen, der bewährte Opa-Willi-Griff, und bugsiere sie durch ihre Wohnungstür. »Ich kann Sie nicht tragen! Machen Sie bloß nicht schlapp!«

Ihre kleine Gestalt strafft sich ein wenig. Ich trete die Tür hinter uns mit dem Absatz zu.

»Wohin soll ich Sie bringen?«

Sie deutet nach links. Wir schwenken in einen Gang. Auf der rechten Seite eine angelehnte Tür. Ich schiebe sie mit der Fußspitze auf. Die Küche, zu dumm. Ich hatte ein Schlafzimmer erwartet oder wenigstens eine Wohnstube mit einem gemütlichen Sofa, auf das ich sie betten kann. Aber hier? Altmodische Küchenstühle mit hoher Lehne stehen um einen langen Küchentisch. Rose von Reventlow steuert einen der Stühle an. Lässt sich darauffallen. Ächzt.

»Möchten Sie vielleicht ein Glas Wasser?«

Sie nickt. Ich lasse sie los, sie sinkt an die Lehne. Mit tiefen Zügen trinkt sie das Glas bis auf den letzten Tropfen aus. »Ah, schon viel besser. Gleich geht es wieder. Bitte, seien Sie doch so freundlich und setzen Sie Teewasser auf!«

Normalerweise lasse ich mir keine Aufträge erteilen. Aber jetzt habe ich den Wunsch, behilflich zu sein. Ich greife zum Wasserkessel, eine Antiquität aus weißer Emaille mit langer Tülle und geschwungenem Griff. Auch der Herd scheint ein Uraltmodell zu sein. Die alte Dame sitzt auf ihrem Küchenstuhl und sieht mir zu. Ihre Hände zittern, ihr Gesicht ist noch immer kalkweiß.

»Sagen Sie, Frau von Reventlow … haben Sie Medikamente… für den Notfall?«

Sie guckt mich mit wasserblauen Augen an. Durchdringend. »Medikamente? Selbstverständlich, mein Kind. Aber die nehme ich nicht!«

Natürlich nicht, war ja klar. Ich schalte den Herd ein. Immerhin ein Elektroherd, ich muss kein Lagerfeuer anzünden. Und jetzt? »Wie wäre es, wenn ich Ihre Schuhe …?«

Sie guckt mich verständnislos an. »Meine Schuhe? Was wollen Sie denn damit? – Da drüben steht eine Kanne, auf dem Brett darunter der Grüne Chinese. Und bitte recht stark! Ich wäre Ihnen sehr verbunden.«

»Ich will Ihre Schuhe hereinholen. Ich kann sie doch nicht dort liegen lassen, im Treppenhaus.«

»Aber, liebes Kind, wofür halten Sie mich? Ich werfe doch nicht die Schuhe weg, die ich noch anziehen will.«

»Und die Leute im Haus? Ihre Nachbarn?« Ich spüre, wie Röte mir ins Gesicht steigt. Wie macht sie das nur? Keine Ahnung, was mich von Minute zu Minute unsicherer werden lässt.

Rose von Reventlow lacht. »Die Nachbarn wundern sich nicht über Schuhe und Stiefel, die wissen schon, wie ich bin.«

Das Wasser kocht, ich brühe den Tee auf. Stelle die Kanne auf den Tisch, eine Tasse dazu.

»Eine zweite Tasse bitte noch, liebes Kind. Sie nehmen doch sicher ein gutes Tässchen mit mir?«

Gut, wenn sie meint. Dann sitzen wir uns gegenüber und trinken Tee. Langsam kehrt Farbe in ihr Gesicht zurück. Ich lasse dezent meine Blicke schweifen. Die Küche sieht aus wie die Dekoration in einem Historienfilm. Jeden Moment könnte die Tür auffliegen und Theo Lingen stolpert herein. Mit Mittelscheitel und Dienerlivree. Oder Asta Nielsen. Oder Tilla Durieux. Es gibt keine Edelstahlspüle, keine Einbaumöbel. Der eiserne Herd hat eine weiße Emaillefront. Herdplatten so groß wie Mercedeslenker, Stellknöpfe wie Stützräder. Große weiße Kugellampen beleuchten die Wände. Über dem breiten Küchentisch eine Messingstange mit zwei Glasschirmen daran. Die Kanne und die Tassen, aus denen wir trinken, sind aus weißem Porzellan, federleicht und so dünn, dass es fast durchscheinend ist. Zwischen goldenen und hellblauen Streifen steht schwarz und verschnörkelt ein Monogramm. Auf dem Brett, neben Teekanne und Tassen, stehen zwei Gläser, zart, stiellos, fein ziseliert mit einem breiten umlaufenden Band und zierlichem Oval, auch darin dieses verschlungene Monogramm. Aber es ist kein RR für Rose von Reventlow. Es sind ein L und ein Z, wahrscheinlich das Monogramm ihrer Mutter oder ihrer Großmutter. So etwas hatte meine Oma in ihrer Aussteuer nicht.

Jut jut, Marie, ich bin ja vieles gewöhnt. Genau genommen lebe ich davon, dass die Leute ihre alten Sachen über Jahre aufheben. Allerdings kenne ich das nur bei Büchern. Die stehen vergessen in einem alten Bücherschrank und niemand stört sich daran. Weil sie dort nicht im Weg sind. Aber diese Kücheneinrichtung? Die ist ein halbes Jahrhundert alt, oder vielleicht ein ganzes! Wie lebt man darin?

Rose von Reventlow reißt mich aus meinen Gedanken. »Wenn doch Gesine da wäre. Immer, wenn ich sie brauche, ist sie nicht da!«

»Sie hat mich ja geschickt.«

»Aber Sie sind eine Fremde. Wie wollen Sie mir denn helfen?«

»Sie meinen, Sie brauchen Hilfe beim Verhandeln mit diesen Maklern, beim Verkauf?«

Rose von Reventlow reißt ihre hellen Augen auf. »Was denn für ein Verkauf? Wer behauptet denn so was? Ich verkaufe doch nicht mein Haus!«

»Das habe ich wohl falsch verstanden. Aber dann ist es ganz einfach: Die Herren wollen Ihr Haus kaufen. Sie verkaufen es nicht. Da genügt ein deutliches Nein.«

»Ha! Wissen Sie, liebes Kind, das Problem ist: Ich verstehe einfach nicht, was hier vor sich geht. Da steht plötzlich ein Mann vor meiner Tür und behauptet, mein Haus gehört gar nicht mir, sondern einem Kunstmaler in Hamburg. Dann tauchen diese Leute aus Hamburg auf und machen mir ein Angebot. Eine Kaufsumme, die einfach lächerlich ist. Das ist ein Komplott, da bin ich ganz sicher. Und immer wieder … immer wieder passiert etwas in diesem Haus. Ein Rohrbruch im Keller, ein kleiner Brand im Dachgeschoss. So etwas gab es doch früher nicht!« Ihre Arme fahren wild durch den Raum, ihre Lebensgeister kehren zurück, wie eine uralte Amazone sieht sie aus. »Aber ich werde nicht kapitulieren. Ich gebe nicht auf! Ich muss besser aufpassen. Mich wehren. Wenn ich nur wüsste, wie!«

»Vielleicht brauchen Sie gar nicht Gesine, sondern einen Anwalt?«

»Darauf bin ich auch schon gekommen. Aber ein Anwalt verlangt nach Beweisen. Etwas Amtliches. Beglaubigte Unterlagen.«

»Sie haben doch Unterlagen über das Haus?«

»Sicher! Ganz bestimmt! Ich suche ja schon seit Tagen danach.« Sie greift nach der Teekanne, gießt sich noch einmal ein und nimmt einen tiefen Schluck. So wild und entschlossen sie jetzt auch aussieht, ihre Hände zittern. »Die Wohnung ist einfach zu groß. Zu viele Zimmer. Ich kann nicht überall suchen. Gesine muss her, unbedingt, die findet schon, was ich brauche.« Ihr Blick hinter den Brillengläsern beginnt leise zu flackern. Gesine wird nicht kommen. Das weiß sie, ich muss es nicht aussprechen. Aber da ist eine ganz kleine Hoffnung …

»Möglicherweise, wenn es Ihnen recht wäre, könnte ich für Sie suchen. Heute ist Samstag, da mache ich meinen Laden schon am Nachmittag zu.«

»Nein, ich bitte Sie!« Sie starrt mich an, als hätte ich heißen Tee über ihre Finger gekippt. »Sie wollen in meinen Sachen herumsuchen? Auf gar keinen Fall!«

»Es war nur ein Angebot.«

Mit zitternden Händen stellt sie die Tasse auf den Tisch zurück. In maßlosem Entsetzen gleitet ihr Blick über mein Gesicht. »Wer hat Sie geschickt? Das will ich jetzt wissen! Wer hat Sie geschickt?«

»Aber, Frau von Reventlow, haben Sie das denn vergessen? Ich bin Antiquarin. Ich will nicht Ihr Haus haben, ich sammele nur Bücher! Gesine hat mich mit Ihnen bekannt gemacht.«

Sie starrt mich an. Sekunden vergehen. Ihre Finger krampfen sich um die Tischkante. Dann wandert ihr Blick über den Küchentisch ins Leere, einfach an mir vorbei. »Sie sollten jetzt gehen, Frau Baer.«

Was? Rose von Reventlow wirft mich raus? Das kann jetzt nicht wahr sein. Ich schiebe meinen Stuhl zurück, stehe auf. »Ich wollte nur helfen. Schaden will ich Ihnen bestimmt nicht.«

Schon habe ich die Klinke der Küchentür in der Hand, habe die Tür geöffnet, da ertönt ihre Stimme hinter mir. »Ach … gehen Sie nicht!«

Was will diese Frau eigentlich? Ich drehe mich um, sehe in ihr Gesicht.

»Ich … weiß einfach nicht, wer für mich ist und wer gegen mich. Ich kenne mich selbst nicht mehr. Ich war früher nie misstrauisch.«

Ich sehe hinüber zu ihr. Eine gebrechliche alte Frau. Ein Häufchen Unglück. Vielleicht sollte ich jetzt ihre Hand tätscheln, sie in den Arm nehmen. Aber tut mir leid, ich bin keine Krankenschwester, keine Psychologin. Ich bin auch nicht ihre Enkelin.

»Bitte, liebes Kind, ich will nicht, dass Sie mir böse sind. Wie wäre es denn … wenn ich Ihnen eine Freude bereite. Sie wollten so gerne diese Heftchen von mir. Nun, sollte es immer noch Ihr Wunsch sein, dann, in Gottes Namen, nehmen Sie sie.«

Jetzt erstarre ich.

»Doch, genau so will ich es. Ich brauche die alten Dinger nicht.«

»Sie meinen, ich soll diesen Korb mit den Päckchen haben, der in der Garderobe steht?«

»Ja! Wenn Sie jetzt gehen, nehmen Sie ihn einfach mit. Ich will kein Geld dafür, und ich will nichts mehr davon hören!«

Eine geschlagene Viertelstunde später stehe ich auf der Oranienburger Straße. So lange habe ich für die geschwungene Treppe und den kirchenschiffgroßen Flur in Rose von Reventlows Haus gebraucht. Jetzt steht der riesige Wäschekorb voller Romanheft-Pakete auf dem Fußweg. Meine Knie tun weh, meine Arme, mein Rücken. Eigentlich sollte ich mich von unten bis oben bandagieren lassen wie eine Mumie.

Es ist zwanzig nach elf, ich muss dringend zurück in den Laden. Fußgänger eilen an mir vorüber. Herren in schwarzen Anzügen und schwarzen Kappen, die in die Synagoge gehen. Elegante Damen in Hosenanzügen, mit perfekter Frisur, perfekter Figur und perfektem Make-up. Sie werfen Blicke auf meinen Wäschekorb und sehen mich an wie eine verwirrte Hausfrau, die zwischen den parkenden Autos ihre Wäsche aufhängen will.

Gut, und jetzt? Ein Taxi hält am Straßenrand. Der Fahrer hebt das Gepäck aus dem Kofferraum, dabei streift mich sein Blick. – Hoffnung! Ich hebe die Hand. Blitzschnell senkt er den Kopf, spielt mit dem Gedanken, ob er mich einfach stehen lässt. Aber das darf er nicht, in Berlin gibt es eine Beförderungspflicht. Unüberhörbar rufe ich. »Huhu! Taxi!«

Mit zusammengeballtem Gesicht kommt er auf mich zu. »Wohin wollen Sie denn, junge Frau?«

»Wie reizend, dass Sie mein Winken nicht übersehen haben.«

Die Freundlichkeit der Berliner Taxifahrer ist umso größer, je schlechter sie Deutsch sprechen. Dieser hier spricht erstklassig, leider, ohne jeden litauischen, polnischen oder indischen Akzent. »Also wohin?«

»Gar nicht weit. Nur in die Große Hamburger.«

Jetzt bricht seine Laune vollends zusammen. »Kurzfahrten kosten extra.«

»Kann ich mir gar nicht vorstellen! Soll ich mal die Taxifahrer-Innung nach diesem Aufpreis fragen?«

Jetzt beknirscht er sich endlich und hebt den Korb an. Eine Stulle zu wenig heute Morgen? Gut, ich packe den Wäschekorb auf der anderen Seite. Gemeinsam hieven wir ihn in seinen Kofferraum. Türen zu, Gas geben. Los.

Keine fünf Minuten später halten wir vor dem Laden. Er klappt den Kofferraum auf, hebt den Korb heraus, wehrt meine Hilfe ab. »Ich kann das!«

Wirklich, eine noble Anlieferung. »Einen klitzekleinen Moment bitte, ich muss nur den Schlüssel holen.«

Er bleibt hinter mir zurück. Wenn grantige Blicke Löcher brennen könnten, dann wär meine Jacke jetzt nicht mehr regendicht.

Anorag hat heute Morgen Tomaten und Bohnen und Gemüsezwiebeln in seine Straßenauslagen gestellt. Ich springe schnell die zwei Schritte hinüber, reiße die Ladentür auf. »Bin wieder da!«

Gerade drapiert er Weintrauben in eine Keramikschale. Sonst ist da niemand. Doch, bei den Kisten hinten in der Ecke steht ein Mann und guckt sich die Äpfel an.

»Ah, Marie. Du hast nischts versäumt. Heute keine Kunden für disch. Außer …« Er wedelt meinen Schlüssel vor meinem Gesicht herum und deutet auf den Mann in der Ecke.

Ich bin nicht perfekt in indischer Zeichensprache, hebe meine Hände, deute auf den Mann, dann auf Anorag, dann auf mich. »Dein Kunde oder meiner?«

»Jetzt ist er noch meiner. Er hat schon Alkmene und Golden Delicious und Gravensteiner und Cox Orange und Jonagold probiert. Alles in einer Schtunde. Aber eigentlisch wartet er nur auf disch.«

»Ach?« In diesem Augenblick dreht der Apfelesser sich um. Der Mann ist irgendwo zwischen vierzig und fünfzig, sehr groß, Haare und Vollbart so dunkel wie Rabengefieder. Seine Figur ist wie der Stamm einer Eiche, den Gang zwischen den Apfelkisten füllt er nahezu aus. Von der Stärke der Brille her könnte er ein Ableger von Rose von Reventlow sein. Ist das der, für den ich ihn halte? Diese Brille, der schwarze Vollbart und der Mollenfriedhof sind mir bisher nicht aufgefallen. Aber die Schuhe, braune Mokassins, die unter verwaschenen Jeans hervorgucken, die erkenne ich. Gestern Abend war ich ihnen ganz nahe.

Er lächelt mir freundlichst entgegen. Mustert mich von oben bis unten. Sein Lächeln vergeht. »Das ist gestern doch nicht ohne große Blessuren abgegangen?«

»Aha, der Mann, der nicht Auto fahren kann, kann auch nicht richtig gucken? Ich hab meine Schrammen gleich bemerkt. Die tun nämlich weh.«

»Sorry, ich hab wohl einiges übersehen.« Er streckt mir die Hand entgegen. »Ich musste heute unbedingt mal nach Ihnen gucken. Wie es Ihnen inzwischen geht, nach unserem Zusammenstoß. – Ich bin Linus. Linus Stein.«

Na gut. Ist mir egal, wie dieser Mann heißt. Ich will ihn ja nicht verklagen. Also drücke ich ihm kurz die Hand. Was will der hier überhaupt? »Wer hat Ihnen meine Adresse gesagt?«

»Na, Luigi.«

»Was? Wie kommt Luigi dazu?«

»Ganz einfach, ich hab ihn gefragt.«

»Als ob Sie wissen müssten, wo ich wohne und wer ich bin. Das steht Ihnen gar nicht zu!«

»Das steht mir sehr wohl zu. Schließlich hätte ich Sie beinahe umgebracht.«

»Das hat aber nicht geklappt.«

»Viel hat nicht gefehlt.«

»Dann versuchen Sie es doch noch einmal.«

»Und für die Kranzschleife zur Beerdigung darf ich dann Ihren Namen wissen?« Seine Augen fangen an zu strahlen. Meine wahrscheinlich auch. Ich liebe solche kleinen Streitereien. Dialoge wie in einem Spielfilm. Aber mit wem kann ich das schon haben? Mein blondlockiger Fritz ist dafür zu langsam, mit dem Kopf und mit dem Mundwerk. Opa würde vor Schreck in die nächste Demenz fallen. Und Luigi und Mario sind immer viel zu höflich zu mir.

»Ähem!« Anorag zieht mich am Ärmel, deutet auf die Straße hinaus. Mitten auf dem Gehweg der Taxifahrer, standhaft, meinen schweren Korb auf dem Arm.

»Ich muss weg!« Schon humpele ich die Stufen hinauf. Hinter mir höre ich eine schnelle Bewegung, Geldstücke klimpern.

»Ich zahle nur schnell die Äpfel.« Und dann ist er sogar fixer als ich, überholt mich und kommt noch vor mir bei dem Taxifahrer an. Meine

Beine wollen heute einfach nicht so wie ich. Er wirft einen Blick in den Korb. »Was ist denn da drin? Bücher?«

»Na logisch, ich bin Antiquarin.«

Der Taxifahrer ist kurz vor dem Zusammenbruch. Nervlich und körperlich. »Wird's jetzt noch was? Weihnachten krieg ich Besuch!«

»Okay. Hat die Dame Sie schon bezahlt?«

»Wo denken Sie hin!«

»Dann sagen Sie mir, was Sie kriegen!« Sie werden sich superschnell einig. Kommunikation unter Männern. Der eine sagt eine Zahl – der andere sagt auch eine Zahl – der erste nickt. Fertig. Der Fremde zählt Münzen ab, hält sie dem Taxifahrer vors Gesicht, dann schiebt er sie ihm in die Jackentasche. Das geht alles so schnell, dass ich noch nicht mal mein Portemonnaie aus meiner Handtasche gewühlt habe, da nimmt der Fremde dem Taxifahrer schon den Korb aus den Händen. »So, wir gehen.«

Ich mag es nicht, wenn mir jemand Befehle erteilt, überhaupt nicht. Aber in diesem Fall … jut jut, Marie. Ich humpele vor ihm her und schließe eilends meine Ladentür auf. Ich fühle mich richtig verwöhnt.

Ich will nicht unhöflich sein. Also mache ich Konversation, rede nahezu freundlich mit ihm, koche ihm sogar Tee. Wirklich, das mache ich. Aber nur, weil ich selber sofort einen Wiederbelebungstee brauche.

Und nun das Schönste. Wenn ich so weit oben auf meiner Palme bin wie jetzt, dann muss ich immer erst mal was Nettes tun. Dieser wunderbare Korb steht neben dem Ladentisch, genau vor dem grünen Sessel …

Nein, versprochen ist versprochen, ich mache zuerst den Anruf. Im Hinterzimmer fängt der Wasserkocher gerade erst an zu brodeln. Das schaffe ich noch. Ich wähle die Nummer von diesem Kuhstall am Ende der Welt. Nach der Festnetznummer das Handy. Und wirklich, die kleine Melkerin nimmt mein Gespräch an. Im Hintergrund läuft eine Maschine, hundert Kühe muhen durcheinander, ich kann fast nichts verstehen.

»Gesine, hier ist Marie.«

»Ja? Ist etwas passiert?«

Wir schreien uns an. »Nein. Nicht wirklich. Ihre Oma ist überfordert mit dem, was da läuft. Das setzt ihr körperlich zu.«

»Oh … Ist sie im Krankenhaus?«

»Wie kommen Sie denn darauf? Sie sitzt zu Hause und wartet auf Sie. Dringend!«

»Aber ich kann nicht …«

»Doch! Sie können! Sie müssen nur wollen! Wenn ich Sie wäre, dann wäre ich heute Morgen sofort losgefahren. Und dann wär ich jetzt hier!«

»Wie bitte? Können Sie den letzten Satz noch mal wiederholen? Hier ist so ein Krach.«

»Ich wiederhole gar nichts! Und jetzt los, kommen Sie!« Ich werfe den Hörer auf.

Mein Blick kreuzt den des Fremden. Er steht vor dem Regal mit den Bildbänden und beobachtet mich. Ich grinse ihm zu, zucke kurz mit den Schultern, das Wasser kocht ohnehin. Mit dem Tablett mit Kanne und zwei Teetassen komme ich nach zwei Minuten in den Laden zurück. Er steht vor dem großen Roman-Regal, schüttelt ungläubig den Kopf, zieht einen Titel heraus, liest ihn an, zieht den nächsten Titel heraus, schüttelt wieder den Kopf. »Wenn ich das gewusst hätte … das hab ich ja nicht gewusst …«

»Wenn Sie was gewusst hätten?« Ich klappere überdeutlich mit Teelöffeln und Untertassen, damit er endlich zu mir an den Ladentisch kommt.

»Wenn ich gewusst hätte, dass das so ein toller Laden ist. Dann wäre ich längst schon mal hier gewesen!«

»Dann hätten wir uns das mit dem Unfall ja sparen können. Meine Kunden werbe ich nicht, indem ich mich vor ihr Auto schmeiße.«

»Kluge Entscheidung. – Hier, sehen Sie, eine komplette Jules-Verne-Ausgabe. Und *Das Mädchen aus dem All* von Jefremow. Und die *Sterntagebücher* von Lem. Das ist noch aus Ulbrichts Zeiten! Und da, von Martynow *Das Erbe der Phaetonen* und von Beljajew *Der Amphibienmensch* – das hab ich schon lange gesucht. Diese Stelle, wo Ijon Tichy versucht, sein Raumschiff zu reparieren, und in die Zeitschleife gerät. Und in der Nacht kommt sein eigenes Ich vom nächsten Tag und versucht ihn zu wecken. Aber er glaubt nicht an dieses Doppel. Und am nächsten Tag, als er selbst der vom nächsten Tag ist, da versucht er den vom Tag davor aufzuwecken – aber der glaubt nicht, was er sieht. Für die 60er Jahre ist das doch genial, oder?«

Ich stehe da und sperre den Mund auf. Was ist das denn für einer? Der liest Bücher, wirklich? »Machen Sie sich keine Mühe, ich kenne die Geschichten nicht, es sei denn, das Buch wurde verfilmt.«

Jetzt kriegt er seinen Mund nicht mehr zu. »Sie wollen sagen, Sie haben dieses Buch nicht gelesen?«

»Das und die meisten anderen hier. Romane lese ich nie.«

»Ach? Hören Sie, Marie, kriegen Sie es manchmal auch hin, dass Sie einfach nur sagen, was Sache ist, ohne maßlos zu übertreiben, ohne zu beißen oder zu hacken?«

Ich gucke ihn an. Zum ersten Mal fallen mir diese Augen auf, dunkelbraun, versteckt hinter seiner Brille, von rabenschwarzen Wimpern umrahmt. Ich sage nichts mehr, stelle ihm seine Tasse hin, gieße Tee ein.

»Na gut, dann erzählen Sie doch mal – was für geheimnisvolle Päckchen sind in dem Korb, den ich hier reingeschleppt habe? Ach, und noch was: Ich habe bärigen Hunger auf Süßes, haben Sie vielleicht einen Keks?«

Meine Teekanne ist winzig, keine halbe Stunde, dann haben wir sie leer. Eigentlich könnte er jetzt seine Bücher bezahlen, seine Herbstjacke wieder anziehen und gehen. Aber das macht er nicht. Er sitzt einfach weiter neben meinem Ladentisch, streckt gemütlich die Beine aus und geht eben nicht. Was hat der gesagt, warum er gekommen ist?

»So so, Heftromane sind in dem Korb? Ich dachte, die wurden erst in den 50er Jahren erfunden. Jerry Cotton ... Darf ich mir die mal ansehen?«

»Sie haben wohl gar nichts zu tun? Keine Verpflichtungen, keine Termine?«

»Doch, ich bin mit meinen Kollegen zum Essen verabredet. Anschließend Bowlen. Aber essen können die auch ohne mich.«

Ach nein! Das sind *meine* Päckchen, mein Vergnügen. Aber irgendwie kriegt er mich rum. Schließlich kniet er neben mir auf dem Fußboden und guckt, was ich aus dem ersten Päckchen wickele. Das zweite packt er schon mit mir gemeinsam aus. Und das dritte auch, und das vierte ... Einträchtig wie zwei Kinder unterm Weihnachtsbaum.

Manchmal sind vier, manchmal fünf Hefte darin. Jedes einzelne sehe ich an. Das Papier ist vergilbt, aber längst nicht so, wie ich es erwartet hätte bei diesem Alter. Wahrscheinlich haben die Hefte ihr ganzes Dasein in Bücher- und Wäscheschränken verbracht, ohne Licht und Sonne. Keine Ecke ist geknickt, keine Kante abgestoßen, sie sind wirklich wie neu. Zu Kaisers Zeiten gekauft und nie wieder dran gerührt. Vorsichtig gebe ich die Stapel an ihn weiter, er blättert darin, legt sie ordentlich nebeneinander auf den Ladentisch. Von jedem Paket behalte ich ein Heft zurück, schlage es wieder in das Einwickelpapier und lege locker die Verschnürung darum. Damit Opa auch seine Freude hat.

Ich lege eine Liste an:

– Band 8, Die Verbrechen einer Nacht, fünf Hefte

– Band 3, Eine Bestie in Menschengestalt, fünf Hefte

– Band 5, Drei Minuten in Todesgrauen, fünf Hefte

– Band 13, Stadtbahnbogen Nr. 987, vier Hefte

– Band 15, Die Gespenster auf der Kohlengrube »Gotteslohn«, vier Hefte

»Sagen Sie, Marie, haben Sie vielleicht eine Decke für mich? Ich kann nicht mehr knien.«

Auf dem harten Parkettboden knie ich auf einer wuscheligen rosa Kinderdecke, die ein Fundstück aus einem Bücherschrank ist. Und die brauche ich heute wirklich. Meine Beine tun immer noch schrecklich weh, mein Rücken … »Nein, tut mir leid, ich hab nur diese eine Decke.«

– Band 10, Goldelse oder Das Geheimnis des Eckhauses in der Katzengasse, vier Hefte

– Band 7, Der Kinderschlachter von Berlin, drei Hefte

»Ich könnte neben Sie auf die Decke kommen. Wär das in Ordnung?«

Was für Ideen hat der denn? »Nein. Viel zu dicht!«

»Aber meine Knie tun weh.«

»Ja, meine auch.«

»Sehen Sie! Sehen Sie!«

Ich bin ziemlich gut darin, unerbittlich zu sein. Wer ist gestern angefahren worden, er oder ich?

– Band 6, Das Ende eines Verbrecherkönigs

– Band 11, Die Hyänen der Großstadt

Meine Liste wird länger und länger. Immer wieder rückt er die Heftstapel auf dem Tisch hin und her, bis die Reihenfolge fortlaufend ist. Die Lücken schließen sich. Hat sie mir etwa die ganze Folge geschenkt? Ein komplettes Fünf-Sterne-Menü: Apéritif, Suppe, Hauptgang, Dessert.

Dem Fremden stehen kleine Schweißperlen auf der Nase und auf der Stirn. Aber er genießt jedes Päckchen, jedes Schnürband, jeden neuen Stapel. Und da passiert es: Er schlägt eines der Hefte auf und liest mir daraus vor.

Wanda von Brannburg
Deutschlands Meister Detectivin

Sammlung hervorragender Criminal-Novellen aller Länder, genau nach den Tagebüchern der Baronesse von Brannburg
Dreizehn Jahre im Kampf gegen die internationale Verbrecherwelt

Stadtbahnbogen Nr. 987
Von Emil Eggert-Breslau

1. Kapitel
Mord unter den Bögen der Stadtbahn

Zwei Wachtmeister in blauen Uniformen, die zwei Stunden vor Mitternacht auf ihrem Kontrollgange durch die finstersten Straßen in der Mitte von Berlin waren, betraten eine kleine Kaschemme, deren einziger Raum sich unter dem Bogen der Berliner Stadtbahn befand und nur durch eine winzige Tür in demselben zu betreten war. Sie trugen blaue Uniformen und blinkende Hauben und waren hierdurch schon von weitem als Wachtmeister zu erkennen, was ihnen in dieser dunklen Gegend wesentlich mehr Ablehnung als freundliche Blicke eintrug. Jedoch wurden sie hier vollkommen überraschend mit einem Aufseufzen der Erleichterung empfangen.

Es bot sich ihnen ein schreckliches Bild. Vor ihnen lag der Wirt der Kaschemme, der den beiden Polizeiwachtmeistern wohlbekannt war, niedergestreckt auf dem Boden seines Lokales, inmitten einer größeren Blutlache. Sofort im selben Augenblick zogen die beiden Wachtmeister ihre Säbel und eilten mit großen Schritten in die hinteren Räume des Lokals, um einen Übeltäter, der vielleicht noch vor Ort war, nicht entkommen zu lassen. Doch das Lokal war leer, soviel sie feststellen konnten, somit beugte sich nun der jüngere der beiden Wachtmeister gegen den Wirt hinab.

»Mann, wer hat sich an Ihnen schuldig gemacht? Reden Sie!«

Mit letzter Kraft hob der den Arm und deutete auf einen Mantel aus feinstem Tuch, der in einigem Abstand zu ihm auf dem schmutzigen Boden lag, sowie daneben einen eleganten Homburger. Mehr war von ihm nicht zu erfahren, denn noch in derselben Minute hauchte er seinen letzten Atemzug …

Er liest wie ein Schauspieler. Rudert mit den Armen, verstellt seine Stimme, schneidet sogar Gesichter. Einfach süß. Allerliebst! Ich lehne mich zurück und genieße.

Da fällt mir ein, dass ich gar nicht weiß, wie dieser Mann heißt. Jut jut, Marie, ist vielleicht auch egal.

Wir arbeiten weiter. Aufknoten, auswickeln, ausbreiten, durchblättern, aufstapeln, aufschreiben. Noch sechs oder sieben Päckchen bis zum Boden des Korbes. Meine schmerzenden Knie habe ich beinahe vergessen. Mir geht's richtig gut!

Der Fremde schwitzt. Gerade überlege ich, ob ich ihm vorschlage, sich für die letzten Pakete an den Tisch zu setzen, da geht meine Ladentür auf. Ein nasskalter Windstoß weht herein. Der Mann neben mir auf dem Fußboden überragt mich in Länge und Breite, ich muss mich weit vorlehnen, um zu sehen, wer da gekommen ist. Es ist Fritz! Du liebe Güte, den hab ich ja völlig vergessen.

Fritz schließt die Tür hinter sich. Dann baut er sich vor uns auf, breitbeinig, in Lederhosen und Lederhemd. Sein blonder Lockenschopf strahlt unter dem Licht der Deckenlampe, frisch geföntund gestylt. »Schau an. Hänsel und Gretel. Ihr habt's hier ja nett miteinander!«

Der Fremde dreht sich, ganz gemächlich erhebt er sich, streckt seine Beine, reckt seinen Rücken, bis er endlich vor ihm steht. Groß wie ein Elch. Neben ihm sieht Fritz wie ein wildes Mufflon aus. »Wir sind weder Hänsel noch Gretel, wie jeder leicht sehen kann. Und Sie sind der Herr, der gestern Nacht so weit neben sich stand? Oder lag?«

Fritz ist verblüfft. Eigentlich wollte er drohend gucken, aber jetzt fangen seine Augen zu flackern an. Er erinnert sich nicht, woher dieser Mann ihn kennen kann. Sie stehen sich gegenüber und starren sich in die Augen. Geweihschaufel an Gehörn. Keiner rührt sich auch nur einen Zentimeter.

»Sag mal, Fritz, warum bist du gekommen? Wolltest du was von mir?«

»Ich, ähm … nein, ich wollte nur deine neue Putzfrau begucken. Äh, 'tschuldigung, deinen neuen Putzmann.« Er säuselt weder wie Brad Pitt noch wie Johnny Depp. Er redet einfach wie Fritz. Sein Blick wandert. Von mir zu dem Elch und wieder zu mir. Das kleine Hirn unter seinem Gehörn läuft auf Hochtouren. Fritz, das Mufflon. Aber es führt ihn nirgendwohin.

»Ich bin auch kein Putzmann. Ich bin einfach nur der Mörder Ihrer Freundin.«

Das ist zu viel für Fritz. Er guckt ihn fassungslos an. »Mörder? Von Marie?«

»Ja, klar, wie viele Freundinnen haben Sie denn?«

Nein, das ist überhaupt nicht die Art von Humor, die Fritz versteht. Sein Blick wird wild. Er braucht einen Hinweis, was das hier bedeuten könnte. Aber ich hab keinen Bock mehr auf seine Humorlosigkeit. Ich halte seinem Blick stand. Endlich, endlich gibt er nach.

»Ich … also … ich gehe dann. Ich habe heute Nachmittag einen Termin. Ein Kunde aus Dahlem, für einen BMW M6 Coupé. Ein richtig schwieriges Ding!« Er guckt mir auffordernd ins Gesicht. Aber ich halte ihn nicht zurück. »Marie, du rufst mich nachher an!«

Ich nicke und lächele. Sicher, Fritz, sicher. Das sollte er eigentlich wissen – ich rufe nie an.

»Bis morgen!« Ein letzter Blick in die Runde. Die Ladentür knallt.

Schweigend nimmt der Fremde das nächste Paket aus dem Wäschekorb. Löst den Faden, wickelt aus, blättert die Hefte auf und hält sie mir hin. Ich greife danach, schon den Kugelschreiber für die Liste in der Hand. Wir arbeiten völlig synchron. Aber dann legt er das nächste Paket in den Korb zurück und atmet tief durch. »Erst mache ich Ihr Fahrrad kaputt. Und jetzt auch noch Ihre Beziehung.«

»Es war nicht mein Fahrrad. Das hab ich doch schon gesagt.«

»Aber Ihre Beziehung ist es doch, oder?«

Jetzt weiche ich seinem Blick aus. Natürlich ist das meine Beziehung. Aber Fritz und ich – das geht ihn nichts an. Ich beuge mich über die Hefte, die ich noch in der Hand halte. Und da plötzlich kniet er sich neben mich, mitten auf die rosa Decke, legt seine Hand an meine Wange. Das fasse ich nicht, lasse ich wirklich zu, dass dieser Mann mich berührt?

Nur eine kleine Sekunde, dann zieht er die Hand zurück. Ich kann mir einreden, diese Berührung hätte es gar nicht gegeben. Immer noch ist er dicht neben mir. Bei jedem Atemzug treffen mich seine Gerüche. Duschbad, Bodylotion, Rasierwasser, ganz leicht, ein wenig blumig, ein wenig herb. Und dazu dieser Blick, diese braunen Augen, die ganz dunkel sind, tief und ganz weich.

Heute ist echt nicht mein Tag.

Der Vormittag ist lange vorbei. Dunkle Herbstwolken ziehen. Ein kräftiger Wind weht den Sand vom Straßenrand die Große Hamburger hinauf. Immer noch gehen Leute mit prall gefüllten SPAR-Einkaufstüten vorbei, Kinder mit Rollern und Skateboards, Touristen mit umgehängten Fotoapparaten. Es wird Mittag, es wird Nachmittag. Vor zwanzig Jahren, wenn ich am Samstagnachmittag bei Opa im Laden saß, war um diese Zeit gar nichts mehr los. Die Große Hamburger ist wie der Friedhof von Chicago, sagte Opa dann, genauso ruhig – aber fünfmal so tot. Und jetzt? Jetzt sind wir die Mitte von Berlin. Die Mitte der Mitte. Ununterbrochen flanieren Touristen durch die Straßen im Viertel. Die Cafés und Restaurants sind niemals still. Egal ob es Tag oder Nacht ist, diese Straße schläft nie.

Irgendwann ist mein Wäschekorb leer. Ich trage den letzten Titel auf meiner Liste ein. Der Fremde schlägt die Einwickelbögen um Opas letztes Überraschungspaket. Dann schraubt er sich vom Fußboden hoch, lässt sich in meinen grünen Sessel fallen und wischt sich den Schweiß von der Stirn.

Jut jut, Marie, das war's. Meine Vermutung war richtig: Ich habe alle Hefte von Nummer 1 bis Nummer 19, fortlaufend hintereinander, komplett. Die letzten Hefte, die wir gefunden haben, heißen:

– *Das Drama am Vierwaldstätter-See*
– *Mausche Reb, der Würger von Frankfurt*
– *Das Verbrechen in der Freimaurerloge »Auge des Weltalls«* und
– *Das Geheimnis der japanischen Riesenvase*

Einundachtzig Hefte liegen auf meinem Ladentisch. Mein schlechtes Gewissen hebt leise den Finger. Unmöglich, die alle als Geschenk anzunehmen. Ich muss endlich Werner in Hamburg erreichen. Wenn diese Hefte wirklich so viel wert sind, sollte ich Rose von Reventlow dafür bezahlen. Und ich sollte nicht alle auf einmal anbieten, damit ich nicht die Preise verderbe. Vielleicht über ein, zwei Jahre verteilt?

Ein Blick auf die Uhr. Samstags mache ich im Herbst schon um fünf meinen Laden zu. Na gut, es ist noch nicht mal drei. Aber mein Magen knurrt, der Magen von Opa knurrt sicher auch. Bis fünf halte ich es nicht mehr aus. Ich hole meine Jacke aus dem Hinterzimmer und wedele mit dem Ladenschlüssel. »Feierabend!«

Der Fremde erhebt sich aus dem Sessel, tritt von einem Fuß auf den anderen. »Nun … dann sollte ich wohl. Meine Kollegen sind bestimmt schon beim Bowlen … oder gibt es irgendetwas, was ich noch für Sie tun kann?«

»Nö, eigentlich nicht.« Fünfzehn locker verschnürte Päckchen lege ich in den Korb zurück. Er wiegt nicht mehr so viel wie heute Morgen. Ich hebe ihn an, zucke stöhnend zusammen.

»Marie, geht es Ihnen nicht gut?« Sofort reißt er mir den Korb aus der Hand.

»Doch, doch, geht schon.« Eigentlich könnte ich ihn alleine tragen.

»Wohin soll denn der Korb? Schließlich bin ich schuld, dass Sie nicht mehr richtig heben können.«

Stimmt, das ist er. Und wenn er schon mal dabei ist, kann er *mich* auch noch alle vier Stockwerke hochtragen. Mit schwächlicher Hand deute ich hinauf. »Nach oben in meine Wohnung.«

Ich schalte das Licht aus, schließe den Laden ab. Der Fremde stapft beladen neben mir über den breiten Fußweg. Der Wind zaust an seiner Jacke und an seinen schwarzen Haaren. Ein Elch im Schneesturm. Gut, es sind nur die letzten Blätter der Esche vor dem Hedwigskrankenhaus, die hier über die Straße wehen. Aber in seinem Bart legt der Wind breite weiche Lippen frei.

Wie bitte? Was? Marie, nun krieg dich mal wieder ein! Halt den Ball flach. Und schmalz hier nicht herum!

Er wuchtet den Korb nach oben, vor den Bauch gestemmt. Von Treppenabsatz zu Treppenabsatz stehen mehr kleine Schweißperlen auf seiner Stirn. Was habe ich ihm eigentlich von Opa erzählt? Vielleicht sollte ich ihn warnen? Ihn erwartet jetzt nicht das gemütliche Nest einer allein wohnenden Antiquarin, sondern eine Opa-WG mit Klappergespenst.

Kaum schließe ich die Wohnungstür auf, schon öffnet sich hinten im Flur Opas Zimmertür. Langsam schwankt er auf uns zu. »Marie, du wirst jeden Tag hübscher!« Mit zitternder Hand streicht er über meine Wange. Dann sieht er den Mann hinter mir im Flur. Bitte, lieber Gott, lass ihn jetzt nicht Fritz sagen, lass heute keinen demenziell vernebelten Tag sein, lass ihn charmant und klug sein wie früher.

Aber Opa ist einfach Opa, er nickt ihm zu, und im nächsten Moment hat er ihn schon vergessen und sieht nur noch den Korb.

»Oh! Pakete! Pakete!« Opas Gesicht verzieht sich zu einem breiten Nussknackerlächeln. »Ach wie schön! Siehst du, Marie, war doch richtig, dass ich Fritz vorhin zu dir geschickt hab.«

»Was? Du hast Fritz zu mir geschickt?«

»Oh … tut mir leid, ging nicht anders. Wie sollte ich dir sonst sagen, dass du noch mehr von den Heften besorgen musst?«

»Opa, ich habe ein Handy! Und Fritz hat mir gar nichts gesagt. Was er unten aufgeführt hat, sah eher nach einem dramatischen Lustspiel aus.«

»Entschuldigung, Kind. Na ja … eben der Fritz. Aber nun komm, ich muss dir was zeigen!«

Ich greife Opa unter den Arm und stütze ihn den Flur hinunter in sein Zimmer zurück. Der Fremde folgt meinem Nicken und geht hinter uns her. Vorsichtig setze ich Opa in seinen Liegesessel. Hebe seine Beine auf den Hocker. Erschöpft sinkt er in die Kissen zurück.

»Marie, sieh mal auf den Tisch. Das habe ich schon gestern Abend entdeckt, aber da konnte ich es noch nicht glauben. Nun hab ich heute Morgen sortiert – und dann habe ich Fritz zu dir geschickt, damit er dich fragt, ob du noch mehr von den Heften hast. Eigentlich meine ich, noch mehr von dem Papier, was da drum herum ist. Und das haben wir ja nun. So ein Glück!«

Ja, so ein Glück. Auf jeden Fall für Opa Willi. Er lächelt fröhlich zu mir herauf. Ach, diese blöde Demenz! Auf dem Tisch liegen ausgebreitet und geglättet die Bögen vom Einwickelpapier. Fächerförmig nebeneinandergelegt.

»Da, Kind! Nun guck!«

»Ach, Opa …«

»Guck hin, Kind! Da hat einer drauf geschrieben!«

Ich trete näher an den Tisch. Doch, ja, das sind gar keine Demenzphantasien. Jeder Bogen ist bedeckt mit langen Buchstabenreihen.

Der Fremde steht immer noch in der Tür. Ich winke ihn herein. Wieder trifft mich sein Duft. Rasierwasser, Deospray, Waschpulver ... Im Vorbeigehen berührt seine Hand meinen Po – oder bilde ich mir das ein? Dann beugt er sich neben mir über die Bögen. »Ja, kenne ich, das ist das Papier, in das diese Hefte eingeschlagen sind.«

»Mein Junge, du hast es erfasst! Aber da steht ein halber Roman drauf, habt ihr das nicht gesehen?«

»Gesehen ... doch, gesehen schon. Aber ich dachte, na, es ist eben zum Einwickeln. Da nimmt man was Gebrauchtes.«

»Ihr jungen Leute! Nicht denken ... mit-denken müsst ihr! Da rast ihr durch euer Leben, und das Wichtigste überseht ihr.«

»Tut mir leid – und das soll was Wichtiges sein?«

»Aber sicher! Lest mal ein Stück, dann glaubt ihr mir.« Opa streckt seine Hand nach den Bögen aus. »Hier, Marie, steht was von Berlin. Vom Kaiser und von der Universität. Sogar vom Schloss Monbijou. Liest sich wie ein Roman. Oder wie ein Tagebuch. Vielleicht ist es das Manuskript für ein Buch? Auf jeden Fall ist es ganz und gar kein Einwickelpapier!«

Er hält mir einen Bogen hin. Ich gucke darauf. Wie die Kuh ins Uhrwerk. »Ich würde ja gerne, Opa, aber ...«

Dieses Mal dauert es etwas länger, bis er versteht. »Du liebe Güte! Darauf hätte ich kommen müssen! Darum habt ihr es nicht gesehen. Marie, du kannst ja kein Sütterlin! Könnt ihr beide nicht, oder?«

Wir schütteln unsere blamierten Häupter.

»Kinder, ach, diese Jugend ... Sag mal, Marie, wo wohnt diese Frau, von der du die Hefte hast?«

»In einem riesigen alten Haus in der Oranienburger, kurz vor der Synagoge.«

»Die Frau, die das schreibt, wohnt im Hochparterre. Und deine?«

»Meine auch.«

»Siehst du! Genau, was ich sage. Hier schreibt jemand, dass er ... nein, dass sie aus dem Fenster von ihrem Salon das Schloss Monbijou sehen kann. Trifft das zu auf die Wohnung dieser Dame?«

Das Schloss Monbijou steht seit dem Krieg nicht mehr. An seiner

Stelle ist jetzt der Park mit dem kleinen Bad. In der Wohnung von Rose von Reventlow war ich bisher nur in der Küche und in dem Zimmer mit dem Kleiderschrank. Beide blicken nach hinten, auf den Hof hinaus. Und wohin blickt ein Salon? Wahrscheinlich nach vorne, repräsentativ, auf die Straße. Klar, keine Frage, aus den Zimmern im vorderen Teil der Wohnung sieht man auf den Monbijoupark hinaus. »Doch, Opa, das passt schon. Das Haus liegt genau gegenüber vom Park.«

»Interessant … äußerst interessant!« Er legt den Bogen auf den Tisch zurück, setzt sich in seinem Sessel auf und blickt im Zimmer herum. »Wo ist denn der Korb?«

Der fremde Elch trabt los und holt den Wäschekorb aus dem Flur. »Wo soll ich ihn hinstellen?«

Opa lächelt und kommandiert. »Hierher! Auskippen! Alle!«

Das ist Opas breitestes Lächeln seit langem. Mein alter Kolumbus. Vor vielen Jahren ist er über die Meere gesegelt. Und jetzt, wo die Haare weiß sind, spürt er endlich mal wieder das Meer. Wogendes Abenteuer, Planken unter seinen Füßen. Wahrscheinlich schnellt sein Blutdruck gerade mächtig in die Höhe.

»Kinder, Kinder! Ich kann's kaum erwarten! Dumm, dass die Blätter keine Nummerierung haben … Vielleicht sollte ich das Einwickelpapier nach der Reihenfolge der Heftchen ordnen. Könnte doch sein, wir haben Glück und das ist der Code. Wenn nicht, dann sitze ich bis morgen früh hier, aber glaubt mir, das ist es mir wert!« Er guckt von einem zum andern, mit strahlenden Augen. Dann bleibt sein Blick an dem Fremden hängen. »Sie sind sehr hilfsbereit, junger Mann! Und nicht uncool. Marie, nun mach uns doch endlich miteinander bekannt!«

Klar, dass das kommen muss! Auf der Peinlichkeitsskala von eins bis zehn eine glatte Hundertzwanzig. Ich druckse herum. »Das … nun … das ist …«

»Ja, wer ist hier dement, du oder ich?«

Der Fremde kommt mir zu Hilfe. Er macht eine knappe Verbeugung und reicht Opa die Hand. »Stein, Linus Stein. Aus Berlin.«

»Aha. Und aus was für einem Berlin?«

»Steglitz. Wieso?«

»Ja, ach … Steglitz? Da kennen wir schon einen … Ist schon recht, junger Mann, Sie können ja nichts dafür.«

Der Fremde forscht in Opas Gesicht nach dem Sinn dieser Worte. Opa strahlt. Von diesem Linus zu mir und von mir wieder zu diesem Linus. »So, Kinder, ihr dürft jetzt gehen!«

»Wieso gehen? Wir helfen natürlich!«

»Nee, ihr junges Volk … ihr macht hier nur Unordnung. Bringt mir was zu essen mit und kommt in zwei Stunden zurück.«

Draußen weht eisiger Wind. Graue Wolken jagen über den Himmel. Kaum schiebe ich den Kopf aus der Toreinfahrt, gleich kneift der Wind mir ins Ohr. Dieser Linus spürt die Kälte gar nicht. Er rennt auf die Straße hinaus. »Zwei Stunden Zeit. Schön – und was machen wir?«

»Wie – *machen*? Ich warte, bis Opa fertig ist, und Sie fahren jetzt Bowlen. Wenn Sie wollen, bringe ich Sie zu Ihrem Auto.«

»Mein Auto ist zum Ausbeulen in der Werkstatt. Ich bin mit der S-Bahn hier. Aber ich will gar nicht weg. Gerade jetzt, wo es spannend wird! Wir könnten ja essen gehen in diesen zwei Stunden, ich lade Sie ein. Gibt's hier ein Café? Ich habe schrecklichen Hunger auf Süßes.«

Habe ich das nicht vorhin schon gehört? Der Arme, ein keksloser Vormittag … ein ganzer keksloser Tag! »Am Bahnhof gibt's Currywurst.«

»Schön! Für 'ne Currywurst wär ich auch. Zuerst Kuchen?«

Ich mag keinen Kuchen. Nichts Süßes, wenn es irgendwie geht. Aber bitte, ich will nicht unhöflich sein. Gleich hier vorne an der Ecke haben wir eine Konditorei, bei der den ganzen Tag die Türen nicht stillstehen. Die besten Torten der Stadt. Ich war noch nie drin, das konnte ich immer vermeiden. Also gut, auf zu Törtchen und Obstkuchen, damit der Elch seinen Keks kriegt.

»Oh, Confiserie Reichert, super, haben wir auch in Steglitz, in der Schlossstraße, da wo früher mal Konditorei Senst war …«

Jetzt weiß ich's, Naschereien sind seine Leibspeise. Er sucht sich bescheidene zwei Stückchen Cremetorte aus. Und eine Pariser Schnitte, für die Zeit zwischen den beiden Tortenstücken. Ich nehme ein halbes Käsebrötchen. Wir setzen uns auf die rot gepolsterten Thonetstühle an einen kleinen Tisch. Blicken auf das gemalte Kornfeld an der Wand, sehen aus dem Fenster. Auf den Zwiebelturm der Sophienkirche und die Spitze vom Fernsehturm, die über die Dächer gucken. Auf den nicht abreißenden Strom der Fußgänger vor den Ladenfenstern. Auf die Ausstellung der gepiercten und intarsierten und besprayten Schädel in der Galerie gegenüber.

»Übrigens, Marie, ich hab schon eine Idee, wo wir nachher essen gehen. Gleich hier in der Nähe.«

»Sie kennen sich aus hier?«

»Gar nicht, ich war gestern zum ersten Mal hier. Aber das geht mir schon länger im Kopf herum: Ich möchte mal in die *Mulackritze*.«

»In die *Mulackritze*, so so. Wie kommen Sie denn darauf?«

»Die habe ich in einem Film gesehen, einem Krimi über die Brüder Sass, zwei Gauner in den zwanziger Jahren. Die saßen immer in dieser Kneipe, und die war so was von urig, wie von Zille gemalt, Berliner Milieu.«

»Aha. Wo soll die denn sein?«

»Na, ganz logisch, die *Mulackritze* ist in der Mulackstraße.« Gerade setze ich an, ihm zu erklären, dass das so eine Sache ist mit dem alten Berlin als Kulisse in einem neuen Spielfilm. Aber er … »Die Kneipe kann man gar nicht übersehen, die ist gleich neben dieser riesigen Treppe.«

Nicht wundern, Marie. Wer sitzt hier vor mir? Ein Tourist aus Steglitz. »Was denn für eine Treppe, mein Herr?«

»Diese breite Treppe, die in die obere Straße führt. Ich dachte, Sie kennen sich aus?«

So so, eine riesige Treppe also. Typisch Touri. Keine Ahnung, noch nie hier gewesen, aber alles besser wissen. Die Spandauer Vorstadt liegt doch nicht in den Bergen. Das hier ist eine Flachstadt. Hier gibt's weit und breit keine Treppe. Nur an der U-Bahn, die Treppe nach unten zum Bahnsteig. Der nächste Hügel ist der Prenzlauer Berg. Ich ziehe die Schultern nach oben, nicke. »Doch, wir können gerne in die Mulackstraße gehen. Das ist nicht mal ein Kilometer.« Eigentlich könnten wir uns den Weg ja sparen.

»Gut! Da gibt's bestimmt Buletten und Kartoffelsalat. Endlich was Richtiges essen!« Das letzte Häppchen Haselnusscreme verschwindet zwischen seinen Lippen. Er greift nach seiner Jacke.

Zuerst wandern wir durch die Sophienstraße. Ich zeige ihm die schön renovierten Häuser in diesem Alt-Berlin für Touristen, die nur halbwegs echt sind. Als Vorbereitung, sozusagen, auf das, was ihn in der Mulackstraße erwartet. Dann schwenken wir in die Rosenthaler, danach in die Gormann … Aber so schnell geht das nicht mit ihm. Schon nach den ersten Metern müssen wir anhalten, denn auf der anderen Straßenseite hat er *Kunst und Curry* entdeckt.

»Wär das wohl in Ordnung, wenn wir schnell mal da rüber …«

»Ich denke, Sie wollen in die Mulackstraße?«

»Ja, will ich, aber mit dem Loch im Bauch geht das nicht. Seit dem Frühstück hab ich nichts mehr gegessen!«

Außer dem Stückchen Walnusstorte und der Haselnusstorte und der Pariser Schnitte gerade eben. »Na klar, Sie haben bestimmt furchtbaren Hunger!«

Er lässt sich einen halben Meter Currywurst auf einen Teller kringeln. Mit ordentlich Soße drüber. Ich sehe mir inzwischen die Kunstwerke an den Wänden vom Imbiss an. Den zweiten halben Meter nimmt er geschnitten im Pappteller auf die Hand. Damit wandern wir, weit ist es nicht mehr. Wir überqueren die düstere Steinstraße, dann biegen wir ab, von den breiten Hauptstraßen und Plätzen in die enge Mulackstraße. Gleich an der Ecke ist ein asiatisches Restaurant, gegenüber ein polynesisches. Ein paar Schritte weiter ein thailändisches, nach zwanzig Metern ein koreanisches. Früher, schon vor Kaisers Zeiten, wurde die Große Hamburger auch Toleranzstraße genannt. Weil sich hier viele Völkergruppen vermischten und friedlich miteinander lebten. Heute genau wie damals könnte die ganze Gegend von Spandauer Vorstadt bis Linienstraße Toleranzviertel heißen.

Die Mulackstraße ist nur ein Sträßchen, nicht halb so lang wie die Große Hamburger. Noch dazu ist sie eng. An beiden Straßenseiten stehen sich schmale drei- oder viergeschossige Häuser gegenüber, so dicht, man könnte Wäscheleinen von einer Straßenseite zur anderen spannen. Die Fenster sind weder hoch noch breit, die Toreinfahrten ganz und gar nicht hochherrschaftlich. So ist das im Scheunenviertel, hat mir Opa erklärt: Die Oranienburger Straße war eine vornehme Adresse am Schloss Monbijou. Das Kaiser-Friedrich-Museum mit dem Denkmal von Kaiser Friedrich III. war ein teurer Prestigebau der Hohenzollern. Im Offizierscasino in der Oranienburger Straße verkehrte der junge Wilhelm II. Je weiter man nun in das Gewirr der Straßen dahinter Richtung Scheunenviertel kam, umso weniger wohlhabend waren die Bewohner. Die Mulackstraße war von allem der Hinterhof. Enge überbelegte Wohnungen. Sogar in Kellern lebten die Leute, litten an

Unterernährung und Schwindsucht. Wer diese Gegend kennt, lacht nicht über Zilles Bilder – Originalton Opa. Aber was wissen Touristen davon? Und Leute, die einen Film drehen, der im Scheunenviertel spielen soll?

Wir brauchen nicht mal fünf Minuten, dann haben wir die Mulackstraße von hinten bis vorne durchstreift. Zwei junge Männer mit Wollmützen kommen uns entgegen. Hinter ihnen laufen ihre Frauen in bunten langen Röcken, aus denen farbige Hosenbeine hervorgucken, jede mit einem kleinen Kind auf dem Arm.

»Ja, und wo ist nun das Restaurant?«

Ich ziehe die Schultern hoch. Der Wind frischt auf, es wird immer kälter.

»Suchen wir weiter, Marie! Wo geht die Straße jetzt lang?«

Ich schüttele den Kopf. »Das war's, die ist hier zu Ende.«

»Und wo ist die Treppe?«

»Die gab's hier noch nie.«

»Das kann überhaupt nicht sein!«

Ich deute auf eine Lücke zwischen zwei alten Häusern, die von Büschen und Bäumen bewachsen ist. »Die *Mulackritze* gab's schon. Die war hier, ungefähr. Ein flaches Häuschen mit einem Nuttenzimmer im Dachgeschoss. Aber hier sind Bomben gefallen im Krieg, das zerstörte Haus haben sie abgerissen, da war ich noch nicht mal geboren.«

»Ich hab's doch gesehen!«

»Ja, im Film. Vielleicht war alles aus Pappe. So was machen die in Berlin, die bauen ganze Straßen, die schon hundert Jahre verschwunden sind. Innen Betonfertigteile und außen Gründerzeit. Touristen-Legenden, Berlin-Disneyland. Das hält lange, da können sie Generationen von Touristen durchjagen. Und das merkt nur, wer es von hinten sieht.«

Jetzt pfeift der kalte Wind richtig los. Er steht immer noch da und guckt. Kratzt sich den Kopf und glaubt's nicht. Seine Brillengläser reflektieren die spärlichen Lampen am Straßenrand. Kleine Wassertropfen hängen in seinem Bart. Mir ist nur noch kalt. Ich würde jetzt gerne gehen. Zu Luigi und Mario, heiße Pasta essen und Rotwein trinken.

»Das ist nicht mal ein Jahr her. Ein völlig intaktes Haus. Eine florierende Kneipe.«

»Das war ein Film, Linus!«

Eine alte Frau kommt die Straße entlang, weicht uns aus, steigt vom Bordstein hinunter. Der Gehweg ist hier so schmal, dass sie unmöglich an uns vorbeikommt. Sie trägt einen wollenen Schal um den Kopf, störrisches graues Haar quillt darunter hervor. Ihr warmer Mantel sieht aus wie ein alter Herrenmantel, zu weit und zu lang. Sie hört uns zu, guckt von einem zum anderen, keine Sekunde bleibt sie stehen. »Reden Sie über *Sass*?«

»Äh … ja!«

»Sie sind nicht die Ersten, die sich hier wundern. Den Film haben die nicht hier gedreht, sondern in Prag.« Sie winkt uns im Gehen zu, und weg ist sie.

»Haben Sie vielen Dank!« Linus Stein dreht sich zu mir. Stemmt die Hände in die Seiten, guckt mich an. Er holt ganz tief Luft … und lacht. Laut. Dröhnend. Er biegt sich. Ein wiehernder Elch. Wenn die alten Häuser hier noch so baufällig wären wie vor zwanzig Jahren, würden sie jetzt zusammenstürzen. »Marie, das haben Sie gewusst? Die ganze Zeit über!« Er ringt nach Atem. Wenn dieser Linus lacht, reißt er den Mund auf und fletscht zwei schneeweiße Zahnreihen zwischen seinen schwarzen Bartkriseln. Er kneift die Augen hinter seiner Brille zusammen, lehnt sich hintenüber und röhrt. »Machen Sie das nie wieder! Mich so auf den Arm zu nehmen. Ich hoffe, wir sind jetzt quitt?«

Sind wir. Ganz bestimmt. Sein Lachen ist ansteckend. Was für ein schöner Tag! Darf ich jetzt endlich zu meinem Rotwein?

Eine halbe Stunde und fünf historische Straßenzüge später sind wir wirklich da, wo ich hinwill. Luigi kommt mit ausgebreiteten Armen auf uns zu.

»Ah, Marie! Buona sera, bella! Und der nette Signore! Na, habt ihr Freundschaft geschlossen?«

Ich lasse Linus Stein vorangehen und knurre. »Mach so weiter, Luigi, und ich muss gleich wieder gehen.«

»Oh, Marie, tute es immer noch weh?«

»Nein!«

Luigi lächelt breit wie *Beppone*. Wir finden uns zu viert vor der Delikatessentheke ein. Luigi und Mario, dieser Linus und ich.

»Ihr seid bestimmt hungrig. Haben wir hausgemachte Tortellini, mit Lachsfüllung, heute sehr zu empfehlen.«

»Nein, danke.«

»Marie? Du isste immer gern Fisch. Keinen Appetite?«

Ich starre auf die gefüllten Teigtaschen. Keine Ahnung, was plötzlich mit mir los ist. Doch, ich weiß. Auf dem Weg zurück, während mir der Herbstwind um den Kopf wehte und die Kälte in meine Ohren biss, ist mir aufgefallen, dass ich mich gar nicht erinnern kann, ob ich je mit Fritz so eine nette kleine Stadtführung gemacht habe. Nie? Nicht mal am Anfang unserer Beziehung? Und schlimmer: Wann habe ich mit Fritz so viel Spaß gehabt? Einfach nur gelacht, bis wir nicht mehr atmen konnten? Muss erst dieser BMW-Bruchpilot kommen und mich längelang auf die Straße fahren, damit ich wieder mal lachen kann?

»Ich will einfach nur Rotwein. Eine ganze Flasche am besten. Und nachher was für Opa.«

Mario guckt mich an, schüttelt besorgt den Kopf. Er verlässt den Platz hinter der Theke, kommt herüber zu uns. Einen Augenblick zögert er, dann legt er mir den Arm um die Schultern. Todesmutig. »Komm, ich lade dich ein. Euche beide. Setzte euch. Ich bringe die Karte.«

Wir werden durch die überfüllte Salumeria geleitet, zu meinem Lieblingstisch mit der braunen Holzbank. Linus nimmt auf dem Stuhl gegenüber Platz. »Gut, fangen wir an mit dem Rotwein. Ich habe furchtbaren Hunger. Ein richtiges Loch im Bauch.«

Mario und Linus werfen sich Blicke zu. Blinzeln. Nicken. »Na, was wollte ihr trinken? Sizilianisches Feuer oder gemäßigte Hitze aus Umbrien?«

Wir entscheiden uns für das Feuer. Keine Lachs-Tortellini für Linus Stein, er isst nichts, was zu Lebzeiten geschwommen ist, er braucht dringend ein Filetto di Manzo al Gorgonzola mit Rosmarinkartoffeln und frischem Spinat. Mario lächelt und eilt von dannen. Linus lächelt. Luigi lacht. Männerverbrüderung ringsum. Fritz hat immer nur mit den beiden gestritten. So viel hellblauen Frieden ertrage ich nicht. »Sag mal, Luigi, weißt du nicht mehr? Dieser Mann hat gestern dein Fahrrad kaputt gemacht!«

»Machte nichts, er kauft ja ein neues.«

»Was? Ein ganz neues Fahrrad? Für so eine alte Chaise!«

»Aber sicher. Das war eine Antiquitäte!«

»Du Schlitzohr! Das sind Mafia-Methoden.«

»Nein, beruhige dich doch, Marie. Er kauft kein Designer-Rad, sondern einfach was mit zwei Rädern und einer Lenkstange, was auch richtig fährt. Das iste nicht Mafia, das iste Eine-Hand-macht-die-andere-glücklich, wie ihr Deutschen sagt. Gestern die neue Fahrrad – und heute laden wir euch zum Essen ein. Und morgen holst du wieder Abendessen bei uns. So iste das Leben, Marie. Man musse immer auch für ein bisschen Spaß sorgen.«

Ja, genau mein Stichwort. Spaß haben. Sich einfach mal freuen.

»Komm, Marie, mach nicht so eine Gesichte. Ich hole euch einen Ramazotti zum Aufwärmen. Und lege dir meine schönste CD ein.«

Sie lächeln sich zu, schon wieder. Hellblaue Wölkchen schweben durch die Luft. Ich könnte losheulen, sofort, ich könnte explodieren. Jetzt eilt auch Luigi davon. »Mal sehen, ob er eine Schleimspur hinterlässt.«

»Marie, manchmal sind Sie aber doch etwas ungerecht.«

Dann klingen die Eiswürfel im Glas. Wir bekommen einen Ramazotti, so groß wie eine Oktoberfestmaß, und hören Ramazotti dazu.

Se bastasse una bella canzone
a far piovere amore
si potrebbe cantarla un milione …

Meine Wut schmilzt wie ein Iglu auf dem hochsommerlichen Alexanderplatz. Ich entspanne mich langsam, aber dann … oh Gott … steigen mir Tränen in die Augen. Dagegen hilft auch Ramazotti nicht.

… un milione di volte
bastasse già, bastasse già
non ci vorrebbe poi tanto ad amare di più

Schnell beuge ich mich über die Speisekarte. Linus Stein lässt sich von Mario die Unterschiede zwischen den Rotweinen aus Sizilien, Sardinien, Umbrien und der Toscana erklären. Luigi schmettert hinter seiner Theke, lauter als Eros. Keiner sieht die Tränen, die auf die Speisekarte tropfen. Ein Taschentuch, sofort. Ich wühle in meiner Handtasche, irgendwo muss ich doch so ein Ding haben. Nie hat man, was man braucht! Und was man hat, braucht man gar nicht! Das gilt für Taschentücher genau wie für Männer. Mist!

Mir wird erst besser, als ich die ersten Tortellini im Mund habe. Und noch besser, als wir anstoßen mit feurigem sizilianischem Rotwein. »Auf neue Fahrräder und ausgebeulte Autotüren!«

»Auf florierende Kneipen und breite Treppen!«

»Ich dachte, Sie sind nicht mehr sauer auf mich? Ich dachte, wir wären quitt.«

»Ich bin nicht sauer.«

»Dann hören Sie doch auf zu weinen. Oder geht's um was anderes?«

»Nein, hier geht es um gar nichts! Mir tut einfach nur alles weh.« Was rede ich da schon wieder? Kacke, Kacke.

Aber er hört gar nicht darauf. Er legt einfach nur seine Hand auf meine, guckt mir in die Augen, nagelt mich fest mit seinem schweren Blick. »Wie wäre es mit Rotwein als Schmerzmittel?«

»Bitte eine Familienpackung!« Jut jut, Marie, Kopf hoch, eigentlich geht's mir doch gut. Ich tue einfach so, als würde ich seine Hand nicht bemerken. Eigentlich müsste ich meine wegziehen. Und was mache ich? Ich lasse sie da, wo sie ist.

»Prost!«

»Sagen Sie mal, was machen Sie eigentlich, wenn Sie nicht gerade als Tourist durch Berlin-Mitte wandern?«

»Und wenn ich nicht gerade junge Frauen von ihren Fahrrädern fahre? Ich bin Netzwerkadministrator. Ich behebe Fehler, die irgendwo in der Firma auftreten. Wenn der Drucker nicht druckt, der Scanner nicht scannt, die Programme nicht kompatibel sind.«

»Hm. Aha.«

»Ich weiß, Sie wollen jetzt einen Vortrag hören, was ein Netzwerkadministrator so macht. Aber da muss ich Sie enttäuschen. Solche Fragen klärt nur die Sendung mit der Maus. Komisch, ist aber so.« Er winkt Mario und bestellt eine doppelte Panna cotta. »Ich weiß, dass ich eine Berufsfigur habe. Ich sitze einfach zu viel. Aber heute hatte ich einen sportlichen Tag, und jetzt darf ich zuschlagen!«

Mario kommt, stellt zwei Schalen Panna cotta vor Linus. Er sieht unsere ineinandergelegten Hände, gießt Wein nach, grinst mir zu, zwinkert zu Linus hinüber und verschwindet.

»Marie, komm, lächele wieder!«

Ja, in Ordnung, dann lächele ich eben. Und ich pfeife auf sämtliche Autohändler, auch auf den blondesten und erfolgreichsten von ganz

Berlin, und hab überhaupt kein schlechtes Gewissen. Prost, Mario! Prost, Luigi! Prost, Elch!

Da dringt leises Läuten an mein Ohr. Oh, bitte! Nicht jetzt, Fritz!

»Marie, ist das Ihr Handy?«

»Nein! Wenn er was will, soll er herkommen!«

»Wie bitte? Wer? Ach, ich weiß schon. Genau meine Meinung. Aber herkommen soll er eigentlich auch nicht.« Linus grinst.

Das Läuten hört einfach nicht auf. Es wird auch nicht aufhören, schließlich habe ich meine Mailbox abgeschaltet. Das war mir zu viel, ständig die Nie-rufst-du-mich-an-Sprechblasen von Fritz mit immer dem gleichen Wortlaut abzuhören. Es läutet und läutet.

»Vielleicht ist es ein Notfall.«

Ich bin aber kein Notarzt! Widerstrebend ziehe ich mein Handy aus der Handtasche. Im Display ist nicht die Nummer von Fritz, sondern die von Opa. In Windeseile drücke ich auf den grünen Knopf. »Opa, was gibt's?«

»Marie, du wirst es nicht glauben. Es sind einhundertzwanzig Blätter, doppelseitig beschrieben. Manchmal fehlt auch ein Stück dazwischen, aber das meiste ist doch komplett!«

»Ist es so, wie du dachtest?«

»Unbedingt! Unbedingt! Zuerst ist sie eine langweilige kleine Gräfin. Eine richtige Gutshof-Idylle … und dann liest es sich immer mehr wie ein Krimi. Aber es ist auch ein Tagebuch … Jeden Tag passiert etwas Neues, eine Katastrophe nach der anderen. Die Spur führt bis nach Hamburg. Es ist wie in den Romanheften, aber irgendwie auch ganz anders. Es ist beinahe … real. Als gäbe es diese Frau wirklich, eine Detektivin, in Berlin, zu Zeiten von Kaiser Wilhelm.«

»Damals gab's keine Detektivinnen, Opa. Das waren immer nur Männer.«

»Ha, es gab sie! Ich lese gerade einen Roman über sie! Und sie wohnte genau dort, gegenüber vom Park.«

»Opa, bleib ruhig! Pass auf dein Herz auf.«

»Das ist eine Sensation, liebes Kind!«

»Du könntest dich immer noch irren. Bitte reg dich nicht auf.«

»Ach, lies doch selbst, Marie, oder nein, geht ja nicht. Ich lese dir vor. Am besten jetzt gleich. Und, äh … ist dieser nette Junge aus Steglitz noch da?«

»Ja.«

»Dann bring ihn mit. Dem lese ich auch vor. Ach, und noch was, mein Kind. Bevor du zu mir kommst, könntest du vielleicht schnell noch zu dieser Dame gehen?«

»Was?«

»Ach Marie, bitte!«

»Du meinst nicht die Dame, von der wir die Hefte haben?«

»Doch, Kind, ganz genau die meine ich.«

»Aber die hat keine Hefte mehr. Sie hat mir alle gegeben.«

»Es fehlen noch so viele Seiten. Vielleicht hat sie nicht richtig geguckt?«

»Opa!«

»Nein, Kind, ich sage nie zu dir ›Steig auf den Mount Everest‹. Oder ›Spring über die Mauer!‹ Aber jetzt müssen wir wissen, wie die Geschichte ausgeht. Unbedingt. Wir sind die Entdecker von Deutschlands Meister-Detektivin, vergiss das nicht!« Er trennt die Verbindung.

Langsam lege ich mein Handy auf den Tisch zurück. Linus guckt mich an. Luigi und Mario stehen hinter der Theke und sehen herüber zu uns. »Also … das tut mir jetzt wirklich leid – ich muss weg.«

»Ich hab schon gehört.«

»Würden Sie hier auf mich warten? Eventuell?«

»Ich könnte auch mitkommen.«

Ich schüttele den Kopf. »Wenn ich nicht alleine komme, macht sie mir sowieso nicht die Tür auf. Wenn überhaupt.«

»Gut, dann warte ich hier.«

Ich nicke ihm zu, greife nach Handtasche und Jacke und bin schon auf dem Weg zur Tür.

»He, Marie, vor diesem Mann läufste du weg?«

Doch, die Zeit für eine Antwort nehme ich mir. Ich bleibe stehen und kneife Luigi ins Ohr. »Danke fürs Essen, mein Lieber. In einer Stunde bin ich wieder hier. Und wenn ihr mir den Mann auch so betrunken macht wie gestern den Fritz, dann kaufe ich nie wieder eine einzige Nudel bei euch! Und ein neues Fahrrad gibt es dann auch nicht. Alles klar?«

Ich habe es nicht weit. Es ist Abend, trübe und dunkel, stürmischer Herbst. Trotzdem ist die Straße voller Menschen. Vor der Synagoge wie immer die Polizisten. Im *Silberstein* sind alle Tische besetzt. Der *Edelramsch* ist noch hell erleuchtet. Bemalte Toaster und Tassen kaufen die Leute den ganzen Tag und die halbe Nacht.

Eine Minute später drücke ich an der riesigen Haustür bei Rose von Reventlow auf den Klingelknopf. Zweimal kurz, zweimal lang.

Nichts passiert. Ich drücke noch einmal. Warte. Läute ein drittes Mal. Dann lasse ich einfach den Finger auf der Klingel. Ewig und drei Tage. Vielleicht ist das taktisch nicht klug, es könnte sie wütend machen. Aber die Wohnung ist groß, vielleicht kriegt sie mein Klingeln nur mit, wenn es als Dauerton an ihr Ohr dringt. Auf jeden Fall ist Gesine nicht hier, die hätte längst aufgemacht.

Ich warte und warte, nichts passiert. Ich könnte auf den Hof gehen und nach einer Hintertür suchen. Oder ich werfe ein klitzekleines Steinchen zu ihrem Küchenfenster hinauf?

Einmal klingele ich noch. Nur ganz kurz. Und da ist sie.

»Verschwinden Sie endlich! Ich rufe die Polizei!« Eine kratzige bärbeißige Stimme bellt aus der Wechselsprechanlage. Rose, die Frau mit den tausend Gesichtern.

»Frau von Reventlow, ich bin es, Marie Baer. Machen Sie bitte auf!«

Nach kurzer Pause ertönt der Summer, ich sprinte die breiten Stufen hinauf. Die Wohnungstür steht nur einen Zentimeter weit offen. Eine schwere Türkette hält sie in dieser Position. Im Türspalt ein Auge.

Ich drücke den Lichtschalter, stelle mich genau vor den Spalt und lasse mich betrachten. »Sehen Sie, ich bin es.«

Die Tür wird zugedrückt, der Kettenverschluss klirrt, dann öffnet sich langsam die Wohnungstür. Und da steht sie, mit dem üblichen schwarzen Kleiderrock und ordentlich gekämmtem Bubikopf über dem schneeweißen Kragen. Preußisch gerade wie ein General, einen riesigen Säbel in der Hand.

»Frau von Reventlow?«

Sie guckt an ihrem Arm hinunter, als würde sie ihre Bewaffnung jetzt erst bemerken. »Nun ja, ich …«

Mit sanftem Nachdruck nehme ich den Säbel und lehne ihn an die Garderobenwand. Schließe die Tür. Suche den Lichtschalter.

»Frau Baer, schön, dass Sie mich besuchen kommen. Sie waren lange nicht hier.«

»Soweit ich mich erinnere, zuletzt heute Morgen.«

»Ach ja?« Sie geht vor mir her, den Flur hinunter nach links. Da vorne ist die Küchentür. Vollkommen falsche Richtung, schließlich bin ich wegen der Hefte hier.

»Marie Baer, trinken Sie Grünen Chinesen mit mir?«

Sie schaltet die Lampen in der Küche nicht ein, der düstere Herbsthimmel dämmert durch die Spitzengardinen. Große Güte, auch unter dem Küchenfenster lehnt ein Säbel an der Wand. Was ist los mit dieser Frau? Ein schneller Blick über meine Schulter, vielleicht steht sie mit erhobenem Schürhaken hinter mir? »Wir sollten Licht machen, es ist etwas unheimlich hier.« Ich greife nach dem Schalter neben dem Türrahmen, aber sie ist schneller als ich und hält meine Hand fest.

»Kein Licht! Sie könnten uns sehen!«

Oh nein! Bitte jetzt keinen neuen Demenzanfall. Vielleicht würde ein kleiner Ramazotti ihr weiterhelfen? Möglicherweise hilft ja schon eine Tasse Tee. Ich fülle Wasser in den weißen Emaillekessel, taste auf dem Regal herum, wo die Tassen mit den hellblauen Streifen und die Teekanne stehen.

Rose von Reventlow lässt sich auf einen Stuhl fallen. Ein leises Stöhnen kommt über ihre Lippen, ein tiefer Atemzug. »Die halbe Nacht haben die hier geklingelt, immer wieder. Die werfen Steine an mein Küchenfenster, in der Nacht, wenn keiner sie sieht. Aber ich mache nicht auf. – Kochen Sie den Tee nur recht stark.«

In Ordnung. Ich schütte noch zwei Esslöffel Blätter nach und gieße Wasser auf.

»Und das Schlimme ist, die kommen immer wieder! Klingeln, reden auf mich ein. Tag und Nacht. Gestern brannte die Mülltonne unten im Hof. Das waren die auch.«

»Liebe Frau von Reventlow, warum sollte jemand so etwas tun?«

»Das ist doch ganz logisch. Die wollen, dass ich verrückt werde.«

»Ich bitte Sie – wer?«

»Die aus Hamburg natürlich!«

»Die Herren, die ich heute Morgen auf Ihrer Treppe gesehen habe?«

Im Dämmerlicht in der Küche kann ich nicht erkennen, ob sie nickt oder den Kopf schüttelt. Aber keiner dieser Herren sah aus wie jemand, der nachts bei alten Damen Klingelstreiche macht.

Sie schiebt mir ein Tablett hin. Ihre Stimme wird heiseres Flüstern. »Stellen Sie die Tassen hier drauf. Wir müssen aufpassen, im Salon können sie uns nicht sehen.«

Teestunde im Irrenhaus. Rose von Reventlow greift nach einer Streichholzschachtel und zündet zwei Kerzen an, die in Messingleuchtern auf dem Tisch stehen. Mit dem brühheißen grünen Tee und zwei flackernden Kerzen auf dem Tablett schiebt sie mich aus der Küche in den finsteren Gang, nach vorne in den Flur, zu zwei riesigen Flügeltüren. Ihre Blicke gleiten über mein Gesicht. Sie deutet auf die linke der beiden Türen. »Bitte, Frau Baer, öffnen Sie.«

Mit dem Ellenbogen drücke ich die Klinke hinab. Knarrend schwingt ein Türflügel auf. Wir treten ein. Ein riesiger Raum liegt im Dämmerlicht. Die Silhouetten von voluminösen Sofas und Sesseln, von Schränken, Vitrinen und Tischen zeichnen sich vor drei hohen Fenstern ab. Das Licht der Straßenbeleuchtung schimmert durch die kahle Linde vor dem Haus.

»Schnell, die Portiere zu!«

Das geht nun wirklich nicht mit dem Ellenbogen. Wohin stelle ich das Tablett? Ein breites Sideboard steht zwischen den Fenstern. Im Flackerlicht der beiden Kerzenleuchter greife ich nach den schweren Vorhängen. Bevor ich sie schließe, werfe ich einen Blick in den Abend hinaus. Völlig klar, auf der anderen Straßenseite liegt der Park. Genau wie wir vermutet haben. Vor dem Krieg konnte man aus diesen Fenstern mühelos auf das Schloss und die Torhäuser und die alte Kapelle hinuntersehen.

Als der letzte Vorhangschal sich vor das Fenster schiebt, flammt hinter mir ein Kronleuchter auf. Hunderte von kristallenen Facetten blinken zwischen gläsernen blauen Lilien. An jeder Wand und in jeder Ecke reflektieren Spiegel das einfallende Licht. Die breiten Sofas müssen irgendwann weiß gewesen sein, der schlanke Salonschrank mit den verglasten Türen war einst hell und modern. Eine Stimmung liegt über dem Raum, elegant, heiter, beschwingt.

»Oh … was für einen wunderschönen Salon haben Sie!«

Sie nickt huldvoll. »Ja, schön ist er wohl, allerdings haben wir diesen Raum nie benutzt.«

»Nie?«

»Äußerst selten. Er war … wie ein Heiligtum. Wir haben ihn nur immer wieder geputzt, so als könnte irgendwann jemand kommen, der ihn benutzen will. Aber das war nicht nur mit dem Salon so, wir haben auch die Bibliothek nicht benutzt. Auch nicht die Arbeitszimmer, nicht das kleine Labor … Hier, stellen Sie die Teetassen auf den Lilientisch.«

»Was für seltsame Sitten.«

»Nebenan mit dem Esszimmer war es noch schlimmer. Das habe ich nie betreten dürfen, ich durfte nicht mal den Kopf zur Türe hineinstecken, da war mein Vater sehr streng. Aber wir hatten viel Platz, die Wohnung ist groß genug. Es gibt so viele Räume im Ostflügel und im Westflügel …« Sie lässt sich auf einem hellen Sofa nieder, deutet auf den Platz gegenüber.

Ich setze mich vorsichtig, sehe mich um. »Was für schöne Bilder!« Über den Sofas vor der hinteren Wand hängen zwei große Gemälde. Ein Beet dunkelblauer Schwertlilien auf dem einen, auf dem anderen eine junge Frau mit langem dunklem Haar, die lächelnd vor einer alten Schlossmauer steht.

»Das eine hat Vincent van Gogh gemalt, das andere Lovis Corinth.«

»Wenn sie echt wären, wären sie eine Unmenge Geld wert. Aber auch wenn sie nicht echt sind, sind sie wunderschön. Besonders die junge Frau.«

»Es sind Originale. Haben Sie die Signaturen gesehen?«

»Das ist ja unglaublich! Ein echter van Gogh? Ein echter Corinth?«

»Ja, so ist es. Van Gogh hat mehrere von diesen blauen Lilienbildern gemalt, wir haben halt eines davon. Und die Frau auf dem Bild … Nun, da hat Corinth eine Dame meiner Familie porträtiert, das war damals so üblich.«

Ich gieße uns Tee ein. Sie sieht mir dabei zu, ihr Rücken sinkt in die Polster, ihr Gesicht entspannt sich, wird feiner und weicher. Die dunklen Augen der jungen Frau auf dem Gemälde verfolgen jede Bewegung. Wir greifen beide nach unseren Teetassen, beinahe gleichzeitig. Ihre Hände zittern, meine nicht.

»Ach, Frau Baer, Sie können sich nicht vorstellen, wie schlimm das ist, wenn einem keiner glaubt. Darum rufe ich auch nicht die Polizei. Wenn ich denen sage, was diese Männer hier anstellen, was die mir für Lügen auftischen, um an mein Haus zu kommen, es ist unerhört. In dieser Wohnung wären Morde passiert. Nicht nur ein Mord, nein, mehrere gleich! Und der hinterbliebene Witwer wäre nach Hamburg geflüchtet. Und dessen Nachfahren wären es, denen jetzt die Wohnung gehört ... Wenn ich das den Herren von der Polizei erzähle, dann heißt es doch, die alte Frau ist verrückt. Und dann komme ich ins Heim, dann haben die leichtes Spiel mit mir. Das geht schnell heutzutage, nicht wahr?«

Ja, da hat sie wohl recht, und vielleicht gehört sie wirklich dahin. Auf jeden Fall braucht sie Pflege und Aufsicht. Was ist mit dieser Frau los? In was für Zustände können alte Leute geraten, wenn man ihnen ihr Zuhause wegnehmen will? Keine Frage: Gesine muss her. Ich werde sie anrufen, gleich wenn ich hier raus bin. Und was jetzt? Soll ich ihr vorsichtshalber zustimmen oder versuchen, sie wieder in die Realität zu führen? Besser wäre es für sie. Die Bedingungen sind gut, sie ist nicht alleine, sie entspannt sich gerade und muntert sich mit grünem Tee in der Stärke von dreifachem Espresso auf.

Jut jut, Marie, zurück in die Wirklichkeit, raus mit ihr aus den Nebeln ihrer Demenz. Ich könnte die Sprache auf das bringen, weshalb ich gekommen bin. »Ihr Grüner Chinese schmeckt ganz wunderbar, Frau von Reventlow. Erinnern Sie sich, heute Morgen habe ich schon einmal mit Ihnen Tee getrunken. Und Sie haben mir einen ganzen Waschkorb voller Romanhefte mitgegeben.«

Sie schüttelt nur kurz den Kopf, unwillig, als wäre ein welkes Blatt auf ihren weißen Scheitel gefallen, das sie abschütteln muss, spricht einfach weiter, mitten in meine Worte hinein. »Wissen Sie, manchmal spüre ich überdeutlich, dass ich diese Zeit heute nicht mehr verstehen kann. Als Hitler Reichskanzler wurde, da war das gar nicht so selten, dass Leuten ihr Haus weggenommen wurde, ihre Fabrik, ihre Firma. Aber heutzutage, das hätte ich nie für möglich gehalten. Und dann mit diesen Methoden!« Ihre Hand zittert wieder heftiger. Schnell stellt sie die Tasse zurück auf den Tisch, sieht mich an. »Vielleicht können Sie mir raten, Frau Baer: Wie kann ich beweisen, dass mir mein Haus gehört? Was verlangt man da heutzutage?«

»Das ist gar nicht so schwierig, Sie zeigen einfach den Grundbuchauszug, in dem Sie als Eigentümerin eingetragen sind. Und wenn Sie keinen haben, fordern Sie einen an, beim Grundbuchamt.«

Ihre Augen huschen über mein Gesicht. »Wenn das so einfach wäre! Ich habe nach Papieren gesucht. Und wissen Sie, was ich gefunden habe? Drei Pässe von mir, aus meiner Kinderzeit, mit drei verschiedenen Geburtsdaten – und drei verschiedenen Namen.« Sie guckt mich an. Ist ihr Blick noch klar? Ihre Verwirrung macht mich nervös. Vorsicht, Marie, keine Fehler, sonst wirft sie mich aus der Wohnung, und ich habe noch nicht mal nach den beschriebenen Seiten gefragt.

Ich nehme die Teekanne, gieße noch einmal Tee in die Tassen mit dem hellblauen Streifen, denke nach. Dann wage ich eine winzige Gegenfrage. »Wieso sind Sie so sicher, dass Ihnen das Haus gehört?«

Sie guckt mich an, reißt ihre Augen auf. »Nun, wir haben hier immer gelebt. Meine Eltern … ich auch … unser ganzes Leben.«

»Aber Sie könnten doch einfach nur Mieter sein wie die anderen Leute im Haus?«

»Ich glaube, Sie halten mich für beschränkt! Wir haben nie Miete gezahlt – wir haben die Miete kassiert, immer, an jedem Ersten. Die Miete kam in den Tresor, und da blieb sie. Na, wenn das kein Beweis ist! Und wir haben die beste Wohnung im Haus. Wir haben immer den Portier eingestellt. Wir haben jede Reparatur in Auftrag gegeben und jede Rechnung bezahlt. Ich kann Ihnen alle zeigen, lückenlos, seit 1909.«

»Das klingt überzeugend.«

»Aber vor keinem Amt dieser Welt gilt das.«

Stimmt, so kann sie gar nichts beweisen. Eine Frau mit drei Pässen, die nicht einmal weiß, wie sie selber heißt. Sie guckt mich immer noch an. Ich gucke zurück, in ihre blitzenden Brillengläser, ihre hilflos blickenden Augen. Aber wie soll ich ihr helfen und wie soll ich an Opas Einwickelpapier kommen, wenn ich nicht geradeheraus mit ihr reden kann? Wenn sie lockerer wäre, entspannter! Der grüne Tee wirkt schon, ihre Wangen haben wieder Farbe bekommen. Wie war das vorhin mit dem Ramazotti?

»Nun, Frau Baer?«

»Ja … Frau von Reventlow, im Moment ist mir gar nicht gut.«

»Oh!«

Kein schlechter Anfang. Weiter, Marie, weiter. Mir ist wirklich ein wenig übel. Diese Aufregung hier, der Lachs vorhin bei Luigi und Mario, die vielen Tortellini. Manchmal hilft mir meine Intuition über die tiefsten Schluchten hinweg. »Wären Sie vielleicht so freundlich, ich meine … hätten Sie eine kleine Verdauungshilfe für mich?«

»Was soll ich haben?« Sie schüttelt den Kopf. Aber dann … »Oh, doch, ich weiß, was Sie meinen. Auch mein Vater brauchte manchmal, wenn er aus dem Dienst kam, seine kleine Aufmunterung. Wahrscheinlich ist der alte Cognac längst schlecht.« Sie erhebt sich, zieht den Kleiderrock gerade und schreitet mit preußischem Tritt zu dem Sideboard an der Fensterwand. Eine dicke braune Flasche und zwei bauchige Schwenker holt sie aus den tiefergelegenen Fächern und stellt sie vor uns auf den Tisch. Ein kleiner Augenaufschlag himmelwärts. »Sei nicht böse, Papa!« Dann entkorkt sie die Flasche und hält sie mir unter die Nase. »Ob der noch genießbar ist?«

Ich ziehe tief diesen Duft ein. *Asbach Uralt* steht auf dem altmodischen Etikett. Kein alter, nein, wirklich ein ur-alter Cognac, wahrscheinlich noch aus der Kaiserzeit. Behutsam nehme ich ihr die Flasche aus der Hand. »Wir trauen uns einfach mal. Kein Cognac setzt Schimmel an. Darf ich die hübschen Gläser aus der Küche holen, die mit dem Monogramm?«

»Das sind keine Cognacschwenker.«

Ich springe auf, laufe in die Küche und bin sofort mit den beiden Gläsern zurück. Stiellos, aber sehr stilvoll. Ein fragender Blick zu Frau von Reventlow, sie nickt freundlich zurück. Ich gieße uns ein. »Frau von Reventlow … Prosit!«

Sie greift nach dem Glas, hält ihre Nase darüber. »Nein, schlecht riecht der nicht. Also prosit! Auf dass Ihnen wieder besser wird, liebe Frau Baer!«

Ich sehe ihr zu, wie sie das Glas hebt, daran nippt und dann in flinken kleinen Schlucken das ganze Glas hinunterkippt. Alter Schwede! Dann lasse ich mir den reifen Cognac durch die Kehle rinnen. Schnell, bevor sie ihr Glas abstellt und mich beim Anstarren erwischt.

Erwartungsvoll blickt sie mich an. »Nun, hilft er? Oder lieber noch einen?«

Ich nicke und ringe nach Atem. Wow!

Jetzt gießt sie uns noch einmal ein. »Also, Marie, prosit!«

»Auf Ihr Wohl, Frau von Reventlow!«

Hui, schon wieder sind unsere Gläser leer! Dabei sind die Stiellosen nicht eben klein. Ich schnappe schon wieder nach Luft. Rose von

Reventlow lacht. Die ganze preußische Steifheit versinkt im Cognacmeer. »Ach … das fühlt sich so warm an! Dieser gute Tropfen … das war eine famose Idee! Noch einen ganz kleinen *Asbach*, meine liebe Marie?«

Wir heben das Glas. Wohlige Hitze jagt durch meinen Hals. Was durch meinen Kopf jagt, entzieht sich langsam meiner Kontrolle. »Ach, liebe Frau … liebe Rose … ich muss …«

»Na?«

»Ich möchte so gerne …« Wir prosten uns zu.

»Meine kleine Marie. Sie sind so ein cleveres Mädchen. Wissen Sie, wenn ich es mir recht überlege, suchen Sie doch diese Grundbuchdinger für mich. Sehen Sie ruhig überall nach, in den Arbeitszimmern, in der Bibliothek, in allen Schränken, Sekretären, Schreibtischen. Kommen Sie her und wühlen Sie! Ist Ihnen das recht?«

»Ja, aber klar!«

»Na, einen noch?«

Wir heben noch einmal das hübsche Glas. »Bitte, darf ich Sie auch etwas fragen?«

»Aber, Kind, fragen Sie, fragen Sie!«

»Liebe Rose … Sie haben mir heute Morgen diese Hefte geschenkt, diese Romanhefte.«

Sie winkt ab. »Davon will ich gar nichts mehr hören! Ich verschenke, was ich will. Nur nicht dieses Haus. Zum Wohl!«

»Aber … das Papier, in das diese Hefte eingewickelt sind …«

»Na, das musste ja kommen, ich weiß, ich weiß.«

»Da steht etwas drauf.«

»Das sage ich doch: Ich weiß! Da hat jemand sein Herz ausgeschüttet. Ich habe die Hefte doch selbst darin eingepackt.«

»Opa sagt, diese Frau, die die Seiten beschrieben hat, die schreibt, dass sie hier lebte, in dieser Straße. Möglicherweise in diesem Haus, in dieser Wohnung.«

»Da sagen Sie mir nichts Neues.«

»Und da sind Sie nicht neugierig? Vielleicht war es Ihre Mutter? Vielleicht hat sie so etwas wie ein Tagebuch geschrieben?«

Rose von Reventlow prustet los wie ein Rasensprenger. »Das kann überhaupt nicht sein!«

»Wieso? Kann Ihre Mutter nicht schreiben?«

»Das möchte ich jetzt überhört haben. Natürlich konnte sie schreiben, Marie, fließend und fehlerfrei. Aber Sie müssen wissen, mein hinkender Herr Vater war Polizeibeamter. Schon unter Kaiser Wilhelm. Bei uns ging es preußisch zu, ordentlich. Auch ein wenig nüchtern mitunter, ein wenig spartanisch. Meine Mutter war eher etwas kühl ... wie die Nordsee, wo sie herkam. Zurückgezogen wie eine Miesmuschel. Eigentlich weiß ich gar nicht, wie sie wirklich war. Aber eines weiß ich: Meine Mutter Lotte von Reventlow hat niemals ein Buch geschrieben. Außer natürlich ihr Wirtschaftsbuch.«

»Aber es könnte doch sein ... vielleicht war sie auch eine Frau mit drei Pässen, genau wie Sie. Mit drei Gesichtern. Mit drei verschiedenen Leben.«

»Marie ... Sie sind ja so komisch!« Der Rasensprenger prustet schon wieder. Rose von Reventlow biegt sich vor Lachen. Sie gießt uns den letzten Schluck aus der Flasche ein. »Schade, schade, so eine Flasche müsste man auswringen können.«

»Aber ... aber ... aber ...«

»Wie bitte, mein Kind, was meinen Sie?«

»Ach, mir kommt gerade eine Idee. Vielleicht stimmt es ja doch.«

»Was stimmt, liebes Kind?«

»Was die Männer sagen. Dass in dieser Wohnung ein Mord passiert ist. Man müsste es herausfinden ...«

»Ich dachte, Sie glauben *mir*, und nicht diesen Männern!«

»Aber natürlich, ich glaube Ihnen. So langsam. Auf jeden Fall jetzt.«

»Hm. Aha.«

»Haben Sie diese Seiten gelesen? Wissen Sie, was diese Frau da schreibt?«

»Es hat mich nicht interessiert, das sagte ich doch schon.«

»Sind Sie denn nie auf den Gedanken gekommen, dass auf diesen Seiten auch etwas über das Haus stehen könnte? Vielleicht kann man dort nachlesen, warum es hier so eine Verwirrung gibt ... und wem das alles wirklich gehört.«

Sie schüttelt den Kopf, prostet mir zu, wir leeren das letzte Glas. »Mein liebes Kind, und wenn wir noch so viel Cognac trinken, es wird nicht klarer davon. Nein, meine Mutter war es nicht, die das geschrieben hat. Das war niemand, den ich kennen kann. Und deswegen ...

weg mit diesem ganzen Geschreibe. Das verwirrt mich, und darauf warten die nur.«

»Aber es war jemand, der hier in dieser Wohnung gelebt hat. Gehen wir da miteinander konform?«

Sie nickt vage. »Möglicherweise. Kann sein … Ich will nichts mehr davon hören.« Rose von Reventlow erhebt sich langsam von ihrem Sofa. Sie versucht es jedenfalls. Ich schraube mich schnellstens nach oben und eile, um ihr behilflich zu sein. Keine Ahnung, wie wir diese Aufsteh-Aktion hinkriegen und wie lange wir dafür brauchen. Noch einmal so lange brauchen wir für den Weg vom Salon hinaus in den Korridor.

»Liebes Kind … oh, festhalten bitte … ich bin nicht senil, ich weiß, was ich tue. Gehen wir da auch miteinander konform?«

Wir schwanken den Flur hinunter, mit hoch erhobenen Köpfen und garde-geraden Rücken. Immer schön durchgedrückt, wie ein preußischer … »Was war Ihr verehrter Pappi noch mal?«

»Polizeibeamter. Ein ziemlich hoher sogar. Unter Wilhelm II. Sagte ich das nicht bereits?«

»Keine Ahnung. In meinem Kopf ist alles wegradiert.«

»Na, dann sage ich es Ihnen jetzt. Und nun kommen Sie schon.«

Wir biegen nach rechts in einen Gang, nicht in den zur Küche, nein, in einen Gang, der nach hinten zum Seitenflügel führt. Der Gang ist so lang und der Weg so weit. Vor einer Flügeltür kommen wir an. Wir haben keine Möbel umgeworfen, sind unterwegs nicht abgestürzt oder an der Wand entlanggeschrammt. Gipfelkreuz!

Rose von Reventlow drückt die Klinke hinunter. »Marie, nicht so schüchtern, nun kommen Sie rein.«

Ein Zimmer mit blauem Sofa. Unmengen von Kissen und Polstern liegen auf Sesseln und Sofa herum, alle bestickt mit verschlungenen blauen Lilien. Wie auf dem Bild von van Gogh, das im Salon hängt. Neben einem Bücherregal steht ein kleiner Schreibsekretär. Fächer mit geschnitzten Lilien, ein kleiner Aufsatz mit Messingbeschlägen und Spiegelscheiben. Auf einer zierlichen Waschkommode gerahmte Fotos von Menschen in Anzügen, Hüten und Kleidern, die schon hundert Jahre nicht mehr in Mode sind.

Energisch öffnet sie eines der unteren Fächer in dem kleinen Schreibsekretär. Nimmt einen Stapel Seiten heraus, legt ihn vor mir auf die

Tischplatte. Bückt sich noch einmal und holt einen weiteren Stapel. Einen zerknitterten Skizzenblock, herausgerissene Seiten von einem Haushaltsbuch. Legt alles auf meine Arme. »So, mehr habe ich nicht davon.«

Ich muss mich anstrengen, um das alles zu halten. Peinlich, peinlich, ich schwanke wie eine Linde im Herbstwind. »Danke sehr. Und was ist das, was Sie mir hier aufladen?«

»Das ist genau das, wonach Sie gefragt haben. Ich gebe es Ihnen von Herzen. Unter einer Bedingung: Ich will nichts mehr davon hören. Und Sie kommen morgen Nachmittag, klingeln zweimal kurz, zweimal lang und wühlen in meinen Papieren herum. Abgemacht?«

»Zu Befehl! Halten zu Gnaden!« Ich knalle die Hacken zusammen.

Wir fangen schon wieder an zu lachen und können gar nicht mehr damit aufhören.

Ich gebe es zu: Ich habe ein Problem mit der Treppe im Haus von Rose von Reventlow. Heute Morgen war es ein sperriger alter Wäschekorb. Heute Abend verfehle ich ständig das Treppengeländer. Es weicht mir aus. Auch die Stufen ziehen sich schlagartig zurück, sobald ich den Fuß aufsetzen will. Die ganze Treppe ist plötzlich abschüssig und glatt.

Den Stapel beschriebener Seiten habe ich zusammengerollt unter meinen Arm geklemmt, so klar bin ich noch. Aber der Heimweg gestaltet sich schwierig. Immer wieder muss ich stehen bleiben und warten, bis der Gehweg unter meinen Füßen aufhört zu schwanken. Oder bis die Touris, die plötzlich vor mir aus dem Boden wachsen, sich entschließen, zur Seite zu rücken.

Glücklicherweise fällt mir nach den ersten Metern ein, dass ich nicht nach Hause zu Opa will. Also drehe ich bei, aye, aye, Käpten, ich muss ja noch zu Mario und Luigi, meinen Fritz abholen. Nein, nicht Fritz, sondern diesen … diesen Schnuffigen mit der berufsbedingten Knuddelfigur …

Endlich, wahrscheinlich drei Stunden später, klettere ich die Stufen zum Ristorante hinauf. Luigi poliert Karaffen und Gläser, er nickt mit seinem üblichen Gäste-Begrüßungslächeln. Dann reißt er Mund und Augen auf und springt hinter der Theke hervor. »Marie!«

»Hi! Hi, hi, hi.«

»Dio mio, lasse das bitte nichte wahr sein! Du machste einen Spaß mit mir, oder?«

»Hmmm … Dio mio macht schon mal Späße. Aber ich nicht.«

»Mario! Mario, komme mal!«

Mario schwenkt heran, wirft einen Blick auf mich. Einen Kennerblick. Was mit mir los ist, hat er in einer Zehntelsekunde heraus. »Marie, bitte, du wolltest, dass wir auf deinen Hübschen aufpassen und ihm nicht zu viel Rotwein geben. Das haben wir gemachte, aber was iste mit dir? Du biste ja völlig hinüber!« Es folgt der geübte Griff für solche Situationen: Sie hängen mich bei sich ein. Beidseitig. Einer greift rechts unter meinen Arm, der andere links. »So, und nun?«

»Ja, wohinne mit ihr? Wir können sie so nichte zu ihm bringen!«

»Doch! Wohin denn sonst? Da musse sie jetzt durch.«

Sie führen mich quer durchs Lokal. Das machen sie super, niemand nimmt Anstoß, niemand dreht sich nach mir um. Ich bin völlig unsichtbar. Bis wir am Tisch von dem … diesem … na, eben diesem Elch stehen. Er hebt den Kopf, lächelt zu mir herauf. Dann wird sein Blick unsicher. Er kneift die Augen hinter seiner Brille zusammen, guckt zu Mario, guckt zu Luigi. Sein Lächeln wird noch etwas breiter. »Oh!«

Ich lächele munter zurück. »Hi! Hi, hi, hi! Na, warst du schön artig im Kindergarten?«

Er steht auf und löst mich aus den italienischen Armen. »Komm, setz dich mal zu mir.«

»Ich kann gar nichts dafür. Ich bin ein Opfer der Wissenschaft. Der historischen Forschungen.«

»Ja, ist gut, Kleines. Vielleicht sollten wir jetzt besser gehen?«

Alle drei Männer brummen zustimmend. Gerade habe ich es mir auf der Holzbank bequem gemacht, da werde ich wieder unter den Armen gepackt und auf meine Füße gestellt. Und hassu-nich-gesehen stehen wir draußen vor dem Lokal auf der Straße.

»Luigi, Mario, danke für eure Hilfe. Ich komme morgen und zahle.«

»Nein, alles gut. Haste du vergessen, Mann, ihr wart eingeladen!«

Wir machen uns auf den Weg. Nein, *er* macht sich auf den Weg und schiebt mich neben sich her. Der Fußweg schwankt, der Bordstein auch. Aber ich werde perfekt gehalten. Immer schön senkrecht bleiben, Marie.

Oh, da fällt mir etwas ein. »Halt, ich muss noch mal zurück!«

»Nicht zurück, bitte!«

»Doch! Meine Rolle! Meine Rolle!«

Zwei Stimmen von hinter mir, sanft und beruhigend. Sehr weit sind wir anscheinend noch nicht gekommen. »Keine Panik, Marie. Die haben wir dir abgenommen, damit nixe passierte mit die Rolle. Die trägt jetzt deine Manne. Und das Essen für Opa auch.«

Meine Manne? Liebe Güte, ich kann mich an gar nichts erinnern. Wie lange geht das mit uns denn schon?

»Komm, Marie, komm, immer vorwärts!«

Einen Blick werfe ich noch über meine Schulter. Da stehen sie und winken, wie Papa und Mama.

»Danke, Mario! Danke, Luigi. Hick. Bis morgen!«

Der Abend ist plötzlich frisch. Im ersten Moment ist das für mich gar nicht gut, aber dann holt mich die kühle Luft langsam aus den uralten Asbach-Nebeln. Ganz, ganz langsam, zum Glück.

Ich laufe neben ihm her. Immer hübsch ordentlich, würde Opa sagen, Schritt für Schritt. »Mir ist kalt!«

Er bleibt stehen, wickelt seinen Schal vom Hals und schlingt ihn mir – nein, nicht etwa um den Hals, sondern um die Taille. Einen Arm legt er um meine Schulter, die andere Hand ankert er fest in diesem Schalrettungsring. »So sind wir schneller zu Hause. Da hast du es dann schön warm.«

Super. Die Oranienburger schwankt unter uns hinweg, die ganze Große Hamburger. Wir kommen wunderbar vorwärts. Er lässt sich auf gar nichts ein. Keine Schaufenster angucken, keine Diskussionen mit Fußgängern oder mit Radfahrern, die mir im Weg stehen wollen, nichts. Wir gehen.

»Ich muss noch Gesine anrufen.«

»Später. Zu Hause.«

»Es ist dringend! Sie muss unbedingt herkommen. Der alten Lady geht es nicht gut.«

»Schön, das mache ich für dich, ich rufe sie an. Aber erst mal nach Hause.«

Da plötzlich schwebt ein nagelneuer roter BMW mit offenem Verdeck an uns vorbei. Sanft wie ein Raumschiff senkt er sich in eine Parklücke genau vor Anorags Laden. Der flotte Schritt vom Elch hält für eine Sekunde inne. Das Verdeck des Raumschiffes wird nach oben gefahren, die rote Tür schwingt auf. Ihr entsteigt … der, den ich jetzt am allerwenigsten brauche.

»Hhhhch … hhhch … Marie! Gut, dass du gerade kommst. Du musst mir helfen. Stell dir vor, mein Herbst-Asthma ist zurückgekommen!«

Oh nein, bitte! Darth Vader persönlich mit Asthma und Sternenzerstörer.

»Hhhhch … hhhhch … kannst du mich bitte nach oben bringen?«

Habe ich je behauptet, ich stehe auf Männer, die über fünfzig sind und immer, wenn's hart kommt, nach Mutti rufen? Das epidemische Herbst-Asthma, die tödlichen Pollenflug-Reaktionswochen und die abscheuliche Hals-Nasen-Rachenraum-Diarrhoe … Warum muss ich immer dabei sein, wenn Fritz etwas zustößt?

»Marie … ach, Marie, hchchch … hchchch!« Da fällt sein Blick auf den Mann neben mir. Auf den Herrenschal, der sich um meine Taille rankt. Auf den festen Griff, mit dem ich gehalten werde. Fritz schüttelt seine blonde Lockenpracht. »Jetzt sagt bloß, ihr hängt den ganzen Tag miteinander rum?« Als keine Antwort kommt, zieht Fritz seinen Trumpf aus dem Ärmel: Er beugt sich über die Motorhaube, stützt sich mit beiden Armen und ringt mit dem Tod. »Hrrrrr … haaa … hrrrr!«

»Ist es möglich, dass dein Freund ein wenig zur Eifersucht neigt?«

»Nun … er zeigt sich immer wieder von Seiten, die mich überraschen.« Wir stehen hinter Fritz und sehen ihm beim Röcheln zu.

»Marie, ich löse mich jetzt in Luft auf.«

Nein! Wieso denn? Wir gehen jetzt zu Opa, vorlesen. Wir haben eine klare Absprache, die gilt auch bei tödlichen Zwischenfällen.

»Elch, bitte …«

»Ich gehe. Das wird ihm das Leben retten.«

»Ja. Leider.«

Marie, Marie! Reiß dich bloß zusammen.

24. August 1909

Berlin! Ja, Berlin!

Pferdegetrappel, Menschen rufen, Automobile hupen, die elektrische Straßenbahn quietscht. Durch die offenen Fenster dringen Lärm und Gestank. Irgendwo in der großen Kastanie vor dem Fenster singt wahrscheinlich ein Vogel, aber den hören wir nicht. Wir beugen uns emsig über unsere Staffeleien, den Stift in der Hand. Der alten Dame, die uns heute Modell sitzt, rinnt der Schweiß über die Stirn. Noch vier Minuten, noch drei Minuten, noch zwei. Und dann endlich läutet Professor Winblad die kleine Glocke, ich lege mein Bild in die Zeichenmappe, greife nach der Jacke von meinem Schneiderkostüm und bin als Erste zur Türe hinaus. Berlin, Berlin!

Sottke steht schon bereit, im Schatten der Kastanie warten Hans und Lotte, geduldig, vor den alten Landauer gespannt. Ich setze mich auf die Rückbank, Terab!, ruft Sottke, und schon geht es los. Den Kurfürstendamm hinunter, über den Großen Stern, den Potsdamer und den Leipziger Platz. Sottke weiß schon, was ich will, ich muss ihn nicht lange bitten. Eine kleine Extrarunde, ach Sottke, so heiß ist es doch heute nicht, Hans und Lotte werden nicht schlappmachen, komm, Sottke, einmal rund durch die Mitte.

Na, das macht er. Ich reiße die Augen auf und gucke. Damen mit geschnürter Taille und Damen in bequemen Reformkleidern, Sonnenschirme und Panamahüte, Herren mit Homburger und vornehmem Gehrock und Herren in schneidiger Uniform, Schuljungen mit Matrosenanzügen und Schülermützen. Pferdedroschken und Straßenbahnen, Elektrotaxen und Automobile! Da vorne ist schon das Brandenburger Tor, jetzt geht es die Linden hinunter. Polizisten auf Pferden, Trillerpfeifen, Straßenkehrer, eine Gemüsefrau und ein Stand mit Brezeln, Musik aus dem *Café Kranzler*, auf der Kreuzung Friedrichstraße regelt ein Polizist den Verkehr. Immer weiter die Linden hinunter, an Onkel Gustavs Universität, an der Königlichen Oper, am Lustgarten, am Dom vorbei, über die Kurfürstenbrücke und den Schlossplatz. Friedrich II. auf seinem Ross, das Denkmal des Großen Kurfürsten, natürlich auch hoch zu Pferde, die Schienen der Straßenbahn und die großen Kugellampen. Spaziergänger flanieren, Droschken klappern neben uns her. Ein Trupp Soldaten marschiert auf die Neue Wache,

Straßenkehrer schwingen ihre Besen über den Schlossplatz, Polizisten am Straßenrand haben alles im Blick, die Fontänen der Brunnen vor dem Schloss sprudeln.

Berlin, Berlin! Weltstadt.

Dann geht alles retour, um die Marienkirche herum wendet Sottke, und nun alles noch einmal von hinten. So geht's zweimal die Woche. Von morgens um zehn bis nachmittags um zwei auf die Kunstschule, dem Branndenburger Einerlei entrinnen, den Kühen, den Wiesen, Sand und Kiefern.

Hans und Lotte setzen die Hufe aufs heiße Straßenpflaster, langsam geht das, sehr langsam. Aber bitte sehr, mir geht's ja hier hinten gut. Terab, Terab! Pferdegetrappel, Straßenbahnklingeln, Menschen, Menschen, bis langsam alles ruhiger wird, von Straße zu Straße, die Häuser kleiner, die Bäume höher, die erste Chaussee, die erste Landstraße. Der Lärm schwindet, die Bäume rauschen, Sottke schnalzt mit der Zunge, damit Hans und Lotte nicht einschlafen. Schafe grasen am Straßenrand, Kühe weiden, ein Wald, ein Dorf.

Wir nähern uns Branndenburg, weit vor uns auf der Anhöhe die weißen Mauern und die Türme vom Schloss. Drei Türme, die miteinander den Hauptflügel bilden, daneben die graue Ruine der Burg. Ringsum unsere hellbraunen Kühe, die wohlgenährt auf den Weiden stehen. Hier sind unser Wald, unsere Weiden, unsere Kartoffelfelder, unsere Rüben und unser Roggen. Meine gute Laune fällt in sich zusammen, das ist kein Anblick, der mir Ausrufe des Entzückens entlockt wie Mama. Wenn es nach ihr ginge, würde ich als nächste Stufe ihrer Haushaltsunterweisung das Melken lernen und danach in der Milchküche Käse machen und buttern. Als hätten wir Kühe in unserem Familienwappen und keinen Adler.

Nein, ich will keine Kühe! Ich will keinen Gutshof und keine Landwirtschaft, keine Felder und keine Kartoffeln. Wie Sophie Henriette, Henriette Charlotte, Marie Isabell, Amalia Luise und Augusta Adelheid das sehen, weiß ich nicht. Aber ihnen kann es egal sein. Ich bin die Älteste, mich wird es eines Tages treffen, nicht sie.

»No, Baronesschen?« Sottke reißt mich aus meinen Gedanken, zeigt auf die Bäume, die Wiesen, hält mir die Zügel hin. Ich strahle, ja, sicher will ich. Und er lässt mich, trotz Verbot von Mama, denn er weiß, dass ich es kann, er hat es mir selber beigebracht. Ich kann sogar vierspännig kutschieren, mit Lotte und Hans werde ich spielend fertig. Also steige ich nach vorne auf den Kutschbock, schnalze mit der Zunge, knalle die Peitsche, und aus ist es mit der Schneckenpost. Trab! Trab! Meine Stimme ist laut, jetzt werden sie munter, legen sich ins Zeug. Sottke hält sich mit beiden Händen an der Kutschbank fest. »Langsam, jnädijes Fräulein! Langsam! Dat sinn Pferde und keene Dampfrösser!« Und dann so ein Seitenblick, ein leises Gemurmel. Das will eine Baronesse sein? Sie fährt wie ein Bierkutscher.

Die letzten fünf Kilometer sind also unsere schnellsten. Vor dem inneren Schlosstor, ehe wir die schattige Platanenallee und die breite Auffahrt von Branndenburg hinauffahren, bringe ich die Pferde zum Stehen und klettere wieder auf die Rückbank.

Sottke ordnet seinen Sitz auf dem Kutschbock. Schnalzt mit der Zunge. »Terab, Hans! Lotte!« Im langsamen Zotteltrab rollen wir über den Wirtschaftshof, an den Ställen vorbei, an den Landarbeitern, die gerade das Heu in die große Scheune fahren, bis vor die breite Treppe an der Rückseite des Haupthauses.

Ich nehme die Zeichenmappe und gehe langsam die Stufen hinauf. Unten auf dem Tennisplatz lachen Sophie Henriette und Henriette Charlotte und Marie Isabell. Die ersten Gäste für die Abendgesellschaft sind schon eingetroffen und schlagen nun im gemischten Doppel mit meinen Schwestern den Ball hin und her. Auf der Wiese am Bach spielen Amalia Luise und Augusta Adelheid, meine kleineren Schwestern, im Schatten der großen Kiefern. Das Kindermädchen ist bei ihnen. Auch die Kinderschwester, die Mama und Papa schon eingestellt haben, weil im nächsten Monat mit dem Eintreffen unseres jüngsten Geschwisters zu rechnen ist.

Einen Augenblick zögere ich. Vielleicht erst eine halbe Stunde Tennis mit meinen Schwestern? Aber dann fällt mir der Amerikaner ein, der uns nun alle ständig und überall mit seinen wachen Augen beobachtet. Seit einer Woche belagert er schon die Familie. Ist es nur Einbildung, oder zieht der Geruch seiner dicken Virginia mit dem Duft vom frischen Heu vermischt über die Wiesen vom Tennisplatz empor? Nein, ich will diesem Menschen nicht begegnen!

Das schwere Eichenportal fällt hinter mir zu, die beiden Dienstmädchen, die in der Halle mit dem Aufstellen der Blumendekoration für die Abendgesellschaft beschäftigt sind, können kaum so schnell knicksen, wie ich an ihnen vorüber bin. »Guten Tag, Baronesse.«

»Guten Tag, Mädchen!«

Johann kommt mir entgegen. Er nimmt mir die Zeichenmappe ab. »Wo darf ich Ihr Essen servieren, Baronesse? Im Speisezimmer?«

Aber im Speisezimmer klappert ein neues Stubenmädchen mit den alten Zinntellern und Pokalen auf den Wandborden und müht sich, für den Abend alles auf Hochglanz zu bringen. »Guten Tag, Baronesse.«

Aus der Küche herauf dringen die Geräusche vom Kochen, vom Braten, vom Eisernen-Ofen-Anfeuern, vom Täubchenrupfen und Soßenrühren. Ein schrecklicher Lärm. Nicht mein Metier, glücklicherweise, auch wenn Mama das gerne anders hätte. Ich eigne mich nicht dafür.

»Nein, Johann, ich esse in der Bibliothek.«

»Mit Vergnügen, Baronesse.«

Ich lache, das hat sich Johann von Hansen abgeguckt, dem Privatsekretär von Onkel Gustav, der alles, was er für Onkel Gustav oder für Tante Emmy tut, *mit Vergnügen* macht. Oder *mit großem Vergnügen*. Nur dass es eher nach großer Anstrengung als nach Vergnügen aussieht, wenn unser alter Johann mir das Essen serviert.

Es gibt kalten Braten vom Mittag, eine Vorsuppe aus reifen Sommertomaten, eine köstliche schaumige Nachspeise aus Weißwein mit Gartenbeeren. Aber kaum habe ich davon den ersten Löffel im Mund, höre ich Mama durch den Flur laufen. »Kind! Wendeline! Wo bist du?«

Ich springe auf, Mama in ihrem beschwerlichen Zustand ist jeder Schritt zu viel. Trotzdem lässt sie es sich nicht nehmen, vor einer Gesellschaft selbst die Aufsicht zu führen. Wir haben eine perfekte Hausdame, die Dienstboten sind gut ausgebildet, aber sie stellt es als unumgänglich hin. Wendeline Sophie, mein Kind, diese Regel musst du für deinen eigenen Haushalt immer beherzigen, vor einer Gesellschaft musst du jedem auf die Finger sehen! Es darf einfach nichts schiefgehen, Kind, das schadet dem Renommee. – Wessen Renommee, Mama? – Dem Renommee deines Gatten. – Ich habe keinen Gatten. – Dem Renommee deines *künftigen* Gatten, Kind. – Ah ja.

Ich laufe aus der Bibliothek, weit hinten hastet Mama mit wehender Kleiderschürze im schnellen Tempo den Flur herauf. »Hier bin ich, Mama. Was ist los?«

»Katastrophen! Nichts als Katastrophen!«

Im Eilschritt renne ich hinter ihr her.

Wolken von Wrasen wabern durch die Küche, die kugeligen Gaslampen haben Mühe, das neblige Durcheinander zu beleuchten. Zehn Frauen laufen durcheinander, eine schrubbt im Abwaschtisch die riesigen gusseisernen Bratpfannen. Eine andere stapelt Teller auf breite Servierwagen, eine dritte poliert silberne Vorlegegabeln. Die zweite Köchin rührt verschiedene Suppen in riesigen Töpfen. Vor dem eisernen Herd kniet ein junges Mädchen und schiebt Scheite ins Feuerloch. Die kalte Mamsell stellt die Porzellanplatten zurecht, zwei Küchenmädchen pellen gekochte Kartoffeln in eine große Schüssel. Auf dem Buchenholztisch stehen Körbe mit Tomaten, mit Kräutern, mit Zwiebeln, unter dem Tisch eine ganze Kiepe voller blaugrauer Taubenfedern. Die erste Köchin beugt sich über einen Rehbraten, den zwei Hilfsköchinnen gerade mit Speckstreifen gespickt haben. Sie korrigiert, zeigt die Stellen, an denen sie nachspicken müssen. Mama, schon bei der Abendtoilette, die dunklen Haare gebrannt, aber noch nicht aufgesteckt, steht daneben und redet auf sie ein.

»Was ist denn, Mama?«

Sie winkt ab, ich weiß schon, nicht vor dem Personal. Mama und die erste Köchin nicken sich zu. Die beiden Hilfsköchinnen öffnen die Ofentür und schieben die Pfanne hinein, die erste Köchin wirft einen letzten strengen Blick auf den Braten, Mama wirft einen letzten strengen Blick auf die Köchinnen. Zwei Landarbeiter kommen durch die Tür an der Hofseite und bringen zwei Körbe mit Teltower Rübchen herein.

Mama nimmt meinen Arm, wir laufen zurück in den Flur. Was bin ich froh, diesem Durcheinander zu entkommen. Was für eine Aufregung! Und wofür das alles? Für eine Abendgesellschaft, für zehn, zwölf Gäste, die sowieso jeden Monat die gleichen sind. Warum nur muss ich hier sein? Warum kann ich nicht in Berlin wohnen!

»So, Mama, was ist nun?«

»Wendeline, es ist eine Katastrophe! Das neue Küchenmädchen hat die Täubchen verdorben. Beim Rupfen die Häutchen zerrissen, da ist nichts mehr zu retten, das gibt keine glatte Kruste beim Braten, ein einziges Jammerbild. Das kann ich niemandem vorsetzen. Selbst wenn ich jetzt noch Täubchen schlachten ließe ... wenn die nicht mindestens eine Nacht abhängen, ist das Fleisch nicht zu genießen. Kind ... diese Blamage!«

Wir eilen den Flur hinunter, den ganzen Ostflügel, zurück in die

Eingangshalle. Vorbei am Speisezimmer, an den Empfangssälen, an den Porträts unserer Ahnen und Urahnen, an der Bibliothek. In ganz und gar nicht damenhaftem Laufschritt hallen unsere Schritte. Warum läuft sie nur so?

»Und zudem, liebe Wendeline, haben nun auch noch Gustav und Emmy telegraphiert. Sie kommen zum Abendessen. Gerade jetzt, wo der Amerikaner im Hause ist. Und gerade heute, mein Gott, passiert diese schreckliche Geschichte mit den Täubchen …«

»Nimm's nicht so schwer, Mama, du könntest Brisoletts von Schweinefleisch machen lassen, die gehen so wunderbar schnell …«

Ach, hätte ich nur nichts gesagt! Abrupt bleibt sie stehen. Wir sind schon im Westflügel, in dem Gang, an dessen Ende Papas Arbeitszimmer liegen.

»Schweinsbrisoletts? Wendeline Sophie! Niemals sind Schweinsbrisoletts die Vorspeise für einen Rehbraten. Mein liebes Kind! Wie willst du später einem Haushalt vorstehen, wenn du nicht einmal ein Menü zusammenstellen kannst?«

»Mama. Ich will keinen Haushalt.«

»Du wirst den Haushalt deines Mannes führen. Dein Mann hat viel zu tun, wenn er hier den Betrieb leiten wird. Du wirst die tüchtige Frau an seiner Seite sein.«

Oh nein, bitte, immer wieder die gleichen Sätze, die gleichen Gespräche, dieselben Argumente von mir an sie und von ihr an mich. Erstens: Ich werde nicht heiraten. Zweitens: Ich habe eine Ausbildung als Lehrerin absolviert. Drittens: In einem halben Jahr ist mein Zeichenkurs auf der Kunstschule beendet, leider, leider, der es mir möglich macht, dann auch als Kunstlehrerin tätig zu sein. Und dann ist es – viertens – genug mit dem ewigen Lernen, dann werde ich reisen. Nach Rom, nach Florenz, nach Athen, nach Korinth. Jedes alte Gemälde und jeden alten Tempel werde ich mir ansehen und nichts, nichts, nichts wird mich dazu bringen, hier zu bleiben in Branndenburg!

»Wendeline, du schweigst?«

Wir stehen immer noch da, mitten im langen Westflügel-Gang. Die Türen zum Clubzimmer sind offen. Ein leises Plopp ertönt, Lina ist dabei, Weinflaschen zu entkorken, damit der Wein sich bis zum Abend gut temperieren kann. Rotwein- und Portweingläser sind bereitgestellt. Lina beugt sich tief über ihre Arbeit und versucht, für unseren Streit taub und blind zu sein. Kein lautes Wort vor den Dienstboten, aber Mama hält sich nicht immer an ihre eigenen Regeln.

»Ich weiß, was du denkst, Wendeline. Du willst reisen, du willst die Welt sehen, du willst als Lehrerin arbeiten. Aber du denkst nur an dich! Das ist der Einfluss von Emmy, die setzt dir Flausen über Flausen in den Kopf. Nur, was soll aus dem Gut werden? Seit Generationen ist es in unserer Familie. Wer kümmert sich um das Fortbestehen der Landwirtschaft?«

»Ich glaube … das macht dann Friedrich Wilhelm.«

»Wer?« Sie stockt, überlegt, normalerweise entfällt ihr kein Name, den sie schon einmal gehört hat.

»Friedrich Wilhelm. Mein Bruder. Ach, Mama, ich wünsche mir so sehr, dass das neue Kind endlich ein Junge wird. Dann erbt er hier alles, ihr habt keine Sorgen mehr, und ich auch nicht.«

»Oh!« Einen Augenblick schnappt sie nach Luft, sie ist außer sich. Guckt an sich hinunter, sprachlos – noch. Aber gleich, gleich wird sie loszetern. Und dann kommt sie, die Strafe, mit der sie mich immer am meisten trifft. Wendeline Sophie, ins Nähzimmer! Für wie viele Stunden wird sie mich heute dorthin verbannen? Eine Stunde, zwei Stunden, drei? Ich warte.

Aber die Strafe kommt nicht. Am Ende des Ganges, zehn, zwölf Meter von uns entfernt, ertönt plötzlich ein Schrei. Dort ist die Tür von Papas Comptoir. Die breite Flügeltür ist zu, aber der Schrei ist so laut, dass er sogar durch die geschlossene Tür dringt. Für eine Sekunde weiß ich nicht, was ich tun soll. Ich halte den Atem an. Aber dann …

»Mama, du bleibst hier.« Ich laufe los, Mama bleibt hinter mir zurück, ich eile, renne. Da, ein zweiter Schrei, während ich mich der Tür nähere. Worte, geschrien. In welcher Sprache?

»You are crazy! Why the hell do you think you can get what you want that way? You are stupid! Stupid!« Ist das wirklich die Stimme von Papa?

»I'll assert these claims. All of them. Damned! Very soon, you'll see.« Das ist klar und deutlich der Amerikaner, mit dem Papa sich da anschreit. Sie klingen wie Paul Wegener und Max Reinhardt, die ich als Hamlet und Laertes gesehen habe, als ich im Winter mit Tante Emmy in Berlin im Theater war. Was für seltsame Dinge man manchmal denkt, wenn man Angst hat. Ich laufe die letzten Schritte.

Da – Holz splittert, etwas scharrt über den Fußboden, ein schweres Möbelstück fällt. Ich reiße die Türe auf.

Papa hat seine Jagdflinte im Arm, den schweren Doppellader, den Lauf auf den Amerikaner gerichtet. Der hat einen der schweren Eichenstühle ergriffen, die vor Papas Schreibtisch stehen, und benutzt ihn als Schwert und als Schild gleichzeitig. Ich werfe die Tür hinter mir zu. Es kracht laut. Sie erstarren beide mitten in der Bewegung, aber nur für einen Augenblick.

»Papa!«

Papa dreht den Kopf, sieht mich an. Der schwere Eichenstuhl saust an seiner Schulter vorbei auf die Schreibtischplatte. Papa hebt das Gewehr, sein Gesicht ist dunkelrot, er holt tief Atem, sein Finger umspannt den Abzug.

Ich springe auf ihn zu, drücke den Lauf nach unten. Er kommt wieder zu sich, trotzdem löst sich der Schuss. Holz splittert. Ich bücke mich, halte meine Arme über den Kopf. Als ich mich wieder aufrichte, stehen sich Papa und der Amerikaner gegenüber. Ohne Gewehr, ohne Schild und Schwert. Papas Gesicht ist immer noch dunkelrot, der Amerikaner zittert vor Wut. Er guckt von Papa zu mir und wieder zurück zu Papa. Seine wachen Augen funkeln. Und was für ein Glück, er fällt nicht um. Nicht getroffen, Gott sei Dank!

»Crazy family!«, faucht der Amerikaner. Dann geht er zur Tür, unter dem Bild des Kaisers hindurch, hinaus in den Flur. Einfach so, als hätte er gerade mit Papa eine geschäftliche Besprechung gehabt.

Um fünf Uhr zieht sich jeder zur großen Abendtoilette in seine Zimmer zurück. Mama legt bestimmt wieder ihr grauseidenes Ballkleid an, dazu den bodenlangen rotgrauen Brokatmantel, der ihre Fülle verdeckt. Auf jeden Fall lässt sie sich die Haare kräuseln und turmhoch aufstecken. Auch Papa macht nicht eben kleinen Aufwand, er kämmt seinen üppigen Schnauzbart nach Otto-von-Bismarck-Art und wirft sich in seine Gardekürassieruniform – blaue Jacke mit silbernen Knöpfen und roten Streifen, weiße Hosen und schweifbehangener Goldhelm. So vornehm, wie die beiden zu ihren eigenen Abendgesellschaften aussehen, sagt Tante Emmy, so vornehm stolzieren in Berlin nicht einmal Herr Siemens oder Herr Bolle zur Kaiserparade, und die haben viel zu bedeuten.

Ich mache mir nicht so viel Mühe. Lina wird von Mama in mein Ankleidezimmer geschickt. Sie soll mir behilflich sein, soll Veilchenpulver in die Stäbe von meinem Korsett füllen, damit ich angenehm dufte, auch wenn mir unter dem dicken Panzer der Schweiß ausbricht. Aber ich verzichte darauf, das Korsett bleibt im Wäscheschrank. Lina ist mir nicht böse, dass sie eine Stunde mühsamste Arbeit spart. Sie holt mir das luftige weiße Musselinkleid und den mit weißen Wachsperlen bestickten Bolero aus dem Schrank. Das kann ich ohne das einengende Etwas darunter tragen, und nicht einmal Mama merkt den Unterschied.

Ich sitze vor dem Frisierspiegel, Lina bürstet mein Haar. Sie kämmt die Strähnen nach oben, schlägt sie einzeln über die Hand und heftet alles mit Lockennadeln. Das könnte ich auch alleine, aber Mama besteht darauf. Wenn sie merkt, dass ich etwas alleine mache, gibt es nur wieder Ermahnungen: Wozu sind Dienstboten da, man klingelt, Wendeline, und sie erscheinen für all diese kleinen Verrichtungen.

Lina weicht meinem Blick aus. Ich überlege, wie ich herausfinden könnte, was sie von dem Streit in Papas Comptoir bemerkt hat. Soll ich sie direkt danach fragen? Ich entscheide mich, gar nichts zu sagen. Lina sagt auch nichts. Und so entschwindet sie nach einer halben Stunde aus meinem Ankleidezimmer, und ich weiß nicht, ob sie etwas gehört hat und was sie darüber denkt.

Noch eine halbe Stunde lang kann ich im Tagebuch schreiben, dann, Punkt sechs Uhr, gehe ich in die Halle hinunter, um die eintreffenden Gäste zu empfangen.

Schon nach zehn Minuten rollt der Landauer von Oberamtmann von Dohna die Platanenallee herauf. Auch Herr von Dohna hat seinen Bart gezwirbelt, auch er trägt eine Uniform. Die goldenen Tressen und die polierten Knöpfe blinken in der Nachmittagssonne. Mit ihm kommen seine Frau, deren verwitwete Schwester, sein unverheirateter Bruder, auch in Parade-Uniform, und sein betagter Vater in der Uniform der alten Ulanen. Sie sind Papas Lieblingsgäste, weil er mit Oberamtmann von Dohna über den Kaiserhof, den neuen Reichskanzler, über seinen geliebten Bismarck, die nächste Ernte und das Wetter reden kann, besser als mit jedem anderen.

Die Begrüßung fällt kurz aus, denn schon rollt der Vierspänner der von Wallendorfs unter den Platanen hervor und biegt auf die Auffahrt. Die beiden jüngeren Söhne von Wallendorf studieren in Berlin Jura und Landwirtschaft, sie sind schon am Nachmittag angereist und haben sich mit meinen Schwestern beim Tennis vergnügt. Nun begrüßen sie wohlerzogen ihre Mama, den Papa und den älteren Bruder, der sein Studium schon vor fünf Jahren abgeschlossen hat und nun längst den großen Landwirtschaftsbetrieb seines Vaters führt. Und nicht nur das. Ferdinand von Wallendorf ist schon seit drei Jahren mein Verlobter. Zu allem Überfluss.

Sottke lässt es sich nicht nehmen, er nimmt jedes Gespann selbst in Empfang und überwacht, ob sich die Stallburschen ordentlich um die Pferde der Gäste kümmern. Schließlich ist er der Leibkutscher von Papa. Heute wird nicht ausgespannt, es soll kein so langer Abend werden. Es gibt temperiertes Wasser für die erhitzten Tiere, dann werden ihnen Säcke mit Hafer vorgebunden. Besonders die Wallendorf-Pferde haben ihn sich schwer verdient, mehr als fünfzehn Kilometer haben sie die Familie über Sandwege und Holperstraßen gezogen. Die Familie von Wallendorf hat ihre Güter auf der anderen Seite der Havel, ihr Land grenzt an Gut Ammendorf, unseren am weitesten südlich gelegenen Hof. Längst sind die Pläne geschmiedet, unser Gut in Richtung Elbe zu erweitern. Zuerst hatte Papa nur hin und wieder dezent angedeutet, was doch Ferdinand von Wallendorf für eine herausragende Persönlichkeit sei. Mama war da viel direkter. Eine Heirat, die auf gegenseitigem Respekt und beiderseitiger guter Ausstattung gründet, verspricht eine dauerhaftere Bindung als eine Heirat aus einem so windigen Grund wie Zuneigung oder gar Liebe. Ferdinand erschien und hielt vorschriftsmäßig um meine Hand an. Danach ging ich für drei Jahre nach Berlin aufs Lehrerinnen-Seminar. Ferdinand, mein Retter, meine Sonne, hatte gar nichts dagegen. Er ist viel lieber mit seinem Studienfreund Carl zusammen, man munkelt, die beiden würden heimlich eine gemeinsame Wohnung auf der Friedrichstraße bewohnen. Schon wieder Berlin! So etwas gibt es eben nur dort. Und hier geschieht überhaupt nichts.

Aber das sind nur Gerüchte, in dieser Wohnung führt Carl seine Kanzlei, und sonst gar nichts. Nun warten alle gespannt darauf, dass ich endlich mein Zeichen gebe, endlich Ja sage.

Jetzt passiert doch etwas: Tante Emmy und Onkel Gustav kommen.

Und – die Überraschung des Abends – sie kommen nicht mit der üblichen Droschke vom Bahnhof, nein, sie haben wirklich und wahrhaftig ein Automobil angeschafft! Brummend fährt das dunkel glänzende Fahrzeug die Platanenallee herauf. Lenkt auf die Auffahrt, hält hinter der Wallendorf-Kutsche. Ein kurzes Aufheulen, das laute Brummen verstummt. Sofort eilen alle von der Eingangstür weg, zum Automobil.

Während wir laufen, höre ich hinter mir leise die Stimme von Mama. »Woher der nur wieder das Geld hat?«

Und darauf Papa. »Ich bitte dich, wenn jemand dich hört, Martha.«

Hansen steigt aus, läuft um das Automobil herum, öffnet die Tür. Onkel Gustav klettert heraus, aber niemand begrüßt ihn, das geht völlig in dem Erstaunen über das Automobil unter. Sofort wird es von den Gästen umringt. Sogar Johann und die kalte Mamsell und einige der Stubenmädchen drängen aus dem Portal und eilen dem Automobil zu. Nur Sottke steht seelenruhig bei seinen Pferden und beäugt alles aus der Ferne mit skeptischem Blick.

Onkel Gustav lässt alle an sich vorbei, dann kommt er und umarmt mich. »Guten Abend, Wendeline Sophie.«

Ich erstarre zu einer Salzsäule. Das weiß er doch, dass ich diesen Namen hasse!

Er grinst, klopft mir liebevoll auf die Schulter. »Meine geliebte Wanda, es ist äußerst selten, dass du sprachlos bist!«

Hansen reicht Tante Emmy seinen Arm. Auch sie bahnt sich den Weg zu mir und umarmt mich. »Wanda, meine liebe Kleine!« Dann erst geht sie zu Mama. Ihre Begrüßung fällt weniger herzlich aus, sie schütteln sich die Hände und nicken sich zu wie zwei Geschäftspartner, die irgendwann einmal einen Vertrag abgeschlossen haben, mit dem niemand so richtig zufrieden ist. Onkel Gustav sieht zu, genau wie ich.

Auch Hansen, der meist neben ihm steht wie ein Schatten, hat unsere Blicke bemerkt. Sein ohnehin schmaler Mund presst sich zusammen, dann versucht er ein Lächeln. »Guten Abend, Baronesse.«

»Guten Abend, Hansen. Ich wusste gar nicht, dass Sie auch Automobil-Chauffeur sind.«

Papas Stimme dröhnt. »Gustav, sag doch mal deinem Hansen, er soll uns das Automobil vorführen.«

Staunend umringen alle das interessante Vehikel. Die Uniformen der

Herren blinken mit goldenen Tressen, die Kleider der Damen rascheln und rauschen. Wie Unter den Linden zur Zeit der Nachmittagsspaziergänge. Ein Hauch von Berlin!

»Hansen, fahr uns doch mal etwas vor.« Wieder Papas Stimme. Hansen wartet, bis Onkel Gustav nickt, dann erst gehorcht er. Bis vorhin war ich der Meinung, Hansen wäre Onkel Gustavs Privatsekretär. Nun trägt er plötzlich eine Chauffeursuniform und ist viel mehr als ein Sekretär.

Groß ist Hansen, beinahe ein wenig kräftig, er beugt sich in das Automobil, vorsichtig, um mit seinen Schultern nirgendwo anzustoßen. Holt einen langen Eisenstab aus dem Wagen, geht damit an die Vorderseite des Wagens. Kurze dunkelbraune Haare hat er, die rund um seinen Kopf abstehen. Eine Frisur wie ein Igel. Er ist einer der wenigen Männer, die ohne den unvermeidlichen Kaiser-Wilhelm-Bart auskommen. Seine dicken Brillengläser funkeln im Frühabendlicht, während er die seltsame gebogene Eisenstange in die Vorderseite des Automobils schiebt.

Jetzt steckt der Stab vorne fest und sieht nun aus wie die Kurbel einer Häckselmaschine. Hansen stemmt sich dagegen und dreht, einmal, noch einmal. Das Auto krächzt leise, nochmals lehnt Hansen sich mit seinem Gewicht in das gebogene Eisen, dann beginnt das Automobil zu brummen … Hansen steigt ein. Meistens guckt er hinter seiner Brille so, als könnte er keine zehn Meter weit sehen. Aber jetzt … er setzt sich nicht hinter das Lenkrad, nein, er *schwingt* sich auf den Ledersitz. Er ergreift den Holzlenker, drückt an diesem und zieht jenen Hebel. Und dann fährt er los! Langsam setzt sich das Automobil in Bewegung. Neben dem Fenster des Fahrers klappt ein kleiner Stab aus dem Auto heraus.

»Das ist der Winker«, teilt Onkel Gustav mit der Stimme eines dozierenden Professors mit.

»Hey! It's just like in America«, ruft plötzlich jemand neben ihm. Da ist er wieder, dieser schreckliche Anwalt. Pafft dicke stinkende Wolken über die Auffahrt, kneift seine wachen Augen zusammen und lächelt Papa zu, als wäre gar nichts gewesen. »It is a Ford T, a real Tin Lizzy! The greatest automobile that was ever built!«

Papa lächelt grimmig zurück. Onkel Gustav und der Anwalt nicken sich zu und geben sich die Hand. Ich kann es nicht glauben, Papa und dieser grässliche Mann lächeln. Pokerface nennt man das, glaube ich, in Amerika. Sie gucken, als könnten sie kein Wässerchen trüben …

Der Winker klappt wieder ein. Das Automobil rollt an den beiden Kutschen vorüber, die große Auffahrt hinunter, wird schneller und immer schneller und verschwindet zwischen den Platanen. Wir Zurückbleibenden stehen in einer Wolke aus Zigarrenqualm und Automobilgeruch. Der Duft von Berlin, der Duft der großen weiten Welt – jetzt auch auf Branndenburgs Auffahrt.

Wir stehen immer noch, als sich der Wagen kurz darauf wieder den breiten Parkweg herauf nähert. Von der Seite, vom Wirtschaftshof, rollt unsere leichte Sommerkutsche heran. Der Kutscher hat Amati und Basket vorgespannt, um die Familie von Klattau-Klenze, die letzten Gäste der Abendgesellschaft, von der Bahnstation abzuholen. Er steigt vom Kutschbock, stellt sich zwischen Amati und Basket und hält sie am Zaumzeug. Trotzdem werden sie unruhig, als das Automobil an ihnen vorüberbrummt. Keiner achtet darauf. Selbst Papa, dem technische Neuerungen verdächtig sind, zeigt eine gewisse Begeisterung.

Ganz präzise lenkt Hansen das Automobil an unseren Füßen vorbei zurück auf seinen Platz auf der Auffahrt. Beifall brandet auf.

Automobil fahren! Das ist ja noch viel besser als vierspännig kutschieren! Das will ich auch lernen.

Ich schiebe mich vor bis zu den Wallendorfs, dahin, wo eben noch Papa mit dem Amerikaner stand. Ich werde Onkel Gustav fragen, so ein Automobil kann doch nicht unerschwinglich sein. Dann soll Papa uns eins anschaffen, Sottke könnte damit fahren lernen, Hansen muss es ihm beibringen.

Aber Papa steht nicht mehr hinter den Wallendorfs. Auch der Amerikaner ist weg. Ich sehe mich um, nein, nirgendwo kann ich die beiden entdecken.

Herr von Klattau-Klenze und seine Frau, die soeben erst von ihren Zimmern heruntergekommen sind, wo sie sich nach der einstündigen Bahnfahrt erfrischt und umgekleidet haben, sitzen rechts und links neben Mama. Neben Frau Klattau-Klenze sitzt Tante Emmy. Oberamtmann von Dohna ist heute ihr Tischherr.

Ihm gegenüber sitzt Ferdinand von Wallendorf, der, so ganz ohne jeden Hintergedanken, mir als Tischherr zugeordnet ist. Papa und

Onkel Gustav nehmen gemeinsam die Stirnseite der Tafel ein, alle anderen reihen sich in strenger Ordnung um uns herum, aufgefächert wie das Gemüse auf der Servierplatte um den großen Rehbraten.

Mama sieht blass aus. Ob das die Nachwirkungen ihrer Erlebnisse auf dem Flur sind oder ob es an Onkel Gustav und Tante Emmy liegt, kann ich nur vermuten. Auch Tante Emmy sieht keinesfalls rosig aus, sie ist längst nicht so ausgeglichen wie sonst, immer wieder wandert ihr Blick zu Papa und Onkel Gustav. Ohne viel Appetit schiebt sie mit der Gabel die Teltower Rübchen über ihren Teller.

Ich habe meine Frage nach dem Preis des Automobils noch nicht stellen können. Es schickt sich nicht für mich, über Geld zu reden. Noch dazu, wenn so viele Menschen beieinander sind. Aber da gibt es noch eine Frage, die mich beschäftigt – und jetzt habe ich vielleicht endlich einmal die Gelegenheit. Seit dem letzten Sommer bauen Onkel Gustav und Tante Emmy ein kleines Schlösschen bei Kladow, hoch über der Havel. Papa findet solch ein lächerlich kleines Schloss am Stadtrand natürlich tief unter der Würde der Familie von Branndenburg. Gustav und Emmy haben standesgemäß auf Schloss Ammendorf zu leben, wie es sich für den Zweitgeborenen der Familie gehört. Lieber Otto, das war einer von Tante Emmys denkwürdigen Sätzen in diesem Streit, wir bauen unser kleines Havelschlösschen und wir werden dort leben, da kannst du vor Wut hier auf deine Kiefern steigen, so hoch wie du willst. Und schließlich hat sich Onkel Gernot, der jüngste Bruder von Papa und Gustav, in Oklahoma ein großes Farmhaus gebaut. Das ist auch kein Schloss, und es gab trotzdem nicht dieses Das-ist-unter-unserer-Würde-Theater.

Außerdem ist das Schloss gar nicht klein, sagt Tante Emmy, es ist einfach nur überschaubar. Völlig anders als Branndenburg, anders als all die Gutshäuser, die zu unserem Besitz gehören. Das ist praktisch, man braucht nicht einmal einen Verwalter, um das Anwesen zu unterhalten. Ja, aber da frage ich mich, meine liebste Tante Emmy, warum ist der Bau dann nicht schon lange zum Ende gekommen, wenn alles so überschaubar ist?

»Tante Emmy, wie weit seid ihr mit euren Bauarbeiten? Wann wird denn die Einweihung sein?«

Emmy sitzt mir gegenüber, meine Frage habe ich nicht allzu laut gestellt. Zwischen Papa und den Herren von Wallendorf und von Dohna hat sich gerade ein lebhaftes Gespräch darüber entwickelt, dass die Ernte der

Zuckerrüben in diesem Jahr um zwei, drei Wochen verfrüht sein könnte. Und dass, wenn man die Branndenburg'schen und die Wallendorf'schen Ländereien miteinander vereinigte, man nicht mal vom Großen Silberberg herab von einem Ende des Gutes zum anderen sehen könnte. Es sei denn, der Mensch wäre imstande, sich in die Lüfte zu erheben und wie ein Vogel zu fliegen. Was Papa heftig bestreitet, denn selbst mit dem eisernsten Willen ist niemand in der Lage, über die Naturgesetze zu triumphieren. Aber eine verfrühte Ernte, nun, das wäre schon möglich, ja, bei gleichbleibend gutem Wetter. Die Damen nicken leicht amüsiert, sie haben die Anspielungen über die Güterzusammenführung sehr wohl verstanden. Ferdinand möchte im Boden versinken, ich sehe, wie er rot anläuft wie eine Lachsforelle. Emmy hat sich an diesem Gespräch nicht beteiligt. Gedankenverloren starrt sie auf ihren Teller.

»Tante Emmy? Die Bauarbeiten? Euer Schloss?«

Sie hebt den Blick, guckt mich an. Schüttelt langsam den Kopf. »Das ... wird noch ein Weilchen dauern.«

»Was gibt's denn für neue Nachrichten von Gernot aus Amerika?« Onkel Gustav, an der Stirnseite des Tisches, spricht so laut, als wollte er Tante Emmy erreichen, die hier hinten, etliche Meter von ihm entfernt sitzt. Emmy schreckt auf, wendet ihm das Gesicht zu und versucht ein Lächeln.

Papa greift die Frage sofort auf, sieht Mama an und nickt ihr auffordernd zu. Augenblicklich fängt Mama an zu sprechen. Sie berichtet von Virginia und Annabell, meinen beiden Cousinen, die ich noch niemals gesehen habe. Die beiden reiten jeden Tag stundenlang aus, über die weiten Weideflächen, entlang an den riesigen Rinderherden. Sie haben einen Hauslehrer, der sie in allen wichtigen Fächern unterrichtet. Aber die Einstellung eines Hauslehrers, die in Preußen schicklich ist, ist ganz und gar nicht üblich in Amerika. Daher sollen die beiden dann im nächsten Jahr auf eine Schule gehen, die berühmt ist im ganzen Staat New York und die ein sehr ordentliches Internat hat.

Mama redet und redet, Onkel Gustav nickt höflich, Tante Emmy lächelt versonnen. Es scheint nicht das zu sein, was die beiden hören wollten. Gustavs Augen werden unruhig, er sieht Papa an, der erwidert seinen Blick, hält ihm stand und verschließt seine Lippen, während Mama weiter übers Ausreiten redet, über die seltsame Kleidermode in Amerika, über deutsche und amerikanische Damensättel.

»Und der Anwalt?«, fragt Onkel Gustav plötzlich mitten in Mamas Sätze hinein. »Was will Gernots Anwalt von dir? Sollten wir nicht endlich mit ihm die geschäftlichen Dinge zur Sprache bringen?«

Papa hört auf zu kauen, sein Gesicht wird düster. Niemand sieht das außer Gustav und mir. Alle Herren und Damen des oberen Tisches haben sich dem Anwalt am unteren Ende der Tafel zugewandt. Aber der Anwalt ist gar nicht da, sein Stuhl ist leer, sein Teller und seine Gläser stehen sauber und unberührt.

Ja, wo ist denn nun der Herr Anwalt?

Ich esse brav den Kerbelsalat mit Taubenflügeln, der die misslungenen Täubchen ersetzt, warte auch noch den himbeersoßenumflossenen Prinzregentenpudding ab. Aber ich will nicht riskieren, dass Mama nachher den Damen vorschlägt, die selbstgestickten Monogramme auf meinen Strafarbeits-Handtüchern in Augenschein zu nehmen oder meine eigenhändig angesetzten Liköre zu verkosten. Die Ergebnisse meiner hausfraulichen Ausbildung möchte ich lieber für mich behalten. Wandas schreckliche Geheimnisse. Nicht einmal die Ergebnisse meiner Ausbildung im Zeichenkurs würde ich diesen Damen zeigen wollen. Besser nicht! Ich warte nur auf den richtigen Augenblick, damit ich ohne dramatisches Aufsehen verschwinden kann.

Nach dem Dessert wechseln die Herren hinüber ins Clubzimmer. Weingläser und Cognacschwenker klirren leise, nach ein paar Minuten quellen dicke Rauchschwaden aus dem Raum. Überall im Haus hat dieser schreckliche Amerikaner seine stinkenden Zigarren verteilt.

Die Damen rümpfen die Nasen über den üblen Geruch. Sie nehmen im Gartensaal Platz, die Türen zur Veranda stehen weit offen. Die warme Sommerluft weht herein, Lina und die kalte Mamsell servieren eisgekühlte Limonade mit frischen Melissenblättern. Sogar das Kaiserbild auf dem Klavier ist heute mit Melissen geschmückt. Sophie Henriette klappt das Grammophon auf und legt eine Schallplatte auf, ein Walzer von Johann Strauß. Die Damen lauschen verzückt, Sophie Henriette und Henriette Charlotte fassen sich unter und drehen sich im Kreise bis auf die Veranda hinaus.

Als ob das was Besonderes wäre. In Berlin hört man diese Musik aus der Tür von jedem Kaffeehaus. Ach, Berlin!

Nikolaus Friedrich und Anton Friedrich von Wallendorf haben auf ihre Zigarren verzichtet und sitzen in ihren hübschen Uniformen bei uns im Gartensaal. »Ferdinand kommt auch gleich«, wird mir mitgeteilt. Na danke!

Ich setze mich zu Marie Isabell an den Kartentisch. Die jungen Herren Wallendorf verwickeln uns sofort in ein Gespräch, ob wir denn schon einmal in Dresden gewesen sind und das Grüne Gewölbe und den Zwinger besichtigt haben. Sie waren in den Osterferien im schönen Elbflorenz, und sie haben im Grünen Gewölbe Schätze über Schätze gesehen. Unter anderem einen Kirschkern, auf dem das ganze Vaterunser eingeschnitzt ist, das man auch wirklich über eine Lupe gebeugt lesen kann. Ich ahne, dass die beiden noch niemals im Grünen Gewölbe waren und ihr Kirschkern-Wissen wahrscheinlich von Frau von Wallendorf erfragt haben: Liebe Mama, über welche Themen außer Reiten, Fechten und Exerzieren kann man mit jungen Damen Konversation treiben?

Nach diesem netten Gespräch suche ich meine Gelegenheit. Ich erhebe mich und spüre sofort Mamas Augen in meinem Rücken. Aber ich will! Ich gehe zu ihr, murmele etwas über schreckliche Kopfschmerzen.

Sie streicht mir über die Hand. »So geht es uns armen Frauen.« Aber da ist auch wieder ihr Blick, Wendeline, Wendeline, was hast du dir nun wieder ausgedacht. Denk an das Nähzimmer.

Einen Moment lang möchte ich am liebsten loslachen. Ich weiß, Mama, ja, ich bin schrecklich.

Wie langweilig wäre es, jetzt auf mein Zimmer zu gehen. Ich könnte hinüber zum Wirtschaftshof wandern, bis hinab zu den Stallungen, mir die Kutschen ansehen, die Kaleschen, die fremden Pferde. Oder ich gehe hinaus auf die Auffahrt, plaudere ein wenig mit Hansen und gucke mir das Automobil an, »the real Tin Lizzy«. Das bringt mich wieder auf den Amerikaner. Wo mag er nur sein? Vielleicht hat er endlich seine Sachen gepackt und das Schloss verlassen? Ich würde das tun, sofort, wenn hier jemand auf mich schießen würde. Vielleicht ist er auch nur spazieren? Ein wenig nachdenken in der Ruhe des Parks, ein paar böse Entschlüsse fassen? – Was hält diesen Mann hier?

Es gibt eine alte Geschichte in unserer Familie. Ich kenne sie erst seit dem Sommer, Lina und Roswitha haben sich leise darüber unterhalten, während ich nahe bei ihnen in der Küche stand und mich mit dem Ansetzen eines Johannisbeerlikörs quälen musste.

Seit die alte Burg der Branndenburgs nicht mehr bewohnbar ist, also seit über siebenhundert Jahren, hat immer der älteste Sohn der Familie das komfortable Familien-Schloss übernommen und die Güter bewirtschaftet. Nur ein einziges Mal, vor hundertfünfzig oder zweihundert Jahren, lebten zwei Brüder gemeinsam auf dem Schloss und wirtschafteten einträchtig miteinander. Ihre Kinder waren weniger einträchtig, die stritten sich, welchem Familienzweig der Besitz unseres Schlosses nun zustand. Der Zwist wurde beigelegt, nicht vetternhaft und nicht brüderlich. Einer der beiden Streithähne, so flüsterte Roswitha Lina zu, stürzte den anderen von den Zinnen der Schlossmauer in die Schlucht unter der alten Burgkapelle hinab.

Kein Wort steht darüber in der Familienchronik. Auf unserer Begräbnisstätte ruhen alle Beteiligten friedfertig nebeneinander. Man kann heute nicht mehr sagen, ob sie so jung gestorben sind, weil eine schwere Krankheit sie frühzeitig dahinraffte oder weil sie nicht fliegen konnten. Der eine oder andere liegt vielleicht immer noch auf dem tiefen Grunde unserer Schlucht. Einhundertfünfzig Jahre ist das her. Das war dann mein Urgroßvater, nein, wahrscheinlich mein Ururgroßvater, der seinen Vetter von den Zinnen hinunterkippte, wenn die Geschichte wahr ist. Ich glaube fest daran, denn weder Papa noch Mama haben sie mir erzählt. Und wenn dieser rabiate Vorfahre zu so etwas in der Lage war …

Nein, ich mache mir keine Sorgen um den Amerikaner. Und ich bin sicher, dass es zwischen Papa, Onkel Gustav und Onkel Gernot niemals Streit geben kann, wie das Schloss und die Güter unter den Geschwistern aufgeteilt werden. Aber was weiß ich schon? Niemand sagt mir etwas. Warum ist dieser schreckliche Anwalt hier?

Nun gehe ich doch in mein Zimmer hinauf. Es ist acht Uhr abends, die Sonne senkt sich langsam über die Wipfel der Kiefern, die Ruine der alten Burg wirft ihren Schatten über die Felsen unter meinem Fenster. Aus meinem Zimmer sehe ich auf verwitterte Zinnen, den altersschwachen Bergfried und die letzte Mauer der alten Kapelle. Wir Kinder haben striktes Verbot, dieses baufällige Gemäuer zu betreten. Auch Papa, Onkel Gustav und Onkel Gernot wurden schon als Kinder mit diesem Verbot belegt. Ich nehme an, sie waren brav und haben es niemals übertreten.

Aber wahrscheinlich haben auch sie häufig an den Fenstern ihrer Zimmer gestanden und zur grauen Ruine hinübergesehen. Bei jedem geflügelten Wasserspeier auf dieser Seite des Schlosses, bei jeder Nereide auf dem Dach hat man das Gefühl, sie schauen zur alten Burg hinüber.

Zwischen der Burg und diesem Flügel des Schlosses liegt die Schlucht, von meinem Fenster aus blicke ich auf die finsteren Wipfel von Fichten und Tannen tief unter mir. Na ja, und dann … bin ich einfach mal neugierig. Ich öffne die breiten Fensterflügel und steige vorsichtig auf das Fenstersims. Das habe ich noch nie vorher gemacht. Einen Meter unter mir fällt der Felsen steil ab, aber immerhin, er bildet einen Vorsprung, auf dem man sicher stehen kann. Dieser Felsvorsprung läuft um die Mauer des Westflügels, fällt von Stockwerk zu Stockwerk ab, zwei, drei Meter unter den Fenstern von Papas Arbeitszimmern vorbei, wandert tiefer und tiefer. Meine Etage ist die einzige, aus deren Fenstern man den Felsen einigermaßen sicher erreichen kann.

Liegt nicht das Zimmer des Anwalts am Ende des Ostflügels, auf der anderen Seite des Felsens? Ich halte mich an einem Fensterflügel fest und lasse mich langsam hinab.

Auf dem Felsvorsprung kann ich bequem stehen, von hier aus habe ich einen guten Überblick. Ich sehe einen Teil des Wirtschaftshofes, sogar einen Teil unserer Auffahrt. Dort drüben steht die Kutsche der Wallendorfs, dahinter das Automobil. Hansen lehnt an der Motorhaube und raucht. Ich sehe die glimmende Spitze der Zigarette in seiner Hand. Er führt sie zum Mund, das kleine Feuer glimmt auf, dann lässt er den Arm langsam sinken und starrt herüber zu mir.

Ich beginne meinen Abstieg, balanciere über den Felsen. Es geht alles ganz einfach, ich darf nur nicht nach unten sehen. Auf der Höhe vom ersten Stockwerk sehe ich, dass Hansen noch immer dasteht und guckt, mit hängenden Armen. Nun setzt er sich in Bewegung, wirft die Zigarette in den Sand, läuft die Auffahrt hoch und entschwindet meinen Blicken.

Ich balanciere weiter, bis zur tiefsten Stelle des Felsens, genau in die Mitte zwischen Burgruine und Schloss. Von hier aus kann ich in die Schlucht klettern. Ich beuge die Knie, taste mit dem Fuß, bis ich einen Felsvorsprung gefunden habe, auf dem ich sicher stehen kann, lasse mich hinab und suche nach einem Halt für den anderen Fuß. Tiefer und tiefer, ganz langsam. Alles geht wunderbar.

»Wanda! Baronesse! Um Himmels willen, was machen Sie da?« Hansens Stimme, hoch über mir.

Wie ist der Mann dorthin gekommen? Er kann doch nur durch das Fenster von meinem Zimmer …

»Wanda, ist alles in Ordnung?«

»Aber ja doch!« Ich steige weiter abwärts.

»Darf ich Ihnen behilflich sein?«

»Sie wären mir schon behilflich, wenn Sie nicht so laut schreien würden. Die ganze Gesellschaft ist unten versammelt, ich wäre froh, wenn sie alle dort blieben.«

»Ja, das wäre ich auch, an Ihrer Stelle.«

Vorsichtig setze ich meine Füße, Zentimeter für Zentimeter.

»Haben Sie das schon einmal gemacht, Baronesse? Waren Sie schon einmal Bergsteigen?«

»Nein, noch nie.« Ich klammere mich fest, suche mit dem Fuß nach dem nächsten Felsstein, auf dem ich mich halten kann.

»Sie hätten sich anseilen sollen! Wie tief wollen Sie denn absteigen?«

Ja … wie tief will ich eigentlich? Im Moment komme ich nicht weiter, mein Fuß tastet, aber ich finde keinen tieferliegenden Felsenvorsprung, der mir Halt geben kann.

»Warten Sie, Baronesse, bleiben Sie, wo Sie sind, ich habe ein Seil im Automobil.«

Ich höre, wie sich seine Schritte entfernen, taste immer noch nach rechts und nach links. Unter mir geht es steil in die Tiefe, wie viele Meter sind das wohl? Jetzt nur nicht nach unten sehen, nur nicht abrutschen. Ich stehe ganz still. Minuten vergehen. Oder Stunden?

»Da bin ich wieder. Hier, greifen Sie mit einer Hand nach dem Seil. Ich ziehe Sie hoch.«

Eine Schlinge schwebt langsam zu mir herab, schaukelt neben meinen Händen. Ich zögere noch, ein sehr kurzer Ausflug – das war nicht das, was ich wollte.

»Baronesse, jetzt machen Sie endlich! Streifen Sie die Schlinge über Ihren Rücken und greifen Sie mit der Hand um das Seil, damit ich Sie hochziehen kann. Bitte!«

Ich stehe still, denke nach.

»Und wenn Sie dann immer noch in die Schlucht wollen, seile ich Sie vorschriftsmäßig an und werde Sie sichern.«

Gut, jetzt tue ich, was er sagt. Wahrscheinlich komme ich ohne seine Hilfe ohnehin nicht weiter. Die Schlinge zieht sich um mich, ich halte mich fest und fühle, wie ich in die Höhe gezogen werde. Mühelos steigen meine Füße nach oben, als hätte ich kein Gewicht. Hansen reicht mir die Hand und legt sofort fest den Arm um mich. Wenn Mama uns hier sähe, sie würde in Ohnmacht fallen. Nicht nur, weil die Schlucht unter mir tödlich tief ist, sondern weil Hansen mir so unschicklich nahe ist, mich sogar berührt.

Hansens Blick streift an mir hinunter. »Ich habe noch nie gesehen, dass eine Dame im Musselinkleid auf Klettertour geht.«

Wieso habe ich plötzlich das Gefühl, als müsste ich mich gegen einen Angriff verteidigen? Wut steigt in mir auf. »Was soll ich denn sonst anziehen? Eine Bergsteiger-Parade-Uniform mit Goldknöpfen?«

Er merkt sofort, dass er mich verärgert hat, wechselt das Thema. »Was wollten Sie eigentlich dort unten, Baronesse?«

»Ich … es war nur so ein Gedanke. Dieser amerikanische Anwalt war nicht beim Abendessen. Vielleicht ist er ja hier spazieren gegangen, auf den Felsen?«

Hansen guckt mich an, überlegt, schüttelt den Kopf. »Steigen Sie lieber nicht dort runter, Wanda. Dieses Risiko ist der Mann gar nicht wert.«

Ich stehe, sehe ihn an, eine Minute, eine zweite.

»Nun gut, Wanda, wenn es Ihnen so wichtig ist, könnte *ich* hinuntersteigen.«

»Und ich soll Sie sichern? Das ist völlig unmöglich!«

»Wenn ich Sie jetzt dort hinunterlasse, wird der Herr Professor mir kündigen.«

»Und mein Vater wird Sie erschießen, da haben Sie recht. – Bitte, Hansen, ich sage es doch keinem!«

Er schüttelt den Kopf, steht da, überlegt, aber schließlich zieht er die Schlinge weit auf und schiebt sie über meine Schultern. »Das ist kein echtes Kletterseil. Es wird wehtun, wenn die Schlinge sich zuzieht.«

Wenn dieser Mann weiter keine Probleme hat. Langsam steige ich in die Schlucht hinab. Das Seil zieht sich fest zusammen, lässt mich kaum atmen, aber es bleibt die ganze Zeit über straff, gibt mir Halt. Immer gibt es gerade so weit nach, wie ich nach unten steige. Hansen lässt mich tiefer und tiefer hinab, ich klettere an einer Esche vorbei, die sich mit kümmerlichen Wurzeln an die Felswand klammert, ihre Zweige schürfen über meinen Arm, ich kann ihr nicht ausweichen. Erst etliche Meter weiter unten komme ich auf einem Felsvorsprung wieder sicher zum Stehen, hole kurz Atem und wende mich um. Lasse den Blick schweifen, über die steilen Hänge und dann langsam nach unten.

Da! Ein heller Farbfleck auf einem bemoosten Felsen, ein seidiges Hellgrau. Die Weste des Amerikaners. Rechts und links seine Arme, weiße Hemdsärmel, weit ausgebreitet. Die Beine nach oben, angewinkelt zur Seite gereckt. Sein Kopf, der seltsam verdreht ist, hängt vom Felsen herab. Es kommt mir vor, als würde ich sogar den Geruch der Zigarre riechen. Mein Herz fängt an zu pochen. »Hansen! Schnell, zieh mich rauf!« Mir wird speiübel.

Hansen zieht.

Eine Stunde später beugen sich acht Schutzmänner in Uniform über die Schlucht. Sie halten ihre Bergsteigerseile straff und sichern den Kriminalwachtmeister, die beiden Schutzmänner und den Arzt, die in die Schlucht hinuntergestiegen sind. Freundlich und energisch wird unseren Gästen nahegelegt, den Wirtschaftshof zu verlassen und die inneren Räume aufzusuchen. Langsam wird es dämmrig.

Nur Papa, Onkel Gustav, Hansen und ich dürfen bleiben. Wir dürfen nicht nur, wir *müssen*. Gemeinsam mit dem Bezirkshauptmann Exzellenz von Thünen stehen wir auf dem Wirtschaftshof am Fuße des Felsens und sehen zu den Polizisten hinauf.

Papas Gesicht ist hochrot, sein Atem geht schwer, immer wieder schaut er zur Burgruine und zur Felsenkante. Zwischendurch wirft er grimmige Blicke auf Hansen. »Dafür bringe ich dich um!«, zischt er. Ich zucke zusammen, glücklicherweise steht Exzellenz von Thünen einige Schritte entfernt.

Onkel Gustav schüttelt den Kopf. »Otto, du kannst deinem Gott danken, wenn du aus dieser Sache heil herauskommst.«

Papa holt tief Luft, sein Gesicht verfärbt sich noch tiefer. »Mein lieber Bruder ...«

Aus der Tiefe des Parks ertönt plötzlich ein Brummen, Papa spricht den Satz nicht zu Ende. Alle lauschen, langsam wird das Brummen lauter, helles Licht streift die Stämme der Bäume. Die Einfahrt hinauf und herüber zum Wirtschaftshof rollt eine Kraftdroschke.

Vor dem Eingang zum Pferdestall bleibt sie stehen, die Lichter verlöschen. Ein Mann steigt aus, dunkler Anzug, dunkler Hut, dunkler Staubmantel. Er hebt einen großen Holzkasten von der Rückbank, blickt sich um. In seiner Nähe stehen drei Schutzleute, die unsere Auffahrt bewachen, damit niemand das Schloss verlässt. Der Mann spricht ein paar Worte mit ihnen, sie deuten auf die Schlucht, dann zu mir. Er kommt zu uns, seinen großen Kasten auf dem Arm, macht einen überaus höflichen Diener vor Exzellenz von Thünen. Dann verbeugt er sich wohlerzogen vor mir. »Baronesse, liebes gnädiges Fräulein, darf ich Sie bitte fotografieren?«

Ich erstarre zu einer Salzsäule. Papa beginnt vernehmlich zu knurren.

»Das verbietet sich auf das Schärfste«, sagt Onkel Gustav klar und deutlich.

Der Mann lächelt höflich, nickt uns zu, wendet sich an den Bezirkshauptmann. »Und wie kann ich, bitte, dort hinunterkommen?«

Der Hauptmann deutet erst auf den Eingang, dann auf mein Zimmerfenster, das hoch über uns liegt.

Der freundliche Mann dreht sich noch einmal zu mir herum. »Und dort sind Sie wirklich hinausgestiegen? Und über den Felsen nach unten geklettert? Alle Achtung, liebes gnädiges Fräulein, alle Achtung!« Er winkt mir zu und verschwindet im Schloss. Eine Viertelstunde lang beobachten wir ihn beim Abstieg aus meinem Zimmerfenster bis hinunter in die Schlucht. Lange Zeit passiert gar nichts, dann leuchtet drei oder vier Mal in der Tiefe der Schlucht ein Blitzlicht auf.

Langsam zieht sich die Dämmerung über alles.

»Wenn die nicht bald fertig sind, brauchen wir doch noch Karbidlampen. Ich hoffe, Herr Graf, Sie sind damit ausgestattet?«

Papa nickt Exzellenz von Thünen zu, die Röte in seinem Gesicht wird sofort wieder dunkler. »Sicher, sicher, ich werde gleich Johann danach schicken.«

»Noch nicht, Herr Graf. Vielleicht geht es jetzt endlich vorwärts, dann sind keine Lichter nötig.«

Wir stehen da, schauen zum Felsen hinauf, warten, warten. Der Himmel bezieht sich, wird erst hellgrau und dann dunkel. Da endlich hebt sich eine schwankende Bahre über die Felsenkante.

»Treten Sie zurück!«, ruft Exzellenz von Thünen zum Westflügel hinauf. »Verlassen Sie bitte die Fenster. Das ist kein Anblick, der Damen zumutbar wäre!«

Aus den Fenstern ertönt deutliches Murren. Sophie Henriette, Henriette Charlotte, Marie Isabell, Roswitha, Lina, die kalte Mamsell und die Zimmermädchen sowie sämtliche Gäste des Diners ziehen sich widerwillig von ihren Aussichtsplätzen zurück. Aber von hier unten sieht man alles recht deutlich. Der verrenkte Körper des Amerikaners ist auf der Trage festgebunden, die Polizisten stellen die Trage ab, beugen sich über das graue Menschenbündel, geben ihrem Bezirkshauptmann ein Zeichen. »Exzellenz! Sollen wir ihn jetzt zu Ihnen hinunterlassen?«

Exzellenz winkt ab. »Moment bitte!« Er ruft hinüber zum Wirtschaftshof, wo die drei Schutzmänner unsere Auffahrt bewachen. »Ohne Tritt Marsch! Beim Abseilen sichern!«

Sie rennen zum Felsen, langsam senkt sich die Bahre.

Exzellenz von Thünen nickt mir zu, nickt hinüber zu Hansen. »Meine liebe junge Dame. Und auch Sie, junger Mann. Ich sehe mir den Herrn auf der Bahre an. Und dann möchte ich mit Ihnen sprechen.«

Erst lange nach Mitternacht gehen die Gäste, die heute nun doch im Schloss übernachten, auf ihre Zimmer. Nicht alle müssen bleiben. Der Oberamtmann von Dohna hat morgen in aller Herrgottsfrühe dienstliche Verpflichtungen, deshalb fährt die Familie zurück in die Kreisstadt. Sie werden in den nächsten Tagen von einem Wachtmeister aufgesucht und über den Vorfall befragt.

Auch Onkel Gustav und Tante Emmy verabschieden sich. Mama ist leider noch nicht zu Bett gegangen, blass und mit dunklen Schatten unter den Augen steht sie neben uns. »Was werden die Leute sagen? Was werden die Leute sagen?« Ihre Lippen bewegen sich unentwegt.

»Nichts werden sie sagen, Martha, weil sie gar nichts davon erfahren. Unsere Gäste haben mir das versichert, ich musste sie nicht einmal darum bitten.« Papa führt Mama die Stufen zur Auffahrt hinauf, wo Lina auf sie wartet.

»Was für ein schrecklicher Abend!« Ich lehne mich an Tante Emmy, und so müde sie ist, sie nimmt mich tröstend in die Arme. »Du bist heute nicht mal mit mir spazieren gegangen. Du hast mir noch nichts von den Bauarbeiten erzählt. Wie geht es voran? Wann können wir … wann könnt ihr endlich dort einziehen?«

Tante Emmy senkt ihren Blick, lächelt matt. »Ich denke, wir werden erst einmal eine Reise machen. Vielleicht nach Amerika? Wanda, ach, könntest du uns begleiten.«

Ich bin erschöpft, aber mein Herz macht einen großen Sprung. »Aber ich *kann* euch begleiten! Meine Ausbildung ist fast zu Ende. Ich werde Papa bitten. Ganz gewiss wird er es erlauben!«

Emmy hüllt sich in ihren Mantel. »Gut, wir reden darüber. Vielleicht besuchst du uns bald einmal?«

Ja! Ich werde eine Reise machen, mit Onkel Gustav und Tante Emmy! Ich freue mich so, ich kann gar nichts sagen.

»Wenn doch Otto ein Telefon hätte! Wanda, vieles wäre leichter.«

Schließlich reicht mir auch Hansen die Hand.

»Hansen, ich danke Ihnen. – Du wirst ihn doch nicht entlassen, Onkel Gustav? Er kann wirklich rein gar nichts dafür.«

»Aber nein, meine liebe Wanda. Außerdem, was sollte ich ohne Hansen machen? Wer würde sich um mein Büro kümmern? Und wer soll uns chauffieren?«

Papa kommt zu uns zurück auf die Auffahrt. Onkel Gustavs Gesicht wird wieder finster. Hansens Gestalt strafft sich, aufmerksam beobachtet er seinen Chef.

»Otto …«

»Ja, Gustav?«

»Wir müssen reden. Offen und ehrlich.«

»Das … denke ich auch.«

»Sagen wir, am Donnerstag? Ich werde zu euch herauskommen.«

»Donnerstag. Gut. Dann reden wir, unter vier Augen.«

»Nicht ganz, Otto. Emmy möchte gerne dabei sein.«

Ich sehe, wie Papa wieder dunkelrot anläuft. Doch er hält seinem Bruder die Hand hin, Onkel Gustav schlägt ein. Tante Emmy lehnt in den Polstern des Wagens, mit geschlossenen Augen. Für die Verabschiedung von ihrem Schwager hat sie keinen einzigen Blick mehr. Dann geht es los, Hansen dreht die Kurbel, alle nicken mir noch einmal zu und fahren davon.

Ich sitze auf der Balustrade neben einem marmornen Blumenkübel und sehe den Lichtern nach. Weit hinten verschwinden sie in der Dunkelheit unseres Parks.

Lange sitze ich dort, vor den Ligusterhecken. Die letzten Stunden ziehen an mir vorüber, der ganze Tag. Es ist schon so spät, ich sollte endlich hinauf in mein Zimmer gehen. Aber das ist überhaupt nicht mehr mein Zimmer! Wie viele Polizisten sind heute über das Sims meines Fensters auf den Felsen gestiegen? Undenkbar, dass ich jetzt in diesem Raum schlafen kann. Lina könnte mir ein Sofa richten, in einem meiner Empfangsräume. Nur, werde ich überhaupt schlafen können?

Zunächst sollte ich versuchen, zur Ruhe zu kommen. Mir mein Tagebuch nehmen, alles aufschreiben. Ich erhebe mich von der Balustrade, gehe langsam hinein. In der dunklen Vorhalle sitzt Papa in einem der Ledersessel, den Blick auf die Tür gerichtet. Nur noch einige wenige Kerzen brennen in den Kandelabern. Johann ist eben dabei, neue Lichter aufzustecken.

»Wendeline Sophie … ich habe auf dich gewartet. Würdest du mir ein Gespräch gewähren? In meinem Arbeitszimmer, nur du und ich?«

»Gut, Papa. Wann?«

»Jetzt.« Er steht auf und geht vor mir her, ohne auf meine Zustimmung zu warten. Durch die Vorhalle, die langen Flure zum Westflügel hinunter. Vor der Tür zu seinem Comptoir zieht er sein Schlüsselbund aus der Westentasche. Wir treten ein. Papa öffnet sofort einen kleinen Wandschrank, holt ein dunkles Kristallglas heraus, gießt aus einer geschliffenen Karaffe französischen Kräuterlikör ins Glas. »Du möchtest sicher nicht, Wendeline?«

»Aber bitte, wo denkst du denn hin.«

Er weist auf die schweren Sessel, die sich vor dem Fenster gegenüberstehen, stellt sein Glas auf den kleinen Tisch neben sich. »Bitte, nimm Platz, Wendeline.«

Wir sitzen uns gegenüber, sein Gesicht ist angespannt. Er nippt an seinem Chartreuse, riecht daran, dann leert er alles auf einen Zug. Wieder überzieht dunkle Röte sein Gesicht, aber seine Züge entspannen sich endlich ein wenig. Er stellt das Glas auf den Tisch zurück. »Du hast mir einen schönen Schrecken eingejagt, Kind. Hattest du keine Angst?«

»Doch … ein wenig.« Ich erinnere mich an mein Herzklopfen in der Felswand, als ich darauf wartete, dass Hansen endlich mit dem Seil zurückkam. Aber um nichts in der Welt würde ich Papa davon erzählen. Plötzlich spüre ich, wie erschöpft ich bin. Einen Tee hätte ich jetzt gerne, aus Zitronenmelisse und Pfefferminze. Ich strecke den Arm nach der Klingel aus.

Papa hält meine Hand fest. »Läute nicht, Wendeline, bitte. Was ich sagen will, wird nicht lange dauern. Aber es ist nicht für anderer Leute Ohren bestimmt.«

Ich ziehe den Arm zurück, sehe ihn erwartungsvoll an.

»Mein liebes Kind, es ist gut, dass du dem Bezirkshauptmann nicht von meinem Streit mit dem Amerikaner erzählt hast. Ich möchte dir dafür danken. Exzellenz von Thünen hätte das … möglicherweise falsch verstanden. Vielleicht hätte er falsche Schlüsse gezogen.« Papa sieht mir eindringlich in die Augen, versucht mir zuzulächeln. Aber es wird ein ernstes Nicken daraus. »Wendeline, Wendeline, wie bist du nur darauf gekommen, in diese gefährliche Schlucht zu steigen?«

Ich senke den Blick, zucke die Schultern, auf keinen Fall kann ich Papa mit dieser Küchenmädchengeschichte kommen. »Es war nur ein Gedanke. Er war nicht beim Diner und hatte sich nirgendwo abgemeldet. Er hätte doch aus dem Fenster von seinem Zimmer gefallen sein können.«

»Was ja wohl auch so gewesen ist. Seine Exzellenz sagt das ebenfalls.«

»So ist es, Papa.«

Er greift nach seinem Glas, bemerkt, dass es leer ist, geht zum Schrank hinüber und gießt nach. »Allerdings wird es trotz dieser Klarheit eine Untersuchung geben, weil dieser Mann unglücklicherweise ein Ausländer ist. Kind, ich hoffe, du bleibst bei deinem Schweigen?«

»Du kannst dich auf mich verlassen, Papa.« Ich stehe auf, will seine Hand drücken, um mein Versprechen zu bekräftigen.

Aber er steht vor mir, mit hängenden Armen, guckt mich an. Mir scheint, da funkeln Tränen in seinen Augen. »Steigst einfach dort runter. Wanda! Das Leben hätte es dich kosten können. Beim nächsten Mal sagst du es mir!«

»Das tue ich, Papa.«

Ein kleines Lächeln huscht über sein Gesicht. »Ich weiß genau, das wirst du nie machen.« Er greift wieder nach der Karaffe, aber dann besinnt er sich, stellt die Flasche zurück. »Wanda, du bist es, die mir von allen meinen Kindern am ähnlichsten ist. Vielleicht sollte ich endlich eine Entscheidung treffen. Bevor hier noch mehr passiert. – Dieser Ferdinand ist doch gar nicht so übel. Als Landwirt gelingt ihm alles. Wirtschaftlich ist er erfolgreich. Wenn seine riesigen Güter an der Havel noch zu unseren dazukommen, können wir viel besser wirtschaften. Ich habe es mir reiflich überlegt: Du heiratest Ferdinand, und ich mache für dich einen Fideikommiss.«

»Einen *was*?«

»Ich lasse sämtliches Land von all unseren Gütern unteilbar zusammenfassen und dir allein überschreiben. Das gilt dann für alle Zeit, ist juristisch nie wieder auflösbar. Du müsstest zwar Gernot auszahlen, für die drei Güter, auf die er verzichtet, aber die Summe wird nicht sehr hoch sein. Wir lassen die Erträge seiner Güter einfach noch weiter zurückgehen und drücken damit seine Ansprüche. Und genauso bei Gustavs Gütern.«

Oh bitte, nein! Es macht mich glücklich, dass Papa mir vertraut, dass er mich in sein Arbeitszimmer gebeten hat und mit mir eine Unterredung führen will, dass er mich wirklich ernst nimmt. Aber ich will keinen Fideikommiss ... Ich will auch nicht Ferdinand, ich will überhaupt nicht heiraten, ich will einfach nur ...

Ich stehe vor Papa, Papa steht vor mir. Gestern noch hätten wir uns in diesem Augenblick in die Arme geschlossen, aber heute ... stehen wir uns gegenüber und ... sind einfach zu müde dafür. Ich nicke ihm zu und gehe langsam zur Zimmertür. »Gute Nacht, Papa.«

Hinter mir klirrt leise der Stopfen der Karaffe. Ein letzter Satz, den er mir hinterherschickt.

»Ach, Wanda. Wann werde ich schlau aus dir?«

25. August 1909

Wirklich, ich gebe mir Mühe.

Das Schloss wimmelt von Polizisten, die höfliche Entschuldigungen murmeln, wenn sie uns auf den Gängen oder in den Höfen begegnen. Es gibt tatsächlich eine Untersuchung, so wie Papa befürchtet hat. Sämtliche Familienmitglieder, sämtliche Gäste und sämtliche Hausangestellten werden befragt.

»Durchaus verwunderlich«, brummt Papa, als wir alle im Speisezimmer beim Frühstück sitzen, »dass die nicht auch noch die Kutschpferde und die Kühe ausfragen.«

Wann immer unsere Blicke sich begegnen, sehe ich diese Bitte in seinen Augen. Ich nicke, ganz sachte, so dass kein anderer es sehen kann. Was geht nur in ihm vor?

Herr von Klattau-Klenze und seine Frau lassen dem Herrn Bezirkshauptmann ausrichten, sie wünschten demnächst ihre Heimreise anzutreten. Aus diesem Grunde werden sie als Erste befragt. In einem Empfangsraum sitzt Frau von Klattau-Klenze, in dem anderen Empfangsraum sitzt Herr von Klattau-Klenze, jeder mit zwei Wachtmeistern: Einer fragt, der andere sitzt daneben und stenografiert. Das teilt mir Lina mit gedämpfter Stimme mit, die gerade gekommen ist, um mir die Ösen von meinem wadenlangen weißen Tenniskleid auf dem Rücken zu schließen. Ich werde mit den älteren Schwestern von Mama in den Garten geschickt, weitab vom Polizistengewimmel. Die beiden Kleinen spielen unter den Tannen auf der Wiese am Bach mit der Kinderfrau. Die junge Kinderschwester, die Friedrich Wilhelm betreuen soll, sitzt ein wenig gelangweilt daneben.

Wir spielen also Tennis, ganz idyllisch, unter den hohen Tannen im warmen Sommerwind, gemischtes Doppel mit den jüngeren Wallendorf-Söhnen. Wir schlagen die Bälle, hin und her, her und hin, ich gebe mir Mühe, mich nur auf das Spiel zu konzentrieren. Keine unbotmäßigen Gedanken, Wanda, keine neuen Ideen!

Nach nicht einmal zehn Minuten kommt Roswitha auf den Tennisplatz. Sie soll uns mitteilen, dass Mama ihre vier großen Töchter im Salon zu einer Unterredung erwartet. Widerwillig legen wir unsere Schläger ab. Und was kommt? Hundert Ermahnungen! Wie sollen nur ja unsere Gesichter vor der Sonne schützen, wir sollen Nivea-Creme und reichlich Labello benutzen. Am besten nie den Sonnenschirm aus der Hand! – Es kann passieren, was will, sie denkt an unsere makellos weiße Haut. Ach, liebe Mama, wie sollen wir denn da spielen? In der Rechten den Schläger, in der Linken den Sonnenschirm?

Wir nicken beflissen, ich verspreche sogar, auf meine jüngeren Schwestern zu achten. Trotzdem trifft mich wie schon gestern Abend Mamas verdrießlicher Blick. Ich ahne, was sie denkt. Um meinetwillen kommt dieser Ärger über uns, um meinetwillen bevölkern die Polizisten unsere Räume und steigen an der Burgmauer hinauf und hinab. Wendeline, Wendeline, was hast du nur wieder gemacht! Endlich nehmen wir unsere Sonnenschirme in Empfang, gehen damit in den Garten hinaus und legen sie abseits von Mamas Blick wie lästige Gepäckstücke an den Spielfeldrand. Weiter geht es, Aufschlag, hin und her, her und hin. Stundenlang könnte ich spielen. Anton von Wallendorf will uns unterhalten, er schwingt sich auf den Turm am Spielfeldrand, hält lässig eine dicke Virginia in der Hand und sagt im Tonfall des Amerikaners die Aufschläge an.

Als Mama Roswitha zum zweiten Mal schickt, um uns an unsere Sonnenschirme zu erinnern, bitte ich Lina, mir meinen Skizzenblock und meine Stifte nach draußen zu bringen. Setze mich in den Schatten der Tannen und zeichne. Marie Isabell und Henriette Charlotte in ihren wehenden weißen Kleidern im hellen Sonnenschein. Auf dem nächsten Blatt Onkel Gustavs Automobil. Ein drittes Blatt – die hohe Schlossmauer in der Dämmerung, der Blick in die Schlucht hinein, tief unten im Schatten der Baumkronen ein lebloses Bündel. Ein Mensch mit zerschlagenen Gliedern.

»Sie zeichnen sehr gut, liebe Baronesse!« Plötzlich steht Exzellenz von Thünen neben mir, sieht auf meine Blätter, nickt mir zu und geht hinüber zum Wirtschaftshof. Wo kam dieser Mann so plötzlich her? Wollte er zu mir oder ist er mir zufällig im Park begegnet?

Auf der Einfahrt macht sich Sottke mit unserer Kalesche bereit. Herr und Frau von Klattau-Klenze treten aus dem Portal, steigen ein und lassen sich von Sottke zur Bahnstation kutschieren. Inzwischen befragt man drinnen Herrn von Wallendorf und seine Frau Gemahlin, gleichzeitig wohl auch Ferdinand. Bald kommen zwei Polizisten auf den Tennisplatz und bitten Nikolaus Friedrich und Anton Friedrich, ihnen in die Empfangsräume zu folgen.

Zum Mittagessen lässt Mama wegen der großen Hitze den langen Tisch auf die Veranda tragen. Wieder sitzen alle einträchtig, löffeln Gurken-Kaltschale und essen geeiste Leberpastete. Henriette Charlotte und Sophie Henriette tuscheln mit den Wallendorf-Söhnen. Herr von Wallendorf und Papa loben laut und vernehmlich die Vorzüge von Ferdinand, der eine so sichere Hand zeigt, den väterlichen Betrieb zu führen.

Ferdinand errötet wie immer, leise raunt er mir zu: »Wanda, wir müssen reden.«

Ich nicke. »Ja, Ferdinand, aber bitte nicht heute!« Es ist alles schon schlimm genug.

Mama und Frau von Wallendorf stört unsere Verlegenheit überhaupt nicht. Sie plaudern angeregt über die Mode der Reformkleider, die nun wider Erwarten doch um sich greift. Sie erregen sich über ungebändigte Stofffülle und ausufernde Taillen bei den Berliner Damen. Dann tuscheln sie nur noch, gleich nach dem Essen ziehen sie sich gemeinsam zurück, um in den kühleren Räumen auf der Rückseite des Ostflügels in Zeitschriften zu blättern. Wie ich die beiden kenne, halten sie Ausschau nach einem Modell für mein Brautkleid.

Nach dem Mittagessen ist mir kühl, trotz der Augusthitze. Das muss ich ihr zugestehen, so etwas kann Mama wunderbar: Sie stellt ein Menü zusammen, perfekt im Zusammenklang aller Geschmäcker, perfekt auf das Wetter und auf unsere inneren Zustände abgestimmt. Ach, Mama, niemals werde ich so etwas können. Und niemals werde ich dir sagen, wie gleichgültig mir das ist.

Gerade machen Sophie Henriette, Marie Isabell, Henriette Charlotte und ich uns wieder für den Garten und den Tennisplatz zurecht, da ertönt aus dem Salon ein Schrei. Mama!

Oh mein Gott, Friedrich Wilhelm kommt! Endlich! Wir Schwestern stürzen in den Salon, Papa, Herr von Wallendorf, Ferdinand, Nikolaus und Anton ebenfalls. Sogar Lina und Roswitha eilen aus der Küche herauf. Aber es ist nicht Friedrich Wilhelm. Mama sitzt kerzengerade auf einem Ledersessel, die Mittagsausgabe der *Kronenzeitung* in der Hand, die wohl gerade gekommen ist. Ohne Atem, unfähig zu sprechen, deutet sie auf die letzte Seite. Papa nimmt ihr die Zeitung ab und tätschelt ihre Hand. Die Zeitung reicht er weiter an Herrn von Wallendorf, ohne einen Blick darauf zu werfen. Herr von Wallendorf beugt sich tief über diese schreckliche letzte Seite.

Die Überschrift lautet *Eine kleine Detectivin*. Darunter ein Porträt von mir, mit Bleistift gezeichnet, und eine Fotografie von Burgmauer und Schlucht, an deren Grund man mit viel Phantasie die weißen Hemdsärmel des Amerikaners erkennen kann.

»Was werden die Leute sagen? Was werden die Leute sagen?«, röchelt Mama.

Das weiß ich auch nicht, beim besten Willen. Da stehe ich, mitten im Salon, alle anderen sind genauso ratlos wie ich, aber sicherlich nicht halb so bekümmert. Seit dem Einzug der Polizisten in unser Schloss frage ich mich immer wieder, hätte ich diesen armen Mann dort unten liegen lassen und darüber schweigen sollen? Niemand hätte ihn jemals gefunden, so wie man auch unseren traurigen Vorfahren niemals dort unten gefunden hat. Weil damals niemand in die Schlucht gestiegen ist, um ihn zu suchen. Kein Mitglied unserer Familie ist jemals in dieser Schlucht gewesen. In mir steigt ein Bild auf, wie in achtzig oder hundert Jahren wieder zwei Küchenmädchen die Köpfe zusammenstecken und düstere Geschichten erzählen, dieses Mal über mich, die kleine Detektivin. Ach, Mama, das habe ich wirklich nicht gewollt!

Mein Erfolg lässt nicht lange auf sich warten. »Wendeline Sophie! Ins Nähzimmer! Sofort!«

Drei Stunden an der Nähmaschine!

Weißnähen unter Mamas strengen Augen. Glücklicherweise zieht sie sich schon nach einer Viertelstunde mit einer Kanne beruhigendem Melissentee in ihre Zimmer zurück. Jetzt wird Frau Wehrich gerufen, unsere Nähfrau, sie soll mir zeigen, wie die Naht zu nähen, der Stoff zu wenden und umzuschlagen und noch einmal zu übernähen ist. Französische Naht nennt sie das, oder sagte sie Englische Naht? Ich mühe mich ab, schimpfe, jammere, steche mir in die Finger, so lange, bis Frau Wehrich mir schließlich mitleidig die Näharbeit aus der Hand nimmt und die letzten beiden Nähte eigenhändig durch die Nähmaschine schiebt.

Ach bitte, wozu das alles? Ich habe ein Abitur-Examen gemacht, ich habe drei Jahre das Seminar besucht, bin Lehrerin für Höhere Töchterschulen, könnte Vorträge über griechische Plastiken oder die Tempelanlagen der alten Römer halten, die aber bei uns in Branndenburg niemand hören will. Die alten Römer helfen mir überhaupt nicht, in diesen altehrwürdigen Mauern zu überleben.

Trotzdem habe ich nach drei Stunden ein komplettes Paradekissen genäht, mit Spitzen besetzt, die Knopflöcher gesäumt, die Knöpfe befestigt. Ich suche Mama in ihren Zimmern auf, damit sie meine Verbannung aufheben soll. Sie nimmt die Näharbeit in die Hand. »Das kann man ja niemandem vorzeigen«, schimpft sie, »alles ganz und gar nicht picobello und so vollkommen lieblos.« Nur die beiden Nähte, die Frau Wehrich genäht hat, lässt sie gelten. »Siehst du, Wendeline, es geht doch.« Ihre Laune ist nach wie vor übel.

Ich richte mich darauf ein, wieder nach oben ins Nähzimmer zu gehen, da schickt Exzellenz von Thünen einen Polizisten als rettenden Engel und lässt mich zum Gespräch nach unten bitten. Ich bin erlöst.

Nur fünf, sechs Stunden noch, dann geht dieser schreckliche Tag zu Ende. Nur noch ein Tag, dann darf ich endlich wieder zur Kunstschule fahren. Ach, könnte ich nach dem Unterricht Onkel Gustav und Tante Emmy besuchen! Wenn wir ein Telefon hätten, ich würde sie anrufen und um Erlaubnis fragen. So muss ich bis zum Donnerstag warten, wenn sie wieder nach Branndenburg kommen und mit Papa konferieren.

Aber alles kommt anders.

26. August 1909

Der August ist heiß, die Kutsche rumpelt über die Chaussee. Hans und Lotte sind träge, obwohl es noch früh am Morgen ist. Weder mir noch Sottke steht der Sinn nach einer schneidigen Ausfahrt.

Es ist weit bis Berlin, erst kurz vor zehn Uhr kommen wir vor der Schule an. Sottke fährt weiter, ins Hotel *Zur Sonne*, in dem Hans und Lotte ausgespannt werden und ruhen können. Ich steige die Treppen hinauf, das Atelier ist in helle Sonne getaucht, sämtliche Damen stehen in kleinen Grüppchen und stecken die Köpfe über der *Kronenzeitung* zusammen.

»Guten Morgen!«

Sie fliegen auseinander wie ein Taubenschwarm, die Zeitungen verschwinden hinter ihren Rücken. »Wanda! Oh, Wanda! Du bist ja berühmt!«

»Darauf hätte ich gerne verzichtet. Wenn ihr wüsstet, was für Ärger ich deswegen habe.«

»Ach, das sagt man dann so! Tu nicht so bescheiden, dich kennt jetzt jeder!«

Ich überlege, ob ich ihnen den Zwist zwischen mir und Mama erkläre, um ihnen den Ernst meiner Lage zu schildern. Da betritt Professor Winblad das Atelier. Sofort sitzt jede an ihrem Arbeitsplatz, zwölf Damen, verteilt im lichtdurchfluteten Raum. Die Staffelei vor sich, den kleinen Tisch mit Stiften und Pinseln und Utensilien an ihrer

Seite. Mir fällt, wie häufig in dieser Minute des Beginnens, mein liebster Psalm ein. *Der Herr ist mein Hirte, mir wird nichts mangeln. Er weidet mich auf einer grünen Aue und führet mich zum frischen Wasser* … Wie schon so oft, stütze ich mich darauf. Und Gott hat mich noch nie verlassen, nicht in der Schlucht und nicht in der Zeichenklasse. Wahrscheinlich habe ich es seiner Hilfe zu danken, dass ich eine Kunstschule finden konnte, die auch Frauen als Schüler annimmt. Und zwar in einer reinen Damenklasse, das war mein Glück, denn eine mit Herren gemischte Klasse wäre für Mama niemals in Frage gekommen. Schon nach sechs Monaten in diesem Kurs auf der Kunstschule werde ich eine zusätzliche Zulassung als Zeichenlehrerin bekommen, weshalb nun zweimal jede Woche die Tür nach Berlin für mich offen steht. Flucht! In Staub mit dem ganzen Branndenburg!

Tiefe Stille tritt ein. Professor Winblad winkt dem Schuldiener, der bittet unser Modell herein. Es ist die alte Frau, die uns schon in der letzten Woche Modell saß. Also hole ich mein Blatt von der letzten Stunde aus der Zeichenmappe und hefte es auf die Staffelei.

Wie glücklich bin ich, wenn ich male. Ich bin kein Rembrandt, ich möchte gerne so zeichnen können, dass ein Apfel auf meinem Bild aussieht wie ein Apfel, unser Garten wie unser Garten, ein Porträt von meiner Schwester Sophie Henriette sollte aussehen wie Sophie Henriette. Und gerade das ist so schwer!

Die Alte ist die Gemüsefrau, die uns für die Stillleben-Klasse Äpfel und Trauben und geschlachtete Vögel gebracht hat. Sie hat auf Befehl des Professors ihre Haare geöffnet, wie weißes Stroh liegen sie auf ihrer grauen Arbeitsbluse, fallen hinab bis auf ihre Hände. Wie malt man nur solch eine Frau, solch ein Gesicht?

Winblad ist ein strenger Lehrer, er fasst nach meinem Handgelenk, führt es durch die Luft, in Wellen und Bögen, auf und ab, ab und auf. »Locker bleiben, kleine Baronesse, immer locker, das ist beim Zeichnen genau wie beim Kutschieren!«

Woher weiß er denn von meinem Kutschieren? Behutsam setzt er meine Hand mit der Kohle auf das Blatt zurück und geht weiter zur nächsten Schülerin.

Ich arbeite emsig, halte die Kohle mit möglichst lockerem Handgelenk. Und mein Blatt gelingt, das faltige alte Gesicht arbeitet sich langsam aus dem weißen Papier.

Wir alle arbeiten, seufzend, mit konzentriertem Atem, manche wagen es, leise miteinander zu reden. Da wird hinter meinem Rücken die Ateliertür geöffnet. Es wird still im Raum, eine nach der anderen lässt die Zeichenkohle sinken. Sogar unser Modell richtet, ohne ihre Haltung zu verändern, den Blick auf die Tür. Winblad, wütend über die Störung, strafft seine schmale Gestalt. »Sie wünschen?«

»Ich suche Baronesse Wanda von Branndenburg.«

Das bin ja ich! Und diese Stimme ... das ist Hansen! Ich fahre herum, lasse die Kohle fallen und eile zur Tür.

Ja, da steht er unter dem Kaiserbild, wie er eben so steht, groß, breit, mit etwas steifem geradem Rücken. Vor zwei Tagen war er der Held unseres Abends, als er so flott mit dem Automobil über unsere Auffahrt kurvte. Jetzt sieht er aus, als wäre er eine der Säulen, die die Dächer der Tempel im alten Athen trugen. Auf dieses Bild sind Tante Emmy und ich im letzten Winter gekommen, als Hansen uns vom *Hamlet* im Deutschen Theater abholte. Er tut immer seine Pflicht, sein Anzug sitzt, keine Falte spannt sich über seinem kräftigen Hals oder seinem breiten Nacken. Er redet selten, lächelt beinahe nie. Wie sein Blick ist, ernst oder streng oder heiter, ist hinter seinen dicken Brillengläsern ohnehin kaum zu erkennen. Wie eine Säule eben: massiv, zuverlässig, beständig bis in alle Ewigkeit. »Hansen! Wie bin ich froh, Sie zu sehen!«

»Es war nicht einfach, Sie in all diesen Malklassen zu finden.« Er verneigt sich und versucht ein ganz kleines Lächeln. Das sieht bei ihm selten überzeugend aus.

»Ist etwas nicht in Ordnung?«

»Doch, alles ist in Ordnung, liebe Baronesse. Aber es wäre gut, wenn wir jetzt gehen könnten.« Breit steht er im Türrahmen. Irgendetwas ist doch? Ich versuche durch seine Brillengläser zu spähen und ihn mir zu deuten. Aber das Einzige, was ich sehen kann, ist seine Müdigkeit.

»Sollen Sie mich abholen?«

Er nickt kurz, sagt kein Wort mehr.

Gut, dann los! Ich greife mein Blatt von der Staffelei, lege es triumphierend in meine Arbeitsmappe. Reiche Winblad die Hand, hasche nach meinem Hut, rufe meinen Mitschülerinnen »Bis übermorgen!« zu und laufe hinaus.

Noch während ich die vielen Treppen hinunterspringe, ziehe ich die Jacke von meinem Schneiderkostüm an. Es wird kühl sein im Automobil, trotz der warmen Augustsonne. Kein Wunder bei dem Tempo, das man damit erreichen kann. Aber vor der Tür der Kunstschule wartet nur eine Mietdroschke auf uns. »Oooch … Hansen?«

Er schiebt den Kutscher beiseite, der mir beim Einsteigen behilflich sein will.

»Ist das Automobil kaputt? Müssen wir jetzt mit diesem Pferdeding fahren?«

»Ich fürchte, wir müssen. Das Automobil benötigt der Herr Professor heute Nachmittag selber.«

Wie schade! Ich lasse mich in die Polster sinken, Hansen steigt als zweiter Mann auf den Kutschbock. »Zuerst in die *Sonne*, um Sottke Bescheid zu geben?«

Ich nicke, das hätte ich glatt vergessen. Der Mann denkt an alles. Mir geht schon wieder etwas anderes im Kopf herum: Wer wird jetzt wohl das Automobil fahren? Etwa Onkel Gustav selber?

Sottke ist nicht ganz froh über die vorzeitige Störung seines Mittagsbieres. Hansen holt für mich einen Bogen Hotelbriefpapier und einen Füllfederhalter. Ich schreibe Papa eine kurze Nachricht, dass Hansen mich abholt, dass ich mit ihm in die Wilhelmstraße zu Gustav und Emmy fahre. Dass ich erst heute Abend spät zurück nach Branndenburg kommen werde, ihr und sein Einverständnis vorausgesetzt.

Sottke darf sein Bier noch in aller Gemütlichkeit bis zur Neige trinken. Wir aber fahren, über den Kurfürstendamm, den Savignyplatz, viele breite, gut gepflasterte Straßen entlang.

Das ist nicht die Richtung zur Wilhelmstraße! Die Straßen werden schmaler, sind nicht mehr befestigt, langsam zotteln wir durch die Mittagshitze. Wie schön wäre es, jetzt mit dem Automobil hier herunterzujagen, man müsste kein schlechtes Gewissen haben wie bei den Pferden, dass eine schnelle Fahrt um die Mittagszeit im August viel zu anstrengend für sie ist.

Am frühen Nachmittag erreichen wir das Steilufer der Havel. Wir sind nicht mehr mittendrin, hier tobt nicht das volle Leben, es ist immerhin noch der Stadtrand. Die letzte hochherrschaftliche Einfahrt, an der wir vorüberfahren, ist gerade fünfhundert Meter entfernt. Da packt Hansen den Kutscher am Arm. »Hier hinein!«

Eine mannshohe rote Mauer, ein breites schmiedeeisernes Tor, das von einem herbeieilenden Gärtner geöffnet wird. Auf dem Tor und der Höhe der Mauer sitzen scharfe Eisenspitzen, eine neben der anderen. Wo sind wir hier eigentlich? Etwa an Gustavs und Emmys noch lange nicht fertigem kleinem Havelschlösschen?

Und da ist es. Aber was ist das denn? Ist das winzig und überschaubar? Roter Backstein in der Höhe von drei Etagen, vor den Fenstern ein Rundgang mit gemauerten Säulen, über die Wand läuft ein Fries mit blauen Löwen, das aussieht, als wäre es aus dem Thronsaal von König Nebukadnezar. Sogar ein kleiner Schlossturm ist angedeutet, der das Portal über dem Eingang bekrönt. Auch die Auffahrt ist nicht eben klein, sie ist mindestens zweihundert Meter lang. Nur die Platanen, die die Auffahrt beschatten sollen, müssen noch wachsen. Die werden frühestens in dreißig Jahren so hoch wie die Platanen in Branndenburg sein.

Die Droschke hält, Hansen reicht mir die Hand. Zimmermädchen und Diener kommen uns aus der Vorhalle entgegen, sie nicken mir zu, deuten Knicks und Verbeugung an. Ich grüße höflich zurück, eile an ihnen vorbei.

Was für eine herrliche Eingangshalle! Was für ein wundervolles Treppenhaus! Ebenholzschwarze Täfelung, stilisierte Lilien auf blauweißen Wänden. Zwei Kronleuchter mit schimmernden Kristallprismen, die rechts und links von der Mitteltreppe herunterhängen. Sofort muss Tante Emmy mit mir eine Schlossführung machen! Überhaupt, was ist denn hier los? Das sieht ganz und gar nicht wie auf einer Baustelle aus. Fertig, würde ich sagen. Ich bin gespannt, wie Gustav und Emmy mir diese plötzlichen Fortschritte erklären wollen.

Am Fuße der Treppe bleibe ich stehen, unentschlossen. »Hansen, wo sind denn die beiden?«

»Darf ich Ihnen zunächst einen Tee anbieten, liebe Baronesse?«

Bitte? »Nein, den Tee trinke ich zusammen mit Tante Emmy. Also, wo finde ich sie?«

Schon wieder antwortet er nicht, weist mit dem Arm auf den Durchgang zum Seitenflügel. Ein heller Gang, blaue Lilien-Wände, rote Perserteppiche, ein Fenster am anderen, durch die Sonne und Rosenduft aus dem Garten hereinströmen. Ich bin fassungslos.

Hansen geht hinter mir, dirigiert mich in einen Salon. Ich versinke in einem hellen Ledersessel, der sich kühl gegen meinen erhitzten Rücken schmiegt. Ein Hausdiener in preußischblauer Uniform kommt herein, die beiden lächeln sich zu. »Einen Eistee für die Baronesse, bitte.«

»Und für Sie, Herr Hansen?«

»Nichts im Augenblick. Oder gibt's eine neue Nachricht? Haben die Herrschaften sich gemeldet?«

Ein bedauerndes Kopfschütteln, der blaue Diener entschwindet.

Hansen wendet sich wieder zu mir, sieht in mein fragendes Gesicht. »Haben Sie noch einen Wunsch, Baronesse?«

»Nein … aber …«

»Ja, Sie haben recht. Ich schulde Ihnen eine Erklärung.«

Wie bitte? Emmy und Gustav sind verreist? Ganz überraschend sind sie aufgebrochen, schon gestern Nachmittag, eine knappe Viertelstunde nachdem sie einen Anruf erhalten hatten. Leider hatte nicht Hansen diesen Anruf entgegengenommen, sondern einer der Hausdiener. Onkel Gustav war an den Apparat geeilt und hatte ihm den Hörer entrissen, noch ehe der Hausdiener überhaupt verstanden hatte, wer dort am Telefon war. Es wurden keine Koffer gepackt, keine Vorkehrungen getroffen, ein fliegender Aufbruch. Hansen hatte das Automobil angekurbelt, aber er durfte die beiden nicht chauffieren, sondern sollte im Schloss ihre Rückkehr abwarten. In der Zwischenzeit sollte er mich hierher holen. Tante Emmy ließ mir ausrichten, sie und Gustav hätten dringend mit mir zu reden, sobald sie von ihrer Reise zurück wären.

»Wohin sind sie gefahren?«

»Das wüsste ich auch gerne.«

»Wie … Sie wissen es nicht?«

»Mir wird nicht immer alles gesagt.«

»Und dieser Anruf? Woher kam der?«

»Auch das weiß ich nicht. Es tut mir leid, Baronesse. Wir müssen abwarten, bis sie zurückkommen, dann können wir sie fragen.«

Aha. So geht das also. Ich bin hier, um Emmy und Gustav zu besuchen, und kein Mensch ist zu Hause. Nun heißt es ausharren und kühlen Melissentee trinken.

Eine halbe Stunde später serviert die Köchin gedünsteten Havelzander, den sie für Gustav und Emmy zubereitet hat, und selbstverständlich für mich als angekündigten Gast. Sie lässt mir ausrichten, sie ist glücklich, dass sie durch meinen Besuch das Mittagsmahl nun doch nicht vergebens gekocht hat, und ich soll es mir ordentlich schmecken lassen. Undenkbar, solch eine Botschaft von unserer Köchin zu einem Gast auf Schloss Branndenburg.

Ich schlendere vom Salon hinüber ins Speisezimmer. Helle Stühle umstehen eine lange Tafel, in die Bögen der Rückenlehnen sind Lilien geschnitzt. Auch die Tischbeine sind damit verziert, ebenso die Anrichten, aber nichts ist überladen, alles wirkt edel und vornehm und schlicht. Genau so hätte ich mein Schloss auch eingerichtet. Bei uns in Branndenburg ist alles aus Eiche, uralt und unverwüstlich, wie bei den alten Germanen mit Einkerbungen und Kreisen verziert, was eben modern war vor fünfhundert Jahren. *Was du ererbt von deinen Vätern, erwirb es, um es zu besitzen.* Bei diesem Spruch muss der ehrwürdige Geheimrat von Goethe ganz unbedingt an die Einrichtung von Schloss Branndenburg gedacht haben.

Hansen nimmt mir gegenüber Platz, wir speisen gemeinsam, auch das wäre undenkbar in Branndenburg. Der Diener in Preußischblau und ein Küchenmädchen servieren. Der Havelzander liegt auf französische Möhrchen gebettet in einer Sauce, die ganz vorzüglich nach Zitrone und Rosmarin duftet. Alles könnte so schön sein.

Über der Anrichte an der Rückwand hängen moderne Ölbilder mit märkischen Landschaften, gegenüber sind kleine silberne Rahmen zu einem Ensemble zusammengehängt. Tante Emmy, Onkel Gustav und ich, Fotografien von unserem Ausflug in den Botanischen Garten, den wir im letzten Frühjahr gemacht haben. Tante Emmy und ich vor einem Rosenbogen, Onkel Gustav und Tante Emmy, Arm in Arm auf einer Bank vor einer Buchsbaumhecke. Emmy trug ihr hübsches doppelreihiges Kostüm mit dem schmalen Hermelinkragen, ihren Hut mit dem seidenen Rosenbukett. An diese Fotografie erinnere ich mich ganz genau, hier hatte ich auf den Auslöser des Apparates gedrückt. Daneben ein Foto, Emmy, Gustav und ich, widerstrebend hatte Hansen den Apparat betätigt. Hansen folgt meinem Blick über die Bilder. Er lächelt, an jedes einzelne Bild erinnert er sich, genau wie ich.

Nach dem Mittagsmahl werden kühle Getränke gereicht, wir wechseln wieder in den Salon. Irgendwo in der Ferne beginnt leises Klingen. Hansen springt auf, läuft hinaus in den Gang. Ich laufe hinter ihm her. Auf dem Gang ist er nicht mehr, ich folge seiner Stimme, gehe durch eine offene Flügeltür in einen Raum, der bis unter die Decke voller Bücher ist. Dort steht er, hält sich den Hörer ans Ohr und spricht wirklich und wahrhaftig mit einem Menschen, der nicht bei uns in diesem Zimmer weilt. Was bin ich nur für ein Landei! Warum muss Papa uns das Leben so schwer machen, wir brauchen dringend einen Telefonapparat!

»Jawohl, Gustav, dann bin ich fürs Erste beruhigt. ... Nein, ich mache mir keine Sorgen. Ich *versuche* zumindest, mir keine Sorgen zu machen. ... Wanda, ich meine, die Baronesse ... ja, ich habe sie abgeholt. Sie ist hier ... Gut, wir warten, bis Sie wiederkommen. Mit Vergnügen. ... Nein, Gustav, ihr wird nichts zustoßen, darauf können Sie sich verlassen. Ich halte mich immer in ihrer Nähe auf ...« Mitten im Gespräch wendet Hansen sich plötzlich um, sieht mich, lächelt mir zu. »Einen Moment bitte, Wanda ... die Baronesse steht gerade neben mir. Wollen Sie sie vielleicht sprechen ...«

Er wartet die Antwort ab, nimmt den Hörer vom Ohr und hält ihn mir entgegen. Zögernd trete ich näher und nehme dieses Ding in die Hand.

»Wanda, mein Kind. Geht es dir gut?«

»Ja, Onkel Gustav. Wo bist du?«

»Darüber reden wir später, heute Nacht, wenn wir wieder zurück sind, oder morgen früh. Bitte warte im Havelschlösschen auf uns, reise nicht nach Branndenburg zurück, ich muss zuerst mit dir sprechen.«

Ich sage nichts, lausche.

»Wanda ... hast du mich verstanden?«

»Ja, Onkel Gustav, selbstverständlich!«

»Gut, Kind ... warte einen Augenblick, Emmy möchte noch etwas von dir.«

Es raschelt im Hörer, dann höre ich die Stimme von Tante Emmy. Erschöpft, noch viel müder als bei unserem letzten Treffen. »Wanda, mein Schatz, wie schön, ach, wenn wir doch bei dir wären. Es gibt so viel zu erzählen, was ich dir lange schon sagen will.«

»Du klingst so besorgt?«

»Nein, aber nein. Wir müssen immer noch warten, unsere Geschäftspartner treffen erst gegen Abend ein. Aber danach ... geht es endlich zurück nach Hause. Wir sehen uns zum Frühstück, Wanda ... Justus soll dir dein Zimmer zeigen.«

»Mein Zimmer?«

»Hat unser lieber Justus dir noch gar nichts erzählt? Er hat mir übrigens in die Hand versprochen, dass er gut auf dich achtgibt. Besser als letztens an der alten Ruine.« Tante Emmy lacht, aber das kräftige helle Lachen, was ich an ihr so liebe, ist es nicht. Irgendetwas in ihrer Stimme ist anders. »Dann bis morgen, mein Kind.«

Sie reicht den Hörer an Onkel Gustav zurück, der bittet darum, dass ich ihn wieder an Hansen gebe. Wir verabschieden uns.

Langsam gehe ich zurück in den Salon. Plötzlich stehen Tränen in meinen Augen, ich weiß nicht, warum. Ich vergrabe mich in einem Sessel mit Blick zum Garten, so kann niemand sehen, dass ich weine. Es kommt selten vor, dass ich viel Zeit brauche, bis ich etwas verstehe … Aber dieses Mal … Ich weiß nicht einmal, worüber ich nachdenken soll. Nur eins spüre ich ganz deutlich: Ich habe Angst!

»Baronesse … geht es Ihnen nicht gut?« Unvermittelt steht Hansen hinter mir, hat die Hand gehoben, als wollte er sie tröstend auf meine Schulter legen. Aber als ich mich zu ihm wende, lässt er sie schnell wieder sinken. »So schlimm ist es ja vielleicht gar nicht.«

»Was ist nicht schlimm?«

»Irgendetwas ist nicht so, wie es sein sollte. Haben Sie nicht auch diesen Eindruck?«

Wir gucken uns an, seine Brillengläser sind durchsichtig und klar im hellen Nachmittagslicht, sein Blick wirkt ruhig, aber auf seiner Schläfe stehen feine Schweißperlen. Keine Interna der Familie vor den Dienstboten besprechen! Dieser unumstößliche Grundsatz von Mama, ich spüre, wie sinnlos er bei Justus Hansen ist. Ihn könnte ich alles fragen, wenn ich wüsste, wonach ich fragen will. Aber meine Beunruhigung ist nur ein Gefühl, nichts weiter.

Da senkt Hansen den Blick. »Baronesse, ich habe noch in der Bibliothek zu tun. Klingeln Sie bitte, wenn Sie mich brauchen!« Er zieht sich zurück, mit preußisch geradem Schritt, den Kopf erhoben, die Chauffeursuniform hoch geschlossen. Eine wandelnde Säule, echt preußisch-korinthisch!

Nachdenklich gehe ich in den Garten hinaus, in die Sonne. Doch, auch das ist Berlin. Es riecht nach Rosen, nach Jasmin. Die hohen Eichen, die schon seit ewigen Zeiten hier stehen müssen, sind von neu angepflanzten Linden umgeben. Dahlienbeete und Rosenrabatten, kleine Hecken aus weißem Jasmin – irgendwann wird alles ein Dickicht aus duftenden Blüten sein.

Auf dem Rückweg betrete ich das Schloss durch eine große Glastür und stehe mitten im Speisezimmer. Ein Küchenmädchen legt gerade vier Gedecke für das Abendessen auf. Ich nicke ihr zu, trete vor die Anrichte, sehe lange auf die Bilder. Das eine hat wirklich und wahrhaftig Lovis Corinth gemalt, wie die Signatur in der unteren Ecke bestätigt, das andere trägt die Unterschrift von Max Liebermann. Von beiden habe ich auf der Malschule ausgiebig gehört. Hier hängen Originale! Ich könnte beginnen, eines der Gemälde zu kopieren, Professor Winblad rät uns immer wieder dazu. Aber dazu müsste ich meinen Farbkasten haben. So nehme ich zwei der kleinen Fotografien von der Wand. Tante Emmy und ich vor dem Rosenbogen, Gustav und Emmy auf der Bank vor der Buchsbaumhecke.

Ich suche Hansen in der Bibliothek. »Wo ist eigentlich meine Zeichenmappe?«

»Einen kleinen Moment, Baronesse, ich lasse sie Ihnen bringen.«

Kaum sitze ich im Salon in meinem Sessel und überlege noch, mit welchem Porträt ich beginnen will, da trägt der blaue Diener meine Zeichenmappe zu mir herein. Aber er bringt mir noch etwas anderes: einen neuen Zeichenblock und ein ganzes Etui mit grünen Faber-Bleistiften. Für mich! Tante Emmy und Onkel Gustav haben an alles gedacht.

Wenn ich zeichnen darf, merke ich nie, wie die Zeit vergeht. Langsam wandert die Sonne über den Himmel, der warme Nachmittag schwindet. Geschäftig laufen die Dienstboten durch das Haus, aus der Küche dringt leises Klappern.

Manchmal kommt Hansen zu mir herein. »Brauchen Sie etwas, Baronesse? Ist alles so, wie Sie es wünschen?«

Dann zieht er sich wieder zurück, ich höre seine Schritte leise den Gang hinuntergehen. Nie ist er weit weg, ständig kann ich ihn hören. Das Licht vor dem Fenster wechselt von grellem Strahlen zu kräftigem Goldgelb, die Farben im Raum wirken verhaltener. Ich zeichne Tante Emmys Gesicht, nach meinem Gedächtnis und nach der kleinen Fotografie, dafür reicht dieses Licht lange noch aus.

Irgendwann steht Hansen wieder vor mir, er wirft einen Blick auf mein Blatt, nickt, sagt kein Wort über meine Malkünste. »Baronesse, Ihr Zimmer ist hergerichtet. Die Mädchen haben das Bett frisch bezogen.«

Mein Zimmer! Sofort springe ich auf, renne ... nein, *gehe* natürlich ruhig und gesetzt hinter ihm die breite Treppe hinauf.

»Bitte nach rechts, Baronesse.«

Zwei schmale Flügeltüren stehen weit offen. Ich bin wie geblendet. Der große Kleiderschrank sieht aus, als wäre er aus dem alten Griechenland. Kleine Säulen aus hellem Holz umranden den hohen Spiegel. Ein weißes Himmelbett, ein kleiner Tisch mit Säulenfüßen. Zwei Récamièren, die übereck stehen. Das Schönste jedoch ist das Fenster. Die Glasflächen haben rundum eine Einfassung aus blauen Lilien. Ich öffne die Fensterflügel, goldgelbes Licht flutet herein. Ein weiter Blick über die Havel tut sich vor mir auf, ganz hinten geht leuchtend die Sonne unter. Ein leichter Abendwind bewegt die Kronen der Bäume, Licht und Schatten, Himmel und Wolken, rot, golden und dunkel, darunter das Wasser, tiefblau.

»Ihr Zimmer ist das schönste im ganzen Schloss.« Hansen steht hinter mir, sieht an mir vorbei auf den Himmel und die Havel hinaus. Wirklich, jetzt schafft er ein richtiges Lächeln.

Ich werde nicht einschlafen. Noch heute Nacht, gleich wenn sie ankommen, will ich Tante Emmy danken für dieses wunderbare Zimmer, diesen herrlichen Blick.

Da, im unteren Stock klingt wieder leise das Telefon. Hansen dreht auf dem Absatz um und läuft die Treppe hinab, ich bleibe, aber keine Minute später eilt der preußischblaue Diener mit schnellen Schritten die Treppe herauf. »Ein gewisser Oberamtmann von Dohna wünscht das gnädige Fräulein zu sprechen. Baronesse, darf ich Sie zum Telefonapparat bitten?«

Der Herr Oberamtmann ist noch bei seiner höflichen Anrede und versucht mir klarzumachen, dass Papa neben seinem Schreibtisch steht und mit mir sprechen will, da reißt Papa ihm schon den Hörer aus der Hand. Er redet laut, hastig, dröhnend. Ich kann ihn förmlich sehen, wie er im Dienstzimmer des Oberamtmanns steht, kerzengerade, angespannt, mit hochrotem Gesicht. »Wendeline ... Wendeline Sophie ... hörst du mich?«

»Natürlich höre ich dich, Papa. Du sprichst laut genug.«

»Kind, wo bist du?«

»Auf der Havelhöhe, bei Onkel Gustav und Tante Emmy. Da du

diese Telefonverbindung kennst, hast du sicher von dem Schloss gewusst?«

Er fällt mir ins Wort. »Wo bist du? Was machst du denn da?«

»Papa, bitte rege dich nicht auf. Spätestens morgen Nachmittag bin ich wieder bei euch.«

Er fällt mir schon wieder ins Wort. »Du musst sofort nach Hause kommen.«

»Ach Papa! Es ist doch so schön hier. Ich habe ein eigenes Zimmer. Mit einem wunderschönen Blick auf die Havel hinaus. Bitte, Papa, erlaube es doch. Nur diese eine Nacht?«

»Nein!«

Typisch Papa, er ist und bleibt doch ein Dickkopf. Was kann denn so dringend sein, dass ich sofort nach Hause muss? »Ist etwas mit Mama?«

»Wo denkst du hin, Wendeline!«

Vielleicht ist es mein Gespräch mit den Polizisten, das noch immer aussteht? Allerdings, unser lieber Oberamtmann steht neben ihm, selbst wenn Papa wollte, er kann jetzt nicht über alles reden. »Hast du Sorge wegen Exzellenz von Thünen?«

»Nein!«

»Aber warum dann?«

»Frag nicht, Wendeline Sophie! Komm! Komm!«

Sein Atem scheint knapp zu werden, jetzt ist er wirklich außer sich. Beruhigend redet die leise Stimme vom Oberamtmann von Dohna auf ihn ein. Das verschafft mir ein wenig Zeit. Mir fällt doch immer die richtige Ausrede ein, nur dieser Telefonapparat hemmt jeden Gedanken in mir.

Draußen im Gang fliegt eine Tür auf, Schritte nähern sich stampfend, ich sehe die Köchin in ihrer weißen Schürze, eine große Servierplatte mit einer silbernen Abdeckhaube auf ihren Armen. Sie ruft lachend zu mir herein. »Abendbrot, die Täubchen sind fertig, Baronesse!«

Leckerer Duft zieht durch den Raum. »Papa ... hör mal, ich muss Schluss machen. Tante Emmy gibt eine kleine Gesellschaft, die Gäste kommen, gerade wird die Vorspeise aufgetragen.«

»Was sagst du?«

»Lass uns später noch einmal telefonieren. Ich muss die Gäste begrüßen.«

»Was? Gäste? Das geht nicht!«

»Bis morgen, Papa!« Mit meiner muntersten, sorglosesten Stimme flöte ich in den Hörer, dann lege ich auf. Oh oh, hoffentlich habe ich jetzt keinen Fehler gemacht. Auf kleinen Ungehorsam stehen drei Stunden an der Nähmaschine. Was wird mich wohl hierfür ereilen? Eine Woche im Nähzimmer? Ein Jahr?

Mein Blick kreuzt den von Hansen, der lächelt still vor sich hin, nickt mir zu. »Darf ich Sie ins Speisezimmer begleiten, Baronesse?«

Die gebratenen Täubchen sind ausgezeichnet, ich bemühe mich, die Gedanken an Papa zur Seite zu schieben, und lasse mir das köstliche Mahl schmecken. Hansen lächelt mir zu, aber wenn ich seinen Blick hinter den Brillengläsern richtig deute, denkt er angestrengt nach. Wirklich sorglos ist keiner von uns.

Gleich nach dem Essen gehe ich wieder in mein Zimmer hinauf. Ich betrachte das Himmelbett, den griechischen Kleiderschrank, schaue aus dem Fenster hinaus. Doch die Stimmung da draußen ist anders geworden, über dem Fluss ziehen Sturmwolken auf. Ach, wenn ich doch meinen Farbkasten hier hätte! Fasziniert betrachte ich den Himmel, wo das Grau des Sturmes auf das Goldrosa der Wolken trifft. Doch, ich werde noch oft hier am Fenster stehen. Da kann Papa in seinem Branndenburg auf die Kiefern steigen, so hoch wie er will.

Da, schon wieder ertönt dieses leise Läuten in den unteren Räumen, Unruhe erfasst mich, wer wird jetzt am Apparat sein? Schon wieder Papa? Onkel Gustav, Tante Emmy? Eilig gehe ich zur großen Treppe.

Vor der Tür zur Bibliothek steht der blaue Diener, ein Tablett in der Hand, auf dem zwei Gläser Limonade stehen. Zuerst bemerkt er mich gar nicht, so angestrengt lauscht er in die Bibliothek hinein. Drinnen die Stimme von Hansen. »Ja … selbstverständlich … wir warten hier, wie besprochen … machen Sie sich keine Sorgen um uns, hier ist alles ruhig …« Hansen redet, schweigt, lauscht in den Hörer. Dann wird seine Stimme lauter, sein Gesicht nimmt einen besorgten Ausdruck an. Ich stelle mich in die Tür, neben den blauen Diener. Ein Zimmermädchen überquert den Gang, kommt langsam zu uns heran.

»Wie bitte? Den Krokodillederkoffer … ja, aber … selbstverständlich. Mit Vergnügen. Den Koffer. Die Aktentasche … ja, im Weinkeller, ich weiß … Aber erklären Sie mir doch, warum!«

Wir stehen zu dritt, lauschen, starren in Hansens Gesicht.

»Selbstverständlich, wie Sie wünschen, die Adresse präge ich mir ein … Nein, ich notiere nichts … Wann soll ich da hin? … Was? Noch heute Nacht? … Selbstverständlich, wie Sie wünschen, mit Vergnügen … Die Baronesse? Wie Sie angeordnet haben, sie ist immer noch hier …« Er runzelt die Stirn, nachdenkliche Falten, hebt den Kopf, blickt zur Tür. Sieht den blauen Diener, das Zimmermädchen, sieht mich, nickt uns zu. Seine Stimme wird leiser, unwillkürlich schieben wir uns durch die Tür, näher, näher. »Ja, wir werden sofort anfangen … Gustav, ich würde es nur gerne verstehen. Ich mache mir Sorgen … Sagen Sie mir doch, wo Sie sind!«

Hansen presst den Hörer ans Ohr, aber es kommt wohl nichts mehr. Er legt ihn auf die Gabel zurück, einen Augenblick steht er still, mit gesenktem Kopf. Seine Brillengläser funkeln, was in ihm vorgeht, kann ich wieder einmal nicht erkennen. Schließlich richtet er sich auf, zieht die Schultern nach hinten, als wolle er alle Befürchtungen von sich wegschieben.

Der blaue Diener sieht ihm besorgt entgegen. »Justus, ist alles in Ordnung?«

»Hört sich nicht so an.«

Die beiden Männer sehen zu mir, dann zum Zimmermädchen. Hansen nimmt dem blauen Diener das Tablett aus der Hand. »Möchten Sie ein Glas Limonade, Wanda?« Dieser Mann ist ein Schauspieler. Lächelnd hält er dem Zimmermädchen das zweite Glas Limonade hin, das wahrscheinlich für ihn bestimmt war. »Möchtest du auch Limonade, Mienchen?«

Das Mädchen knickst artig, nimmt das Glas und trinkt. Ihre Blicke wandern zu Hansen, zum blauen Diener. Sie will wissen, was los ist, ich will das auch. Warum sagen sie nichts? Diese korinthischen Säulen! Stabil, zuverlässig, verschwiegen.

Ich stelle mein Glas ab und gehe zurück in den Salon.

Draußen vor dem Fenster versinken Büsche und Bäume in Dunkelheit. Mienchen kommt und stellt eine Petroleumlampe neben mir auf den Tisch. Ihr Angebot, das elektrische Licht im Salon einzuschalten, lehne ich ab. Tante Emmys Porträt nimmt Gestalt an.

Unruhe breitet sich aus im Haus, Türen schlagen, Schritte hasten über die Gänge. Ich muss meine Gedanken sammeln. Meine Hände zittern. Vorsichtig zeichne ich Emmys schmales Kinn, ihre schmale Nase, ihren energischen Mund, ich schwinge mit lockerem Handgelenk, bis die Konturen kräftig sind. Nun die Augen, wach, warmherzig, dunkel, mit klaren Linien. Danach beginne ich mit ihrem Haar, ganz vereinzelt leuchtet darin ein silberner Faden. Vorsichtig setze ich die Lichter, den Schatten auf der abgewandten Seite ihres Gesichtes.

Da, plötzlich, ruft jemand laut nach Kilian. Die Stimme von Hansen, irgendwo im oberen Stockwerk, aber deutlich zu hören. Das letzte Quäntchen meiner Beherrschung verschwindet, ich springe auf. Auf dem Gang sind eilige Schritte zu hören, die Treppe hinauf. Stimmen, laut und aufgeregt, im Gang, in der Halle, im Treppenhaus. Andere, leisere Stimmen, die beruhigen wollen. Dann Stille, oben und unten, als hielten alle den Atem an.

Und da höre ich es. Ein leises Brummen, entfernt, weit entfernt, kaum wahrzunehmen, nur in diesem einen Augenblick, in dem die Unruhe schweigt. Ich trete an die breiten Glasfenster und versuche, dort draußen etwas zu sehen. Nichts, nur die Dunkelheit. Die hellen Ledersessel spiegeln sich in den Scheiben und versperren mir den Blick. Mit schnellem Griff lösche ich die Lampe.

Das Dunkel vor dem Fenster wird lichter. Kräftiger Wind ist aufgekommen, Baumkronen und Büsche biegen sich, darüber ein grauer Himmel, über den finstere Wolken ziehen. Und da, ganz weit hinten, ein Licht. Nein, nicht eines … zwei Lichter bewegen sich, dicht nebeneinander, auf genau gleicher Höhe, immer im gleichen Abstand. Langsam gleiten sie zu uns heran.

Das ist ein Automobil! Tante Emmy und Onkel Gustav kommen! – Jetzt schon? Und mitten über den Rasen?

Diese Lichter sind viel zu hoch über dem Boden für ein Automobil. Da … schwenken noch einmal zwei Lichter über die Auffahrt, in den Park hinein, genauso hoch wie die Lichter von eben. Nein, kein Automobil, das könnte ein Autobus sein. Aber wieso sollte ein Autobus über die Wiese fahren? Kurz sind die Konturen des weit geöffneten Tores zu sehen, das Licht der Scheinwerfer streicht über das erste Fahrzeug, dann versinkt alles wieder in Dunkelheit. Ja, nun weiß ich es: Zwei große Lastkraftwagen fahren dicht hintereinander. Auch der zweite Wagen schwenkt langsam von der Auffahrt herunter, gleitet unter den

Bäumen entlang, bis er mitten auf der Wiese neben dem anderen Lastwagen steht. Die Lichter verlöschen.

Meine Augen haben sich an die Dunkelheit gewöhnt. Ich sehe, wie Türen geöffnet werden, sehe Gestalten, die sich neben den Wagen bewegen und unter den Bäumen verschwinden.

»Sie sehen die also auch?«

Ich schrecke zusammen. Hansen steht dicht neben mir.

»Kilian und ich haben sie vom Obergeschoss aus entdeckt. Wir wissen nicht, wer das sein könnte. Wir verlassen das Schloss, jetzt sofort.« Er nimmt meinen Arm, schiebt mich durch den dunklen Salon hinaus in den Gang. Finsternis hüllt uns ein. Die Fenster zum Garten sind geschlossen, blaue Vorhänge schirmen uns gegen Blicke von draußen ab. Ob diese Männer schon hier im Garten sind?

Vorne aus der Halle höre ich Stimmen, Hansen zieht mich den Gang hinunter. Das elektrische Licht in der Halle ist gelöscht, eine einzige Kerze brennt, breite Schatten flackern über die Wand. Hier sind alle versammelt, die Köchin, zwei Küchenmädchen, zwei Zimmermädchen, eine Kammerjungfer, der blau uniformierte Diener, ein kräftiger junger Hausdiener, ein alter Gärtner. Alle reden durcheinander.

»Wer kann das sein?«

»Was die von uns wollen?«

»Ob die in *friedlicher* Absicht kommen? Vielleicht haben die Waffen bei sich. Hat jemand etwas gesehen?«

Dann gucken alle auf Hansen. »Justus, was sagen Sie?«

»Ich weiß es nicht, tut mir leid. Seid ihr fertig mit Packen, wie ich euch gesagt habe?« Er lässt seinen Blick von einem zum anderen schweifen. Die meisten nicken. »Gut, dann lasst uns jetzt gehen!«

»Nein, Justus, ich bin dafür, dass wir hier die Stellung halten!« Der blaue Diener hebt kampfbereit seinen Arm.

Auch der alte Gärtner ist seiner Meinung. »Ich hab meinen alten Degen noch unterm Bett. Wir verschanzen uns hier, bis Hilfe eintrifft.«

Der junge Hausdiener mischt sich ein. »Die sind in der Übermacht, zwanzig Männer. Bis die Nachbarn hier sind, haben die uns längst überrannt.«

Hansen schüttelt den Kopf. »Noch einmal: nein. Bernhard, lass deinen Degen, wo er ist. Wir machen, was der Baron uns befohlen hat. Schleunigste Flucht.«

»Das kann ich nicht.« Die Köchin versucht, ihre Stimme fest klingen zu lassen. Ich verstehe sie sofort, ihre füllige Figur lässt eine schnelle Flucht gar nicht zu. Tiefes Atmen geht durch die Reihen, die Anspannung wächst.

»Keine Widerrede. Ihr holt eure Sachen, in einer Minute hier in der Halle, und dann ab in den Geheimgang.«

»Waaas?« Wer schon den Fuß auf der Treppe hatte, um zu seinem Zimmer zu eilen, kommt noch einmal zurück. »Ein Geheimgang? Justus!«

»Das wäre ja die Rettung …«

Hansen nickt, guckt sie der Reihe nach an. »Nun macht!«

Sie laufen los, Lärm und Stimmen verbreiten sich über das Haus. Und was tue ich? Hansen hat mich anscheinend vergessen. Ich husche noch einmal zum Salon, öffne die Tür, schlüpfe zurück in den dunklen Raum, taste mich zu dem Sessel, auf dem mein Zeichenblock liegt und die Fotografien. Ich raffe alles zusammen, kurz werfe ich einen Blick durch das Fenster nach draußen. Der Wind ist zum Sturm geworden, Baumkronen biegen sich, Büsche neigen sich bis zum Boden, Sand prasselt gegen die Fensterscheiben.

Ich erstarre, war das jetzt wirklich nur Sand? Zwängte sich nicht eine Gestalt zwischen den Büschen entlang, ganz dicht an der Hauswand? Es ist dunkel, kein Mond scheint, alles ist nur zu erahnen. Vielleicht war es ein Reh, ein Hase? Aber wir sind in Berlin. Gibt es Tiere in diesem Park? Ich halte den Atem an. Nein, ich habe keine Angst, mich kann nichts erschrecken, niemals! Ich packe meine Zeichensachen und laufe zurück in den Gang.

Hansen kommt mir aus der Halle entgegen. »Wanda, ich war schon in Sorge.«

»Die sind da, Hansen, hier, vor dem Fenster!«

»Keinen Schritt gehen Sie von meiner Seite! Und jetzt schnell. Mir nach.« Er eilt die Treppe hinauf. Obwohl ich das Gefühl habe, ein schweres Eisengewicht zu ziehen, stolpere ich hinter ihm her. »Sie gehen in Emmys Zimmer, das letzte am Ende des Ganges. Unter dem Schreibtisch steht ein kleiner Krokodillederkoffer. Den holen Sie.« Hansen öffnet eine Tür, verschwindet in einem Zimmer.

Ich laufe weiter bis zur letzten Tür. Kräftiges Poltern dringt heraus. Langsam drücke ich die Klinke nach unten. Es ist ein Eckzimmer, durch vier breite Fenster dringt das Dunkel der Nacht. Eines der Fenster steht offen, seine Flügel schlagen im Sturm an den Fensterrahmen. Auch hier oben prasselt Sand gegen die Fensterscheiben, die Luft ist schwül, warm und drückend, ein Gewitter zieht auf. Ich schlage das Fenster zu, wieder ein Blick nach draußen, deutlich die Silhouetten der beiden Lastkraftwagen, Gestalten hinter jedem Baum, hinter jedem Strauch. Aber ich habe keine Angst. Mein alter Psalm fällt mir ein. *Der Herr ist mein Hirte, mir wird nichts mangeln, er weidet mich auf einer grünen Aue und führet mich zum frischen Wasser …* Gott und Hansen. Gott schickt Hansen und der passt auf mich auf. Na also.

Ich knebele das Fenster zu, kontrolliere die anderen. Taste mehr als ich sehe, finde den Schreibtisch vor dem Eckfenster, erspüre darunter einen Koffer, dessen Krokodilmuster ich unter meinen Fingerspitzen fühlen kann. Schnell, ohne mich noch einmal umzusehen, laufe ich aus dem Zimmer.

Hansen steht schon auf der oberen Treppenstufe. »Alles in Ordnung, Wanda? Dann schnell!«

Auch die anderen kommen gerade zurück in die Halle, verknotete Tücher, geflochtene Körbe in der Hand. Die drei Männer haben ihre Degen dabei. Hansen legt den schmalen Lederkoffer, den er aus Onkel Gustavs Zimmer geholt hat, auf den Hallenboden, öffnet ihn mit einem Schlüssel, kniet sich daneben. Seine Bewegungen sind eingeschränkt, denn ein eiserner Ring hängt jetzt an seinem rechten Handgelenk, eine lange Kette verbindet ihn fest mit dem Koffer. Hastig nimmt er Geldscheine heraus und verteilt sie.

»Was? So viel Geld, Justus?«

»Nimm es. Ich weiß nicht, ob wir alle zusammenbleiben. Ob wir uns überhaupt wiedersehen. Das ist euer Lohn für das ganze Jahr.«

»Justus … machen Sie mir keine Angst!«

»Der gnädige Herr will, dass ihr reichlich bezahlt werdet. Nehmt es. Und jetzt – Gotthelf, die Kellertür.«

Der junge Hausdiener eilt voraus, schließt die Holztür zum Keller auf. Sofort stehen alle abmarschbereit.

Dem alten Gärtner rinnen Tränen über die Wangen. »Ich wollte doch sehen, wie die Linden groß werden. Wie die Rosen im nächsten Jahr blühen …«

»Das wirst du auch sehen, Bernhard. In zwei, drei Tagen sind wir vielleicht wieder hier, sobald der gnädige Herr zurück ist. Los, du gehst mit Gotthelf voran. Dann die Frauen. Kilian und ich gehen hinten.«

Draußen heult kräftig der Sturm, peitscht Sand an die Fensterscheiben und gegen die Eingangstür. Ist das alles nur Sand, nur der Sturm, oder Stimmen? Holz knackt und bricht. Sind das Äste? Zweige? Eine Glasscheibe splittert.

Ich eile hinter Kilian her zu einer schmalen Kellertreppe, Hansen ist hinter mir. Da – schon wieder klirrt eine Scheibe, das Geräusch kommt aus einem der Gänge, die zur großen Halle führen. Da sind – Schritte! Ich halte den Atem an ... kräftige Tritte über zerbrochenes Glas.

»Hansen?«

»Keine Angst, Wanda, die kriegen uns nicht.« Er zieht ein Schlüsselbund aus seiner Jackentasche, verschließt die Kellertür hinter uns, eine stabile Holztür aus dicken Eichenbohlen. Lautlos dreht sich der Schlüssel im Schloss. Ohne jedes Geräusch legt er zwei kräftige Riegel um. Neben der Tür lehnt eine Stange aus Eisen, Hansen legt sie quer über die breiten eisernen Haken und verankert die Tür in der Wand. »Gustav hat an alles gedacht.«

Jetzt geht es nur noch nach unten, wir folgen den Frauen. Einer nach dem anderen steigt die enge Treppe hinab.

Wir können nur hintereinander laufen, der Gang am Fuß der Treppe ist schmal. Aber es ist hell, Glühbirnen leuchten von den Wänden herab. Elektrischer Strom bis in den Keller, so etwas haben wir nicht in Branndenburg.

Ein Kreuzgewölbe hebt sich über unsere Köpfe, aus rotem Backstein, wie das ganze Schloss. Man muss sich nicht bücken, wenn man in der Mitte des Ganges bleibt. An kräftigen Stützpfeilern zieht sich die Kellerdecke tief nach unten. Hinter jedem Pfeiler öffnen sich schmale Türen in andere Gänge, in andere Räume. Hansen greift immer wieder nach meinem Ellenbogen und führt mich. Gehetzt wie Hasen bei der Treibjagd laufen wir einen langen Gang hinunter, eine Wende nach rechts, bis zum nächsten Pfeiler, bis zum übernächsten, noch einen Pfeiler weiter.

»Warte, Kilian!«

Kilian bleibt stehen, die anderen eilen weiter.

»Kilian, von hier an verläuft der Keller nicht mehr unterhalb des Schlosses. Wir sind jetzt unter dem Park. Ihr haltet euch rechts. Es gibt eine kleine Tür auf der linken Seite, hinter der dritten Säule. Gustav sagte, sie sieht wie eine Schranktür aus.« Hansen zieht wieder sein Schlüsselbund, löst einen großen Schlüssel und reicht ihn Kilian. »Hier, für die Geheimtür. Dahinter ist euer Gang.«

Kilian nickt schweigend, über unseren Köpfen hören wir gedämpftes Krachen, Poltern. Wie dick ist die Kellerdecke? Wie laut muss so ein Poltern sein, damit wir es hier unten so deutlich hören? Mühsam ringt die Köchin nach Luft, ihr Keuchen höre ich, obwohl sie schon weit entfernt ist.

»Und was kommt am Ende des Ganges? Sitzen wir in einer Mausefalle?«

»Der Gang soll einen Ausgang bei den Gemüsebeeten hinten im Garten haben. Keiner wird euch sehen, die Pforte wirkt wie ein Pfeiler in der Mauer. Außerdem stehen Büsche davor.«

Kilian nickt. »Und du, Justus?«

»Ich muss in den Weinkeller. Das dauert drei, vier Minuten. Dann kommen wir nach.«

Über uns kracht es wieder, Hansen packt mich am Arm, schiebt mich in den Gang zurück, aus dem wir gerade gekommen sind.

Der Eingang zum Weinkeller ist verschlossen. Wieder zieht Hansen sein Schlüsselbund, die Tür knarrt nicht, ganz untypisch für eine Kellertür. Drinnen stehen Regale an allen Wänden, hunderte Weinflaschen. Die Flaschen sind überhaupt nicht eingestaubt, das Schloss steht ein halbes Jahr, höchstens, vollkommen einleuchtend.

Sogar hier unten ist die Luft drückend und schwül, man müsste das Fenster öffnen, um besser atmen zu können. Das Fenster liegt an der gegenüberliegenden Seite des Raumes, es ist rund und aus blauem Glas, das in schmale Bleistreifen gefasst ist. Deutlich hören wir das Heulen des Sturmes, über uns Krachen und Poltern, feste Schritte, sogar Stimmen, die laut durcheinanderschreien.

Hansen bewegt sich so schnell, wie ich ihn noch nie gesehen habe. Er lässt mich los, läuft zu einem Regal an der hinteren Rückwand, hebt eine Holzkiste voll verdrahteter Champagnerflaschen heraus. Die Flaschen klirren leise, als er die Kiste hastig auf den Fußboden stellt. Hinter dem Champagner steht noch eine Kiste. Nein, keine Kiste – es ist eine Tasche, ein Aktenkoffer aus festem Rindsleder, hoch, schmal, mit stabilen Klappschlössern verriegelt. Hansen hebt die Aktentasche aus dem Regal, bei jedem Handgriff hindert ihn der Koffer, der mit der Kette an seinem Handgelenk hängt.

Da, plötzlich, über uns Stille. Der Champagner bleibt auf dem Boden zurück. Blitzartig weiß ich, dass nichts mehr stimmt, gleich, gleich wird etwas passieren, diese Stille ist wie eine tickende Uhr. Die letzten Sekunden, ich stehe immer noch an der Tür, warte auf Hansen, sehe das blaue Fenster. Angst? Nein, Angst habe ich nicht. Dieses Fenster hat dasselbe Blau wie die Lilien oben in der Eingangshalle ... wie tiefes Wasser ... Da, ein lauter Schlag, nein, kein Fensterladen – jemand hämmert an die verschlossene Kellertür. Es klingt wie ein Beil, Holz splittert, Hansen richtet sich auf. Mit einem Sprung ist er bei mir, hält plötzlich eine Pistole in der Hand, blickt in den Kellergang. Der Gang ist leer, die Kellertür noch verschlossen. Wieder schlägt das Beil zu. Die Uhr tickt noch immer. Und da –

Es ist, als würde der Mond vom Himmel fallen und auf das Dach des Schlosses stürzen. Ein ohrenbetäubender Donner, dröhnendes Krachen. Lauter, immer lauter, Wände erbeben, Pfeiler wanken. Das Glas im blauen Fenster zerspringt, fliegt mir entgegen. Die Tür zum Weinkeller reißt aus der Verankerung, die Kellerdecke biegt sich. Hansen wirft sich über mich. Ein greller Blitz, dann verlöschen die elektrischen Lampen, es wird stockdunkel, wir sehen nichts mehr. Über uns zerreißen die Steine, der Boden unter unseren Füßen schwankt. Hansen packt meine Schultern, drückt mich an eine Wand. Die Decke des Weinkellers kracht zu Boden, genau in diesem Moment. Alle Flaschen bersten, meine Ohren zerspringen, ich kann nicht mehr atmen. Hansen packt meinen Kopf, presst mein Gesicht gegen seine Jacke, seine Hände über meine Ohren. Alles versinkt.

»Uff, ich kann nicht mehr!« Opa fällt hintenüber auf seine Kissen. Er streckt seine Arme.

Mir geht es nicht besser. Meine Augen brennen, mein Nacken schmerzt, mein Bein, über das Fritz seine Füße gelegt hat, stirbt gerade ab. »Fritz, schläfst du?« Keine Antwort. Ich schiebe seine Füße zur Seite.

Es ist nach Mitternacht. Um sieben hat Opa sein italienisches Abendessen gegessen, um acht haben wir angefangen zu lesen. Ich muss schon seit Stunden aufs Klo. Das zuallererst. Ich decke Opa Willi zu, und dann will ich nur noch ins Bett. Meine Gedanken drehen sich. Ich muss runterschalten. Ausruhen. Nachdenken über das, was ich in den letzten Stunden gehört habe. Und über das, was ich heute erlebt habe. Linus. Fritz. Und schlafen will ich. Wenn ich kann. Fritz lasse ich hier bei Opa Willi, die werden sich schon nicht beißen. Nicht, solange beide die Augen geschlossen haben. Jetzt leise die Tür zu. Aber die Tür knarrt. Das hatte ich völlig vergessen.

»Marie? Wo bist du?«

Oh nein. Bitte nicht. Widerstrebend mache ich die Tür wieder auf.

»Hchchchch … hchchchch … mir geht's schon wieder so schlecht!«

Muss er immer so laut reden, als wäre er allein auf der Welt? »Komm mit in mein Zimmer, Fritz, nimm dein Asthma-Spray.«

»Ich hab gar kein Asthma. Mein Kopf tut so weh!«

»Dann gebe ich dir eine Kopfschmerztablette.«

Er räkelt und streckt sich, grunzt wie ein dicker Kater, steht vom Sofa auf. »Oooh, mein Kopf! Bitte schnell!«

»Schlaf gut, Opa Willi!« Möglichst lautlos drücke ich seine Zimmertür zu. Aus meinem Medikamentenkarton suche ich eine Packung Kopfschmerztabletten.

Fritz wirft einen kurzen Blick darauf. »Die nehme ich nicht, da ist ja nur ASS drin, das hilft bei mir gar nicht!«

»Andere habe ich nicht. Vielleicht lassen die Schmerzen nach, wenn du jetzt einfach weiterschläfst?«

»Schlafen hilft bei anderen, bei *mir* nicht. Ich brauche ein modernes Kombitablettchen, so mit Koffein, Paracetamol, ASS.«

»Aber die habe ich nicht.«

»Dann hol welche. Bitte, Marie!«

»Gut, gleich morgen früh.«

»So lange halte ich das nicht aus. Jetzt!«

»Wie *jetzt*? Soll ich den Notarzt bestellen?«

»Nein, keinen Notarzt. Du könntest zur Apotheke gehen.«

»Ich soll zum Alex laufen? Mitten in der Nacht?«

»Bitte!« Er spricht mit ersterbender Stimme, guckt mich flehentlich an. Wie eine Katze, die in einen Sack gesteckt und ersäuft werden soll. Ein Mufflon, das gerade den Weg zum Schlachthof geht.

Wenn er mich weiter so anguckt, erwürge ich ihn. Reiß dich zusammen, Marie, schrei ihn nicht an, kneif ihn nicht. Sorg einfach dafür, dass er nie wieder deine Wohnung betritt. Das ist völlig genug. Dieses Vorhaben ist gigantisch wie die Besteigung des Mount Everest. Unlösbar wie die Quadratur des Kreises. Ein Mann wie Fritz lässt sich nicht einfach Nein sagen. Sonst hätte ich das längst gemacht. Ich hebe meine Jacke vom Haken. Erst einmal raus hier. »Okay, Fritz, ich gehe.«

Er ist überrascht. Was, keine Gegenwehr? Er wirkt beinahe enttäuscht. »Ich denke, es ist dir zu spät?«

»Ja, Fritz, aber ich mache das gerne.« Schon klappe ich leise die Tür hinter mir zu.

Unsere Haustür ist abgeschlossen, wie immer um diese Zeit. Fahrräder, Bollerwagen, Rodelschlitten sind hier abgestellt. Ich trete auf die Straße, schließe ordentlich wieder zu. Wohin jetzt? Zur großen Apotheke am Alexanderplatz? Oder zuerst zu unserer kleinen Apotheke vorne an der Ecke? Die haben ein Schild im Schaufenster, auf dem man sehen kann, wer in der Nacht Bereitschaft hat.

Die Straße ist ruhig, aber keinesfalls still. Die Große Hamburger schläft nie. *Berlin, Berlin!* Im *DE FLORE* auf der anderen Straßenseite brennt Licht. Laute Stimmen und Lachen dringen auf die Straße hinaus. Auch die *Alte Schmiede* hat noch viele Gäste. Jetzt eine Flasche Rotwein bestellen und bei Kerzenschein über alles reden, was ich in den letzten Stunden gehört habe. Über Wanda, über Emmy und Gustav, über Justus. Aber mit wem sollte ich das machen? Mit Fritz? Der hat überhaupt nicht zugehört. Und mein Leben ist nicht so gedacht, dass Opa Tag und Nacht mein Partner ist. Stimmt, mir fehlt einfach was … mir fehlt *jemand* … Nein, Marie, denk jetzt nicht an den … nicht an den Elch.

Also zur Apotheke. Zügig trabe ich die Straße hinab. Jut jut, ich laufe auch bis zum Alex. Bis zum Straußberger Platz. Sogar bis zum

Tierpark hinunter, je weiter der Weg, umso besser. Ich kann mich beruhigen, nachdenken, meine Gefühle sortieren. In Gedanken bei Wanda sein. Solange ich will, nicht nur bis zum nächsten Asthma-Anfall.

Ding-ding! Ich zucke zusammen. Ein leises Läuten in meiner Handtasche. Eine SMS. Endlich Werner? Nachts um eins, das sieht ihm nicht ähnlich. Aber sieht es ihm ähnlich, drei Tage hintereinander nicht erreichbar zu sein?

Liebe Marie! Der Tag war wunderschön. Ich würde dich gerne sehen. Am liebsten jetzt gleich. Da das nicht geht, was hältst du von morgen Abend? Gruß, Linus

Ach ja, am liebsten jetzt gleich? Sage ich doch, Rotwein und Reden und Kerzenschein … Nein, das kann ich unmöglich schreiben. *Lieber Linus …* ein toller Anfang. *Ja, schrecklich gern morgen Abend …* Ich laufe weiter, während ich auf die Tasten drücke. Rechts stehen geparkte Autos am Straßenrand. Links die Reihe der Häuser. Ich laufe einfach geradeaus. Sehe nur auf das Display.

Plötzlich vor mir ein Hindernis. Ich pralle dagegen, ungebremst. Ein Baum auf dem Gehweg? Eine offene Autotür? Schlimmer: ein Mann. Er steht mitten im Weg. Schwarze Haare, rabenschwarzer Vollbart. Das alles schießt in einer Zehntelsekunde durch meinen Kopf, während mein vegetatives Nervensystem die Frage nach Kampf oder Flucht entscheidet – doch Kampf oder Flucht sind nicht nötig. Der da vor mir steht, ist der Elch! Nachts um eins auf der Großen Hamburger Straße.

»Oh, tut mir leid! Ich wollte einfach noch nicht nach Hause nach dem Abendessen mit meinen Kollegen. Da hab ich noch eine kleine Stadtbesichtigung unternommen. Berlin bei Nacht. Sonst neige ich eher nicht zu so unbedachten Aktionen.«

Jetzt ganz ruhig bleiben. Ihm nicht um den Hals fallen, am besten nicht mal lächeln … ach, mein blödes schlechtes Gewissen.

Aber *er* hat keins. Steht vor mir, grinst. »Schön, dass du da bist, Marie!« Dann legt er einfach seine Arme um mich, bückt sich und drückt einen Kuss auf meinen Mund. In einer Sekunde ist alles vorbei. Er lässt mich los. Stellt sich neben mich. Nahezu sachlich. »Das will ich schon seit heute Morgen! Und jetzt – wo wolltest du hin? Wenn du möchtest, kann ich dich begleiten.«

Okay, wenn er so mutig ist. Dann könnte *ich* auch mutig sein. Ich hänge mich bei ihm ein. Laufe mit ihm die Große Hamburger hinunter bis zur Rosenthaler. Die Apotheke liegt an einer runden Ecke. Schon von weitem sehe ich das eingeschaltete Notdienst-Schild. Während die nette junge Frau die Tabletten für Fritz aus ihren Kästen sucht, sehe ich mir die Apotheke an. Rundum verschnörkelte Wandregale aus dunklem Holz, mit hunderten von kleinen Schubkästen. Es gibt eine hölzerne Deckenverkleidung, eine holzverkleidete Säule mitten im Raum. Dralle nackte Engel schweben auf einem gemalten Himmel über dem Ladentisch. »Sagen Sie, gab's diese Apotheke hier schon zu Kaiser Wilhelms Zeiten?«

Die Apothekerin lacht mich an. »Aber sicher doch! Mit original dieser Einrichtung.«

Wie sich der Blick ändert durch ein paar handgeschriebene Seiten. Hätte Opa mir gesagt: Marie, die Apotheke an der Ecke Alte Schönhauser ist noch aus der Kaiserzeit – nein, tut mir leid, ich hätte ihm nicht mal zugehört. Jetzt weiß ich, hier wurden schon Medikamente verkauft, als Wanda in ihrem Schloss Tennis spielte. Wenn Sottke wohlwollend gestimmt war, sind sie auf dem Rückweg von der Malschule vielleicht hier vorbeigefahren. Das muss ich Linus erzählen! Ich bezahle die lebensrettenden Kopfschmerztabletten für Fritz. Und wie finde ich jetzt heraus, ob Linus noch Zeit hat?

»Ich würde dir so gerne von dieser Wanda erzählen …«

»Ich habe gehofft, dass du das sagst. Wenn dein alter Herr es so spannend macht, ist bestimmt auch was dran. Ich traue mich gar nicht zu fragen, Marie, aber wie wär's mit *jetzt gleich*?«

Volltreffer! Wir setzen uns in die *Alte Schmiede*. Damit dem Wirt von vornherein klar ist, dass wir nicht in zehn Minuten wieder gehen, bestellen wir den Wein gleich in Flaschen. Einen Spätburgunder für mich und einen trockenen Riesling für Linus.

Die Bedienung ist schon lange nach Hause gegangen, der Wirt steht mit geröteten Augen hinter seiner Theke und harrt eisern aus. Es ist beinahe vier, als wir zahlen. Draußen ist es bitterkalt. Jetzt ist wirklich keiner mehr da, der das Nachtleben von Berlin-Mitte genießen will. Nur wir. Linus bringt mich bis an die Haustür.

»Na dann …«

»Ja … dann.«

Wir stehen in der Türnische, wirklich dunkel ist es hier nicht. Aber er nimmt mich doch in den Arm. Legt seine Hand hinter meinen Kopf und streicht durch meine Haare. Weich und fest, jeden einzelnen Finger spüre ich. Er zieht mich an sich. Legt seine Lippen auf meine Lippen, warm, feucht, ganz leicht. Seine Zunge tastet sich vor, schiebt sich zwischen meinen Lippen hindurch, behutsam dringt er in meinen Mund. Minuten vergehen, ohne dass wir noch atmen. Ich fühle ihn, nur ihn. Nicht denken, nichts wollen, nur spüren und bei ihm sein.

»Schlaf gut, Marie.«

Endlich wage ich es, lege meine Arme um ihn. Ziehe ihn an mich. Mich an ihn. Drücke meinen Mund auf die Wange vor seinem Ohr. »Schlaf auch gut!« Tief durchatmen. Loslassen und reingehen. Nur nicht umdrehen, dann sieht er die Tränen nicht, die mir in die Augen steigen.

Ich schleiche die Treppe hinauf, schließe ganz leise die Wohnungstür auf. Wie alt bin ich eigentlich? Fünfzehn? Warum benehme ich mich wie ein Teenager, wenn ich erst morgens nach Hause komme? Wen geht das was an?

Auf Zehenspitzen schleiche ich in die Küche, gieße mir ein Glas Wasser ein. Ich bin überhaupt nicht betrunken. Aber die Wände drehen sich und ich kreise unter der Decke. Und nun kann ich nicht mal ins Bett. Da schläft ja Fritz. Soll ich den Fernsehsessel von Opa okkupieren? Er würde sich zu Tode erschrecken, wenn er aufwacht und ich liege unerwartet neben ihm.

Jut jut, Marie, ich schleiche zurück in den Flur, klinke leise meine Zimmertür auf. Fritz atmet ruhig. Ich schlüpfe in mein Nachthemd, kuschele mich auf mein Sofa. Ziehe die Decke hoch bis zum Kinn.

Ich wache erst wieder auf, als ich eine Hand spüre, die über meinen Bauch gleitet. Auf eine Weise, die ich sehr genau kenne. Meine Decke wird zur Seite geschoben, Fritz legt sich neben mich auf das Sofa, seine Hand arbeitet sich langsam vor. »Ach, Fritz, ich bin noch so müde.«

Fritz nicht, er hat wunderbar ausgeschlafen.

»Deine Kopfschmerztabletten liegen da auf dem Schreibtisch.«

Auch das bremst ihn nicht. »Ich brauche keine Tabletten, meine Kopfschmerzen sind weg. Marie, komm!« Er krault mich, streichelt, immer weiter, immer intensiver. Seine Hand gleitet in immer größeren Kreisen, weiter nach oben und noch viel weiter nach unten.

Ach, Fritz. Ein klares Wort wäre das Einzige, was ihn jetzt aufhalten könnte. Aber das bringe ich nicht über mich. Wahrscheinlich würde er es nicht einmal hören. Ich müsste sofort aus der Wohnung fliehen. Möglich, dass er wenigstens das versteht. Aber es ist zu spät, jetzt liegt er schon über mir. Es wäre geschmacklos, jetzt aufzustehen. Na gut, Fritz, *ein Mal noch*. Und dann nie, nie, nie wieder!

Was sehe ich wohl, als ich fünf Minuten später die Jalousien hochziehe?

Nichts. Alle Häuser ringsum stehen noch. Über das Dach vom Hinterhaus ragt der Fernsehturm. Der Turm der Sophienkirche guckt über den Seitenflügel. Eine strahlende Herbstmorgensonne auf einem kaltblauen Himmel. Zu meiner Laune passt das ganz und gar nicht. Zur quietschguten Laune von Fritz schon viel eher. Pfeifend schreitet er unter die Dusche. Dann ich, leise, mit hängendem Kopf. Nicht an Linus denken, nicht an die letzte Nacht, nicht an diesen schrecklichen Morgen. Wir ziehen uns an, wir decken gemeinsam den Frühstückstisch. Wie ein altes Ehepaar. Hundert Jahre verheiratet, und nie beim Sex die Nachbarhäuser zum Einsturz gebracht. Nun wird daraus auch nichts mehr.

Fritz wirft die Kaffeemaschine an. Er pfeift immer noch vor sich hin. Das Bedienen einer Maschine ist ihm vertrauter, als auf die Laune seiner Freundin zu achten. Wir klappern mit Tellern und Kaffeetassen. Was wohl Linus jetzt macht? Nein, Marie, Schnitt, diesen letzten Gedanken sofort löschen!

Wie immer kommt Opa genau im richtigen Augenblick zur Tür herein, geduscht, die feuchten Haare glatt nach hinten gekämmt wie ein Tangotänzer. »Einen guten Morgen uns allen! Marie, du wirst jeden Tag hübscher. Oh, was ist das für ein Lippenstift? Der sieht wieder zum Anbeißen aus.«

»Der ist auch zum Anbeißen, Opa, Pearl Ananas.«

»Passt genau zu deinem Pullover!« Ich rücke Opa den Stuhl zurecht. Er lässt sich langsam darauf nieder. Seine Knochen knacken, seine Gelenke knirschen, aber seine Augen strahlen. »Nun, wie hat euch unser Vorleseabend gefallen?«

Fritz schmeißt sich auf den Stuhl neben ihm. Er strahlt mich an. Seine frisch gewaschenen Locken reflektieren die Morgensonne. »Marie, du hast noch gar nichts zu meinem neuen Auto gesagt! Endlich ein BMW aus der M-Klasse! Und endlich ein Cabrio!«

Ups. Das erlebe ich immer wieder mit Opa und Fritz: Diese Männer sind nicht in der Lage, *miteinander* zu kommunizieren. Sie reden ununterbrochen, aber jeder redet *nur mit mir.*

»Ja, Opa, richtig aufregend fand ich's!«

»Ich auch, Kind. Ich hatte wirklich Angst, ob diese Wanda die Explosion überleben würde. Genau so muss es sein, wenn man liest!«

»Marie, Marie, wie viel PS hat der Neue, rate mal! Sechs Zylinder! 353 PS! Damit kommt man in fünf Komma fünf Sekunden von null auf hundert.«

Ich nicke Fritz zu, statt einer Antwort lege ich ein Brötchen auf seinen Teller. Tut mir leid, diese BMW-Geschichten ziehen heute bei mir nicht. »Sie hat überlebt, ist doch vollkommen klar. Sonst hätte sie es ja nicht aufschreiben können.«

»Wie meinst du denn das? Wie kommst du auf so einen Unsinn, Kind?«

»Marie, in fünf Komma fünf Sekunden von null auf hundert!« Fritz echot seine eigenen Worte. Ich fühle mich wie bei *Stargate.* Ständig springe ich durch das Sternentor, hin und her zwischen der Welt von Fritz und der Welt von Opa. Können die sich nicht benehmen wie zwei erwachsene Männer? Kurz werfe ich einen Blick hinüber zu Fritz. Der guckt mich an, lächelt auffordernd, zieht die Augenbrauen nach oben. Aber er hält den Mund. Ob er's jetzt endlich verstanden hat?

»Wieso ist das Unsinn, Opa?

»Wenn der Autor sie sterben lassen wollte, dann hätte er sie sterben lassen. Egal wie sehr ich sie mag.«

»Das hier ist ein Tagebuch, Opa!«

»Nein, ist es nicht. Diese Wanda ist eine literarische Figur. Du hast selbst die Romanhefte in der Hand gehabt.«

Ich schüttele heftig den Kopf. »Quatsch!«

»Marie, ich dachte, ich hätte dir etwas beigebracht. Du bist Antiquarin, darf ich dich daran erinnern? Aber du stellst wilde Behauptungen auf. Richtige Räuberpistolen. Ein Tagebuch? Hast du denn Beweise?«

»Die brauche ich nicht, ich bin keine Historikerin. Bei mir reicht Intuition.«

»Pfff! Klägliche Begründung! Das lasse ich dir nicht durchgehen!«

»Dann gibt's wohl nur eine Möglichkeit?«

»Sieht so aus, ja. Lesen wir weiter!«

»Ich dachte, wir frühstücken erst.«

»Wahre Leidenschaft braucht kein Frühstück. Schnell, hol das Manuskript, Marie!«

Fritz guckt von einem zum anderen, er rutscht unruhig auf seinem Stuhl hin und her. »Ja, Leute, Fragen über Fragen. Das ist schon interessant. Aber auch völlig egal, von diesen Menschen lebt heute sowieso keiner mehr. Das ist aus und vorbei, und keiner will jetzt noch wissen, was damals war. – Marie, du hattest letztens so leckere Leberwurst. Hast du vielleicht noch was davon?«

Das Sternentor. Immer wieder, hin und her. Plötzlich bleibe ich stecken. Meine Laune überzieht sich mit einer Eiskruste. Ohne ein Wort zu sagen, stehe ich auf, öffne den Kühlschrank. Nehme die Packung mit den Leberwürsten, lege sie Fritz auf den Teller. »Dein Auto hat 350 PS und kommt in zwei Sekunden von null auf hundert?«

»353 PS, in fünf Komma fünf Sekunden.« Fritz spreizt sich, lacht. Nur seine frisch gewaschenen Haare strahlen noch heller als seine Augen.

»Wie viel Benzin passt in den Tank?«

»Genau 63 Liter.«

»Wie weit kannst du damit fahren?«

»Na, der verbraucht, das kann ich dir ganz genau sagen, innerorts 20,6 Liter, außerorts 9,5. Das ergibt einen Mittelwert von 13,6 auf einhundert Kilometer.« Fritz genießt es, jeden Wert genau zu berechnen. Er legt den Kopf zurück, kneift die Augen zusammen. »Wenn ich von hier sofort auf die Stadtautobahn fahre, dann sind das 10 Kilometer, von da 9,5 Liter, macht insgesamt 663 Kilometer. 50 mehr, 20 weniger, je nach Stau oder Stadtverkehr.«

»Dann fahr doch mal los, Fritz! Heute Mittag könntest du schon an der Nordsee sein.«

Fritz strahlt mich an. Immer noch. Zwei, drei Sekunden guckt er in mein Gesicht. Dann gefriert sein Lächeln. »Du willst da nicht zufällig mitkommen?«

»Ich will nicht mehr Probe fahren.«

»Hab ich was gemacht? Hab ich dich bei irgendetwas gestört?«

Ich senke den Blick. Ich weiß keine ehrliche Antwort, die Fritz akzeptieren würde.

»Marie?«

Ich schüttele den Kopf.

»Dann fahre ich jetzt los … oder?«

»Ja, Fritz, mach das.«

Vor ihm auf dem Teller liegen drei getoastete Brötchen, die noch auf ihn warten. Er würdigt sie keines Blickes. Geht in mein Zimmer, holt seinen Aktenkoffer, seine Lederjacke. Steckt noch einmal seinen Kopf zur Tür herein. »Heute Abend rufe ich dich an!«

»Ich will nicht telefonieren.«

»Dann bis nächste Woche.«

»Nein, Fritz, lieber nicht.«

Die Wohnungstür klappt hinter ihm zu.

Ich sitze am Küchentisch, schlage die Hände vors Gesicht. Ich weine nicht. Warum denn? Ich will nur … hinter den Händen meine Augen ein wenig ausruhen. Eine Minute vergeht, eine zweite. Da spüre ich eine Berührung auf meinem Arm, leicht wie eine Feder. Opa.

»Marie, was war denn das eben?«

»Ach … wenn ich das wüsste!«

»Kommt der noch mal wieder, der Fritz?«

»Nein.«

»Weißt du, Marie, ich frag ja nur, weil … nun ja, der Fritz eben, der ist die halbe Nacht auf und ab gelaufen im Flur. Kann sein, dass er sich Sorgen gemacht hat, weil du doch erst so spät nach Hause gekommen bist.«

Ich fühle mich mies. Mies wie das Wetter im Herbst. Nun hat er auch noch auf mich gewartet, nun ja, der Fritz eben, und konnte deshalb nicht schlafen. Vielleicht hat er sich wirklich Sorgen um mich gemacht? Solch ein Gefühl hätte ich bei Fritz nie erwartet. Das ist wie in einem schmalzigen Kinofilm – plötzlich weiß ich ihn zu schätzen, jetzt, wo ich ihn nicht mehr habe. Oder hab ich ihn noch? So ein Mist ist das, Kacke, Kacke, Kacke! Ich habe immer noch die Hände vor meinem Gesicht.

»Brauchst du ein Taschentuch?«

»Nö.«

Der Druck von Opas Hand auf meinem Arm wird fester. Ein wenig. »*So komme, was da kommen mag! Solang du lebest, ist es Tag!*«

»Was?«

»Ja, Marie, manchmal denkt man, man kann etwas nicht mehr ertragen. Aber das Leben geht weiter, und irgendwann renkt es sich wieder ein. Oder der alte Kummer vergeht, und es kommt was ganz Neues, auch wenn zuerst alles schrecklich aussah.«

Ich höre den klappernden Deckel der Kaffeekanne, höre, wie Kaffee in meine Tasse rinnt. Mein Opa, der letzte Ritter. Jetzt reiße ich doch die Hände von meinen Augen. Jut jut, Marie, das Leben ist, wie es ist, nichts für Warmduscher, nichts für Weicheier, da hilft keine Lebensversicherung. »Lass uns weiterlesen!«

»Los geht's, wir suchen nach Wanda!«

Die Morgensonne strahlt immer noch. Ich gehe nach hinten in Opas Zimmer und hole die beschriebenen Seiten zu uns in die Küche.

Hansen und ich stehen lange. Irgendwann hört das Krachen über uns auf, irgendwann kann ich wieder ein wenig atmen. Die Luft besteht nur aus Staub.

Hansen lockert seinen Griff, löst seine Arme von mir, vorsichtig, als könnte ich umfallen. »Ist alles gut, Baronesse?«

»Ich glaube.« Meine Stimme ist ein heiseres Krächzen.

»Dann haben wir wohl überlebt. Ich hoffe nur, dass der Gang nicht verschüttet ist.«

Irre ich mich, oder zittert seine Stimme ein ganz klein wenig? Wir sehen nichts, alles ist dunkel. Hansen tastet über den Boden. Etwas scharrt, die kleine Kette an seinem Handgelenk klirrt.

»Na bitte – der andere Koffer. Und der Koffer von Emmy? Wanda … ich finde den Krokodillederkoffer nicht.«

Wo der Krokodillederkoffer ist? Ich bin hier, ich lebe, ich atme, mehr weiß ich nicht. Meine Hände sind irgendwo, fest an mich gepresst. Etwas drückt mich, etwas halte ich fest. Ja, hier … in meiner rechten Hand spüre ich den Griff des Krokodillederkoffers. Und in meiner linken? Meine Zeichenmappe. Mit meinen Skizzen, mit den Fotografien. Wie ist das möglich? Hätte ich nicht meine Arme über meinen Kopf halten sollen, um mich zu schützen?

»Hansen, hier ist der Koffer, es ist alles da!«

»Wir haben mehr Glück als Verstand. Kommen Sie, sehen wir zu, dass wir rauskommen.« Er tastet mit seinen Füßen über den Boden, zieht mich hinter sich her. Vorsichtig schieben wir uns voran, über

Steine, umgekippte Regale, zersplittertes Glas. Hier unten ist finstere Nacht, Hansen hält meinen Arm, wir übersteigen die unsichtbaren Hindernisse. Was über uns im Schloss ist, können wir nicht einmal ahnen, auf jeden Fall ist es still. Keine Stimmen mehr, auch kein Rufen, hin und wieder ein leises Krachen, als würden dort oben immer noch Trümmer zu Boden fallen. Aber die Decke über dem Kellergang hält.

Wir wandern lange. Atmen ist fast nicht möglich. An der Stelle, an der die anderen in den Gang nach rechts bogen, versperrt ein Gewirr von Brettern den Weg. Wir klimmen vorwärts, tasten an der Wand entlang nach den Pfeilern. Der erste Pfeiler, der zweite, der dritte Pfeiler, dahinter der Eingang zum Schrank. Die Tür hängt zerbrochen in den Angeln, Hansen wirft sich dagegen. Wir steigen über die Schwelle, es ist so eng, dass wir uns mit der Schulter voran vorwärtsschieben, um eine schmale Ecke, ein paar Stufen nach unten, dann wird aus dem Wandschrank ein Gang.

Unmerklich wird die Luft besser. Irgendwo vor uns muss der Ausstieg sein, ein winziges Licht erscheint, sehr weit hinten. Eigentlich ist es kein Licht, eher ein dämmriger Schimmer, wir sehen noch immer nicht, worauf wir uns zubewegen, was vor uns liegt. Plötzlich stockt Hansens Schritt, er drückt kurz meine Hand, ich bleibe stehen. Hansen bückt sich, tastet über den Boden. »Mein Gott. Das kann nicht sein ... das ist ... Bernhard ... und hier ... Kilian ...«

Ich verstehe sofort. »Tot?«

»Ich glaube ... ja. Beide.«

Einen Augenblick ist mir, als stürzte der Keller noch einmal ein. Zwei kräftige Männer haben es nicht geschafft, sich zu retten. Und ich lebe. Wieso ich?

»Wanda, es geht nicht anders – Sie müssen darübersteigen.«

Schluchzen steigt in mir auf. Vorsichtig setze ich meine Füße, zwei, drei Schritte über die weichen Körper. *Der Herr ist mein Hirte*, ich halte den Atem an.

»Kommen Sie, Wanda, ich habe nach ihrem Herzschlag getastet. Die beiden leben nicht mehr. Sie tun ihnen nicht weh.«

Er hält mich, bis ich festen Boden finde. Wir gehen weiter voran, Hand in Hand, die erste Stufe, wir steigen hinauf.

Es ist nicht mehr so finster wie vorhin im Sturm, aber immer noch dunkle Nacht. Wir stehen an der Schlossmauer, hinten im Garten, sehen hinüber zum Schloss. Doch da ist kein Schloss mehr. Gebrochene Reste von Mauern, kein Dach, keine Fenster, ein loderndes Feuer. Es erhellt den Park, Büsche und Bäume. Gegen das helle Licht zeichnen sich drei Gestalten ab.

Das sind nicht Gotthelf, die Köchin oder die Zimmermädchen. Wir sehen uns um. Hier sind sie, was für ein Glück! Keine zehn Schritte von uns entfernt, versteckt hinter einer Hecke, liegt die Köchin, drei Mädchen beugen sich über sie. Gotthelf steht geduckt hinter einem Baum und beobachtet, was am Schloss geschieht. Dann endlich hat er uns entdeckt, pfeift leise den anderen.

Auch die Köchin steht mühsam auf. »Ach … meine Lieben … ihr lebt, Gott sei Dank!«

»Mensch, Justus, ich dachte, wir sehen euch nie wieder!«

Plötzlich setzt Schweigen ein.

»Wo sind denn Kilian und Bernhard?«

Hansen antwortet nicht. Die Köchin versteht sein Schweigen sofort, aber Gotthelf …

»Sie wollten uns folgen. Bernhard war ausgerutscht, Kilian hat ihn gestützt, dann kam diese Explosion und dann …« Langsam wird Gotthelf klar, was Hansens Schweigen zu bedeuten hat. »Ihr … habt sie getroffen … gefunden?«

»Ja.«

»Und?«

»Tut mir leid, Gotthelf.«

»Das habe ich nicht gewollt … ich hab sie da unten gelassen … ich hätte sie mitnehmen sollen …«

Die Mädchen beginnen zu schluchzen. Die Köchin schweigt, aber im Schein des Feuers schimmern Tränen in ihren Augen. »Gotthelf, du kannst nichts dafür!«

»Kommt, wir müssen hier weg. Lasst uns gehen, solange die Kerle da noch beschäftigt sind.«

Langsam setzt sich der kleine Zug in Bewegung, ein Stück an der Mauer entlang, dann führt uns Hansen zu einer kleinen eisernen Pforte, hinter dichten Büschen verborgen, keiner von uns hätte sie gefunden ohne ihn. Er zieht sein Schlüsselbund aus der Tasche, schließt auf. Wie Hansen vorhin gesagt hat: Onkel Gustav hat an alles gedacht.

Stimmt. Und noch etwas stimmt: Justus Hansen hat eine Pistole. Und er weiß unheimlich gut Bescheid.

Auf der dunklen Chaussee trennen sich unsere Wege. Gotthelf wandert mit den Frauen in Richtung Sacrow. Er ist hier geboren und kennt die Wälder, die Sümpfe und Schleichwege abseits der Chausseen. Also wird er die Frauen mit zu seiner Familie nehmen, dort werden sie warten. Morgen Nachmittag werden Hansen und Gotthelf sich an der kleinen Pforte an der Schlossmauer treffen, zusammen mit Onkel Gustav, dann werden wir alle weitersehen.

Hansen und ich schlagen den Weg zur Stadt ein, so lautet der Auftrag von Onkel Gustav: Den Geldkoffer, den Krokodillederkoffer, die Aktentasche aus dem Weinkeller, alles sofort nach Berlin bringen. Wie lange ist dieses Telefongespräch jetzt schon her? Gilt der Auftrag überhaupt noch, wenn inzwischen das Schloss nicht mehr steht?

Mir ist ganz und gar nicht danach, über die dunkle Chaussee zu wandern. Nicht einmal, um einen Auftrag von Onkel Gustav auszuführen. Aber Hansen ist unerbittlich, auch wenn gerade ein Weltuntergang hinter uns liegt, er macht, worum Onkel Gustav ihn bittet. Mit Vergnügen. Und ich muss mit, weil er mich keine Minute aus den Augen lassen darf. Also gut, bitte, gehen wir, soweit meine Füße mich noch tragen wollen.

»Stützen Sie sich auf meinen Arm, Wanda.«

Na, ob das etwas nützt? Ich stapfe neben ihm her, laufe, laufe, die Chaussee ist endlos. Wie viele Kilometer mögen das sein, die noch vor uns liegen? Meine Schnürstiefel drücken, mühevoll setze ich einen Fuß vor den andern.

Berlin, ach Berlin!

Meine Füße schmerzen. Aber was ist das schon, gemessen an dem, was Kilian und Bernhard passiert ist, oder gemessen am Verlust dieses wunderschönen Schlösschens. Nein, mir geht es doch gut, eigentlich! Hansen hält mir seinen Arm hin wie einer gebrechlichen Neunzigjährigen, und ich hänge mich ein. Nach ein paar Metern nimmt er mir den Krokodillederkoffer aus der Hand, legt seinen Arm um meinen Rücken und stützt mich.

So geht es. Es geht sogar so viel besser, dass ich völlig vergesse, meinen Abstand zu ihm zu wahren. Das ist unerhört! Nicht auszudenken, wenn Mama mich so sehen würde. Oder Papa, der hätte gleich wieder seinen alten Doppellader zur Hand. Ach, Papa … Ich will nicht den Rest meines Lebens im Nähzimmer verbringen. Ich möchte einfach nur da ankommen, wo ich jetzt hinwill. Das muss doch erlaubt sein. Kein Wort werde ich davon erzählen, morgen, wenn ich wieder zu Hause bin.

Wir laufen. Immer wieder bleibt Hansen stehen, sieht sich um, horcht in die Dunkelheit. Niemand folgt uns, niemand kommt uns auf der dunklen Chaussee entgegen. Kein Mond, der uns leuchtet, schwarz hängen die Kronen der Bäume über uns. Irgendwann lauscht Hansen … lauscht weiter … »Da kommt eine Kutsche.«

Ja, von weit hinten tönt das Klappern von Pferdehufen.

»Wir sollten vorsichtig sein.« Er hilft mir von der Chaussee hinunter in das Dunkel des Waldes. Ich darf mich setzen und ausruhen, Hansen stellt sich hinter einen Baum, blickt die Straße entlang. Die Kutsche kommt näher, langsam und schleppend, lautes Singen dröhnt uns entgegen. Hansen tritt hinter dem Baum hervor und hält den Wagen an. »Hooo! Haaalt!«

Der Kutscher liegt schräg über dem Kutschbock, das ist vielleicht unser Glück, denn wäre der Mann nüchtern, würde er niemals anhalten für zwei staubverschmierte Gestalten in so erbärmlichem Zustand. Aber es ist dunkel, viel sieht er nicht, und Hansen braucht nur ein paar Worte, dann wissen wir, dass der Mann auf dem Rückweg von einer Kindstaufe in Groß Glienicke ist. Wahrscheinlich findet er nur nach Hause, weil seine Pferde den Weg kennen.

Hansen hat recht, eine zweite Kutsche, mit der wir komfortabler fahren könnten, kommt um diese Zeit nicht. Er greift in seine Jackentasche und hält dem Mann einen Geldschein hin.

»Watt? Nich nur Hartjeld? Det is vill zu ville, jnädijer Herr.«

So betrunken der Mann auch ist, er beschließt sofort einen Umweg über Berlin-Mitte zu machen. Wir dürfen einsteigen. Ein Geruch schlägt mir entgegen, als Hansen den Schlag öffnet, scharf und wollig, wie unser Schafstall in Branndenburg, aber das ist mir jetzt völlig egal. Hansen hilft mir den Tritt hinauf, stellt die Koffer neben mich, schwingt sich neben den Mann auf den Kutschbock.

Der Mann hält sich mühsam aufrecht. »Da hinten brennt es … haben Sie das gesehen, jnädijer Herr?«

Hansen schüttelt den Kopf, brummt: »Nein. Ich muss ja nicht alles sehen.«

Die Kutsche setzt sich in Bewegung. Immer wieder lehnt sich Hansen zur Seite und blickt zurück, niemand folgt uns. Nach ein paar Minuten fängt der Kutscher wieder an zu singen, dann wird er leiser, irgendwann sinkt sein Kopf auf Hansens Schulter. Trotzdem hält er die Zügel fest in der Hand, Hansen macht ein paar Versuche, sie ihm abzunehmen oder wenigstens die Pferde zum Traben zu bringen. Dann gibt er auf, im Zotteltrab nähern wir uns Berlin.

Ich versinke in moderigen Polstern. Die Nacht ist lau, aber der Nachtwind bläst frisch, mir wird kalt. Meine Kostümjacke habe ich schon lange nicht mehr, ich kann mich nicht einmal erinnern, wann ich sie verloren habe. Wenn ich so wäre wie Sophie Henriette oder Henriette Charlotte oder wie Mama, dann würde ich jetzt weinen. Aber ich weine nicht! Ich bin nicht wie sie, ich bin ich, Wanda. – Und, Wanda, du kluges Mädchen – was wird jetzt?

Angestrengt sehe ich in die schwarzen Silhouetten der Chausseebäume hinauf. Immer noch höre ich das Krachen in meinen Ohren, das Bersten der Steine, das Zerreißen der Kellerdecke, immer noch spüre ich unter meinen Füßen die weichen Körper, immer noch kann ich nicht atmen. – Ach, Papa! Wenn ich nicht mit ihm reden müsste, wenn er mich gar nichts fragen würde, dann würde ich jetzt gerne bei ihm sein. Ich würde mich in seine tröstenden Arme lehnen. Oder, aber nur notfalls, in die Arme von Mama. Keinesfalls in die von Ferdinand. Mich einfach anlehnen können, zur Ruhe kommen …

Wie bitte? Ich? Das wäre ja noch schöner. Keiner von denen zu Hause kann uns sehen, glücklicherweise. Das Einzige, was ich jetzt wirklich brauche, ist eine warme Decke. Vielleicht auch ein Taschentuch …

Die Nacht bleibt finster und lau. Stundenlang fahren wir auf der langen Chaussee durch die Dunkelheit. Erst nachdem wir die Spandauer Zitadelle passiert haben, taucht hin und wieder eine Laterne am Straßenrand auf. Hansen ringt nicht mehr mit dem schlafenden Kutscher an seiner Schulter, er lehnt ihn einfach vornüber und dreht sich zu mir.

Zum ersten Mal, seit wir die Kutsche bestiegen haben, sieht er mein Gesicht.

»Wanda?« Er schwingt sich über die Lehne der Kutschbank und steigt herunter zu mir. Setzt sich neben mich, legt seinen Arm um mich, ohne etwas zu sagen. So sitzen wir, lange, lange, er hält mich einfach nur fest.

Als ich wieder erwache, passieren wir gerade den Schlossplatz. Der Kutscher schläft immer noch. Ich bin warm zugedeckt unter Hansens Jacke. Der sitzt in Hemdsärmeln auf dem Kutschbock, hält nun doch selber die Zügel. Er lächelt, als er sieht, dass ich die Augen aufhabe. Kein Wort über vorhin, als er mich in seinen Armen gewärmt hat. Oh mein Gott, Mama! Papa! Vielleicht habe ich das vorhin auch nur geträumt?

Es muss lange nach Mitternacht sein. Ach, Berlin! Wie schön wäre es, wenn das jetzt eine gewöhnliche Nacht wäre. Berlin bei Nacht habe ich noch nicht oft gesehen. Diese Stadt schläft nicht, auf dem Schlossplatz leuchten die großen Kugellampen. Spaziergänger flanieren, auch noch um diese Zeit, Polizisten stehen am Straßenrand, Droschken klappern die Prenzlauer Straße herunter, Straßenkehrer schwingen ihre Besen. Sogar die Fontänen der Brunnen vor dem Schloss sprudeln leise.

Hansen lenkt die Pferde an der Börse vorbei. Hier wird es ruhiger, keine Polizisten, keine Spaziergänger, keine Straßenkehrer. Die Oranienburger Straße, das kleine Schloss Monbijou, in dem das Hohenzollern-Museum ist, das Tante Emmy und ich in diesem Herbst besichtigen wollen, ist noch hell erleuchtet. Im Park brennen Windlichter wie zu einem Gartenfest, aber es ist niemand zu sehen. Die Wachen am Tor stehen stramm und blicken aufmerksam unserer Kutsche entgegen, als wäre es mitten am Tag.

Hansen betrachtet die dunklen Fassaden der Häuser, die dem Park gegenüberliegen. Vielleicht sucht er nach der Hausnummer, die Onkel Gustav ihm vorhin am Telefon gab? Er lässt die Pferde langsamer laufen, immer langsamer, dann lenkt er die Kutsche an den Straßenrand. Das Haus, vor dem wir stehen, ist neu und sehr modern. Vier Stockwerke hoch. Zur Straße ein Laden, *Loeser & Wolff, Zigarren und Zigaretten*. Der Laden ist dunkel, nur ein blaues Licht glimmt in einem der Schaufenster, an einer Tafel mit *Muratti*-Reklame.

Ich lege den Kopf zurück, sehe nach oben. In keiner der Wohnungen ist ein Fenster erleuchtet. Wen werden wir aus dem Schlaf läuten?

Hansen öffnet den Wagenschlag, ich reiche ihm die beiden Koffer hinaus. Der Geldkoffer hängt ohnehin die ganze Zeit an seinem Handgelenk. »Wollen Sie hier auf mich warten, Wanda?«

»Ich, alleine? Auf keinen Fall!«

Hansen hilft mir aus der Kutsche. Am Eingang für Herrschaften hängt die Klingel für den Portier. Hansen läutet, ich stelle mich auf langes Warten ein. Aber schon nach kurzer Frist hören wir Schritte im Hausflur, eine Tür klappt, ein schweres Schlüsselbund klirrt, jemand öffnet die große Haustür.

Ein Portier steht vor uns, groß, glatzköpfig, in einer blauen Uniform mit silbernen Tressen und riesigen Schulterepauletten, guckt uns an, salutiert, knallt die Hacken zusammen. »Wernicke, Portier, 16. Ulanenregiment. Bitte die Herrschaften einzutreten!«

Sorgfältig verschließt er die Haustür, dann winkt er uns, ihm vorauszugehen. Eine breite geschwungene Treppe hinauf, über einen weichen rotgoldenen Läufer. Diese Treppe ist nicht so breit wie die in Schloss Branndenburg, auch nicht so schön wie die vom Havelschlösschen … Die blauen Lilien in der Eingangshalle fallen mir ein, die perlmuttschimmernden Intarsien … Nein, jetzt keinen Gedanken daran.

Der Portier bleibt vor der Wohnung im Hochparterre stehen, klopft leise an. Fast augenblicklich wird die Türe geöffnet, eine ältere Frau steht vor uns, groß, korpulent, mit weißer Kleiderschürze, die grauen Haare sind straff nach hinten gesteckt. Sie lächelt freundlich. »Oh! Da sind Sie ja doch noch! Wir hatten viel früher mit Ihnen gerechnet.«

Sie tritt zur Seite, wir gehen an ihr vorbei in den Flur. Erst als Hansen im hellen Licht steht, bemerkt sie, wie schmutzig wir sind. Ich weiß nicht, wie ich auf sie wirke, aber Hansen sieht schrecklich aus. Seine Haare sind grau vom Staub, sein Gesicht ist kalkweiß, sein Jackett verschmiert, als hätte er den ganzen Tag auf einer Baustelle gearbeitet. Solche Leute hat sie bestimmt nicht erwartet. Aber sie verzieht keine Miene.

»Meine Herrschaften lassen sich entschuldigen. Mit den freundlichsten Grüßen. Heute Abend können sie Sie leider nicht empfangen, Sie möchten sich bitte gedulden bis morgen früh. – Gnädiges Fräulein. Gnädiger Herr. Ich bin Bertha, ich werde mich um Sie kümmern.

Soll ich Ihnen ein Bad richten? Oder wollen Sie zuerst etwas ruhen? Obwohl … das Beste wäre ein kleiner Imbiss. Gutes Essen hält Leib und Seele zusammen. Das ist sicher nötig nach der langen Reise, die hinter Ihnen liegt. Kommen Sie, Ihre Zimmer haben wir heute Nachmittag schon für Sie bereit gemacht.« Sie redet weiter, während sie vor uns hergeht, den Flur hinunter, über einen weichen tiefblauen Teppich auf eine der Türen zu. »Vielleicht nehmen die Herrschaften solange im Salon Platz?«

Kurze Zeit später dampft warmer Tee in den Tassen, wir speisen die ersten Bissen von belegten Broten und köstlichem kaltem Braten, der von einem dicken Kräutermantel umhüllt ist. Nun bringt Hansen seine Fragen vor, ein wenig halbherzig, wie mir scheint, mit nicht allzu viel Nachdruck. »Sagen Sie, Bertha, wie kommt es, dass Sie uns erwarten?«

Bertha steht neben uns, sieht uns zu, wie wir uns ihren Imbiss schmecken lassen. Unser Appetit bereitet ihr sichtlich Vergnügen. »Ganz einfach: Meine Herrschaften haben Sie angekündigt. Heute Nachmittag schon.«

»Wen? Uns?«

»Aber ja. Eine junge Baronesse und ein junger Herr werden kommen und ein paar Gepäckstücke bringen. Die Gepäckstücke sollen gut verwahrt werden. Die beiden jungen Herrschaften soll ich verwöhnen und es ihnen an nichts fehlen lassen. Und das tue ich jetzt.«

Hansen nickt bedächtig, lässt seinen Blick durch den modern eingerichteten hellen Salon wandern, nimmt den nächsten Bissen vom schmackhaften Braten. Er braucht Zeit, um zu überlegen. Auch ich lausche ihren Worten nach. Eine junge Baronesse und ein junger Herr … meint sie wirklich uns? Doch, Hansen gibt einen perfekten jungen Herrn ab. Noch niemals habe ich ihn anders als gesetzt und vornehm erlebt, nicht einmal heute Abend. *Der junge Herr Hansen*, davon muss ich Tante Emmy erzählen.

»Mein Auftrag ist es, die drei Koffer hier abzugeben. Nichts sonst. Unten wartet unsere Kutsche auf uns.«

»Oh! Eine Kutsche – darauf sind wir nicht eingerichtet. Wir haben hier nur die Garage für das Automobil, keinen Pferdestall. Aber vorne an der Ecke ist der Postfuhrhof, ich schicke gleich Wernicke los.«

Jetzt schüttele ich energisch den Kopf. Ich will doch nicht hierbleiben, nein, Hansen soll die Kutsche nicht wegschicken, wer weiß denn, ob wir um diese Nachtzeit eine Mietdroschke finden. Aber wohin will ich? »Auf keinen Fall fahre ich nach Hause!«

»Baronesse?« Hansen guckt mich an, holt tief Luft, als wollte er etwas sagen, etwas äußerst Wichtiges, was schon lange gesagt werden muss. Die freundliche Bertha schreckt zusammen. Aber als wäre er selber ein wenig irritiert über seinen plötzlichen Ausbruch, lehnt er sich wieder auf seinem Stuhl zurück und greift nach dem nächsten Brot. »Nicht nach Branndenburg, Baronesse, selbstverständlich nicht, das wäre viel zu weit heute Nacht noch. Ich dachte an ein Hotel.«

»Aber warum ein Hotel? Die junge Frau ist sicherlich müde! Hier ist alles fix und fertig und vorbereitet. Wünschen Sie vielleicht doch ein Bad?« Ihr Tonfall ist freundlich, ein wenig singend, sie ist nicht aus Berlin, nicht einmal hier aus der Gegend. Ich nicke ihr zu, sie hat recht, ich kann mich kaum noch auf den Beinen halten. Andererseits … ich kann nicht einfach in einem Hotel absteigen, ohne ordentliche Begleitung. Und hier übernachten, bei vollkommen fremden Leuten? Auch das tut eine Dame nicht. Aber hier wäre wenigstens nicht nur Hansen bei mir … Ach, wie soll ich Mama erklären, wo ich heute Nacht gewesen bin? Ob ein brennendes Schloss für sie eine Entschuldigung ist?

Hansen will mir noch einmal Tee nachschenken, aber die Haushälterin nimmt ihm die Kanne aus der Hand, gießt erst mir und dann ihm den Tee ein. Das ist ihre Aufgabe, nicht seine, das ist damit klargestellt.

»Gut, gnädiges Fräulein, wenn Sie sich entschieden haben, dann zeige ich Ihnen jetzt Ihre Zimmer.«

Mit letzter Gegenwehr richte ich mich auf meinem Stuhl auf, aber nun sind es meine Beine, die alles entscheiden, sie weigern sich einfach, mich noch weiter zu tragen. Diese Wohnung werde ich heute Nacht nicht mehr verlassen, es sei denn, jemand *trägt* mich die Treppe hinab, und das werde ich auf gar keinen Fall zulassen. Völlig egal, was Mama dazu sagen wird, *ich* kann nicht mehr.

Hansen bittet Bertha, nach dem Portier zu schicken, der nimmt den Geldschein für den Kutscher an sich und eilt, kopfschüttelnd über das riesige Salär, die Treppe hinab. Keine Minute später hören wir unten auf der Straße die Pferde, die sich langsam in Bewegung setzen. Ich folge der freundlichen Haushälterin in den Flur. Mein Zimmer hat ein

Fenster auf eine kleine Seitenstraße hinaus, schräg gegenüber liegt das Zimmer von Hansen.

»Anna und Johanna sind leider schon schlafen gegangen. Vielleicht nehmen Sie mit mir vorlieb, gnädiges Fräulein? Wenn es recht ist, bin ich Ihnen beim Auskleiden behilflich.«

Auskleiden? Eine fremde Frau knöpft mir die Knöpfe an meiner Bluse und meinem Unterkleid? Ich muss weg!

Aber Hansen nickt mir zu, versucht ein Lächeln, das beruhigend aussehen soll. Ja, ja, ich gehe in mein Zimmer und nehme die Haushälterin mit. Sie knöpft mir die Bluse auf dem Rücken auf, hilft mir in das weiße Nachthemd, das auf der Frisierkommode bereitliegt. Kaum einen Blick habe ich für die hellen Möbel, für das Bett, das von zarten Tüllgardinen umhüllt ist. Ich sinke in die Kissen, mir fallen einfach die Augen zu.

27. August 1909

Am Morgen wecken mich laute Geräusche. Pferdegetrappel, Kutschen rumpeln über holpriges Pflaster, Automobile brummen, eine elektrische Straßenbahn quietscht. Durch die geschlossenen Vorhänge dringt ein kräftiger Sonnenstrahl. Wo bin ich? Ich springe aus dem Bett, hebe die Vorhänge zur Seite. Aber ja … ich kann mich erinnern … Oh, mein Gott! Berlin!

Mir fällt alles auf einmal ein, Kilian, Bernhard, das brennende Schloss. Am liebsten würde ich mich sofort wieder im Bett verkriechen, aber das geht nicht, natürlich nicht, ich weiß ja nicht einmal, wessen Bett das ist. Allerdings – es ist ein sehr hübsches Bett. Dieses ganze Zimmer ist wunderschön. Ganz in Weiß. Eine kleine Frisierkommode mit gedrechselten Säulen, die einen Spiegelaufsatz tragen, auf dem Bürsten und Kämme liegen. Sie sieht den Möbeln ein wenig ähnlich, die in meinem Zimmer im Havelschloss standen … Ein kleiner Schreibtisch an der rechten Wand und ein Kleiderschrank sind in der gleichen Farbe. Vielleicht ist es Pinienholz? Schön, dass ich gerade dieses Zimmer bekommen habe, als hätte jemand gewusst, wie gerne ich helle Möbel mag. Vor der Fensterwand stehen ein kleiner Tisch, eine helle Récamière und ein breiter Sessel, die zum Sitzen einladen.

So ein hübsches Gästezimmer habe ich noch niemals gesehen. Doch … im Havelschloss. Das war vielleicht sogar noch ein wenig schöner mit seinem herrlichen Blick auf die Havel hinaus.

Der weiße Damenschreibtisch steht vor einer Wand, die von oben bis unten bemalt ist. Lilien in einem Blau, das einfach überwältigend ist. Wieso dekorieren neuerdings alle Leute ihre Wände mit Lilienblüten? Bei keinem unserer Bekannten in Branndenburg habe ich so etwas bisher gesehen.

Auf der Ablage der Frisierkommode stehen Fotografien in kleinen silbernen Rahmen. Sie sehen aus wie Familienbilder, nicht von einem Fotografen in einem Atelier, sondern im Kreis der Familie fotografiert. Nun gut, da ist eine Grenze, die ich nicht überschreiten sollte. Ich schlafe in ihrem Himmelbett, ich lasse mich von ihrer Wirtschafterin verwöhnen, aber ich schnüffele nicht wie ein Jagdhund in ihren Familienfotografien.

Das Einzige, was es hier seltsamerweise nicht gibt, ist eine Waschkommode. Schade, bei so viel Schönheit ist nicht ein einziger Tropfen Wasser im Raum? Soll ich den Tag ungewaschen beginnen, mich ankleiden mit den staubigen Kleidern von gestern? Ich muss dringend nach Hause, da hilft alles nichts, diesen schmutzigen Rock loswerden, diese ehemals weiße Bluse, die jetzt voller Staub und Flecken ist. Zurück unter Mamas Fittiche. Ach! Nur um die Sachen zu wechseln? Was für ein schrecklicher Grund ist das!

Ich schimpfe leise vor mich hin, quäle mich mit Bändern und Ösen. Wie ist das nur möglich? Warum gibt es Kleider, die eine Frau nie ohne Hilfe anziehen kann? Erst als ich einsehe, dass ich es ganz bestimmt nicht alleine schaffen werde, diese winzigen Knöpfe auf dem Rücken meiner Bluse zu schließen, läute ich nach der Wirtschafterin.

Statt ihrer erscheint ein junges Mädchen in weißer Schürze. Das Mädchen ist genauso groß wie ich, hat dunkle Haare wie ich, trägt sie locker nach oben gesteckt. Aber ihr Lächeln ist schüchtern, da ist sie nicht so wie ich. »Guten Morgen, gnädiges Fräulein. Bertha lässt sich entschuldigen, sie bereitet gerade das Frühstück. Wenn Sie erlauben, bin ich Ihnen bei der Morgentoilette behilflich.« Sie zieht die hellen

Portieren zur Seite. »Darf ich das Fenster öffnen, gnädiges Fräulein? Es ist ein warmer Tag, Sie werden bestimmt nicht frieren.«

»Aber gerne, machen Sie auf.«

Sie lässt die Sommerluft in das Zimmer, lächelt mir schüchtern zu. »Bertha hat mir gesagt, ich soll Ihnen ein Bad richten und Ihnen frische Kleider geben. Wäre das recht, gnädiges Fräulein?«

Wenn das nicht verlockend klingt – ein warmes Bad? Saubere Wäsche? Eine Bluse, die wirklich weiß ist, ohne dass ich dafür zurück nach Branndenburg muss. »Ah … hm, ich weiß nicht …«

Das junge Mädchen guckt mich fragend an. Bin ich zu keiner einfachen Antwort imstande? Wogegen leiste ich eigentlich Widerstand?

Es gibt eine kleine Tapetentür, die unter all den blauen Lilien gar nicht zu sehen ist. Hinter der Tür verbirgt sich ein richtiges Badezimmer! Weiße Kachelwände mit goldenen Kanten, in jeder Ecke ausgekleidet mit Spiegeln, geschliffene Facetten in üppigen goldenen Rahmen. Ein großes Waschbecken, eine Badewanne auf breiten Löwenfüßen, kleine Flakons, die mit farbigen Flüssigkeiten gefüllt sind. Über dem Wandschirm hängt ein schneeweißer Morgenmantel.

Das junge Mädchen dreht den Wasserhahn auf, eine dampfende Kaskade ergießt sich in die Löwenwanne. Das Mädchen öffnet eine der Flaschen, hält sie mir hin. »Ist dieses Badeöl recht, gnädiges Fräulein?«

Der Duft von Lavendel und Zitrone schlägt mir entgegen, ich nicke. Sie schüttet das Badeöl in den Wasserstrahl. Was für ein Luxus! Wo bin ich hier hingeraten? Ja … ja, ich möchte sofort ein Bad!

Eine Stunde später stehe ich im seidenen Morgenmantel vor dem Toilettentisch. Das Mädchen hat mich frisiert, jetzt öffnet sie den Kleiderschrank, nimmt ein traumhaft elegantes Seidenkostüm heraus, eine weiße Bluse. Sogar saubere Wäsche holt sie aus einem Fach. Ich sehe mir derweilen die verzierten Kämme, die Haarspangen und die winzigen Tiegel an, die auf dem Aufsatz stehen. Noch immer sträube ich mich ein wenig. Soll ich wirklich Wäsche von einer fremden Dame annehmen?

»Die gnädige Frau hat ausdrücklich gesagt, wenn Ihnen einer der Kämme oder eine Haarspange gefällt, dann nehmen Sie sie bitte als Geschenk.«

Ich greife nach einem Kämmchen aus Schildpatt, in das ein japanischer Drache geschnitzt ist. Die Fotografie, die genau daneben steht, lässt sich nicht übersehen. Mein Blick gleitet darüber hin, eigentlich eher flüchtig als aufmerksam …

Das Mädchen lässt die Sachen aus ihrem Arm zu Boden fallen, starrt mich an, mit weit aufgerissenen Augen. Habe ich etwa geschrien?

Die Tür springt auf, Bertha kommt ins Zimmer gerannt. Einen Augenblick nach ihr stürmt Hansen durch die offene Tür, eilt zu mir, sieht meinen Morgenmantel, prallt zurück. Völlig verunsichert läuft er hinaus in den Flur. Aber schicklich oder nicht schicklich ist mir jetzt völlig egal, ich rufe ihn zurück, halte ihm die Fotografie hin. Er wirft einen Blick darauf, wirklich nur einen ganz kurzen Blick. Sein Gesicht wird nicht nur bleich – es verfinstert sich wie ein Gewitterhimmel. »Tut mir leid, Baronesse. Wirklich, schrecklich leid!«

»Wollen Sie sagen, Sie haben das gewusst?«

Er nickt, senkt den Kopf. »Ja. Seit vorhin. Seit ich dieselben Fotografien in meinem Zimmer gesehen habe.«

Durch die Gardinen vom Speisezimmer strahlt die Morgensonne. Unten auf der Straße rumort es, eine unendliche Karawane von Postwagen fährt, mit Paketen beladen, unter den Fenstern vorbei. Aber mir ist das egal, ich bin hungrig wie eine Wölfin. Auf dem Frühstückstisch sind silberne Platten mit kaltem Braten, Lachsröllchen und Hechtsalat rund um eine große Obstschale arrangiert. Auf Hansens Seite steht eine silberne Kaffeekanne, vor mir ist die Teekanne aus durchscheinendem chinesischem Porzellan aufgebaut, die schon gestern Abend auf dem Tisch stand. Gedankenverloren rühre ich den Tee in meiner Tasse.

»Das ist grüner Tee aus China, gnädiges Fräulein. Den trinkt die gnädige Frau auch jeden Morgen. Echten Grünen Chinesen. Wenn Sie jedoch etwas anderes wünschen?«

»Nein danke, Bertha, ist schon gut so.«

Wie sollte ich etwas anderes wollen als das, was Onkel und Tante mir zugedacht haben? Groll steigt in mir auf, sie haben mir das Havelschlösschen verschwiegen, sie haben mir nie von dieser Wohnung erzählt, keiner hat mich gefragt, ob ich das so haben will. Papa und Mama machen das ganz genauso mit mir. Aber nun auch Gustav und Emmy … Warum, liebe Tante, lieber Onkel, warum?

Nicht nur mir geht es so. Hansen und ich sitzen weit voneinander entfernt an den Stirnseiten des riesigen Esstisches. Er macht noch immer sein allerfinsterstes Gewittergesicht. Schon ohne diese Heimlichkeiten haben wir genügend Gründe zur Sorge, das Feuer, das zerstörte Schloss, Bernhard und Kilian … Ich kann seinen Groll verstehen, ich weiß, wie es in ihm aussieht.

»Das kommt mit auf die Liste.« Hansen beißt in ein zartes Lachsröllchen.

»Auf welche Liste denn, Hansen?« Meine Hände sind wieder mit der Teekanne beschäftigt, ich versuche meinen schweren Gedanken zu entkommen. Denn besser als Kilian und Bernhard geht es mir doch auf jeden Fall. Vor mir steht ein herrliches Frühstück, ich habe einen sauberen Rock und eine hübsche schneeweiße Bluse an.

»Das kommt mit auf die Liste von Dingen, die ich Gustav fragen werde. Wenn er nachher nach Hause kommt.«

»Ach, Hansen, wenn er nachher nach Hause kommt, muss er sein zerstörtes Schloss verkraften. Zwei verunglückte Diener.«

»Ja, sicher. Aber er könnte mir trotzdem erklären, warum er einfach verschwindet und mich mit all diesen Katastrophen alleine lässt.«

»Armer Onkel!«

»Arm ist Gustav bestimmt nicht. – Und dann will ich von ihm wissen, wie er darauf kommt, dass ich sein Geld und seine wichtigen Akten aus dem Schloss bringen muss. Und warum er mir so dringend ans Herz legt, dass ich Sie, Wanda, keinesfalls im Schloss zurücklassen darf – wenn er doch von dem Feuer eine Stunde später gar nichts wissen kann?« Hansen packt die Fischgabel, aber er angelt nicht nach dem nächsten Lachsröllchen, sondern fuhrwerkt mit der Gabel in der Luft herum. »Vielleicht hat er ja irgendwo noch ein Schlösschen, von dem er mir nichts erzählt hat, eine weitere Wohnung?«

Ich starre ihn an, Hansen starrt finster zurück. Durch die angelehnten Fenster dringen die Geräusche der belebten Stadt, die elektrische Straßenbahn rattert die Straße herunter, Automobile brummen und hupen. Über all dem Krach singen in den Kronen der Linden vor dem Haus ein paar Vögel. Ja, Berlin! Es könnte so schön sein.

Hansen kaut lange an seinen Bissen. Nachdenklich guckt er herüber, fragt sich wohl, ob es ein Fehler war, mich all die Finsternisse seines Inneren sehen zu lassen. Er steht auf, kommt zu mir, gießt mir Tee ein.

»Hansen, das wollte ich Ihnen schon lange sagen: Ich kann das alles alleine!«

Er setzt sich wieder, grummelt, brummt. »Jawohl, Baronesse, mit Vergnügen.«

Nein, ich beneide ihn nicht.

»Wanda … ich weiß nicht, ob Sie das verstehen – ich brauche klare Worte, geradeheraus, offen und ehrlich, ich muss immer wissen, woran ich bin.«

Ja, so denke ich auch. Ich nicke voller Verständnis. Lächele ihn sogar an.

»Haben Sie sich auch schon gefragt, warum Gustav das Schloss so gebaut hat, dass es einen Fluchtweg und einen geheimen Ausgang in der Schlossmauer gibt? Macht man so etwas, wenn man nichts zu verbergen hat?« Er scheint mein Lächeln nicht zu bemerken, immer noch grollt der Donner in ihm.

Aber ich habe auch eine Frage. »Sagen Sie, Hansen, wieso haben Sie eigentlich eine Pistole?«

Hansens Brillengläser blitzen, er presst fest die Lippen zusammen. »Ganz einfach: weil Gustav mich darum gebeten hat. Ich sollte ihm eine Mauser oder eine Parabellum besorgen. Und mir auch.«

Wir starren uns schon wieder an. Was weiß dieser Mann eigentlich? Wie viel verschweigt er? Jetzt versuche ich kein Lächeln mehr. Aber Hansen hat Glück, die Tür geht auf, Bertha kommt herein, geht um den Tisch, schaut in meine volle Teetasse, gießt Hansen Kaffee nach. »Darf ich Ihnen noch etwas bringen?«

»Danke, Bertha. Wir sind vollkommen zufrieden. – Halt, eines muss ich noch wissen. In der Wohnung gibt es sicher ein Telefon?«

»Selbstverständlich, gnädiger Herr.«

»Gut! Wenn ein Anruf kommt, wenn die Herrschaften sich melden sollten … dann will ich sofort gerufen werden.«

Bertha lächelt freundlich. »Jawohl, gnädiger Herr. Das hätten wir ohnehin gemacht.«

Nach dem Frühstück wechseln wir hinüber in den Salon. Hansen setzt sich auf eines der bequemen Sofas, die ringsum an den Wänden stehen. Ich wähle einen tiefen Sessel an der Fensterwand und sehe hinaus in die Kronen der Linden. Und jetzt? Warten? Wie lange? Wann werden sie endlich kommen?

Eigentlich … sollte ich längst auf dem Weg nach Branndenburg sein. Aber zuerst muss ich mit den beiden sprechen, ich kann nicht abreisen! Nein!

Es ist ein hübscher Salon, mit bemalten Wänden und hellen Möbeln. Ein schlanker Salonschrank mit verglasten Türen, lederbezogene cremeweiße Sofas, Sessel, Hocker, Vitrinen, Tische mit intarsierten Lilien, selbstverständlich. Facettierte Spiegel in goldenen Rahmen an jeder Wand. Über den Sofas an der hinteren Wand hängen zwei Gemälde. Eine junge Frau mit dunklem gelöstem Haar und einem rosendekorierten Hut. Ist das etwa auch ein Original? Wieder von Corinth gemalt? Auf dem anderen Bild ein ganzes Beet dunkelblauer Schwertlilien, man fühlt beinahe den Juniwind, der über sie hinweht, man riecht ihren zarten Duft. Mein Gott, nicht auszudenken, wäre auch dieses Gemälde ein Original … Dann wäre es von Monet? Von van Gogh?

Eine Stunde vergeht, eine zweite Stunde, den halben Vormittag sitzen wir dort. Gustav und Emmy sind noch immer nicht da, auch das Telefon klingelt nicht, wir starren die Wände an.

»Ich muss etwas unternehmen. Gotthelf wird bald am Schloss sein. Kilian und Bernhard liegen in diesem Kellergang. Vielleicht sollte ich jetzt doch die Polizei benachrichtigen? Eigentlich müsste Gustav das machen … aber wenn er nicht kommt?«

»Vielleicht ist die Polizei schon da?«

Hansen schüttelt den Kopf, nickt, alles in einem. Er geht hinaus in den Korridor, kommt mit einem hellen Staubmantel zurück, der frisch und neu an der Garderobe auf ihn gewartet hat. So wie dieser kleidsame Anzug mit der schwarz-grau gestreiften Hose und der hellgrauen Weste, den er seit heute Morgen trägt, wie ein wirklicher Herr. Ja, schon wieder haben Gustav und Emmy an alles gedacht.

»Ein paar Wachen werde ich am Schloss aufstellen, damit niemand plündert. Vielleicht die ersten Handwerker bestellen.« Schon ist er auf dem Weg zur Wohnungstür. Halt – und was wird mit mir? Soll ich etwa hierbleiben, mich damenhaft schonen, zu Mittag essen, ein wenig zeichnen und Grünen Chinesen trinken?

»Warten Sie, Hansen! Ich komme mit!«

»Wie bitte?« Sein Schritt stockt, er denkt nach. Ich weiß, er darf mich nicht aus den Augen lassen.

Ich bin schon auf den Beinen, um meine Kostümjacke zu holen und den hübschen Strohhut, den mir Anna vorhin bereitgelegt hat.

Hansen hält mich auf. »Nein, Baronesse! Das ist völlig unmöglich.«

»Aber wieso denn?«

»Noch so ein Bravourstück wie gestern Nacht, und Gustav bringt mich um. Ich weiß doch gar nicht, was uns da erwartet. Oder wer.«

»Bitte!«

»Nein. Es ist ohnehin besser, wenn einer von uns hier ist, wenn die beiden kommen.«

Er könnte auch einfach sagen, er will mich nicht bei sich haben, damit er nicht ständig auf mich aufpassen muss, aber dafür ist er zu höflich. Also gut …

Die Stunden vergehen, allerdings sehr langsam. Zuerst bleibe ich wirklich nur im Salon. Ich stehe am Fenster, sehe auf die Straße hinunter, starre die Tapeten an. Das Bild von Corinth über dem Sofa, diese Frau mit den dunklen Haaren steht vor einer efeubewachsenen uralten Burg. Sie ist noch sehr jung. Ein ganz klein wenig … aber das kann ja nicht sein … nein, *mich* hat Corinth da bestimmt nicht gemalt …

Dabei fällt mir Papa ein. Er ist so ein Dickkopf. Gestern Abend hat es ihm nicht gefallen, dass ich bei Emmy und Gustav übernachten will. Vielleicht hat er gleich heute Morgen Sottke losgeschickt, um mich abzuholen. Oder er ist selbst in den Landauer gestiegen und zum Havelschlösschen gefahren, das traue ich ihm zu. Und wenn das so ist, dann weiß er jetzt, dass das Schlösschen zerstört ist. Und wenn er nun glaubt, ich wäre noch dort gewesen, als das Schloss einstürzte? Dann hält er mich jetzt für tot! Oh nein … was tue ich ihm da an?

Aber es gibt ja ein Telefon! Ich telefoniere einfach mit ihm! Ich springe auf, stürze hinaus in den Flur. Bleibe unvermittelt stehen. Haben wir auf Branndenburg etwa Telefonanschluss? Bedrückt trotte ich zurück in den Salon.

Auf der Visitenkartenschale im Salon liegt die Morgenausgabe des *Berliner Tageblattes.* Ich habe sie nicht beachtet, ich mag keine Zeitung mehr nach der Erfahrung, die ich letztens damit gemacht habe. Jetzt nehme ich sie doch in die Hand, blättere die Seiten durch, lese die Überschriften. *»Kaiser Wilhelm II. empfängt Gäste aus dem fernen Jever«. »Pferdedroschke stieß auf dem Bülowplatz mit einem Benzinomnibus zusammen«. »Kutschwagen brannte vor dem Anhalter Bahnhof«* … Es gibt keine Meldung über ein zerstörtes Berliner Schlösschen, das ist beruhigend.

Aber ist es das wirklich? Ich kenne Papa gut, er wird nicht lockerlassen, bis er mich wieder bei sich auf Schloss Branndenburg hat. Seine Aufregung gestern Abend, als er mich vom Anschluss von Oberamtmann von Dohna aus anrief … Da fällt es mir ein. Warum bin ich nicht früher darauf gekommen? Ich springe in den Flur und rufe nach Bertha.

Dann stehen wir beide im riesigen Arbeitszimmer von Onkel Gustav, neben einem kleinen Mahagonitisch. Darauf steht der Apparat. Und wie geht das jetzt? »Ich will telefonieren, Bertha. Helfen Sie mir?«

Sie guckt mich ungläubig an. »Geht es Ihnen nicht gut, Baronesse?« Das klingt wie: *Sind Sie nicht genügend bei Kräften, um diesen winzigen Hörer in der Hand zu halten?*

»Doch, mir geht es sehr gut. Ich habe das nur noch niemals gemacht.«

»Ach?«

»Also – könnten wir dann jetzt bitte, ich brauche eine genaue Anleitung.«

»Eine Anleitung?«

»Ja, wie ein Kochrezept, Schritt für Schritt, man nehme das … man tue dieses und jenes …« Wie ich das hasse. Ich bin doch kein Landei! Bertha schaut mich an, als ob ich aus dem vorigen Jahrhundert käme, oder aus Afrika, wo mit Buschtrommeln und Rauchzeichen telefoniert wird.

»Also, Baronesse … Sie nehmen den Hörer in die Hand …«

Meine Hand zittert. Nein, nicht zittern! Wir haben das 20. Jahrhundert, schon seit neun Jahren! Ich bin 28 Jahre alt und nicht 80! Mit einem Telefonapparat umzugehen ist vollkommen normal!

»… und jetzt wählen Sie die Nummer.«

»Wie?«

»Mit der Drehscheibe da.«

»Was für eine Nummer denn?«

»Von dem Anschluss, den Sie zu sprechen wünschen.«

»Ich weiß keine Nummer.«

»Möchten Sie jemanden in Berlin anrufen?«

»Nein.«

»Dann gehen Sie über das Fernamt.«

Es dauert. Ich probiere, verhaspele mich beim Wählen, lege auf, fange noch einmal von vorne an. Das Fräulein vom Amt hat genauso viel Geduld wie Bertha. Sie verbindet mich weiter, zu einem anderen Amt, auch dort sitzt ein nettes Fräulein und verbindet mich, bis ich endlich in meinem Hörer die Stimme von Oberamtmann von Dohna höre.

»Wendeline Sophie … hallo, wie geht's Ihnen, guten Morgen, mein liebes Kind!« Dem Herrn Oberamtmann geht es sehr gut, das ist deutlich zu hören. »Sie wollen Ihren Herrn Papa sprechen? Der ist nicht mehr hier!«

Ich hatte ohnehin nicht damit gerechnet, dass er in dieser Amtsstube übernachtet hat. »Nein, Herr von Dohna, ich wollte Sie bitten, ob Sie vielleicht so freundlich wären, einen Boten mit einer Nachricht zu Papa zu schicken.«

»Aber ja, wirklich gerne, mein liebes Kind. Soll ich ihm mitteilen, dass es Ihnen gut geht? Sind Sie denn schon angekommen?«

Angekommen? Wie bitte?

»Ich meine … sind Sie denn schon in Wiesbaden?«

»In Wiesbaden? Ich?«

»Nun, meine liebe Kleine, Sie müssen gar kein Geheimnis daraus machen. Ihr Papa war vor einer Stunde hier und teilte mir mit, Sie und unsere gute Emmy … Ihre geschätzte Frau Tante … wären seit heute Morgen nach Wiesbaden unterwegs. Oder meinte er gestern Abend?« Seine Stimme klingt munter und fröhlich. Wie meine Stimme jetzt klingt, weiß ich nicht. »Gut, ich werde ihm ausrichten lassen, dass Sie angekommen sind. Dann wünsche ich Ihnen viel Spaß, Ihnen und Emmy! Trinken Sie Ihre Wässerchen! Aber schwingen Sie ja nicht das Tanzbein! Ach, wie ich Sie beneide! Und Ihren armen Bräutigam werden wir trösten, bei Whist und Zigarren! Wir passen gut auf ihn auf!« Er lacht dröhnend.

Ich verabschiede mich ausgesucht höflich und lege den Hörer auf.

Zum Mittagessen sitze ich alleine am großen Tisch und kann mich nur mit den Sommertomaten und den gesottenen Forellen unterhalten, die mich augenlos anstarren. Wie soll ich Hansen von diesem Gespräch mit dem Oberamtmann erzählen? Wenn doch Tante Emmy endlich hier wäre! Sie wüsste bestimmt eine Tür, die hinausführt aus diesem Irrenhaus.

Es ist zwei Uhr Mittags, als das Mädchen erscheint, um den Tisch abzuräumen. Gut, wenn Tante Emmy nicht da ist, um mir ihre Wohnung zu zeigen, dann sehe ich sie mir alleine an. Wie unser Schloss teilt sich die Wohnung in einen Ostflügel und einen Westflügel. Im Westflügel am Ende des linken Korridors liegen weitere Gästezimmer und Empfangsräume. Bei einem Zimmer ist mir sofort klar, dass Tante Emmy es für sich selbst eingerichtet hat. Ich würde so gerne, aber ohne Emmy gehe ich keinen Schritt hinein. Im östlichen Korridor ist gleich hinter der Ecke das Zimmer, in dem ich vorhin mit dem Oberamtmann von Dohna telefoniert habe. Das Arbeitszimmer von Onkel Gustav, so groß wie Salon und Speisezimmer zusammengenommen. Wandhohe Bücherschränke, ein Mahagoni-Schreibtisch, schwere Ledersessel, die sich um einen flachen Tisch gruppieren, empfangsbereit für Besucher. Aber kein einziger Sessel ist frei, alles liegt voller Bücher, Papiere und Aktenordner, das lebendige Chaos! Ein geflügeltes Wort von einem französischen Dichter fällt mir ein, das ich in meiner Lehrerinnen-Ausbildung gehört habe. *Zwei Gefahren bedrohen die Welt, die Ordnung und die Unordnung.*

Das Schönste ist der Wintergarten. Helles Licht, durch eine ganze Wand von Fensterscheiben scheint die Nachmittagssonne. Phönix- und Dattelpalmen, in deren Mitte eine Gruppe von großzügigen Korbmöbeln steht. Alles ist fremdartig und schön, als wäre ich am Ufer des Nil. Ich gehe in mein Zimmer, hole meine Zeichenmappe, setze mich in den großen Korbsessel und arbeite weiter an Tante Emmys Porträt.

Ich schrecke aus unruhigem Schlaf. Der Himmel ist grau geworden, die Amsel singt nicht mehr, Stunden müssen vergangen sein. Um mich her ist Dämmerlicht, auf dem Tisch neben mir steht eine Petroleumlampe, weit heruntergedreht, eine wollene Decke hüllt mich ein. Bertha rüttelt an meinem Arm. »Gnädiges Fräulein! … Gnädiges Fräulein!«

Langsam werde ich munter.

»Wachen Sie auf, gnädiges Fräulein. Der Herr Hansen ist eben nach Hause gekommen.«

»Wie bitte? Wer?« Ich schlage die Augen auf und bekomme einen irritierten Blick von Bertha, wieso ich wohl, obgleich mitten im Schlaf, diesen Namen nicht kennen will.

»Herr Hansen wollte nach Havelhöhe zu diesem Schloss fahren, wenn ich ihn vorhin richtig verstanden habe.«

»Aber ja … ich komme sofort!« Nein, sofort komme ich nicht, ich bin so erschöpft, so müde, und bevor ich mich von der wollenen Decke befreit habe und aufstehen kann, höre ich ihn schon durch den Flur zu mir nach hinten eilen.

»Wanda? … Wanda, wo sind Sie?«

»Hier hinten.«

Er steht in der Tür zum Wintergarten, seine Augen gewöhnen sich erst an die Dunkelheit, es dauert eine Weile, bis er mich in meinem Korbstuhl entdeckt. Endlich ist er da! Der Herr Hansen. Ein Herr? Ein Diener? Egal, ich bin so froh, ihn zu sehen. So verschlafen ich bin, ich achte peinlich darauf, dass von dieser Freude nichts in meiner Stimme zu hören ist.

Mit ein paar Schritten ist er bei mir, wirft sich in den Korbstuhl neben mir. Ein paar Palmblätter rauschen zur Seite, die Flamme der Petroleumlampe schlägt in die Höhe, kurz sehe ich ihn deutlich. Seine Haare, seine Hände, seine Jacke, alles ist voller Staub, wie gestern, sogar sein Gesicht ist staubgrau. Jetzt bin ich froh, dass ich nicht darauf bestanden habe, mit ihm durch die Ruine zu streifen. Er blinzelt kurzsichtig. »Gibt es etwas Neues, Wanda?«

Ich schüttele den Kopf. »Nein. Und bei Ihnen?«

Bertha steht neben uns, ihre Stimme ist unaufdringlich. »Darf ich Ihnen einen Imbiss bereiten, gnädiger Herr?«

»Einen Imbiss? Ja bitte. Braten Sie mir einen Bären!«

Bertha nickt, lächelt ihm zu und schlurft langsam von dannen.

Wir verfallen in Schweigen. Justus … Hansen rutscht auf seinem Stuhl hin und her. Irgendwie wirkt er verändert, nein, er sieht vollkommen anders aus. Seine Brillengläser sind im matten Licht der Petroleumlampe kaum zu erkennen – oder nein, sie sind gar nicht da!

»Justus, du hast keine Brille auf?« Ich zucke zusammen. Was habe ich da gerade gesagt?

Aber er hat es nicht bemerkt, nickt nur müde, zieht seine Brille aus der Tasche seines Jacketts, verbogene Bügel, ein verdrehtes Gestell. Die Gläser wenigstens sind heil. Er beugt sich über seine Hände, versucht zu drehen und zu biegen. Ohne die Brillengläser, hinter denen er seine Augen verstecken kann, sieht er unheimlich erschöpft aus, ratlos.

»Ich habe es schon versucht, Wanda, Baronesse. Aber wenn ich die Brille nicht aufhabe, kann ich nicht einmal sehen, was verbogen ist. Wie soll ich sie da reparieren?«

Ich strecke den Arm aus, nehme ihm das Gestell aus der Hand. Unsere Hände berühren sich, an meinen warmen Fingerspitzen spüre ich plötzlich die Kühle seiner Hand. Einen Augenblick lasse ich meine Finger, wo sie sind, dann ziehe ich meine Hand zurück und biege vorsichtig die feinen Drähte zurecht. Meine Hände zittern, was für ein Glück, dass er das nicht erkennen kann, und was für ein noch viel größeres Glück, dass niemand in unserer Nähe ist. Dass Justus ein Diener ist, ist mir egal. Justus ist ein Mann, *das* ist nicht egal. Niemals würde mir einfallen, die Hand von unserem Kutscher Sottke in meine Hände zu nehmen. »Was ist mit der Brille passiert?«

»Ich wollte dem Kladower Wachtmeister zeigen, wo Bernhard und Kilian liegen. Aber heute Nacht ist der Gang eingebrochen. Von der Schlossmauer her ist kein Durchkommen mehr. Ich bin oben über die Trümmer gestiegen und dabei in einen Kamin gerutscht. Ich habe noch Glück gehabt, dass ich da wieder rauskam. Du kannst – Sie können sich gar nicht vorstellen, Wanda, wie das aussieht. Wie nach einem Erdbeben. Das waren dicke Mauern, und davon ist nichts geblieben. Ich weiß nicht, womit man so viel Zerstörung anrichten kann.« Ich halte ihm seine Brille hin, aber das sieht er nicht, so beschäftigt ist er mit seinen Überlegungen. »Möglicherweise war das Schwarzpulver? Aber ich habe keinen Schwefel gerochen. Vielleicht war es Dynamit? Aber wer hat so etwas? Wer kann damit umgehen? Man kann doch nicht einfach zu einer chemischen Fabrik gehen und einen Sack Sprengstoff kaufen.«

Er bemerkt die Brille noch immer nicht. Also drücke ich sie ihm in die Hand. Wieder liegt seine Hand unter meinen Fingern, für einen Augenblick. Aber dieses Mal ist er schneller. Bevor ich mich zurückziehen kann, schließt er seine Hände um meine Fingerspitzen, um meine ganze Hand. Wir sehen uns an, kein Wort mehr, ich weiß nicht, wie lange. Irgendwann hören wir weit, weit vorne in der Wohnung die Küchentür zuschlagen, Berthas Schritte kommen langsam den Flur herunter. Erst im letzten Moment gibt Justus meine Hand frei.

Bertha baut eine Platte mit gewärmten Mittagsresten vor uns auf, Forellenfilets, dampfende Bratenscheiben, Sommergemüse, belegte Brote, sogar eine warme Suppe hat sie für ihn gemacht. Ich bekomme eine Kanne frischen Melissentee.

Hansen ... Justus setzt vorsichtig seine Brille wieder auf, sieht sich im Wintergarten um.

»Soll ich die Lampe höherdrehen, gnädiger Herr?«

»Nein, lassen Sie, Bertha, ich sehe schon, was ich sehen muss.« Er stürzt sich aufs Essen.

Bertha gießt ihm Bier ein, mir den Tee, lässt uns wieder alleine.

»Nachdem der Wachtmeister beobachtet hat, wie ich in die Tiefe gestürzt bin, wollte er auf keinen Fall da hinuntersteigen. Er meldet jetzt alles seinem Bezirkshauptmann, und der wird dann mit Gustav reden.«

»Aber Gustav ist ja nicht da!«

»Nehmen wir mal an, er kommt morgen.«

»Glaubst du?«

»Sicher, Wanda, sicher glaube ich das. Was denn sonst?«

Nach dem üppigen Mahl bittet Justus um meine Erlaubnis, eine Zigarette rauchen zu dürfen. Aber noch bevor er sie anzünden kann, schläft er ein. Sein Kopf kippt einfach zur Seite, mitten im Satz. Eine Weile sitze ich neben ihm, sehe hinaus auf die Silhouette des Daches, höre seinen ruhigen Atem. Die mondlose Finsternis vor dem Fenster ist gar nicht mehr interessant für mich. Nur sein Gesicht, seine breite Stirn, seine schmale gebogene Nase, sein kräftiger Hals. Seine Lippen haben sich leicht geöffnet im Schlaf, seine Hände liegen nebeneinander, mit Zigarette und Feuerzeug. Er hat breite Hände wie ein Schmied, aber lange schmale Finger wie Paganini. Mir fällt wieder seine Berührung ein, diese Hände, die eben um meine Hand lagen. Einen Mann, der schläft, ausgiebig betrachten, solange ich will – Mama würde schreien, würde sie mich dabei ertappen. Aber das wird sie ja nicht.

Ich breite meine Wolldecke über ihn. Unterwegs zu meinem Zimmer klopfe ich kurz an die Küchentür. Bertha sitzt mit einem Romanheft beim Schein einer Kerze am Küchentisch. Sofort steht sie auf. »Gnädiges Fräulein?«

»Meine Knöpfe, Bertha …«

»Ich bin gleich bei Ihnen.«

Als Bertha hinter mir steht und mir die Bluse aufhakt, fällt mir Lina ein, die mir zu Hause in Branndenburg immer behilflich ist. Hat es mich auch da schon gestört, dass ich nicht alleine aus meinen Kleidern komme? Wie weit ist das alles entfernt, wie lange ist das her? Ob es meinen Schwestern gut geht? Und Mama … vielleicht ist mein kleiner Bruder schon da? Ja … und Papa. Was ist nur mit ihm los? Warum erfindet er diese Lüge über mich? Vermisst er mich gar nicht? Sucht er nicht nach mir?

»Nun, was meinen Sie, gnädiges Fräulein?«

Ich schrecke zusammen. »Wie bitte?«

»Ich fragte, ob ich Sie wecken soll heute Nacht, wenn die gnädige Frau und der gnädige Herr nach Hause kommen.«

»Selbstverständlich, ja, wecken Sie mich auf!« Wir werfen uns Blicke zu, wortlos, Hoffnung und Zweifel. »Gute Nacht, Bertha.«

»Schlafen Sie gut, Baronesse.«

Sie verlässt mein Zimmer, ich schlage die weißen Vorhänge von meinem Bett zurück und hülle mich ein zwischen Kissen und Decken. Meine Füße sind eisig, als wäre ich barfuß durch Schnee gegangen. Auch meine Hände frieren, ich zittere vor Kälte, kann nicht einschlafen, starre die Möbel an, die hellen Vorhänge, die Lilienwand. Nein, ich weine nicht! Und ich habe keine Sehnsucht nach Hause, nach dem Schloss, nach meinen Schwestern. Schon gar nicht nach Papa. Ich würde nur gerne mit ihm reden. Aber so sind die Väter, sie mischen sich in alles ein, sie stellen zu viele Fragen. Und wenn man sie einmal braucht, dann sind sie nicht da.

Es ist still in der Wohnung. Auch die Straße ist ruhig geworden, keine Stimmen von Fußgängern, nicht mehr das Rumpeln der Straßenbahn, das Trappeln von Pferden. Irgendwann fährt ein Automobil vorüber, seine Lichter streichen wie ein schmaler Sonnenstrahl über die Lilienwand. Was für ein herrliches Blau …

Die Luft ist warm. Ein Vogel singt, mit kräftiger hoher Stimme. Das ist mir vertraut, jeden Morgen singen die Vögel in den Hängen über der Schlucht an der Burgruine, gleich werden die Kühe aus den Ställen getrieben, die Milcheimer klappern … Ich tauche langsam aus meinem Schlaf, lausche, aber da klappern keine Eimer, keine Kuh muht, nur der Vogel singt. Ein einsamer Vogel in fünfhundert Bäumen?

Noch bevor ich die Augen aufschlage, weiß ich schon, wo ich bin. In Gustavs und Emmys Wohnung in der Oranienburger Straße, gegenüber vom Schloss Monbijou. Berlin! Mit einem Schlag fällt mir alles ein. Seit wann bin ich hier? Seit wann warte ich auf Emmy und Gustav? Zwei Tage sind das jetzt schon.

Ich will sofort aus dem Bett. Aber es ist gar nicht Morgen, bis auf die Straßenlaterne vor meinem Fenster ist es vollkommen finster. Dieser Vogel da draußen ist keine Amsel, es ist eine Nachtigall.

Trotzdem, raus aus dem Bett! Vielleicht sind sie inzwischen gekommen, vielleicht hat mir nur niemand Bescheid gesagt?

Ich hänge den Morgenmantel über meine Schultern, den Bertha auf einem Stuhl neben meinem Bett bereitgelegt hat, laufe hinaus in den Korridor. Keine Glühbirne brennt, alles ist dunkel, nirgendwo dämmert das Licht der nächtlichen Stadt herein. Ich laufe an der Küche vorbei, am Salon, am Speisezimmer, hinüber in den Ostflügel, barfuß über den Teppich, kein Schritt von mir ist zu hören. Schon als ich vor der Salontür um die Ecke biege, ahne ich, dieser Weg ist vergebens. An der Garderobe hängen die gleichen Jacken, die gleichen Mäntel wie gestern, ich brauche kein Licht, um das sehen zu können, ich rieche es. Es duftet nicht nach einer langen Reise, nicht nach Gerüchen aus einem fremden Hotel oder dem Treibstoff eines Automobils.

Onkel Gustavs Zimmer liegen still und verlassen, alle Türen stehen offen, aus seinem Schlafzimmer sind keine Atemzüge zu hören. Leise klopfe ich bei Tante Emmy, warte auf ihre Stimme, ziehe einen Spaltbreit die Türe auf. Niemand ist hier. Und da … gehe ich einfach hinein.

Neben der Récamière steht eine kleine Lampe, ich schalte das Licht ein. Es ist eine Tiffany-Lampe mit tiefblauem Schirm, der Lichtschein beleuchtet die blaue Récamière, lilienbestickte Rollen und Kissen liegen darauf verteilt. Der kleine Lesetisch ist aus rötlichem Kirschholz, in seine Platte ist ein Bukett aus hellen Lilien und verschlungenen Bändern eingelegt. Ein zierliches Bücherregal schafft den Übergang zu dem wunderschönen Schreibsekretär mit geschwungener Arbeitsplatte und einem Aufsatz mit facettierten Spiegelscheiben. Ein hoher Kleiderschrank steht vor der hinteren Wand, wie die kleine Frisierkommode, alles aus hellem Kirschholz, warm, gelassen und leicht.

Auf jeder Fläche stapeln sich Zeitschriften, Zeitungen, aufgeschlagene Bücher. Auf dem kleinen Tisch liegen ein Stapel Briefe, die sie empfangen hat, und Entwürfe ihrer Antworten. Außerdem gibt es eine Mappe mit Abschriften von Briefen. Von wem geschrieben und wann sie die Kopie angefertigt hat, ist auf jedem Blatt ordentlich vermerkt. Ich nehme die Seiten nur kurz in die Hand, werfe einen Blick darauf, lege sie zurück auf den Tisch. Das geht mich alles nichts an. Allerdings, wenn ihr Notizbuch hier liegen würde, dieses kleine, in Leder gebundene, in das sie manchmal geschrieben hat ... Möglicherweise hat sie darin einen Hinweis auf diese Reise notiert oder die Adressen von Freundinnen oder Verwandten, bei denen sie jetzt sein könnte.

Ich schaue beim Schreibpapier, taste zwischen ihren Briefen, suche in der Tischschublade. Sogar die alten Zeitschriften hebe ich hoch und schüttele sie. Ihr Notizbuch ist nicht zu finden.

Es wäre schon sinnvoll, im Sekretär nachzusehen, wenn er denn offen wäre! Ich schaue unter dem Nippes, der oben auf seinem Sims steht – ein getrockneter Seestern, eine flüsternde Muschel, eine kleine Büste von Königin Luise, aber kein Schlüssel. In Branndenburg haben wir einen Sekretär aus dem 17. Jahrhundert, der verborgene Fächer hat. Ziehe ich hastig und heftig an seinen sichtbaren Fächern, bleiben die Geheimfächer verschlossen. Aber ziehe ich langsam und sanft ... Ich übergehe die Vorderseite des Sekretärs, an der die offensichtlichen Schubkästen sind, suche in den Seitenwänden, taste über den Sockel. Und da, ein kleiner Absatz, kaum zu sehen, aber unter den Fingerspitzen deutlich zu fühlen. Ich nehme die Kante zwischen meine Fingerspitzen und ziehe an einem der vorderen Kästen, vorsichtig, langsam, und ... es geht! Zwei tiefe Schubladen springen weit heraus.

Das Notizbuch ist nicht da, nur ein Durcheinander aus zerknitterten Lotterielosen und Stoffstücken quillt mir entgegen. Mühsam zwänge ich alles in die Fächer zurück. Einen Blick werfe ich noch in Tante Emmys Frisierkommode, einen letzten Blick in das Schubfach des

Kleiderschrankes. Hier liegen duftende Wäsche, Glasuntersetzer, Nippes und Reiseandenken – nichts, was mir weiterhelfen kann.

Was habe ich denn erwartet? Wenn *ich* ständig hin und her fahren müsste zwischen dem Havelschloss und dieser Wohnung, dann hätte *ich* mein Notizbuch immer bei mir. *Niemals* würde ich es zu Hause in meinem Schreibtisch lassen, wie sollte ich sonst meinen Freundinnen schreiben oder ihre Telefonnummer wählen?

Enttäuscht lasse ich mich auf der Récamière nieder, mein Blick streift noch immer umher. Auch in Tante Emmys Zimmer stehen auf der Frisierkommode die Familienfotografien, in vorderster Reihe die Aufnahmen von unserem Ausflug in den Botanischen Garten. Aber dort, hinter all diesen netten Rosen- und Heckenfotografien, steht eine Aufnahme, die Tante Emmy inmitten von zwanzig gleich gekleideten Damen zeigt. Alle tragen weiße lange Kleider, weiße Mützen, weiße Strümpfe und weiße Spangenschuhe. Sie wirken ganz und gar nicht wie streitbare Amazonen, obwohl jede von ihnen einen gewaltigen Bogen in ihrer Hand hält. Aus einem Köcher ragen armlange Pfeile über ihre Schultern. Eine silberne Prägung an der unteren Kante der Fotografie sagt mir, dass dies die Mitglieder des Berliner Damen-Turn- und Fechtclubs beim Bogenschießen sind.

Mein seidener Morgenmantel kühlt wunderbar nach einem heißen Bad, aber jetzt ist mir fröstelig, meine Füße fühlen sich an wie aus arktischem Eis, meine Hände zittern. Nichts in diesem Zimmer hilft mir, die beiden zu finden. Tränen steigen mir in die Augen, Tränen der Wut, der Angst. Und da, genau in diesem Augenblick, höre ich Schritte auf dem Korridor.

Es sind leichtfüßige, leise Schritte, die sehr schnell näher kommen. Ich beuge mich über das Polster der Récamière und drehe die Lampe aus, das Zimmer versinkt in dämmriger Dunkelheit. Die Schritte verharren, die Türklinke bewegt sich nach unten, flackerndes Licht dringt herein. Eine weiße Gestalt mit dunklem Schopf schiebt sich um die halbgeöffnete Tür, wittert in das Zimmer hinein wie ein Jagdhund. Leises Flüstern ertönt. »Gnädige Frau? Sind Sie da?« Dann schiebt sich die ganze Gestalt durch den Türspalt, eine Kerze wird in die Höhe gehalten und leuchtet das Zimmer ab. Der flackernde Lichtschein bewegt sich über die Wand, über das Bett, den Sekretär, liegt auf meinem Gesicht. Die Gestalt erstarrt, blickt mich an.

»Kommen Sie ruhig herein, Anna.«

Anna lässt den Leuchter sinken. Ein langes Nachthemd flattert um sie herum, ein helles Wolltuch liegt um ihre Schultern. »Baronesse, ich bitte Sie um Entschuldigung. Ich hatte Geräusche gehört aus dem Zimmer der gnädigen Frau.«

Ihre Stimme ist rau, ihre Hand mit der Kerze zittert, ganz kurz fällt der Lichtstrahl auf ihr Gesicht. Tränen stehen in ihren Augen, rollen über ihre Wangen. Ich stehe auf, lege den Arm um sie. So kenne ich es von zu Hause, wenn ich weine, werde ich von meinen Schwestern getröstet, aber normalerweise weine ich ja nicht.

Anna entzieht sich mir, liebenswürdig, aber energisch, tritt einen Schritt zurück, sieht in mein verweintes Gesicht. »Wenn Sie jetzt freundlich zu mir sind, Baronesse, können wir beide nicht mehr aufhören zu weinen. Aber ich will nicht weinen! Es gibt ja gar keinen Grund, es ist nur … wenn sie gesagt haben, sie kommen, dann sind sie immer gekommen. Höchstens mal ein, zwei Stunden haben sie sich verspätet. Aber nie einen ganzen Tag. Und jetzt kommt dazu eine ganze Nacht.« Annas Tränen fangen an zu fließen wie zwei Bäche. Ich erlaube mir nun doch, ihre Hand zu nehmen, schlimmer wird es durch meinen Trost sicherlich nicht.

Plötzlich reißt jemand hinter uns die Tür auf, wir fahren zusammen. Justus! Er steht still, steckt seinen Kopf in das halbdunkle Zimmer. »Emmy?« Dann schaltet er das Licht ein, der Raum ist auf einmal taghell, in der Mitte stehen Anna und ich. Justus blinzelt, seine zerdrückte Brille funkelt im Licht der Deckenlampe, er hat noch immer seine schmutzigen Sachen an, noch immer grauen Staub im Gesicht.

»Ich habe Geräusche gehört. Ich dachte, jetzt sind sie gekommen.« Er sieht uns an, zwei Frauen in Nachtwäsche halten einander bei den Händen. Mama wäre entsetzt. Aber er übersieht unseren Aufzug, blickt uns nur ins Gesicht. »Nein, Mädchen. Hier wird nicht geweint. So weit sind wir noch lange nicht!«

Schwach und ausgelaugt fühle ich mich, als ich nach dieser Nacht aufwache, als wäre ich am Waschtag in den Bottich voll warmer Waschlauge getaucht. Immer wieder versinke ich im warmen Wasser, von Mamas Waschfrau Frau Pfeifer mit dem Holzstab herumgerührt. Ich tauche in einen tiefen Strudel, entferne mich von der Oberfläche, sinke und sinke …

Es plätschert, es rauscht, zuerst denke ich, der Waschbottich ist voll und läuft über, aber dann ist es nur Regen. Ich schüttele den Traum ab, schlage die Augen auf. Meine Hände, meine Füße sind wieder warm, eine leichte Wolldecke liegt auf meiner Bettdecke. Es können nicht viele Stunden sein, die ich seit meinem Zusammentreffen mit Anna noch geschlafen habe, draußen wird es gerade hell. Die Straße ist schon belebt, Autos fahren, die Straßenbahn quietscht, die übliche Reihe von Postwagen rumpelt. Alle Geräusche sind gedämpft durch den Regen, der auf die Straße prasselt.

Aus der Küche höre ich Teller klappern, eine tiefe Altstimme singt von Mariechen, die weinend in ihrem Garten sitzt. Ich gehe in mein Badezimmer, die Morgentoilette schaffe ich sehr gut alleine. Bis ich bei den Knöpfen auf meinem Rücken angelangt bin. Wie rückständig! Es gibt heute Automobile, die ohne Pferde fahren. Es gibt Telefone und elektrische Glühbirnen. Kann nicht endlich einer etwas erfinden, womit eine Frau ihre Bluse alleine anziehen kann?

Ich klingele nach dem Mädchen. »Guten Morgen, Anna.«

»Guten Morgen, gnädige Frau – Verzeihung, gnädiges Fräulein!« Sofort steht Anna hinter mir und ist mir behilflich. Ihr Lächeln sieht angestrengt aus, dunkle Ringe liegen unter ihren Augen, auch sie hat wohl nur noch wenig geschlafen.

»Bertha hat sicherlich schon das Frühstück bereitet. Ist denn Justus schon auf?«

Anna frisiert mir die Haare. »Was? … Verzeihung, ich meine: *Wer*, gnädiges Fräulein?«

»Justus … Hansen, sitzt der schon am Frühstückstisch?«

»Ach, der Herr Hansen? Der, nein … eigentlich darf ich gar nicht wissen, was ein Herr in seinem Zimmer macht. Vor einer Stunde hat er ein Bad genommen. Vielleicht ist er inzwischen fertig?«

Oh, ein Bad? Ich würde nach einem Wannenbad schwerlich mit meiner Kleidung zurechtkommen ohne die Hilfe von Anna. Und wie macht Justus das? Sollte Bertha ihm etwa zur Seite stehen?

»Sagen Sie, Anna, gibt es hier eigentlich keinen Diener? Oder hat Onkel Gustav immer alles alleine gemacht?«

Annas bleiches Gesicht bekommt einen roten Schimmer. »Einen Mann … einen Diener … sicher, den gibt es. Den *gab* es. Der gnädige Herr hat ihn im Sommer entlassen.«

Über unserem Frühstückstisch schwebt der Duft von Sandelholz und Fichtennadelbad, das auch Ferdinand manchmal benutzt. An Onkel Gustav habe ich es noch nie gerochen. Justus sitzt frisch und sauber am Tisch, alles Graue ist aus seinem Gesicht und von seinem Anzug verschwunden. Er hat auf mich gewartet, die Lachsröllchen, Bratenscheiben und die Pökelzunge liegen noch unberührt auf den Platten. In der Mitte des Tisches steht wie immer die Obstschale.

»Guten Morgen, Wanda. Möchten Sie grünen Tee?« Er kommt zu mir, hebt eine dicke Wärmehaube auf, die vor mir steht. Die chinesische Teekanne kommt darunter zum Vorschein, er gießt ein, ein zart herber Duft steigt aus der Tasse auf.

Doch, an Grünen Chinesen kann ich mich schon gewöhnen, aber nicht an Justus. »Justus, ich kann das alleine!«

»Ich weiß, ich weiß.« Er geht zu seinem Platz zurück, schiebt seine Brille zurecht, blinzelt über den Tisch. »Blass siehst du – sehen Sie heute aus, Wanda. Sie haben nicht gut geschlafen?«

»Nein. Sie etwa?«

Er schüttelt den Kopf. »Ich habe nachgedacht, die halbe Nacht. Und Sie? War das Schlaflosigkeit, die Sie heute Morgen in Emmys Zimmer trieb?«

»Nein, ich hatte eine Idee ... ihr Notizbuch, vielleicht finde ich darin einen Hinweis auf eine Reise, oder wenigstens die Adressen von Leuten, die wir fragen können.«

Er sieht mich aufmerksam an. »Und? Haben Sie etwas gefunden?«

»Nein, gar nichts.«

»Schade. Aber Ihr Einfall ist gut. Vielleicht suchen wir nach dem Frühstück noch einmal. Am Tage sieht man alles viel besser. Warum bin ich nicht selber darauf gekommen?«

Wir essen und schweigen, jeder versinkt in seinen Gedanken. Ab und an steht Justus auf, bringt mir die Brotschale oder trägt eine silberne Servierplatte zu mir herüber. Es fehlt nur noch, dass er mir den Schinken auf die Brote legt und mundgerecht schneidet.

Ich kann das alleine, Justus, ich werde gerade erwachsen ... Ich weiß, Wanda, ich weiß ...

Als Bertha und Johanna kommen, um den Tisch abzuräumen, legt Justus seine Hand auf Berthas. »Sagen Sie, Bertha, was glauben denn Sie, wo die Herrschaften sein könnten?«

»Ich weiß es nicht, gnädiger Herr. Dabei denke ich immerzu drüber nach.«

»Vielleicht haben sie mal eine Sehenswürdigkeit in einer anderen Stadt erwähnt, die sie aufsuchen wollten. Einen Kurort? Ein entferntes Reiseziel? Vielleicht gibt es Verwandte, die sie immer schon besuchen wollten? Oder einen Geschäftspartner, einen Wissenschaftler-Kollegen, der in einer anderen Stadt wohnt? Möglicherweise eine Tagung, zu der der gnädige Herr fahren wollte? Schließlich ist er Professor für Chemie an der Universität.«

Bertha hört ihm aufmerksam zu, nach jeder Frage schüttelt sie wieder den Kopf. Ich stehe dabei, neben mir das Küchenmädchen, wir sehen von einem zum anderen.

Mir fallen unsere Bekanntschaften ein, die zu Mamas Gesellschaften kommen oder bei denen wir hin und wieder zu Gast sind. »Bertha … die beiden haben doch sicherlich Freunde?«

»Ich weiß nicht, gnädiges Fräulein.«

»In Onkel Gustavs Zimmer steht ein Tisch, an dem acht Besucher Platz finden, dieser Tisch hier im Esszimmer ist noch weitaus größer … Sie müssen Besucher gehabt haben, sie geben Gesellschaften?«

Bertha ist unschlüssig. »Besucher … nur einen alten Professor. Aber der ging sofort mit dem gnädigen Herrn in sein Arbeitszimmer.«

»Der alte Professor hatte eine Visitenkarte. Während Sie die nach hinten zu Onkel Gustav trugen, haben Sie die doch sicher gelesen?«

Bertha schüttelt nur den Kopf. »Ich merke mir keinen Namen. Und die gnädige Frau … geht meist aus dem Haus.«

»Hatte sie keine Besucher?«

»Doch … ein, zwei Mal.«

»Und, wer war da?«

»Nun … eine Dame.«

»Den Namen, Bertha, wir brauchen den Namen!«

Bertha schüttelt den Kopf, Tränen steigen ihr in die Augen. »Ich würde so gerne helfen …«

»Nicht weinen, Bertha, es ist nicht so schlimm. Vielleicht wissen Sie zufällig, wo Tante Emmy ihr Notizbuch aufbewahrt?«

Bertha nickt freudig, doch, das weiß sie. »In ihrer Handtasche! Immer!«

»Vielleicht hat sie ein Doppel?«

»Nein, gnädiges Fräulein, davon wüsste ich!«

Also wieder nichts, kein Notizbuch, keine Freundin. Wenn ich eine Freundin hätte, ich würde ihr so viel anvertrauen …

Da fällt es mir ein, ich springe auf, laufe in den Korridor, reiße Tante Emmys Zimmertür auf, hole das Bild vom Toilettentisch, laufe zurück ins Esszimmer. Eine Dame hastet nicht, Wanda, eine Dame bewegt sich gemessenen Schrittes. Obwohl ich traurig und ratlos bin, muss ich plötzlich laut loslachen.

Ich halte Bertha die Fotografie vors Gesicht, Bertha beginnt zu strahlen. »Ja, das ist ein schönes Bild! Endlich lächelt sie mal, unsere Frau Baronin!« Sie nimmt das Bild aus meiner Hand, hält es weit von sich ab. »Die Aufnahme ist ganz neu, aus dem Sommer. Unsere Gnädigste fährt seit Juli da raus nach Johannisthal. Vielleicht möchten Sie auch einmal mit ihr mitfahren, gnädiges Fräulein?«

Jetzt lache ich schon wieder. Ich, Mamas Tochter, in einem Club, in dem Damen Sport treiben, augenscheinlich ganz ohne Sonnenschirm, stattdessen bewaffnet mit einem riesigen Bogen. »Ja, Bertha, das werde ich machen. Heute sagen Sie mir erst einmal, ob Sie eine von diesen Damen kennen.«

Bertha mustert die Fotografie eingehend, jede Sportlerin, jedes Gesicht. Rechts neben Emmy steht eine schlanke Dame mit hoch aufgesteckter dunkler Lockenpracht, links neben Emmy eine kleinere rundliche Dame in schwedischem Blond. Bertha tippt auf die Blonde. »Ja, hier, das ist sie … diese Dame war einmal bei uns zum Tee. Und sie hat manchmal angerufen. Dann haben sie lange telefoniert.«

»Und wie heißt sie?«

Berthas Lächeln rutscht wieder in sich zusammen. »Sie heißt Baronin von … von … Ich weiß, daran müsste ich mich erinnern …«

Wir halten das Ende von einem ganz kleinen Faden in der Hand, eine winzige Hoffnung. Besser als hier in der Wohnung zu sitzen und nur zu warten ist es allemal.

»Na, Opa, was ist?«

Opa reibt sich die Augen. Er blättert in den Seiten auf seinen Knien. Irgendwie unschlüssig. »Weißt du, was jetzt kommt, Marie? Eine lange Fahrt mit einem lahmen Automobil bis nach Johannisthal.«

»Das Johannisthal hinter Schöneweide?«

»Genau das.«

»Ein weiter Weg. Möchtest du Pause machen? Brauchst du ein Glas Wasser?«

»Ein Bier wär mir recht.«

Gut, ein Bier. Ich hole ihm eins. Nicht aus dem Kühlschrank, sondern vom Balkon, das ist nicht so kalt. Opa genießt jeden Schluck. Es ist noch lange nicht Mittag. Der Himmel vor dem Küchenfenster ist immer noch strahlend blau und eiskalt. »So, und jetzt?«

»Jetzt lese ich weiter.« Er streckt sich noch einmal. Dann hebt er einen Stapel Blätter ab und legt ihn auf den Stapel, der schon gelesen ist.

»Was machst du denn da?«

»Ach … ich überspringe ein bisschen.«

»Du machst *was*?«

»Das sind doch nur ein paar Seiten! Liebe Güte, Marie. Sie fährt raus zu diesem Sportclub für Damen. Lauter Mädels in weißen Kleidern, die mit Pfeil und Bogen hantieren oder Limonade trinken. Ich schlafe ja so schon fast ein.«

»Es ist heller Mittag!«

»Ja und?«

»Sie wollte dort diese Freundin suchen, die von dem Foto.«

»Sie findet sie auch. Fanny von Schwartz. Die Baronin. Aber die sagt ihr gar nichts. Sie sitzen auf einer Bank und gucken rüber zum Flugplatz. Der Flugplatz ist noch nicht mal eröffnet. Kleine Flugzeuge steigen auf, fliegen ein paar Meter und fallen wieder runter. Besser war die Fliegerei damals noch nicht. Aber da wird's dann wieder interessant. Stell dir vor, auf der Rückfahrt, als Hansen und Wanda von diesem Damensportclub wieder nach Berlin zurückfahren, da erscheint …«

»Du liest *dort* erst weiter? Das kannst du nicht machen!«

»Doch, ich muss meine Kräfte einteilen.«

»Ich will wissen, was da steht.«

»Lies selber.«

»Ich kann doch kein Sütterlin.«[1]

»Aber so was kann man lernen. Also, die Rückfahrt, meine liebe Marie …«

Na warte, Opa! Jetzt tanzt er mir wirklich auf der Nase herum.

Die Fahrt zurück nach Berlin dauert sehr viel länger als die Tour hinaus nach Johannisthal. Alle Straßen sind überfüllt, Ackerwagen fahren, Droschken, Kutschen und Automobile, dazwischen drängen sich Reiter mit ihren Pferden, Fußgänger, sogar Radfahrer. Was ist denn nur los?

Eineinhalb Stunden sind wir bereits unterwegs und noch weit vor der Stadt, da gibt es plötzlich hinter uns einen Tumult. Menschen schreien, Automobile hupen, Pferde scheuen.

»Oh mein Gott! Seht doch! Da!«

Uns bleibt kaum die Zeit, uns umzuwenden. Ein gewaltiger Schatten fällt auf Justus und mich. Wir blicken nach oben. Wirklich, hoch über uns ist etwas … Riesengroßes. Es schwebt höher als alle Bäume, es ist rund, glatt, wie ein fliegender Bergfried. Dieses Ding glänzt in der gleißenden Sonne, an seiner Unterseite spiegelt es dunkel den Schatten, den es über Straße und Menschen wirft.

Mir fällt ein Bild ein, eine Erinnerung, die schon lange verblasst ist. Ein Urlaub am Bodensee, siebzehn oder achtzehn Jahre alt war ich damals, von meinen Schwestern waren erst Sophie Henriette, Henriette Charlotte und Marie Isabell geboren. Auf einer Wiese am Ufer hatten wir Mädchen mit Mama und Papa gestanden und über den See geblickt, zusammen mit vielen anderen Schaulustigen. Zuerst war ein langes Haus auf den See hinausgefahren, ein Bootsschuppen, wie Papa uns sagte, was für sich genommen schon ein seltsamer Anblick war. Dann war aus dem Schuppen heraus ein Gebilde geschwommen, lang wie ein Haus, rund, wie eine millionenfache Vergrößerung der Zigarren, die Papa damals noch rauchte. Und dann hatte diese Zigarre sich ganz langsam in die Lüfte erhoben, war mit der Spitze

1 Es geht auch ohne Opa. Wer wissen will, was im Damensportclub passiert, liest es im Internet nach. Dafür muss man kein Sütterlin kennen. Einfach www.dergruenechinese.de

schräg voran höher und höher gestiegen, bis sie dann schwebte, weit oben über dem Wasser des Bodensees. In der kleinen Gondel an ihrer Unterseite sah man, wenn man sehr gute Augen hatte, winzige Menschen zu uns herunterwinken. Wir standen am Ufer, atemlos, und winkten hinauf.

Das hier ... ja, das hier muss auch so ein Zeppelin sein. Um uns her starren alle nach oben, schreien voller Begeisterung. »Hoch lebe Kaiser Wilhelm II.! Hoch! Hoch!« Sie johlen, klatschen Beifall, trampeln, hupen und schreien. Nun wissen wir, warum seit heute Morgen alle Leute in Richtung Berlin unterwegs sind. Verstimmt sehe ich hinter dem Zeppelin her, bis er nur noch ein kleiner Punkt am blauen Himmel ist. Ich kann mich einfach nicht daran freuen.

Ja, was habe ich im Damensportclub erfahren? Hat sich der weite Weg dort hinaus gelohnt? Nichts, gar nichts weiß ich über Tante Emmy, was ich nicht vorher schon wusste. Fanny von Schwartz hat mir nichts gesagt.

»Ach, Justus, vielleicht hätte ich diese eifrigen Aufwärter nach Emmy fragen sollen? Denen entgeht ganz bestimmt nichts.«

»Keine Sorge, die habe ich gefragt. Die wissen überhaupt nichts.«

»Oder zwei, drei andere Damen, die beim Sport mit ihr zusammen sind?«

»Die Baronin von Schwartz ist schon genau die Richtige.«

»Aber sie ist raffiniert, viel geschickter im Verschweigen als ich im Ausfragen! Die kann in einem fort reden und sagt überhaupt nichts.«

Justus nickt. Er, der immer durch seine dicke Brille guckt, als würde er nur die Hälfte von dem sehen, was er sehen müsste, hat das längst bemerkt. »Ja, Sie haben recht, Wanda. Vor jedem Wort, das sie über ihre Lippen lässt, hat sie dreimal überlegt.«

Ach, warum konnte ich sie nicht zu ein paar unüberlegten Sätzen verleiten? Ist es möglich, dass ich nicht nur an der Nähmaschine viel zu ungeschickt bin? Warten wir's ab, heute Abend werde ich Fannys Einladung ins Deutsche Theater folgen, und dann werden wir sehen, ob ich das wettmachen kann.

Aus dem Punkt am Himmel wird langsam wieder eine lange Zigarre, der Zeppelin ist einen großen Bogen über Berlin geflogen und kommt nun wieder auf uns zu. Er liegt nicht mehr so gerade in der Luft wie vorhin, seine Spitze ragt etwas steiler nach oben. Ich lege den

Kopf in den Nacken und halte den Atem an, aber nichts passiert, diese Schräglage scheint für das fliegende Ding völlig in Ordnung zu sein. Jetzt schwebt der Zeppelin genau vor uns her. Wir halten uns hinter ihm, und das tun auch all die anderen Leute auf der Chaussee. Vor uns, neben uns, hinter uns, in einer langen Karawane fahren alle in Richtung Berlin.

Ach, Berlin!

Wir erreichen den Stadtrand, immer mehr Kutschen und Droschken sind unterwegs, auch immer mehr Leute zu Fuß füllen die Straßen. Diese Fußgänger sind nie wirklich rücksichtsvoll, die meisten von ihnen wissen noch nicht einmal, dass es einen Gehweg für sie neben dem Fahrdamm gibt. Wilde Beschimpfungen habe ich von Sottke deshalb immer wieder gehört. Auch dieser Kutscher stößt Flüche nach allen Seiten aus, aber das hilft ganz und gar nicht, wir werden immer langsamer. Bei den ersten Häusern am Adlergestell tippt Justus dem Fahrer auf die Schulter. »Ich nehme an, die wollen alle zum Tempelhofer Feld. Du nimmst jetzt aber den Weg über den Schlossplatz.«

»Wieso nich nach Tempelhof? Wat jlauben Sie, jnädijer Herr? Dass der Zeppelin am Schloss landet?«

Justus brummt, seine Brillengläser blitzen, seine Lippen pressen sich noch fester zusammen als sonst. »Mir ist völlig schnuppe, wo dieser Zeppelin landet. Ich will das gnädige Fräulein unbeschadet nach Hause bringen.«

»Mann, is ja jut …« Der Droschkenführer tippt sich an den Zylinder und biegt in die Sonnenallee. Hier wird auch nichts besser, wir fahren nun nicht mehr *mit* dem Menschenstrom, jetzt fahren wir ihm *entgegen*.

Der Himmel ist blau, nur wenige weiße Wölkchen stehen hoch über uns. Der Zeppelin muss inzwischen über dem Tempelhofer Feld sein, von hier aus gesehen ist er nichts als ein schwarzer Punkt. Doch dann wird er wieder größer, ist über uns, und als wollte er uns den Weg nach Hause zeigen, schwebt er ruhig vor uns her über den Alexanderplatz, hinüber zum Schloss und zum Denkmal von Kaiser Wilhelm I., über den Schlossplatz zum Dom. Dort kreist er lange. Auf dem Alexanderplatz stehen die Menschen dicht gedrängt, einige sind auf Laternen geklettert, um dem Zeppelin näher zu sein, viele stehen auf den Dächern. Vornehme Damen mit riesigen Hüten, Herren in

Gehröcken, Köchinnen in ihren Schürzen, Kindermädchen mit weißen Hauben, Soldaten und Polizisten, die meisten haben Taschentücher gezogen und winken hinauf. Der Zeppelin fliegt so tief, man kann die Gesichter der Männer als helle Flecken hinter den Scheiben der Gondel sehen.

Die Laune unseres Fahrers ist glücklicherweise besser als die von Justus. »Mann, dieser Jraf Zeppelin! Is ja riesenjroß, wat der Mann uff die Beene stellt. Een eiserner Wille. Wenn der fällt, steht der wieder uff.« Er dreht sich zu uns herum. »Dem alten Jrafen hab ick die Hälfte von meine Sparjroschen jeschickt. Und da fliecht er nu wieder! Det waren alles wir, hier haben alle ihm ihr Erspartes jespendet!«

Ja, da schwebt er, langsam versöhnt mich dieser Anblick mit meiner Niederlage.

»Das ist doch alles bloß Jahrmarkt! Warum muss es immer ein Deutscher sein, der da am höchsten, am längsten und am weitesten fliegt? Dabei ist das vollkommen gleichgültig!«

Ich reiße meinen Blick aus den Lüften, fahre herum. War das eben Justus, der Justus, von dem ich glaube, dass ich ihn seit Jahren kenne?

»So ist es doch, Wanda. Die Franzosen sind wirklich gute Flieger. Die Amerikaner haben die Brüder Wright. Aber die Deutschen tun so, als müssten sie immer und überall die Besten sein. Dabei geht's gerade hier nicht um ein Wettrennen.«

Ich starre Justus an. »Diese Rede war reif für den Landtag!«

Auch der Fahrer dreht sich zu uns herum, mustert uns, als hätte er plötzlich zwei wilde Schimpansen in seinem Wagen entdeckt. Justus kneift die Lippen zusammen und blickt starr in den Himmel.

Es ist noch lange nicht Abend. In der Oranienburger Straße singen die Vögel in den Linden am Straßenrand. Im ersten Stock sind die Fenster geöffnet, das sehen wir schon von weitem, Bertha und die Mädchen lehnen sich weit hinaus und versuchen, einen Blick auf den Zeppelin über dem Schlossplatz zu erhaschen. Aber es sind nicht nur die Fenster im ersten Stock, die geöffnet sind, in allen Stockwerken, in allen Häusern lehnen sich Menschen aus den Fenstern, um das Luftschiff zu sehen.

Der Laden von *Loeser & Wolff* sieht aus, als ob er geschlossen hätte, erst als wir auf das Haus zugehen, sehen wir den kleinen Kommis, der mutterseelenallein durch die Schaufensterscheibe blickt. Er winkt traurig zu uns heraus, die letzte Stallwache, wenn alle anderen ausfliegen, um sich den Zeppelin anzusehen. Dabei ist er hier vollkommen überflüssig, wer jetzt noch durch diese Straße eilt, kauft sich bestimmt keine Zigarren, der will eine fliegende Zigarre sehen.

Portier Wernicke ist nicht da. Justus läutet einige Male, dann hören wir schnelle Schritte die Treppe herunterlaufen, der Schlüssel dreht sich, Anna schließt für uns die Vordertür auf. »Haben Sie den Zeppelin gesehen, gnädiges Fräulein? Gnädiger Herr? Ist der nicht wunderschön? Wie der so hoch fliegen kann? Das ist reineweg doch ein Wunder!« Sie springt vor uns die Treppe hinauf, dreht sich herum, lacht, redet beim Laufen, zappelig wie die jungen Hunde, die so ungezähmt hin und her springen, dass Papa sie nicht an die Leine legen kann. »Ach, wenn ich doch dahin könnte! Einmal dieses Ding aus der Nähe sehen!«

»Sind die Herrschaften denn inzwischen gekommen?«

Annas Redefluss stockt, ihr Lachen fällt in sich zusammen, ihr Gesicht wird ernst. »Nein.«

»Haben sie sich gemeldet, über das Telefon?«

»Nein. Leider nicht. Ich bitte um Verzeihung, gnädiger Herr, ich war eben so vorlaut.«

»Ach, schon verziehen. Aber wenn du unbedingt zum Zeppelin willst ... ich habe nichts dagegen.«

»Was? Wirklich? Ich darf?« Anna dreht sich herum und springt die restlichen Stufen hinauf, stürmt in die Wohnung. »Ich darf gehen! Ich darf den Zeppelin sehen! Jetzt gleich!«

Wir gehen langsam hinter ihr her.

Nicht nur Anna möchte den Zeppelin sehen, Johanna natürlich auch, und sogar Bertha. Justus und ich tun so, als wären wir die Herren im Haus, und geben allen frei. Für uns werden die warmgestellten Kartoffeln aus der Kochkiste geholt, der vorbereitete Gurkensalat wird mit frischen Dillspitzen versehen, blitzschnell sind Rühreier gebraten, mit Schnittlauch bestreut. Sollten Gustav und Emmy jetzt kommen, wir hätten reichlich zu essen, selbst wenn sie Besucher mitbrächten. Für mich wird eine Kanne Grüner Chinese unter eine Wärmehaube gestellt, für Justus eine Kanne mit Kaffee. In nicht einmal zehn Minuten steht alles im Speisezimmer bereit.

Weder Anna noch Johanna noch Bertha nehmen sich Zeit, sich umzukleiden, sie ziehen einfach ihre Jacken über die Schürzen, setzen ihre Hüte auf und schlagen die Wohnungstür hinter sich zu. Dass ich eigentlich Berthas Hilfe brauche, daran denke ich nicht in diesem Moment, leider.

In drei Stunden bin ich mit der Baronin von Schwartz im Theater verabredet.

Justus übernimmt es, die Kartoffeln zu pellen, das macht er ganz wunderbar. Ich bin immer noch in Gedanken, lasse mein Gespräch mit Fanny von Schwartz Wort für Wort an mir vorüberziehen. Nein, sie hat mir gar nichts gesagt, kein Reiseziel, keine Anschriften, keine Telefonnummern, aber sie hat einen seltsamen Eindruck bei mir hinterlassen. Eine kühle Frau, die beherrscht ist in jeder ihrer Regungen und die sich trotzdem große Sorgen um Tante Emmy macht. Wie kommt sie dazu?

Justus legt mir gepellte Kartoffeln, Eier und Gurkensalat auf. Sein Gesicht zieht sich in Falten, sein Mund wirkt beinahe gramvoll und schmal. »Bitte, Wanda, ich mische mich ungern ein.«

»Ist es nicht auch Einmischung, wenn Sie mir ständig das Essen auf meinen Teller legen?«

»Das ist meine Aufgabe.«

»Das sehe ich anders. Ich kann das alleine!«

Er guckt mich verblüfft an, stellt die Schüssel mit dem Gurkensalat auf den Tisch und geht zu seinem Platz. »Bitte, ich will Ihnen nicht im Wege stehen, und ich mische mich nicht gerne ein. Aber wenn Sie heute Abend mit der Baronin von Schwartz ins Theater gehen, dann gehe ich doch recht in der Annahme, Sie fahren heute nicht mehr zurück nach Schloss Branndenburg?«

»Ja.«

»Aber … wenn ich mir eine Bemerkung erlauben darf?«

»Sie dürfen, Justus, Sie dürfen.«

»Ihr Herr Vater wird sich Sorgen um Sie machen. Möglicherweise, falls er vom Einsturz des Schlosses erfahren hat, könnte er Sie für tot halten. Das wäre eine Katastrophe für Sie. Auch … gesellschaftlich. Oder er würde erfahren, dass Sie hier mit mir gemeinsam … wohnen. Nicht nur die Mahlzeiten einnehmen, sondern auch … übernachten. Das wäre mehr als katastrophal.«

»Ich weiß, Justus, ich weiß.« Vielleicht sollte ich ihm von meinem Telefongespräch mit dem Oberamtmann von Dohna erzählen? Aber noch immer habe ich nicht verstanden, warum Papa dem Oberamtmann erzählt hat, dass Emmy und ich zu einer Kur in Wiesbaden wären. Alles ist so verwirrend.«

»Wanda, wir brauchen dringend Klarheit! Heute auf dem Heimweg ist mir eingefallen, dass Gustav und Emmy in letzter Zeit häufig vom Auswandern gesprochen haben. Auf jeden Fall hatten sie ins Auge gefasst, demnächst zum Bruder Gernot von Branndenburg nach Oklahoma zu reisen, vorerst nur besuchsweise, um die Bedingungen zu erkunden. Nun stellen Sie sich vor, die beiden hätten sich vielleicht inzwischen auf den Weg gemacht. Kurzentschlossen. Dann warten wir hier bis Pflaumenpfingsten. Und das, Wanda, schickt sich für Sie überhaupt nicht!«

Nein, besser kein Wort von Wiesbaden. Ich hole gerade zu einer Erwiderung aus, da erstarren wir beide.

Da! Was war das? Ein leises Klappern im Korridor, ein Geräusch wie von Schlüsseln ... Bertha und die Mädchen können unmöglich schon wieder vom Schlossplatz zurück sein. Justus springt auf, ich laufe hinter ihm her. Ich habe es gewusst: Sie sind wieder da, nicht in Amerika, nicht in Oklahoma! Justus ist schneller als ich, er ist zuerst an der Wohnungstür, reißt sie auf –

Vor der Tür steht ein Mann. Er ist ungefähr vierzig, seine Schläfen sind grau, er trägt einen grauen Homburger, einen grauen Sommerüberzieher, graue Hosen. Das Bündel von Nachschlüsseln, das er blitzschnell hinter seinem Rücken verschwinden lässt, passt nicht recht zu seiner vornehmen Erscheinung.

Er sieht uns an, nicht das kleinste Erschrecken ist in seinem Gesicht. Stattdessen beginnt er höflich zu lächeln, zieht seinen Hut, ein kurzer Bürstenhaarschnitt kommt zum Vorschein, noch viel kürzer als der von Justus. Er fixiert uns aus kühlen grauen Augen, deutet eine kleine Verbeugung an, die Hand mit dem Schlüsselbund verschwindet in seiner Manteltasche. »Gerade wollte ich läuten. Können Sie Gedanken lesen, meine Dame, mein Herr? – Wenn ich mich vorstellen darf: Doktor von Münch, Mitarbeiter von Professor von Rannstedt vom Chemischen Institut der Friedrich-Wilhelms-Universität. Ich möchte zum Herrn Professor.«

Er greift in seine Jacketttasche und zieht eine Visitenkarte heraus, überreicht sie Justus. Wer die Tür öffnet, muss hier der Hausdiener sein. Und was bin ich? Langsam ziehe ich mich zurück in das Dunkel des Korridors. Vielleicht sehe ich wie das Dienstmädchen aus.

Justus gibt sich kurz angebunden. »Der Herr Professor ist verreist. Kommt leider erst heute Abend zurück.«

»Dann mache ich der gnädigen Frau meine Aufwartung.«

»Auch die gnädige Frau ist nicht da.«

»Dann möchte ich – wer ist dann zu sprechen?«

Justus wendet sich um. Oh nein, nicht ich! Aber er lässt sich durch meinen flehenden Blick nicht zurückhalten. »Das gnädige Fräulein ist da.«

»Nein, ist es nicht!« Ich murre leise vor mich hin, der Mann mit dem grauen Sommerüberzieher lächelt mit schmalen Lippen.

»Nicht da? Oh. Und ich dachte die ganze Zeit, wie ähnlich Sie doch Ihrer Frau Mutter sind.«

Wir bitten ihn höflich herein, ich führe ihn in den Salon, er nimmt an einem Kartentisch Platz. Mein Magen knurrt, ich hoffe, dieser Mann hört das nicht. Aber um meinen Magen kümmert er sich überhaupt nicht, nach den aufmerksamen Blicken, mit denen er Garderobe und Korridor gemustert hat, nimmt er nun den Salon in Augenschein, sehr, sehr gründlich.

»Was kann ich für Sie tun, Herr Doktor von Münch?«

»Liebes gnädiges Fräulein, wie ich schon sagte, ich komme im Auftrage von Herrn Professor von Rannstedt. Ihr gnädiger Herr Vater hat in der vergangenen Woche vom Herrn Professor einige wichtige Unterlagen mitgenommen und ihm die Zusage gemacht, sie bis heute Morgen durchzusehen. Herr Professor von Rannstedt benötigt sie dringend für die neue Versuchsreihe mit seinen Studenten.«

»Ah ja.«

»Nun bin ich gekommen, um diese Unterlagen hier abzuholen.« Er sitzt vor mir, blickt mich an, kalt, beobachtend, vielleicht sogar ein wenig lauernd.

Ich sehe ihm fest in die Augen. Wanda, Wanda, so aufdringlich guckt eine Dame nicht! Aber wer hier wen mustert und beobachtet, das bestimmt er nicht alleine. Ich lächele mein freundlichstes Lächeln. »Papa ist nicht da, schon seit einigen Tagen.«

In seinem Gesicht zuckt es nicht das kleinste bisschen.

»Ich weiß auch nicht, wann er wiederkommt.«

Eine schwache Bewegung um Mund und Augen.

»Sie werden sich gedulden müssen, denn irgendwelche Unterlagen hat er hier nicht hinterlassen.«

Jetzt presst er die Lippen aufeinander, ganz leicht, kaum zu sehen. Sein rechtes Augenlid beginnt etwas zu zittern.

»Ich könnte natürlich versuchen, das zu finden, was Sie so dringend benötigen.«

Er entspannt sich ein wenig.

»Sie sagen mir, um was für Unterlagen es sich handelt, dann weiß ich, wonach ich suchen muss.«

Eine leichte Irritation.

»Mein lieber Papa hat riesige Schränke voll mit Unterlagen und archivierten Aufzeichnungen.«

Bei dem Wort Aufzeichnungen vergrößert sich seine Irritation deutlich.

»Ist es eine Mappe? Ein Umschlag? Steht ein Name darauf?«

Er springt auf.

»Am besten, Herr Doktor von Münch, Sie kommen morgen wieder, dann ist entweder Papa zurück, oder ich habe etwas für Sie gefunden.«

»Ich werde nicht gehen, gnädiges Fräulein, ich werde Ihnen beim Suchen helfen. Bitte, gehen Sie voraus!« Seine Stimme klingt plötzlich hart, das Höfliche, Nette ist vollkommen verschwunden.

»Ich werde lieber alleine suchen, sobald Sie gegangen sind. Haben Sie vielen Dank für Ihr Angebot.«

»Ich fürchte, ich muss darauf bestehen, selbst zu suchen. Sofort.«

»Mein lieber Herr Doktor von Münch! Sie bestehen hier auf gar nichts! Sie gehen jetzt!« Ich treffe ziemlich genau den Tonfall von Papa, den er beim Streit mit dem Amerikaner angeschlagen hatte.

Plötzlich streckt dieser Mann die Arme aus, packt mich an den Schultern. »Jetzt! Suchen! Ab! In sein Arbeitszimmer!«

Ich reiße mich von ihm los. »Verschwinden Sie! Raus hier!«

Er fängt an zu lachen, es klingt irgendwie hämisch, er weiß genau, dass er mir überlegen ist. Wo ist denn nur Justus?

Und da fliegt die Türe auf, Justus steht dort, die beeindruckende

Erscheinung einer beachtlichen Masse. Ich trete einen Schritt zur Seite, irgendwie weiß ich sofort, dass das für mich besser ist.

Und so ist es, der Mann geht in die Knie, als wollte er Schwung holen, sein rechter Fuß schnellt nach oben. Aber auch Justus hat sich bewegt, dreht dem Mann seine Schulter entgegen, der Fuß tritt ins Leere. Justus stemmt sich nach vorne und packt den Fuß, der Mann steht auf einem Bein, sein eigener Schwung reißt ihn mit, Justus stößt ihn zur Seite, er prallt an den Türrahmen, landet auf dem Parkett.

Sofort kniet Justus über ihm, greift seinen Arm, dreht ihn auf den Rücken, umklammert seinen Hals mit dem anderen Arm. »Mach, dass du hier rauskommst! Du hast gehört, was das gnädige Fräulein sagt!«

Der Mann steht auf, vorsichtig, in der Umklammerung von Justus ist jede Bewegung schmerzhaft. Justus drückt ihn vorwärts, hin und wieder ertönt ein Schmerzenslaut, aber er geht. Ich schiebe mich an ihnen vorbei und öffne die Wohnungstür. Justus drängt ihn die Treppe hinab, ich laufe an ihnen vorüber, öffne die Haustür. Justus schiebt ihn über die Schwelle, mit nach hinten gebogenem Arm, noch einmal ein Schmerzensschrei, dann steht der Mann auf der Straße.

Der Gehweg ist leer, dem Zeppelin sei Dank. Niemand ist hier, der unser Schauspiel beobachten kann.

»Und wage dich nie wieder hierher!« Justus gibt den Mann frei, rückt mit ein paar Handgriffen seinen Mantel gerade. »Wanda … ihm fehlt noch sein Hut.«

Ich eile die Treppe hinauf, der Homburger liegt auf dem Tisch im Salon, ich haste wieder hinunter, immer noch stehen sich Justus und der Mann gegenüber und starren sich böse an. »Bitte!«

Der Mann nimmt mir den Hut aus der Hand, dreht sich um und geht rasch davon.

Ich atme tief durch, der Geruch nach Automobilen, Pferden und gebrühtem Kaffee liegt in der warmen Luft. Unter anderen Umständen hätte ich diesen Duft so genießen können. Berlin! Wann kommen die beiden endlich nach Hause?

»Wanda, Sie haben sich wacker geschlagen.« Justus holt mich auf den Boden zurück.

»Wer? Ich? *Sie* haben doch alles gemacht.«

Justus steht neben mir, lacht. »Darf ich Ihnen meinen Arm reichen, meine liebe Baronesse? Nur für den Fall, dass Ihre Knie ein wenig wacklig sind. Ein Wunder wäre das nicht, nach der Aufregung. Und erst recht keine Schande.«

Ich nehme sein Angebot an. Langsam schreiten wir nebeneinander die Treppe hinauf. »Ich bin froh, dass Sie so schnell bei mir waren! Genau im richtigen Augenblick, wie haben Sie das gemacht? Haben Sie etwa gelauscht?«

»Selbstverständlich. Mit dem Ohr an der Tür. Bis mein Moment gekommen war.«

Ich sehe ihn an.

»Dieser Mann ist keiner der Doktoren vom Chemischen Institut, das hatte ich gleich gesehen.«

»Justus?«

»Ich begleite Gustav jede Woche zu seinen Arbeitsräumen in der Universität, schon seit Jahren. Ich kenne dort alle Gesichter. Herr Doktor von Münch ist der wissenschaftliche Assistent von Professor von Rannstedt, das stimmt. Aber der wirkliche Münch hat blonde wellige Haare und ist allerhöchstens einen Meter und sechzig groß.«

»Warum haben wir diesen falschen Doktor denn hereingelassen?«

Justus schlägt die Wohnungstüre ins Schloss, wir steuern auf das Esszimmer zu. Ich habe Hunger! Pellkartoffeln, Gurkensalat, Rührei!

»Weil wir sonst nicht wüssten, warum dieser Herr in die Wohnung einbrechen, wonach er suchen wollte.« Justus schiebt mir den Stuhl zurecht, ich lächle ihn dankbar an.

Unsere weitere Unterhaltung führen wir mit vollem Mund. Wanda, Wanda, so etwas macht keine Dame! Eine Dame nicht, aber ich. Ich stopfe mir zur Kartoffel noch einen großen Bissen Rührei in den Mund, bevor ich weiterspreche. »Ach, Justus, das hätte ich mir gerne erspart. Sie glauben doch nicht an die Geschichte mit den Unterlagen, die er für diesen Professor abholen will?«

»Natürlich nicht. Aber dass er nach Unterlagen suchen wollte, das glaube ich wohl.«

Ich bin ein wenig zu spät, aber heute ist nicht der Tag, an dem irgendjemand irgendwo zur richtigen Zeit ankommt. Immer noch bleiben Droschken und Straßenbahnen im Menschengewühl zwischen Friedrichstraße und Unter den Linden stecken, immer noch drängen sich

Karawanen von Fußgängern und Fahrzeugen. Der Zeppelin ist allerdings nicht mehr am Himmel zu sehen.

Am Zirkus Schumann in der Karlstraße stehen zwei Zeitungsjungen, der eine schreit eine Sonderausgabe der *Berliner Morgenpost* aus, der andere die Sonderausgabe der *Vossischen Zeitung.* »Lange erwartet! Der Zeppelin endlich in Berlin!« – »Graf Zeppelin heute beim Kaiser!«

Ich entscheide mich für die *Berliner*, wir winken den Jungen heran, dann liest Justus mir vor, laut genug auch für den Droschkenkutscher, der sich dafür weit nach hinten beugt, während wir uns schrittweise dem Deutschen Theater nähern.

Lange hatte der Zeppelin am Nachmittag über Berlin geschwebt. Währenddessen strömten die Berliner zu Hunderttausenden zum großen Exerzierplatz der Armee in Tempelhof, um ihn dort zu empfangen. Der alte Graf Zeppelin aber landete schließlich auf dem Tegeler Feld, wo er mitsamt seinen Männern der Luftschiffgondel entstieg und direkt auf dem Flugfeld vom Kaiser persönlich begrüßt wurde. Jetzt, zu dieser Stunde, saßen die Luftschiffer im Schloss bei Kaiser Wilhelm II. und stießen mit ihm auf den großen Erfolg dieses weltweit ersten Langstreckenfluges vom Bodensee bis nach Berlin an. Achthundert Kilometer! Hoch lebe Kaiser Wilhelm II.! Hoch lebe Graf Zeppelin! Hoch lebe Deutschland!

Aha. Wie hin und her schwappende Suppe in einer riesigen Suppenschüssel laufen also die Berliner heute kreuz und quer durch Berlin, Bertha, Anna und Johanna wahrscheinlich mitten unter ihnen. Hinaus zum Tempelhofer Feld, leider völlig vergebens, dann zurück zur Stadtmitte, um zu sehen, ob der alte Graf ihnen vielleicht vom Balkon des Schlosses zuwinkt, und nun möglicherweise nach Tegel, um sich das Luftschiff aus der Nähe anzusehen.

Justus liest vor, mit nahezu unbeteiligter Stimme, so ein Schnitzer wie heute Nachmittag passiert ihm nicht noch einmal.

Die Baronin von Schwartz steht bereits in der Eingangstür des Deutschen Theaters und erwartet mich. Mit ihrem blaugrün schimmernden Samtkleid, ihrer grünen Federstola und ihrem wasserblauen Theatermantel mit Soutache-Bordüre sieht sie aus wie eine algenbewachsene Meerfrau. Sogar die Rosen auf ihrem Hut schimmern grün und blau. Als sie mich entdeckt, kommt sie die Stufen herab, mir entgegen. Allerdings, wenn sie sich bewegt, wenn sie läuft, wirkt sie steif wie ein Stock, ein Ausbund an Disziplin, ganz und gar nicht meerfraulich, sondern wie ein preußischer General.

Sie mustert mich von oben bis unten, während sie auf mich zukommt. Gut, sie hat recht mit ihren kritischen Blicken, ich habe ein strassbesetztes Paar Spangenschuhe mit gewagt hohen Absätzen in meinem Schrank gefunden, dazu einen passend strassbesetzten Samtrock, auch einen langen bestickten Theatermantel, aber ich trage ganz unpassend noch immer die schlichte Bluse von heute Morgen. Wie hätte ich mich umkleiden sollen ohne die Hilfe von Bertha?

»Nun, Wanda, hat sich Emmy inzwischen gemeldet? Sie kommen sicher mit einer erfreulichen Nachricht.«

Die Frau ist reizend, wirklich! »Nein, Frau Baronin, ich danke Ihnen für die Einladung, aber mit einer erfreulichen Nachricht komme ich nicht.«

Sie verzieht schmerzvoll das Gesicht. »Fanny, liebes Kind, sagen Sie Fanny zu mir. – Schade, ich hatte gehofft. Aber das wird alles noch werden. Die melden sich. Kommen Sie, genießen wir diesen Abend. Wie schön, dass die Karten für diesen wundervollen *Don Carlos* nun doch nicht verfallen. Tilla Durieux als Prinzessin Eboli. Ach, wie hatte sich Emmy darauf gefreut! Kommen Sie, meine Liebe, es macht überhaupt nichts, dass Sie ein wenig spät kommen. Hier regiert heute das Chaos.«

Wir steigen die Stufen hinauf, lächelnd, beide. In Gedanken repetiere ich und lege mir meine Fragen zurecht. Dieses Mal wird sie sich mir nicht entwinden.

Im Zuschauerraum ist es heiß, stickig, laut. Niemand sitzt ruhig auf seinem Platz, alle reden durcheinander, wedeln mit den Programmzetteln oder mit ihren Fächern. Die Hälfte der roten Sessel ist noch gar nicht besetzt.

Da, eine kleine Glocke wird geläutet, der Theaterdiener tritt vor den Vorhang und kündigt eine Bekanntmachung des Inspizienten an. Es wird still, alle Köpfe wenden sich nach vorne, der Inspizient räuspert sich, er ringt sichtlich um Fassung, während er spricht. Heute ist im Deutschen Theater kein Tag wie jeder andere, in ganz Berlin nicht. Unser alleruntertänigster Dank gilt unserem hochverehrten Kaiser! Daher wird nun das verehrte Publikum um Vergebung gebeten, mit einem Augenzwinkern, denn da das Publikum selbst sich heute Abend so zahlreich verspätet, kann man auf unser Verständnis hoffen, dass auch Herr Bassermann und Herr Wegener noch immer ein wenig säumig sind.

»Dann fangt doch ohne die an!«

»Die stehen in Tempelhof in der Schlange für Zeppelinfliegen!«

»Nee, in Tejel!«

»Na denn eben da!«

»Anfangen!«

Aber der Inspizient lässt sich sein Anliegen nicht aus der Hand nehmen, ruhig erläutert er, dass ohne Paul Wegener selbstredend *Don Carlos* keinen Herzog Alba hätte und ohne Albert Bassermann keinen Philipp II. von Spanien. Wäre denn jemand im Zuschauerraum, der den Text der beiden übernehmen würde? Niemand? Wie schade! Na, dann gedulden wir uns.

Als die Vorstellung schließlich mit einer ganzen Stunde Verspätung beginnt, ist auch das Publikum vollzählig eingetroffen. Alle Plätze im Foyer und auf den Rängen sind besetzt, nur die Logen, in denen sonst die Familien von Siemens oder von Bunsen sitzen, wie mir Fanny von Schwartz erläutert, diese Logen bleiben heute Abend leer.

Der Vorhang öffnet sich, es ist immer noch heiß, unerträglich, aber mir ist das gleich, mein Herz klopft, ich lasse mich wegtragen. Ach, wie schön ist Theater! Da schreitet Pater Domingo, der Beichtvater des Königs, durch die Gemächer und spricht düster mit dem Kronprinzen. *Die schönen Tage in Aranjuez sind nun zu Ende. Wir sind vergebens hier gewesen. Brechen Sie dies rätselhafte Schweigen. Öffnen Sie Ihr Herz.* Don Carlos, der Kronprinz, spricht lange mit der Königin. Die Königin spricht mit Prinzessin Eboli. Endlich, da ist sie, Tilla Durieux! Die dunklen Haare getürmt, von oben bis unten gestreift und berüscht und mit Bändern und Perlen benäht, ein gefältelter steifer Kragen, der das Kinn nach oben drückt. Sie murmelt dunkle Worte. Don Carlos schmiedet Pläne mit seinem Freund Marquis von Posa. *Ich fürchte nichts mehr, Arm in Arm mit dir, so fordr' ich mein Jahrhundert in die Schranken.* Und dieser feurige Marquis entflammt zu Widerworten gegen seinen König. *Ich kann nicht Fürstendiener sein. Sire – geben Sie Gedankenfreiheit …* Worauf er schließlich ermordet wird. Dazwischen trifft sich die Eboli mit ihrem Don Carlos, Don Carlos mit der

Königin, die Königin mit dem König, der König mit dem Großinquisitor … So ist also *Don Carlos*: kommen und gehen, reden und mit den Kleidern rauschen. Aber keiner sagt, was er wirklich denkt, was er wirklich will.

Jedes Mal, wenn der Vorhang sich nach einer Szene schließt, liegt der Zuschauerraum im dämmrigen Dunkel, dann sehe ich verstohlen zu Fanny hinüber. Sie schaut geradeaus zur Bühne, aber ihre Augen blicken starr, als wäre sie weit, weit weg mit ihren Gedanken.

In der Pause stehen wir neben einer geöffneten Balkontür und trinken Weißweinschorle. Fanny von Schwartz stellt ihr Glas auf ein kleines Tischchen. »Die Durieux ist doch zu seltsam. Was trägt die für ein Kleid? Dieser Stehkragen! Und dazu diese Taille! Das ist doch Velázquez-Zeit. Reinste Geschichtsverfälschung! Hat die nichts anderes in ihrem Kleiderschrank?«

»Ich finde sie wunderbar! Und dieses Kostüm … Damals, als *Salomé*, soll sie sich von oben bis unten in bunte Tücher gewickelt haben. Nur ihre Mitte war frei.«

»Ihre Mitte? War frei? Wie meinen Sie das, mein Kind?«

»Nun, man soll die ganze Zeit über ihren … Bauch gesehen haben. Die Damen im Publikum waren furchtbar erbost.«

»Oh! Dahin hat Emmy Sie mitgenommen?«

»Nein, nein, ich war mit Emmy im *Hamlet* und im *Sommernachtstraum*. Außerdem, warum denn nicht in die *Salomé*, schließlich bin ich 28 und ausgebildete Lehrerin, ich bin kein Kind mehr.«

Wir nippen an unserer Schorle, das wäre jetzt eine gute Gelegenheit, um noch einmal nach dieser Bedrohung zu fragen, von der die Baronin heute Morgen sprach, aber wie bringe ich die Sprache darauf?

»Wanda, Kind, träumen Sie?«

Ich schrecke zusammen.

»Der Theaterdiener hat gerade zum Ende der Pause geläutet. Haben Sie nicht die Glocke gehört? Trinken Sie Ihre Schorle aus!«

Ich trinke noch einen winzigen Schluck, den Rest lasse ich stehen. Habe ich schon wieder den Augenblick verpasst? Langsam schieben wir uns zwischen den flanierenden Gästen zurück zu den Saaltüren, Fanny ergreift meine Hand, wir kreuzen den Weg des Theaterdieners, der nun zum dritten Mal mit seiner Glocke durch das Foyer kreist. Ich dränge mich an der freundlichen Platzanweiserin vorbei, der Zuschauerraum ist schon abgedunkelt, mühsam finden wir auf unseren Platz.

»Nun ja, die *Salomé*! Damals kannte ich Emmy noch gar nicht. Hat sie dazu auch etwas geschrieben? Das ist doch wirklich bemerkenswert, ein freier Bauch … so etwas kann sie doch nicht übergehen!«

Wovon redet sie? Mitten im Gewühl der Menschen, die sich an uns vorüberdrängen, kommen plötzlich diese seltsamen Sätze von Fanny. Ich neige meinen Kopf näher zu ihr. »Was hat Emmy geschrieben?«

»Nun, sie macht es in letzter Zeit kaum mehr. Sie sagte immer, dass der Herr Kerr oder Osborne das viel besser könnten. Aber die Männer machen es nie richtig ordentlich, die wollen nur witzig sein. Emmy meint, für eine gute Pointe verkaufen die ihre Schwiegermutter. Sie hat sich immer über diese Kritiken aufgeregt. Darum hat sie damit angefangen.«

»Womit?«

Fanny von Schwartz rückt ein Stück von mir ab, blickt prüfend in mein Gesicht. »Mit den Theaterkritiken! Kind, Wanda! Sie hätte viel mehr davon verkaufen können, nicht nur an diese Damen von der *Zeitschrift für Frauenstimmrecht*. Sie hat ja für alle möglichen Zeitschriften geschrieben, sie ist gar nicht so unbekannt. Als Julie Elias im April längere Zeit krank war, hat man Emmy aushilfsweise Julies Kolumne im *Berliner Tageblatt* angeboten. Über Mode, über allerlei Gesellschaftliches. Aber Emmy hat abgelehnt. Sie hatte ja seit dem Frühjahr mit den naturwissenschaftlichen Sachen begonnen. Sie hätte jetzt anderes vor, sagte sie.«

Der Zuschauerraum wird dunkel, Musik erklingt, langsam öffnet sich wieder der Vorhang. Tilla Durieux beginnt zu reden, ich blicke auf die Bühne, aber die Prinzessin Eboli fesselt mich nicht mehr. Wahrscheinlich kommt meine Frage darum auch etwas zu laut. »Was für naturwissenschaftliche Sachen macht Emmy seit dem Frühjahr?«

Sofort drehen sich einige Damen zu uns herum. »Scht! Schschsch!«

Gut, dann bin ich eben still. Die Baronin von Schwartz wendet ihr Gesicht wieder der Bühne zu, als hätte sie gar nicht bemerkt, welchen Aufruhr sie eben in mir entfacht hat. Langsam setze ich meine Hand mit dem Programmheft in Bewegung und fächele mir Luft zu.

»Cardinal! Ich habe das Meinige getan. Tun Sie das Ihre!«

Carlos wird abgeführt, auf Befehl des Königs, dem sicheren Tod entgegen, der Vorhang fällt, wieder und wieder wird er gezogen, Beifall, Fußetrampeln, ein Riesenerfolg. Ich liebe Theater! Erst nach vielen Minuten schieben wir uns mit den anderen Zuschauern zurück in die Wandelgänge, aus dem Foyer hinaus. Die Garderobiere bringt Fanny und mir unsere Hüte und unsere Theatermäntel.

Vor dem großen Foyer-Spiegel lausche ich immer noch Fannys Sätzen nach. Mir schwirrt der Kopf, aber ich muss sie ausfragen. Ruhig, Wanda, es soll alles ganz beiläufig klingen. »Sagen Sie bitte, Fanny, ist Ihnen seit heute Morgen noch etwas eingefallen? Ein Reiseziel, ein Geschäftspartner, eine Universität, die eine Tagung veranstaltet? Wo würden Sie Emmy und Gustav vermuten?«

»Aber das sagte ich Ihnen doch schon, mein Kind: Ich weiß nichts! Und nun hören Sie endlich auf, sich Sorgen zu machen.« Fanny greift nach meiner Hand, so gehen wir wie zwei Freundinnen auf den Vorplatz hinaus. Der Tag ist immer noch warm, obwohl es längst dunkel ist. »Ach, liebe Wanda! Vorhin hatte ich fast den Eindruck, als wüssten Sie gar nichts von Emmys Betätigung. Hat sie Ihnen denn nichts erzählt? Dabei sagt Emmy immer, Sie sind ihr die Liebste von allen.«

Diese Frau trifft mich wie eine geübte Bogenschützin, mitten ins Herz. »Doch, natürlich, ich weiß alles von Tante Emmy! Sie hat kein Geheimnis vor mir.«

Das war nicht die richtige Antwort für die Baronin von Schwartz, ihr Schritt stockt. »Ach …?«

»Aber ja!«

»Ich weiß nicht, wie ich das jetzt verstehen soll.«

Ich sehe ihr ruhig ins Gesicht, fange an zu lächeln.

»Was heißt denn das, Wanda? Hat Sie sich Ihnen anvertraut?«

Oh? Unvermittelt wendet sich das Blatt. So überraschend wie Zieten aus dem Busch taucht plötzlich diese zweite Chance vor mir auf. Ich bleibe bei meinem Lächeln, nicke, ganz leicht.

Die Baronin erbleicht. »Und … sie hat Ihnen vielleicht … etwas gegeben, worauf Sie aufpassen sollen?«

Ich lächele einfach weiter, ihr Blick irrt unruhig über mein Gesicht.

»Was ist los, Wanda … meine liebe Kleine, ich rede und rede … und Sie schweigen?«

»Ich denke nach.« Aber ich sage nichts, zucke nur mit den Schultern, lächle unbewegt vor mich hin.

Da vorne steht Justus, mit einem Elektrotaxi, nur ein paar Schritte von der großen Auffahrt entfernt. Er verbeugt sich kurz in unsere Richtung, steht still und erwartet mich.

»Dort ist schon mein Taxi. Frau Baronin, ich danke Ihnen für diesen Abend! Es war … wunderbar.«

Fanny von Schwartz wirft einen Seitenblick zu Justus hinüber, sie harrt noch immer, sie will eine Antwort. Schließlich nehme ich einfach ihren Arm und schreite mit ihr die Stufen hinab.

»Ja, Wanda, ein sehr schöner Abend. Das sollten wir unbedingt wiederholen. Vielleicht zu dritt, mit Emmy, beim nächsten Mal.«

Nicht weit entfernt von Justus steht ein Automobil am Straßenrand, das augenscheinlich auf Fanny wartet. Sie winkt dem Chauffeur, öffnet ihr Perlentäschchen und reicht mir ihre Visitenkarte. »Hier, bitte, für unsere nächste Verabredung. Rufen Sie mich an. Auch wegen Emmy und Gustav.« Ihr Ton ist so beiläufig, so gespielt. »Wenn die beiden sich melden, will ich es unbedingt wissen. – Werden Sie hier in Berlin bleiben und weiter auf Emmy warten?«

Ich nicke, nur nicht aufhören zu lächeln. Wie ich das hasse! Ich bin keine Schauspielerin, warum muss ich jetzt doppelzüngig und scheinheilig sein?

»Gut, gut, Wanda, warten Sie. Und machen Sie sich keine Sorgen. Ich bin ganz und gar nicht der Meinung, dass etwas passiert ist. Ich habe auch schon meinen Gatten gebeten … er hört sich ein wenig um.«

Ich stehe vor der Baronin, lächle und lasse sie reden. Ein Gatte also, glücklicherweise haben wir die Visitenkarte. Fanny verzieht ihren Mund zu einem heiteren Lachen, legt noch einmal freundschaftlich ihren Arm um mich, dann dreht sie sich rum und strebt ihrem Automobil zu. Ich atme tief durch, ich habe genug, jetzt will ich hier weg. Als hätte Justus meine Gedanken erraten, hält er mir seinen Arm hin und reißt den Wagenschlag auf.

Aber nein, noch einmal kommt Fanny zurück. »Ach … Wanda, dieses niedliche kleine Adressbuch, das Emmy besitzt … sollten Sie das zufällig irgendwo finden, dann nehmen Sie es an sich! Man sieht's ihm nicht an, aber ich weiß, wie äußerst wichtig das für unsere Emmy ist.«

Ich lasse mich in die Polster fallen, vollkommen erschöpft. Justus schlägt die Wagentür hinter uns zu, der Chauffeur steigt auf den Vordersitz, der Motor brummt.

»Wohin, die Herrschaften? Auf den Schlossplatz zum Grafen Zeppelin?«

Justus blickt fragend zu mir, ich schüttele den Kopf. Wir fahren vom Vorplatz hinunter, biegen in die Karlstraße, fahren, fahren. Justus schweigt, ich schweige, die ganze Zeit über sieht er mich von der Seite an. »Der Abend war nicht so gut?«

»Doch, der Abend war sehr gut, Tilla Durieux war einfach hinreißend. Nur diese Baronin ...«

Justus legt seinen Finger blitzschnell über meinen Mund. »Wanda, vielleicht machen wir einen Spaziergang?«

»Wir müssen nach Hause, wir müssen doch sehen, ob die beiden inzwischen ...«

Justus macht eine Bewegung mit dem Kinn hinüber zum Fahrer. Dessen Ohren stehen unter der Schirmmütze nach beiden Seiten ab wie zwei Grammophontrichter. »Ich war schon dort. Es ist niemand da. Niemand.«

Der Fahrer fährt die Friedrichstraße hinauf, er kommt nur langsam voran, immer noch sind viele Fahrzeuge unterwegs. Gerade erst steuern wir die Kalkscheunenstraße an.

»Wenden Sie bitte. Wir wollen zur Weidendammer Brücke zurück.« Justus spricht leise, eigentlich brummt der Motor viel lauter, und doch setzt der Fahrer den Winker und wendet quer über die Friedrichstraße, ohne noch einmal nachzufragen, ob er richtig verstanden hat. Bis Justus ihn ausgezahlt hat und das Elektrotaxi in Richtung Bahnhof verschwindet, sagen wir beide kein Wort mehr.

»Dieser Mann war einfach zu neugierig. Dabei habe ich das Fahrzeug heute Abend dreimal gewechselt. Nachdem ich Sie mit der Pferdedroschke zum Theater gebracht hatte, bin ich zum Anhalter Bahnhof gefahren und habe dort eine Kraftdroschke genommen. Mit der war ich draußen an der Havelchaussee. Aber den Fahrer habe ich fast einen Kilometer entfernt auf mich warten lassen, ich bin alleine zum Schlösschen gelaufen. Und das war auch besser so.«

»Sie hatten mir gar nicht erzählt, dass Sie zum Schlösschen wollen?«

»Solange Gustav nicht da ist, muss ich mich darum kümmern.«

»Gibt es etwas Neues?«

»Ja. Bernhard und Kilian werden in einer Woche begraben. Auf dem Kirchhof von Sacrow. Gotthelf hat einen Trupp von Männern zusammengestellt, die den Gang freigelegt haben. Und jetzt räumen sie die Trümmer auf. Ach und … die Polizei war heute endlich da. Zwei leibhaftige Polizeiwachtmeister haben einen Blick auf alles geworfen.«

»Nun also doch ohne Gustav. Was sagen die Wachtmeister, was da passiert ist?«

»Die sagen gar nichts. Ihr Blick hat nicht einmal fünf Minuten gedauert. Das ist doch irgendwie auffällig. Finde ich jedenfalls.« Justus nimmt meinen Arm und dirigiert mich sorgsam über die stark befahrene Straße hinüber zum Weidendamm. Hier sind keine Automobile, keine Straßenbahn, keine Spaziergänger, dafür ist der Gehweg so holperig wie ein Kartoffelfeld und die Straßenlampen sind rar.

Meine wunderhübschen strassbesetzten Theaterschuhe sind hier so fehl am Platze wie ein Nerzmantel mitten im Sommer. Aber eine Dame, ja, Mama, eine Dame klagt nicht, sie leidet schweigend. »Ach, Justus, was für ein Abend!«

Er sieht mich an, hält mir seinen Arm hin. Schon wieder ist es so, als könnte er meine Gedanken lesen. Wirklich dankbar hänge ich mich bei ihm ein, wir tauchen in die Dämmerung am hohen Ufer der Spree. Das Wasser liegt nachtschwarz, beinahe fünf Meter unter uns, in der Kaserne rechter Hand sind noch immer alle Fenster erleuchtet. Laut kreischend kommt eine Straßenbahn durch den dunklen Kupfergraben.

Langsam wandern wir auf das Kaiser-Friedrich-Museum zu, es wird immer schummeriger um uns, ich bemühe mich, ordentlich einen Fuß vor den anderen zu setzen.

»Nun, Wanda, was war mit der Baronin von Schwartz? Weiß sie etwas?«

»Sie hat keine Idee, wo die beiden sein könnten, sagt sie jedenfalls. Einige andere Dinge hat sie erzählt, die uns alle nicht weiterhelfen. Aber ihre Unruhe über Emmy und Gustav lässt in mir so ein seltsames Gefühl zurück.« Ich erzähle ihm alles. Bei den Theaterkritiken von Emmy habe ich den Eindruck, als würde ich ihm nichts Neues sagen, aber als ich ihm erzähle, dass Fanny von Schwartz mich gefragt hat, ob Emmy mir etwas übergeben hätte …

»Was? Sie sollten etwas aufbewahren? Das klingt ja sehr wichtig.«

»Geheimnisvoll! Ich dachte gleich an die Koffer, die wir in der Nacht herbringen mussten. Glücklicherweise hat Fanny nicht weiter gefragt.«

»Aber wir sollten nun nach ihr fragen. Wer, um Himmels willen, ist diese Dame? Was für eine Freundin hat Emmy da? Ich dachte, eine Frau sucht sich eine Freundin, um mit ihr die Dinge zu besprechen, über die sie mit ihrem Mann nicht reden kann. Notfalls auch Reiseabsichten. Aber das ist nicht der Fall.«

»Ich habe ihre Visitenkarte.«

»Gut, Wanda, sehr gut. Bitte, geben Sie her, ich kümmere mich darum.«

Wir gehen weiter, immer wieder bleiben wir stehen, schnell geht es nicht mit diesen Schuhen, schnell will ich auch nicht unter diesem phantastischen Sternenzelt. Ein klarer Spätsommerhimmel, über uns hängen Deneb und Atair und der Große Wagen. Aus meinem Zimmerfenster in Branndenburg würde ich jetzt über die dunklen Wipfel der Kiefern auf den blinkenden Himmel gucken. Es ist bestimmt nicht diese Erinnerung, es sind ganz bestimmt nicht die Sterne, aber mir steigen Tränen in die Augen.

»Wanda, meine Liebe … Weinen Sie?«

»Nein. Nein!« Ich weine doch nicht! Aber ich hätte den Blick von den Sternen nehmen sollen, beim nächsten Schritt stoße ich mit dem Fuß an den Sockel der Brücke, mache einen hastigen Schritt mit dem anderen Fuß, viel zu schnell. Wieso hat diese dumme Brücke diesen halsbrecherischen Sockel? Alles extra für mich? Jetzt kann ich meine Tränen nicht mehr zurückhalten.

Justus fängt mich auf. Er zieht mich an sich, legt seine Arme um mich. »Weine ruhig, Wanda.«

»Es ist nur, weil … weil …«

Seine Hände bewegen sich sanft über meinen Rücken, halten mich. »Wir sorgen uns beide, Wanda. Du genauso wie ich. Morgen sollten wir wirklich zur Polizei gehen und eine Meldung über ihr Verschwinden abgeben. Und dann fährst du endlich zu deinem Vater zurück.«

Mein Kopf sinkt vornüber, meine Stirn berührt seinen Mantel. Als wäre ich in die Stacheln einer Kaktee gesunken, richte ich mich hastig wieder gerade, will mich zurückziehen. Aber seine Hand drückt mich einfach an sich. Auf einmal spüre ich, wie gut dieses Anlehnen ist, diese Umarmung, wohltuend und beruhigend, aufregend und fremd.

Was für ein schrecklicher Tag war das gestern! Was ist das nur für eine Polizei in Berlin?

Ich sitze mit Justus im Wintergarten, die Amsel singt in der Birke, ein ganzer Tag ist vergangen, an dem ich nicht schreiben konnte, nicht denken, nicht essen.

Das kann ich ganz und gar nicht verstehen, warum sie so mit mir umgehen! Als ich ihnen erzähle, dass Onkel und Tante verschwunden sind, nehmen sie kaum zur Kenntnis, was ich ihnen sage. Sie machen sich Notizen, lassen sich die Fotografien aushändigen, werfen keinen einzigen Blick darauf, legen alles zur Seite wie eine lästige Pflicht, die sie am liebsten anderen übertragen würden. Als ich ihnen erzähle, dass das Schloss zerstört ist, dass es wirklich und wahrhaftig explodiert und ausgebrannt ist – da behandeln die mich, als hätte *ich* Schuld daran! Eine Verpuffung im Küchenherd? Ein Brand in der Heizungsanlage? Oder habe ich selber mit Sprengstoffen hantiert? Ich bin doch keine Verbrecherin!

Ich bin so voller Wut über das, was mir gestern auf dem Polizeirevier passiert ist, dass ich laut schreien möchte, sobald ich nur daran denke. Aber eine Dame schreit nicht, niemals, unter keinen Umständen. Wieso können ein paar Wachtmeister mich derartig aus meiner Fassung bringen? Exzellenz von Thünen war so ganz anders. Alle Polizisten, die nach dem Tod des Amerikaners auf Schloss Brannndenburg waren, haben uns höflich und zuvorkommend behandelt und nicht hochnotpeinliche Fragen gestellt, mit denen man Schurken und Mörder in die Enge treibt.

Justus nimmt meine Hand zwischen seine Hände. »Wanda, das sind Polizisten. Sie *sind* anders und sie *denken* anders als wir. Manchmal stellen sie unangenehme Fragen. Und das müssen sie auch.«

Solche Sätze können mich nicht beruhigen. Seine Fürsorge bewirkt eher das Gegenteil, es wird alles nur schlimmer davon. Ich springe auf, meine Hände zittern, mein Atem geht heftig.

Justus steht aus seinem Korbstuhl auf, stellt sich neben mich. »Hab Geduld mit der Polizei von Berlin, Wanda. Wir brauchen sie.«

Jetzt schreie ich. »Die werden Gustav und Emmy nicht aufspüren, die tun gar nichts!«

»Warten wir es ab. Und *wir* suchen auch nach ihnen.« Er fasst meine Hände, streicht sanft über meine Wangen, mein Haar.

Langsam beruhige ich mich. »Vielleicht sollten wir doch Papa fragen?«

Der Rücken von Justus strafft sich. »Stimmt, du solltest endlich zurück nach Branndenburg fahren.«

»Das wollte ich damit nicht sagen. Ich meine: Wir brauchen Hilfe!«

»Von wem? Von deinem Vater?«

Ich nicke, ja, ich weiß, er fuchtelt ständig mit seinem alten Doppellader herum und mischt sich in alles ein, außerdem hat er diese nebulöse Geschichte von Emmys und meiner Reise nach Wiesbaden erfunden, aber er ist immer noch mein Papa, und der Bruder von Gustav, und der Schwager von Emmy.

»Wanda! Wir brauchen ihn *nicht*! Nicht deinen Vater!«

Durch den Korridor nähern sich langsame schlurfende Schritte. Bertha! Sie klopft leise, wie ein schüchternes Mädchen. Ich atme tief durch, lächle Bertha entgegen, ich muss mich beruhigen.

»Nur herein, Bertha, nur herein!«

Die Teetassen auf dem Tablett klirren leise, ihre Hände zittern. Sie geht jeden Tag ein wenig gebeugter, wie eine uralte Frau. Ich springe hinüber, nehme ihr das Tablett aus der Hand.

»Bleiben Sie doch, Bertha, setzen Sie sich zu uns.« Justus zieht einen Korbstuhl an den Tisch, rückt ihn für Bertha zurecht. »Ich muss Sie unbedingt etwas fragen. Jede Nacht liege ich wach. Immer wieder überlege ich. Was habe ich übersehen? Vielleicht, Bertha, ist *Ihnen* inzwischen noch etwas eingefallen?«

Bertha reißt ihren Blick von der glutroten Sonne, sie zieht die Schultern nach oben, schildkrötenhaft langsam. »Ich denke ja immerzu nach … Aber nichts!«

»Nicht schlimm, dann zäumen wir das Pferd jetzt vom Schwanz auf. Als ich am Havelschloss war vor drei Tagen, kam mir die Auffahrt herab ein Automobil entgegen. Zwei Männer, die kannte ich schon, von ihrem Besuch bei Gustav vor zwei Wochen. Wie mir schien, waren sie über die Zerstörung des Schlosses nicht wirklich erstaunt. Das fiel mir sofort an den beiden auf. Sie wollten von mir nur wissen, wie es Gustav geht und wo sie ihn finden könnten. Ganz nüchtern – keine Frage danach, was dort passiert ist, ob jemand verletzt wurde. Und jetzt überlegen Sie, Bertha, die *Deutsche Baugesellschaft*, der *Linden-Bauverein*, die *Berliner Terraingesellschaft* … Agenten, die sich mit dem Ankauf von Land beschäftigen – sagt Ihnen das irgendetwas?«

Bertha starrt vor sich hin, man sieht ihr an, wie sie grübelt, aber dann schüttelt sie doch wieder nur den Kopf.

Justus zuckt ergeben die Schultern. »Das war so eine gute Spur. Schade, Bertha.« Er lehnt sich zurück, schließt die Augen.

Aber ich will das jetzt wissen. Eine Gesellschaft, die sich mit Bauen und Grundstücken beschäftigt, Landkäufer, Agenten? Sind solche Leute friedlich? Droht Gustav und Emmy von denen Gefahr? »Eigentlich, Justus, hat Gustav doch gar keinen Landbesitz.«

»Aber natürlich! Gustav hat drei riesige Güter!«

»Güter? Du meinst die von Schloss Ammendorf? Das sind sandige Äcker, die sind ja nichts wert, darauf wächst beinahe gar nichts.«

»Ja, Wanda, wenn du das so siehst, da magst du ja recht haben. Allerdings – hast du schon einmal von den Wilmersdorfer Milchmädchen gehört?«

Ich schüttele den Kopf, aber Bertha nickt. »Reiche Töchter von armen Bauern.«

»Genau, Bertha, genau. Mein Onkel ist mit einer verheiratet, seit 22 Jahren. Sonst wüsste ich von dieser Sache gar nichts. Das fing an in der Zeit, als Wilmersdorf noch ein kleines Dörfchen war, mit einer Dorfkirche, ein paar Höfen ringsum, Wiesen und Weiden. Dann kamen die Agenten von der Terraingesellschaft und haben den Bauern ihr Land abgekauft. Für unheimlich viel Geld! Die mussten in ihrem Leben nie wieder arbeiten. Und ihre Töchter … haben bis dahin Kühe gemolken … die waren jetzt reiche Erbinnen. Die haben gute Partien gemacht. Am liebsten mit verarmten Grafen. Der junge Graf kann seine Schulden bezahlen und die Bauerntochter wird Gräfin, wovon sie immer geträumt hat.«

»Das klingt wie ein Märchen.«

Justus schüttelt den Kopf. »Kein Märchen, keine Idylle. Da geht's um Millionen. Mark! Nicht um vergrabene Schätze mit rostigen alten Talern.«

»Millionen für ein paar Kuhweiden? Justus?«

»Doch! *Berlin* ist das Zauberwort. Jedes Jahr werden neue Häuser gebaut, neue Straßen. Und dafür wird immer mehr Land gebraucht. Die Stadt dehnt sich aus. Hier, wo wir jetzt sitzen, waren früher Gärten und Felder. Die breiteten sich von hier, von der Oranienburger Vorstadt, über die Rosenthaler, die Schönhauser Vorstadt, den ganzen Prenzlauer Berg bis zu den Windmühlen rauf. Jetzt gibt's keine Gärten mehr, jetzt sind hier überall Häuser, gepflasterte Straßen. Fünfzig, sechzig Jahre ist das her. Und vor zwanzig, dreißig Jahren passierte das gleiche in Wilmersdorf ... Und in Lichterfelde, Friedenau, Tempelhof. Bis dahin winzige Dörfer. In Tempelhof wuchs der beste Weizen im ganzen Umland. Davon redet heute kein Mensch mehr.«

Auf Branndenburg habe ich mich immer geweigert, über Wiesen, Felder und Weiden nachzudenken, das interessiert mich doch gar nicht.

»Gut, Justus, das habe ich alles verstanden. Aber wieso geht es um das Land von Gustav? Wer soll ihm diese Millionen geben, etwa der Kaiser?«

Justus rümpft die Nase. »Das sind raffinierte Geschäftemacher, die haben diese *Terraingesellschaften* gegründet. Oder *Baugesellschaften*, oder wie auch immer sie das nennen. Da, wo in zehn oder zwanzig Jahren gebaut wird, da kaufen sie Land auf. Bezahlen die Besitzer ordentlich, damit es später keinen Ärger gibt. Und dann tun sie gar nichts mehr. Lassen das Land einfach liegen. Bis irgendwann ...«

»Woher wissen die, wo gebaut wird? Suchen die einfach ein Dorf aus?«

»Nein, Wanda, das ist so einfach, man kann es nicht glauben: Es gibt einen Bebauungsplan. Den kann jeder sich ansehen.«

»Und davon weiß man, wo als Nächstes gebaut wird?«

»Ja, das heißt, nein. Im Grunde erfährt man daraus nur, wo in Berlin in den nächsten Jahren gebaut werden *darf*. Die Terraingesellschaften kaufen nun einfach dieses Land in den abgelegenen Dörfchen auf, von dem sie wissen, dass es in ein paar Jahren Millionen wert ist.«

»Ah ... aha!« Doch, jetzt verstehe ich. Bei unseren Abendgesellschaften geht immer die Rede davon, wie wertlos unser Land ist, Papa nennt uns die Wüste der Mark, hier wächst nichts, wenn man Glück hat, Rüben, wahrscheinlich nur Kartoffeln. Aber dass man mit diesem Land Millionär werden könnte, habe ich weder von Papa noch von unserem Nachbarn Wallendorf je gehört.

»Du musst dir nur vorstellen, Wanda: Gustavs am weitesten nördlich gelegenes Land ist heute kaum zehn Meilen von Berlin entfernt. In ein paar Jahren stehen Häuser, wo heute seine Kartoffeln wachsen.«

Ich nicke, Kartoffeln, Äcker und Rüben, ständig umkreisen wir meine liebsten Gesprächsthemen.

»Und aus diesem Grunde haben zwei Männer von einer Baugesellschaft Gustav und Emmy auf Havelhöhe besucht.«

Wie? Nein! Plötzlich schlagen in mir hohe Wogen. »Was hat Onkel Gustav gemacht? Er hat seine Äcker verkauft?«

»Nein, hat er eben nicht. Erst wollte er mit deinem Vater sprechen. Eine Strategie festlegen, damit man die Brüder nicht gegeneinander ausspielen kann. Damit die Terraingesellschaft nicht die Preise drückt.«

»Aber das geht nicht! Gustav kann nicht verkaufen!«

»Warum nicht? Er ist doch kein Landwirt. Er braucht dieses Land nicht.«

»Aber Papa braucht es!« Papa *ist* ein Landwirt, durch und durch. Papa verhandelt jede Woche mit seinem Nachbarn und plant meine Heirat, damit er seinen Grund und Boden noch weiter ausdehnen kann. Der würde sich niemals freiwillig auch nur von seinem kleinsten Acker trennen. Nun habe ich diesen Streit auf der letzten Abendgesellschaft wieder vor Augen: Papa und Onkel Gustav, die sich böse anstarren, diese seltsamen Blicke zwischen Emmy und Mama. Ich stoße meinen Korbstuhl zurück, springe auf.

Bertha fährt zusammen. »Baronesse …?«

Ich laufe hin und her zwischen Palmen und Sanseverien, versuche zu ordnen, was ich eben gehört habe. Drei Stämme ergeben einen kräftigen Heuschober, vier Stämme geben die Stützen für ein neues Haus. Aber das Haus schwankt, irgendetwas stimmt daran nicht. »Justus, du denkst doch immer so logisch. Eine Frage ist dir dabei entgangen.«

»Ich wäre froh, wenn es nur *eine* ist. Sag mir, was dich stört.«

»Wenn Gustav sein Land verkaufen will, dann bekommen die Männer von der Terraingesellschaft genau das, was sie wollen. Dann haben sie keinen Grund, ihm etwas anzutun, dann haben sie auch keinen Grund, nachts in sein Schloss einzudringen und es zu zerstören. Papa würde sagen: Niemand schlachtet die Kuh, die er melken kann. Warum also sollten sie das tun?«

»Eine gute Frage, wirklich.«

Auch Bertha nickt zustimmend, aber Justus ist eben Justus, er hat schon weitergedacht.

»Möglicherweise war es nur ein Unglücksfall, was im Havelschloss passiert ist. Gustav und Emmy sollte vielleicht nur ein bisschen Angst gemacht werden, es sollte gar keine Explosion geben. Und abgesehen davon, Wanda, lieferst du selbst mir gerade mein bestes Argument: Es gibt eigentlich nur einen, der Gründe hat, wegen des Landverkaufes wütend auf Gustav zu sein.«

Nur einen? Wen könnte Justus meinen, für wen ist es nicht gut, wenn Gustav sein Land verkauft? »So etwas würde Papa niemals tun! Justus, du musst vollkommen verrückt sein!« Wenn ich der Sohn wäre, den Papa sich immer gewünscht hat, würde ich mich jetzt auf Justus stürzen, mich mit ihm duellieren, ihn erschießen!

»Baronesse, bitte! Junger Herr!« Bertha springt auf, fällt mir in den Arm. Schnell wie ein Blitz ist sie plötzlich, wendig und stark. »Bitte … Bitte! Streiten Sie nicht – sonst gibt es bald keinen mehr, der meine Herrschaften finden kann!«

Ich spüre seine Nähe, noch bevor seine Hand mich berührt. Sofort schlage ich die Augen auf, es ist stockdunkel in meinem Zimmer, ich höre seinen Atem, dicht neben meinem Ohr, seine Hand rüttelt an meiner Schulter.

»Wanda, wach auf. Komm, schnell!« Er zieht mich aus dem Bett, mein erster Schritt ist noch unsicher, aber dann bin ich hinter ihm. Justus eilt hinaus in den Flur, vor der Tür zum Esszimmer bleibt er stehen, packt meine Hand, wir halten den Atem an, lauschen. Da, jetzt höre ich es auch, Rascheln, Scharren, ein gläsernes Klirren aus einem Zimmer im Ostflügel. Justus hält inne. Vorsichtig fasst er nach meinen Schultern und schiebt mich in Richtung Wohnungstür, in die Nische zwischen Mantel- und Hutgarderobe. Er beugt sich zu mir, flüstert. »Lass mich zuerst nachsehen. Bleib hier, bis ich dich hole.«

Als er sich wieder zurück in den Flur wendet, hält er in seiner Hand die Pistole. Leise und geschmeidig schleicht er den Flur hinunter, biegt in den Gang zum Ostflügel. Ich stehe immer noch an die Garderobe gelehnt, etwas Hartes, Eiskaltes schiebt sich plötzlich in meine Hand, es ist aus Metall … es hat einen Griff … Einige Sekunden brauche ich, dann weiß ich, was sich zwischen den Mänteln an der Garderobe verbirgt. Es ist Onkel Gustavs Paradedegen! Er steht hier, zwischen Spazierstöcken und Regenschirmen, was für ein Glück. Papa hat auch einen, nicht nur einen natürlich, ich habe sie schon oft in der Hand gehabt. Fest wie meinen Tennisschläger umfasse ich seinen Griff und schleiche hinter Justus her. Als riesiger schwarzer Schatten verdeckt er den Lichtschein, der durch den schmalen Türspalt aus Gustavs Arbeitszimmer in den Flur hinausfällt. Langsam drückt er die Türe auf.

Es ist niemand zu sehen. Der Fußboden, soweit ich ihn von hier hinten erkennen kann, ist mit herausgewühlten Papieren bedeckt, der hohe Bücherschrank ist verwüstet. Justus sieht sich um, die Pistole erhoben, geht einen Schritt in das Zimmer hinein, noch einen Schritt und noch einen. Da öffnet sich hinter seinem Rücken eine kleine Tapetentür, die ich noch nie bemerkt habe. Ein Mann schlängelt sich dort heraus, ungefähr vierzig, graue Schläfen, grauer Homburger, grauer Sommerüberzieher, graue Hosen. Sein grauer Bürstenhaarschnitt schimmert im Dämmerlicht. Vollkommen lautlos gleitet der falsche Dr. Münch auf Justus zu und zieht noch in der Bewegung einen Revolver aus seinem Mantel. Drei, vier Schritte fehlen ihm noch, dann steht er genau hinter Justus. Ich fürchte, zu spät zu kommen, ich muss bei ihm sein, bevor er Justus erreicht, den letzten Meter von der Zimmertür springe ich wie bei einem wichtigen Aufschlag, hole weit aus, noch während ich durch den Raum fliege, dann schlage ich zu. Ich habe eine starke Rückhand.

Meine Landung ist nicht so glücklich. Der falsche Dr. Münch rammt, den Kopf voran, in den Rücken von Justus und bricht zusammen. Ich kann mich nicht fangen, schlage mit dem Kopf an den Bücherschrank und stürze auf ihn. Justus fällt von uns dreien am härtesten. Ich kann froh sein, dass sich während des Falles kein Schuss aus den beiden Revolvern löst. Einen Augenblick brauche ich, um wieder zu Atem zu kommen, dann rolle ich mich zur Seite, stütze meinen Rücken an den Bücherschrank und versuche mich auf die Füße zu stellen. Der Einbrecher liegt am Boden, vollkommen benommen. Seine Hände sind leer, irgendwo muss sein Revolver liegen. Wenn ich schon nicht stehen kann, muss ich wenigstens auf die Knie, um danach zu suchen. Ich taste über den Fußboden, wo ist der Revolver hingefallen, wo?

Auch Justus richtet sich langsam auf, schiebt seine Brille zurecht. Der falsche Dr. Münch ist schneller, schon einen kleinen Augenblick später rennt er hinaus in den Korridor. Die Wohnungstür klappt hinter ihm ins Schloss, nicht gerade leise.

Justus hält sich den Nacken, zieht sich schwerfällig an Gustavs Schreibtisch hoch, stützt sich mit den Ellenbogen auf die Schreibtischplatte. Ich knie noch immer auf dem Parkett, im langen Nachthemd, taste unter dem Bücherschrank auf dem Teppich herum. Etwas Warmes, Feuchtes rinnt über meine Wange.

»Wanda! Dir geht es nicht gut?«

»Doch, ich suche nur seine Pistole ...«

Auch Justus trägt nur seinen Pyjama, er lässt sich wieder auf die Knie hinab, kriecht auf allen vieren zu mir heran. Mit prüfendem Blick beugt er sich über mein Gesicht, tupft mir mit seinem Ärmel das Blut von der Wange.

In diesem Moment klirrt etwas hinter der Tapetentür. Es hört sich an wie eine Glasflasche, die zu Boden fällt und zerbricht, eine riesige Glasflasche. Wir springen auf die Füße, so schnell wir das können, aber viel Zeit bleibt uns nicht, es gibt einen ohrenbetäubenden Knall, eine Stichflamme schlägt durch die angelehnte Tür zu uns heraus, züngelt über die Papiere, die auf dem Boden liegen. Hinter der Tapetentür schreit ein Mann, schrill, laut, seine Stimme überschlägt sich vor Entsetzen. Wir laufen über die brennenden Papiere, reißen die Tapetentür auf.

Hinter der Tür ist ein kleiner Raum, doppelt so groß wie das Badezimmer, das hinter meinem Zimmer liegt, weiß gekachelt von oben bis unten. Zuerst sehe ich nur das Feuer, lodernde Flammen und Rauch. Ein Tisch steht in der Mitte des Raumes, auf dem Flaschen und Gläser in Gestellen aufgebaut sind, ein hohes Regal an der hinteren Wand, voll mit Gläsern und Flaschen, ein riesiger Aktenschrank. Ein Schlauch führt vom Tisch aus zu einem Glasballon, der jetzt zerbrochen auf dem Kachelboden liegt, zusammen mit anderen zerbrochenen Gläsern und Flaschen. Alles lodert. Mitten in diesen Flammen steht ein Mann, das Gesicht verbrannt, blutige Schrammen an Nase und Ohren, auf dem Kopf nur noch Reste von Haaren. Er trägt einen hellen Staubmantel, genauso einen wie der falsche Dr. Münch. Auch dieser Mantel brennt, Flammen schlagen von seinem Saum bis nach oben zu seinem Hals, der Mann steht vor dem Tisch und schreit.

Justus stürzt sich auf ihn, wirft ihn zu Boden, wälzt ihn auf den Kacheln herum, um die Flammen zu ersticken, aber der Mann brennt weiter.

Plötzlich ertönt eine Stimme dicht hinter uns. »Weg! Zur Seite!« Hinter mir erscheint Bertha in der schmalen Tür, im weißen Nachthemd, einen großen Zinkeimer in der Hand. Sie tritt neben den Mann, hebt den Eimer und schüttet ihn über ihm aus. Es zischt laut und heftig, das Feuer ist aus.

Aus weit aufgerissenen Augen starrt der Mann uns an, bleibt eine Sekunde bewegungslos liegen. Dann, mit einem Mal, springt er auf die Füße, schwankt, muss sich an der Tischkante halten und torkelt schwerfällig in den Gang hinaus. Anna und Johanna kommen ihm entgegen, jede mit einem Zinkeimer in der Hand.

Diese kurze Verzögerung reicht. Justus federt von hinten an ihn heran, umfasst seine Füße und wirft ihn zurück auf den Boden. »Was habt ihr hier gewollt, du und dein Kompagnon, los, sag!«

Der Mann schreit vor Schmerz.

»Ich lasse dich gehen, wenn du sagst, was ihr hier gesucht habt.«

»Die Papiere … die Unterlagen … über die Versuche … mit Wasserstoff …« Der Mann liegt wimmernd am Boden.

»Und wo sind der Baron und die Baronin? Was habt ihr ihnen angetan? Wo haltet ihr sie gefangen?«

Der Mann schreit, seine Stimme ist nur noch ein heiseres Würgen. »Ich weiß nichts … Ich will nur … die Versuchsprotokolle … Das mit dem Baron ist nicht meine Sache …«

»Was habt ihr mit ihnen gemacht?«

Der Mann schweigt, röchelt.

»Was habt ihr mit ihnen gemacht? – Willst du auf diesem Fußboden sterben?«

»Sie wollten flüchten … die haben … sie erschossen …«

Hinter mir schreit Bertha auf. Die Augen des Mannes flackern, für eine Sekunde kippt sein Kopf auf die Seite.

Justus lockert den Griff, mit dem er ihn gepackt hat. »Wo habt ihr sie erschossen? Wer?«

»Ich … weiß nicht … wirklich … darüber … wird … nicht gesprochen …«

Justus nimmt das Gewicht von seinem Oberkörper, der Mann kann wieder atmen, er schlägt die Augen auf, starrt uns an.

»Gnade dir Gott, wenn du lügst! Und jetzt verschwinde zu deinem Kumpan!«

Langsam steht der Mann auf, stützt sich an der Wand ab, wankt, Schritt für Schritt arbeitet er sich auf die Türe zu. Keiner von uns hilft ihm, im Abstand von einem Meter folgt Justus und beobachtet jede Bewegung, bis die Wohnungstür hinter ihm ins Schloss fällt. Bertha, Anna, Johanna und ich treten auf die Papiere, die in der Bibliothek auf dem Boden liegen, und löschen die Reste des Feuers.

Der nächste Morgen ist hell und sonnig, was für ein Widersinn. Bertha und die Mädchen haben aufgeräumt, die Wasserlachen vom Löschwasser sind verschwunden, keine Zinkeimer, keine verkohlten Papiere, keine herausgewühlten Zeitschriften liegen mehr herum. Nur dieser seltsame Geruch hängt noch in der Luft. Von der Straße herauf dringen die gleichen Geräusche wie jeden Morgen, rumpelnde Postwagen, Automobile, die Straßenbahn.

Beklommen sitzen Justus und ich am großen Esstisch beim Frühstück. Mit verweinten Augen trägt Bertha eine Platte mit Lachsröllchen herein, stellt sie vor uns auf den Tisch.

»Bertha, weine nicht, dieser Mann hat gelogen.«

»Nein, gnädiges Fräulein, das hat er nicht.«

»Solange niemand sie gefunden hat, haben wir immer noch Hoffnung.«

»Nein, gnädiges Fräulein, ich bin jetzt ganz sicher.« Sie wankt aus der Tür.

Keinen einzigen Happen können wir beide essen. Wir vermeiden es, uns in die Augen zu sehen. Justus hält sich an seinen Kaffee, ich trinke grünen Tee, mehr wollen wir nicht.

Nicht einmal zehn Minuten später verabschieden wir uns von Bertha. Ich überlasse Justus die Führung, schon hundertmal hat er Onkel Gustav zur Universität begleitet, allerdings nicht von der Oranienburger Straße aus. Vor dem Haus prüft Justus minutenlang Fahrzeuge und ihre Fahrer und winkt schließlich eine moderne Kraftdroschke zu uns heran.

»Zur Friedrich-Wilhelms-Universität!«

Von der Oranienburger Straße bis zur Universität ist nur eine Viertelstunde zu fahren. Die Wohnung ist gut gewählt für jemanden, der mehrmals in der Woche dort zu tun hat. Die Straßen sind frei, die Stadt hat sich wieder beruhigt, Droschken, Automobile und Omnibusse fahren in den üblichen großen Abständen, wir kommen zügig voran, gleich sind wir am Bahnhof Friedrichstraße.

»An den Tagen, an denen wir nicht das Automobil genommen haben, stiegen wir hier aus dem Dampfzug aus.«

Wir biegen Unter den Linden ein, an der Königlichen Oper wendet der Fahrer quer über alle Fahrbahnen und hält genau vor dem großen schmiedeeisernen Tor. Justus zahlt ihn aus, der Vorplatz steht voller Lindenbäume, unter die karge Blumen in streng ausgerichtete Rabatten gepflanzt sind. Schon der äußere Anblick der Friedrich-Wilhelms-Universität verheißt keine Spur von Luxus. Eine Fassade, die nahezu schmucklos ist, ein mausgrauer Anstrich, die hohen Fenster braun und schnörkellos schlicht. Auch die Figuren, die über dem dritten Geschoss auf der Attika thronen und die Linien der Pilaster im Risalit fortführen, täuschen nicht darüber hinweg. Alles ist klassizistisch und knapp und architektonisch überhaupt nicht interessant. Justus lehnt sich gegen die schwere Tür, wir betreten die Universität durch den Haupteingang.

»Warum nehmen wir diesen Zugang, wenn das Chemische Institut gar nicht im Hauptgebäude ist?«

»Das machen wir immer so. Hier in der Eingangshalle trifft Gustav Kollegen, redet, verabredet sich, wirft einen Blick auf die Anschlagtafeln.« Als hätte er sich gerade selber auf diese Idee gebracht, bleibt Justus stehen und mustert die schwarzen Tafeln ringsum an den Wänden. Ich betrachte in Ruhe die Eingangshalle, in der schlichte Säulen die Bögen der Decke tragen. Von der Rückseite des Gebäudes flutet Licht herein, eine breite Treppe aus rotem Granit führt in der Mitte der Halle nach oben, zu den Seiten hin beginnen breite Flure. Die hohen Säulen sind weder ionisch noch korinthisch, vielleicht könnte man sie ein ganz kleines bisschen dorisch nennen, aber eigentlich sind sie nicht einmal das. Preußisch gerade und schmucklos ragen sie aus dem hell und dunkel gestreiften Fußboden, ein winziger Echinus, ein noch kleinerer Abakus, darüber ohne jede Verzierung der Architrav. In meiner gesamten Ausbildung in Kunstgeschichte habe ich nie etwas so Schlichtes gesehen, der preußische Staat ist sparsam und knauserig. Sogar auf Schloss Branndenburg haben wir in unserer Wandelhalle Pilaster, Karyatiden und Säulen, so phantasievoll verziert, dass man sie keiner Periode der Kunstgeschichte zuordnen kann.

Die Miene von Justus ist finster geworden. Braut sich da wieder ein Gewitter zusammen? »Justus, was ist? Hast du etwas gefunden auf diesen Anschlagtafeln? Vielleicht einen wissenschaftlichen Kongress, irgendwo ganz weit weg, zu dem sie gefahren sind?«

Er schüttelt den Kopf. »Sie sind auf keinem Kongress, das weißt du doch selber, Wanda.«

Wir durchschreiten die Eingangshalle. Über die Treppen kommen Studenten, überqueren die Seitengänge. Ein Universitätsdiener steht auf einer Leiter und poliert die riesige Uhr, die in schmiedeeisernem Rankwerk in einem Durchgang zur Säulenhalle hängt. Munteren Schrittes kommt uns ein uralter Herr entgegen. So habe ich mir als Kind manchmal den lieben Gott vorgestellt – mit vollem weißem Haar, das bis auf seine Schultern herabhängt, gütigem Gesicht und freundlichem Lächeln schreitet er kräftig aus. Justus bleibt stehen, verneigt sich, murmelt einen leisen Gruß. Der alte Herr läuft in kerzengerader Haltung an uns vorüber, blinzelt kurzsichtig und grüßt freundlichst zurück.

Justus hält mir die große Tür zur Gartenseite auf. Die alten Kastanien spenden Schatten, der Tag wird heiß. Schweigend gehen wir über einen Weg aus Granitplatten und grauen Pflastersteinen auf einen kleinen Platz. Vier Wege kreuzen sich im Schatten der Kastanien, in ihrer Mitte auf hohem Sockel das Bronzestandbild eines korpulenten Herrn in zerknautschtem Anzug und lässig übergeworfenem Mantel. Von den hehren griechischen und römischen Statuen, die die Gärten anderer Universitäten zieren, ist dieses Denkmal weit entfernt.

»Das ist Mitscherlich. Chemiker.« So so, wir machen eine Universitätsführung? Nein. Sofort nach diesen Worten verfällt Justus wieder in sein Schweigen. Dabei hätte ich gerne gewusst, wer dieser Mann war, wann er in der Universität geforscht und gelehrt hat, vielleicht hat Onkel Gustav ihn sogar gekannt?

Mit gesenktem Kopf läuft Justus neben mir her, unansprechbar. Vom Kastanienwäldchen in die Dorotheenstraße, von dort die lange graue Universitätsstraße entlang, mit der sich dann endlich, nach minutenlangem bleischwer schweigsamem Fußmarsch, die Georgenstraße kreuzt.

Zuerst ist alles genau so, wie Onkel Gustav mir manchmal erzählt hat. Lange Flure, in denen das Echo unserer Schritte widerhallt, breite Treppen, kalkweiße Wände und dunkle Eichentüren, junge Herren mit dunklen Anzügen und Studenten-Mützen, Professoren mit weißen Bärten und Homburgern oder Bowlern. Eines allerdings hatte Gustav mir nicht gesagt, weil er es einfach nicht wissen konnte: Jeder Student, jeder Doktor, jeder Professor, der uns entgegenkommt, starrt mich an, als wäre ich ein Kalb mit fünf Beinen.

Justus läuft voran, seine Wut löst sich auf, er nickt nach rechts, nach links, grüßt diesen und jenen. Mich grüßt niemand. Eine junge Frau mit Büchern unter dem Arm kommt die Treppe herab. Sie ist die erste Person in diesen ehrwürdigen alten Mauern, die *mir* schon von weitem entgegenlächelt.

Hier in der Georgenstraße ist alles noch viel bescheidener als im Hauptgebäude. Wir durchqueren die nüchterne Eingangshalle, gehen die Treppe hinauf, einen langen Flur hinunter, in dem die Porträts würdiger weißhaariger Herren aufgehängt sind. Eine Ahnengalerie, fast so umfangreich wie die unserer Familie auf Schloss Branndenburg. Danach kreuzen wir einen weiteren Flur, steigen eine steile Treppe nach oben, schmaler als die Treppe unten an der Eingangshalle und nur aus schmucklosem grauem Granit. Das Chemische Institut. Im zweiten Stock eine große Eingangstür. Ein seltsamer Geruch liegt in der Luft, der mit nichts, was ich kenne, zu vergleichen ist. Hier riecht es scharf, beißend und sauer, aber auch muffig und abgestanden, ein wenig wie das Gewölbe unter unserer Milchküche, in der der Käse von Branndenburg reift. Sparsam erhellen drei elektrische Glühlampen einen langen Flur.

»Ich schlage vor, Wanda, ich führe dich zuerst zum Direktor des Institutes.«

Ich nicke, mir ist ein wenig flau im Magen, all diese Studenten, Assistenten, Doktoren und Professoren, ich kämpfe gegen das Gefühl an, unwissend und klein zu sein.

Justus klopft an eine der Türen, wartet. Ich warte neben ihm und wappne mich, aber niemand öffnet. Als Justus schließlich die Klinke hinunterdrückt, ist der Raum verschlossen. Stattdessen fliegt auf der anderen Seite des Flures eine große Flügeltür auf. Wie jeden Morgen, wenn der Stallknecht die Klappen vom Hühnerstall öffnet, alle Hühner gleichzeitig ins Freie wollen, so laufen aus dem Hörsaal die Studenten heraus, rennen an uns vorüber, den Flur hinunter, die Treppe hinab.

Mit den letzten Studenten treten zwei Frauen aus der Tür. Beide tragen Schreibmappen und Bücher unter dem Arm. Angeregt unterhalten sie sich, nicken Justus im Vorbeigehen zu. Sie sind schon am Zimmer des Institutsdirektors vorüber, da fällt ihr Blick auf mich. »Oh wie schön, eine neue Studentin! Wir sind die einzigen Studentinnen hier am Institut. Wir hatten schon Sorge, diese strenge Aufnahmeordnung für Frauen schafft überhaupt keine mehr.«

Ich schüttele den Kopf. »Tut mir leid, ich bin keine Studentin. Ich bin Wanda von Branndenburg.«

»Oh … ah, unser ehrenwerter Herr Professor hat eine Tochter? Das wussten wir gar nicht. Wie geht es ihm denn? Ist er immer noch krank?«

»Ich bin nicht seine Tochter, ich bin seine Nichte. Übrigens weiß ich nichts davon, dass er krank ist. Wer hat das denn gesagt?«

Sie blicken sich ratlos an. Nein, daran erinnern sie sich nicht. »Er ist schon seit einigen Tagen nicht da. Seine Vorlesung gestern ist ausgefallen.«

»Darum bin ich ja hier, ich bin auf der Suche nach einem Menschen, der mir sagt, wo er sein könnte.«

»Wie – Sie wissen nicht wo er ist?«

»Nein. Ich möchte erfahren, ob jemand vom Institut ihn in den letzten Tagen gesehen hat oder ob irgendwer von einem Kongress weiß, zu dem er gereist sein könnte, oder von einem Auftrag der Universität, der ihn quer durch die Lande führt.«

»Um Himmels willen, Sie hören sich an wie ein Polizist!« Die beiden werfen sich Blicke zu, schütteln den Kopf. »Wissen Sie, Wanda, von einem Kongress würde er uns gar nichts erzählen. Wir sind nicht so vertraut mit ihm. Uns nimmt er nie so recht ernst, wie die meisten hier.«

»Aber wenn Sie wollen, machen wir Sie mit Professor von Rannstedt bekannt.« Die eine weist zum Hörsaal, aus dem sie soeben gekommen sind. »Dieser Herr weiß alles, mitunter mehr als der Institutsdirektor.«

Gut, also Professor von Rannstedt. Ich habe den Fuß schon fast in der offenen Tür, da stürmt ein Mann aus dem Hörsaal. Erst ganz kurz vor mir biegt er aus, ohne mich wirklich wahrzunehmen, er blickt den Flur hinunter, aufmerksam wie die kreisenden Bussarde über den Wiesen von Branndenburg. Vor der Tür des Institutsdirektors erspäht er Justus, sein Gesicht verfinstert sich, mit schnellen Schritten eilt er auf ihn zu.

»Hansen, da habe ich doch richtig gehört. Ihre Stimme! Nun sagen Sie mir, wo ist er, um Gottes willen!«

Justus wirkt nicht sehr erfreut, er deutet zu mir, und jetzt, wirklich erst jetzt, nimmt der Professor mich wahr.

»Gnädige Frau?«

Ich gehe zu ihnen hinüber. »Ich bin Wanda von Branndenburg.«

Er knallt die Hacken zusammen, reicht mir die kalten Fingerspitzen seiner rechten Hand. »Vito von Rannstedt, Ordentlicher Professor am Chemischen Institut! Bitte folgen Sie mir!«

Die beiden Studentinnen ziehen sich zurück, ich betrete hinter Professor von Rannstedt den Hörsaal. Braune Stuhlreihen, zerschrammte Holztische, die elektrische Beleuchtung hier drinnen ist nicht heller als die im Flur. Der preußische Staat spart sogar am Licht für seine Studenten. Ein alter Diener sammelt Bücher und Zeitschriften ein, die der Professor während seiner Vorlesung herumgereicht hat. Der Mann blickt mich neugierig an.

»Mach weiter, Jaschke!« Gehorsam hebt der Alte den Bücherstapel.

Als ich den Kopf wieder zurück zum Professor wende, sehe ich, wie er mich anstarrt. Mit zusammengekniffenen Augen mustert er mich vom Kopf bis zu den Schuhen. Es ist ihm nicht einmal peinlich, dass ich ihn dabei ertappe. Er weist mir einen Stuhl zu, stellt sich hinter sein Pult, ordnet das Manuskript seiner Vorlesung.

Ich stelle ihm meine Fragen. Er sagt darauf *Ich weiß nicht* oder *Darüber müsste ich nachdenken*, aber er redet nicht wirklich mit mir. Als er das letzte seiner vielen Blätter in einer großen Mappe verstaut hat, reicht er mir wieder die Fingerspitzen seiner rechten Hand. »Und grüßen Sie Ihren Herrn Oheim von mir!« Damit lässt er mich sitzen und stürmt hinaus in den Flur. Hat er mir die ganze Zeit über gar nicht zugehört?

Vor der Tür des Hörsaales stehen die beiden Studentinnen. »Nun? Und?«

»Ich glaube, er kann mich nicht leiden.«

Sie werfen sich Blicke zu. »Gut möglich. Sie sind ja leider ein Mädchen …«

Ich versuche, in ihr Lachen mit einzustimmen, aber das gelingt mir nicht. Der vergangene Tag hatte ein furchtbares Ende, und dieser hat gerade schrecklich begonnen.

»Kopf hoch! Wenn Sie wollen, zeigen wir Ihnen seinen Arbeitsplatz.«

»Allerdings geht das nur heimlich. Das Labor allein zu betreten ist streng verboten. Es sei denn, man hat einen Versuch, an dem man gerade arbeiten muss.«

»Also schön vorsichtig. Wir müssen immer erst sicher sein, dass keiner der hohen Herren in der Nähe ist.«

Sie blicken den Flur hinunter, keine Studenten, kein Professor, selbst Justus ist nicht mehr zu sehen.

»Los! Schnell jetzt!« Sie eilen, leise und leichtfüßig, zur Tür vom Laboratorium. Eine sieht nach vorne, die andere bewacht den Flur nach hinten und zu den Seiten, das sieht so harmonisch aus wie der Flug der Wildgänse über Branndenburgs Felder. Diese beiden sind so gut aufeinander eingespielt, ich bin sicher, sie machen nicht zum ersten Mal eine nicht ganz erlaubte Sache zusammen. Ich tue so, als wäre ich unsichtbar, und husche neben ihnen her.

Ein schwerer scharf-säuerlicher Geruch schlägt uns hinter der Laboratoriumstür entgegen. Ein heller Raum mit großen Fenstern, rotbraune Kacheln an Wänden und Fußboden, es gibt Stehpulte, rotbraun geflieste Arbeitsflächen, hohe Tische mit Aufbauten aus schmalen Gläsern, daneben Geräte, die an unseren Brutschrank erinnern oder an unsere Destille, und eine Reihe von Mikroskopen, wie ich schon eins bei Ferdinand von Wallendorf gesehen habe. Nur eben sehr viel größer als seines.

Direkt vor einem Fenster steht ein großer Arbeitstisch, daneben ein Stehpult und ein Regal voll mit braunen Gläsern und breiten Flaschen. Sie sehen genauso aus wie die Flaschen, die wir gestern Nacht in dem kleinen Laboratorium neben Gustavs Bibliothek entdeckt haben, manche so wie die Flasche, die vor den Füßen des Einbrechers zerbrochen ist.

»Vor zwei Wochen haben wir hier noch mit ihm gearbeitet.«

»Er hat uns mit Versuchsreihen beauftragt. Es ging um die Löslichkeit von Schwermetallen in Säuren.«

Sie deuten auf eine Reihe von schmalen Gläsern, die auf einem Regal neben seinem Arbeitstisch stehen, in jedem trocknet eine dicke farbige Flüssigkeit vor sich hin. »Wir mussten ganze Tage neben den Reagenzgläsern sitzen und das Verschwinden der Metalle protokollieren. Eine sehr interessante Arbeit.«

»Sehen Sie, nach zwanzig Tagen sieht man keine Spur mehr davon.«

Ja, ich bin ziemlich beeindruckt. Schade, dass Gustav mich niemals hierher mitgenommen hat, schade, dass ich bei so einer Arbeit nie zusehen kann ... Auch Papa hat Bücher über Chemie in seinem Arbeitszimmer, *Der Einsatz modernster Chemie zur Steigerung der Erträge in der Landwirtschaft*. Ich würde schon gerne eine Einführung in die Chemie lesen, die einzige Bedingung wäre, dass in so einem Buch kein einziges Mal das Wort *Landwirtschaft* vorkommt.

Gerade als wir uns Gustavs Arbeitspult zuwenden, geht plötzlich die Tür zum Laboratorium auf. Die beiden Studentinnen drehen sich auf ihren Absätzen herum und beugen sich emsig über die Gläser mit den sich lösenden Schwermetallen. Aber es ist nur Justus, der sich durch den schmalen Türspalt schiebt. Hinter ihm allerdings ... In Erwartung von Ärger hebe ich den Kopf, richte meinen Rücken kerzengerade. Ein Nähzimmer gibt es wohl nicht im Institut für Chemie? Na also, was kann mir schon passieren!

Der hochgewachsene alte Herr mit den langen grauen Haaren, der hinter Justus das Labor betritt, trägt einen weißen Kittel über seinem Gehrock. Er kommt auf mich zu, streckt mir schon im Gehen die Hand entgegen. »Sie sind also das Fräulein Wanda. Ich habe mich oft gefragt, wie Sie wohl aussehen mögen.« Er drückt fest meine Hand. »Professor Heinrich von Isensee. Unser guter Hansen hat mir in aller Kürze erzählt, was sich ereignet hat. Was wird mein alter Freund Gustav wohl zu alldem sagen, wenn ... er wiederkommt.« Er hält inne, sein Gesicht wirkt bekümmert. »Allerdings ist es schön, liebes Fräulein Wanda, dass ich Sie endlich kennenlerne. Sie sind sicherlich hierhergekommen, um nach den Arbeitsdingen von unserem lieben Freund Gustav zu sehen? Vielleicht etwas davon mit nach Hause zu nehmen?« Er blickt zur Seite, wo die beiden Studentinnen an ihrem Versuchsaufbau stehen. Bis eben hatte ich den Eindruck, er hätte sie gar nicht bemerkt. »Meine Damen?«

»Ja, Herr Professor ...«

»Ich weiß, dass die Versuchsreihe, über die Sie sich so angeregt beugen, seit zwei Wochen zu Ende ist. Entweder Sie ergreifen die letzte Gelegenheit und verlassen diese ungastliche Stätte ...«

»Oder?«

»Oder Sie tun das, was Sie wahrscheinlich ohnehin vorhatten: Sie bemühen sich mit mir gemeinsam, dieses Pult zu öffnen, und werden damit zu Mittätern einer nicht ganz korrekten Handlung.«

Die beiden trennen sich augenblicklich von ihren Versuchsaufbauten und kommen herüber. »Wir stehen zur Verfügung.«

»Eine Haarnadel bitte!«

Eine der beiden zieht aus ihrem Knoten eine kräftige Lockennadel, Professor von Isensee nimmt sie in Empfang, reicht sie weiter an Justus. »Darf ich Sie bitten, mein Lieber?«

Justus biegt mit kräftigem Griff die Nadel auf und knickt ihr vorderes Ende. Langsam schiebt er sie in das Schloss von Gustavs Pult, drückt, dreht ein wenig, und schon springt es auf. Professor von Isensee hebt den Deckel des Pultes, ein Geruch schlägt uns entgegen wie verbrannte Schweineborsten am Schlachtetag. Keiner der Chemiker rümpft die Nase oder verzieht das Gesicht, noch nicht einmal Justus.

»Zurücktreten bitte! Zuerst möchte ich sehen, was hier drinnen ist, bevor ich entscheide, ob wir unserem lieben Freund Gustav einen Gefallen tun, wenn wir die Dinge entführen.« Er greift in das Pult hinein, schiebt einen Aktenordner zur Seite, hebt einige lose Blätter auf. »Gustav ... ich meine, Ihr Herr Onkel hat sich in letzter Zeit mit der Löslichkeit von Schwermetallen in Flüssigkeiten beschäftigt. Im weitesten Sinne ... sozusagen ... mit der Entstehung bestimmter Gase.« Er nimmt den Aktenordner, Blätter und Mappen aus dem Pult, legt sie Justus auf die Arme. »Das hier sind wohl die Versuchsprotokolle, von denen er sicherlich nicht möchte, dass ein Fremder sie in die Finger bekommt. Denn *homo homini lupus* – der Mensch ist dem Menschen ein Wolf –, wie unser guter alter Plautus sagt. – Oh!«

Er greift in das Pult, seine Hand kommt mit einer gläsernen Schale wieder zum Vorschein. Auf der Schale liegt ... etwas Angebranntes ... oder Gebratenes? So groß wie ein zusammengelegtes Damentaschentuch, ein Stück Stoff, Haut, Fleisch?

Professor von Isensee kneift die Augen zusammen und nähert seine Nase dem Schälchen. »Oh ... mein lieber Kollege!«

Er hält Justus die Schale hin, Justus sieht lange darauf, bis eine der beiden Studentinnen die Anspannung nicht mehr aushält. »Was ist das, um Himmels willen?«

Der Professor beginnt sofort wieder zu lächeln. »Nichts, nichts Aufregendes, meine Damen, das Reich der Chemie hat viele Facetten. Man muss äußerst korrekt sein mit wissenschaftlichem Material, auch wenn dieses Arbeitsprinzip Ihnen noch etwas fremd ist. – Mein liebes Fräulein Wanda, Ihr Herr Oheim hat sich augenscheinlich mit vielen interessanten Themen beschäftigt. Auch über sein eigenes Arbeitsgebiet hinaus, sogar noch mit benachbarten Wissenschaften. Physik, Medizin?«

Justus nickt, in seinen Brillengläsern spiegeln sich die rotbraunen Fliesen der Arbeitstische. Der Professor schweigt, wenn ich etwas wissen will, ist jetzt der richtige Augenblick. Den gleichen Fehler wie bei der Baronin von Schwartz werde ich nicht noch einmal machen, los, Wanda, vorwärts, es gibt keine dummen Fragen.

»Sagen Sie bitte, Herr Professor von Isensee, wenn auf dem Etikett einer solchen Flasche wie der hier drüben das Wort *Wasserstoff* steht – ist das dann eine Flüssigkeit oder ist es so ein *Gas*?«

Der Professor zieht die Augenbrauen nach oben, die beiden Studentinnen sehen mich mit aufgerissenen Augen an. »Oh, liebe Wanda, mein lieber Freund Gustav hat mir gar nicht erzählt, dass er Sie in seine Forschungsarbeiten eingeweiht hat. Nun, sagen wir, Wasserstoff kann beides sein. Unter bestimmten Verhältnissen von Temperatur und Druck, die allerdings schwierig zu erreichen sind, entwickelt sich aus dem Gas in solch einer Flasche eine Flüssigkeit. Aber bei normaler Raumtemperatur ist Wasserstoff immer ein Gas.«

»Und was ist nötig, damit dieses Gas sich entzündet? Reicht es zum Beispiel aus, wenn man die Flasche auf den Fußboden fallen lässt und sie zerbricht?«

»Nein, ganz sicher nicht. Dazu bräuchte es einen Funken. Ohne Funken kein Feuer!«

»Was für ein Funken wäre das?«

»Nun, ein Zündholz, das irgendwo in der Nähe der heruntergefallenen Flasche angestrichen wird, würde völlig genügen. Aber auch eine Acethylenlampe oder eine Kerze. Es kann sogar einen Funken geben, wenn jemand einen Lichtschalter betätigt. Auch dieser kleine Funke reicht aus.«

»Und was passiert dann?«

»Liebe junge Dame, Sie fragen mir Löcher in meinen weißen Kittel, weit schlimmer als meine Studenten. – Es gibt einen Knall, wenn der Wasserstoff sich mit Sauerstoff aus der Luft gemischt hat und der Funke dazukommt. So als würde man mit einem Lineal auf den Tisch schlagen, kurz und flach. Damit explodiert alles Gas, das sich bereits im Raum verteilt hat. Das geht ganz schnell, dann ist aller Wasserstoff durch die Explosion verbrannt. Und sollte es dann noch Reste vom Wasserstoff geben, die sich noch nicht mit Sauerstoff gemischt haben, die also noch nicht explodiert sind – die würden dann in einem mehr oder weniger großen Feuer verbrennen ... Ihr Herr Onkel hat sich ausgiebig damit beschäftigt, fragen Sie ihn am besten selber. Er hat sogar Zusätze ausprobiert, die vielleicht die Entzündung hemmen könnten, sogar dann, wenn es einen Funken gibt.«

So, hat er das. »Und warum? Warum war das so wichtig für ihn?«

»Ich ... nun ... das müssen Sie ihn schon selber fragen. Denn ... selbstverständlich ... das hat er mir nicht erzählt.« Seine Stimme ist plötzlich ein wenig leiser geworden. Er setzt seine Worte vorsichtiger, überlegter.

»Auf jeden Fall, Herr Professor, war das so wichtig für ihn, dass er sich sogar zu Hause damit weiterbeschäftigt hat. Wussten Sie, dass es in seiner Wohnung ein kleines Laboratorium gibt?«

Der Professor sieht mich an, kneift die Lippen zusammen. Er versucht zu lächeln.

»Sie wissen doch von seiner Wohnung in der Oranienburger Straße?«

Er lächelt weiter, ein verzweifeltes Lächeln. Seine Lider beginnen zu zucken, sein Kopf nickt auf und ab, ganz mechanisch, es ist eher ein Zittern als ein Nicken. Justus kommt ihm zu Hilfe. »Sind Sie damit einverstanden, Herr Professor, dass wir diese Sachen jetzt mitnehmen?«

»Mitnehmen? Einverstanden! Selbstverständlich! Ja!« Dem Professor versagt der Atem, Schweißperlen stehen auf seiner Stirne.

Justus nimmt den Glasteller aus seiner Hand. »Seien Sie herzlich bedankt.« Der Teller mit dem verbrannten Stück Irgendwas verschwindet in Justus' Jackentasche.

Professor von Isensee geleitet uns zur Laboratoriumstüre hinaus. Er ergreift meine Hand, drückt sie, als wollte er sich an mir festhalten. »Viel konnte ich leider nicht helfen, bestes Fräulein Wanda.«

Ich nicke ihm zu, versuche meine Hand aus seinem Griff zu lösen. »Sie haben uns sehr geholfen, Herr Professor, Sie waren sehr offen zu uns. Ich kann Ihnen nur immer wieder danken.« Endlich ist meine Hand frei.

»Ich werde mich umhören, liebes Fräulein Wanda. Vielleicht hat einer unserer anderen hochwerten Herren Professoren oder Doktoren doch etwas von Gustav gehört in den letzten Tagen.«

Wir gehen den Flur hinunter. Als wir in Professor von Isensees langsamer Gangart auf die Institutstür zuschreiten, geht ein Mann vor uns her. Zunächst sehe ich ihn nur von hinten, er ist groß, eine schlanke Erscheinung mit Gehrock und Sommermantel, schmalen Schultern, ordentlich zurückgekämmten glatten braunen Haaren. Auf den ersten Blick wirkt er wie ein Apotheker oder wie ein Bankangestellter, irgendwie kommt er mir bekannt vor. Als er die große Flügeltür erreicht und hindurchgeht, sehe ich ihn kurz von der Seite, sein Gesicht … doch, jetzt bin ich ganz sicher, ich habe diesen Mann schon gesehen. Aber ich kann mich nicht erinnern, wo.

Ein heißer Sommertag brennt auf uns hernieder. Justus hat einen offenen Landauer gewählt. Pferdekutschen, Brauereiwagen, Elektrotaxen, ein Polizist regelt mit weit ausholenden Armbewegungen den Verkehr. Der Duft der Stadt weht mit dem Fahrtwind zu uns herein: Kaffeearoma, Essensdünste, die Blumen am Straßenrand, der Geruch der Spree, warm, abgestanden und faulig. Ich lehne mich in die Polster, ordne meine Gedanken. Immer wieder komme ich auf den Mann mit den braunen Haaren zurück. Woher kenne ich ihn? Wo und wann ist er mir begegnet? War es in den letzten Tagen, während wir nach Emmy und Gustav suchten?

Die Kutsche hält, Justus überspringt die Trittstufen, nimmt die Unterlagen von Onkel Gustav und hält mir den Arm hin, um mir beim Aussteigen behilflich zu sein. »So, Wanda, da sind wir.«

Ich sehe mich um. *Wo* sind wir? Die Oranienburger Straße zur Mittagsstunde, in langer Reihe rumpeln die schweren Paketwagen in den Posthof zurück. Wir stehen schräg gegenüber vom Postfuhramt, im Schatten einer großen Linde am Straßenrand.

»Nun, ich dachte, so könnten wir es machen. Du gibst es gleich hier an Ort und Stelle auf. Das ist sicherer, als nachher Wernicke mit einem Zettel hierher zu schicken. Vor allem ist es diskreter.« Justus deutet zur Seite, hinter meinem Rücken ein wuchtiges Gebäude, vier Stockwerke hoch, grauer Sandstein, hohe Pilaster, ein breites Portal, über dem in geschwungenen Buchstaben das Wort *Haupttelegraphenamt* steht.

»Bitte? Ein Telegramm soll ich aufgeben? Und wohin?«

»Nach Branndenburg, Wanda, an deinen Vater.«

»Das werde ich ganz bestimmt nicht! Du weißt, wenn ich ihm jetzt telegrafiere, ist er spätestens heute Abend hier, um mich abzuholen«

»Natürlich weiß ich das. Aber wir müssen diesen Zustand doch endlich in Ordnung bringen. Nicht *meinetwegen*, wenn es nach *mir* ginge, würde ich die nächsten einhundert Jahre mit dir in dieser Wohnung leben. Aber *dir* zuliebe, Wanda, *deinem* gutem Ruf, *deinem* Ansehen, *deiner* Verlobung zuliebe und deinem zukünftigen Ehemann.«

»Meinem Ehemann? Justus! Was für ein Ehemann?«

»Ferdinand von Wallendorf, wer denn sonst, ich denke, ihr seid seit drei Jahren verlobt?«

Der arme Ferdinand, ja. »Weißt du, Justus, ich habe dir davon noch gar nicht erzählt: Ich glaube, Papa rettet meine Ehre schon.«

»Wie kommst du denn darauf?«

»Nun, an dem Nachmittag, als du ohne mich draußen auf Havelhöhe warst, habe ich den Oberamtmann von Dohna angerufen und ihn gebeten, einen Boten zu Papa zu schicken, um ihm eine Nachricht von mir zu bringen.«

Justus bleibt stehen, er erbleicht, packt meinen Arm. »Habe ich dir nicht gesagt, dass dein Vater sehr wohl auch Gründe hat, Gustav nach dem Leben zu trachten? Was hast du ihm erzählt?«

Ich mache mich von ihm los, meine Stimme wird laut. »Von deinem Verdacht gegen Papa hast du mir *gestern* erzählt, mein Anruf ist aber schon vier Tage her. Ohnehin hätte ich tausend Argumente, die *für* Papa sprechen. Du sagst, das Schloss ist durch Sprengstoff zerstört worden, aber Papa ist Gutsbesitzer, der *sprengt* seine Äcker nicht, er *pflügt* sie. Und ein Bergwerk haben wir nicht, Papa hat also überhaupt keine Ahnung von Sprengstoffen. Reicht das aus, um ihn von deinen Verdächtigungen freizusprechen?«

»Wanda, beruhige dich! – Wenn ich noch etwas einwenden darf?«

»Ich will es nicht hören, aber das hält dich sicherlich nicht ab.«

»Dieses eine Mal nicht. Bitte, was ich sage, ist nur eine Hypothese.«

»Aber auch die kann wehtun.«

Er schweigt, sieht zu Boden. Ich schweige auch, sehe mir meine Schuhe auf den Pflastersteinen des Trottoirs an.

»Dein Papa kennt viele Leute. Er muss nicht alles selber machen, er kann jemanden beauftragt haben. Somit ist es egal, ob er persönlich ein Wissen über Sprengstoffe hat. Und es war ganz bestimmt nicht seine Absicht, alles zu zerstören oder jemanden zu verletzen. – Wanda ... redest du noch mit mir?«

»Nein! Ich komme mir schon vor wie vor dem Hohen Gericht.«

»Trotzdem, noch etwas ... Dieser Amerikaner, dieser Anwalt, den ganz sicher dein Onkel Gernot geschickt hat – dass der in die Schlucht gestürzt ist, das passt auch zu meiner Hypothese.«

Ich bleibe stehen, starre Justus an. Ich schreie nicht, nein, ich laufe hinüber auf die andere Seite der Brücke, weg, nur weg. Hört dieser Mann denn nie auf, gehen ihm nie die Argumente aus?

Das breite Brückengeländer ist warm von der Mittagssonne, ich stütze meine Arme auf den hellen Sandstein und schaue hinab auf die dunkle Spree. Das Wasser fließt, die Sonne scheint, Kutschen fahren vorüber, Spaziergänger flanieren, vor dem Eingang zum Museum steht das Reiterstandbild von Kaiser Friedrich.

Schließlich kommt Justus auf meine Brückenseite, legt seine Hand auf meine. »Frieden, Wanda? Versöhnung?«

Ich brauche Zeit, bis das Brodeln in mir zur Ruhe kommt. »Gut, Justus. Eigentlich wollte ich dir nur sagen: Mein lieber Papa hat für mich die beste Ausrede erfunden. Er erzählt allen Leuten, ich wäre zur Kur gefahren, zusammen mit Emmy schlendere ich jetzt angeblich durch Wiesbaden, bade in warmen Quellen und trinke Heilwasser.«

Justus sieht mich an, als hätten wir ihm einen Stein auf den Kopf geschlagen, ich, Papa und der Oberamtmann von Dohna. Aber er sagt nichts. Frieden? Versöhnung? Oder nicht einmal Waffenstillstand?

Wieder blicke ich auf das Wasser. Wieso eigentlich Wasser, wieso stehen wir auf einer Brücke, wir standen doch eben noch vor dem *Haupttelegraphenamt*. Hinter uns liegt der Schlosspark, weitab die Silhouette der Weidendammer Brücke, über die wir vorhin gefahren sind.

»Deine Argumente zur Verteidigung deines Vaters sind nicht von der Hand zu weisen. Auch wenn wir streiten, es ist gut, dass wir darüber reden, denn rund um uns her sind so viele Leute, die uns etwas verschweigen, uns belügen, betrügen. Selbst die, denen wir so fest geglaubt haben. Ich weiß nicht mehr, wer mein Freund und wer mein Feind ist. Aber ich weiß ganz sicher, dass Gustav und Emmy auswandern wollen. Ich weiß, dass sie ihr Land verkaufen werden, alle drei Güter, an eine Terraingesellschaft. Ich weiß, dass sie dich fragen werden, Wanda, ob du mit ihnen kommst. Sie haben mir immer vertraut, immer alles erzählt. Nur warum, guter Gott, weiß ich nichts von dieser Wohnung!«

Was ist das nun wieder? Gerade eben ging es noch um Papa, um Sprengstoffe, um eine Kur in Wiesbaden, und nun plötzlich soll ich mit Emmy und Gustav nach Amerika reisen? Ach, dazu wäre ich sofort bereit, ich müsste nicht einmal packen, in einer Stunde, nein, in zehn Minuten könnte ich losfahren! Ich starre auf das Wasser hinab, vor meinen Augen drehen sich Enten und Schwäne.

Justus merkt nicht, wie mich seine Worte getroffen haben. Er redet weiter, laut, fast schreit er. »Ich verstehe, dass du wütend bist, Wanda. Ich bin es auch. Von diesen Lügen habe ich genug! Und deshalb musst du mir versprechen: Bitte, Wanda, lass uns ehrlich zueinander sein! Immer, in jeder Situation! Auch wenn die Wahrheit dem anderen manchmal wehtut. Es tut noch viel mehr weh, belogen zu werden. Weil es irgendwann immer herauskommt. Und dann ist alles noch viel schlimmer als vorher.«

Ich drehe mich weg, aber Justus will eine Antwort.

»Wanda?«

»Ach … geh mir aus der Sonne!« Mir ist alles zu viel, ich will nichts mehr hören, ich kann nichts mehr sagen. Was weiß Papa von Sprengstoff? Was mache ich in Wiesbaden? Wieso habe ich noch in keiner Zeitung eine Meldung über ein zerstörtes Havelschlösschen gefunden? Wer war dieser Mann mit den braunen Haaren? Wieso haben wir gerade diese Brücke entdeckt, über die Onkel Gustav in fünf Minuten den Weg zum Chemischen Institut zurücklegen kann? Wie nahe das ist! Und doch hat angeblich keiner seiner Kollegen von dieser Wohnung in der Oranienburger Straße gewusst?

Versöhnung! Justus nimmt meinen Arm, ich seinen, langsam gehen wir zurück. Ich will ihn dicht bei mir haben. Was auch immer er über Papa sagt, er meint es gut mit mir. Wie konnte ich nur den größten Teil meines Lebens ohne Justus sein? Noch viel weniger vorstellbar ist es, dass ich bald wieder ohne ihn auskommen muss. Kann ich das irgendwie verhindern? Ja, wie? Denn das weiß ich sehr wohl, ich kann nicht mein ganzes restliches Leben auf Kur in Wiesbaden bleiben.

Wir müssen nicht läuten nach Wernicke, unsere Haustür steht sperrangelweit offen. Imposant wirkt er mit seiner blauen Uniform. Epauletten und Goldknöpfe blinken, es ist beinahe, als würde der Kaiser persönlich in unserem Hausflur wachen. Seit der Zeppelin-Landung trägt er den Kopf noch höher als vorher. Der alte Mann, der vor seiner Portiersloge steht, wirkt daneben sehr ärmlich, mit zerzausten weißen Haaren, einem Gehrock, der bestimmt bessere Tage gesehen hat. Er steht mit dem Rücken zu uns, ich sehe kaum sein Profil.

Wernicke fuchtelt mit den Armen vor ihm herum wie unser Stallknecht, wenn er die Hühner scheucht. »Die jnädige Frau ist verreist. Wenn ick's dir doch sage.«

Der alte Mann widerspricht ihm mit zittriger Stimme. »Aber ich muss zu ihr …«

»Du willst mich wohl nich verstehn: Ick lasse dich hier nich rein!«

Als Wernicke Justus und mich bemerkt, ist es vollends mit seiner Ruhe vorbei, er packt ihn bei den Schultern, schiebt ihn einfach zur Tür. Viel Gegenwehr erfährt er dabei nicht, schon stolpert der alte Mann auf die Straße hinaus. Unser Portier klatscht seine Hände gegeneinander, als würde er Staub davon herunterschlagen, grinst uns an, salutiert. »Der sieht ja aus, als ob er sich seit Ostern nich mehr jewaschen hat!«

»Wernicke, Mensch! Das hat so heftig nicht sein müssen. Was hat der alte Mann denn gewollt?«

»Ach, wat weeß ick, Jeld, Jeld wolln se alle. Aber keene Sorje, ick passe schon uff, ick lasse keenen zu Sie nach oben! Immer zu Diensten, Herr Baron! Jnädige Frau!«

Der alte Mann verschwindet zwischen den Passanten, der Kommis von *Loeser & Wolff* drückt sein Gesicht gegen die Fensterscheibe. Innerhalb von zwei Tagen fällt schon zum zweiten Male ein Mann aus unserer Haustür heraus, das interessiert ihn nun doch.

Wir wenden uns wieder nach drinnen, der *Herr Baron* Justus und ich, gehen die Treppe hinauf.

Bertha macht uns die Türe auf, gebeugt wie jetzt immer und schon wieder mit verweintem Gesicht. »Ach, gnädiges Fräulein, ich bitte Sie um Vergebung! Gnädiger Herr …«

Sie flüstert mit gebrochener Stimme, sofort verfallen auch wir in Flüstern. Wieso eigentlich?

»Was ist los, Bertha? Ist etwas passiert?«

Sie stöhnt auf. »Ach … ich habe ihn reinlassen müssen …«

»Bertha, wen?«

»Ein Polizist will Sie sprechen … Er sitzt im Salon, seit zehn Minuten schon …«

Ein Polizist? Mein Herz fängt an zu rasen, schnell, meinen Hut auf die Garderobe, meine Kostümjacke in Berthas Hand. Justus wirft den Hut auf die Ablage.

Bertha barmt immerfort. »Jetzt jeht es los. Oh Jott nee, Jotte nee …«

Ich lege schnell meine Arme um sie. »Kopf hoch, Bertha, was auch immer dieser Polizist uns zu sagen hat, wir halten das aus.« Dann eile ich zum Salon. Justus bleibt hinter mir zurück. Was ist?

»Wanda – ich bin nur der Chauffeur.«

So sind sie, wenn man sie wirklich braucht … Ich reiße die Türe auf und stürme hinein.

Es ist nicht *ein* Polizist, es sind *zwei*. Zwei hochgewachsene Herren in blauen Polizeiuniformen stehen mitten im Salon. Beide haben ihre Helme mit dem silbernen Adler auf dem Kopf behalten, selbst hier in der Wohnung. Jedem hängt ein Säbel von der linken Seite des Koppels herab. Als ich hereinkomme, lässt der Jüngere gerade seinen Blick durch das Zimmer schweifen, über Kartentische und Wandspiegel, über meine gezeichneten Porträts von Gustav und Emmy: wie ein Habicht, der über Branndenburgs Feldern kreist und auf Beute lauert. Der Ältere wendet sich mir mit mehr Freundlichkeit zu. Sein Gesicht ist ernst und würdevoll wie bei jemandem, der an einer großen Verantwortung trägt. Als er mir entgegentritt, die Hand zur Begrüßung ausstreckt, sehe ich, dass er hinkt.

»Herr Wachtmeister, mit welcher Nachricht kommen Sie?«

Er ergreift meine Hand. »Liebes gnädiges Fräulein. Gestatten Sie, dass ich mich vorstelle. Polizeileutnant von Reventlow, Polizeirevier

16. Sie waren so freundlich, vor zwei Tagen unser Revier aufzusuchen. Das habe ich zum Anlass genommen …«

Was bedeutet das, wenn jemand sich lange bei der Vorrede aufhält, etwas Gutes oder etwas Schlechtes? Mich erfasst Unruhe, Erschrecken, Angst. »Herr Leutnant, haben Sie sie gefunden? Sind sie wohlbehalten?«

Er gibt meine Hand frei, tritt einen Schritt zurück, mustert mich. »Sie stecken voller Temperament, liebes gnädiges Fräulein, wenn ich mir dieses Kompliment erlauben darf. Das fiel mir letztens schon auf.«

»Ich möchte einfach nur wissen, *was ist*!«

»Wir haben sie *nicht gefunden*. Das gleich vorweg. Ich bitte Sie, gnädiges Fräulein, fassen Sie sich!« Er weist auf den anderen Polizisten, dessen Raubvogelaugen immer noch flink durchs Zimmer huschen.

Der junge Polizist hebt den Arm und tippt kurz die Fingerspitzen an den Rand seines Helms. »Polizeiwachtmeister von Wesel, wenn Sie gestatten, gnädiges Fräulein.«

Ich nicke ihm zu. Ruhig werden, Wanda, ganz ruhig, keine Dame springt derartig aufgeregt in ihrem Salon herum.

»Um der Wahrheit Genüge zu tun, wir haben noch nicht begonnen, nach der Frau Baronin und dem Herrn Baron zu suchen. Aber sobald wir die Bilder haben …«

Ruhig, Wanda, ruhig! »Was sagten Sie?«

»Wir wollten Sie bitten, uns zwei Fotografien der Gesuchten zur Verfügung zu stellen.«

Ich nicke, sehr verhalten, mehr gestatte ich mir nicht. »Aber ich habe Ihnen bereits … zwei Fotografien … eine von meinem Onkel, Gustav von Branndenburg, und eine von …«

Polizeiwachtmeister von Wesel schreibt in sein Notizbuch.

»Die sind leider verloren gegangen.« Polizeileutnant von Reventlow spricht vollkommen regungslos.

Ich beginne zu kochen. Die haben noch nicht nach ihnen gesucht. Die haben die Fotografien verlegt. Wozu ist die Polizei überhaupt gut? Ruhig, ruhig! Aber ich kann mich nicht mehr beherrschen. »Ich hatte sofort den Eindruck, dass ihr Verschwinden für Sie vollkommen unwichtig ist, dass niemand mir helfen wird!«

Er blickt mich an, mit freundlichen Augen, offenem Blick. »Liebe Baronesse, Sie werden verstehen: Polizeiwachtmeister von Wesel hält alles fest, was wir miteinander besprechen. Jedes Wort, das Sie sagen, stenografiert er mit, für das Protokoll.«

Jetzt ist es genug! Auf dem Revier hatte ich so viel Mühe, mich der zudringlichen Fragen dieser Polizisten zu erwehren, sie fragen mich aus, sie bedrängen mich, sie behandeln mich wie eine Verbrecherin – und am Ende tun sie dann gar nichts? Ich will schreien, aber kein Wort kommt aus mir heraus, nur noch heiseres Krächzen.

Polizeileutnant von Reventlow hebt beruhigend die Hand. »Baronesse, Sie haben sicherlich noch weitere Fotografien. Dann wollen wir die holen. Lassen Sie uns gleich zur Sache kommen, *in medias res*. Außerdem wünsche ich die Zimmer zu sehen. Die vom Herrn Professor, seine persönlichen Räume. Und die von der gnädigen Frau.« Er weist auf die Tür vom Salon, nimmt mich beim Ellenbogen und schiebt mich einfach hinaus. Das kann doch nicht wahr sein!

Auch Wachtmeister von Wesel setzt sich in Bewegung, mit wenigen großen Schritten ist er neben mir, will mit mir aus der Salontür hinaus.

»Wachtmeister von Wesel!«

»Jawohl, Herr Leutnant?«

»Sie gehen mit dem jungen Herrn in das Zimmer vom Herrn Professor. Das Übliche, offen daliegende Notizen, Korrespondenzen, ein Abschiedsbrief. Aber mit Diskretion!«

»Zu Befehl, Herr Leutnant.«

Es geht alles so schnell, Justus stürzt aus dem Speisezimmer in den Korridor, obwohl niemand nach ihm gerufen hat, geht sofort zu Wachtmeister von Wesel und dirigiert ihn in Richtung Bibliothek. Polizeileutnant von Reventlow packt wieder meinen Ellenbogen. »Wo geht es zum Zimmer der gnädigen Frau?«

Ich laufe los, was könnte ich sonst machen. Gibt es eine andere Möglichkeit, als diesen Mann in Emmys Zimmer zu führen? Was will der denn dort, am Ende wühlt er in ihren Sachen herum, in ihrem Schreibtisch, in ihren Schränken? Das soll er nicht wagen, ich werde ihm in den Arm fallen … mich mit ihm schlagen … mich duellieren!

Hinten im Korridor tauchen Bertha und Anna und Johanna auf, drei kalkweiße fragende Gesichter. Ich winke ihnen ab, schüttele den Kopf. Wir gehen den Flur hinunter, Polizeileutnant von Reventlow hinkt steif, aber nicht unbedingt langsam hinter mir her. Zögernd öffne ich

Tante Emmys Zimmertür. Leutnant von Reventlow schiebt mich hinein, schließt sofort die Tür hinter uns. »Baronesse …«

Ich sehe mich hastig im Zimmer um. Liegt etwas offen herum, wovon Emmy auf keinen Fall wollte, dass ein fremder Mensch einen Blick darauf wirft, irgendein Kleidungsstück, Wäsche, Briefe?

»Baronesse, bitte beruhigen Sie sich, ich muss Ihnen etwas erklären. Wir haben nur wenige Minuten. Bitte, hören Sie mir zu.«

Nein, hier liegt nichts, nichts, weswegen Emmy mir böse sein könnte, was für ein Glück. Ich wende mich ihm zu, er hat noch nicht angefangen herumzustöbern. Weder geht er zu Emmys Schrank noch zu ihrem Schreibtisch, er bleibt einfach mitten im Raum stehen und sieht sich um. Ruhig und aufmerksam schweift sein Blick durch das Zimmer, ein kleines Lächeln stiehlt sich auf sein Gesicht. Was hat er gerade gesagt? Er will mir etwas erklären? Was?

»Es ist so, liebes gnädiges Fräulein: Wenn Sie hier in Berlin in ein Polizeirevier kommen und eine Vermisstenanzeige aufgeben, dann wird Ihnen geholfen. Immer. Wenn Sie aber sagen, dass am Tage des Verschwindens Männer mit Lastwagen kamen und das Schloss überfielen und dass dieses Schloss am Ende sogar explodiert ist und zerstört bis auf die Grundmauern, dann kann kein Polizist Ihnen helfen. Eine Explosion – alles, was mit Sprengstoffen zu tun hat, überhaupt dieses ganze Szenarium – übersteigt die Kompetenz eines Polizeireviers. Der Reviervorsteher schreibt einen Bericht, legt die Fotografien dazu, meldet die Sache weiter. Und von da an ermitteln dann andere Leute. *Ganz andere*, auf einer *sehr hohen* Ebene. Nicht mehr die Polizei. Uns sind dann die Hände gebunden.«

Wie bitte? Dieser Polizeileutnant bringt mich aus dem Tritt.

Er dagegen bleibt vollkommen ruhig. »Dass niemand sich darum kümmert, wie Sie vorhin sagten, gnädiges Fräulein, das stimmt allerdings nicht. Sie sollten nicht alle Polizisten über einen Leisten schlagen. Keiner ist wie der andere. Wir sind Menschen. Jeder von uns hat seine Vorstellung von Moral und Vernunft. Der Eindruck, dass wir alle gleich sind, entsteht nur durch die Uniform.«

»Was heißt das? *Wer* wird nach ihnen suchen? *Wer* ist zuständig?«

»Mit Verlaub, lassen wir diese Fragen noch offen.«

»Ich verstehe Sie nicht!«

Er sieht mir forschend ins Gesicht. »Verzeihen Sie, gnädiges Fräulein. Ich habe mich hinreißen lassen. Eigentlich wollte ich Ihnen nur versichern, dass ich mich darum kümmern werde.«

»Sie werden … was?«

»Ich werde nach ihnen suchen.«

»Aber *Sie* sind doch auch von diesem Revier. *Ihnen* sind doch die Hände gebunden.«

»Ja, genau. Das ist, was ich Ihnen sagen will. Nicht jeder kann seine Augen verschließen, wenn Menschen in Not sind. Noch dazu Menschen, die Grundsätze haben, die ich nur unterstützen kann. Kompetenz hin oder her. Ich bin Polizist, ich habe einen Diensteid geleistet.« Er steht einen Augenblick still, lauscht seinen eigenen Worten nach, nickt mir zu. »Nun gut, es ist alles gesagt, und jetzt zack, zack, keine Zeit verlieren. Diese Fotografien dort auf der Frisierkommode, dürfte ich zwei davon an mich nehmen?« Er legt die Fotorahmen aufeinander, klemmt sie unter den Arm. »Und, wie ist es – haben wir soeben persönliche Notizen Ihrer Frau Tante gefunden, aus denen ersichtlich ist, womit sie sich gerade beschäftigt, welche Reiseziele anstanden – irgendetwas, was der Wesel in sein Protokoll schreiben kann?«

Ich schüttele den Kopf.

»Vielleicht haben Sie seit gestern noch etwas gefunden, gnädiges Fräulein, was Sie nicht jedem anvertrauen würden? Etwas – nur für mich?«

Ich schüttele wieder den Kopf.

»Wie schade. Aber was erwarte ich, wenn ich in der Uniform vor Ihnen stehe, nach Ihrem Erlebnis im Polizeirevier. Kommen Sie, Baronesse, gehen wir in den Salon zurück.« Er hat die Klinke schon in der Hand. »Ich werde Wege finden, Ihnen zu beweisen, dass ich Ihnen helfen will. Und Sie sprechen bitte mit keinem über mich. Zu keinem ein Wort über diese Sache. Vertrauen Sie niemandem. Nur Menschen, die Sie schon sehr lange kennen. Am besten nicht einmal denen. Zu Ihrem eigenen Schutz.«

Wir treten hinaus in den Korridor. In mir wirbelt alles durcheinander, ein Sandsturm, der über die Äcker fegt.

Seine Stimme klingt immer noch ruhig. »Ach, und, gnädiges Fräulein, das hier möchte ich Ihnen anvertrauen …« Er zieht etwas aus der Tasche seiner Uniformjacke und reicht es mir. Es ist keine Visitenkarte, nur ein kleiner Zettel, auf dem, mit Bleistift geschrieben, eine Nummer steht. »Wenn Ihnen doch etwas einfällt, rufen Sie mich sofort an. Falls ich nicht zu Hause bin und meine Gattin am Apparat ist … sie ist eine sehr nette Dame. Sie hat alle Vorträge der Frau Baronin gehört. Über die hauswirtschaftlichen Themen, über ihre Bedenken bei der Fortentwicklung der Wissenschaft. Auch die Artikel hat sie gelesen. Ich übrigens ebenfalls. Es ist bemerkenswert, wie die gnädige Frau Baronin mit der ihr eigenen Moral und Vernunft … nun ja, wir reden ein anderes Mal darüber. Nicht jetzt. Sollten Sie eine Mitteilung für mich haben, meine Gattin richtet mir alles aus.«

Sobald wir den Salon betreten, nimmt Wachtmeister von Wesel Haltung an.

»Rühren, von Wesel, rühren!« Der Wachtmeister lockert sich, blickt ihn erwartungsvoll an. »Fehlanzeige. Nichts gefunden, von Wesel, rein gar nichts. Und Sie?«

»Ebenfalls Fehlanzeige.«

»Nun, dann haben wir Pech gehabt. Dann müssen Sie eben *nichts* protokollieren.«

Wachtmeister von Wesel nickt, er wirkt ein wenig verwirrt. Aber zielsicher wie ein spähender Raubvogel hat er bereits etwas anderes entdeckt. Er deutet auf die Anrichte der Fensterwand gegenüber, auf der die große Schale für die Visitenkarten steht. Die Schale ist voll, übervoll, nicht mit Visitenkarten, nein, zehn oder fünfzehn Briefe stapeln sich darauf. »Herr Leutnant von Reventlow, wenn ich Sie darauf aufmerksam machen darf …«

»Ausgezeichnet, von Wesel, gut beobachtet. Aber es steht uns leider nicht zu, diese Briefe an uns zu nehmen und ihren Inhalt zu prüfen. Erst wenn wir die Fotografien abgegeben haben und die Ermittlung offiziell eröffnet ist.«

Wenige Minuten später schreiten die beiden die Treppe hinab. Der jüngere geht voraus, der Ältere folgt ihm etwas umständlich, Stufe für Stufe. Immer muss er zuerst sicher auf dem linken Bein stehen, dann zieht er das rechte nach.

Ich lehne oben im Türrahmen und sehe hinter ihnen her. Wie gut, dass Bertha in unserer Abwesenheit die letzten Spuren unserer Brandlöschung aus den Räumen getilgt und alle Fenster der Wohnung weit geöffnet hat. Ein leichter Brandgeruch hängt noch in der Luft, aber keiner der Polizisten hat ein Wort darüber gesagt.

Justus ist neben mir, hinter unseren Rücken halten wir uns fest bei den Händen.

»Sag, Justus, hat dieser Wachtmeister von Wesel wirklich Gustavs Zimmer durchwühlt?«

»Natürlich nicht. Ich habe ihm eine Fachzeitschrift und ein paar uralte Briefe hingelegt und ihm gesagt, dass ich das äußerst interessant für ihn finde, da hatte er zu tun. – Kommst du, Wanda?«

Justus schließt die Wohnungstür. Wir gehen in den Salon, heben sachte die Gardinen zur Seite und sehen den beiden Polizisten nach. Sie überqueren die Straße, Postwagen und Automobile halten respektvollen Abstand. Mühsam hält der Ältere mit dem Jüngeren Schritt, aber er schafft es, mit preußisch gerader Haltung. Zwei, drei Male wendet er sich zurück und späht zu unseren Fenstern hinauf. Ich bin sicher, er sieht ganz genau, dass ich die Portieren raffe, um ihn zu beobachten. Wieder umspielt dieses seltsame Lächeln seinen Mund.

Ich lasse die Gardine fallen. »Trinken wir Tee, Justus, ich habe dir viel zu erzählen.«

»Tee? Wir haben noch nicht zu Mittag gegessen. Wir haben noch nicht mal gefrühstückt.«

»Na so etwas!« Das ist mir völlig entgangen. Hoffentlich entgeht mir sonst nichts, was eigentlich wichtig ist.

Anna deckt den Tisch, Bertha trägt die Servierplatte mit Schmorbraten und Backkartoffeln auf, Johanna schleppt die Suppenterrine und die Schüssel mit dem Gemüse und geht ihr kräftig zur Hand. Der Duft von gehackter Petersilie und mariniertem Fleisch zieht durch das Speisezimmer. Wahrscheinlich liegt dieser Wohlgeruch schon seit Stunden in der Wohnung und hat die Gerüche des brennenden Laboratoriums überdeckt.

Justus schiebt mir den Stuhl zurecht, erwartungsvoll nehmen wir Platz. Ja, jetzt merke ich es, ich habe Hunger wie eine Wölfin. Aber noch ehe wir den ersten Bissen zum Munde führen, schellt es an der Wohnungstür. Wir halten inne, meine Gabel schwebt in der Luft. Die Stimme von Bertha, die Stimme von Wernicke, eine zweite Männerstimme, erst leise, dann lauter, dann schrill und dann kreischend. Keine Stimme, die ich schon einmal gehört habe. Ich sehe zu Justus, der zuckt nur die Schultern. Langsam erheben wir uns, öffnen einen Spaltbreit die Speisezimmertür, aber wir sehen nichts, hören nur die Stimmen, die immer noch lauter werden.

»Wanda, du bleibst. Ich gehe nachsehen.« Justus schiebt sich durch den Türspalt und kommt kurz darauf mit einer Visitenkarte zurück. »Dieser Mann sagt, er kennt dich.«

Ich nehme ihm die Visitenkarte aus der Hand. *Baron Eugen von Wistler, Kunstmaler aus Hamburg.* »Woher will der mich denn kennen?«

»Er meint, du kennst ihn, seit du im Polizeirevier warst.«

Oh nein, nicht schon wieder einer. Ich schüttele heftig den Kopf, deute auf den gedeckten Tisch, ich will nur noch essen und meine Ruhe haben vor allen Polizisten dieser Welt. Langsam ziehe ich die Salontür zu, draußen im Korridor schlagen die Stimmen über.

»Ich an deiner Stelle würde hinausgehen und einen Blick auf ihn werfen. Der Mann ist sehenswert ...«

Justus hat noch nicht zu Ende gesprochen, da klopft es heftig, die Salontür wird aufgerissen. Im Türrahmen erscheint die Gestalt eines Mannes.

»Gnädige Frau? Oh, hallo, gnädige Frau!« Justus versperrt ihm den Weg, aber dieser Mann überragt ihn fast um Haupteslänge. Er tänzelt um Justus herum, springt auf und ab und erhascht meinen Blick. »Gnädige Frau! Baronesse Wendeline Sophie von Branndenburg? Oh! Da sind Sie!«

»Nein!«

»Bitte ... geruhen Sie doch, mich zu empfangen!«

Ich tausche einen Blick mit Justus, der gibt den Weg frei. Er ist noch nicht ganz zur Seite getreten, da steht der Mann schon vor mir, ergreift meine Hand und drückt mit altmodischem Handkuss meine Finger in sein Gesicht. In diesem Augenblick erkenne ich ihn: Dieser Eugen von Wistler, Kunstmaler aus Hamburg, ist der Mann, der heute Morgen, bei unserem Abschied von Professor von Isensee, vor uns durch die Gänge des Chemischen Instituts lief.

Eugen von Wistler ist groß, hager und ununterbrochen in Bewegung. Seine Beine sind lang, seine Arme sind dünn und pendeln ständig um ihn herum. Auch seine Hände sind wirklich bemerkenswert, so, wie ich mir die Hände eines Harfinisten vorgestellt hätte: lang, schmal und kraftvoll, mit feingliedrigen Fingern, die sensibel und zugleich heftig nach allem greifen können, was sie berühren.

Eugen von Wistler nimmt sich gerade noch Zeit zu warten, bis Anna ihm Hut und Sommerpaletot abgenommen hat. Er macht einen verwedelten Diener, murmelt kurz seinen Namen, lässt sich auf einen Stuhl neben der Anrichte fallen, noch bevor ich mich überhaupt entschieden habe, ob ich mit ihm in den Salon hinübergehen oder ihn hier im Esszimmer empfangen möchte, und mustert mich. »Gnädiges Fräulein, wie bin ich froh, Sie endlich kennenzulernen. Wir hatten ja neulich schon eine Begegnung, eine etwas unerfreuliche Begegnung, möchte ich sagen. Aber dort, im Polizeirevier, das muss ich zugeben, habe ich Sie bewundert. Sehr! Sie haben sich wacker geschlagen! Bei solchen Gesprächen … ha, das sind ja eigentlich eher Vernehmungen … ist schon mancher hartgesottene Kerl zusammengebrochen. Und Sie haben das wirklich … Sie haben das wunderbar durchgestanden.«

Ah ja.

Brummig und knapp meldet sich Justus zu Wort. »Was sagten Sie, Herr von … wie war noch gleich Ihr Name?«

»Eugen von Wistler, Herr Baron, fast wie der amerikanische Maler. Ich bin erst vorgestern geradewegs aus Hamburg angereist.«

»Schön, Sie kennenzulernen, Herr von Wistler. Es stört Sie doch nicht, wenn wir unsere Mahlzeit fortsetzen?«

»Aber nein, ganz im Gegenteil! Es riecht etwas streng in der Wohnung, ich hatte schon Sorge, dass Ihr Mittagsmahl angebrannt wäre …«

»Nein, angebrannt ist es nicht, es ist ausgesprochen wohlschmeckend. Sollte Ihr ›ganz im Gegenteil‹ vielleicht heißen, dass Sie nichts dagegen hätten, wenn Johanna für Sie einen Teller aufdeckt und wir Sie einladen zu unserem bescheidenen Mahl?«

Eugen von Wistler nickt fröhlich, Justus läutet nach dem Mädchen. Er lächelt still vor sich hin. Findet er Eugen von Wistler unterhaltsam? Wenige Minuten später sitzt dieser Mann an unserem Esstisch, und wir lassen uns zu dritt Schmorbraten und Backkartoffeln schmecken.

»Ach, gnädiges Fräulein, jetzt bin ich hier, bei Ihnen! Und dieses Festessen! Ich fasse mein Glück nicht!«

Ich fasse es auch nicht, ich habe noch immer nicht im Geringsten verstanden, was er eigentlich will. »Ich kann mich gar nicht an Sie erinnern, Herr von Wistler.«

»Seien Sie unbesorgt, Baronesse, das macht überhaupt nichts.«

»Sie waren wirklich im Polizeirevier?«

»Aber ja, aber ja!«

»Wo genau waren Sie denn? Auch im Dienstzimmer?«

»Ich stand direkt neben Ihnen.«

»Neben mir standen Polizisten in Uniform, einer rechts, einer links.«

»Ja, richtig, und hinter dem einen stand ich. Dieser lange Mensch mit dem Gehrock, der immer den Rauch von seinem Zigarillo über den Tisch blies. Sie haben mir einen bitterbösen Blick zugeworfen. Und daran erinnern Sie sich nicht?«

Ich schweige, vertiefe mich in meine Kartoffelscheiben. Nein, kein Zigarillorauch, kein Mann in Zivil, beim besten Willen, an eine solche Erscheinung im Polizeirevier erinnere ich mich nicht.

Der Herr Kunstmaler Eugen aus Hamburg betrachtet mich.

Die Blicke von Justus gehen zwischen Eugen und mir hin und her, das Lächeln auf seinem Gesicht ist verschwunden. So amüsiert, wie ich gedacht hatte, ist er gar nicht. Er legt seine Gabel auf den Teller zurück. »Sie gehören auch zum Polizeirevier 16, Herr von Wistler?«

»Nein, aber nein, Gott bewahre, ich bin doch kein Polizist.« Eugen kaut unbeirrt weiter an seinem Bratenstück. »Ich muss sagen, ich war mehr zufällig da. Sozusagen in Geschäften.«

»Was für Geschäfte kann man denn machen mit der Polizei von Berlin?«

»Oh … das … Nun, ich muss auch leben. Eigentlich bin ich ja Kunstmaler, wie ich schon erwähnt habe. Malen – das kann ich wirklich. Das habe ich sogar studiert.« Wir hören ihm zu, Eugen nimmt unser Schweigen als Aufforderung, schneidet Schmorbraten für sich auf, führt ununterbrochen die Gabel zum Mund und redet und redet. »Wissen Sie … eigentlich könnte ich zu Hause den reichen Stammhalter spielen. Mich ein wenig in unserem Import-Export-Familiengeschäft befleißigen und am Nachmittag Tennis spielen oder auf der Elbe segeln. Auch hin und wieder an der Staffelei dilettieren, das wäre vollkommen in Ordnung für meinen Vater. Aber ich will nun mal nicht ins Geschäft! Ich tauge nicht fürs Exakte. Ich will malen, nichts anderes. Und das versteht er glasklar überhaupt nicht.«

»Kann er Sie denn zwingen?«

»Ha!«

»Wir leben im 20. Jahrhundert und nicht in der Steinzeit. Wie sollte das gehen?«

»Ganz einfach: Er sperrt mir das Geld. Komplett. Ein Hamburger Kaufmann hat keinen brotlosen Künstler in seiner Familie. Aber ich kann …« Eugen springt plötzlich auf, wirft die Gabel auf den Teller, greift in seine Gehrocktasche. »Hier, Baronesse, sehen Sie! Hier, Herr Baron!«

Er zieht etwas aus der Tasche, drei, vier kleine Hefte, wie die Revolvergeschichten von Buffalo Bill oder von Nick Carter, die Sottke liest, wenn er vor der Kunstschule auf mich wartet. Auch meine Mitschülerinnen aus Winblads Porträtklasse habe ich schon mit solchen Heften gesehen. Aber wenn die Köchin in Branndenburg unsere Küchenmädchen damit erwischt, nimmt sie sie ihnen weg und wirft sie kurzerhand in den Küchenherd.

Eugen von Wistler lächelt glücklich. »Hier, sehen Sie. Ich kann mich selber ernähren! Ich brauche meinen Vater nicht.«

Wir starren auf die bunten Hefte. Das kleine Schmunzeln liegt wieder auf den Mundwinkeln von Justus. »Und so etwas schreiben Sie, Herr von Wistler?«

»Wer, ich? Aber das sagte ich Ihnen doch schon, ich bin *Maler*! Die *Titelbilder* – die male ich.«

»Oh.«

»Hier, sehen Sie, wie gefällt Ihnen das, Baronesse?« Er breitet die Hefte auf seiner Hand wie einen Fächer.

»Recht gut, doch, interessant.« Ich murmele undeutlich, aber Eugen ist sehr zufrieden mit meinem Lob, er lässt sich zurück auf seinen Stuhl fallen, greift wieder nach seiner Gabel und stürzt sich auf die gebackenen Kartoffeln.

Justus folgt mit den Augen jeder Bewegung. »Sagen Sie uns doch, lieber Herr von Wistler, warum sind Sie zu uns gekommen?«

»Warum? Nun … weil … ach, könnten wir damit nicht warten? Erst nach dem Essen darüber sprechen? Mit Ihrer Erlaubnis, Baronesse. Ich bitte höflichst darum.«

Gut, warum nicht, ich nicke Justus zu. Zögernd greift er nach seiner Gabel, beginnt langsam wieder zu essen. Eugen von Wistler zieht die Platte mit den Kartoffeln zu sich heran und häuft sich noch einmal auf.

Auch unser Wintergarten gefällt dem Herrn Kunstmaler aus Hamburg. Er lässt den Blick über Phönixpalmen und Sanseverien schweifen, die im Licht der Nachmittagssonne bizarre Muster über die Wände werfen. »Hübsch, sehr hübsch!«

Bertha serviert uns Kaffee, mit Cognac und Zigarillos für die Herren, auch das gefällt ihm ausnehmend. Und Justus? Vor wie vielen Tagen hat Justus seine letzte Zigarette geraucht? Eugen von Wistler lehnt sich in seinem Rattansessel zurück, lässt sich Kaffee und Cognac schmecken, steckt sich ein Zigarillo nach dem anderen an und genießt.

»Worum geht es denn nun, Herr von Wistler?«

»Das … ach ja, das …« Mit einem Zug leert er seinen Cognacschwenker, der Spaß ist vorüber, sein Gesicht wird ernst. »Nun, ich habe Ihnen ja schon erzählt, liebe Baronesse … Herr Baron … dass ich … für mein Leben selber sorge …« Er sieht starr vor sich hin, spricht plötzlich nur noch stockend, nach jedem Wort muss er lange suchen. Ganz unvermittelt springt er auf. »Bitte, tun Sie mir einen Gefallen!«

Ich rühre mich nicht.

»Ich muss die Bilder noch einmal sehen! Diese Bilder, die Sie mit auf dem Polizeirevier hatten. Bitte, darf ich?«

»Wenn ich sie hätte, würde ich sie Ihnen zeigen. Allerdings musste ich sie zurücklassen im Revier, wie Sie sich vielleicht erinnern.«

Eugen beginnt zu zittern. »Sie irren sich, Baronesse … die Fotografien, die mussten Sie dalassen. Aber die Zeichnungen, die Sie von den beiden gemacht haben, die Porträts, liebe Baronesse, deshalb sind Sie mir ja derartig aufgefallen. Die möchte ich gerne noch einmal sehen!«

Justus steht auf, aber nur um zu läuten. Er geht nicht aus dem Wintergarten, um die Porträts zu holen, lässt mich nicht mit dem aufgeregten Eugen alleine. Anna erscheint, wird in den Salon geschickt. Bis sie wieder bei uns ist, geht Eugen hin und her in den Palmenhainen des Wintergartens, er schleudert seine Arme, zappelt mit den Beinen, läuft in die Palmwedel, springt auf und ab.

Dann kommt Anna zurück. Eugen von Wistler hält meine gezeichneten Porträts in der Hand, dreht sie, hält sie dichter vor seine Augen, schüttelt den Kopf, nickt. »Nein … da ist … wirklich kein Zweifel …«

Ich sitze in meinem Sessel, sehe ihm zu, ein Gefühl breitet sich in mir aus, plötzlich weiß ich, dass gleich … gleich etwas passieren wird. Nein, keine Explosion, das blaue Fenster im Weinkeller wird nicht in tausend Stücke zerspringen und auf mich zufliegen. Etwas anderes, etwas Schreckliches, aber was? Das Unheil holt noch einmal tief Atem.

Justus tritt hinter mich, lehnt sich gegen die Rückenlehne meines Sessels, legt seine Hände auf meine Schultern. Anna steht immer noch in der Wintergartentür. Alle drei starren wir Eugen an.

»Es ist so ... diese albernen Heftchen, diese Titelblätter, die sind irgendwie zu ertragen. Aber das alleine reicht nicht, ich brauche noch andere Aufträge. Und da ... arbeite ich für eine Zeitung in Hamburg. Für den *Criminal-Reporter*. Die Redaktion sagt mir, wo ein Verbrechen geschehen ist. Und ich fahre dorthin. Um zu zeichnen. Für das Titelblatt. Oder für die Artikel. Das ist ... nicht immer einfach ... Ein Dienstmädchen, dem die Kehle durchschnitten ist. Ein Droschkenkutscher mit einem Messer im Rücken. Ein ermordetes Kind. Ein Mann, dem ein großer Eisenring um den Körper gebunden wurde und der dann ins Wasser ...« Er bleibt vor mir stehen, zeigt auf die Zeichnungen von Emmy und Gustav, seine Hände zittern. »Das ist ... grausam, einfach schrecklich. Das möchte ich nicht mehr machen müssen. Aber da ist dieser Mensch ... der mich täglich zur Rede stellt, ob ich nun endlich Geld verdiene mit meiner brotlosen Kunst!« Eugen steht vor mir, starr, die Arme schlenkern nicht mehr, die Beine zappeln nicht, seine zitternden Hände sind das Einzige, was sich an ihm bewegt.

»Herr von Wistler, ich verstehe nicht, was Sie uns sagen wollen.«

»Ich weiß, es hört sich alles so schrecklich an ... Vorgestern, nach dem Polizeirevier ... bin ich lange durch die Straßen gelaufen. Bis runter zur Friedrichstraße ... Ich bin in den Bahnhof, bin auf den Bahnsteig gegangen, bin in den Zug eingestiegen. Ich wollte ... zurück nach Hamburg. Aber dann ... drei Minuten bevor der Schnellzug abfuhr ... da dachte ich, nein, ich muss es Ihnen doch sagen!«

»Was denn, bitte?«

»All diese Gesichter ... diese Toten ... die prägen sich ein ... unauslöschlich ... Wenn ich jemanden gezeichnet habe ... ich vergesse nie ein Gesicht ...«

»Das tut mir wirklich sehr leid für Sie.«

»Nein, Sie verstehen nicht, Baronesse ... diese Zeichnungen, als Sie die auf dem Polizeirevier gezeigt haben ... ich habe sie erkannt! Ihre Gesichter! ... *Mir* tut es leid. Leid für *Sie*.« Eugen zittert, er rennt los, an Anna vorbei hinaus in den Korridor. »Meinen Mantel!«

Anna trabt hinter ihm her. Justus und ich sehen uns an, langsam gehen wir den beiden nach. Eugen steht schon vor der Wohnungstür, er sieht fürchterlich aus. Anna hält seinen Sommermantel, seine Hand sucht nach dem Eingang zum Ärmel, in seinen Augen stehen Tränen, aber die soll natürlich keiner von uns sehen. Eugen wendet das Gesicht zur Wand.

»Morgen früh, Baronesse, fahren Sie mit mir nach Hamburg! Ich … zeige sie Ihnen. Beide. Und dann … werden wir sehen, wer recht hat.« Er zerrt Anna den Panamahut aus der Hand, reißt die Wohnungstür auf, rennt hinaus in den Hausflur. »Ich komme Sie abholen! Um neun!«

Die Wohnungstür fällt laut hinter ihm ins Schloss.

In der Birke singt die Amsel. Ich weiß nicht, wie lange ich hier schon sitze, frierend, unter einer Kaschmirdecke. Aber das ist auch alles, ich bin überhaupt nicht aufgeregt, mein Herz klopft nicht heftig, meine Hände zittern nicht. Nur meine Augen suchen manchmal nach einem Punkt, an dem sie sich festhalten können. Der Sonnenuntergang vor dem Fenster, ein dunkler Palmwedel, die Amsel draußen im Baum … das Gesicht von Justus!

»Nun, Wanda? Geht es dir besser?«

»Besser? Mir ging es nicht schlecht.«

Er zieht die Brauen nach oben, sieht mich an. »Hast du es dir überlegt, fährst du mit ihm nach Hamburg?«

Ach, Hamburg … Ich habe einen Reviervorsteher, der nicht nach Gustav und Emmy sucht, ich habe ungebetene Hilfe von einem Polizeileutnant. Ich habe Streit mit Justus, weil er wilde Hypothesen über meine Familie aufstellt. Habe eine ungewöhnliche Bogenschützin, eine Köchin ohne jedes Erinnerungsvermögen und einen falschen Assistenten von einem richtigen Universitätsprofessor, der wegen irgendwelcher Unterlagen diese Wohnung anzündet. Auf mich wartet Papa, der mich wahrscheinlich mit seinem Doppellader erschießt, wenn er erfährt, dass ich noch am Leben bin. Mama legt inzwischen den Stoff für zwanzig Paradekissen bereit … Ich habe genügend Sorgen, muss ich nun auch noch darüber nachdenken, ob ich nach Hamburg will?

»Justus, ich will nicht, aber was ist, wenn dieser Eugen die Wahrheit sagt?«

»Dieser Mann ist ein Schauspieler, ein Blender, ein Clown. Dem glaube ich nichts.«

»Wahrscheinlich hast du recht. Nur, wir haben keine Idee, wo sie sein könnten – wir sollten nichts auslassen!«

»Stimmt. Seit sechs Tagen haben sie sich nicht gemeldet. Ich weiß nicht mehr weiter. Aber wir können doch nicht bis nach Honolulu fahren, nur weil irgendein Irrer sagt, dass er sie dort gesehen hat.« Nie regt Justus sich auf, fast nie, aber jetzt zittern seine Hände, seine Stimme ist viel zu laut. Hilfesuchend sieht er sich um, eine Kanne mit Kaffee steht auf dem Tisch, eine Flasche *Asbach Uralt*, ein Krug mit Limonade, auf dem ein einsames Blättchen Zitronenmelisse schwimmt. Justus stürzt sich darauf, gießt uns Limonade ein, schiebt ein Glas über den Tisch zu mir hin. »Willst du einen Cognac, Wanda?«

Ich schüttele den Kopf, nein, sicherlich nicht.

Justus füllt seinen Schwenker reichlich, aber dann besinnt er sich anders, gießt den Inhalt des Schwenkers in sein Glas mit der Limonade und trinkt auf einen Zug aus. »Ich habe ebenfalls nachgedacht, Wanda. An diesen hinkenden Polizisten kann ich mich vage erinnern. Sehr vage. Es ist *möglich*, dass er irgendwo im Polizeirevier war. Aber dieser Mensch hier, dieser seltsame Eugen, dafür kann ich meine Hand ins Feuer legen: Der war da *nicht*!«

»Aber er hat doch alles beschrieben, die Bilder von Gustav und Emmy, die Fotografien, diese Ausfragerei.«

»Das heißt doch nicht, dass er wirklich dabei war. Vielleicht hat es ihm jemand erzählt. Vielleicht hat er es nur gelesen, weil der Reviervorsteher eine Meldung über dich abgegeben hat. Dieser Eugen durchwühlt bestimmt alle Akten und Unterlagen, die er in die Finger kriegt.« Er gießt sich noch einmal Limonade nach, noch einmal Cognac, trinkt.

Ich sehe still vor mich hin, die Amsel singt immer noch. Wenn ich die Augen schließe, könnte ich mir vorstellen, ich wäre in Branndenburg, die Welt wäre noch in Ordnung. »Wenn ich nicht fahre, Justus, werde ich mich immer fragen, ob er nicht doch die Wahrheit gesagt hat.«

»Das wusste ich, dass du so entscheiden wirst.« Er greift zum dritten Mal nach der Flasche, hält inne, stellt sie wieder zurück. »Aber ich fahre mit.«

Unsere Blicke begegnen sich. Ich weiß nicht, was er sagen wird, wenn ich ihm erzähle, dass ich Eugen von Wistler heute Morgen schon einmal gesehen habe, was er sagen wird, wenn ich ihm erzähle, welche Geheimnisse der hinkende Polizeileutnant mir in Emmys Zimmer anvertraut hat. Langsam greife ich nach meinem Glas. Mein schönstes Glas Limonade mit Melissenblättern habe ich in Havelhöhe getrunken. Kilian fällt mir ein, lieber Gott, Bernhard … »Justus, was machen wir mit der Beerdigung?«

»Daran habe ich auch schon gedacht. Um Kilian und Bernhard ordentlich unter die Erde zu bringen, müssen wir rechtzeitig aus Hamburg zurück sein.«

1. September 1909

Am Morgen um sieben richtet Anna für mich ein Bad, Lavendelöl und Zitrone. Eine volle Stunde verbringe ich darin und versuche meine Gedanken zur Ruhe zu bringen. Anna schleicht auf Zehenspitzen durch mein Zimmer und packt einen kleinen Koffer.

Eine halbe Stunde vor neun Uhr steht Eugen von Wistler vor unserer Wohnungstür. Er nimmt in Seelenruhe ein ausgiebiges Frühstück. Justus und ich geben Bertha, Anna und Johanna die letzten Anweisungen für unsere Abwesenheit. Dann lassen wir uns in die Jacken helfen, holen Eugen aus dem Speisezimmer, steigen die Treppe hinab, Justus winkt einer Taxe, die bringt uns zum Bahnhof Friedrichstraße. Eine halbe Stunde haben wir noch, bis der Zug abfahren soll, und da stehen wir dann auf dem Bahnsteig, Eugen springt herum, Justus blickt finster, ich möchte am liebsten zurück in die Oranienburger. Ich will nicht nach Hamburg, was ich dort finden soll, will ich nicht finden. Aber ich fahre.

Es ist nicht warm, ein trüber Spätsommertag, der Himmel bedeckt, nur ab und an drängen sich ein paar Sonnenstrahlen durch das hohe Glasdach. Von hier oben, vom Bahnsteig aus, haben wir einen weiten Blick durch die gläsernen Wände des Bahnhofes, über die Spree, den Schiffbauerdamm, die Weidendammer Brücke bis hinüber zur Friedrichstraße. Der Pfiff einer Lokomotive ertönt, unser Zug fährt ein. Die Bahnhofshalle füllt sich mit Qualm, der Boden erbebt unter unseren

Füßen, während der Zug langsam zum Stehen kommt. Die Schaffner gehen von Abteil zu Abteil, öffnen die Türen, helfen beim Aussteigen und heben Gepäckstücke. Reisende, Schaffner, Gepäckträger laufen durcheinander.

Justus bringt unsere Koffer in ein Erste-Klasse-Abteil, er hilft mir die schmalen Stufen zu unserem Abteil hinauf. Nach mir steigt Eugen ein, Justus reicht ihm nicht seine Hand.

Ich lasse mich in die roten Polster sinken. Ansagen, Anfragen, immer noch laufen alle durcheinander. Dann wird es ruhiger. Dann, endlich, der Pfiff des Bahnhofsvorstehers, der Zug ruckt an. Der Schiffbauerdamm, die Spree, der Potsdamer Platz gleiten an uns vorüber. Bald sind es Häuser und Straßen, die ich noch nie gesehen habe, immer kleinere Häuser, immer schmalere Straßen, Gärten, Wiesen und Weiden, einzelne Bauernhöfe und Dörfer, flaches Land.

Doch … ich will nach Hamburg. Aber ich wünsche von ganzem Herzen, dass der Baron Eugen von Wistler ein Spinner ist, ein Wichtigtuer, dass sein Gedächtnis ihn manchmal betrügt, dass er es vielleicht gut gemeint hat, aber einfach im Irrtum ist. Es gibt so viele Möglichkeiten, warum es nicht Emmy und Gustav sein können, die er uns in Hamburg zeigen wird. Eine von diesen vielen Möglichkeiten muss es am Ende sein.

»Ach, liebe Baronesse, wie das duftet, hier im Abteil. Wenn man mal absieht vom Ruß und diesem Höllengestank von der Lokomotive, dann riecht es hier im Abteil … nach Lavendel? Nach Zitrone? Sind Sie das, Baronesse? Was für ein Parfüm benutzen Sie denn?«

Dieser Mann ist unmöglich! Ich drehe den Kopf, sehe zum Fenster hinaus, mehr als eine Stunde sitze ich einfach nur da, lasse Landschaft und Städte an mir vorbeiziehen. Beim Halt auf einem kleinen Bahnhof winkt Justus einen Jungen zu uns heran, der Limonade verkauft. Bald wird das Land, durch das wir fahren, noch platter, noch weiter. Ich staune, dass die omeletteflache Landschaft von Branndenburg noch übertroffen werden kann. Die Häuser sind jetzt aus rotem Backstein, die Dächer aus Schilf. Das helle Sommerlicht wechselt mit tiefdunklen Schatten, schwere Wolken treiben über das Land.

Nicht lange nach drei Uhr fahren wir in Hamburg ein. Der Himmel ist schwarz, als wäre schon Nacht, die Stadt dunkelgrau. Der riesige Bahnhof wirkt düster, auf das Dach trommelt dichter Regen. Ich laufe zwischen Justus und Eugen einen endlosen Bahnsteig entlang. Keiner sagt ein Wort, das Echo unserer Schritte hallt von den kahlen Wänden. Hinter uns eilt der Gepäckträger mit unseren Koffern. Eines der Räder an seinem Karren quietscht, es klingt wie die Schwalben, die unter dem Scheunendach ihre Nester bauen. Ach Sommer, Duft von Heu, warmer Wind, Tennis mit meinen Schwestern, alles, sogar Mamas ewige Sonnenschirm-Arie, wäre jetzt besser, als hier zu sein und auf diesen schrecklichen Augenblick zuzugehen.

Wir durchqueren die große Halle. Immer noch schweigen die beiden Männer. Schwere Flügeltüren schwingen hinter uns aus, auch die Vorhalle ist finster und trübe. Wir treten hinaus auf eine große belebte Straße, Automobile, Pferdedroschken, Busse, Straßenbahnen, hell erleuchtete Schaufenster, alles versinkt in bleischwerer Dunkelheit. Der Regen ergießt sich in Strömen, Pfützen und Rinnsale machen den Gehweg unpassierbar. Haben wir einen Regenschirm mitgenommen? Justus und ich sehen uns an, nein, natürlich nicht, mit so einem Weltuntergang haben wir nicht gerechnet.

»Am liebsten, sei mir nicht böse, Wanda, würde ich dich tragen.« Der Regen prasselt auf das Straßenpflaster, so laut, dass Eugen unsere Worte glücklicherweise nicht verstehen kann.

»Untersteh dich!«

»Gut, dann wartest du bitte hier. Rühre dich nicht von der Stelle.« Justus läuft in den Bahnhof zurück, eine Minute vergeht, eine zweite Minute, dann kommt er zurück. Strahlend wie ein Trophäenjäger schwenkt er einen Regenschirm in der Hand. »Darf ich um Ihren Arm bitten, liebes Fräulein?«

Ich hänge mich ein, er zieht mich dicht an sich. »Damit du auch schön unterm Schirm bist.«

Ich rieche den Zedern-Duft von dem Bad, das Justus heute Morgen genommen hat. Ich kenne mich selbst nicht, ich habe überhaupt nichts dagegen, dass Justus die Führung übernimmt, dass er entscheidet, wohin wir jetzt fahren, was wir tun oder lassen. Der Gepäckträger pfeift auf den Fingern eine Kraftdroschke heran, wir waten durch tiefe Pfützen, der Regen prasselt auf unseren Schirm. Justus reißt die Automobiltür auf, hilft mir beim Einsteigen, setzt sich neben mich. Eugen schwingt sich vorne neben den Fahrer. Ringsum schließt der Regen uns ein. Das also ist Hamburg.

Langsam bewegt sich die Kraftdroschke durch Straßen, bei denen ich kaum die Fahrzeuge vor uns, kaum die Fußgänger oder die Häuser am Straßenrand sehen kann. Vor einem kleinen Ausflugslokal direkt an der Elbe steigen wir aus.

Immer noch schüttet der Regen wie aus Eimern vom Himmel herab, immer noch ist der Himmel schwarz. Mir ist kalt, mein seidenes Sommerkostüm ist zu dünn für das verregnete Hamburg. Eisiger Wind weht hier draußen, fauliger Geruch treibt heran, dunkel und verlassen liegt das Elbufer, menschenleer das Lokal. Auch mein Kopf ist leer, ohne Widerspruch tue ich, was von mir erwartet wird. Justus lässt unser zweites Frühstück auf der verglasten Veranda servieren, windgeschützt, im geheizten Raum. Mir wird eine Decke gebracht, Justus reißt sie dem Kellner aus der Hand, hüllt mich darin ein, ich leiste keinen Widerstand. Dann wird serviert: Toast, gebratener Schinken, Sprotten und Räucheraal, Spiegeleier, Porridge mit Zimtzucker und zerlassener Butter.

Eugen häuft sich Mengen auf seinen Teller wie ein Holzfäller. »Ach liebe Freunde, was für ein herrliches spätes Frühstück! Wollen wir das späte Mittagessen gleich anschließen?«

Ich will nichts davon sehen, wende meinen Blick zum Fenster, hinaus in den Regen.

»Wanda, bitte, hast du denn gar keinen Appetit?«

Justus hat recht, auf keinen Fall will ich jetzt schwach werden. Gehorsam lasse ich mir von jeder Platte ein paar Bissen auflegen, arrangiere sie wie eine Landschaft auf meinem Teller.

Aber dann starre ich doch wieder nur aus dem Fenster. Der Regen ist nicht mehr so kräftig, der Himmel nicht mehr schwarz, sondern grau. Nicht weit entfernt, hinter einer kleinen Böschung, fließt die Elbe, ein mächtiger Strom, das andere Ufer so weit, dass es im Regen kaum zu erkennen ist. Auch meine Gedanken fließen, von Tante Emmy, die mit Pfeil und Bogen auf einer Gartenbank draußen in Johannisthal sitzt, bis zu dem blauen Fenster im Weinkeller vom Havelschlösschen. Dass Eugen vom Tisch aufsteht, bemerke ich kaum. Bald erhebt sich auch Justus.

»Bleibe ruhig sitzen, Wanda. Trink deinen Tee, genieße die Aussicht. Du musst dir keine Sorgen machen. Dieser Mann hat sich geirrt, da sind wir doch beide ganz sicher, oder?«

Ich nicke, den Blick auf das Wasser. Justus' Stimme hat sich verändert, zu sagen, dass er besorgt klingt, wäre untertrieben. Gestern, auch heute Morgen noch, klang er vollkommen anders. Was hat sich für ihn verändert? Und wann?

Hoch über uns reißt schließlich doch noch der Himmel auf, ein kleiner Sonnenstrahl schiebt sich durch die dicken Wolken. Bald kann ich sehen, dass auch in Hamburg das Gras am Ufer grün ist, das Wasser braun wie Flusskiesel und der Himmel blau. Aus der dunklen Nacht wird ein Nachmittag. Gut, ich trinke meinen heißen Tee, ein paar Minuten sehe ich noch auf die Elbe hinaus, dann gehe ich den beiden nach.

Eugen von Wistler hält einen Telefonhörer in der Hand. Ein riesiger Gummibaum steht neben dem Telefontisch. Durch ein buntes Bleiglasfenster, auf dem ein Segelschiff auf einem Fluss kreuzt, dringt das Sonnenlicht herein. Justus steht dicht neben Eugen, hält sein Ohr in die Nähe des Hörers und lauscht dem Gespräch.

»Moin, Moin, du bist meine letzte Hoffnung. Jetzt hab ich jeden von der Redaktion schon am Hörer gehabt. Nur eine Frage, mein Lieber: Vor einer knappen Woche hatten wir ein Paar, Mann und Frau, draußen in Fuhlsbüttel ... Ja, genau, die beiden im feinen Zwirn ... Sag mal, weißt du vielleicht, wer den Artikel über die Sache geschrieben hat? ... Was? Du? Mann, da hab ich ja Glück ... Ach? Was soll das heißen, nicht gedruckt? Ich denke, das war für die Titelseite? ... Aus dem Andruck genommen? Vernichtet? Wer entscheidet denn so was? ... Mann, dafür hab ich im Schauhaus doch Bilder gemalt. Da kriege ich am Ende kein Geld dafür, oder was?« Eugen rudert mit den Händen durch die Luft, hüpft aufgeregt auf und ab.

Justus versucht mit dem Ohr in der Nähe des Telefonhörers zu bleiben, aber das gelingt nicht. Schließlich packt er Eugen einfach am Arm. »He!«

Jetzt steht Eugen still, Justus lauscht wieder, beide horchen in den Hörer hinein, schütteln den Kopf, nicken, beinahe gleichzeitig.

»Ach, du bist selber da draußen gewesen? ... Interessant! ... Sag mal, du hast bestimmt einen Durchschlag davon, schickst du mir den? ... Ins *Imperial der Meere*, in die Suite der Baronesse von Branndenburg ... Schick einfach einen Boten, das Hotel setzt ihn auf die

Rechnung … Danke, mein Lieber, danke!« Eugen verabschiedet sich und hängt ein.

Justus lässt seinen Arm los. »So, mein Freund, und was machen wir nun?«

»Jetzt fahren wir ins Schauhaus.«

»Um Himmels willen!«

»Hast du einen besseren Vorschlag? Da liegen die beiden, da hab ich sie gezeichnet … Aber was nützt es, wenn *ich* sage, sie sind es. Mein Wort zählt da gar nichts. Die Baronesse muss sie erkennen. I-denti-fizieren, so nennt man das!«

»Das kann ich ihr nicht antun.«

»Der Keller ist kühl.«

»Du bist nicht bei Troste! Das werde ich ihr ersparen.«

»Deine Besorgnis ehrt dich. Aber du kannst deine hübsche Baronesse nicht vor allem bewahren.«

»Doch, *ich* werde sie *i-denti-fi-zieren. Ich* fahre mit dir ins Schauhaus. Wanda lassen wir hier.«

Sie wenden sich um, und da stehe ich. Justus zuckt zusammen, als hätte ich ihn bei einem Verbrechen ertappt. »Wanda, du hast alles gehört?«

Ich nicke.

»Bitte, ich will dich nicht übergehen. Es wäre besser, ich bestelle ein Taxi und du fährst ins Hotel. Spätestens in zwei Stunden bin ich bei dir.«

Ich schüttele den Kopf.

»Du hast keine Vorstellung, was dich dort erwartet. Solche Orte sind grauenvoll.«

»Mach dir keine Sorgen, Justus. Ich schaffe das.«

Hamburg nach dem Regen. Eine uralte Droschke bringt uns nach Ohlsdorf hinaus. Die Rücken der Pferde dampfen unter dicken Decken. Die Decke, die um meine Beine geschlungen ist, dampft glücklicherweise nicht.

Nach langer Fahrt endlich die Alsterdorfer Straße, unter blassgelber Sonne, mit tropfenden graugrünen Bäumen. Weit hinter Hamburg ein zweistöckiges Haus mit roter Backsteinfassade, so nüchtern, als hätten es Preußen gebaut, vollkommen schmucklos. Ein breiter Torbogen, dahinter holpriges Kopfsteinpflaster, unter einer großen Kastanie im Hof stehen schmale Friedhofswagen mit schwarzer Verkleidung und lange zweirädrige Holzkarren.

Als die Droschke durch den Torbogen fährt, reißt ein junger Mann in knöchellangem grauem Kittel die Haustür auf und eilt uns entgegen. »M-meine Herrschaften, m-meine Herrschaften, h-haben Sie eine Erlaubnis?« Er äugt in die Droschke hinein, entdeckt mich, schüttelt den Kopf. »D-das ist streng verboten. V-völlig unmöglich. Und d-dann noch m-mit einer D-dame?«

Erst als Eugen aus der Droschke aussteigt, wird das anders. »M-mensch, Herr Baron, hab Sie g-gar nicht erkannt.«

»Grüß dich Gott, Hinnerk! Ist der Gevatter im Hause?«

Der junge Mann im grauen Kittel nickt heftig. »T-türlich, t-türlich. K-kommt nur, k-kommt!« Er geht quer über den Hof, Eugen schickt sich an, ihm zu folgen.

Justus legt seine Hand auf meinen Arm. »Wanda, du musst nicht!«

Seine Hand ist warm, seine Berührung bringt meinen letzten Widerstand zum Schmelzen wie Schnee in der Sonne. Wenn er jetzt nicht aufhört, derartig freundlich zu mir zu sein, fange ich an zu weinen. »Doch …«

Justus winkt dem Kutscher. »Wanda, bleib hier. Was auch immer da drin zu tun ist, ich erledige das für dich.«

Er folgt den anderen ins Haus, der Kutscher schließt die Droschkentür hinter ihm. Ich ziehe die wollene Decke höher, dann sitze ich da und warte. Durch meinen Kopf ziehen Bilder, Emmy, Gustav, mit geschlossenen Augen, mit bleichem Gesicht …

Ich werde nie aufhören können, ich werde mich immer fragen, was ihnen wohl passiert ist, wenn ich jetzt nicht hineingehe. Ich werfe die Wolldecke zur Seite, reiße die Droschkentür auf, springe auf das Kopfsteinpflaster, schneller als der Kutscher mir zu Hilfe kommen kann.

Auf dem Hof ist es warm, im Haus eiskalt. Der scharfe Geruch von Lysol schlägt mir entgegen, wie in einem Krankenhaus. Ein langer Flur, weiße Wände, hellgrau gestrichene Türen. Friedhofsstille, kein Mensch ist zu sehen. Eine schmale Steintreppe führt in den Keller hinab, hier unten ist es noch kälter als oben. Wieder ein langer Flur, graue Wände, die einmal so weiß waren wie die Wände oben. Rechts und links offene Türen, kleine Räume, in denen rohe hölzerne Liegen stehen. Auf jeder Liege … ein Körper, lang ausgestreckt oder zusammengekrümmt, manche mit weißen Laken zugedeckt, als müsste man sie gegen die Kälte schützen, andere vollkommen bloß. Ich gehe an ihnen vorüber, schnell, versuche, die Wände nicht zu berühren, versuche nicht hinzusehen. Ganz weit hinten im Flur endlich die Stimmen der Männer.

Justus, Eugen und der junge Hinnerk stehen vor einem der Kellerräume. Ich sehe nur ihre Rücken, mit fliegenden Schritten eile ich auf sie zu, aber dann werde ich langsamer, langsamer … Mitten in diesem Raum steht ein Mann, dürr, hochgewachsen, wie ein knorriger Baum. Seine Haare haben die gleiche Farbe wie sein Kittel, sie hängen grau und ausgewaschen auf seine Schultern herab.

»Natürlich kenne ich die beiden Herrschaften. Wie sollte ich nicht!« Lächelnd nickt er Justus zu, der vor ihm steht, meine beiden Porträtzeichnungen in der einen, den silbernen Fotorahmen in der anderen Hand. »Hier, in unserem schönsten Zimmer, haben wir sie aufgebahrt.«

Jetzt bin ich angekommen, stehe hinter ihnen, will nichts sehen, überhaupt nichts, aber ich gucke doch über die Schultern der Männer hinweg in den Raum. Die gleichen Holzpritschen, zwischen den schmalen Kellerfenstern hängt ein schmuckloses Holzkreuz, ich recke mich auf die Zehenspitzen, verbiege mich, schaue um Justus herum …

Wie anders ein Mensch aussieht, wenn er auf dem Rücken liegt und einem die Sohlen seiner Schuhe entgegenstreckt. Schwarze Herrenschuhe, ein riesiges Loch unter jeder Sohle, ein Paar glitzernder Spangenschuhe, schwarze Arbeitsstiefel, von denen nur noch einer bei seinem Besitzer ist, darüber verdrehte Körper in zerfetzter Kleidung, die nur wenig zugedeckt sind, eine Filzjoppe, eine blutbefleckte Tuchjacke, ein Paillettenkleid lugen unter den Laken hervor. Ein schrecklicher Anblick, aber nichts, was mich im Entferntesten an Onkel Gustav erinnert, nicht an Tante Emmy, Gott sei Dank!

Ich atme erleichtert aus. Sie fahren herum, alle drei, der Mann mit den grauen Haaren lächelt als Erster. »Oh, kommt heute noch mehr Besuch?« Er kneift die Augen zusammen, mustert mich. »Na, junge Frau, haben Sie keine Angst? An so vielen vorbeigelaufen, ganz alleine? Aber jetzt sind die ja lieb, die tun keiner Fliege mehr was zuleide.«

Er zwinkert mir zu. Ich weiß augenblicklich, ich bin jetzt in einem Albtraum, ich werde aufwachen. Wanda, wach auf! Mir wird schwindlig, grüner Nebel zieht sich über alles …

Justus nimmt meine Hand. »Lass uns nach oben gehen.«

Noch einmal reiße ich die Augen auf. »Aber ich muss sie doch ansehen …«

Das Gesicht von Justus ist plötzlich dicht vor mir, er legt seinen Arm um mich, hebt mich vorsichtig hoch. »Ich bringe dich raus!«

»Nein!« Ich schlage um mich, Justus setzt mich behutsam auf den Boden zurück, ich darf alleine laufen, er stützt mich und schiebt mich, keinen Widerspruch duldend, den Gang hinunter, die Treppe nach oben, in die Sonne hinaus.

»Etwas Wasser, liebes Kind?«

Die schwarzen Wolken sind verschwunden, der Himmel ist glutrot und blau, die Sonne legt warmes Abendlicht über Hof und Haus. In der alten Linde singen die Vögel, jemand hat einen gepolsterten Kontorstuhl unter die Linde getragen, auf dem darf ich sitzen. Der Mann mit den grauen Haaren reicht mir ein Glas Wasser, auch der junge Mann im grauen Kittel bemüht sich um mich. »B-bisschen Eis für d-die Stirn, Baronesse?«

Mir wird Luft zugefächelt, ein kleiner Eisblock wird über mein Gesicht gerieben. Sie sind darin geübt, zusammenbrechende Menschen zurück ins Leben zu holen. »Da bitte ich um Vergebung, liebes gnädiges Fräulein. Das wusste ich nicht, dass das Verwandte von Ihnen waren. Ich dachte, Sie wären alle nur Journalisten wie unser Freund Baron Wistler. Können Sie mir noch einmal verzeihen?«

»Aber ja.« Ich nicke schwach.

Er nimmt mir das Glas aus der Hand, gibt es dem jungen Mann, deutet zurück auf das Haus. »Geh noch mal holen! Und mach ordentlich Eis rein!« Mit ernsten Augen guckt er mir ins Gesicht. »Sind das Mutter und Vater, die Sie hier suchen?«

Ich schüttele den Kopf.

»Der Bruder? Die Schwester?«

»Mein Onkel und meine Tante.«

»Onkel und Tante … Ich hoffe, sie hatten ein schönes Leben. – Doch, liebes Fräulein, da können Sie sicher sein, nach denen müssen Sie nicht mehr suchen. Die Herrschaften sind meine Gäste gewesen. Ich vergesse bestimmt kein Gesicht.«

Ich spüre etwas in meiner Hand, etwas Kaltes, Glattes, Schweres, ein volles Glas.

»Trinken Sie, trinken Sie, Kind!«

»Aber … die da unten, das waren sie nicht.«

Jemand tritt hinter mich, eine warme Hand legt sich auf meinen Arm. »Ja, darauf möchten wir bitte bestehen. Ich muss sie sehen können, sonst glaube ich das nicht.«

»Sicher, sicher, junger Mann, so sind wir doch alle. Wie der ungläubige Thomas, erst will er sehen, damit er glauben kann. Aber zu sehen gibt es da nichts. Sie sind nicht mehr da.«

»Was?«

Der Mann mit den grauen Haaren lächelt uns freundlich an. »Es ist eben so, jeder Gast bleibt, bis jemand ihn abholt, der alles bezahlt, der ihn beerdigen kann. Und wenn keiner kommt, gibt's den großen Friedhof in Ohlsdorf … da wird jeden Donnerstag eine Grube gegraben für die ganz Armen.«

Auf dem Armenfriedhof? Ein Massengrab? Ich springe auf, das Glas gleitet aus meiner Hand auf das Kopfsteinpflaster und zerplatzt.

»Bleiben Sie ruhig, Baronesse, Sie schaffen das schon. Frauen sind hier immer viel stärker als Männer. Kommen Sie, setzen Sie sich wieder. Wissen Sie, diese Herrschaften waren wirklich … außerordentlich. Normalerweise kommen Bettler hierher oder Zuhälter oder Huren vom Hafen.«

Oh mein Gott, was für ein Tag ist heute? Dienstag? Donnerstag? Freitag? War gestern der Tag für die Armen auf dem Ohlsdorfer Friedhof, oder morgen?

»Diese schöne Frau mit den langen dunklen Haaren und dem graublauen Seidenkostüm. So eine Dame, so adrett und so sauber, hatten wir hier noch nie. Und dieser vornehme Herr! Ich hätte die beiden gerne noch hier behalten. Jeden Tag haben wir sie mit frischem Eis eingepackt.«

»Aber wer hätte kommen können, um sie abzuholen? Doch nur ich.«

»Liebes Kind, von Ihnen wusste ich doch gar nichts. Nun, irgendeiner kommt meistens. Es spricht sich eben herum. Im *Criminal-Reporter* sind die Bilder, der Polizeipräsident schickt Meldungen an seine Reviere. Und wenn dort jemand vermisst wird …«

»Heißt das, jemand hat sie erkannt?«

»Wenn man es so nennen will. Sie sind abgeholt worden, gestern sind sie weitergereist.«

Weiter … gereist? Was für ein Unsinn! Ich will alle sehen, die dort unten sind, ich muss sofort in den Keller zurück. Wieder springe ich auf. Glasscherben knirschen unter meinen Schuhen, eine Hand fasst meine Schulter, drückt mich auf den Stuhl.

»Nein, Wanda. Wer auch immer da unten liegt oder abgeholt worden ist, das sind nicht Gustav und Emmy. Das betrifft uns nicht.« Justus kniet neben mir, legt seine Hände um mein Gesicht, meine Wangen. Ich lehne mich an ihn, aber ich weine nicht.

»Ach, junger Mann, Sie stehen der Dame näher?«

»So ist es.«

»Das wusste ich ja nicht. Aber dann, gut, zu zweit werden Sie es verkraften. Weil es besser ist, wenn Sie die ganze Geschichte kennen. Ich erzähle es Ihnen, nehmen Sie Ihre junge Frau in den Arm. Diese Männer kamen gestern gegen Abend. Sie hatten die Herrschaften noch gar nicht angesehen und identifiziert, aber sie hatten schon den Totenschein mitgebracht. Und den Schein für die Überführung. Die Familie hätte ihnen den Auftrag gegeben. Sie sollten die beiden hier abholen und nach Blankenese bringen, da sollten sie beerdigt werden. Nun, ich *muss* ja nicht alle Bestatter von Hamburg kennen, aber ich habe doch Augen. Die hier waren jedenfalls keine Bestatter, wie sie behauptet haben. Sie waren nicht einmal in der Lage, einen Menschen ordentlich in seinen Sarg zu legen. Immerzu mussten Hinnerk und ich ihnen zu Hilfe kommen. Die wussten ja nicht mal, wie man die beiden Särge gerade nebeneinander in ihren schwarzen Wagen stellt.«

»Aber wie konnten Sie sie denen mitgeben?«

»Ich konnte nicht nur, ich musste. Da gibt's nichts zu fragen, wenn die Herren mir einen Schein bringen mit einem ordentlichen Stempel und einer gut leserlichen Unterschrift vom Polizeipräsidenten.«

Ich habe genug! Nichts wünsche mir mehr als ein dickes Federkissen, in dem ich mein Gesicht verstecken kann. Die Polster unserer Droschke riechen muffig, die Decke auf meinen Beinen kratzt. Bei jedem Schritt, mit dem die Pferde die Droschke rumpelnd über das alte Kopfsteinpflaster ziehen, schwingt mein Kopf hin und her. Eine lange Fahrt liegt vor uns.

Da ertönt ein Ruf, der Kutscher hält, wir sehen hinaus. Mit wehendem Kittel rennt der Gevatter aus dem Haus, in seiner erhobenen Hand schwenkt er einen kleinen schwarzen Gegenstand. »Hier, für Sie! In den Taschen der Gäste herumzuschnüffeln ist nicht meine Art. Aber es hätte ja sein können, dass irgendetwas mir ihren Namen verrät. Da, sein leeres Brillenetui war alles, was ich bei ihm gefunden habe. Und ehe ich das Etui zurücklegen konnte, kamen schon diese Herren, da ging's nur noch zack, zack. Ich hoffe doch, Sie verzeihen mir, kleine Baronesse.«

Das Hotel *Imperial der Meere* hat holzverkleidete Wände in seiner Eingangshalle und einen Eichenfußboden wie Planken auf einem vornehmen Schiff. Kristallene Lüster strahlen von den Galerien im dritten Stock bis auf den Boden, so dass man sich wie auf einem Luxusdampfer nach Übersee fühlt. Pagen in Matrosenuniformen eilen uns entgegen und nehmen Jacken und Mäntel ab. Ich schwebe wie durch Wolken und Nebel. Eben noch zwischen verdrehten Körpern, für die das Leben zu Ende ist, jetzt hier, wo alle geschäftig hin und her laufen, lächeln und schwatzen.

Vor uns öffnen sich messingverkleidete Fahrstuhltüren, wir fahren nach oben auf die Galerie mit dem brennenden Lüster, betreten unsere Suite. Der Hausdiener bringt das Gepäck, zwei Zimmermädchen packen die Koffer aus, bereiten mir einen Ruheplatz auf dem Balkon. Da sitze ich, wieder in warme Decken gehüllt, ruhiggestellt wie eine Greisin, die einen Gichtanfall hat. Ich blicke auf die Alster, auf Schiffe und Segelboote. Rechts und links von mir zwei Löwen aus Sandstein auf der Balkonbrüstung, auch hoch über mir auf der Kante des Hoteldaches stehen Löwen. Eine figurenbekrönte Dachkante … wie nennt man das? Dafür gibt es ein Wort, es fällt mir nicht ein, dabei habe ich bei meiner Lehrerinnenausbildung zwei volle Jahre lang Kunstgeschichte gelernt. Jetzt sind all diese wichtigen Dinge vergessen?

Meine Gedanken fliegen von den Löwen auf der Dachkante zu den Karyatiden an der Fassade von Schloss Branndenburg, Stockwerk für Stockwerk sehe ich vor mir, als wäre ich ein Vogel, der sich vor dem Schloss in die Lüfte erhebt. Das untere Stockwerk mit den Empfangsräumen, den Arbeitszimmern, der Bibliothek, darüber die Zimmer von Papa und Onkel Gustav und Onkel Gernot, früher, als sie noch Kinder waren, überall sind Karyatiden ... überall ...

»Wanda? Baronesse?«

Heißen die wirklich Karyatiden? Oder Pilaster? Oder Architrave? Immer neue Worte tauchen aus meinem Gedächtnis empor.

»Wanda ... bitte!«

»Lass sie doch in Ruhe, Justus. Sie muss sich schonen, sie ist schließlich eine Frau.«

»Sie wäre nicht einverstanden, wenn wir ohne sie eine Entscheidung treffen. – Wanda, sprich mit mir!«

Da ist Justus, plötzlich dicht bei mir. Vielleicht sollte ich die Sache mit den Löwen auf später verschieben? Ich sehe ein Glas mit Limonade in meiner Hand, sehe Eugen und Justus, die ihre Kaffeetassen auf die Brüstung gestellt haben. Eine Platte mit einem kleinen Imbiss steht zwischen ihnen, Eugen greift nach den Schnittchen, kaut, gleichzeitig hält er eine lange dünne Zigarre in der Hand.

»Gut, Hansen, wie du willst. Die einzig wichtige Frage ist doch: Waren sie es nun oder waren sie es nicht? Denn wenn sie es *nicht* waren, dann könnt ihr doch beide nach Hause fahren!«

»Ach, so stehst du zu deinen Überzeugungen? Gestern Abend warst du vollkommen sicher.«

»Mag ja sein, aber inzwischen sind andere gekommen, die sie identifiziert haben und beerdigen wollen. In Blankenese auf dem teuren Friedhof. Dann *können* sie doch nicht eure Toten sein.«

»Niemand ... niemand hat sie identifiziert. Ganz im Gegenteil. Dein Freund im Keller sagte, es wären Männer gekommen, die sich als Bestatter *ausgaben*. Aber zuerst hätte jemand von der Familie kommen sollen, um sie sich anzusehen. Die Frage, ob es sich um meine vermissten Verwandten handelt, die kläre ich doch nicht mit einem Stempel im Büro des Polizeipräsidenten.«

»Das musst du den Leuten schon selbst überlassen.«

»Es ist vollkommen unlogisch.«

»Dann fahr doch nach Blankenese, du oller Sturkopp, und guck sie dir an!«

»Das werde ich auch machen. Und dann sehen wir klarer.«

Meine Stimme ist brüchig. »Sie können es gar nicht sein, Emmy hat überhaupt kein graublaues Seidenkostüm.«

Justus und Eugen wenden mir gleichzeitig ihre Gesichter zu. »Doch, Wanda, das hat sie.« Justus spricht rücksichtsvoll wie eine Krankenschwester.

Ich widerspreche noch einmal. »Und selbst wenn es ihr Kostüm wäre … trotzdem.«

»Was – trotzdem?«

»Nun, trotzdem sind sie es nicht! Wie sollten sie denn an einem einzigen Tag mit dem Automobil von Berlin nach Hamburg kommen?«

»Das geht schon. Du fährst viele Stunden, aber möglich ist es. Und vielleicht haben sie ja den Schnellzug genommen.«

»Am Telefon sagte Tante Emmy, in ein paar Stunden wären sie wieder bei uns …«

»Sie wollte uns nur beruhigen. Sie wussten, sie würden die ganze Nacht fahren.«

Schweigend sehe ich Justus an, er hält meinem Blick stand, bis ich nachgebe.

Leise höre ich das Flüstern von Eugen. »Die sind längst beerdigt.«

Und das Flüstern von Justus. »Egal! Ich will sie sehen.«

»Wenn deine Baronesse zu dir sagt, Schluss, das war es jetzt – dann war's das!«

Ich sehe zum Dach hinauf, zu den Sandsteinlöwen. Da fällt es mir ein, *Attika* ist das richtige Wort dafür, die Steinlöwen stehen auf einer Attika. Mein Kopf arbeitet wieder. »Gut, Justus, fahr nach Blankenese!«

»Ach, und ich?«

Ich zucke die Schultern. Was sollen wir mit Eugen?

»Ich könnte ja mitfahren! Ihm behilflich sein.«

Justus macht ein Gesicht, als wollte ein Floh sich auf seinem Arm niederlassen, aber er sagt nichts.

Eugen versucht es noch einmal. »*Ich* habe jedenfalls keine Angst vor der Wahrheit!«

Sie sehen mich an. Ich brauche noch einen Augenblick, dann winde ich mich aus meiner Großmutterdecke. »Wer von euch hat eigentlich dieses Brillenetui?«

Sie atmen beide tief durch, Eugen greift in die Tasche von seinem Gehrock, gemeinsam beugen wir uns über den kleinen, mit grünem Leder bezogenen Kasten. Mein Herz fängt an zu schlagen, bis in den Hals hinauf – das ist Gustavs Etui, hunderte Male habe ich es bei ihm gesehen. Aber das ist gar nicht möglich. »So ein Etui hat fast jeder, stimmt's?«

Niemand antwortet mir. Justus nimmt Eugen das Etui aus der Hand, klappt es auf. Es ist leer, nur ein zusammengefaltetes Tüchlein liegt darin, zum Putzen der Brillengläser. Eine kleine goldene Prägung ziert den Deckel von innen, *Brillenmanufaktur Reinhold Kühn, Grimma/Sachsen*, in golden geschwungener Schrift. Mit blauem Kopierstift hat jemand die aufgedruckte Telefonnummer der Manufaktur durchgestrichen und ihre neue Nummer darunter geschrieben, winzige, akkurat geschriebene Zahlen. Mehr ist nicht im Etui.

Das bringt uns alles nicht weiter! Was uns weiterbringen könnte – den Polizeipräsidenten von Hamburg zu fragen, aus welchem Grund er seine Unterschrift unter einen Überführungsschein für ein Ehepaar aus Berlin setzt, das er noch niemals gesehen hat –, versagen wir uns. Unsere Erfahrungen mit der Polizei von Berlin sprechen nicht dafür.

Eugen fährt hinunter in die Eingangshalle, um in der Redaktion des *Criminal-Reporters* nach dem Verbleib des versprochenen Artikels zu fragen. Auch Justus telefoniert in der Halle, er ruft den Gevatter in Ohlsdorf an, möglicherweise erinnert der sich an den Namen der Familie, die die falschen Bestatter geschickt hat.

Ich lege mich wieder neben die Sandsteinlöwen, unter die warmen Großmutterdecken. Die Sonne scheint freundlich durch die Abendwolken. *Wendeline Sophie, hüte dein Gesicht vor den Sonnenstrahlen!* Ach, Mama, wenn du jetzt hier wärst … Glücklicherweise bist du es nicht. Ich weiß ja schon ohne dich nicht mehr, was ich tun soll.

Als ich wieder aufwache, ist der Himmel grau, die Sonne untergegangen, über dem Wasser der Alster liegt Abendnebel. Ich höre, wie an die Tür der Suite geklopft wird, sehr zurückhaltend und höflich. Das kann nicht Eugen sein, aber auch nicht Justus. Dann wird die Tür geöffnet, eine leise Stimme ruft meinen Namen. »Baronesse von Branndenburg? Hallo?«

Ich hebe meinen Arm aus den Decken. »Hier – auf dem Balkon!«

»Baronesse, eine Nachricht für Sie.« Ein junger Mann im Matrosenanzug verbeugt sich, legt einen rosa Briefumschlag in meine Hand. »Das ist für Sie abgegeben worden.«

Ich nicke ihm zu. »Lassen Sie sich von einem der Herren ein Trinkgeld geben.« Er zieht sich leise zurück.

Ich reiße den rosa Briefumschlag auf, darin liegt ein rosa Briefbogen mit dem Briefkopf des *Criminal-Reporter*s. Rosa? Was für eine Farbe für das Briefpapier einer Zeitung! Unter dem Briefkopf stehen, mit der Schreibmaschine getippt, ein paar Zeilen. *Werter Eugen! Hier der versprochene Artikel. Hatte noch ein paar Exemplare vom Andruck gerettet. Die andern sind futsch, leider.* Hinter dem rosa Briefbogen die abgerissene Titelseite einer schreiend rosaroten Zeitung.

Ich mache einen schrecklichen Fehler: Ich falte sie auf. *Der Criminal-Reporter, Illustriertes Weltblatt in vier Farben.* Unter dem Titel zwei große gezeichnete Porträts über eine halbe Seite. Emmy und Gustav! Auf den ersten Blick sehen sie aus, als hätte die Müdigkeit sie übermannt, aber der Ausdruck ihrer Gesichter ist nicht der von friedlichem Schlaf. Emmy hat die Augen geschlossen, ihre Hand liegt verdreht unter ihrer Wange, aus ihrem Mund fließt ein blutiges Rinnsal. Gustavs Augen stehen offen, auch sein Mund, erstaunt, schreiend. Seine Brille fehlt, er sieht mich einfach nur an.

Wahrscheinlich schreie ich nicht, ich ringe nach Luft, aber noch während ich versuche, wieder zu Atem zu kommen, beginne ich schon zu lesen. Der *Criminal-Reporter* schildert quälend jedes Detail. Ich lese und kann nicht mehr aufhören.

Grausiger Doppel-Mord im Walde

Ein schreckliches Verbrechen ereignete sich in den Abendstunden des 26., möglicherweise auch in der Nacht oder in den frühen Morgenstunden des folgenden Tages. In einem kleinen Waldstück zwischen Langenhorn und Ohmoor sah ein Landarbeiter, der in der Morgendämmerung unterwegs war, zwei leblose Körper auf dem Moos des Waldbodens liegen. Er trug seine gut geschärfte

Sense auf dem Rücken, so wagte er näher zu gehen. Sobald er sah, dass es sich um eine Frau und einen Mann handelte, die bestens gekleidet waren, eilte er, um ihnen zu Hilfe zu kommen. Zuerst beugte er sich über die Frau, um ein Lebenszeichen bei ihr zu finden. Allerdings, das bemerkte er sofort, war dieser Dame nicht mehr zu helfen. Drei blutige Löcher in ihrem Rücken sowie die große Blutlache, die sich um sie her auf dem Moos gesammelt hatte, zeigten an, dass die Frau erschossen wurde, und zwar schon etliche Stunden zuvor. Gleiches war dem Mann widerfahren. Er lag etwa fünfzehn bis zwanzig Schritte entfernt. Während um die Dame das Moos auf dem Boden unberührt aussah, war um den Herrn herum der Waldboden zertreten und aufgerissen. Für den Reporter deutet dies auf einen heftigen Kampf. Möglicherweise versuchte der Herr, den Mord an seiner Gemahlin zu verhindern, fiel aber dann selbst dem Mörder zum Opfer.

Rätselhaft sind der herbeigerufenen Polizei sämtliche Umstände dieses grausigen Todes mitten in einem einsamen Waldstück. Man fragt sich, auf welche Weise sind der vornehme Herr und die Dame dorthin gekommen? Wurden sie bei einem Spaziergange überrascht? War jemand bei ihnen, der ihr Vertrauen missbrauchte, sie heimtückisch ermordete und beraubte? Denn seltsamerweise hatten sie keinerlei wertvolle Gegenstände oder Geld noch irgendwelche Taschen bei sich.

Sollte es Augenzeugen geben für diesen heimtückischen räuberischen Mord, so fordert der Polizeipräsident dringendst zur Meldung auf …

Justus nimmt mir das Blatt aus der Hand. »Um Himmels willen, Wanda, was hast du da?«

»Oh, wie schön, das ist mein Artikel!« Eugen reißt Justus die Zeitung weg, überfliegt den Text, nickt hocherfreut. »Nun bin ich extra deswegen noch mal in die Redaktion gefahren. Gut, haben wir eben zwei davon.«

»Aber sie hat ihn gelesen!«

»Ja und?«

Sie sehen beide in mein Gesicht, zum wievielten Male heute? Justus fasst nach meiner Hand.

Eugen lächelt selig, seine Arme beginnen zu schlenkern, er hüpft auf und ab. »Seht ihr, sie sind es! Ich hatte recht! Ich hatte re-echt!« Er eilt nach drinnen, klingelt nach dem Etagenkellner, bestellt Kaffee, Tee, Cognac.

Ich erhebe mich aus dem Sessel. Justus legt die Wolldecke zusammen, reicht mir den Arm. »Wanda …«

Ich stehe still wie eine Statue, noch weine ich nicht, wenn er jetzt nur nicht nett zu mir ist! Ich schiebe seine Hand weg, mache die ersten Schritte. Na bitte, es geht doch, irgendwie. Nein, es geht überhaupt nicht …

Justus fängt mich auf.

Ich erwache drinnen im Salon, schon wieder auf einem Sofa, wieder in Decken gehüllt. Justus drückt mir eine Tasse Tee in die Hand, er selbst sitzt auf der Sesselkante dicht bei mir vor einer Tasse Kaffee und trinkt keinen Schluck davon. Auch ich drehe nur die Tasse in meiner Hand, sie ist blau wie tiefes Wasser, zwischen Schiffen und Wellen schwimmt das Wappen von Hamburg, mitten im Meer.

Irgendwann klopft es leise an die Zimmertür, es ist die Stunde der Laternenanzünder. Ein Zimmermädchen steckt Windlichter und alte Messing-Schiffslampen an. Nach einem kurzen Blick auf Justus und Eugen tritt sie zu mir an das Sofa, beugt sich zu meinem Ohr. »Reisen Sie mit einer Kammerjungfer, gnädige Frau?«

Ich? Mit einer Kammerjungfer? Wie alt sehe ich eigentlich aus? Ich schüttele den Kopf, lächele zu ihr hinauf.

»Wenn es so ist, gnädige Frau, soll ich Ihnen nachher beim Auskleiden behilflich sein?«

In einer ersten Aufwallung von Freude nicke ich, noch habe ich mir keine Sorgen darüber gemacht, wie ich die tägliche Tortur mit Haken und Ösen hinter mich bringen kann. Nun, wenn schon ringsum die Welt untergeht, dann werde ich mich wenigstens brav entkleidet zur Ruhe begeben. – Ach, das kann alles nicht wahr sein! Ich rufe das nette Zimmermädchen zurück, lehne dankend ihre Hilfe ab. Mit freundlichem Nicken verlässt sie das Zimmer.

Mein Trost ist nicht ihre helfende Hand für Bluse und Hemd, mein Trost sitzt dicht neben mir. Ab und an springt Justus von seinem Sessel auf, läuft ein paar Schritte durchs Zimmer, lässt sich in seinen Sessel fallen, sieht mich an.

Eugen sitzt auf der anderen Seite des Tisches, trinkt Cognac, raucht

Zigarillos und beobachtet uns. »Ist euch eigentlich aufgefallen, dass wir seit heute Mittag nichts Ordentliches mehr gegessen haben?«

»Wenn du hungrig bist, Herr Baron, geh ruhig nach unten ins Restaurant.«

»Was? Ich? Alleine? Das kommt gar nicht in Frage!«

»Ich glaube, die Baronesse möchte nichts essen.«

»Aber eine Kleinigkeit wird sie doch wollen, oder?« Ohne auf Antwort zu warten, klingelt Eugen nach dem Etagenkellner und bestellt. Ein kaltes Buffet wird gebracht, drei junge Aufwärter arrangieren Räucheraal, Lachs, Makrelen und Weißfische zwischen Trauben, Ananasscheiben, Krabbenbutter und Kräutercreme. Mir wird übel, schon während ich ihnen zusehe. Eugen strahlt seinem Teller entgegen. Auch mir wird ein Teller gereicht, aber ich kann den Anblick der kleinen Fische kaum ertragen, leere Augenhöhlen und abgezogene Haut, ich will mich nicht entschließen, nach dem Teller zu greifen. Schließlich steht Justus auf und nimmt ihn dem Kellner aus der Hand.

Eugen speist, hin und wieder zieht er eine kleine Gräte aus seinem Mund, er wirkt ungeheuer zufrieden. »Sensationell ist das, wirklich sensationell.«

»Eugen, was ist jetzt schon wieder?«

»Ach, Justus, komm, mach das Beste draus! Vorhin, als ich in der Redaktion war, hab ich den Kollegen getroffen, der den Artikel über die beiden geschrieben hat. Jedenfalls hatten wir eine wunderbare Idee: *Zwei unbekannte Tote aus dem Schauhaus finden doch noch zurück zu ihrer Familie* … Na, wie gefällt euch das? Ich würde die beiden Porträts nehmen, die ich schon habe. Und ich würde euch beide zeichnen. Der Kollege schickt mir heute noch Nachricht, ob unser Chef dafür ist.«

»Ich hoffe für dich, dass er es nicht ist!«

»Wanda, könnte ich *Sie* wenigstens dafür begeistern? Stehen *Sie* meinem Kollegen zur Verfügung für ein Gespräch?«

»Nein!«

Eugen lässt den Kopf hängen und widmet sich ausgiebig seinem Fischteller. »Hansen, reich mir das Brot.«

Justus reicht es ihm, Eugen schmiert es dick mit Krebsbutter ein, legt noch ein Stück Makrele darauf, beißt herzhaft hinein.

Da kommt mir eine Idee. »Sagen Sie, Eugen, dieser Journalist, der den Artikel geschrieben hat …«

Eugen sieht mich lauernd an, Hoffnung steigt in ihm auf. »Wollen Sie doch mit dem Reporter reden? Ein paar Fragen beantworten?«

»Weiß dieser Mann die Stelle, an der man Gustav und Emmy gefunden hat?«

»Aber sicher, sicher. Er war sogar dort, draußen hinter der Alsterkrugchaussee, bei diesem Birkenwald. Da ist eine kleine Brücke mit einem Geländer aus Birkenholz, auf jeder Seite der Brücke Weiden, dahinter der Wassergraben, davor ein Weg. Er hat es mir so genau beschrieben, dass ich es zeichnen könnte.«

»Sie würden die Stelle finden?«

»Nun … es gibt eine Verzweigung auf der Langenhorner Chaussee, von da müsste ich sehen …«

»Dann fahren wir morgen dorthin!«

»Hinfahren? In die Heide? Was soll denn das bringen? Übrigens haben wir morgen nicht viel Zeit, gegen Mittag kommt der Kollege, um mit Ihnen zu sprechen.«

Justus springt auf. »Hier spricht niemand. Mit keinem! Wenn Wanda das wünscht, dann fahren wir. Du wirst uns begleiten!«

Eugen richtet sich auf, mit zitternden Händen stellt er seinen Teller auf den Servierwagen zurück. »Aber wir könnten …«

»Nein! Schluss! Basta.«

Früh am Morgen brechen wir auf. Justus hat eine Kraftdroschke zum Hotel bestellt, damit wir zügig vorankommen. Zuerst geht es über die Rothenbaumchaussee, dann über die Eppendorfer Landstraße, endlos die schnurgeraden Straßen entlang bis hinaus auf die Alsterkrugchaussee.

Ab und an dreht sich der Fahrer zu uns um. »Die Herrschaften sagen mir, wenn ich abbiegen oder halten soll?«

»Sicher, guter Mann.«

Eugen schläft sofort nach der Abfahrt ein. Er sitzt vorne, eigentlich soll er auf den Weg achten und den Fahrer dirigieren, aber sein Kopf ist vornübergesunken, pendelt hin und her bei unserer Fahrt auf der holprigen Chaussee.

Hohe Häuser und städtischer Verkehr liegen längst hinter uns, nur ab und an ein Gehöft, ein Pferdefuhrwerk, ein einzeln stehender Bauernhof. Immer noch liegt leichter Morgennebel über Wiesen und

Weiden. Ich sehe hinaus in die Landschaft. Sind das hier die Bäume, Wiesen, Felder, die Emmy und Gustav als Letztes in ihrem Leben gesehen haben?

Wir fahren. Weit vor uns liegt ein Dorf, zwischen Baumwipfeln und Hausdächern ragt eine Kirchturmspitze auf. »Wir sind bald in Langenhorn, werte Herrschaften. Wie geht's weiter?«

Neben einem breiten Wassergraben biegt ein Erlenweg links von der Chaussee ab. Justus klopft Eugen auf die Schulter, langsam kommt der wieder zu sich. »Was … Erlen? Ein Weg?«

»Ja.«

Eugen wirft die Arme hoch und schreit: »Biegen Sie ein, Mann!«

Der Fahrer reißt das Lenkrad herum, wir werden zur Seite geschleudert, in die Sitze gedrückt. Ein sandiger Feldweg. Justus setzt sich kerzengerade und lässt seinen Blick über den Wassergraben schweifen, über die Weiden dahinter, über den Weg. »Hier ist kaum zu fahren mit diesem Wagen.«

»Es geht schon, gnädiger Herr, der Weg ist ja breit genug. Allerdings wäre ein Pferd wohl schneller.«

Der Motor heult, die Kraftdroschke quält sich durch den Sand. Minuten bewegen wir uns mühsam vorwärts. War Onkel Gustav eigentlich ein guter Automobilfahrer? Wenn nicht, vielleicht ist er dann doch nicht der Mann, den man am Ende dieses Weges gefunden hat? Aber habe ich nicht sein Porträt auf der Titelseite gesehen? Gibt es überhaupt einen Zweifel?

»Haaalt!« Eugen schreit schon wieder, der Fahrer bremst heftig, dieses Mal schleudert uns die Droschke nach vorne. »Mann, bist du wahnsinnig!«

»Ergebenst, bitte um Entschuldigung, gnädiger Herr. Ihr Schrei war so plötzlich, ich dachte, es käme auf die Sekunde an.«

Eugen brummt unwillig, stößt die Türe auf, springt in den Sand. Justus hält mir seinen Arm entgegen, ich spüre seine Wärme. »Geht es dir gut, Wanda?«

»Aber sicher.« Ich laufe hinter Eugen her, wate bis zu den Knöcheln im Sand.

»Mensch, wir haben es! Wirklich, das muss die kleine Brücke sein, das Birkengeländer, die Weiden. Unverkennbar. Da vorn ist das Wäldchen.« Eugen rudert mit den Armen, schreitet voran. »Hier entlang …«

Was für ein Glück, dass ich Schnürstiefel trage und keine Glitzerschuhe. Eugen geht über die Brücke, läuft auf das Wäldchen zu. Die sandige Wiese geht in Waldboden über, zwischen Grashalmen wachsen Binsen und Moos. Ein kleiner Haufen von Feldsteinen, aufgestapelt am Rand der Wiese, eine Eidechse huscht darüber und gleitet raschelnd ins Gras.

Hier also war es. Drei winzige Löcher in einem graublauen Seidenkostüm, vier, fünf Löcher in einem grauen Cutaway, die ohne den schwarzen Rand, den sie in den Anzug brennen, kaum zu sehen sind.

Justus geht suchend am Waldrand entlang. »Eugen, wo war es genau?«

Eugen blickt hoch in die Wipfel der Birken, die Sonne scheint ihm hell aufs Gesicht. »Ich nehme an, hier … wahrscheinlich, ungefähr.«

Er weiß gar nichts. Was habe ich denn erwartet? Zögernd setze ich meine Schritte, lasse den Blick über die Wiese wandern, über den Moosboden, zerwühlt und aufgerissen, genau wie es im Bericht des *Criminal-Reporters* beschrieben ist. Neben den Steinen wächst ein dichtes Grasbüschel, darin ein auffallendes Blinken. »Justus?«

Er steht sofort neben mir, folgt meinem Blick, bückt sich, greift in das Grasbüschel. Als seine Hand wieder zum Vorschein kommt, hält er eine Brille. Unverkennbar: Gustavs Brille mit dem Schildpatt-Rand, zerbrochen, zerdrückt, zerschlagen. Wieder ist mir, als würde ich neben mir stehen und mich beobachten. Wie guckt sie? Was denkt sie? Fängt sie zu weinen an? In den letzten Tagen habe ich oft gedacht, schlimmer kann es nicht kommen, und immer kommt es noch viel schlimmer als vorher …

Justus mustert mein Gesicht, als hätte er Angst, ich könnte wieder in Ohnmacht fallen. Ich sehe auf die Brille in seiner Hand. »Leg sie zurück, Justus, bitte, ich will sie nicht.«

»Es ist besser, wir nehmen sie mit. Jeder Beweis dafür, dass sie es sind, bringt uns weiter. Hast du das Etui bei dir?«

Ich reiche es ihm, Justus steckt Brillenetui und Brille in seine Jackentasche. So, und jetzt?

Der Wald ist hell und licht, hohe Birken, darunter Wacholder. Anfangs habe ich den Eindruck, ich könnte in zwei, drei Minuten von einem Ende des Wäldchens zum anderen gelangen, aber es gibt keine Wege. Nach einem beschwerlichen Stück querwaldein stehen wir vor einer Dornenhecke, die undurchdringlich ist. Da ist sie wieder, meine Hoffnung. Den Weg an dem Erlengraben entlang durch knöcheltiefen Sand würden sie kaum genommen haben mit dem Automobil. Auch von der anderen Seite konnten sie nicht zum Waldrand gelangen. Also sind sie es nicht gewesen. Oder? Ist das überzeugend? Werde ich langsam verrückt?

Ich arbeite mich durch das dichte Buschwerk, dann finde ich doch einen Durchschlupf. Glücklicherweise viel zu schmal für ein Automobil. Justus bleibt neben mir. Wieder eine Hecke, noch undurchdringlicher als die, die wir gerade durchquert haben. Allerdings hat sie weiter oben nur dünne Zweige und Blätter, wir biegen sie einfach nach unten und schauen.

Zuerst sehen wir nichts als Sand, eine weite Ebene. Keine Wiesen, keine Weiden. Ein kahler Feldweg, der irgendwo aus der Ferne kommt und diesen riesigen Sandplatz umkreist. In einiger Entfernung reiten Männer in Uniform über den Platz. Militärlastwagen stehen an der Seite, unter der prallen Sonne exerzieren Soldaten. Auf dem gesamten Platz kein einziger Baum, nicht der kleinste Schatten. Ganz weit hinten, zweihundert oder dreihundert Meter entfernt, steht eine Halle, so neu, dass Dach und Wände im Sonnenlicht glänzen, fensterlos, riesig hoch, riesig lang, riesig breit.

Ich suche nach einer Stelle, an der ich die Büsche durchqueren kann. Justus hält mich am Arm. »Bleib hier.«

»Aber ich muss doch ...«

»Solche Leute werden ziemlich unangenehm. Lass uns zurückgehen.«

»Ich will den Weg finden, den sie gekommen sind.«

»Es muss keinen Weg geben, das haben wir schon besprochen. Sie können mit jeder Kutsche hier herausgefahren sein. Vielleicht haben sie gleich am Bahnhof eine Droschke genommen.«

»Ich will doch nur gucken. Justus!«

»Du gibst wohl nie Ruhe.«

Wir schleichen an der Hecke entlang, immer gebückt, als hätten wir eine Verabredung getroffen, uns von den exerzierenden Soldaten nicht sehen zu lassen. Von weither, vom Ende des Feldweges, kommt ein offenes Automobil, ein Offizier steht darin, hält einen Feldstecher vor seine Augen, blickt über den Exerzierplatz, über den Wald. Wir ducken uns noch tiefer. Plötzlich wird das Auto schneller, ändert die Richtung, fährt genau auf uns zu, zwei blitzende Feldstecheraugen starren uns an.

»Kerls! Kommt sofort aus den Büschen! Für Gott, Kaiser und Vaterland wird sich nicht vorm Exerzieren gedrückt!«

Langsam richten wir uns auf.

Der Mann im Wagen lässt den Feldstecher sinken. »Zivilisten! Das wird ja immer schöner! Eine Dame! Liebe gnädige Frau, darf ich Sie höflichst fragen, was Sie hier machen?«

»Wir suchen Pilze, was sonst.« Die Stimme von Eugen, unversehens dicht hinter uns, aber es ist zu spät, den gesprochenen Satz zurückzuholen.

Ein kurzer Befehl: Der Fahrer des Wagens springt auf, legt sein Gewehr auf uns an. »Mich für dumm verkaufen! Dann mal los, Zivilisten, zack, zack, in die Kaserne. Zum Kommandanten, ab, Fußmarsch!«

Was will dieser Mensch? Hat der mir zu befehlen? Wenn wir jetzt mitten in Hamburg ständen, würde ich mich einfach umdrehen und gehen. Aber hier?

Die Stimme von Justus klingt nicht mehr ruhig und gelassen. »Sie können doch die Baronesse nicht verhaften!«

»Sag nicht *Sie* zu mir, Kerl, ich bin Hauptmann!«

»Dann bitte ich *Euer Durchlaucht* alleruntertänigst, die Baronesse nicht verhaften zu wollen.«

»Ah, besser, besser. Geht doch! Soldaten Seiner Majestät ausspähen bekommt keinem. Merken! Fernhalten von Exerzierplätzen! Wenn *euch* hier was passiert, dann schiebt *uns* nicht die Schuld in die Schuhe.«

Ich weiß, jetzt sollte ich schweigen. Wer möchte schon gerne bis zur nächsten Kaserne laufen, mit einem Gewehr in seinem Rücken? Aber Schweigen ist nicht meine Sache. »Wem ist hier etwas passiert? Ist hier jemand erschossen worden? Wem gibt man daran die Schuld?«

Seine Augenbrauen rutschen nach oben, seine Kinnlade sinkt herab. »Ach, wohl von der Presse? Ganz schön kess, unser Fräulein. Schreibt, was ihr wollt, in euren Blättern, aber haltet euch von hier ferne!«

»Ich will nicht darüber schreiben.«

»Diese Leute haben sich an Orten aufgehalten, wo sie nichts verloren hatten.«

»Ich suche nach meinen Verwandten.«

»Einfach so über einen Exerzierplatz marschieren, vollkommen unbedarft …«

»Es sind Onkel und Tante von mir.«

Mitten im Satz hält er inne, sieht mich an. »Sie meinen den Herrn und die Dame, die hier … diesen Unfall hatten?«

Ich nicke.

»Sie sind nicht von der Presse? Brief und Siegel drauf?«

Ich schüttele den Kopf.

»Darf ich um Ihren Namen bitten?«

»Baronesse Wanda von Branndenburg.«

»Branndenburg … Branndenburg … aus dem Märkischen?«

Ich nicke wieder. Justus zaubert aus seiner Jacke die Fotografie aus dem Botanischen Garten hervor. »Hier, bitte einen Blick darauf werfen zu wollen: Baron Gustav von Branndenburg, Baronin Emmy von Branndenburg. Vielleicht können Exzellenz sich erinnern?«

Er guckt nicht auf die Bilder, er sieht mich an. »Schneidig, schneidig, einfach hier aufzutauchen, kleine Baronesse! Imposant!« Nun dreht er sich zum Fahrer, der noch immer im offenen Automobil steht, das Gewehr auf uns gerichtet. Ein Wink, sofort sinkt der Lauf herab. Dann beugt er sich über die Bilder, sein Gesicht wird ernst. »Ja, erinnere mich. Selbstverständlich. Tut mir leid, Ihnen das sagen zu müssen. War der Erste, der dazukam, als dieser Landarbeiter sie hier gefunden hat. Sind gut zu erkennen. Sachlage eindeutig.«

Meine Stimme ist plötzlich leise, brüchig. »Bitte … darf ich noch etwas fragen?«

»Respekt, Respekt. Nur zu, Baronesse!«

»Sie sagten, dass die beiden den Exerzierplatz überquert haben. Warum sind Sie so sicher?«

Wieder mustert er mich, als müsste er überlegen, ob er mir seine Beobachtungen anvertrauen kann. »Nun … die Dame trug Stiefeletten mit einem schmalen Absatz. Der Herr feine Rindslederschuhe mit glatten Sohlen. So etwas werden Sie bei uns hier vergebens suchen. Die Polizei hat nichts dergleichen getan, aber ich habe ihre Spuren verfolgt, von dieser neuen Luftschiffhalle da hinten auf der anderen Seite des Platzes querüber bis hierher zum Waldrand.«

»Aha. Und vielleicht darf ich … noch eine Frage?«

»Sie sind mir schon eine!«

»Warum sind Sie so sicher, dass keiner der Soldaten mit ihrem Tod zu tun hat?« Meine Beine zittern, meine Knie wollen einknicken. Justus macht einen Schritt auf mich zu, ich winke ab.

»Eigentlich darf ich kein Wort über diese Sache sagen ...« Der Offizier sieht mich an. Ob die Wahrheit für mich zumutbar ist, ist für ihn keine Frage mehr. Er senkt seine Stimme, weder der Fahrer noch Eugen, nur Justus und ich können ihn hören. »Diese Schüsse, die auf sie abgegeben wurden – sehen Sie, wir haben hier die Mauser C96, wir haben sogar schon die 9 mm Luger. Aber ich habe die Einschusslöcher gesehen, als sie hier am Waldrand lagen ... so klein, winzig – das ist einfach nicht unser Kaliber.«

Wir dürfen gehen. Ich laufe los. Bei jedem Schritt habe ich das Gefühl, die Erde bewegt sich unter meinen Füßen, dreht sich, immer schneller, für mich viel zu schnell. Plötzlich ist alles so klar, nichts muss noch gesagt, nichts getan werden, nicht mehr nötig, sie zu identifizieren, nicht mehr nötig, nach ihren Spuren zu suchen.

Feldwege, Wiesen, Weiden, alles dreht sich unter mir, die Erde rollt, rasend schnell, ein riesiges Zwiebelfeld, eine Hecke aus Rosenbüschen, Glasscheiben, die blinken wie die Brillengläser von Justus, ein Gewächshaus. Dann stehe ich still, halte plötzlich die Staketen eines Zaunes in der Hand. Nur mühsam hole ich Atem – so weit und so lange bin ich noch niemals gerannt.

»Junge Frau, hallo, was ist denn ... kann ich Ihnen helfen?« Eine alte Frau kommt von der anderen Seite des Zaunes auf mich zu, geflochtene graue Haare, erdige Hände, ein mit Lehm verschmierter langer Rock. »Geht es Ihnen gut, junge Frau?«

Sie winkt ihrem Mann, auch der kommt näher, einen Korb voller Äpfel auf dem Rücken.

»Sind Sie ganz alleine hier? Möchten Sie eine Erfrischung?« Sie öffnet eine kleine Pforte im Zaun, tritt heraus, lehnt ihre Hand gegen meine. Erst als sie sieht, dass ich nicht um mich schlage, legt sie einen Arm um mich. »Kommen Sie, kommen Sie ... ein kühler Tee tut Ihnen sicher gut.« Halb schiebt sie mich, halb zieht sie mich durch die kleine Pforte.

Hinter mir auf dem Weg sind plötzlich Schritte und heftiges Schnaufen zu hören: Justus ächzt heran, vollkommen außer Atem. »Mach das nie wieder! Eine halbe Stunde! Wie kannst du nur so schnell laufen?«

Die alte Frau wendet sich ihm zu. »Ah, das beruhigt mich, ich befürchtete schon, die junge Dame wäre ohne jede Begleitung. Kommen Sie doch auch mit herein, junger Mann. Unser kühler Tee reicht für Sie beide.«

Sie führt mich durch den Garten. Schmale gepflasterte Wege, gesäumt von üppigen Blumenrabatten, ein altes Wohnhaus aus roten Ziegelsteinen, gleich daneben eine offene Laube, dicht bewachsen mit Wein. »Ich gehe nur schnell ins Haus. Setzen Sie sich in die Laube und bedienen Sie sich. Es ist wie im Schlaraffenland, die Trauben wachsen Ihnen bis in den Mund.«

Ich lasse mich auf die Bank fallen, schlage die Hände vor mein Gesicht, Justus setzt sich neben mich. Gleich darauf spüre ich seinen Arm, er zieht mich behutsam heran, legt auch den anderen Arm um mich, streicht über meinen Rücken, meinen Nacken, mein Gesicht …

Nicht freundlich sein, bitte, nur das nicht!

Dann fange ich an zu weinen, endlich, über meine Wangen rinnen die ersten Tränen. Bald ist es ein ganzer Bach, alles, was sich seit Tagen über mir zusammengezogen hat, ich weine, als könnte ich nie mehr damit aufhören.

Meine Arme werden getätschelt, Stühle werden gerückt, Gläser und Löffel klappern, Tee wird eingegossen, ein zarter Duft breitet sich aus, Zitrone … Melisse … »Bitte, trinken Sie, junge Frau!«

Ich kann nicht, ich kann nicht.

»Bitte, meine Liebe, hier, nimm.«

Eine Hand lasse ich über meinen Augen, mit der anderen halte ich das Glas. Nach dem ersten trinke ich noch ein zweites, schließlich nehme ich die Hand vom Gesicht. Ich kann wieder sehen: Die alte Frau und ihr Mann sitzen mir gegenüber, jeder mit einem Glas Tee vor sich, von dem sie noch kaum getrunken haben.

»Hier gibt es nichts als Sonne und Ruhe. Unsere Gärtnerei geht ins fünfundsechzigste Jahr. So lange leben wir nun schon hier draußen.« Sie lächelt mich an. »Wir hatten auch manchen Streit in den vielen Jahren. Wenn Sie wollen, kann ich Ihnen ein Zimmer bereiten. Ein paar Tage an der frischen Luft, Sie können die Wogen glätten, sich wieder aussöhnen …«

Ich schüttele den Kopf.

»Das macht keine Mühe, wir haben schon verschiedene Städter aufgenommen, die sich hierher verirrt haben.«

Mir treten wieder Tränen in die Augen, ich blinzele nach oben, durch die dichten Blätter der Weinlaube flimmert helle Sonne.

»Dürfen wir Sie zum Mittagessen einladen?«

Diese Freundlichkeit kann ich kaum ertragen.

Justus hält meine Hand. »Weine ruhig, komm. – Sie müssen wissen, wir haben uns nicht gestritten. Es geht um ihre Verwandten, Onkel und Tante. Sie hat sie verloren, beide, erst vor wenigen Tagen.«

»Um Himmels willen!«

»Sie sind ermordet worden, hier, hinter dem Exerzierplatz.«

»Ermordet? Was für eine Katastrophe! ... Hinter dem Exerzierplatz? Doch, ich kann mich erinnern. Hier waren Polizisten. Haben uns ausgefragt. Aber wir leben so abgeschieden ... Wir hatten gar nichts bemerkt. – Junge Frau, es tut uns sehr leid.«

Justus lässt mich los, hinter dem Tränenschleier spüre ich mehr als ich sehen kann, wie er etwas aus seiner Tasche zieht. »Hier, das sind die beiden ...«

Die Gärtnersfrau nimmt die Bilder in ihre Hände. »Oh!« Sie gibt sie weiter an ihren Mann. »Hier, Lieber, sieh doch!«

Es ist das erste Mal, dass dieser Mann etwas sagt. »Nein, das will ich nun gar nicht glauben! Diese netten Leute. Und die sind jetzt tot?«

Ich nicke heftig, meine Tränen fließen.

»Vielleicht bleiben Sie doch zum Mittag. Wir müssen ... das ist so schwer zu verstehen für uns. Bitte, bleiben Sie noch.«

Nach dem Mittagessen bitten die Gärtnersleute Justus und mich zu einem Rundgang durch ihren Garten, Rosen und Kohlköpfe, Spalierobst und Gladiolenbeet. Die alte Frau hält mich bei der Hand, als wäre sie meine Großmutter, zeigt mir Farben und Blüten, ein Vogelnest in einem Birnbaum. Ob ich denn Blumen liebe, da ich doch ein Stadtkind bin? Ich erzähle ihr von Branndenburg, von den Kühen, von den Kartoffelfeldern und den unendlichen Weiden.

»Aber Sie sind lieber in der Stadt, habe ich recht – Wanda?«

Ich bleibe stehen, mitten zwischen Kohlköpfen und Rosenduft. Haben Justus und ich dieser Frau meinen Namen gesagt?

»Bitte, Wanda, folgen Sie mir in die Remise. Ich muss Ihnen etwas zeigen.« Sie geht zu einem Holzhaus, öffnet ein Tor. Ein Streifen Licht fällt in den Lagerraum. An der Seite steht eine offene Kutsche mit hohen Holzrädern und geschwungenen Dachstützen, auf der kaum noch Reste ihrer früheren Farbe sind. In einem Verschlag gleich neben dem Tor ist Platz für ein Pferd, sauber mit Stroh ausgelegt, aber leer. Weiter hinten in der Remise Stapel von Kisten und Körben. Der alte Mann trägt sie zur Seite, ein verschlissener Vorhang kommt dahinter zum Vorschein, ausgebreitet über einem sehr großen Gegenstand. Der alte Mann hebt ihn an. Und da ... plötzlich ... steht ein Automobil! Ein Ford T, unverkennbar das gleiche Modell, das Onkel Gustav gehört.

Es ist ... doch ... ist das *unser* Automobil?

Ich schreie auf, Justus wirft seine Arme um mich, lässt mich sofort wieder los, entschuldigt sich, dann stürmt er los, stürzt sich auf das Automobil. »Das kann doch nicht wahr sein. Wanda, sieh doch! Wanda!«

Ich blicke mich um zu den Gärtnersleuten, sie stehen nebeneinander, vollkommen ruhig, und sehen uns zu. »Wir haben auch einen Schlüssel, junger Mann – Sie sind sicher der Justus – also, Justus, wenn Sie wollen, können Sie ihn haben.«

»Sicher will ich, wenn ich darum bitten darf.«

Der alte Mann fasst in die Tasche seiner Arbeitsschürze und reicht Justus den Schlüssel.

Der schließt die Türen auf, blickt sich im Auto um, setzt sich hinein, springt wieder heraus, nimmt die Wolldecke vom Rücksitz, schüttelt sie aus. Ein weißes Damentaschentuch fällt heraus, auf den Fußboden der Remise. »Das ist unser Auto! Emmys Taschentuch! Unser Auto! Das kann nicht sein!«

Der alte Mann nickt ihm beruhigend zu. »Nun wissen wir, dass wir es richtig gemacht haben. Als die Polizei bei uns war und uns fragte, ob wir irgendetwas gesehen hätten in den letzten Tagen, haben wir nichts gesagt. Aber ganz wohl war uns nicht dabei. Nur, da die Dame und der Herr uns gebeten hatten, das Auto aufzubewahren, bis sie wiederkämen, schien uns das richtig zu sein.«

»Als die beiden auch am nächsten Morgen nicht wiederkamen, obwohl sie es versprochen hatten, haben wir lange überlegt ...«

»Wir haben sogar aufgeschlossen und uns im Auto umgesehen, ob sie irgendetwas hinterlassen hätten, womit wir sie finden könnten.«

»Nach zwei Tagen haben wir dann das Automobil in die Remise geschoben und zugedeckt.«

Justus reinigt den Wagen, von innen und außen. Der Motor lässt sich ohne Probleme starten, Justus fährt aus der Remise heraus. Die alte Gärtnersfrau lächelt mir aufmunternd zu, drückt meine Hand.

»Als Gustav und Emmy das Auto bei Ihnen abstellten, sagten sie Ihnen, warum sie es hierlassen wollten?«

»Natürlich sagten sie uns den Grund. Wir tranken zusammen Melissentee, und sie erzählten, dass sie verabredet seien, hier ganz in der Nähe. Die nette Frau war etwas in Sorge, ob alles so vor sich gehen würde, wie sie es geplant hatten, aber der Herr war guter Dinge.«

Justus lässt nicht locker. »Geplant – was hatten sie denn geplant?«

»Jemand wollte sie abholen, kurz vor der Abenddämmerung, vorne auf dem Weg zum Exerzierplatz.«

»Haben sie auch erwähnt, *wer* das war?«

Sie schütteln bedauernd den Kopf. »Wo denken Sie hin, lieber Justus, das hätten wir Ihnen doch gesagt.«

Wir folgen den Spuren der Militärwagen und des Planwagens des Gemüsegroßhändlers, der immer am frühen Morgen von der Gärtnerei seine Waren holt. Irgendwo wird eine richtige Straße beginnen, irgendwo die Chaussee, die uns zurück in die Stadt bringt. Wir fahren, der Motor läuft ruhig, ich sitze neben Justus. Da, plötzlich ... ich schreie auf.

Justus bremst den Wagen, der Motor würgt. »Wanda?«

Ich zeige nach vorne. Am Fuß einer Eiche, von der Straße abgewandt, liegt eine Gestalt ausgestreckt auf dem Rücken, die Arme weit ausgebreitet. Eugen.

Justus springt aus dem Wagen. »Du bleibst hier, Wanda!«

Er beugt sich über den liegenden Eugen, hält die Hand vor dessen Mund und Nase, fühlt nach seinem Herzen, wird jäh unsanft zur Seite gestoßen. Eugen springt auf, kreischt: »Mann, hast du mich erschreckt!« Dann fängt er an zu lachen. Justus starrt ihn an. Der Blick von Eugen wandert über unser Automobil, er blinzelt, schnappt nach

Luft. »Ich hatte euch glatt aus den Augen verloren! Gerade wollte ich zurückgehen und wieder in die Droschke steigen.«

Justus nickt. »Ja, mach das, Herr Baron, nimmst uns einen großen Umweg ab. Fahr mit dem Kutscher zurück.«

»Sicher, sicher, mache ich. Aber wer wird ihn bezahlen?«

»Wir natürlich. Lass dir im Hotel das Geld vorstrecken. Den Rest erledigen wir.«

Langsam nähern wir uns der Stadt. Wir passieren Groß Borstel und Eppendorf, dann kommt schon Harvestehude. Keine halbe Stunde mehr, dann werden wir wieder im Hotel sein. Mit Eugen als ständigem Begleiter, wie eine Klette im Fell.

»Justus …«

Er sieht starr auf die Straße, wendet nicht das kleinste bisschen den Kopf. »Ja?«

»Ich möchte nach Hause.«

»Wir sind ja bald da.«

»Nach Hause, nach Berlin.«

»Aber …«

»Am besten jetzt gleich, nicht mehr ins Hotel fahren.«

Justus grinst. »Den langen Eugen mit der Rechnung alleine lassen?«

»Der kriegt das schon hin.«

»Möglich wäre es. Ich könnte von Berlin aus telefonisch die Suite kündigen. Über die Bank eine Anweisung schicken. Unsere Sachen könnten sie nachsenden. Aber so geht es nicht.«

»Doch, so geht's!«

»Wenn wir jetzt abfahren, müssen wir in der nächsten Woche wieder herkommen.«

»Nein! Warum denn?«

»Weil wir hier noch nicht fertig sind.«

»Bitte!«

»Wir sind nicht fertig, Wanda. Das nimmt uns keiner ab.« Justus setzt den Winker, lenkt den Wagen an den Straßenrand. Wir stehen mitten auf einer Brücke, unter uns fließt ein Fluss. Die Elbe, die Alster? Nicht wild, aber breit. Der Himmel ist wolkenlos blau, die Sonne steht hoch über uns. Es ist Spätsommerwetter, auf der Brücke weht kräftiger Wind, zugig und kalt. »Steigen wir aus?«

Wir blicken über das Wasser, Möwen und weiße Segel, blaues Wasser und blauer Himmel, alles viel zu schön.

»Wanda, ich muss jetzt doch davon reden: Gestern Nachmittag war ich ein zweites Mal draußen im Schauhaus bei diesem Gevatter.«

»Du wolltest ihn anrufen, du wolltest nicht hinfahren.«

»Es gibt keinen Telefonanschluss. Das ist das Schauhaus der armen Leute, dort wird an allem gespart. – Ich weiß jetzt den Namen, der auf dieser Genehmigung des Polizeipräsidenten steht, mit der die falschen Bestatter dort aufgetaucht sind.«

»Das war nicht unser Name?«

»Nein.«

»Trotzdem bist du dir sicher, dass es Emmy und Gustav sind?«

»Wir wissen gar nichts, wir hören immer nur, was andere sagen, das ist es ja.«

»Und was hast du nun vor?«

»Ich möchte sie sehen. Damit ich *wirklich* sicher bin. Damit du sie beerdigen kannst.«

Nein! Ich bin nicht feige, ich habe keine Angst, vor nichts, vor niemandem. Und doch ist es mir zu viel, es gibt keine Ruhe, es hört nie auf, warum nur, warum? Ich will das nicht mehr, ich will nicht, ich will nicht! Das blaue Wasser, der blaue Himmel, weiße Möwen und Sonne, ich wünsche mir Ruhe, weinen dürfen, bis ich einschlafe vor Erschöpfung, einen tiefen Schlaf.

Und was käme dann? Wo hilft mir das weiter? Nein! So *darf* ich ... so *will* ich nicht sein! Ich laufe zurück zum Wagen, trete gegen die Reifen, ich will keine Ruhe, ich will nicht mehr weinen, Schluss damit, Schluss! Die Reifen sind hart, ich kann nicht aufhören, trete zu, wieder und wieder. Erst als meine Füße schmerzen, humpele ich zum Geländer zurück.

Justus sieht mich an, die Lippen fest zusammengepresst. »Also, Wanda, ich fahre nach Blankenese zu diesem Friedhof. Gleich morgen früh.«

»Nicht morgen. Heute.«

»Wie bitte?«

»Jetzt. Sofort. Und ich will dabei sein.«

»Wanda, du musst nicht.«

»Doch, Justus, ich muss.«

Das schmiedeeiserne Tor steht weit offen, wir fahren hindurch, eine lange Birkenallee, rechts und links hohe Tannen, von Efeu überrankte Kiefern und Lebensbaum, darunter Grabsteine aus schwarzem Granit, weißem Marmor. Über vielen Gräbern thront eine Engelsfigur. Justus fährt bis ans Ende der Birkenallee, er bietet mir seinen Arm, ich hänge mich ein. Hier kennt uns kein Mensch, wir können tun, was wir wollen, nebeneinander gehen wir auf eine große rote Kapelle zu. Auf der Freitreppe sind zwei Friedhofsdiener dabei, Kränze und Kranzschleifen auf hohen Ständern zu ordnen, Männer mit Posaunen und Trompeten nehmen Aufstellung. Hinter der roten Kapelle ist unter Tannen und Wacholder ein Wegweiser in den Boden gepflanzt: *Zur Friedhofsverwaltung.*

Wir folgen dem Schild, meine Schritte werden langsamer. Wer auch immer in dieser Friedhofsverwaltung sitzt und über den Friedhof entscheidet, was kann ich ihm wohl sagen? Ich sehe Justus an, aber der blickt mit verschlossenem Gesicht in die Spitzen der Tannen, er scheint völlig versunken.

Am Beginn einer langen Reihe von Gräbern steht ein Engel, marmorweiß, sein Gesicht ist gütig, seine Flügel breitet er wie einen weiten Mantel über Lebende und Tote aus. Frieden, für Gustav, für Emmy, für mich. Und wenn der Mensch dort drinnen mir sagt, dass sie schon beerdigt sind? Wenn er mir ihr Grab zeigt? Werde ich dann nach Hause fahren? Soll ich dann Ruhe geben? Ihnen und mir. Nein, das werde ich nicht. In diesem Fall wären Frieden und Ruhe nichts als Feigheit.

»Wenn ich nur wüsste, was ich diesem Mann da drinnen erzählen soll.«

»Darüber denke ich auch gerade nach.«

»Vielleicht einfach die Wahrheit?«

»Die Wahrheit? Und wenn er uns nicht glaubt? Er hat ein Schriftstück mit dem Stempel vom Polizeipräsidenten von Hamburg, auf dem etwas ganz anderes steht.«

»Deren Wahrheit, und ich erzähle ihm meine. Unsere.«

»Wenn das mal so einfach ist.« Justus nimmt meinen Ellenbogen, als ordentlicher Chauffeur müsste er jetzt für mich die Türen aufhalten und danach zurückbleiben. Er ergreift meine Hand, ich verstehe, auch wenn ich nichts sehe als ein verschlossenes Gesicht. Nebeneinander gehen wir den langen Flur hinunter, passieren eine Schwingtür, stehen vor der Tür mit der Aufschrift *Bureau*. Darin ist ein alter Herr zwischen hohen Papierstapeln mit einer Schreibarbeit beschäftigt. Er blickt uns freundlich entgegen, aber es stellt sich schnell heraus, dass er uns auf keinen Fall helfen kann. Wir werden höflich gebeten zu warten, er geht aus dem Raum, kommt nach kurzer Zeit wieder, führt uns in das allerheiligste Dienstzimmer des Herrn Friedhofsverwalters.

Nicht einmal fünf Minuten später stehen wir wieder unter den Flügeln des Engels. Alles, was misslingen kann, ist misslungen. Schon als wir ins Zimmer treten, sehe ich sofort, er missbilligt die Art meiner Kleidung. Ich trage kein Schwarz, obwohl wir in einem Trauerfall bei ihm vorsprächig sind. Er missbilligt die kaum getrockneten Tränen auf meinem Gesicht. Contenance, Wanda, hast du das immer noch nicht gelernt? Er missbilligt, dass wir uns erdreistet haben, in dieser undurchsichtigen Angelegenheit ein Polizeirevier in Berlin aufzusuchen. Und dass die Polizei von Berlin uns nicht ihre Hilfe gewährte, kann in seinen Augen nur daran liegen, dass wir die eigentlichen Verbrecher sind. Dass diese beiden Verbrecher die Bescheinigung des Polizeipräsidenten von Hamburg auch nur im Geringsten in Zweifel ziehen, lässt er auf keinen Fall zu. Als ich es aufgebe, ihm noch irgendetwas erklären zu wollen, und stattdessen Justus reden lasse, den ich ihm eben noch als meinen Chauffeur vorgestellt habe, ist unser Gespräch schneller zu Ende, als ich mit dem Spitzentuch über mein Gesicht wedeln kann. Wahrscheinlich missbilligt er überhaupt, dass wir es gewagt haben, ihn zu stören, egal, was wir sagen oder was wir tun.

»Nie wieder, Wanda, nie wieder!« Justus zieht mich am Engel vorbei, stampft neben mir den breiten Hauptweg hinunter.

»Was – nie wieder?«

»Nie wieder werden wir versuchen, die Wahrheit zu sagen.«

Im *Imperial der Meere* übergibt Justus das Automobil an den Wagenmeister mit dem Auftrag, Tank und Kanister zu füllen. Wir teilen dem Empfang unsere Absicht mit, heute noch abzureisen. Getränke und Proviant werden in der Hotelküche bestellt, Zimmermädchen werden gerufen, die unsere Sachen packen, Pagen, die die Koffer in die Garage tragen und sie dem Wagenmeister überbringen sollen. Nach einer Stunde Geschäftigkeit gehen die Zimmermädchen, die Tür der Hotelsuite fällt ins Schloss. Wir sind wieder alleine, endlich wird es still um uns.

»Ein Glas Wasser, Wanda?«

Ich schüttele den Kopf.

Da legt Justus seine Hand an meine Wange, seine Stirn an meine Stirn. »Du bist so stark, Wanda. Du gibst niemals auf. Das hat mir immer an dir gefallen. Aber manchmal darfst du auch schwach sein.« Ich lehne mich an seinen stacheligen Kopf, seine Haare pieken in mein Gesicht.

Was ist das, auf dem Flur poltert es, hat jemand geklopft? Keine Frage, denn sofort wird die Tür aufgerissen, Eugen stürmt herein, einen blauen Seesack über seiner Schulter, rennt bis in die Mitte des Zimmers. Dann erst sieht er uns sitzen, Justus' Arm um meinen Rücken, meine Arme um Justus. Seine Augenbrauen rutschen nach oben, aber er verliert darüber kein Wort. »Ist alles bereit? Fahren wir?«

Justus dreht sich ruhig zu ihm um.

»Was für ein Glück. Ich hatte schon Angst, ihr wärt ohne mich losgefahren!«

»Habe ich das eben richtig verstanden, Herr Baron, Sie wollen mit nach Berlin fahren?«

»Ja, aber sicher … Ich hoffe, es macht euch nichts aus?« Er lässt seinen Seesack zu Boden fallen. »Ich will ja gar nichts von euch, nur ein winziges Zimmer.«

»Heißt das, Sie wollen bei uns wohnen?«

»Aber ihr habt doch jetzt Platz. Ich störe euch nicht, ich werde euch nicht zur Last fallen. Wenn ihr wollt, putze ich, oder ich koche.«

»Das machen Bertha und die Mädchen.«

»Leute, ihr könnt alles tun, was ihr jetzt auch macht. Ich sehe einfach nicht hin.«

Justus zuckt zusammen, seine Lippen werden schmal. Gleich wird er Eugen beim Kragen nehmen und ihn aus dem Zimmer schieben. Da wird Eugens Stimme plötzlich leise und klagend.

»Bitte, ihr könnt mich doch hier nicht alleine lassen! So gut wie mit euch habe ich mich noch mit keinem verstanden … Lasst mich doch mitkommen! Nehmt mir das nicht weg.«

Justus beugt sich herunter, dicht an mein Ohr. »Was sagst du, Wanda?«

Dieses Klagen in Eugens Stimme trifft mich, als würde eine meiner kleinen Schwestern weinen. Für die Schwestern haben wir ein Kinderfräulein, und was haben wir für Eugen? »Na gut, Justus, lass ihn mitkommen, er stört mich nicht, nicht allzu sehr jedenfalls.«

»Mich stört er schon.«

»Aber wir haben ihm viel zu verdanken. Ohne ihn hätten wir Gustav und Emmy niemals gefunden.«

»Eben, über diesen seltsamen Zufall sollten wir nachdenken.«

Wieder die Stimme von Eugen, irgendwo aus dem Hintergrund, wieder dieser klagende Tonfall. »Versteht doch, Leute, was soll ich noch hier? Die Redaktion vom *Criminal-Reporter* zieht gerade jetzt nach Berlin. Ich muss dann sowieso immer dort sein, um die schrecklichen Leichen zu zeichnen.«

»Gut, Sportsfreund, aber nur für den Übergang. Du wirst dir ein Zimmer suchen!«

»Jawoll, Herr Baron. Selbstredend. Zu Befehl!«

Die Rückfahrt dauert Tage, Wochen, Jahre, sehr viel länger als mit dem Schnellzug. Was für Gründe können Gustav und Emmy gehabt haben, eine so beschwerliche Reise auf sich zu nehmen? Meine Begeisterung für Automobile schmilzt dahin wie Schnee in der warmen Augustsonne. Nach sechs Stunden, eingezwängt zwischen Blechen und Polstern, sind wir erst in Perleberg. Ich sehe nur noch geradeaus, eine lange Allee folgt der anderen, die Straßen schlecht und holprig. Über uns schließen sich Kronen von Linden, von Platanen, von Kastanien, als würden wir durch lange Tunnel fahren. Viermal haben wir in den vielen Stunden gerastet, das Automobil auftanken und durchsehen lassen, in irgendwelchen Garagen, Landgasthäusern, Hotels. Jetzt ist der Tag zu Ende, die Sonne geht unter, ein roter Lampion, der hinter dem Horizont versinkt. Kein Mond erscheint, die Alleen werden schwarz, unsere Scheinwerfer schneiden ein schmales Licht in die Dunkelheit. Es wird kalt, Justus reicht mir eine warme Decke, die für mich üblich geworden ist in den letzten Tagen. Ich schlage sie um mich, hülle mich ein.

Eugen hockt hinter uns auf der Rückbank, schon seit geraumer Zeit ist sein Kopf hintenübergesunken, sein Mund steht offen. Aber er schnarcht nicht das kleinste bisschen. Immer wieder nimmt Justus den Blick von der Straße, wendet sich zu ihm um. »Schläft er endlich?«

Ich ziehe die Schultern hoch, schüttele den Kopf. Der Motor ist laut, der Fahrtwind rauscht an uns vorüber, eine leise Unterhaltung ist hier nicht möglich. Wenn Eugen nicht schläft, wird er jedes Wort hören. Aber würde er auch jedes Wort verstehen?

»Justus, was glaubst du, warum haben Gustav und Emmy nicht den Schnellzug genommen? So eine weite Reise mit einem Automobil?«

»Das ist mir jetzt klar: Sie wollten unabhängig sein von den Abfahrtzeiten der Züge. Bei der Hinfahrt und vor allem auch bei der Rückfahrt. Vielleicht wussten sie schon vor ihrer Abreise, dass sie hinaus nach Fuhlsbüttel wollten. Wären sie mit dem Zug gekommen, dann hätten sie vom Hauptbahnhof aus eine Droschke und einen Fahrer nehmen müssen. Und das wollten sie nicht, warum auch immer. Oder sie hatten keine Zeit, auf die Abfahrt des nächsten Schnellzuges zu warten. Sie haben diesen Anruf erhalten und wollten fahren, ohne jeden Aufschub.«

»Du weißt es also auch nicht.«

Justus sieht mich an, schüttelt den Kopf, deutet nach hinten zu Eugen. Eugen, immerzu Eugen. Soll ich aufhören, mit Justus zu reden, soll ich vielleicht aufhören zu denken?

»Wäre es nicht möglich, Justus, dass sie sich bedroht fühlten? Sie wollten vermeiden, dass jemand ihnen in Hamburg vom Bahnsteig aus folgen kann. Vielleicht hatten sie Angst.«

Angst? Ich spüre diesem Gedanken nach. Wie groß muss eine Bedrohung sein, damit ein erwachsener Mensch Angst hat? Ein Mann wie Gustav, eine Frau wie Emmy?

Wir sehen beide geradeaus, schweigen. Weit voraus taucht ein Leuchten hinter dem Horizont herauf. Justus lässt das Lenkrad los, legt seine Hand um meine Schulter. Von Kilometer zu Kilometer wird das Leuchten heller, irgendwann sind darin die Silhouetten von Kirchtürmen zu erkennen. Ist das nun endlich Berlin? Die Chaussee ist schwarz, im Automobil ist es dunkel, nur ganz schwach liegt ein Schimmer von den Scheinwerfern auf dem Gesicht von Justus. Mehr ist nicht nötig, ich muss ihn nicht sehen, ich spüre ihn neben mir. Stundenlang könnte ich mit ihm so weiterfahren durch die Dunkelheit. Nirgendwo hinfahren, nirgendwo ankommen, nirgendwo sein.

Lange nach Mitternacht kommen wir in der Oranienburger Straße an. Im Haus ist niemand mehr auf, keines der Fenster zwischen dem ersten und dem vierten Stock ist noch beleuchtet. Justus läutet, bis Wernicke in der Haustür erscheint. Dieses Mal im dicken Uniformmantel, unter dem der weiße Saum eines langen Nachthemdes hervorsieht. Nichtsdestotrotz, Wernicke salutiert, als er das Automobil erblickt, sofort schließt er das Haustor auf, auch das Tor für die Gartendurchfahrt, er kennt diese Prozedur. Dann winkt er Justus ein, hier nicht so dicht an den Pfeiler fahren, mehr rechts halten, mehr links, Vorsicht, dort ist die Durchfahrt besonders schmal. Wernicke kennt sich prächtig aus damit, Justus nicht.

Während Wernicke die Haustore schließt und verriegelt, holt Justus Eugens Seesack und unsere Koffer aus dem Gepäckfach. Eugen trägt seinen Seesack, Wernicke unsere Koffer. Nun öffnet sich unsere Wohnungstür: Bertha kommt uns entgegen, strahlend vor Freude. Was ist los, das Automobil ist wieder da, haben wir die Herrschaften endlich gefunden? Aber ihre Freude bricht sofort in sich zusammen, als sie sieht, dass wir alleine die Treppe heraufkommen.

Ich lege meinen Arm um sie, führe sie in die Küche. Anna stellt Teewasser auf, Johanna holt Flaschenbier aus dem Eisschrank, für Justus und Eugen. Dann sitzen wir alle gemeinsam am großen Küchentisch, erzählen, was wir erlebt haben. Bertha klammert sich an ihre Teetasse, mit zitterndem Kinn, sie wiederholt ständig, was für feine Herrschaften sie hat, was für eine nette Frau die gnädige Frau ist. Es dauert lange, bis sie begreifen will, dass Gustav und Emmy wirklich, ganz wirklich nicht mehr wiederkommen.

Eugen sitzt zwischen Bertha und Anna, hört uns zu, trinkt eine Flasche Bier nach der anderen, schweigt. Immer wenn ich ganz sicher bin, dass er es nicht bemerkt, lasse ich meine Blicke zu ihm hinüberwandern. Ich sehe, dass auch Justus das tut. Vieles, was ich gerne sagen würde, sage ich nicht. Wir versuchen zu trösten, wir überlegen, klären. Nein, wir wissen noch nicht, wann wir Gustav und Emmy beerdigen, wir wissen noch nicht einmal sicher, *ob*. Wir wissen auch nicht, ob wir jetzt die Familie verständigen sollen, wir wissen nicht, was mit Bertha und den Mädchen werden soll, nun, da Gustav und Emmy wirklich nicht mehr zurückkommen.

Was soll aus Mienchen und Gotthelf werden?

Was wird aus der Wohnung?
Was wird aus Justus?
Und was wird aus mir?

Beim Frühstück sitzen wir uns gegenüber. Mit hängenden Köpfen tragen die Mädchen die Servierplatten auf, Bertha deckt mit verweinten Augen den Tisch. Niemand mag etwas essen. Eugen liegt hinten im Ostflügel in seinem Gästezimmer und schläft. Jetzt könnten wir reden, könnten alles aussprechen, aber wir sitzen und schweigen.

»Ich fürchte, du musst sofort zurück nach Branndenburg!«

»Bitte?«

»Du kompromittierst dich, wenn du weiter mit mir in dieser Wohnung bleibst. Und du musst deinem Vater mitteilen, dass sein Bruder nicht mehr am Leben ist. Willst du das am Telefon tun? Willst du den Oberamtmann als reitenden Boten schicken?«

»Aber ich will nicht zurück, auf gar keinen Fall! Ach, wenn ich doch schon verheiratet wäre!«

»Wanda?«

»Doch! Ferdinand wäre froh, wenn ich nicht bei ihm sein will.«

»Wir fahren nach Branndenburg, Wanda, keine Widerrede!« Justus sieht mich an. Lange, lange Minuten vergehen. »Vielleicht ... sollte ich doch mit Ferdinand reden. Von Mann zu Mann.«

Sofort nach dem Frühstück geht Justus zielstrebig in Gustavs Arbeitszimmer, er lässt sich vom Fräulein vom Amt mit der Nummer verbinden, die Polizeileutnant von Reventlow mir gegeben hat. Zuerst meldet sich sein Dienstmädchen, die holt ihre gnädige Frau an den Apparat. Jetzt drückt Justus mir den Hörer in die Hand, so lernen wir Lotte von Reventlow kennen.

»Wer ist da? Baronesse Wanda von Branndenburg? Endlich! Wir haben schon so auf Ihren Anruf gewartet! Nun, erzählen Sie, gibt es etwas Neues?«

»Ich möchte Polizeileutnant von Reventlow sprechen.«

»Ja, ich verstehe ... Sie wollen nur mit meinem Mann reden. Der ist jetzt im Dienst.«

»Dass wir daran nicht gedacht haben. Vielleicht rufe ich heute Abend an. Leben Sie wohl.«

»Baronesse, legen Sie bitte nicht auf. Gleich, wenn Sie sich melden, laufe ich selber zum Polizeirevier und benachrichtige ihn, das habe ich mit ihm so besprochen. Heute Abend nach dem Dienst kommt er zu Ihnen.« Ich höre ihr zu, längst habe ich es aufgegeben, mich über irgendetwas zu wundern.

Vorne läutet unsere Klingel, einen Moment später klopft Johanna an die Tür des Arbeitszimmers. Sie gibt Justus ein Zeichen, er spricht leise mit ihr.

Lotte von Reventlow fragt mich gerade, ob ich die Vorträge meiner verehrten Frau Tante *Über den Einzug neuer wissenschaftlicher Erkenntnisse in die Hauswirtschaft* im Bildungsverein für Damen gehört habe.

»Oh nein, worum ging es denn da?«

»Nun, um elektrische Bügeleisen, elektrische Küchenherde, Waschmaschinen. Ach ja, um die moderne Kochkunst mithilfe dieser Brühwürfel von Julius Maggi.«

Ach, wenn Emmy mir doch etwas gesagt hätte, wie gerne hätte ich sie dabei erlebt.

»Seien Sie nicht traurig, Baronesse, die Vorträge sind schon geraume Zeit her. Vor zwei Monaten hat mein Gatte einen Artikel der Frau Baronin in der Zeitschrift *Die Zukunft* gefunden. Der hatte es in sich, sie hat so geschimpft auf die Leute, die technische Erfindungen unter die Menschheit bringen, bevor sie wirklich ausgereift sind, wir waren völlig begeistert.«

Wir reden und reden, ich habe Mühe, mich an meinen Vorsatz zu halten. Mich über nichts mehr wundern, was ich über Emmy höre – wie soll das bloß gehen?

Noch bevor ich mich von Lotte von Reventlow verabschiedet und den Hörer aufgelegt habe, tritt ein junger Mann durch die Tür vom Arbeitszimmer. Ich habe ihn schon gesehen, es ist der Kommis vom Zigarrenladen *Loeser & Wolff.* In der Hand trägt er einen Umschlag, unter dem Arm eine Kiste mit Zigarillos. Justus bietet ihm einen Sessel am Besuchstisch und nimmt gegenüber Platz. Ich verlasse mit Johanna das Zimmer.

»Er kommt immer als Erster, gnädiges Fräulein.«

»Wo kommt er als Erster?«

»Nun, heute ist doch der 3. September. An jedem Dritten hat der gnädige Herr die Miete kassiert.«

Nicht mehr wundern, Wanda, überhaupt nicht mehr wundern!

»Das ist immer das Gleiche: Der Kommis kommt um neun. Ein Viertel nach neun Uhr schickt der Bahnbaubeamte aus dem dritten Stock seinen Hausdiener. Eine halbe Stunde nach neun bringt die Hausdame der Herrschaften im zweiten Stock die Miete. Diese Dame ist schrecklich vornehm, kaum zu ertragen, was für ein Glück, dass der Herr Hansen heute bei uns ist.«

Johanna verschwindet in Richtung Küche, ich gehe nach vorne in den Salon, sehe auf die Straße hinaus. Grüne Linden, trabende Postpferde, Automobile, Straßenbahnen. Einen kleinen Augenblick passe ich nicht auf, schon fliegen meine Gedanken bis nach Hamburg, in den kalten Keller vom Schauhaus. Nein, diesen Gedankenflug verbiete ich mir. Auch an Blankenese will ich nicht denken, zwei Särge in einer dunklen Halle, ein marmorner Engel … Nein!

In der Schale für die Visitenkarten liegen noch immer die Briefe, die in den letzten Tagen gekommen sind. Seit wir in Hamburg waren, ist der Stapel weiter gewachsen. Nun werden Gustav und Emmy ihre Korrespondenz nicht mehr ordnen, das steht endgültig fest. Aber ist das ein Grund für mich, fremde Briefe zu öffnen?

Ja! Vielleicht gibt es Rechnungen, die bezahlt werden müssen. Vielleicht haben Bekannte an Emmy und Gustav geschrieben, die ich benachrichtigen sollte, dass die beiden nicht mehr bei uns sind.

Wirklich, die meisten Briefe sind schon von außen als Rechnungen zu erkennen, ohne Zögern öffne ich sie. Die Städtischen Elektricitätswerke schicken die Stromrechnung für das vergangene halbe Jahr. Ein Steinmetz hat im Frühjahr die Mauer zum Garten vom Nachbarhaus ausgebessert und berechnet Gustav die Kosten für Steine und Arbeit. Eine Autowerkstatt bittet höflichst, die Durchsicht des Motors, das Auffüllen von Treibstoff und Motoröl und das Auswechseln der Ölleitung in Rechnung stellen zu dürfen. Ein Brief trägt den Stempel des Instituts für Chemie der Friedrich-Wilhelms-Universität. Auch diesen Brief öffne ich nach kurzem Abwägen. Das stellt sich als richtig heraus, denn Professor von Isensee teilt Onkel Gustav mit, dass er für drei Tage zu einem wichtigen Kongress nach München fährt.

Nun, das mit den Rechnungen dürfte kein Problem sein, Justus ist schon seit Jahren Gustavs Sekretär, er wird die Beträge anweisen, falls das ohne Onkel Gustavs Unterschrift möglich ist. Aber dann sind da noch zwei Briefe, sie sind beide an Emmy gerichtet. Einer kommt von der Redaktion der Zeitschrift *Die Zukunft*, von der ich vor meinem Telefongespräch mit Lotte von Reventlow noch nie gehört habe. Auf dem Absender des anderen Briefes steht DELAG, auch von etwas, was DELAG heißt, habe ich noch niemals gehört. Unschlüssig setze ich mich damit auf die Lehne eines Sofas. Soll ich die Briefe öffnen oder lege ich sie ungeöffnet auf Emmys Schreibtisch?

Und wer öffnet sie dann? Mama? Papa? Der Polizeipräsident?

Die DELAG ist die Deutsche Luftschiffahrts-Aktiengesellschaft, eine Firma in Frankfurt am Main, die gerade eben gegründet wird, wie die sehr klein geschriebenen Worte *in Gründung* hinter dem Firmennamen im Briefkopf verraten.

Ich lasse mich von der Sofalehne hinuntergleiten und vertiefe mich in den seitenlangen, mit ordentlich gerader Hand geschriebenen Brief. Eine Minute später vergesse ich alles um mich her.

Düsseldorf, den 21. August 1909

Sehr verehrte gnädige Frau Baronin von Branndenburg!

Mit großer Freude kann ich Ihnen heute mitteilen, dass die Entwicklungen, die ich Ihnen, sehr verehrte gnädige Frau, bereits im Frühsommer diesen Jahres ankündigen durfte, nunmehr eingetreten sind, und zwar bereits jetzt sehr erfolgreich.

Vom unbedingten Glauben an die Möglichkeit eines Luftverkehrs zwischen den deutschen Großstädten beseelt, ist es mir auf der »ILA« in Frankfurt gelungen, die Früchte meiner Vortragsreisen zu ernten. Infolge meiner ausgezeichneten Argumente stellten mir die Oberbürgermeister der deutschen Großstädte nun ihre kapitalkräftigsten Bürger vor. Es gibt stets Leute, die immer dabei gewesen sein wollen und die, wenn es sich um nationale Aufgaben handelt, im reichen Deutschland auch bereit sind, Opfer zu bringen. Diese Geldaristokraten haben mir bereitwilligst 10 000, 30 000, ja bis zu 50 000 Mark DELAG-Aktien gezeichnet. So konnte inzwischen die Gründung unserer Luftverkehrsgesellschaft vollzogen werden!

Auch die aufgrund der dortigen Wetterlage recht risikoreiche Fahrt an den Niederrhein hat auf Drängen der Vertreter der Ruhrindustrie,

Bergrat Kleine und Hugo Stinnes, in der Zwischenzeit stattgefunden. Wir hatten nun zwar den Fall, dass bei der Rückkehr von Essen nach Düsseldorf das infolge starken Regens überlastete Luftschiff am Rande des Landeplatzes wie ein Stein zur Erde fiel. Glücklicherweise haben die Fahrgäste die Ursache des zu frühen Landens nicht bemerkt. Sie, liebe gnädige Frau, das ahne ich, würden diese Weise der Landung die Folge einer noch unausgereiften technischen Lösung nennen! Und so dachte ich noch während des Festessens immer wieder an Sie.

Sollten Sie inzwischen erfolgreich gewesen sein, so lassen Sie es mich bitte sofort wissen und uns wieder Kontakt aufnehmen. Unser fünftes Luftschiff, aus den Mitteln der Volksspende gebaut, ist dem bei Echterdingen zerstörten Schiffe gleich. Auch unser neues Luftschiff LZ VI ist bereits mit großem Erfolg auf der »ILA« vorgestellt. Wir alle wissen, liebe gnädige Frau, dessen kann ich Sie wirklich versichern, in der Weiterentwicklung der Technik wohnt immer ein gewisses Risiko!

Nun aber zum eigentlichen Anlass meines heutigen Schreibens an Sie. Zu Ihrer und unserer Freude erlauben wir uns, Sie und Ihren hochverehrten Herrn Gemahl für den 1. Oktober 1909 zu einer Fahrt mit dem Luftschiff »Deutschland« einzuladen. In diesen Tagen wird in unserer Werft in Friedrichshafen am Bodensee das erste für die DELAG bestimmte Luftschiff fertiggestellt. Es ist größer als die bisherigen Schiffe, 148 m lang, hat einen Gasraum von 19 300 cbm, eine Nutzlast von 6800 kg und bei 3 Motoren von je 120 PS eine Geschwindigkeit von 16,7 m in der Sekunde! Mit diesem Schiff verbinden sich hoher Komfort und eine bisher nie dagewesene Sicherheit. So werden demnächst Vertreter sämtlicher großer Zeitungen Deutschlands zu einem Frühstück an Bord geladen. Aber es soll nicht nur bei einem Frühstück am Boden bleiben, unsere Einladung ist verbunden mit einem Flug, ausgehend von unserer DELAG-Halle in Düsseldorf. Da seit der »ILA« sich die Streitfrage verschärfte, ob dem Luftschiff oder dem Flugzeug die Zukunft des Luftverkehrs gehöre, brauchen wir Werbung, Werbung, Werbung!

Lassen Sie uns gemeinsam auf einen guten Flug hoffen! Ich erwarte Sie und Ihren verehrten Herrn Gemahl allerspätestens am 31. September, einen Tag vor der Abfahrt, im Hotel Excelsior hier in Düsseldorf.

Für das große Vertrauen, das Sie der Idee des Luftschiffbaues entgegenbringen, möchte ich Ihnen noch einmal auf das Herzlichste danken.

Ich erlaube mir, Ihnen bis zur Abfahrt noch weiterhin Glück und Gesundheit zu wünschen,
und verbleibe mit den freundlichsten Grüßen
Ihr
A. Bluman,
Geschäftsführer der DELAG

P.S. Um eine kurze Bestätigung per Depesche oder per Telefonanruf wird gebeten, wenn Sie freundlichst geruhen, unserer Einladung zum Flug folgen zu wollen.

»Nun, Wanda, fahren wir?« Unvermittelt steht Justus neben mir, ich lese den Brief der DELAG an Emmy gerade zum fünften oder sechsten Mal. »Komm, sonst wacht unser Freund Eugen auf und heftet sich an uns. Ich war eben vor seiner Zimmertür und habe ihn schnarchen gehört.«

»Justus, das musst du dir ansehen.«

»Was ist das?«

»Emmy hat eine Einladung bekommen. Sie soll fliegen.«

»Fliegen? Emmy? Wie soll denn das gehen?« Er sieht mich an, als wollte er fragen, was für ein Ablenkungsmanöver ich mir jetzt wieder ausgedacht habe, um meine Abfahrt nach Branndenburg hinauszuzögern. Er schiebt die Brille nach oben, nimmt mir den Brief aus der Hand. Es dauert nicht lange, dann hat er zu Ende gelesen, alle drei Seiten. Er schüttelt den Kopf. »Wer ist dieser Bluman?«

»Das wollte ich dich gerade fragen. Ich dachte, du müsstest ihn kennen.«

»Wenn Emmy Briefe mit ihm gewechselt hat, muss ich davon nichts wissen. Schließlich bin ich … *war* ich Gustavs Sekretär, nicht der von Emmy.«

»Vielleicht hat sie ihm gar nicht geschrieben, möglicherweise hat sie sich mit ihm getroffen. Und zu so einem Zusammentreffen könntest du Emmy chauffiert haben.«

»Nein, Wanda.«

Der Brief liegt vor uns, mein Finger gleitet noch einmal über die Zeilen. Auf dem Briefkopf der DELAG bleibt er liegen. Die Telefonnummer der Deutschen Luftverkehrs-Aktiengesellschaft, die in der letzten Zeile steht – ich kenne diese Nummer, irgendwo habe ich sie schon gelesen, aber wo … wo?

Plötzlich schlägt Justus mit der flachen Hand vor seine Stirn. Er läuft aus dem Salon, gleich darauf ist er zurück, hält das Brillenetui in der Hand, das uns der Gevatter im Schauhaus in Hamburg gegeben hat. Voller Hast klappt er es auf, nimmt die Brille heraus, dann starren wir beide auf die Nummer, die mit blauem Kopierstift in den Deckel des Etuis geschrieben ist. Es ist die gleiche, die oben auf dem Brief an Tante Emmy steht, Zahl für Zahl. Dort wurde gar nicht die Telefonnummer der Etuifabrik Reinhold Kühn korrigiert, nein, dort steht die Nummer der DELAG!

Wir benutzen nicht Gustavs Ford, wir nehmen uns eine richtige Droschke. Darin sind Justus und ich uns ausnahmsweise sofort einig, heute kein Automobil, in dem man eng zusammengedrückt stillsitzen muss. Vom Automobilfahren sind wir vorerst kuriert.

Carl von Schickedanz wohnt im zweiten Stock eines hochherrschaftlichen neuen Hauses in der Friedrichstraße. Natürlich kenne ich die Adresse, Ferdinand selbst hat sie mir verraten, unter dem Siegel der Verschwiegenheit. Drei Jahre Verlobungszeit haben für viele kleine und einige große Vertraulichkeiten ausgereicht. Dass er mir seine Adresse bei seinem Studienfreund in Berlin verraten hat, die nicht einmal sein Vater kennt, das ist eine Vertraulichkeit im gehobenen Bereich.

Unten am Haus hängt eine große Messingtafel: *Anwaltskanzlei Carl von Schickedanz*. Der Portier öffnet uns in einer Ulanen-Uniform, die mit goldblitzenden Epauletten und Schnüren besetzt ist, noch viel prächtiger als die von Wernicke. Er fährt uns im Fahrstuhl zu Carls Kanzlei hinauf.

In Carls Vorzimmer sitzt ein hübscher junger Mann in schwarzgrau gestreiftem Zweireiher. Mich mustert er nur sehr kurz, als wir das Zimmer betreten, dagegen ruht sein Blick lange und wohlgefällig auf Justus. Er erhebt sich, kommt uns entgegen, wedelt mit weit ausladenden Bewegungen seine Hände durch die Luft, wobei er sämtliche Finger nach sämtlichen Seiten abspreizt. »Guten Morgen, die Herrschaften. Sie hätten gerne einen Termin beim Herrn Rechtsanwalt von Schickedanz? Da haben Sie aber Glück, der Herr Rechtsanwalt kann Sie ausnahmsweise sofort empfangen. Nur bitte einen Moment

Geduld.« Er reißt seinen Blick von Justus los und steuert eine hohe Flügeltür hinter seinem Rücken an.

»Machen Sie sich keine Mühe, ich will nicht zu Carl, ich möchte zu Ferdinand.«

»Ferdinand? Und wer, bitte, ist das?«

»Ferdinand von Wallendorf, mein Verlobter.«

»Oh. Oh ... Dann sind Sie ja vielleicht ... die Baronesse. Habe ich recht, Sie sind Wanda von Branndenburg?« Sein Gesicht hellt sich auf, ich bekomme nun doch einen freundlichen Blick. »Ja, in diesem Falle ... Carl wird sich freuen, Sie endlich kennenzulernen!«

Er wedelt durch die Flügeltür, redet im Zimmer nebenan ein paar Worte, ein Stuhl wird gerückt und ein großer blonder Mann kommt zu uns heraus. Er ist zwischen dreißig und vierzig, trägt eine dicke schwarze Hornbrille, dahinter versteckt er Augen in der Farbe von Veilchen, so leuchtend, wie ich sie noch niemals gesehen habe. »Oh ... oh Wanda, Wächterin unserer Ungestörtheit! Küss die Hand, küss die Hand!« Wirklich, er ergreift meine Hand mit seinen Fingerspitzen und führt sie an seine Lippen. Ich erstarre. Mama hätte dafür einen ihrer Lieblingsausdrücke benutzt: Ich bin konsterniert! Aber glücklicherweise dauert diese Begrüßung nur einen kurzen Augenblick, dann wendet er sich Justus zu, der nicht eben entspannt neben mir steht. »Nun, wen haben wir denn hier? Mit wem habe ich die Ehre, mein Herr?«

Justus stellt sich vor, kurz und knapp, ohne jeden Schnörkel.

»Ah, von Ihnen habe ich ebenfalls schon gehört. Sie sind Privatsekretär. Und Chauffeur. Eine ganz verwegene Kombination. Nun, darf ich euch beide in mein Allerheiligstes bitten? Theo, mein Lieber, sei doch so freundlich, richte uns bitte Getränke an.«

Wir werden durch einen mit modernstem neogotischem Mobiliar eingerichteten Empfangsraum geführt, dahinter folgt ein langer Flur. Ganz am Ende eine breite Flügeltür, maurische Diwans, maurische Wandteppiche, tiefe weiche Sessel und Sitzkissen, alles in warmen Brauntönen und verführerischem Rot. Carl weist auf einen Diwan, Justus und ich nehmen nebeneinander Platz. Wir versinken in weichen Kissen, ich sinke hin zu Justus, er sinkt gegen mich.

Um die Lippen von Carl spielt ein feines Lächeln. »Oh, oh ... So ist das also mit euch. Ich hatte doch gleich das Gefühl, als ich euch gesehen habe. So dicht nebeneinander. Wanda, ich hoffe, Sie wollen nicht gleich die Verlobung lösen. Ich hoffe, wir können uns arrangieren!«

Ich schnappe nach Luft, versuche mich wieder in eine gerade Sitzhaltung zu bringen. Einen Moment lang weiß ich wirklich nicht, was ich darauf antworten soll.

Dafür weiß es Justus. »Wir möchten Sie nicht kränken, lieber Carl. Aber eigentlich wollten wir ja zu Ferdinand, nicht zu Ihnen.«

Carl lässt sich kein bisschen aus seiner guten Laune bringen. »Ach, zu Ferdinand. Nun, ich dachte es mir. Aber da müssten Sie sehr viel Glück haben, wenn Sie ihn hier mitten in der Woche antreffen wollen.«

»Schade, wirklich schade. Ich hätte dringend mit ihm zu reden.«

»Ja, das kann ich deutlich sehen, junger Mann.« Carl blickt lächelnd zwischen Justus und mir hin und her. »Aber mein lieber Ferdinand kommt hier nur am Wochenende vorbei. Oder hin und wieder am Abend. Ich weiß auch nicht, warum das so viel Zeit braucht, ein paar Landarbeitern zu sagen, dass sie die Kartoffeln ausgraben sollen. Die können das doch alleine. Der gute Ferdinand könnte sein Geld leichter verdienen, finde ich. Aber gut, wir wollen uns nicht beklagen. Nicht wahr, Theodor?«

Theodor kommt gerade mit einem Tablett voller Flaschen und Gläser herein. In einem Sektkühler steht eine Flasche Champagner, es gibt Cognac, Likör, einen Krug mit klarem Wasser, in dem Zitronenscheiben und Minzblättchen schwimmen. Carl lässt den Korken knallen. »Nun, dann – auf unser Kennenlernen!«

Wir stoßen an. Theo sitzt mit graziös gespreizten Fingern auf einem breiten Sitzpolster, lächelt Carl anmutig zu. Er hebt die Champagnerflasche aus dem Kühler und schenkt allen noch einmal nach.

»Danke, ich hätte jetzt lieber Wasser.«

»Was, nur Wasser? Oh Wanda! Dabei haben Sie doch allen Grund anzustoßen. Wo Sie doch jetzt eine reiche Erbin sind.«

Ich erstarre schon wieder. Was bedeutet das? Hat sich Gustavs und Emmys Tod schon bis zu ihm herumgesprochen? Und wenn – habe ich von den beiden eine Erbschaft zu erwarten?

Carl von Schickedanz sieht meinen ratlosen Blick. »Wie, Wanda? Sie wissen gar nichts von dem Fideikommiss?«

Einen Augenblick der Ruhe hätte ich mir gewünscht, ein, zwei Minuten, um einzuordnen, was ich höre und nicht verstehen kann.

»Wie – Sie wissen gar nicht, was los ist? Sehen Sie, Wanda, Sie brauchen gar nicht unseren lieben Ferdinand. Sie brauchen *mich*! Ganz nebenbei, ich hatte gehört, dass Sie auf einer Kur in Wiesbaden sind. Mit Ihrer werten Frau Tante. Ist die Kur schon beendet? Sind Sie schon zurück?«

Ich merke, wie Justus neben mir zusammenzuckt. Ich weiß, Justus, Lügen, überall Lügen, ringsum. Wir lügen jetzt auch! »Ich bin immer noch auf der Kur, ich habe nur ein paar Tage Urlaub genommen.«

»Ah, so ist das.« Carl lächelt mir schelmisch zu, zwinkert zu Justus hinüber.

Und ich ... halte wieder mal nicht meinen Mund. »Allerdings sind Onkel Gustav und Tante Emmy leider ...« Justus beugt sich vor, blitzschnell, lehnt sich quer über den Tisch und packt mich dabei am Arm, ohne dass jemand es sehen kann. Augenblicklich verstumme ich.

»Nur für zwei Tage wird Wanda hier sein. Morgen begleite ich sie wieder nach Wiesbaden zurück.«

»Oh ... na dann. Allerdings, wenn Sie die ganze Zeit über in Wiesbaden waren, liebe Wanda, dann wissen Sie am Ende wirklich nicht, was inzwischen alles geschehen ist? Dass Sie eine kleine Schwester bekommen haben, davon haben Sie aber gehört, nicht wahr?«

Ich fange schnell an zu nicken.

»Schön, sehr schön. Aber all die anderen Ereignisse wissen Sie augenscheinlich noch nicht: Gleich am Tag nach der Geburt hat Ihr verehrter Herr Vater bei einem Anwalt in der Wilhelmstraße einen Fideikommiss für Sie unterzeichnet.«

»Was hat er unterzeichnet?« Die brummige Stimme neben mir auf dem Diwan klingt angespannt.

Ich könnte es Justus erklären, aber ich überlasse es Carl. Ich muss erst wieder zu Atem kommen, und ich brauche Zeit, um mir darüber klar zu werden, dass nun genau das eingetreten ist, wovor ich mich in den letzten Jahren gefürchtet habe. Papa legt in einer juristisch verbindlichen Form fest, dass er sein Land, seine Gutshöfe, seine Wälder zu einem großen Eigentum zusammenfasst und unteilbar einem einzigen Erben überlässt. Was dann heißt, dass er meine fünf, nein, meine sechs Schwestern auszahlen wird, und ich sitze da mit einer riesigen Landwirtschaft. – Ferdinand, oh mein Gott, ich muss sofort mit ihm sprechen. Vielleicht könnte Ferdinand Sophie Henriette heiraten, oder

Henriette Charlotte? Er könnte mit ihr eine Verbindung eingehen, die auf einem großen Landbesitz und gegenseitiger Achtung beruht, Papa könnte alles umschreiben und ich könnte meinen Kopf noch einmal aus der Schlinge ziehen.

Die Augen von Justus werden größer und größer, während Carl für ihn referiert. »Ach, so ist das mit dem Fideikommiss, ja, jetzt hab ich verstanden.«

Meine Zeit zum Atemholen ist beendet. »Und, liebe Wanda, lieber Justus, wie es der Zufall will, habe ich außerdem gehört, dass Ihr verehrter Herr Papa noch am selben Tage in Zehlendorf war und einen weiteren Kollegen von mir konsultiert hat.«

»Wie … auch dieser Anwalt hat mit Ihnen über meinen Vater gesprochen?«

»Nicht nur mit mir, liebe Wanda. Man trifft sich eben, sitzt zusammen im Club, spielt ein wenig Backgammon. Da macht so manche Geschichte die Runde. Bei diesem zweiten Kollegen hat Ihr Herr Vater nun einen Vertragsentwurf zur Prüfung vorgelegt, der mit dem Fideikommiss nicht das Geringste zu tun hat.«

»Wäre das indiskret, oder darf ich Sie nach dem Inhalt fragen?«

»Sie dürfen, oh wie köstlich, natürlich, Sie dürfen! Wie es aussieht, will Ihr verehrter Papa Land verkaufen.«

»An eine Berliner Terraingesellschaft?«

Mich trifft ein sehr überraschter Blick von Carl, Justus fasst mit eisernem Griff nach meinem Unterarm. Zu spät. Sogar Theo neigt sich neugierig auf seinem Sitzkissen vor. Warum verschließe ich nicht wenigstens manchmal meinen Mund?

»Oh … Wanda, Sie haben eine unheimliche Kombinationsgabe! Ferdinand hat nicht übertrieben, als er Sie mir beschrieben hat. Aber das hier wissen Sie vielleicht doch noch nicht: Er hat eine notariell aufgesetzte Genehmigung von Ihrem Onkel Gustav von Branndenburg vorgelegt. Ebenso eine notariell aufgesetzte und in Deutschland anerkannte Genehmigung von Ihrem Onkel Gernot aus Amerika, extra mit einem Anwalt über den großen Teich geschickt, der ihm persönlich diese Vollmacht übergeben hat. Damit werden Sie demnächst mehrfache Millionärin sein, denn mit diesen Genehmigungen verkauft er alles auf Ihren Namen!«

Es ist Mittag, als wir wieder auf die Friedrichstraße hinaustreten. Die Straße ist fast so belebt wie am Tag der Zeppelin-Landung. Automobile fahren in ununterbrochener Reihe, Kutschen und Omnibusse, Polizisten patrouillieren, Fußgänger schlendern in Dreierreihen. Je näher wir den *Linden* kommen, umso dichter wird der Verkehr.

An der Kreuzung von Friedrichstraße und Unter den Linden können die Fußgänger nun auch auf dem Mittelstreifen flanieren. Die Bänke unter den Bäumen sind dicht besetzt, die ganze Straße hinunter vom Denkmal Friedrichs II. bis zum Brandenburger Tor. Vor dem *Café Bauer* riecht es nach Automobilen, nach Pferden, nach Bäumen, nach Blumen und Kaffee. Zu Hause erwarten uns die traurigen Gesichter von Bertha und den Mädchen, dazu eine Klette, die uns keine Minute aus den Augen lässt. Wir beschließen, keine Droschke und kein Automobil zu nehmen, einfach noch eine Stunde hier sein, ein wenig schauen und Unter den Linden spazieren gehen.

Justus hat sich noch nicht beruhigt. »Wanda, um Himmels willen. Hast du davon gewusst?«

»Wovon soll ich gewusst haben? Von meiner Kur in Wiesbaden habe ich dir erzählt.«

»Nein, Wanda, von dem Fideikommiss.«

»Eigentlich nicht, nein, oder doch, ja, er hat manchmal darüber gesprochen. Ich habe ihn immer gebeten, das nicht zu tun. Friedrich Wilhelm war meine große Hoffnung.«

»Wer?«

»Mein kleiner Bruder, der nun doch wieder eine Schwester geworden ist.«

Justus hat es nicht leicht mit mir, er sieht stumm vor sich hin, findet keine Erklärung für meine Worte. Schließlich gibt er es auf, meinen Gedanken zu folgen, und verfolgt lieber seine eigenen Hypothesen. »Dieser Fideikommiss wirft alles durcheinander, was ich bisher von deinem Papa gedacht habe. Er ist gar nicht so ein schreckliches Ekel.«

Ich bleibe stehen, mitten im Strom der Menschen, die auf das Brandenburger Tor zusteuern. »*Was* ist mein Vater für dich? Sag das bitte noch einmal!«

»Ein Ekel. Mitunter. Aber dem widerspreche ich ja gerade, ich habe mich in ihm getäuscht. Jetzt ist nur noch eines, was ich mich frage:

Warum ist er nicht ehrlich zu dir? Warum kann er nicht mit dir sprechen und dich fragen, ob du mit dem Verkauf einverstanden wärst?«

»Aber das hat er ... doch, das muss ich zugeben, er versucht schon seit Wochen, mit mir zu reden. Aber immer wenn er von Kartoffeln und Rüben anfängt, höre ich nicht mehr zu. Und jetzt, wo meine kleine Schwester da ist, kann er mich nicht mehr fragen. Jetzt hält er mich für tot. Oder nein, er denkt nicht, dass ich tot bin – aber er ist der Einzige dort, der weiß, dass ich nicht auf Kur in Wiesbaden bin.«

»Möglicherweise hat er keine Ahnung, dass du nicht in Wiesbaden bist. Wer hat denn dieses Gerücht in die Welt gesetzt?«

»Ich dachte, er.«

»Vielleicht waren es Emmy und Gustav.«

Weit voraus, am Denkmal für Friedrich II., ertönt Marschmusik. Die Gäste an den Tischen vom *Café Bauer* lauschen. Aus der Universitätsstraße marschieren Soldaten vom Kaiser-Alexander-Garde-Grenadier-Regiment mit Pauken, Trompeten und Trommeln, allen voran ein Tambourmajor.

Nein, wir haben beide keine Lust auf Tschingdarassabum und Fahnenwedeln und Exerzieren. Wir drehen auf dem Absatz um, laufen die *Linden* hinauf zum Brandenburger Tor. Schon von weitem sehen wir die Quadriga, die Viktoria schwenkt ihren Lorbeerkranz. Wir legen den Kopf in den Nacken wie so viele andere neben uns. Jeder Berliner, der Besuch aus der Provinz hat, jeder Reisende aus Paris, aus London, aus Neuruppin oder Brandenburg scheint hierherzukommen. Wir stehen mittendrin, sehen hinauf. Ich bin noch immer nicht ruhiger. Wenn es mir helfen würde, gegen die Säulen zu treten, bis dieser Dame da oben der Lorbeerkranz aus der Hand fällt, dann würde ich das jetzt machen.

Papa, ach, Papa, wie kannst du nur! »Versteh mich doch, Justus, ich will dieses Land nicht, dieses ganze Erbe.«

»Reg dich nicht auf, um das Erbe geht es noch gar nicht.«

»Doch, genau darum geht es, Papa hat mich eingefangen damit. Gustav und Emmy sind tot, meine letzte Zuflucht, jetzt sitze ich fest, für mein ganzes Leben.«

»Es ist nicht das größte Unglück, ein paar Millionen zu haben.«

»Jetzt muss ich Ferdinand heiraten und für immer in Branndenburg leben.«

»Wer sagt denn so etwas! Wer Millionen besitzt, lebt, *wo er will.*«

Ach? Aber wenn ich in Berlin lebe, wer soll dann meine Güter bewirtschaften, wer soll die Kartoffeln in die Erde bringen und den Roggen ernten lassen? *Mein* Land, *meine* Kühe, *meine* Kartoffelfelder? Hilfe! Aber der Satz klingt gut: *Eine Frau, die genügend Geld hat, lebt, wo sie will.* Am Ende darf sie auch heiraten, wen sie will? »Bin ich jetzt ein Milchmädchen?«

Justus sieht mich an, sein Gesicht wird ernst. »Das bist du, Wanda.«

»Ich bin frei, jetzt oder in ein paar Jahren?«

»So ist es.«

Wir gehen weiter, Arm in Arm schwenken wir in die Wilhelmstraße. Hier steht ein wuchtiges hohes Gebäude neben dem anderen, Soldaten patrouillieren, Schutzmänner stehen am Straßenrand, alles sieht machtvoll und wichtig aus. Die Spaziergänger wirken längst nicht so fröhlich wie die Flaneure Unter den Linden. Eher wissbegierig und angespannt recken sie ihre Hälse. Überall stehen diese geschlossenen schwarzen Automobile. So viele wie hier habe ich noch nie vorher gesehen.

Weiter vorne auf dem Gehweg gibt es eine kleine Stauung, alle Fußgänger halten inne und beobachten das große Eisentor des Preußischen Staatsministeriums, das sich gerade öffnet. Notgedrungen bleiben wir ebenfalls stehen. Ein großer Innenhof ist zu sehen, eine Freitreppe, Männer in Uniformen. Das sind keine alten Ulanen-Uniformen, wie sie heute jeder Portier trägt, diese Uniformen sind von heute, ihre Träger bekleiden hohe Ämter am Kaiserhof oder bei der Regierung. Die Streifen an den Uniformjacken glänzen, goldene Knöpfe blinken im Sonnenlicht. Eine Reihe schwarzer Automobile macht sich gerade zur Abfahrt bereit.

Justus ist weit entfernt mit seinen Gedanken. »Eines ist sicher, Wanda. Nach diesem Fideikommiss und dem Verkauf sieht es nicht mehr aus, als ob es dein Vater war, der die Karten neu mischen wollte. Aber das macht alles nur schlimmer für dich. Jeder könnte jetzt an das Geld derer von Branndenburg wollen – und hat bei Gustav und Emmy schon damit angefangen. Die Leute von der Terraingesellschaft oder andere Ganoven. Und wenn das, was Gustav und Emmy passiert ist, wirklich mit dem Verkauf des Landes zu tun hat, dann bist du in großer Gefahr.«

»Ich verstehe dich nicht, Justus.«

»Fest steht, du kannst auf keinen Fall zurück nach Branndenburg.

Wenn du dort bist, kann ich dich nicht schützen. Am besten, ich fahre noch heute Nachmittag hinaus zu Ferdinand und rede mit ihm. Vielleicht kommt er nach Berlin und macht sich selber ein Bild davon, dass zwischen dir und mir nur eine ehrenhafte Beziehung ist.«

Was ist zwischen uns? Was geht nur in diesem Mann vor? Ich schnappe nach Luft.

Die schwarzen Automobile verlassen den Hof, eines hinter dem anderen. Auf der Wilhelmstraße stockt der Verkehr. Drinnen salutieren die Wachen, weitere Männer steigen in ihre Wagen, wir stehen und schauen. Ein einziger dieser vornehmen Herren in Uniform führt eine Frau an seinem Arm, diese Frau trägt ein elegantes Seidenkostüm, sie ist blond, klein, etwas untersetzt. Die blonde Frau sieht zu Boden, blickt ernst und abweisend, nicht ein einziges Mal lächelt sie, bis sie und der Mann in ihren Wagen steigen. »Justus, sieh doch nur, da ist Fanny!«

Er versteht mich nicht gleich, so beschäftigt ist er mit seinen Gedanken an Papa, an die Landkäufer, an Ferdinand, dass die Wagentüren bereits geschlossen sind, als er endlich in die richtige Richtung sieht. »War sie es wirklich? Hast du sie gesehen?«

»Ja! Ja!«

»Aber ich nicht!« Er beugt sich tiefer, sieht in alle Automobile hinein, die aus dem Hof heraus auf die Straße fahren. Erst als der Wagen von Fanny an uns vorüber ist, richtet er sich wieder auf. »Was für eine rätselhafte Dame.«

»Mit einem rätselhaften Mann an ihrer Seite.«

»Ihr hochwohlgeborener Gatte, der Baron von Schwartz, ist Legationsrat im Auswärtigen Amt. Etwas richtig Hohes.«

»Ach? Woher weißt du das, Justus?«

»Nun, ich hatte dir doch versprochen, das herauszufinden. Wozu habe ich schließlich Freunde.«

Erst lange nach Mittag kommen wir in die Wohnung zurück. Wernicke steht vor seiner Portiersloge und salutiert. »Wernicke, rühren!« Wir steigen die Treppe hinauf, Justus hat seinen Arm um meine Taille gelegt, sanft, liebevoll, fürsorglich.

Unsere Klette empfängt uns gleich hinter der Wohnungstür, schade, ich habe seit Stunden nicht mehr an ihn gedacht. »Hallo, Wanda, du hattest Besuch. Eine Dame war da, eine sehr elegante Dame. Sie war vollkommen aufgelöst, wollte wissen, ob es stimmt, dass Emmy und Gustav erschossen wurden. Ich habe ihr gesagt, das ist die volle Wahrheit. War doch richtig, oder?«

»Wunderbar, Eugen, du machst das wunderbar.«

Sobald sie unsere Stimmen hört, kommt Bertha aus der Küche gelaufen, ein Geschirrtuch über dem Arm, grenzenlose Erleichterung liegt auf ihrem Gesicht. »Ach, endlich, junges Fräulein! Junger Herr! Wir hatten schon Sorge, Ihnen wäre nun auch etwas zugestoßen.«

Sie will mir aus der Jacke helfen, aber Justus ist schneller. Ich spüre seine Hände, nahe und tröstend, sie verweilen an meinem Hals und auf meinen Schultern, wo sie eigentlich nichts zu suchen haben. Mama würde sagen … ach, Mama hat keine Ahnung von meinem Leben!

»Wenn Sie mir eine Bemerkung gestatten, gnädiges Fräulein, die Baronin von Schwartz hat heute Morgen bei uns angerufen. Ein Stündchen später war sie dann persönlich hier, stand plötzlich vor unserer Wohnungstür. Sie hat Ihnen Nachricht hinterlassen, dass sie unbedingt mit Ihnen sprechen will, so schnell wie nur möglich. Sie wüssten schon, wie Sie sie finden können.«

Ja, allerdings, das weiß ich, wir haben ja die Visitenkarte. Aber ich will nicht, was habe ich mit dieser Frau zu bereden?

Wir laufen durch den Korridor, Justus öffnet für mich die Salontür. »Woher kann Fanny erfahren haben, dass es hier etwas Neues gibt?«

»Sie hat gar nichts gewusst, ist einfach so vorbeigekommen.«

»Wir kennen doch die Baronin – die macht nichts *einfach so.*«

»Vielleicht machen Gerüchte die Runde? Und was sie noch nicht sicher wusste, hat Eugen ihr jetzt erzählt?«

»Scht, Wanda, unsere Klette steht hinter der Ecke und lauscht.«

Ich verschließe meinen Mund, lasse mich auf das Sofa fallen.

»Wanda, was soll ich bei Bertha bestellen? Zuerst einen Tee? Oder gleich das Mittagessen?«

Doch ehe ich antworten kann, ertönt die Stimme von Eugen. »Jetzt bloß keinen Tee! Ein kräftiges Mittagessen, Wanda, oder? Ich warte ja schon seit Stunden darauf.« Eugen hat sich in der Tür aufgebaut, schaukelt mit den Armen. Wir haben nicht einmal gehört, wie er hereingekommen ist. »Warum guckt ihr mich denn so an? Ich kann doch nichts dafür!«

Bertha hat Krebssuppe, Wildpastete und junge Hechte mit Biersoße zubereitet. Justus und ich sitzen wie immer an den Stirnseiten des langen Tisches. Eugen nimmt an der Tischlänge Platz, genau auf der Mitte zwischen uns. »Oh wie entzückend, Justus und Wanda Auge in Auge!«

Justus sieht ihn an, blitzende Brillengläser, aber er sagt nichts. Er kaut, ich kaue, ohne ein Wort zu sagen. Eugen lässt seine Blicke hin und her wandern, zwischen Justus, dem geöffneten Fenster mit der Linde davor und mir. Wir blicken auf unsere Teller, vertiefen uns in unsere Hechte und schweigen.

»Das gefällt mir aber nun gar nicht! Ist das immer so einschläfernd bei euch?«

Justus bleibt vollkommen ruhig, er legt nicht einmal die Gabel auf den Teller zurück. Eugen bekommt einen Blick von ihm, der eine ausgewachsene Kiefer spalten würde. »Na, Eugen, dann erzähle du uns doch was. Hast du dich schon nach einer Wohnung umgesehen? Welche Gegend von Berlin schwebt dir vor?«

Eugens Mundwinkel zucken, er versucht ein Lächeln.

»Was denn, keine Zeit gehabt, Eugen? Hast du viel zu tun, zu viele Leute, die du zeichnen musst? Zu viele Besuche im Polizeirevier?«

Eugen läuft dunkelrot an, seine Hand, in der er die Gabel hält, hält mitten im Fluge inne und beginnt zu zittern. »Im Polizeirevier? Was soll ich im Polizeirevier?«

Justus sieht zu mir, ich sehe zu Justus, keiner von uns sagt ein Wort. Unsere Aufmerksamkeit gehört nur noch Berthas Kochkünsten.

Gleich nach dem Essen geht Justus in die Garderobe, um sich in seinen Sommerüberzieher zu werfen, ich gehe ihm nach. Bertha trägt gerade einen duftenden Englischen Apfelpudding auf, so bleibt Eugen am Tisch im Speisezimmer und lässt sich ordentlich aufhäufen. Wir ziehen uns in die Garderobe zurück und flüstern.

»Wanda, ich wäre gerne bei dir, wenn Polizeileutnant von Reventlow kommt. Aber wenn ich heute noch einen Blick auf den Bebauungsplan werfen will, muss ich sofort los. Sonst schließen die Amtsstuben.«

»Ich denke, du wolltest zu Ferdinand?«

»Sicher. Trotzdem muss ich schnellstens wissen, ob nur Gustavs oder auch Gernots Land und das Land deines Vaters, Entschuldigung, *dein*

Land, unter die Erlaubnis zur Bebauung fällt.« Niemand sieht uns zu, Justus nimmt mich rasch in seine Arme. »Solange du hier in der Wohnung bleibst, wird dir nichts passieren. Also tust du genau das: Du bleibst hier, bis ich zurück bin. Du rufst niemanden an, du schickst keine Depeschen. Kann ich mich darauf verlassen?« Er lässt mich los, streicht mir übers Haar, dann fällt ihm noch etwas ein. Mit großen Schritten eilt er ins Speisezimmer zurück. »Eugen? Komm!«

Eugen hat den Mund voller Apfelpudding. »Wohin soll ich kommen?«

»Du sollst mit mir mitfahren, aufs Land. Nun los!«

Eugen wagt keinen Widerstand, langsam legt er seinen Löffel zurück auf die Schale, widerstrebend erhebt er sich. »Aufs Land? Bin ich eine Feldmaus?«

»Ganz bestimmt nicht. Aber vielleicht gefällt es dir ja. Vielleicht möchtest du eine Woche Ferien machen?«

»Ich? Ferien? In der Furche? Und was ist mit dem Kompott?«

»Bertha wird uns bestimmt davon aufheben. Heute Abend sind wir ja wieder hier.«

Ich setze mich in den Salon, schlage die Fenster weit auf. Der Himmel ist tiefblau, helles Sonnenlicht scheint auf die grünen Linden, auf der Straße klappern die Hufe der Pferde, fahren Postwagen, hin und wieder auch ein Automobil. Ich lehne mich zurück, lausche, versuche meine Gedanken zu ordnen. Wieder taucht das Bild von zwei Särgen in der Trauerhalle von Blankenese vor meinen Augen auf, aber dieses Mal bin ich schneller, nein, keine Gedanken daran. Stattdessen lasse ich meine Erinnerungen an mir vorüberziehen, wie ich es oft gemacht habe in den letzten Tagen, ohne auf eine Erklärung zu kommen. Emmy und Gustav bei unserer letzten Abendgesellschaft, das seltsame Lächeln von Emmy, als Mama ihr lächerliche Fragen stellte, Papas Schroffheit, die Entschiedenheit, mit der Gustav seinen Besuch für die Woche ankündigte. *Otto, wir müssen reden. Ich komme am Donnerstag! … Wanda, besuch uns doch endlich einmal!* Irgendetwas muss ich übersehen haben, irgendetwas, worin das Unglück sich ankündigte. Aber was?

Ich stelle mir vor, wie gut ich jetzt nachdenken könnte, würde ich in der Badewanne sitzen, warmes Wasser, Lavendel, der frische Duft von Zitronenöl. Nein, nicht jetzt! Es wäre nicht auszudenken, stünde Leutnant von Reventlow plötzlich vor der Wohnungstür. Aber eines mache ich sofort, ich gehe in mein Zimmer, hebe das Bettzeug, ziehe Emmys Koffer unter der schweren Matratze hervor. Was für ein gutes Versteck. Da liegt er vor mir, der Koffer, der Tante Emmy so wichtig war, dass ich ihn aus ihrem Zimmer im Havelschloss holen und nach Berlin bringen musste. Der Koffer, der mir das Leben gerettet hat.

Einen kleinen Augenblick sitze ich auf meinem Bettrand und überlege, ob ich wirklich das Recht habe, ihn zu öffnen ... und dann bin ich enttäuscht. Ich brauche nicht einmal eine Haarnadel, die beiden Schlösser sind nicht verschlossen, ohne Widerstand klappen sie auf.

Ich schlage den Deckel zurück und kann es kaum glauben. Heller Stoff quillt mir entgegen, wirklich, nur Stoff! Sosehr ich auch nachsuche, im Seitenfach, in dem kleinen Fach im Deckel, unter dem Bodentuch, ich finde nichts anderes, nichts! Dieser Stoff mag zum Nähen sein oder zum Besticken, meine Paradekissen-Albträume steigen in mir hoch. Ich nehme ihn aus dem Koffer, falte ihn auf. Zwei große Stoffstücke, die noch nicht einmal geheftet sind. Eines der beiden Stoffstücke ist an einer Kante versengt. Es scheint noch andere Verächter von Französischen Nähten und Paradekissen zu geben.

Unter den beiden großen Stoffen liegen noch weitere, kleinere. Diese Stücke sind feiner und leichter als jedes Leinen, das ich je in Mamas Nähzimmer gesehen habe. Seltsam glatt fühlen sie sich an, glatt wie Seide, aber so weich wie Haut. Schon wieder kann ich Emmy nicht verstehen. Wegen dieser *Nähzutaten* musste ich mitten in der Nacht nach Berlin fahren?

Polizeileutnant von Reventlow kommt ein Viertel nach sechs Uhr. Er trägt seine Uniform, aber einen Polizisten, der jedes Wort mitschreiben soll, hat er heute nicht mitgebracht. Wie beim letzten Mal ist er schon im Salon, als Anna erscheint, um mir sein Kommen zu melden. Wieder hält er sich preußisch gerade, die Arme auf dem Rücken verschränkt, wieder ist sein Gesicht ernst und ausnehmend würdevoll. Er streckt mir die Hand zur Begrüßung entgegen, quer durch den Salon hinkt er auf mich zu. »Baronesse, ich hoffe, es gibt gute Neuigkeiten! Bitte, reden Sie!«

Nein, ich weine nicht! Ich nicke ihm zu, verschließe fest meine Lippen, lächle, ganz so, wie es Mama erfreuen würde, biete ihm Platz an, läute nach Anna und bitte um Flaschenbier und Erfrischungen.

Er sitzt auf dem Sessel und beobachtet mich. »Ich sehe Ihrem Gesicht an, dass etwas nicht in Ordnung ist!«

»Sie haben vollkommen recht, nichts ist in Ordnung, Tante Emmy und Onkel Gustav sind tot.«

Er starrt mich fassungslos an. »Darf ich mir die Frage erlauben, woran sie gestorben sind? Wie haben Sie sie gefunden? Wo? Und was steht auf dem Totenschein?«

Ich fühle mich wie an dem schrecklichen Tag auf dem Polizeirevier, kein Wort kann ich sagen bei diesem Ansturm. Glücklicherweise kommt jetzt Anna mit den Erfrischungen. Er sieht ihr zu, wie sie alles auf den Tisch stellt, sein Blick ist so bohrend, dass Annas Hände zu zittern beginnen, ihr bleiches Gesicht läuft dunkelrot an.

»Es ist gut, Anna, Sie dürfen gehen.«

Mit einem Seufzer der Erleichterung verlässt sie uns.

»Baronesse, bitte verzeihen Sie, in meiner Überraschung habe ich mich übermannen lassen. Darf ich Ihnen mein Beileid aussprechen?«

»Vielen Dank, Herr Leutnant.«

»Glauben Sie mir, ich bin vollkommen fassungslos. Bestürzt. Schockiert. Ihre Frau Tante ist eine so wunderbare Dame. Meine Gattin hat in den höchsten Tönen von ihr geschwärmt. Nun werde ich sie nicht mehr kennenlernen. Dabei hatte ich mir das immer gewünscht. Aber solch ein Ende, so schnell ... das erwartet man nicht.«

Was für ein Ende hat er denn erwartet? Wieso überhaupt ein Ende? Hat er nun doch nicht nach ihnen gesucht? Schon wieder muss ich mir auf die Lippen beißen, aber mein überraschter Blick entgeht ihm nicht.

»Nun, liebe Baronesse, erzählen Sie bitte. Was ist geschehen? Wo? Wann? Gibt es Zeugen? Mich interessiert jede Kleinigkeit.«

So hatte ich mir das nicht vorgestellt, aber ich gebe mir Mühe. Angefangen von seiner ersten Unterhaltung mit mir bis zu unserer Rückkehr aus Hamburg schildere ich ihm alles. Beinahe alles, meine kleinen Zusammenbrüche und die Umarmungen von Justus lasse ich aus, damit könnte er ohnehin nichts anfangen.

Als ich ihm von unserer Fahrt zum Schauhaus erzähle, schüttelt er zweifelnd den Kopf. »Sie wurden einfach so hineingelassen? Das ist doch unglaublich!« Unser Besuch in der Friedhofsverwaltung von Blankenese bringt ihn zu beifälligem Nicken. »Korrekt, liebe Baronesse, dieser Mann verhält sich vollkommen korrekt.« Und meine Schilderung, wie ich überhaupt darauf gekommen bin, nach Hamburg zu fahren und dort nach Emmy und Gustav zu suchen, diese Schilderung lässt ihn nahezu aus der Haut fahren. »Wie soll ich das verstehen? Ein wildfremder Mann steht vor Ihrer Tür, und Sie lassen ihn ein? Sie glauben ihm seine Lügen? Wieso hören Sie ihm überhaupt zu?«

»Woher sollte ich wissen, ob er nicht doch die Wahrheit sagt?«

»Nun, Sie sind eine kluge Frau! Dass da ganz zufällig jemand genau am richtigen Ort ist und Ihre Porträts sieht. Dass zufällig genau dieser Mensch den Baron und die Baronin in Hamburg gesehen hat. Dass er zufällig weiß, dass sie zu Tode gekommen sind. Dass er weiß, wo man die Toten hingebracht hat – das kann doch, gelinde gesagt, nicht mit rechten Dingen zugehen!«

»Ich hatte sonst nichts, woran ich mich halten konnte.«

»Man kann Ihnen doch sonst kein X für ein U vormachen, Baronesse, Sie sind geistreich und gebildet – dann verhalten Sie sich bitte auch so!«

»Aber er sagte, er kennt mich aus dem Polizeirevier, aus *Ihrem* Polizeirevier, Herr Leutnant!«

»Was? Dieser Mensch? Das ist eine Lüge! Ich habe diesen Mann, den Sie da schildern, noch niemals gesehen. Dafür muss er sich verantworten!« Er lässt sich zurück in den Sessel sinken, trinkt einen großen Schluck Bier, atmet tief durch. Ruhe und Besonnenheit kehren wieder ein. »Baronesse, ich fürchte, ich habe soeben schon wieder einen kleinen Fauxpas begangen. Ich bitte um Pardon für meine Unhöflichkeit.«

Ich nicke, lächle ihm höflich zu. »Eigentlich, Herr Leutnant, liegt mir jetzt nur am Herzen, dass Onkel und Tante nach Berlin geholt werden, damit ich sie beerdigen kann.«

Sofort springt er auf, hinkt im Salon auf und ab. »Beerdigen? Wen denn? Warum denn? Bis jetzt wissen Sie noch nicht einmal, ob sie wirklich tot sind! Oder haben Sie sie gesehen?«

»Nein.«

»Sehen Sie! Sie *müssen* sie identifizieren! Sie brauchen Zeugen, denen man *wirklich* glauben kann! Da könnte ja jeder kommen und irgendetwas behaupten!« Er läuft vom Sessel zum Sofa, vom Sofa zur Anrichte, bei jedem Schritt zieht er sein rechtes Bein nach, stampft auf das Parkett, tok-tok-tok, wie ein holzbeiniger Piratenkapitän. Unvermittelt bleibt er vor einem der Fenster stehen. »Baronesse, wir entwickeln eine Strategie.«

Schnell beuge ich mich vor und greife nach meinem Glas. Ich werde nichts mehr sagen, nichts Kluges, nichts Dummes, mit keinem Wort werde ich ihn unterbrechen. Ich verschließe meinen Mund mit einem Glas Limonade. Damit das Glas reicht, solange ich schweigen muss, trinke ich in winzigen Schlucken.

»Wir brauchen Beweise, Baronesse. Sonst taugt alles nichts. Beweise dafür, dass sie es wirklich sind. Beweise dafür, dass sie erschossen wurden. Mit welcher Waffe. Von wem. Und wenn Sie sie bestatten wollen, dann verstehe ich Ihren Wunsch. Aber verstehen *Sie* bitte auch: Sie können jetzt nicht zum Polizeipräsidenten gehen und einen Antrag auf Überführung stellen. Für zwei Särge, von denen Sie noch nicht einmal sicher den Inhalt kennen. Und je weniger Wellen wir schlagen, umso weniger Schlamm wird aufgewühlt. Umso klarer kann ich sehen. Zuerst muss ich herausfinden, wer sie auf dem Gewissen hat. Alles andere später.«

Na endlich, ich setze mein Glas zurück auf den Tisch. »Was soll ich tun, Herr Leutnant?«

»Nichts. Sie tun einfach gar nichts. Sie bleiben hier in dieser Wohnung. Sie teilen dem Personal mit, dass Sie weiterhin auf die Herrschaften warten wollen. Sie tragen keine Trauerkleidung, nicht einmal ein schwarzes Band in Ihrer Frisur. Nein, Sie lächeln fröhlich und sagen allen, dass die beiden auf einer Reise sind. Und ich stelle ganz unbeobachtet meine Nachforschungen an.«

Einen kleinen Widerspruch wage ich noch. »Aber wenn man sie in der Zwischenzeit dort beerdigt, in Blankenese, was dann?«

»Nun, Sie kennen den Namen, unter dem der Friedhofsverwalter sie führt?« Ich nicke. »Dann kennen Sie auch den Namen, der später auf ihrem Grabstein steht. Und wenn wir hier alles geklärt haben, dann entscheiden Sie. Sie können sie dalassen und dort an diesem Grab um sie trauern. Oder Sie lassen sie exhumieren und hierher überführen. Ganz offiziell, notfalls unter allerhöchster kaiserlicher Autorität.«

Als unten das große Hoftor geöffnet wird und das Automobil zurück in den Hof fährt, sitze ich schon seit einer Stunde in meinem Sessel im Wintergarten. Müde kommt Justus herauf, seine ersten Schritte führen zu mir. Ich gehe ihm entgegen, im dunklen Flur nimmt er mich in den Arm. »Wie geht es dir, Wanda?«

»Besser jetzt, wo du wieder da bist.«

Er hält mich fest, schweigt.

Ein leises Räuspern lässt uns zusammenfahren. »Ich bitte sehr um Entschuldigung – eigentlich wollte ich nur fragen, ob der gnädige Herr einen Imbiss wünscht. Aber dann standen Sie beide da. Und das war … ganz wie bei unserer Herrschaft!« Ihre Stimme verrät, dass in ihren Augen Tränen stehen.

Justus lässt mich los. »Danke, Bertha, ich habe bereits gegessen. Eine Flasche Bier, darüber würde ich mich freuen.« Wir gehen in den Wintergarten, die Amsel singt.

»Nicht, dass ich ihn vermisse, aber wo hast du unsere Klette gelassen?«

»Wir waren gerade erst losgefahren, unter der Brücke vom Bahnhof Friedrichstraße schrie er plötzlich, dass ihm übel ist. Ich musste das Automobil an den Straßenrand lenken. Er sprang heraus und verschwand.«

»Wie – verschwand?«

»Flink wie ein Wiesel. Verschwand irgendwo im Gewühl.«

»Du meinst, um an einer geschützten Stelle das Mittagessen von sich zu geben?«

»Aber du kennst doch Eugen. Sich übergeben? Niemals! Der wollte einfach nicht mit zu Ferdinand fahren. Weil er Angst hatte, ich lasse ihn da.«

Im Flur ertönt leises Murmeln, Scheppern und Klirren: Bertha, die sich Mühe gibt, schon von weitem zu hören zu sein. Justus schlendert gemessenen Schrittes hinüber zu seinem Rattansessel und setzt sich. Von der Tür lässt sich Berthas Stimme vernehmen. »Ich bringe Ihr Bier, Herr Hansen!«

Den Rest des Amselgesanges verbringen wir damit, dass ich Justus erzähle, was Polizeileutnant von Reventlow mir geraten und was er zu tun vorhat. Justus schüttelt immer wieder den Kopf. »Er will etwas *herausfinden*?«

»Er will die Leute finden, die sie umgebracht haben.«

»Er? Alleine? Ohne die ganze große Polizei?«

Ach, wenn ich das wüsste.

»Warum macht er denn so ein Geheimnis daraus?«

Ich ziehe die Schultern nach oben, auch das weiß ich nicht.

»Irgendeinen Grund muss er haben. Aber er sagt ihn uns nicht. Glaubst du, er wird beim Polizeipräsidenten unser Fürsprecher, damit der Emmy und Gustav nach Berlin überführen lässt?«

Ich schüttele den Kopf. »Wir gehen nicht zum Polizeipräsidenten, das musste ich ihm versprechen.«

»Was für ein komischer Polizist.«

Wir sitzen still, jeder hängt seinen Gedanken nach. Ich würde so gerne etwas sagen, was uns weiterbringt, einen klugen Vorschlag machen, aber alles ist so verzwickt. »Ach, Justus. Gibt es wenigstens etwas Gutes von Ferdinand?«

»Das gibt es. Du wirst es nicht glauben, das Resultat der polizeilichen Untersuchung steht inzwischen fest. Mit vielen Grüßen soll ich dir von Ferdinand ausrichten, dass dein Vater über jeden Verdacht erhaben ist. Der Amerikaner hat sich aus freiem Willen auf den Abstieg in die Schlucht begeben und ist dabei abgestürzt, das ist die Meinung von Exzellenz von Thünen.«

»So ein Unsinn. Warum sollte dieser Mensch in unsere Schlucht steigen? Das ist doch gefährlich.«

»Du sagst es, Wanda. Glücklicherweise gibt es die Aussage eures Dieners Johann, dass der Amerikaner ihn eine halbe Stunde vor dem Abendessen um ein kräftiges Seil und einen Spazierstock bat. Das sieht nach einem freiwilligen Spaziergang aus.«

Für mich sieht das ein klein wenig so aus, als ob Papa seinen ältesten und vertrautesten Diener zu einer Aussage überredet hat, die, egal ob unschuldig oder nicht, seinen guten Ruf wiederherstellt.

Justus setzt sich neben mich, ich lehne mich an seine Schulter, die Amsel wird langsam still, das Licht über den Dächern verfärbt sich goldrot. Jetzt ist schon September, noch sind die Abende warm.

»Eins muss ich noch sagen: Dein Ferdinand, Wanda, ist der freundlichste Mensch, der mir jemals auf euren Abendgesellschaften begegnet ist. Ich würde ihn richtig gern haben, wenn er nicht dein Verlobter wäre.«

»Aber das ist er ja nicht in Wirklichkeit.«

»Ich hab es verstanden, endlich. Auf jeden Fall wusste er bisher nicht, dass du jetzt eine millionenschwere Partie bist. Er hat es mit Fassung getragen. Auch von diesem Fideikommiss hatte er keine Ahnung. Anscheinend hatte er in den letzten Tagen nicht viel Zeit für seinen Freund Carl. Er ist so ein zartfühlender Mensch. Du hättest ihn sehen sollen, Wanda. Dass dein Vater sein Land verkaufen will, hat ihn beunruhigt. Aber dass Emmy und Gustav verschwunden, dass sie tot sind – er saß da und weinte. Erst nach etlichen Gläschen *Asbach Uralt* hat er sich wieder beruhigt.«

»Was für ein Glück, dass wenigstens er auf unserer Seite ist.«

»Er lässt uns freie Hand. Morgen fährt er zum Magistrat und sieht sich den Bebauungsplan an. Er ist sicher, dass er uns ganz genau sagen kann, welche von euren Gütern zu dem begehrten Bauland gehören. Viel genauer, als ich das heute bei meinem Blick darauf erkennen konnte. Nach dem Magistrat kommt er vielleicht hierher. Dann beraten wir, wie wir weiter verfahren. Er könnte deinem Vater von Gustav erzählen. Er könnte dich sogar aus Wiesbaden abholen und dich wieder zu einer ehrbaren Dame machen. Wir werden sehen. Dein Ferdinand hilft uns jedenfalls gerne.« Justus legt seinen Arm um mich.

»Du hast ihm diese Adresse verraten?«

»Er hat mir Stillschweigen geschworen. Er will schließlich auch nicht, dass *seine* Berliner Adresse die Runde in den Gütern um Branndenburg macht.«

»Das kann man doch nicht vergleichen. Er lebt dort mit seinem … Liebsten.«

»Doch, das kann man vergleichen. Viel mehr, als du denkst. Man kann.«

So sitzen wir dicht beieinander, bis die Sonne hinter den Dächern untergeht. Die Amsel singt einen letzten Triller, fliegt über das Hausdach davon. Es wird dunkel im Hof und hier im Wintergarten, die Wohnung wird still. Justus hält mich, seine Finger streichen über meinen Handrücken, über meinen Arm. Irgendwann senkt er sein Gesicht gegen mich, ich sitze still und genieße, wie seine Lippen jeden Zentimeter meines Nackens erkunden.

Erst als es vollkommen finster ist, hören wir Schritte im Flur. Um Himmels willen, doch nicht etwa Eugen? Aber dann ist es Bertha, die in der Türe steht. »Ich wollte nur fragen, ob Sie noch etwas brauchen.«

»Danke, Sie können gerne ins Bett gehen. Heute Nacht passiert hier nichts mehr.«

Aber Bertha geht nicht, sie bleibt in der Tür stehen, als würde sie auf uns warten.

»Ist noch etwas?«

»Ich ... ja ... ich wollte eigentlich schon heute Mittag ... aber das ging ja nicht, weil dieser Herr aus Hamburg immer um Sie herumschwirrte ... Allerdings, nun, wenn Sie erlauben ...«

Sie geht voraus, wir folgen ihr durch den Korridor zu Onkel Gustavs Arbeitszimmer. Mit sicheren Schritten durchquert Bertha den Raum. Neben dem Bücherschrank steht ein Vertiko mit Sprossenfenstern und Säulen, über dem Vertiko hängen zwei Ölgemälde, die mir bisher noch nicht aufgefallen sind. Ein alter Mann mit einem Tragekorb auf dem Rücken, der zum Ausruhen mitten in den Dünen sitzt, auf dem anderen Bild eine Wiese leuchtend roter Mohnblumen.

Bertha zeigt auf den alten Mann. »Würden Sie den bitte abhängen?«

Justus tut, worum er gebeten wird. Das Gemälde ist groß und schwer – als er es neben mir an das Regal lehnt, ist es beinahe so hoch wie ich. So, und jetzt?

Bertha deutet auf die Wand, aber die Wand ist nicht kahl, unter dem Bild ist ein Tresor. Sie zieht eine Uhrkette aus ihrer Schürzentasche, daran hängt ein filigraner Schlüssel mit doppelseitigem Bart. Bertha legt Kette und Schlüssel vor uns auf den Tisch. »Der gnädige Herr hatte einen davon, die gnädige Frau ebenfalls. Und hier ist der Ersatzschlüssel.«

Justus nimmt ihn andächtig in die Hand. »Einen Safe haben wir also. Wie das Bankhaus Bartenstein.«

»Gnädiger Herr, Sie sollten ihn an sich nehmen.«

»Nein, damit trete ich ein Erbe an. Nimm du ihn, Wanda.«

»Ich will ihn nicht!«

Jetzt wird Bertha energisch. »Ich nehme ihn jedenfalls nicht zurück! Und wenn ich einen Vorschlag machen darf: Sie könnten als Erstes die Miete hineinlegen, die Sie heute Morgen kassiert haben. Das hat der gnädige Herr auch immer so gemacht.«

Ja, nun, die Miete, die gibt den Ausschlag. Justus kippt die kleine Metallscheibe in der Tresortür zur Seite und schiebt den Schlüssel ins Schloss, als wäre er Geldhüter im Bankhaus Bartenstein und würde den ganzen Tag nichts anderes machen. Es gibt ein vernehmliches Klicken, dann springt die Tresortür auf.

»Ich hole die Miete. Und den Geldkoffer von Gustav.« Bevor Justus zur Tür hinausgeht, dreht er sich noch einmal zu mir um. »Den Koffer von Emmy, wo hast du den gelassen?«

»Unter meiner Matratze, wo sonst?«

»Vielleicht sehen wir nach, ob wir etwas daraus einschließen sollten.«

Ich schüttele den Kopf. »Heute Nachmittag habe ich ihn aufgemacht, was da drin ist, muss man nicht in einen Tresor schließen, das gehört in einen Handarbeitsschrank.«

Justus lacht. »Mit dem Aktenkoffer aus dem Weinkeller ist es genauso. Nichts als technische Zeichnungen. Aufrisse, Grundrisse. Und zu allem Überfluss ist kein einziges Blatt beschriftet. Ich weiß nicht einmal, was das darstellen soll.«

Was für eine seltsame Methode haben Emmy und Gustav gefunden, uns das Leben zu retten. Als Justus zurück ins Zimmer kommt, öffnen wir das Allerheiligste vom Bankhaus Branndenburg. Die Wertpapiere und Pfandbriefe, die darin liegen, stapeln wir sorgfältig in der linken unteren Ecke auf, daneben die Miete. Das Geld aus dem Koffer von Onkel Gustav füllt das ganze obere Fach. Dieses Fach ist noch leer, nur ganz weit hinten liegt ein Schlüsselbund, große und kleine und ganz kleine Schlüssel.

»Bertha?«

»Ja, freilich, das sind die Ersatzschlüssel für die Wohnung, für die Zimmer, für die Schränke, die Sekretäre.«

Gut zu wissen. Und da, neben den Schlüsseln, liegt noch etwas, klein und sehr leicht zu übersehen. Zwei Briefe, einer adressiert an Justus, der andere an mich.

Was ist das? Eine Botschaft? Ein Testament? Der Brief an mich ist federleicht, aber in meiner Hand wiegt er so schwer wie ein Sack Kartoffeln, kaum, dass ich ihn anheben kann. Mit zitternden Händen reiße ich die Lasche auf.

Liebste Wanda,

Du sollst diesen Brief nie erhalten, das hoffe ich inständig. Solltest Du ihn nun doch in Deinen Händen halten, so heißt das, dass Gustav oder mir oder uns beiden wider alles Erwarten doch ein Unglück passiert ist.

In aller Kürze, denn auch ich fühle Schmerz, während ich das hier niederschreibe, will ich Dir erläutern, dass Dir, meine liebste Wanda, unser gesamtes Vermögen, unser Schloss an der Havel sowie dieses Haus in der Oranienburger Straße gehören. Zu gleichen Teilen gehören Vermögen, Schloss und Haus auch meinem lieben Neffen Justus Hansen von Enckendorf, dem Sohn meines verstorbenen Bruders, der meinem verehrten Gatten schon seit Jahren als Privatsekretär selbstlos zur Seite steht. Die Überschreibungen haben wir bereits vorgenommen, Testament und Abschriften der Überschreibungen sind bei einem Anwalt in der Französischen Straße sicher hinterlegt. Ich bin gewiss, meine herzallerliebste Wanda, Du und unser lieber Justus, Ihr beide werdet Euch gut verstehen …

Der Herr ist mein Hirte, mir wird nichts mangeln. Ich sehe hinüber zu Justus, der hält seinen Brief vors Gesicht, hinter den Brillengläsern – Tränen, nein, das kann gar nicht sein. Ein Mann weint? Guter Gott, Justus … stehen in seinem Brief die gleichen schrecklichen Sätze wie in meinem? Justus Hansen von Enckendorf … der Neffe von Tante Emmy … das hat er mir nie – das haben Gustav und Emmy mir nie gesagt … Wie schön wäre es, jetzt einfach in Ohnmacht zu fallen.

Justus wendet sich ab, seine Schultern zucken, sein Rücken bebt. Ich weiß, er will, dass niemand seine Tränen sieht. Ich darf ihn nicht einmal trösten, mein Arm auf seiner Schulter würde alles nur schlimmer machen. Ach, warum treten mit einer Frage, die beantwortet wird, so viele neue Probleme auf?

»Vielleicht sollten wir den Tresor jetzt wieder schließen?«

Er wischt mit dem Hemdärmel über sein Gesicht. Wir schlagen beide die Augen nieder, vermeiden den Blick des andern, verschließen den Safe. Justus hängt den *Alten Mann in den Dünen* wieder an die Wand.

Bertha mit ihrem unendlichen Taktgefühl wartet in der Nähe der

Tür auf uns. »Gnädiges Fräulein, wenn Sie es wünschen, dann …« Sie deutet eine kleine Geste an: Sie gibt mir dezent zu verstehen, sie will mir beim Auskleiden behilflich sein.

»Sehr gerne, Bertha, ja.«

»Äh … was?«

»Nichts, Justus, gar nichts, ich gehe jetzt schlafen.«

»Äh … schön, dann vertiefe ich mich noch einmal in die Pläne. Schlafen kann ich ohnehin nicht. Gute Nacht, Wanda. Gute Nacht, Bertha.«

»Gute Nacht, Herr von Enckendorf.«

Justus nickt zerstreut. Was ist das nur für ein Mann?

Irgendwann in dieser Nacht wache ich auf. Es ist dunkel vor meinem Fenster, die Straße ist still, in der Wohnung kein Laut. Ich werfe mir den Morgenmantel um die Schultern, schleiche mich in den Flur, an der Garderobe, an der Tür zum Speisezimmer vorüber, am Salon. Die Tür zum Wintergarten steht offen, auch hier alles still. Das Ohr an die Tür des Gästezimmers gepresst, lausche ich lange. Kein Atemzug ist in Eugens Zimmer zu hören, langsam drücke ich die Klinke nach unten. Ein Sessel steht mitten im Raum, schräg über ihn fällt ein silberner Strahl vom Mondlicht. Hosen und Jacken und weiße Herrenhemden achtlos übereinander, in der hinteren Ecke das große Bett, es ist sauber gerichtet, eine Tagesdecke darüber. Niemand liegt darin.

Auf dem Rückweg zu meinem Zimmer werfe ich durch das Wintergartenfenster einen Blick zum Himmel hinauf. Dunkle Wolken sind aufgezogen, nur hin und wieder taucht der Mond die Birke in silbernes Licht. Da sehe ich unten im Garten, hinter einem dichten Busch … Sofort ziehe ich mich ins Dunkel zurück, verberge mich hinter einem Palmwedel, minutenlang sehe ich hinaus. Da – da ist es wieder, jetzt bin ich ganz sicher: Jemand bewegt sich, dort hinter dem Busch, duckt sich, huscht weiter zum nächsten Busch, wechselt den Platz. Einen Augenblick ist mir, als wäre die Bewegung manchmal unterbrochen, stockend wie bei einem Hinken. Aber dann bewegt sich der Mensch wieder flink wie ein Tiger, kauert sich behende hinter eine Hecke. Das fahle Mondlicht scheint auf ein nach oben gerecktes Gesicht.

»Wenn du jemand im Garten gesehen hast, Wanda, warum hast du mich nicht gerufen?«

Wir nehmen das Frühstück in der Küche ein, es ist vier Uhr dreißig, vor dem Fenster hängt noch die Nacht. Die Dunkelheit kommt auch von den schwarzen Wolken, aus denen dichter Regen fällt. Ein guter Tag für Bernhard und Kilian, um beerdigt zu werden. Bertha stellt heißen grünen Tee in einer Thermoskanne bereit, sie packt einen kleinen Korb für die Fahrt nach Sacrow.

»Wenn du mich aufgeweckt hättest, hätte ich mich in den Garten geschlichen und dann …«

»Eben, Justus, genau darum habe ich dich nicht geweckt. Unsere Wohnungstür ist verschlossen, unsere Haustür wahrscheinlich auch. Hier oben kann uns nichts passieren. Aber was ist, wenn du dort unten bist?«

Justus setzt seine Kaffeetasse auf den Tisch zurück, schüttelt den Kopf. »Das war keine Armee, nur ein einzelner Mann. Ich wollte mich nicht mit ihm duellieren, ich hätte nur gerne gewusst, wer er ist.«

Ach, dieser Justus. Wer soll der Mann im Garten schon gewesen sein? Eugen? Polizeileutnant von Reventlow? Der falsche Assistent von Professor von Rannstedt? Justus greift nach dem Proviantkorb, Bertha gibt mir zwei Regenschirme, wir laufen die Treppe hinab. Wernicke erwartet uns schon mit geöffnetem Haustor.

Die Sintflut des Regens rinnt auf Kiefern und Wacholder, fließt in ein doppelt ausgehobenes Grab. Eine Handvoll Menschen auf dem Friedhof von Sacrow, die um das Grab stehen, die Köchin, Mienchen, die Zimmermädchen, Gotthelf und Gotthelfs Familie. Ein Pfarrer redet freundliche Worte und spricht einen Segen über die Särge von Bernhard und Kilian. Zwei Friedhofsarbeiter schaufeln das Doppelgrab zu. Alle halten die Hände auf, Justus bezahlt.

Erst als Kränze und Blumensträuße auf dem kleinen Hügel aufgebaut sind, wenden wir uns zum Gehen. Gotthelf, die Mädchen, die Köchin, jeder will wissen, ob es Neues gibt. Sind die Herrschaften inzwischen zurückgekehrt? Geht es ihnen gut? Wann wird das Schloss wieder aufgebaut?

Justus schüttelt den Kopf. »Ich weiß nichts. Keine Ahnung. Das kann sich noch lange hinziehen. Ich denke, ihr solltet euch neue Stellungen suchen. Wartet das Jahr ab, ich gebe euch Geld, um die lange Zeit zu überbrücken. Ich schreibe euch Zeugnisse, mit denen ihr euch um gute Stellen bewerben könnt.«

Er teilt Geldscheine aus, die Köchin schüttelt den Kopf, die Mädchen halten die großen Geldscheine verlegen in ihren Händen. »So viel, Justus …«

»Es soll euch doch gut gehen!«

Wir besteigen das Automobil, immer noch Regen, Regen. Ich zittere vor Kälte, vor Traurigkeit. Einen Moment lang verspüre ich den Wunsch, nach Hause zu fahren. Einfach nach Hause, mich geborgen fühlen, behütet. Aber wo ist das, zu Hause?

Justus kurbelt den Motor an, ich ziehe die Wolldecke um mich, die Köchin und die Mädchen winken uns nach.

Als wir endlich wieder in Berlin sind, regnet es immer noch. Mein schwarzes Seidenkostüm ist viel zu dünn für diesen Tag, mir ist schrecklich kalt. Aber eine Dame zeigt nicht, dass sie leidet. Immer einen guten Eindruck machen, immer den Kopf hoch erhoben und huldvoll lächeln. Danke für diese außerordentliche Weisheit, Mama!

Bertha kommt uns schon im Korridor entgegen. Aber anstatt zu fragen, ob sie uns etwas Gutes tun kann, erzählt sie, wie grauenhaft der Morgen mit unserem Freund Eugen war. Ich ziehe meine feuchte Jacke aus, lege sie ihr auf die Arme, nun wird mir noch kälter. »Ich wusste gar nicht, dass Eugen schon wieder da ist.«

»Doch, der Herr Baron von Wistler ist um sechs Uhr morgens zurückgekommen. Um 11 Uhr vormittags hat er gefrühstückt wie ein neunköpfiger Drache. Danach hat er sich Sekt auf sein Zimmer bestellt, dann hat er noch einmal geläutet und wollte eingelegte Anchovis … und seitdem macht er Radau.«

»Bitte, Bertha, haben Sie vielleicht eine Strickjacke für mich?«

Bertha verschwindet in der Garderobe, kommt mit einem warmen Wolltuch zurück. »Das liegt schon lange für Sie bereit … Und was ich noch sagen wollte, gnädiges Fräulein, das Telefon läutet ebenfalls schon den ganzen Morgen.«

Ich hülle mich in das Wolltuch. Mir ist immer noch kalt, mein Kopf schmerzt, die Geschichte mit Eugen fängt an, mir an die Nerven zu gehen.

»Dreimal hat die Baronin von Schwartz angerufen. Sie erwartet Ihren Besuch, gnädiges Fräulein, dringendst, heute Abend! Die Anschrift ihrer Villa steht auf der Visitenkarte. Sie möchten keinesfalls mit dem Wagen direkt auf die Auffahrt fahren ... an der Einfahrt vorüber ... wo die Parkmauer endet, rechts um die Ecke ... dort das Automobil abstellen ... die Villa durch den Garteneingang betreten. Das sind genau ihre Worte. Und dann, gnädiges Fräulein, war am Telefon noch ein Herr ...«

Fanny ordnet an, dass wir sie besuchen sollen, heute Abend. Nein, wenn ich mir nach den Strapazen der Beerdigung nicht ein wenig Ruhe gönne, werde ich eine Erkältung bekommen. Wir gehen in den Salon. Bevor Justus die Tür hinter uns schließt, wende ich mich noch einmal an Bertha. »Ich hätte gerne einen richtig heißen Grünen Chinesen.«

»Und ich einen steifen Grog.«

Bertha nickt, und wir lassen uns auf die Sofas fallen, vollkommen erschöpft. Das ganze Zimmer ist grau, dunkel und trüb, der Regen prasselt immer noch auf die Blätter der Linden.

Weitab im Arbeitszimmer von Onkel Gustav läutet leise der Telefonapparat. Fanny, viel zu früh, wie erkläre ich ihr nur, dass ich nicht kommen will? Gleich darauf klopft Bertha an unsere Tür. »Gnädiges Fräulein, es möchte Sie jemand sprechen, am Telefon.«

»Die Baronin von Schwartz?«

Bertha schüttelt den Kopf. »Nein. Es ist dieser Herr, er ruft schon zum dritten Mal an. Aber ich schwöre, ich habe ihm nichts gesagt!«

Sofort bin ich hellwach, ich laufe an Bertha vorbei in das Arbeitszimmer, greife nach dem Hörer. »Ja, bitte, hier ist die Baronesse von Branndenburg.«

»Liebe gnädige Frau! Endlich erreiche ich Sie! Hier spricht Alfred Bluman.«

Bluman! Ich muss keinen Augenblick überlegen – dieser Mann hat die DELAG gegründet, sofort fällt mir sein Brief an Emmy ein. »Guten Tag, Herr Bluman.« Meine Stimme klingt heiser. Justus kommt hinter mir in das Zimmer, sieht mich fragend an. Ich male mit dem Zeigefinger ein Viereck die Luft, forme tonlos mit den Lippen das Wort *Brief*, aber Justus versteht nicht.

»Nun, liebe Frau Baronin, ich hoffe, Sie halten meine Einladung bereits in Ihren Händen. – Waren Sie denn erfolgreich bei Ihren Nachforschungen? Ich habe morgen einen Termin im Ministerium, ganz in Ihrer Nähe. Wir könnten uns treffen. Vielleicht haben Sie ja etwas für mich?«

Ich ziehe Justus neben mich, sein Ohr an die andere Seite des Hörers. »Treffen? Nun, ich bin nicht die, für die Sie mich halten, ich bin nicht die Baronin, Emmy von Branndenburg ist meine Tante. Sie kann sich nicht mehr mit Ihnen treffen, sie ist tot.«

»Was?« Ein Aufschrei, eine kurze Irritation am anderen Ende der Telefonleitung. »So eine hübsche junge Frau. Sie war doch nicht krank?«

»Nein.«

»Mein Gott, mein Gott …«

»Da meine Tante Sie nicht mehr treffen kann – treffen Sie sich mit mir?«

»Ich … äh … ich weiß nicht, ob ich Sie recht verstanden habe.«

»Aber sicher, Herr Bluman, ich würde gerne mit Ihnen über meine Tante Emmy sprechen. Wann haben Sie für mich Zeit?«

Schweigen.

»Herr Bluman? Sind Sie noch da?«

»Selbstverständlich. Ich muss überlegen. Ich muss mich erst fassen …«

»Herr Bluman, wann?«

»Wenn Sie es wünschen – noch heute?«

»Heute, einverstanden, sogar sofort.«

»Sehr gerne, in einer Stunde am Mitscherlich-Denkmal? Ach, ich kann es nicht glauben … ich kann …«

Ich lege den Hörer auf, schweigend gehen wir in den Salon zurück. Mir ist überhaupt nicht mehr kalt. Aus den Zimmern hinter dem Wintergarten tönt Musik vom Grammophon, Scharren und Knarren. Eugen von Wistler rückt sich die Möbel im Gästezimmer zurecht. Im Salon steht die Teekanne auf dem Tisch, daneben ein Kännchen mit heißem Wasser, eine Porzellandose mit Würfelzucker, eine ordentliche Flasche Rum. Justus schenkt zuerst mir ein, dann gießt er sich heißes Wasser in das Glas, löst den Zucker und kippt einen kräftigen Schluck aus der Flasche dazu. Genau die richtigen Getränke für diesen schrecklichen Tag.

»Du willst dich mit diesem Mann treffen, Wanda? Warum?«

»Ja – nun, weil …« So ganz genau sagen kann ich das gar nicht.

»Glaubst du etwa, dieser Bluman weiß, warum sie nach Hamburg gefahren sind?«

»Wahrscheinlich nicht.«

»Glaubst du, dass er irgendetwas mit dem Verkauf von Land zu tun hat?«

»Ganz sicher nicht.«

»Dann ist das verschenkte Zeit. Er hat nichts mit ihrem Tod zu tun. Bis eben wusste er nicht einmal davon. Ein Treffen mit ihm bringt sie uns nicht zurück. Du solltest besser in der Wohnung bleiben, bis meine Nachforschungen über die Leute von der Terraingesellschaft Erfolg haben. Du bist in Gefahr, überall, wo du dich frei durch die Landschaft bewegst. – Also, aus welchem Grund solltest du dich mit ihm treffen?«

Ich rühre in meinem Tee. »Warum muss ich das jetzt begründen?«

»Weil es Unsinn ist, etwas zu tun, was man nicht begründen kann.«

Einen Moment lang fühle ich mich ertappt. Es ist beinahe wie bei meinen Gesprächen mit Papa, nur was ich mit exakten Argumenten rechtfertigen kann, hat bei Papa Bestand. Und jetzt? Nein, jetzt ist alles anders: Solange ich in der Oranienburger Straße bin, bestimme ich selbst über mich, jetzt zählen auch meine *Gefühle*, jetzt zählen die *Eindrücke*, die ich von etwas habe, jetzt zählt meine *innere* Anschauung, meine *Intuition*. In den letzten Tagen habe ich manchmal gedacht, ich habe Emmy nie richtig kennengelernt, sie hat so viele Dinge getan, von denen ich nichts geahnt habe, und nun kann ich sie nichts mehr fragen. Aber diesen Bluman kann ich nach ihr fragen, der hat auch die andere Emmy gekannt.

»Ich werde das tun, einfach weil ich es tun *will*.«

Justus guckt mich mit blitzenden Brillengläsern an, der Grog hat seine Wangen gerötet, seine Vorliebe für exakte Argumente schwimmt ihm gerade davon. Er lächelt sogar. »Na gut, Wanda, dann mach. Aber ich komme mit!«

Der alte Mitscherlich breitet seinen zerknitterten Mantel über alle vier Wege. In den Bäumen reifen stachlig und grün die Kastanien, darunter wuchern Blumen und Unkraut wild durcheinander. Alles tropft noch von der Nässe des Regens. Ich überlege, aus welcher Richtung er kommen wird, nicht von der Universität her, nicht von den *Linden* oder

der Universitätsstraße, vielleicht vom Festungsgraben, von der Singakademie? Es ist kurz vor vier Uhr. Nur wenige Minuten muss ich warten, dann marschiert mit riesigen Schritten ein stattlicher Herr den Weg vom Festungsgraben herauf. Justus steht auf der anderen Seite des Denkmals und reckt seinen Hals.

Der Mann ist ungefähr in Onkel Gustavs Alter, hat eine kräftige Statur und warme, offen blickende Augen. Mit freundlichem Lächeln kommt er näher, schließlich reicht er mir seine Hand, das Lächeln auf seinem Gesicht verschwindet. »Alfred Bluman zu Ihren Diensten, gnädiges Fräulein. Darf ich Ihnen mein allerherzlichstes Beileid aussprechen?« Ich nicke, suche nach einer höflichen Entgegnung, aber schon spricht er weiter. »Sie sehen Ihrer Frau Tante sehr ähnlich, wenn ich das sagen darf, liebe Baronesse. Beinahe zum Verwechseln. Eben glaubte ich fast, die Frau Baronin würde hier auf mich warten. Ich war richtig erleichtert. Aber nun, ja, nun muss ich es wohl doch glauben. Bitte, wenn Sie es über sich bringen, liebes gnädiges Fräulein, so erzählen Sie mir: Was ist der Frau Baronin widerfahren? Diese Jahreszeit ist ja für schwere Erkältungen prädestiniert.«

Ich kann beinahe hören, was Justus hinter dem Sockel von Professor Mitscherlich denkt. *Wir sagen nie mehr die Wahrheit. Notfalls lügen wir. Und, Wanda, immer erst überlegen, ob die Wahrheit uns schadet oder ob sie uns hilft.*

»Sie ist nicht an einer Lungenentzündung gestorben. Es war kein natürlicher Tod.«

»Wie?«

»Sie sind beide erschossen worden, mein Onkel ebenso wie meine Tante.«

»Erschossen? Und nicht allein Ihre Frau Tante – auch der Herr Baron lebt nicht mehr?« Einen Augenblick taumelt er, wird kreidebleich. Dann deutet er stumm auf den Parkweg zur Dorotheenstraße, wir umkreisen das Denkmal und schwenken in den Weg ein.

Wie ein Student, der versunken über einer wissenschaftlichen Frage brütet, steigt Justus vom Mitscherlich-Denkmal und schlendert hinter uns her.

Erst nach einem langen Stück Weg ist Alfred Bluman wieder zum Reden bereit. »Was für schreckliche Dinge geschehen. Mit den nettesten Menschen. Da, wo man es am allerwenigsten erwartet. Darf ich fragen, wer der Frau Baronin und dem Herrn Baron das angetan hat?«

»Fragen dürfen Sie gerne, aber antworten kann ich nicht, weil ich es einfach nicht weiß.«

»Und was sagt die Polizei?«

»Gar nichts, die Polizei erklärt sich für nicht zuständig.«

»Aber das gibt es nicht! Wenden Sie sich doch direkt an den Polizeipräsidenten!«

»Das habe ich vor. In den nächsten Tagen.«

»Gut, tun Sie das, unbedingt. Das wäre sehr beruhigend für mich.« Sein Schritt ist nicht unsicher, aber seine Stimme zittert, als er weiterspricht. »So eine hübsche junge Frau. Und so klug. Ich verdanke ihr, und selbstverständlich dem Herrn Professor, so viele gute Stunden, die wir bei ihrer wunderbaren Abendgesellschaft miteinander verbracht haben. Auch viele gute Gespräche, die wir dabei hatten, viele Anregungen für unsere Arbeit. Ach, es tut mir so leid, so leid!«

Ein Satz von Gotthold Ephraim Lessing fällt mir ein, über den wir im Klassikerunterricht auf dem Lehrerinnenseminar eine Abhandlung geschrieben haben: *»Furcht ist auf uns selbst bezogenes Mitleid.«* Ist Mitleid mit anderen dann vielleicht die Furcht, die wir um uns selber haben? Ich beuge mich vor und versuche in sein Gesicht zu sehen. Seine Augen wirken nicht mehr so offen wie vorhin, Tränen verschleiern seinen Blick.

»Wenn Sie wüssten, liebe Baronesse, was es für mich bedeutet hätte, Ihre Frau Tante noch einmal zu sprechen. Aber nun habe ich keine Hoffnung mehr!«

»Keine Hoffnung auf was?«

»Nun, sie war eine sehr … hilfsbereite Dame.«

»Ich verstehe Sie nicht. Sagen Sie mir bitte, worum es Ihnen geht?«

»Ich … ja, das ist gar nicht so leicht zu erklären. Ach, was für ein Unglück, dass sie nicht mehr da ist! Was für ein schreckliches Unglück!«

»Herr Bluman, ich versuche herauszufinden, wer meine Tante und meinen Onkel erschossen hat. Und ich versuche zu verstehen, was ihr Leben ausgemacht hat. Jede Kleinigkeit kann wichtig sein. Wo haben Sie sie denn kennengelernt?«

Eine einfache Frage, das befreite Lächeln, das sich auf seinem Gesicht ausbreitet, ist sogar in seiner Stimme zu hören. »Nun, ich habe mit großer Freude ihre Artikel in der Zeitschrift *Die Zukunft* über Graf Zeppelin und das Luftschiff gelesen.«

»Ach! Von ihren Theaterkritiken haben mir schon einige Freunde meiner Tante erzählt. Aber ich wusste nichts vom Zeppelin.«

»Drei oder vier Artikel kenne ich. Das sind beileibe nicht alle.«

»Und nachdem Sie die gelesen hatten, riefen Sie bei ihr an?«

Alfred Bluman nickt, kneift sinnend die Augen zusammen, als versuche er sich an dieses Telefongespräch zu erinnern.

»Rufen Sie jeden an, der über den Zeppelin schreibt?«

»Keinesfalls. Aber die Artikel der Frau Baronin waren sehr … wirkungsvoll. Sie schilderte alles so plastisch, als wäre man selber dabei.«

Wir verlassen den Weg, passieren eine schmiedeeiserne Pforte, betreten die Dorotheenstraße. Eine Straßenbahn quietscht vorbei.

»Gut, einige technische Details sah sie ein wenig falsch. Beim Luftschiff Zeppelin III hatte sie die Kraft der beiden Motoren zu schwach angesetzt und kam deshalb auf eine verschwindend geringe Geschwindigkeit. Viel zu gering, um auch nur gegen den kleinsten Gegenwind zu bestehen. Nach ihren Berechnungen wäre jeder Zeppelin bei ein wenig Gegenwind nicht mehr von der Stelle gekommen.«

Wie bitte, was sagt dieser Mann da? Ich kann vor Aufregung kaum noch weitergehen. Meine Tante Emmy berechnet die Kraft von Motoren und aus der Kraft der Motoren die Geschwindigkeit eines Luftschiffes, bei Wind und bei Gegenwind?

»Somit schlug ich ihr vor, uns zu treffen.«

»Überzeugen Sie jeden persönlich, der mit seinen Ansichten über den Zeppelin nicht ganz richtig liegt?«

»Nein, niemals, das habe ich doch schon gesagt. Die Herren der Presse betreut gewöhnlich unser Dr. Eckener, ein guter Freund von mir. Aber in diesem Falle ging es noch um etwas anderes … Ihre Frau Tante hatte eine wichtige Sache erkannt. Etwas, worauf unser leitender Ingenieur Dürr und die anderen Herren Techniker noch gar nicht so klar gekommen waren.«

»Ach, und was war das?« Es ist, als redete er über eine Frau, die ich überhaupt nicht kenne. Möglicherweise hat ja Onkel Gustav die Berechnungen über den Gegenwind angestellt. Oder er hat Tante Emmy mit Kollegen von der Universität bekannt gemacht, die sich mit solchen Berechnungen auskennen.

»Das Besondere, was Ihre Frau Tante erkannt hat, war der Umstand, dass die vernichtenden Brände unserer Luftschiffe immer auf dem Boden entstanden.«

»Ja, *homo homini lupus* – hat da jemand Feuer gelegt?«

Alfred Bluman bleibt stehen, guckt mich an. Dann überspielt er seine Verwirrung, fixiert seinen Blick auf die Straßenbahn, die gerade aus dem Lindentunnel kommt und die Straße herunterfährt. »Nein, liebes gnädiges Fräulein, das war es bestimmt nicht. Natürlich waren wir in der Luftschiffwerft bei der Erforschung der Brandursachen auch schon sehr weit gekommen. Aber Ihre Frau Tante hat etwas getan, was wir in diesem Umfang nicht gemacht hatten: Sie hat für ihre Artikel viele Augenzeugen befragt. Und alle Aussagen stimmten in einem Punkt überein, nämlich, dass sich sämtliche Zeppeline zum Zeitpunkt des Ausbrechens der Brände auf dem Boden befanden. Außerdem hatten mehrere Zeugen aus nächster Nähe kurz vor dem Brand einen kleinen Funkenflug an der Ballonhülle gesehen. Diesem Funkenflug folgte eine winzige Stichflamme. Und das war es, ich wollte von ihr die Namen und Anschriften der Augenzeugen, denn diese Aussagen musste ich dringend prüfen.«

Funkenflug, Stichflamme, Augenzeugen? Wir passieren den Hegelplatz, biegen schließlich in die Universitätsstraße ein. Hier sind wir nicht mehr so alleine wie im Kastanienwäldchen oder in der Dorotheenstraße, nun nähern wir uns den *Linden*. Sobald wir uns in den Fußgängerstrom mischen, merke ich, dass ich einen Fehler gemacht habe: Murmeln, Reden und Lachen schließen uns ein, doch um diesem Mann überhaupt folgen zu können, brauche ich Ruhe, stille Wege, den einsamen Park. Ich fasse Alfred Bluman am Ellenbogen und wende ihn zurück in die Universitätsstraße. Beinahe stoßen wir mit Justus zusammen.

»Wo haben Sie sich denn mit Tante Emmy getroffen? Ebenfalls hier an der Universität?«

»Ja, hier, aber nur ein einziges Mal. Einmal dann auf der Museumsinsel, beim dritten Mal gab sie eine kleine Gesellschaft in ihrem wunderbaren Zuhause.« Er hebt den Arm und deutet quer über die Universitätsstraße in Richtung Weidendamm und Kaserne des Kaiser-Alexander-Garde-Grenadier-Regiments, in Richtung Spree, Monbijoupark und Oranienburger Straße. Wieder bleibe ich überrascht stehen.

Ich muss unbedingt Bertha fragen, ob sie diesen Herrn Bluman schon einmal gesehen hat.

»Auf dieser Abendgesellschaft lernte ich dann Ihren eindrucksvollen Herrn Onkel kennen. Wir haben uns fabelhaft unterhalten.«

»Das kann ich mir vorstellen.«

»Ja, sie hat – Pardon, sie *hatte* ein wunderbares Talent, Menschen zusammenzubringen. Auch dieser etwas betagte Professor vom Chemischen Institut, ich habe leider seinen Namen vergessen, ist ein interessanter Gesprächspartner. Und die anderen Gäste, die wirklich nette Menschen sind ... Wir haben einen zauberhaften Abend miteinander verbracht. Unter Beteiligung aller Anwesenden haben wir erstaunliche Gespräche über die Zukunft der Luftschiffe geführt. Ich habe mich beinahe so heimisch gefühlt wie auf den Tischgesellschaften unseres alten Grafen in Friedrichshafen.«

Ja, ja. *Frieden säuselt nieder, denn es ruht das Pferd im Kuhstall*, hätte unser Kutscher Sottke dazu gesagt. Kann das alles wahr sein? Mit diesem Bluman haben Emmy und Gustav also über die Probleme der Luftfahrt geplaudert, und mit Professor von Isensee, der bei unserer Begegnung kein einziges Wort über diese Gespräche verloren hat. Sowie mit weiteren Gästen und Luftschiff-Interessenten ... Ich habe langsam genug davon. So viel Eintracht, so viel Nettigkeit. Schluss mit diesem Requiem!

»Sagen Sie bitte, Herr Bluman, als Sie mich vorhin anriefen, gleich am Anfang unseres Telefongespräches, als Sie mich noch für meine Tante hielten, da fragten Sie doch, ob ich etwas für Sie habe?«

Er blickt mich offen an, wirkt weder erstaunt noch schockiert. »Sie haben vollkommen recht, gnädiges Fräulein, das ist ja genau das, worauf ich die ganze Zeit schon hinauswill, warum ich Ihnen all diese Dinge erzähle. Ich muss wissen, ob Ihre Frau Tante den alten Herrn überzeugen konnte.«

»Welchen alten Herrn?«

»Nun, den Herrn, der die verhängnisvollen elektrostatischen Aufladungen verhindern kann.«

Elek-tro-sta-tische Aufladungen? Was ist das für ein Wort?

»An Ihrem Erstaunen, liebe Baronesse, sehe ich, dass die gnädige Frau Baronin ihn wohl doch nicht mehr überredet hat. Sonst hätte sie Ihnen wahrscheinlich von ihm erzählt. Wie schade, wie schade!« Wir sind wieder beim alten Mitscherlich angekommen, enttäuscht lässt er sich auf die Stufen vom Denkmal fallen. Der Himmel ist aufgerissen nach dem Regen, die Sonne doch noch hervorgekommen. Es ist ganz und gar nicht so heiß wie in den letzten Tagen, trotzdem steht ihm der Schweiß auf der Stirn. Alfred Bluman zieht ein Tuch aus seinem Jackett und tupft seine Stirn. »Ach, es ist alles zu Ende. Wenn Sie wüssten, was mir das bedeutet hätte!«

»Meiner Tante Emmy hat es auch so viel bedeutet wie Ihnen?«

»Aber ja! Sie hat sich selber erboten, nach ihm zu forschen. Es war ihr wichtig, dass keine Unglücke mehr geschehen sollten, keine Menschen mehr deswegen ums Leben kommen.«

Nun gut, wenn es Emmy so wichtig war und wenn das Leben von Menschen davon abhängen könnte, dann sollte ich meine Zurückhaltung aufgeben und in Emmys Sachen suchen. Herumwühlen wie ein Trüffelschwein, bis ich das gefunden habe, worum es geht. »Gut, Herr Bluman, ich werde versuchen, Ihnen zu helfen. Erklären Sie mir alles, was ich wissen muss!«

Er sieht überrascht zu mir auf. »Was? Sie? Haben Sie denn Kenntnis von Gasen, von Elektrizität, von Physik, von Chemie?«

Ich schüttele den Kopf. »Das muss ich auch gar nicht. Ich habe Zugang zu allen Dingen, die meiner Tante gehört haben. Und Sie, Herr Bluman, könnten mir helfen zu deuten, was ich da sehe, um am Ende das herauszufinden, was für Sie wichtig ist.«

Er atmet tief durch, nickt. »Gut, junge Dame, wenn Sie meinen, dann erkläre ich Ihnen …«

»Halt! Eine Minute bitte. Justus!« Ich springe auf, laufe um das Denkmal herum. Justus sieht zu mir hoch wie eine Amsel, die einem aus der Tarnung dichter Büsche entgegenblickt. »Herr Bluman, darf ich Ihnen meinen guten Freund vorstellen: Justus Hansen von Enckendorf, der Privatsekretär meines Onkels.«

Die beiden Herren schütteln sich freundlich die Hand. »Herr von Enckendorf, schön, Sie kennenzulernen, von Ihnen habe ich schon viel Gutes gehört.«

»Also, gnädiges Fräulein, werter Herr, ich versuche alles mit einfachen Worten zu schildern. Unser Luftschiff ist vollkommen anders als die Fesselballons, die mit heißer Luft gefüllt werden und erst mit dieser

Füllung ihre große runde Form bekommen, mit der sie sich dann senkrecht in die Lüfte erheben. Unser Luftschiff fällt niemals in sich zusammen, es bleibt auch ohne Füllung in seiner Form, weil es ein starres Gerüst aus Metallträgern hat. Dieses Gerüst sitzt innerhalb der Hülle und stützt das, was Sie als riesige Zigarrenform wahrnehmen. In das Innere des Metallgerüstes haben wir vier Kammern hineingebaut, aus dem gleichen gasdichten Stoff wie die große Hülle. Jede Kammer wird einzeln gefüllt. Und zwar nicht mit heißer Luft wie die Fesselballons, sondern mit Wasserstoff.«

Wir sehen uns an. Wasserstoff? »Onkel Gustav hatte einen Ballon Wasserstoff in seinem Laboratorium stehen, umgekehrt, mit der Öffnung nach unten, auf einem hohen Gestell.«

»Oh, das überrascht mich nun aber. Wasserstoff ist gar nicht so einfach herzustellen. Und schon gar nicht leicht aufzufangen oder gar aufzubewahren. Für den Zeppelin ist Wasserstoff jedenfalls lebenswichtig: ein Gas, das leichter als Luft ist, ein sogenanntes tragendes Gas.«

»Wir haben den Zeppelin gesehen, vor sieben Tagen, als er über Berlin und über den Schlossplatz flog.«

»Es freut mich, dass Sie Zeuge des erfolgreichen Zeppelin-Fluges waren. Ich kann von mir sagen, dass ich ihn ebenfalls miterlebt habe. Hautnah sozusagen, als Mitfahrer in der Gondel, die unter dem Gerüst befestigt ist. Es war ein wirklich erhebendes Gefühl. Ebenso erhebend wie am Abend auf dem kaiserlichen Balkon zu stehen und in die jubelnde Menge zu sehen. Und danach vom Kaiser zum Abendessen empfangen zu werden. Aber leider muss ich sagen, wir alle, die wir unser Leben den Luftschiffen gewidmet haben, haben auch schon ganz andere Tage erlebt. Tage des Schreckens, Tage furchtbarer Unglücke. Inzwischen wissen wir glücklicherweise mehr darüber, wie es zu diesen Unglücken kommen konnte. Auch Dank der Klugheit Ihrer Frau Tante, liebe Baronesse. Wir haben herausgefunden, dass sich bei einem Flug des Zeppelins durch die Hitze des Tages die Gasmenge in den Gaszellen ausdehnt, dass damit der Druck in den Hüllen wächst, die das Gas umfangen, und dass eine bestimmte Menge vom aufgeheizten Gas entweicht. In der Abendkühle aber zieht das Gas sich wieder zusammen, die Hüllen der Gaszellen sind nicht mehr ganz so prall befüllt wie am Morgen, nicht mehr ganz so straff, nicht mehr ganz so gespannt. Sie fallen ein wenig in sich zusammen, wirklich nur ein ganz kleines bisschen. Aber schon dieses Wenige hat zur Folge, dass ein kleiner Spielraum für Bewegungen entstanden ist. Die äußere Hülle bewegt sich gegen die inneren Hüllen, die Hülle jeder Gaszelle bewegt sich gegen ihre eigenen Falten. Und bei jeder Bewegung der Hüllen kommt es zu Reibung.

Beispielsweise bei der Landung, wenn das Luftschiff mit seinem großen Gewicht auf dem Boden aufsetzt – da sackt es für ein, zwei Sekunden ein wenig in sich zusammen. Oder wenn es bereits auf dem Boden ist und ein etwas stärkerer Wind aufkommt, der das Luftschiff trotz aller Vorrichtungen, mit denen es dort gesichert ist, hin und her bewegt. So war es damals in Echterdingen. Dort hat – auf dem Boden – eine Windböe unser Luftschiff erfasst. Man bedenke, nach einem glücklichen Langstreckenflug von nahezu achthundert Kilometern. Das Luftschiff war gut verankert, Soldaten waren heranbeordert, um es zu sichern. Als der Wind aufkam, haben sich alle verfügbaren Kräfte an die straff gespannten Seile gehängt und konnten es doch nicht halten. Das Luftschiff trieb über den Boden, schlug gegen einen Birnbaum, der als einziger Baum weit und breit auf einer vollkommen leeren Wiese stand, die wir als Landeplatz auserwählt hatten. An diesem Baum wurde die Gashülle zusammengedrückt, es entstand ebendiese Reibung, von der ich sprach. Und unser Luftschiff ging in Sekundenschnelle in Flammen auf. Nur noch rauchende Trümmer, am Tag seines größten Triumphes! Zwei unserer Techniker, die gerade mit der Reparatur der Maschinen beschäftigt waren, konnten sich nur mit Mühe retten. Glücklicherweise kam niemand ernsthaft zu Schaden. Aber der Schrecken! Die unermesslich große Gefahr für die Schaulustigen, die hinaus auf die Wiese gekommen waren, um das glückliche Luftschiff zu sehen. Auch für die Männer der Mannschaft, die Soldaten.«

»Das alles hätte dieser alte Mann verhindern können, den Tante Emmy gesucht hat?«

»Genau so ist es. Hat Ihre Frau Tante Ihnen erklärt, was passiert, wenn die Stoffhüllen aneinanderreiben?«

»Aber nein.«

»Der eine Stoff nimmt die Elektronen des anderen auf, er hat nun einen Elektronenüberschuss. Der andere Stoff hat so etwas wie einen Ladungsmangel. Beide Stoffe sind nun aber bemüht, ihre Ladungen schnellstmöglich wieder auszugleichen. Die Elektronen gehen zurück dahin, woher sie gekommen sind, und bei diesem Zurückgehen gibt es einen Funkenflug.«

»Ah ja …«

»Nun, und genau das ist in Echterdingen und bei den anderen Unglücken passiert. Wir haben natürlich nach der Ursache geforscht, zunächst dachten wir an offenes Feuer in der Nähe des Luftschiffes, sogar an Zigarettenraucher unter der Mannschaft oder unter den Soldaten, an deren Glut sich der leicht entzündliche Wasserstoff anfachen konnte. Aber erst Ihre Frau Tante war auf die richtige Lösung gekommen. In einem ihrer Artikel hatte sie in der Tat unseren Schwachpunkt benannt: diesen Funkenflug! Da fiel es mir wie Schuppen von den Augen. Ich nahm sofort mit ihr Kontakt auf. Gleichzeitig fingen wir an, bessere Stoffhüllen für die Gaszellen zu entwickeln, bei denen das nicht mehr passieren sollte. Aber das ist ganz und gar nicht einfach!

Ich habe mich mit Ihrer Frau Tante getroffen, habe ihr von unseren Versuchen erzählt. Wir benutzten Baumwollstoffe, wir benutzten Seide. Legten sie in mehreren Schichten übereinander. Bis dahin hatten wir unsere Stoffhüllen von innen mit einer dünnen Gummischicht versehen, um sie gasdicht zu machen. Aber genau diese Gummischicht war es, die zu hohen elektrostatischen Aufladungen führte. Wir suchten nach Alternativen, aber alle unsere Versuche brachten nichts. Wir sorgten uns, dass ein weiteres Unglück geschehen könnte. Ganz am Ende unseres Treffens erzählte ich ihr dann eher zufällig von dem alten Mann.«

Die Sonne schickt sich an unterzugehen, der Himmel wird grau, Wolken treiben darüber hin. Kalter Abendwind kommt auf, mir ist unangenehm kühl. Wie lange sitzen wir eigentlich schon hier? Wie lange hören wir diese Erörterungen? Ich kann kaum noch folgen.

»Du frierst, Wanda?« Justus rückt näher an mich, zieht sein Jackett aus, legt es um meine Schultern. Ich spüre seine warme Hand unter der Jacke auf meinem Rücken, er lässt sie dort liegen, auch als Alfred Bluman fortfährt.

»Dieser alte Herr hatte die Lösung für unser Problem. Graf Zeppelin hatte ihn einmal getroffen, hier in Berlin. Das ist lange her, 1905 oder 1906, wenn ich mich recht erinnere. Unser alter Graf hat uns diese Szene viele Male geschildert. Er war damals zu Besuch in Berlin, beim Kriegsministerium, und residierte im Palasthotel am Potsdamer Platz.

Ihm wurde gemeldet, dass jemand ihn zu sprechen wünschte. Es war ein recht alter Herr, angetan mit einem etwas altfränkisch wirkenden Rock. Als dieser alte Herr ihm gegenübersaß, zog er plötzlich die Idee für eine ganz und gar leichte und vor allem gasdichte Ballonhülle aus seiner Rocktasche. Und genau das ist es, was wir *jetzt* unbedingt brauchen!«

Ich sehe Alfred Bluman an, mir ist nicht wichtig, wie dumm oder klug ich ihm erscheine. »Was war denn diese besondere Idee?«

»Nun, es war ... eine Kombination aus Seide und ...«

»Und?«

»Einem ... natürlichen Material.«

»Nun sagen Sie doch, was es ist!«

»Es ist – gnädiges Fräulein werden entschuldigen, ich sage es nur, weil Sie derart vehement danach fragen.«

»Bitte?«

»Es sind Därme.«

»Oh!«

»Ganz spezielle Därme. Blinddärme. Die äußere Hülle der Blinddärme von Rindern, um es ganz genau zu sagen.«

»Ich habe beim Schlachten schon häufig den Blinddarm von einem Rind gesehen. Der ist so lang wie mein Arm, aber die Hülle von einem Luftschiff ist einhundert Meter lang, oder?«

»Sogar hundertundfünfzig, hundertundsechzig Meter. Der alte Mann hatte in seiner Fabrik eine eigene Technik entwickelt, der wusste genau, wie die Blinddärme zu verarbeiten waren, damit große reißfeste Flächen daraus entstehen. Man nennt sie Goldschlägerhäute. Das klingt viel netter als Stoffe aus Därmen, nicht wahr. Diese Goldschlägerhäute hat er in mehreren Lagen übereinander mit einer Stoffschicht verbunden. Mit dieser Technik hätte man jede Größe erreichen können. Allerdings sind sie eben *nicht* an unseren Luftschiffen zu finden. Darum geht es ja! Schon eine Woche nach diesem Treffen mit dem Grafen Zeppelin sollte alles in die Tat umgesetzt werden, der alte Herr wollte zu unserer Luftschiffwerft nach Friedrichshafen kommen und dem Grafen beim Aufbau der Ballonhüllen-Herstellung behilflich sein. Aber er kam nicht. Er hat sich nie wieder gemeldet. Graf Zeppelin hat nach ihm forschen lassen, er war nicht auffindbar. – Als ich ihr das erzählte, da meinte Ihre Frau Tante, sie hätte sofort eine Idee, wo sie nach einem solchen Fachmann suchen kann. Ich war ihr so dankbar für die Hilfe, die sie mir anbot.«

Das sind endlich normale Worte, ich verstehe wieder, was Alfred Bluman sagt. »Hat Tante Emmy Ihnen erzählt, wo sie nach diesem Fachmann suchen will?«

»Leider nicht, nein.«

»Wie seine Fabrik heißt? Was er dort herstellt?«

»Wenn wir das wüssten, hätten wir ihn in wenigen Stunden aufgespürt, bei den Verbindungen, die wir haben. Aber auf ihrer Abendgesellschaft sagte Ihre Frau Tante, sie hätte den alten Herrn schon gefunden. Sie hätte bereits mit ihm gesprochen. Es täte ihm leid, dass er sich nicht mehr beim Grafen Zeppelin gemeldet hat, er hätte die Tragweite seines Vorschlages bei weitem nicht überschauen können. Ihre Frau Tante hatte sogar schon Materialproben von ihm bekommen, die sie mir übergeben hat. Ihr hochverehrter Herr Onkel hatte schon erste chemische und physikalische Versuche mit diesem Stoff gemacht. Ihre Frau Tante war für uns ein Geschenk des Himmels!« Alfred Bluman überreicht mir seine Visitenkarte. »Liebe Baronesse, bitte suchen Sie! Vielleicht finden Sie etwas, das uns weiterhilft.« Er schüttelt meine Hand, herzlich und liebenswürdig, mit offenen freundlichen Augen. Dann entfernt er sich über den Weg zum Festungsgraben, verschwindet zwischen den alten Kastanien.

Ich stehe auf. Justus ebenfalls. »Sag mir eines, Wanda: Seit wann interessierst du dich für Luftschiffe?«

»Das tue ich doch gar nicht. Ich interessiere mich überhaupt nicht für Zeppeline, für Blinddärme oder für elektrostatische Aufladungen. Ich will einfach nur wissen, was Emmy in den letzten Wochen ihres Lebens getan hat, was ihr wichtig war. Und die Probleme von diesem Zeppelin waren ihr augenscheinlich sehr wichtig.«

»So gesehen akzeptiere ich das. Aber du solltest dich lieber um deine eigenen Probleme kümmern. Sonst lebst du nicht lange genug, um dich am nächsten Zeppelin über Berlin zu erfreuen.«

»Ein paar Menschenleben zu retten kann nicht unwichtig sein.«

Der Denkmalsockel liegt schon weit hinter uns, untergehakt wandern wir durch das Kastanienwäldchen bis zur Charlottenstraße, wo unser Automobil auf uns wartet.

Als Justus die Wohnungstür aufschließt, steht Eugen vor uns im Korridor, als hätte er dort seit Stunden auf unsere Rückkehr gewartet: wirre Haare, ein Schlafrock aus nachtblauer Kaschmirwolle. »Ach, Wanda! Justus! Da seid ihr ja endlich! Dass ihr mir nie wieder weggeht und mich nicht mitnehmt!«

In Gustavs Arbeitszimmer läutet das Telefon. Die Küchentüre fliegt auf, Bertha läuft im schnellen Schritt an uns vorüber, nickt uns im Vorbeilaufen zu, immer noch ist sie blass, sind ihre Augen verweint. Eugen macht sich auf den Weg in sein Zimmer, Justus und ich warten auf die Rückkehr von Bertha.

»Ein Herr von Wallendorf wünscht Sie zu sprechen, gnädiger Herr!«

Beim Abendessen keine Spur von Eugen. Bertha kann mir kaum in die Augen sehen, ihre Tränen fließen. Sie trägt die Platten mit kaltem Schnitzel, Erbsen, Blumenkohl und Kompotten auf, dann steht sie neben der Tafel und wartet auf unsere Wünsche. Justus beobachtet sie mit besorgten Blicken. »Möchten Sie vielleicht einen Tag freinehmen, Bertha? Sich erholen, alles für ein paar Stunden vergessen?«

Für einen kleinen Augenblick hellt ihr Gesicht sich auf, dann schüttelt sie doch den Kopf. »Danke, gnädiger Herr. Ich möchte Sie und das gnädige Fräulein jetzt nicht alleine lassen.« Sie schließt leise die Tür hinter sich.

Wir greifen nach Teetasse und Grogglas. »Du hast schon recht, Wanda. Wir können nichts mehr für Emmy und Gustav tun. Aber wir können erkunden, was in ihren letzten Tagen passiert ist. Vielleicht finden wir dabei heraus, wer ihnen das angetan hat. Und wenn es nichts mit ihrem Tod zu tun hat, dann erfahren wir wenigstens, wie sie gelebt haben.«

Wir speisen, ein kleines Schnitzel, ein wenig von den Gemüsen und noch viel weniger von den Kompotten.

»Und, Justus, was sagt Ferdinand?«

»Er hat gute Nachrichten für dich als Erbin und als Begünstigte in diesem Fideikommiss. Du siehst herrlichen Zeiten entgegen. Heute Morgen ist er sofort nach Berlin gefahren und hat den Bebauungsplan angesehen. Die Ländereien von deinem Vater, von Gustav und auch die von Gernot gehören alle zu den Gebieten, wo in den nächsten zehn Jahren gebaut werden kann. Damit ist euer gesamtes Land jetzt so viel wert, als könnte man darauf goldene Kartoffeln und goldene Maiskolben ernten. Allerdings …«

»Allerdings, Justus?«

»Allerdings traf Ferdinand in der Kreisstadt auf deinen hochverehrten Papa. Und der hat ihm freudestrahlend erzählt, wie gut die Kur in Wiesbaden deiner Gesundheit bekommt.«

Ganz schnell stelle ich meine Teetasse zurück auf den Tisch, bevor meine Hände zu zittern anfangen. »Wer bitte hat Papa das erzählt?«

»Vielleicht du, Wanda?«

»Ich? Aber nein, ich habe ihn nicht mehr angerufen.«

»Angerufen nicht, stimmt. Dein Papa hat Ferdinand ein sehr heiteres Telegramm gezeigt, das ihm seine Lieblingstochter Wendeline Sophie heute Morgen in aller Frühe aus Wiesbaden geschickt hat.«

Nach dem Essen wagen wir uns endlich in das Zimmer von Tante Emmy. Wir tragen die Zeitungen zur Seite, die sie rundum gestapelt hat und die uns nun im Wege sind, auch eine kleine Flasche mit Waschbenzin, die zwischen ihren Papieren überhaupt nichts zu suchen hat. Justus nimmt sie, stellt sie hinüber auf die Frisierkommode. Dann öffnen wir sämtliche Fächer von ihrem Schreibtisch, die Schubkästen ihrer Kommode, die Fächer des Kleiderschrankes. Ich blättere Schreibhefte durch, in denen Emmy ihre Bemerkungen zur Haushaltsführung notiert hat. Ich stoße auf alte Lotterielose, ausgeschnittene Zeitungsartikel, Exzerpte aus Büchern und Manuskripte von Vorträgen, Briefe an Zeitungen und Redaktionen. Aber ich finde keinen einzigen Brief von Herrn Bluman oder von der DELAG, keine Aufzeichnungen, die zu dem passen, wovon Alfred Bluman heute Nachmittag gesprochen hat. Das kann doch nicht sein!

»Wanda, lass uns noch einmal in den Koffer sehen.«

»Das hat keinen Sinn, da sind doch nur Stoffe.« – Stoffe? Ich springe auf, laufe in mein Zimmer, zerre den Koffer unter der Matratze hervor, eile zu Justus zurück. Warum ist mir das nicht aufgefallen, Tante Emmy hat nie in ihrem Leben auch nur ein einziges Stückchen Wäsche genäht.

Wir klappen den Koffer auf, und jetzt verstehen wir endlich. Stoffstück für Stoffstück falten wir auseinander. Ein großes Stück weiße Seide, in mehreren Schichten übereinandergenäht. Ein Stück weiße

Baumwolle, das mich an den Stoff erinnert, aus dem meine ungeliebten Paradekissen entstehen, allerdings ist dieses Stück hier auf der Rückseite mit einer dünnen Schicht eines kühlen, glatten Materials versehen, wahrscheinlich gummiert, wie Alfred Bluman das nannte. Das alles sind Proben von Ballonhüllen! Ein ganzer Koffer voller Teile von Gaszellen!

Wie kommt wohl diese Verkrustung, der verkohlte Rand an die Kante des großen Stoffstückes? Wie mag es in Tante Emmys Hände gelangt sein? Vielleicht haben Augenzeugen, die sie nach dem Unglück befragt hat, es ihr übergeben? Hat sie sich nicht auch selbst an den Unglücksstellen umgesehen?

Diese hauchdünne Gummischicht soll schuld sein an so vielen Katastrophen?

Justus nimmt mir die Stoffe mit der Gummibeschichtung aus der Hand, reibt zwei Stücke aneinander, nichts passiert. Justus reibt schneller, noch schneller. So ähnlich muss es Tante Emmy gemacht haben, nachdem die Augenzeugen ihr von den Funken erzählt hatten. Und da plötzlich beginnt der Stoff zwischen Justus' Händen zu knistern. Allerdings – keine Funken, kein Feuer, nichts ist zu sehen.

Justus geht zum Schalter, löscht das elektrische Licht. »Vielleicht ist es so wie mit den Sternen am Himmel. Die sind ja immer da. Aber nur in der Dunkelheit kann man sie sehen.« Jetzt liegt das Zimmer im Zwielicht, wieder reibt Justus die beiden Stoffstücke, heftiger, schneller, zwischen seinen Händen knistert es. »Ich spüre es, Wanda! Meine Hände fühlen sich an, als würden mich Nadeln stechen!« Zwischen den beiden Stoffstücken springen winzige Funken, ein Wunder, dass Augenzeugen diese klitzekleinen Blitze überhaupt bemerkt haben. »Wanda, wir haben es!«

Ja, wir haben es. Und was haben wir damit erreicht? Sind wir dadurch weitergekommen? Wissen wir mehr als das, was Alfred Bluman uns heute Nachmittag erzählt hat?

Justus legt die Stoffe zurück auf den Tisch, knipst das Licht wieder an. Unschlüssig sehen wir auf die geöffneten Fächer im Sekretär, auf die Kommode, den Kleiderschrank. Wo sollen wir hier noch suchen? Wonach suchen wir überhaupt?

»Als wir in der Universität waren und den Arbeitstisch von Onkel Gustav ausgeräumt haben, da war auf dem Glasteller dieses seltsame

Stück von etwas, was man nicht mehr erkennen konnte. Hast du das noch?«

Justus braucht keine Sekunde, dann steht er auf, geht aus dem Zimmer. Als er zurückkommt, den Glasteller mit dem verbrannten Stück Irgendwas in der Hand, halte ich ihm das letzte Stück Stoff aus dem Koffer entgegen. Das Stück, das sich auf der einen Seite anfühlt wie Seide, auf der Rückseite weicher und wärmer und fester ist als alles, was ich im Nähzimmer in meiner Hand hatte. Vor zwei Tagen wusste ich nicht, was für ein Stoff das ist. Wir halten den Glasteller und die Stoffprobe nebeneinander, befühlen die verbrannten Reste auf dem Teller, befühlen das unversehrte Stück aus Tante Emmys Koffer.

»Goldschlägerhaut?«

»Möglich wäre es.«

»Dieses verkohlte Stück auf dem Teller riecht wie verbranntes Fleisch.«

»Emmy hat also wirklich Proben von diesem Material für die Gazellen aufgespürt.«

»Und Gustav hat wirklich Versuche damit gemacht.«

»Jetzt müssten wir nur noch wissen, woher sie es hatten.«

»Ja, von wem?«

»Wenn wir sie doch fragen könnten!«

»Wenn wir sie noch fragen könnten, dann wäre ich jetzt in Branndenburg und würde an meiner Aussteuer nähen. Ich wüsste nichts vom Zeppelin, nichts von Blinddärmen. Allerdings, wenn ich die Wahl hätte, wäre diese Möglichkeit mir trotz allem wesentlich lieber.« Aber bei den wirklich wichtigen Dingen im Leben hat man anscheinend nie die Wahl.

»Irgendwo hat sie die Adresse notiert. Sie hat bestimmt Briefe an diese Firma geschrieben.«

»Die hätten wir längst gefunden.«

»Wir könnten noch einmal suchen, jetzt wissen wir ja, dass es etwas zu finden gibt.«

Ich sehe ihn an, seine Hände, die über die Stoffe fühlen. »Nein, Justus, vielleicht sollten wir etwas ganz anderes tun.«

Justus blickt mich erwartungsvoll an. »Nun?«

»Wir rufen Fanny an, die Frau, die von sich behauptet, Emmys beste Freundin zu sein. Fanny sagt, dass Emmy ihr immer alles erzählt hat.

Ich glaube ihr nicht, aber wenn ein Körnchen Wahrheit daran ist, dann hat ihr Emmy vielleicht von dieser Goldschlägerhaut erzählt.«

Zögernd erhebt sich Justus, langsam gehen wir hinüber zum Ostflügel, zu Onkel Gustavs Arbeitszimmer, wo der Telefonapparat steht. Gänzlich überzeugt sind wir beide nicht von meiner Idee. Die Wohnung ist still, nur aus den Räumen von Eugen tönt laute Musik vom Grammophon. Der letzte Schimmer einer kühlen Abendsonne scheint über die Dächer zu uns herein.

Ich brauche keine Vermittlung, kein Fräulein vom Amt, die Nummer von Fanny ist auf der Visitenkarte notiert. Ich hebe den Hörer von der Gabel, drehe die Wählscheibe, es ist noch immer ein Wunder für mich.

»Hier Wohnung Baron von Schwartz. Was kann ich für Sie tun?«

»Hier spricht die Baronesse Wanda von Branndenburg. Ich wünsche die Frau Baronin.«

Er holt sehr tief Atem. »Die gnädige Frau ist nicht zu sprechen, bedaure.« Wieder sein tiefes Atemholen. Bei ihm folgt auf jedes zweite Wort eine blasierte Kunstpause, so betont auch der Großinquisitor seine Rede im Deutschen Theater.

»Sag ihr, wer am Apparat ist, und zwar zack, zack, sofort! Mit mir spricht sie!« Was dieser eingebildete Diener kann, hat Mama mir längst beigebracht.

»Es tut mir sehr leid, gnädige Frau, meine Weisung ist eindeutig!« Er pausiert schon wieder, diese Pausen nutzt mein Kopf für Sprünge und Purzelbäume.

Sprung, Purzelbaum, Sprung, in Gedanken stehe ich wieder in Tante Emmys Zimmer. Noch einmal ziehe ich sämtliche Fächer auf, räume Stapel von Zeitschriften zur Seite, noch einmal kommt diese kleine Flasche in meine Hand ... Eine winzige Flasche mit dem Etikett einer Apotheke: Waschbenzin, 150 Milliliter. Ich hatte sie einfach zur Seite gestellt, weil Waschbenzin nicht auf einen Schreibtisch gehört, sondern in die Wäschekammer. Aber jetzt sehe ich sie förmlich vor mir: Auf dem Hals der Glasflasche steckt ein Stopfen, und darüber – mein Herz beginnt heftig zu schlagen – über den Stopfen ist etwas gespannt ... wie Stoff, Leder, dünnes Papier.

»Du eingebildeter Pinsel kannst deine Baronin für dich behalten!« Ich werfe den Hörer auf die Gabel zurück, stürme aus Gustavs

Arbeitszimmer, durch alle Korridore, bis in Emmys Zimmer. Justus folgt langsameren Schrittes. Auf dem Sekretär steht die Flasche nicht mehr. »Die Flasche, Justus, wo ist die?«

»Was für eine Flasche?«

»Die Apothekerflasche mit Waschbenzin, wo hast du die hingestellt?«

Justus holt ruhig das Waschbenzin von der Frisierkommode, dann prüfen wir beide das Material des Verschlusses zwischen unseren Fingerspitzen. Es ist ein ganz kleines bisschen wie Pergament und irgendwie … sehr, sehr ähnlich dem Stoff, den wir beide vorhin für Goldschlägerhaut gehalten haben, dabei aber kräftiger, dicker. Die Flasche ist noch nicht angebrochen, der Verschluss mit dem kleinen Häutchen noch unversehrt. Waschbenzin. Mama und Frau Pfeifer haben mich gründlich in seinem Gebrauch unterwiesen: *Du entfernst damit Flecke aus Wäsche oder Bekleidung, die von Saucen, von Bratenspritzern, von Bouillon herrühren. Kurz den Fleck damit tränken, dann mit einem weichen Tuch reiben, bis das Tuch das Fett aufgenommen hat und die Flüssigkeit langsam verfliegt.* Wenn dieses Waschbenzin einfach *verfliegen* kann – dann muss man es wahrscheinlich auch davor bewahren, dass es aus der Flasche verschwindet, in der es gelagert wird. Mit einem Stopfen, der mit einer kleinen Haut abgedichtet ist. So wie man mit genau solcher Haut, nur tausendmal größer als diese, verhindern kann, dass Wasserstoff aus den Gaszellen eines Zeppelins *verfliegt.* »Das ist es!«

Wir stehen uns gegenüber, sehen uns an. Wenn wir glücklich wären, würden wir in Lachen ausbrechen und durch das Zimmer tanzen. So aber legt Justus seine Arme um mich, endlich einmal nicht, um mich zu trösten, wir haben wirklich eine halbe Stunde lang nicht an unseren Kummer gedacht. Ich lehne meinen Kopf an sein Kinn, er streichelt meinen Hals, schiebt seine Fingerspitzen in mein Haar, zieht mich an sich. »Wanda, meine Liebe.«

Weit, weit weg fängt das Telefon an zu läuten, weit weg fliegt die Küchentür auf, flinke Schritte eilen über den Korridor. Kurz danach steht Johanna in Emmys Zimmertür.

»Die Baronin von Schwartz für das gnädige Fräulein!«

Fanny! Zu spät, nun brauche ich sie nicht mehr. Widerstrebend folge ich ihrem Ruf. Justus, leider, lässt mich los.

»Wanda … meine kleine Wanda! Wie lieb, dass du anrufst! Ich warte seit Tagen darauf. Hat dieser seltsame Mensch in deiner Wohnung dir das nicht gesagt?«

Ich übergehe ihre Frage, warte ab. Was will die Frau von mir? Fanny, zielstrebig und tastend, fragt meine Hamburger Erlebnisse aus mir heraus. Sie ist eine erstaunliche Zuhörerin: Wenn ich stocke, vollendet sie meine Sätze, wenn ein Wort mir nicht einfällt, ergänzt Fanny für mich.

»Ja, Fanny, am Nachmittag dann haben wir Gustav und Emmy gefunden, in Hamburg, an der Alsterdorfer Chaussee, in diesem …«

»… in diesem Leichenschauhaus?«

»Ja, aber als wir dort ankamen, waren sie schon abgeholt worden, zur Bestattung, auf einem anderen …«

»… auf einem anderen Friedhof in Hamburg? In Blankenese?«

»Ja, Fanny – woher wissen Sie das?«

»Ich weiß es ja gar nicht, mein Kind. Ich hoffe die ganze Zeit, dass all diese schrecklichen Dinge, die ich über die Sache gehört habe, nur erfunden sind.«

»Gehört? Wo? Von wem?«

»Ach, Kind. Ich habe sogar gehört, du hast dich mit Alfred Bluman getroffen. Hast du das wirklich?«

»Ja.«

»Aber das kann doch nicht wahr sein! Habe ich dir nicht gesagt, *mach gar nichts*, ruf mich an, wenn es etwas Neues gibt!«

Ich schweige. Vorsicht, Wanda, wir sagen nur noch die Wahrheit, wenn sie uns nützt.

»Wanda, Kind, musst du die gleichen Fehler machen wie Emmy? Ihr seid euch so schrecklich ähnlich! Das wird sich alles herumsprechen, begreifst du das nicht?« Ihre Stimme wird laut, ich höre, wie sie heftig nach Atem ringt.

Ist das Angst? Bei einer Frau wie Fanny?

»Wir müssen uns sehen, Wanda!« Sie schweigt eine kleine Weile, dann sagt sie noch atemloser als eben, angstvoll, gehetzt: »Mein Gatte kommt gleich nach Hause, also heute nicht! Morgen, sobald es dunkel ist, kommst du zu mir! Und bis dahin, oh mein Gott, Kind … bis dahin machst du *gar nichts mehr*!«

Der Abend wird endlich ruhig. Die Amsel in der Birke im Garten singt noch, wir sitzen in unseren Rattansesseln im Wintergarten und hören ihr zu. Die Sonne tönt den Himmel rosa, dann verschwindet sie hinter den Dächern. Wir lehnen uns still zurück, Justus hält meine Hand, aus dem Zimmer von Eugen dringt noch immer Musik. Es ist kühl, dieser Abend kündigt bereits den Herbst an. Ich bin unter der Wolldecke, trinke warmen Melissentee aus der chinesischen Kanne und fröstele dennoch. Die Hand von Justus ist warm.

Wir machen kein Licht, sachte kommt die Dämmerung über den Garten, in den Fenstern in den oberen Stockwerken sind noch Lichter an, dann verlöschen sie, eines nach dem anderen. Vom Himmel verschwindet das letzte Schimmern, Finsternis senkt sich herab. Justus drückt noch einmal fest meine Hand, lässt mich los, späht, hinter den Wedeln der Phönixpalmen verborgen, in den Garten hinab. Lange steht er, dann plötzlich …

»Volltreffer. Da, hinter dem Fliederbusch, siehst du?«

Ich trete hinter Justus. Ja, dort hockt jemand hinter dem Buschwerk im Garten, geschützt von der Dunkelheit, blickt zu unseren Fenstern herauf. Der matte Abglanz des Nachthimmels fällt über sein Gesicht, aber ich kann ihn ansehen, solange ich will, ich kenne den Mann dort im Garten nicht.

»*Ich* gehe nach unten, Wanda. *Du* bleibst hier!«

»Was willst du denn da?«

»Ich sehe ihn mir aus der Nähe an.«

»Justus?«

»Ich will ihn ja nicht aus dem Anzug schütteln, nur sehen, wer er ist.«

Und was geschieht, wenn der Mensch dort im Garten eine Waffe zieht? Wie kann ich Justus zurückhalten? Soll ich sagen, Justus, ich brauche dich? Soll ich sagen, ich glaube … vielleicht … nein, ganz sicher: Ich will nie mehr ohne dich sein! Ich würde es nicht ertragen, wenn dir etwas passiert … Ich suche noch nach einer Begründung, die ich auch wirklich aussprechen kann, da klopft es jäh an die Wohnungstür. Ein kurzes energisches Pochen, gerade so laut, dass wir es hier hinten noch wahrnehmen können – so klopft jemand, der gewöhnt ist, dass man ihn nicht überhört.

»Ich muss nachsehen, Wanda, schnell, bevor Bertha zur Türe geht.«

Schon ist er aus dem Wintergarten, ich laufe hinter ihm her, noch im Gehen zieht Justus seine Pistole aus der Jackentasche, mein Herz fängt wild an zu schlagen. Da klopft es zum zweiten Mal. Wir stehen im Korridor, lauschen, die Person vor der Tür duldet keinen Aufschub.

»Vielleicht ist es Fanny?«

»Nicht um diese Zeit.« Justus zieht mich zur Seite, richtet seine Pistole auf die Tür. Langsam geht er näher. Und ich? Soll ich mich mit Gustavs Degen bewaffnen?

»Hier steht ein Kurier Seiner Kaiserlichen Majestät! Sofort diese Tür auf, ich weiß, dass Sie da sind!«

»Ein Kurier des Kaisers? Wie kann ich wissen, dass Sie die Wahrheit sagen?«

»Öffnen Sie, Mann, sonst erübrigen sich alle Fragen!« Die Stimme ist kühl, sicher, vollkommen ruhig.

»Soll ich, Wanda?«

Ich trete zwei Schritte vor, ehe Justus mich halten kann, reiße die Türe auf.

Der Mann ist schlank, sehnig, kräftig. Er ist nicht größer als Justus, aber er wirkt wie ein Hüne. Hoch aufgerichtet steht er vor der Wohnungstür, ein grauer Gehrock, ein grauer Homburger, eine randlose Brille. Auf der Straße hätte ich ihn in all diesem Grau sicherlich übersehen.

Sein vornehmes Gesicht mit der schmalen Nase wirkt zornig, aber als er sieht, dass nicht Justus, sondern ich vor ihm stehe, huscht so etwas wie ein kleines Lächeln über seinen verkniffenen Mund. »Baronesse Wanda von Branndenburg, ich möchte Sie sprechen!«

Er tritt vor, vollkommen sicher, dass ich den Weg für ihn freigebe. Und seltsam, genau das tue ich. Er nickt mir kurz zu, geht an mir vorbei in den Korridor bis zur Tür vom Salon. Ich gehe hinter ihm her, wie von einer Kette gezogen. Justus schließt die Wohnungstür, bleibt dicht hinter uns.

Aus dem Flur zum Wintergarten schlurfen leise Schritte heran. Der Mann vor mir verharrt. Gleich darauf biegt Eugen um die Ecke, in Filzpantoffeln und nachtblauem Schlafrock. Der Flur ist nahezu dunkel, erst als er nur noch wenige Schritte entfernt ist, bemerkt Eugen uns. Er kneift die Augen zusammen, mustert mich, mustert den Mann neben mir. Sein Mund klappt auf, seine Augen erstarren.

»Guten Abend, Herr von Wistler!« Der Kurier des Kaisers schlägt geräuschlos die Hacken zusammen. Eugen nickt ihm zu, mit dem Ausdruck kalten Entsetzens. Hinter meinem Rücken zieht Justus zischend die Luft ein. Eugen wagt kaum zu atmen, aber der ganze Korridor riecht plötzlich nach Bier. Der Kurier des Kaisers verzieht das Gesicht. »Mann, sind Sie blau? Achtung! Stillgestanden!«

Eugen erreicht eine einigermaßen gerade Haltung.

»Also! Geht doch!« Der Kurier des Kaisers zieht etwas aus der Tasche seines Gehrocks, einen kleinen Zettel, hellblaues Papier, eng zusammengefaltet. Eugen balanciert sich gerade, streckt die Hand aus, nimmt den Zettel in Empfang.

Justus und ich sehen uns an.

»Nun, Baronesse, lassen wir uns nicht aufhalten. Ich darf dann jetzt bitten. Gleich hier, im Salon!«

Er geht mir voran, wo unser Salon ist, weiß er offensichtlich.

Im Hineingehen dreht der Kurier des Kaisers sich zu Justus um und blickt ihn an, schneidig und gerade wie ein General, nickt kurz hinüber zu Eugen. »Unter vier Augen bitte, meine Herren.«

Er lässt mich eintreten, schließt die Tür hinter uns.

Er ist kein Kurier des Kaisers. Hinter der geschlossenen Salontür stellt er sich vor als Kaiserlicher Geheimer Kammerherr. Er hält die Vorstellung kurz, murmelt nahezu unverstehbar seinen Titel und seinen Namen. Sodann tut er mir kund, dass er nicht vorhat, mir einen Brief Seiner Kaiserlichen Majestät Wilhelms II. zu übergeben. Mir wird erlaubt, Notizen zu machen. Ich greife kurzerhand nach meinem Skizzenblock, der immer noch auf der Anrichte liegt. Er zieht einen Stuhl vom Tisch, ich habe mich zu setzen. Er steht hinter dem Stuhl, ich habe ihm zuzuhören.

Seine Kaiserliche Majestät Wilhelm II. hat die Absicht, die großen Leistungen des Herrn Professor Gustav von Branndenburg im Dienste von Technik und Wissenschaft zu würdigen. Ihm gebührt Ruhm und Ehre und finanzielle Zuwendung in nicht unerheblichem Maße, weshalb Seine Majestät beschlossen hat, dem inzwischen leider Verstorbenen den Preußischen Kronenorden zu verleihen. Um sich dieser Auszeichnung würdig zu erweisen, wird auf der Gegenseite ein zuverlässiges Wohlverhalten der anverwandten Familie des Herrn Professor erwartet. Keine

Fragen, keinerlei Nachforschungen. Seine Kaiserliche Majestät wünscht den Orden in nicht öffentlicher Zeremonie zu überreichen, weshalb sich die Nichte des Herrn Professor den ersten Sonntag nach Michaeli um acht Uhr am Vormittag, eine Stunde vor dem kaiserlichen Festgottesdienst in der Domkirche, am Fuße der Kaiserloge einzufinden hat, von wo sie über einen geheimen Zugang ins Schloss, in die privaten Gemächer Seiner Kaiserlichen Majestät geleitet wird.

Ich lausche, ohne ein Wort zu sagen, die Spitze meines Bleistiftes kratzt.

»So. Alles verstanden? Hier, der Passierschein für die Domwache.«

Aus der Tiefe der Wohnung tönen laute Stimmen, zwei Männer, die aufeinander einschreien. Der Geheime Kammerherr hält kurz inne, legt den Passierschein vor mir auf den Tisch, richtet seinen Anzug, rüstet sich zum Gehen.

»Noch etwas, Baronesse: Sie haben die Absicht, sich mit Alfred Bluman zu treffen?«

Ich erstarre, nicke.

»Sie haben sich bereits mit ihm getroffen?« Ich nicke erneut. Seine Stimme wird messerscharf. »Tun Sie das niemals – ich wiederhole: *niemals* – wieder! Sonst kann ich für nichts garantieren.« Er dreht sich zur Tür, geht darauf zu, mit zackigem Schritt. »Dieses Gespräch hat niemals stattgefunden. Reden Sie nicht darüber! Mit niemandem.«

»Halt, warten Sie!«

»Bitte *was*, Baronesse?«

Weit hinten beim Wintergarten fällt etwas krachend zu Boden, die Stimmen schreien, atemlos, keuchend, gedämpft.

»Mein Onkel ist nicht einfach verstorben! Er wurde ermordet! Meine Tante ebenfalls!«

»Ach? Ist das so? Sind Sie sicher?«

»Ich habe versucht, den Polizeireviervorsteher zu überzeugen, dass er nach ihrem Mörder suchen soll, aber er tut es nicht. Ich brauche Hilfe, ganz dringend! Und ich brauche die Unterstützung des Kaisers, um ihn nach Berlin zu holen und ihn zu bestatten!«

Wieder kracht es, dieses Mal splittert Glas. Der Geheime Kammerherr lauscht, blickt mich an, ohne eine Miene zu verziehen. Ich sehe, wie er seine Gedanken weg von der Prügelei, zurück zu diesem Gespräch kommandiert. Seine Stimme wird scharf wie zerbrochenes Glas. »Baronesse, ich muss Ihnen nachdrücklich raten: Bedenken Sie, was Sie tun! Wir können jemanden zur Kur nach Wiesbaden schicken. Aber wir können auch dafür sorgen, dass er von dort nicht mehr wiederkommt. Man kann sogar in einer Wanne mit Heilschlamm ertrinken.«

Er wartet nicht ab, ob ich antworten will, er dreht sich um und verschwindet, zieht die Wohnungstür hinter sich zu. Keine Minute später springt auf der Straße vor dem Haus der Motor eines Automobils an.

Justus und Eugen kommen langsam zurück zum Salon. Eugen hat noch viel wirrere Haare als vorher, eine kleine Platzwunde blutet an seinem Kinn. Justus biegt emsig an seiner Brille.

»Dein Hansen hat mich verprügelt!«

»Hättest nur meine Frage beantworten müssen. Sag endlich, was du hier willst! Wer hat dich geschickt? Mit dir haben wir uns eine Laus in den Pelz gesetzt!«

Ich sehe von einem zum andern. »Ach, räumt auf, fegt die Scherben zusammen!«

Der nächste Morgen ist kühl, sonnig, strahlend. Als wäre nichts geschehen, zwitschern Vögel in den Linden, fahren Straßenbahnen, Automobile und Postwagen. Auf dem Gehweg vor dem Haus ziehen zwei Straßenfeger ihre Reisigbesen über das Pflaster.

Gleich nach dem Frühstück ziehe ich meine Kostümjacke an, schiebe die Flasche mit dem Waschbenzin in meine Handtasche. Ich habe nicht weit zu laufen. Erst zehn Tage bin ich hier, und schon weiß ich in diesen Straßen besser Bescheid als auf den Kuhweiden von Branndenburg. Die Apotheke, deren Adresse auf dem Etikett steht, weil sie Tante Emmys kleines Fläschchen abgefüllt hat, ist genau an der Ecke Rosenthaler, im Haus Neue Schönhauser Straße 10.

»Ist etwas nicht in Ordnung mit unserem Waschbenzin? Gnädiges Fräulein, ich wäre untröstlich!« Der freundliche Apotheker dreht die Flasche in seinen Händen, hält sie gegen das Licht. Die Einrichtung dieser Apotheke ist alt, ringsum eine Wandverkleidung aus dunklem Nussbaumholz, dunkle Apothekenschränke mit vielen Schubfächern, eine kreisrunde Deckentäfelung, in der Mitte ein blauer Himmel, über den fünf pausbackige Engel eine Schale mit Blumen ziehen. Was für eine überraschende Schönheit: Diese Möbel und die Deckenmalerei hätten in einem italienischen Palazzo ihren Platz finden können. Jetzt hat der alte Herr mit den sorgsam nach hinten gekämmten weißen Haaren und dem langen weißen Kittel meine ganze Aufmerksamkeit. »Nun, gnädiges Fräulein?«

»Ich möchte mich gar nicht beschweren, ich will Sie nur etwas fragen.«

»Fragen Sie, fragen Sie!« Er mustert mich unaufdringlich, als wollte er jetzt schon die Krankheit erkennen, gegen die ich gleich ein Mittelchen haben will.

»Ich möchte wissen, womit dieser Flaschenverschluss umhüllt worden ist.«

Er zieht kurz die Augenbrauen nach oben. »Sagen Sie, gnädige Frau, waren Sie schon einmal hier?«

»Nein.«

»Doch, ich erinnere mich genau, Ihre dunklen Haare, Ihre zarte Statur. Mit genau dieser Frage, vor nur wenigen Wochen?«

»Wirklich nicht, nein.«

»Seltsam, ich hätte schwören können … so etwas merkt man sich doch.«

»Was, bitte?«

»Noch niemals hat sich jemand für diese kleinen Häutchen interessiert. Und jetzt gleich zwei, sogar zwei vornehme Damen innerhalb weniger Wochen.«

»Ich nehme an, das war meine Tante. Möglicherweise habe ich die gleiche Frage wie sie: Ist diese Hülle über dem Verschluss der Flasche eine Goldschlägerhaut?«

Wieder rutschen seine Augenbrauen nach oben, noch viel höher als eben. »Oh, Sie wissen ja sehr gut Bescheid!«

»Und wir verstehen darunter beide die gleiche Sache: Blinddärme von Rindern, die zu einer Art Stoff verarbeitet sind?«

»Zu einer Art Leder, ja, stimmt. Darf ich Ihnen erläutern, gnädiges Fräulein, warum es Goldschlägerhaut heißt?«

Ich nicke sofort. »Das würde ich gerne wissen.«

»Auch Ihre Frau Tante ist eine sehr wissbegierige Frau. Die Goldschläger von Nürnberg konnten Gold so bearbeiten, dass daraus hauchdünne Blättchen wurden, mit denen sich alles vergolden ließ. Schriftzeichen an Grabmalen, Skulpturen, Fassaden. Wahre Künstler in ihrem Handwerk. Die Lederhäute wurden beim Schlagen zwischen die Goldplättchen gelegt, damit das Gold nicht zusammenklebte. Daher der Name. Aber diese Häutchen haben eben noch mehr nützliche Eigenschaften. Sie sind so dicht, dass Gase durch sie nicht entweichen können. Wenn man weiß, dass sie aus Därmen gemacht werden, ist einem ja auch klar, dass das so sein muss.« Er sieht mich ein wenig schuldbewusst an: solche unschicklichen Dinge, vor einer Dame unverblümt ausgesprochen. »Durch ihre Undurchlässigkeit für Gase sind sie mir in der Apotheke von Nutzen, wenn ich Flüssigkeiten abfülle, die flüchtig sind. Die also ständig bestrebt sind, ihren flüssigen Zustand aufzugeben und in die Luft aufzusteigen. Ein Stopfen auf dem Flaschenhals, so dicht er auch aufsitzt, wäre ihnen kein Hindernis. Kleine Mengen des Gases würden immer entweichen, ununterbrochen. Nach kurzer Zeit wäre die Flasche leer.«

»Aus diesem Grund befestigen Sie über jeder Flasche, die Sie mit flüchtiger Flüssigkeit füllen, eine kleine Goldschlägerhaut?«

Er nickt, sehr befriedigt darüber, dass ich seine Erläuterungen wirklich verstanden habe.

»Und woher beziehen Sie diese Häutchen? Aus Nürnberg?«

Er winkt ab, lächelt. »Oh nein. Eine Fabrikation von Zephirleder gibt es auch in Berlin.«

»Zephirleder? Was ist das?«

»Ein schöner, ein phantasievoller Name, nicht wahr? Ich weiß, jetzt möchten Sie von mir die Anschrift dieser Fabrik. Allerdings, ich habe noch niemals diese Lederläppchen bestellt. Mein alter Onkel hat mir die Apotheke vererbt, ich nutze immer noch seine Bestände.«

»Vielleicht könnten Sie ihn fragen? Vielleicht rufen Sie Ihren Onkel an?«

Er lächelt schon wieder. »Ganz die Frau Tante, wirklich! Gleichwohl, solche neumodischen Erfindungen wie ein Telefon würde mein alter Onkel niemals in seine Wohnung lassen. Aber ich kann ihm telegrafieren. Er hat sich schon einmal erinnert, als Ihre Frau Tante mich fragte. Sie hat die Adresse womöglich nicht aufbewahrt?«

Ich schüttele bedauernd den Kopf.

»Unverzeihlich, dass ich für mich keine Kopie angefertigt habe. Nun, sobald ich seine Antwort bekomme, schicke ich meinen Ladenburschen mit der Anschrift zu Ihnen.«

Es ist noch lange nicht Mittag, immer noch scheint die Sonne gerade die Oranienburger Straße hinab. Auch die beiden Straßenkehrer fegen noch immer, auf dem Gehweg vor dem Haus kehren sie Schmutz in den Rinnstein, schieben ihn dort zu kleinen Haufen zusammen. Ein Eiswagen fährt mit Gebimmel vorüber, die Elektrische bahnt sich zwischen Automobilen und Fußgängern ihren Weg, auf dem Gehsteig vor dem Bierkeller an der Ecke schmilzt ein Stapel Eisstangen.

Wernicke lässt mich ein, salutiert. Ohne ein Wort zu sagen, begleitet er mich die Treppe hinauf.

Justus sitzt im Salon auf dem Sofa. Er hat einen Bluterguss über der rechten Schläfe, seine Brille wirkt immer noch ramponiert. Schweigend schließen wir uns in die Arme. Der Besuch des Geheimen Kammerherrn sitzt uns in den Knochen wie eine böse Erkältung. Noch in der Nacht habe ich Justus jedes Wort erzählt.

»Nun, Wanda, hattest du in der Apotheke Erfolg?«

Ich nicke, lasse mich in die weichen Polster fallen. Sofort erscheint Anna und stellt eine Kanne Tee für mich auf den Tisch.

»Anna, haben Sie gemacht, worum ich Sie gebeten habe?«

»Ja, gnädiger Herr. Für das gnädige Fräulein liegt alles bereit.« Anna lächelt mir zu, verlässt den Salon. Gespannt sehe ich Justus an, was hat er sich nun wieder ausgedacht?

»Ich hoffe, Annas dunkler Rock und ihre Strickjacke passen dir. Bist du so freundlich und tauschst ihre Kleidung gegen das hübsche Kostüm, das du trägst? Das ist zu schön für den Ort, wo wir jetzt hingehen.«

»Ich will lieber hierbleiben und warten, bis der Ladenjunge vom Apotheker mit der Adresse kommt.«

»Nein, Wanda, keine Zeit zum Ausruhen. Ich habe mir erlaubt, ein kleines Arrangement für uns zu treffen. Wir gehen aus, komm!«

Nur eine einzige Tasse Tee darf ich trinken, dann werde ich von Justus auf mein Zimmer geschickt. Auf dem Bett liegen ein dunkelblauer Tuchrock und eine graue Bluse, die weder Rüschen noch Stickereien hat. Kein Schmuck dazu, nur einfachste schwarze Schuhe und ein seltsamer Schutenhut, wie ihn die Mädchen in Branndenburg tragen, wenn sie sonntags zur Kirche gehen. In diesem Aufzug wird mich Wernicke kaum die Vordertreppe hinauflassen. Aber als ich Annas graue Bluse anlege, weiß ich plötzlich, dass die mir viel besser gefällt als jede andere aus meinem Kleiderschrank.

Anna steht neben dem Spiegel und lächelt. »Sie brauchen mich gar nicht, gnädiges Fräulein?«

»Ich habe noch nie darüber nachgedacht, wer dir morgens beim Anziehen hilft. Jetzt weiß ich es.«

»Mir muss niemand helfen, das hab ich schon immer alleine gemacht.«

Ja, Kunststück, wenn die Knöpfe vorne zu schließen sind! Diese Bluse ist tadellos!

Justus ahnt nichts davon. Als wir uns gleich darauf in der Garderobe treffen, trägt er eine braune Cordhose, ein kragenloses Hemd und ein dunkelbraunes Jackett. Damit sieht er aus wie ein Landarbeiter oder wie die Straßenfeger unten vor dem Haus, nur sehr viel sauberer.

»Guck nicht so, Wanda. Manchmal heiligt der Zweck die Mittel.«

»*Abscheuliche Mittel, für gute Zwecke eingesetzt, machen auch den Zweck abscheulich.* Ein Satz von Anton Tschechow, nicht aus der Lehrerinnenausbildung, sondern von Tante Emmy zitiert.«

Wir gehen die Treppe für Dienstboten hinab, benutzen den Seiteneingang auf die Straße hinaus. Es ist beinahe Mittag, niemand nimmt Notiz von uns. Justus schreitet mit schnellem Schritt die Oranienburger hinab, biegt in die Schönhauser, ich eile neben ihm her. Stetig nähern wir uns einer Gegend, in der ich noch niemals gewesen bin.

»Großer Gott, lass bloß alles gut gehen«, murmelt Justus.

So biegen wir in die Mulackstraße. Schmale, vier Stockwerke hohe Häuser, eine enge Gasse, in der es nur wenig Sonne gibt. Alte Männer mit krausen Bärten und abgewetzten Bowlern stehen beieinander und rauchen, Kinder in schäbigen dunklen Kleidern spielen zwischen Hauseingängen und Rinnstein. Kellergeschäfte, durch deren offenstehende Türen der Geruch von Feuchte und Moder nach oben dringt. Eine alte Frau zieht einen Hundekarren, voll mit Kohlen beladen. Aus einem finsteren Hof dringen die Harmonika-Töne eines Marsches. Dann verstummt die Musik, ein alter Mann, die Ziehharmonika umgehängt, kommt aus dem Haustor, humpelt zum nächsten Tor, beginnt den Marsch wieder von vorne. Zwei Polizisten mit glänzenden Helmen patrouillieren die Straße hinab. Eine Welt, wie ich sie noch nie gesehen habe, nur wenige hundert Meter von unserem Haus entfernt.

Mein Rock und meine Bluse sehen genauso aus wie die Kleider, die alle Frauen hier tragen, trotzdem starrt jeder mich schon von weitem an. Die Männer mit den Bowlern, zwei Frauen, die uns mit Säuglingen auf dem Arm und kleinen Kindern an der Hand entgegenkommen. Sie starren mir ins Gesicht, bis sie mit uns auf gleicher Höhe sind, drehen sich um, blicken mir nach. Neben dem Kellerladen eines Schusters bleibt Justus stehen und deutet auf die beiden benachbarten Häuser, kleiner als alle anderen Häuser in dieser Straße. Das eine ist nur zwei Fenster breit und hat ein einziges Stockwerk. *Emil Kallinich, Comtoir- und Laden-Einrichtungen, Pianos und Geldschränke* steht über der Straßenfront. Über der Tür des Hauses daneben steht *Sodtke's Restaurant.* Es gibt eine kleine Haustür, die ins Innere führt, neben der Tür ein einziges Fenster. »So, Wanda, da sind wir. Das hier ist die *Mulackritze.*«

Ich nicke ergeben.

»Keine Angst, niemand wird dir etwas tun.«

Ich habe gar keine Angst gehabt, bis eben. Jetzt möchte ich keinen Schritt weitergehen. Ich halte mich dicht bei Justus, er drückt die Haustür auf, legt den Arm um mich, schiebt mich hinein. Stickige feuchte Luft schlägt uns entgegen, der Wirt hinter dem Tresen hebt den Kopf, sein Blick fällt sofort auf mich. Justus nickt ihm zu, der Wirt nickt gemächlich zurück.

Das Lokal ist voller Menschen, alle, einer nach dem anderen, hören auf zu reden, wenden den Kopf und betrachten uns. Manche lehnen an Stehtischen neben dem Kachelofen, andere sitzen an den wenigen Tischen, die dicht in dem engen Raum stehen. Alle Stühle ringsum sind besetzt. Es riecht nach Kartoffelsalat und Schweinsbrisoletts, nach sauren Gurken und Soleiern. Der Wirt ist der Einzige, der uns nicht anstarrt. Er hat sich wieder seiner Theke zugewandt, zapft Bier, schenkt Weiße ein. Neben dem verspiegelten Tresenregal hinter seinem Rücken hängen bunte Emailleschilder. *Schultheiss-Bier*, *Kaffee zu jeder Tageszeit*, *Bierausschank und Tischbedienung bis ¾ 10 Uhr*, *Glücksspiele im Lokal verboten.*

Justus' Brillengläser sind sofort beschlagen, als wir das Lokal betreten haben. Er wischt die Feuchtigkeit von den Gläsern, dann blickt er in die Runde, Gesicht für Gesicht. Schließlich winkt er einem Jungen in der Nähe des Fensters, steuert auf dessen Tisch zu. »Baguschke, Mann, schön, dich mal wiederzusehen!«

»Hansen, alter Schwede! Auch wenn du nicht nach mir telefoniert hättest – mich triffst du hier jeden Tag.« Der Junge steht auf, er ist noch sehr jung, siebzehn, achtzehn Jahre alt, dünn und drahtig. Allerdings ist er gut einen Kopf größer als Justus, trägt einen richtigen Anzug und wirkt damit weit forscher als die kleinen Brüder von Ferdinand auf Mamas Abendgesellschaften.

Die beiden schütteln sich lange die Hände, endlich dreht Justus sich zu mir um. »Das ist Bruno Baguschke, ein uralter Freund von mir. Der hatte schon eine Werkstatt in Johannisthal, als der Flugplatz da draußen noch gar nicht eröffnet war. Und irgendwann, Bruno, ist dein Flugzeug wohl endlich fertig?«

»In nächster Zukunft! Da kannst du drauf wetten!« Bruno Baguschke lacht mir ins Gesicht. »Ja he, wer sind wir denn?«

»Das ist Wanda, meine Freundin.«

Bruno Baguschke grinst, weist auf den Stuhl neben sich, Justus drückt mich auf den freien Platz. Dann geht er zum Tresen, kommt mit einer lädierten Sitzgelegenheit ohne Lehne zurück, setzt sich neben mich.

»So so, 'ne Freundin hast du also jetzt?« Der Junge mustert mich ziemlich unverfroren vom Kopf bis hinunter zum Rocksaum. »Hübsche Freundin. Liebes Fräulein, braune Augen und braune Haare – Sie sehen ja aus wie ein Reh!«

»Nun halte mal an dich.«

Bruno Baguschkes Blicke sind mir unangenehm, aber weit schlimmer treffen mich all die anderen Blicke. Damen mit grellrot geschminkten Mündern, Männer mit Jacken, so abgeschabt, wie ich sie nicht einmal bei unseren Landarbeitern gesehen habe, alle drehen sich zu mir um und mustern mich. Am liebsten würde ich aufspringen und aus dem Lokal laufen. Ich bin kein Museumsstück!

»Was ist, Wanda?«

Ich deute mit dem Kinn in die Runde. Jetzt erst bemerkt Justus, was los ist. Er unterbricht das Gespräch mit Baguschke, erhebt sich, lässt seinen Blick durch das ganze Lokal schweifen, bis er jeden fixiert hat. »So, Leute! Für heute habt ihr genug geglotzt. Jetzt beißt mal schön wieder in eure Buletten.«

Seine Stimme ist weder drohend noch gefährlich, eher vertraut, als würde er mit guten alten Bekannten sprechen. Und, es ist wie ein Wunder, sie machen genau das, was er von ihnen verlangt, beugen sich über ihre Teller und kümmern sich nicht mehr um uns. Der Wirt bringt Bier für Baguschke und Justus, für mich eine Weiße mit Schuss. Ich hätte erwartet, dass Justus Fassbrause oder Melissentee für mich bestellt.

»So, Justus, schieß los, was willst du von mir?«

»Ein paar Fachfragen, Kleiner, von denen ich keine Ahnung habe. Thema Zeppelin.«

»Ach, der alte Graf interessiert dich? Was willst du wissen?«

»Alles. Erzähl einfach mal hintereinander weg, was dir über Luftschiffe einfällt.«

»Vorsicht, mein Lieber, da kann ich stundenlang schwärmen. Unser alter Graf Zeppelin macht das genauso wie ich. Seit neun oder zehn Jahren bastelt der seine Zeppeline zusammen. Inzwischen muss man aber sagen: Er bastelt nicht mehr, er *baut*. Denn jetzt, im letzten Winter, hat er eine riesige Firma gegründet. Eigentlich sind es sogar zwei Firmen. Eine, die Luftschiffe baut und verkauft. Die zweite Firma ist eine Verkehrsgesellschaft, die mit den Dingern herumfliegen soll. Die heißt DEMAG oder GEMAG oder so ähnlich. Auf der letzten ILA in Frankfurt am Main habe ich einen Vortrag darüber gehört.«

»Sie heißt DELAG, Deutsche Luftschiffahrts-Aktiengesellschaft.«

Dieser Einwurf trägt mir einen erstaunten Blick von Bruno Baguschke und ein Kopfschütteln von Justus ein, sofort verschließe ich wieder meine Lippen.

Bruno Baguschke nimmt einen großen Schluck Bier, wischt sich den Schaum vom Mund. »Früher haben alle gesagt, der Zeppelin ist ein Irrer, sein ganzes Vermögen hat er in diese Flugdinger gesteckt. Aber inzwischen … ich kenne keinen, der ihn nicht bewundert. Als bei diesem Unglück vor vier Jahren in Echterdingen sein Luftschiff verbrannt ist, haben Millionen Leute ihre Ersparnisse für ihn gespendet, damit er ein neues bauen kann. Der Kaiser und das Kriegsministerium haben ihm schließlich auch noch zwei Millionen bewilligt. Es gab sogar extra für ihn eine Lotterie. Und nun steigt er wieder auf. Phönix aus der Asche! Wir Flieger von Johannisthal halten ihn für einen ganz Großen.«

Justus brummt unzufrieden. »Du sollst hier nicht lobhudeln. Sag mir ehrlich und ohne Filter: Was stimmt an den Dingern nicht? Ist so ein Luftschiff sicher? Wenn ja, warum? Und wenn nicht, warum nicht?«

»Am Telefon hast du gesagt, du willst wissen, wie Luftschiffe funktionieren. Und das tun sie, die fliegen einwandfrei, keine Frage. Pass auf, Justus, Zeppelins Einfall war, dass Flugballons sicherer in der Luft bleiben, wenn man ihnen ein starres Innenskelett verpasst. Das hat den Vorteil, dass die Hüllen, in denen das tragende Gas ist, nicht sofort in sich zusammensinken, wenn eine Naht platzt oder irgendwie sonst das Gas entweicht. Die Gefahr, plötzlich ungebremst aus vierhundert Metern Höhe hinab auf die Erde zu fallen, wie das so vielen Fesselballonfahrern passiert ist, ist damit also gebannt.

Das war seine erste geniale Idee. Die zweite Idee ist, dem Ballon eine andere Form zu geben. Mit einem runden Ballon kann man auf- oder absteigen, aber man kann ihn nie richtig lenken. Immer bestimmt der Wind, in welche Richtung man fliegt. Zeppelin gab dem runden Ballon eine Spitze nach vorne, ein längliches Mittelteil und ein spitzes Ende nach hinten. Dazu kamen Höhenruder und Seitenruder. Und zwei starke Motoren, die die beiden Propeller antreiben. Jetzt geht es wirklich *vorwärts*! Zeppelin-Luftschiffe können in jede gewünschte Richtung fliegen.«

»Über die *Katastrophen* will ich was wissen, Kleiner, über die *Abstürze*!«

Baguschke guckt ungläubig. »Und Sie, Rehfräulein, wollen Sie auch nur die Katastrophen hören?«

»Nein, ich will fliegen.«

Er fängt an zu lachen, aber sein Lachen verschwindet, als er in mein Gesicht sieht. »Wirklich? Mit einem Zeppelin?«

Ich nicke.

»So ein Flug ist unbezahlbar!«

»Ich habe eine Einladung.«

»Da gratuliere ich Ihnen, die hätte ich auch gerne. Sie haben keine Angst?«

Ich schüttele den Kopf. »Allerdings wäre mir wohler, wenn ich verstehen könnte, warum diese Luftschiffe in die Lüfte steigen.«

»So? Mensch, Hansen, nun lass dein Fräulein doch fliegen! Verunsichere sie nicht!«

»Das habe ich nicht vor. Ganz im Gegenteil. *Du* kannst sie beruhigen, Bruno, darum sind wir ja hier.«

»Gut! Wunderbar! Dann fahre ich jetzt fort?«

Wieso diese schweren Gebilde aus Metallgerüst, Stoffhülle und Holzgondel sich von der Erde erheben können, erläutert Bruno Baguschke jetzt mit Hilfe der Aerostatik, der wissenschaftlichen Disziplin, die sich mit dem Gleichgewicht zwischen gasförmigen Flüssigkeiten und dem Auftrieb von Körpern in solchen Flüssigkeiten beschäftigt. Wieder und wieder verliere ich den Faden, muss mich abmühen, seinen Worten zu folgen, wie gestern bei Alfred Bluman. Mit Wehmut denke ich an mein Lehrerinnen-Examen, das mir auch hier wieder gar nichts nützt.

»Keine Panik, liebes Rehfräulein, ich erkläre alles ganz simpel: Der alte Graf hat entdeckt, dass ein Körper in der Luft ein bestimmtes Maß an Auftrieb erfährt, das ihn unter bestimmten Umständen sogar zum Aufsteigen zwingt. Somit kann so ein Zeppelin wirklich als *Leichter-als-Luft-Flugkörper* in der Luft schweben – und zwar genau dann, wenn das Gewicht seines Gasbehälters plus das Gewicht aller übrigen Gegenstände plus das Gewicht des tragenden Gases dem Gewicht der verdrängten Luft gleichkommt! Alles klar?«

Ich unterdrücke den Drang, einfach die Augen zu schließen und den Kopf zu schütteln. Stattdessen nicke ich, lächele ihn freundlich an.

»Ja, wenn doch alles im Leben so leicht wäre wie einen Zeppelin in die Lüfte zu bringen. Wenn ich mein Flugzeug einfach mit so einem tragenden Gas füllen könnte und dann juppheidi! Bei mir ist alles anders, leider. Ich brauche einen ordentlichen Motor, um meine Kiste von der Erde zu kriegen. Der muss kräftig sein, aber viel wiegen darf er auch nicht. Solche Motoren gibt's gar nicht. Das macht die Sache so schwierig.«

Wieder nicke ich ihm zu, versuche zu lächeln. Meine Weiße mit Schuss ist hellgrün, wenn ich daran nippe, sehe ich mich zwischen hohen Bäumen inmitten eines Waldmeisterfleckens in den Wäldern von Branndenburg …

Justus versteht das anscheinend müheloser als ich, er hört Bruno zu, nickt, stellt ihm Fragen. Brunos Redefluss ist kaum aufzuhalten. Zwischendurch winkt Justus dem Wirt, der bahnt sich den Weg zwischen den Tischen hindurch, bringt noch ein Bier.

»Wie berechnest du eigentlich die Kraft, die dein Motor braucht?«

Bruno prustet los. »Wie – berechnen?«

»Wie stark muss er sein, bei Wind oder Gegenwind? Was für eine Geschwindigkeit musst du erreichen, um abzuheben?«

»Mensch, Hansen, das ist mir doch völlig schnuppe. Ich nehme den Motor, den ich kriegen kann. Umsonst und billig. Aber ich klaue nicht, ich nehme nur, was ein anderer nicht mehr braucht. Schließlich werde *ich* nicht vom Kriegsministerium gefördert. *Mir* schenkt auch keiner seine Ersparnisse. Das Dumme ist nur, es ist wurscht, welchen Motor ich einbaue, einen Schiffsmotor, einen Motor von einer Drehbank, egal, in einem Flugzeug funktioniert keiner. In dem Moment, wo ich die Nase von meiner Kiste hochziehe und vom Boden abhebe, geht mir immer der Saft aus. Kein normaler Motor funktioniert in Schräglage! Da kann ich herumbasteln, soviel ich will.«

»Du wirst das schon noch schaffen.«

»Ja, irgendwann. Meine Freundin hat mich verlassen. Meine Eltern, meine Geschwister, keiner will noch was über Flugzeuge hören.« Brunos Stimme ist laut geworden, er rudert mit den Armen durch die Luft, springt auf.

Auch die anderen Gäste sind nicht eben still. Am Stehtisch vor der Theke keifen zwei Frauen, zerren sich an den Haaren, am Tisch neben uns fallen Stühle, zwei Männer stehen sich gegenüber, die Hände zu Fäusten geballt. Mein Blick wandert zwischen den Frauen am Stehtisch und den streitenden Männern hin und her, her und hin, wie beim Tennisspielen in Branndenburg. Das ist für mich spannender als das, was Bruno erzählt. Die Frauen fangen an zu kreischen, die Männer schlagen aufeinander ein, alle recken die Hälse.

»Keilt euch!«

»Aber draußen, nicht dass uns die Buletten vom Teller fallen!«

»Los, bloß nicht nachgeben!«

Der Wirt stellt neues Bier auf die Tische, aber auch das beruhigt nicht, bis einer der Gäste plötzlich *Achtung!* ruft.

Sofort wird es totenstill. Die Lokaltür geht auf, zwei Polizisten erscheinen. Die Männer am Nebentisch heben augenblicklich ihre Stühle vom Boden, lassen sich darauf nieder. Die Polizisten stehen vor der Theke. Die Hände am Griff ihres Säbels, lassen sie ihre Blicke durch den Raum wandern, ihre Hauben funkeln im Dämmerlicht. »Na, Sodtke, alles klar?«

»Alles klar, die Herren Schutzmänner, wie immer. Ein Bierchen gefällig?«

»Nicht im Dienst, Sodtke!«

Bruno Baguschke murmelt leise: »Die brauchen kein Bier, die haben schon mit uns ihren Spaß.«

Sie gucken gründlich durch das ganze Lokal, mustern jeden einzelnen, Gesicht für Gesicht. Erst nach fünf Minuten schlägt die Tür hinter ihnen zu. Vernehmliches Aufatmen geht durch den Raum. Ich weiß nicht, warum, aber auch Justus und Bruno Baguschke atmen tief durch.

»Fast wie in alten Zeiten.« Sie grinsen sich zu, schlagen die Hände ein. Zwei uralte Freunde, der eine ist nicht mal zwanzig, der andere kurz über dreißig Jahre alt.

»Weißt du, Hansen, seit drei Jahren baue ich an diesem Flugzeug. Zweimal habe ich mir bei einem Absturz beide Arme gebrochen, einmal das Bein. Ich kenne die Sprüche: Beim nächsten Mal breche ich mir den Hals. Aber noch sitze ich hier und lebe! Und ich habe immer noch meinen Traum. Eines Tages wird es Flugzeuge geben, die wirklich sicher fliegen. Genauso sicher wie jeder Zeppelin. Ich bin bereit, dafür ein Risiko einzugehen. Das schätze ich an diesen Zeppelin-Leuten: Nach jedem Ab gibt es wieder ein Auf. Du und dein Rehfräulein, ihr müsst immer beides sehen: So ein Unglück wie das in Echterdingen – klar ist das ein Albtraum. Aber andererseits ist der Zeppelin an diesem Tag schon siebenhundert Kilometer geflogen. Vom Bodensee bis nach Straßburg, nach Mainz und nach Stuttgart! Noch nie hat ein Flugzeug eine solche Entfernung geschafft! Ich fürchte, das wird's auch nie geben. Und der Zeppelin ist damals *nicht abgestürzt*, nein, erst *nach der Landung*, am Boden, ist das Unglück passiert. Da hat das Luftschiff dann plötzlich Feuer gefangen und ist explodiert.«

»Ist schon gut, Bruno, das wird uns nicht abschrecken.«

»Darf es auch nicht. Glauben Sie mir, kleines Rehfräulein, das ist alles vergessen in dem Moment, wenn Ihr Luftschiff sich vom Boden erhebt.«

»Ich lebe gerne, ich fliege nur, wenn es wirklich sicher ist.«

»Ach, wenn meine Kiste doch ordentlich fliegen könnte! Ich würde Sie sofort mitnehmen. Aber das ist der Preis der Freiheit. Mir schenkt keiner seine Millionen, darum kann ich nur Teile einbauen, die ich mir leisten kann. Aber *ich* bleibe mein eigener Herr. Bei mir steht nicht plötzlich ein Major von Kaisers Gnaden vor der Tür, der meinen Flieger übernehmen will, so wie es den Zeppelin-Leuten passiert ist. Und wenn irgendwelche grauen Bachulken über den Flugplatz schnüffeln, dann kann ich diese Herren stehenden Fußes rauswerfen aus meiner Werkstatt. Weil *mir* haben die gar nichts zu sagen!«

Wie bitte? Mitten in meine duftenden Waldmeisterfelder schlägt der Blitz. »Was für Leute haben über den Flugplatz geschnüffelt? Männer in grauen Anzügen, mit grauen Mänteln und grauen Hüten?«

Dieses Mal trifft mich kein strafender Blick von Justus, nein, mit eisernem Griff packt mich seine Hand. Zu spät, Freund Justus, zu spät!

Bruno Baguschke starrt mich an, seine Augenbrauen rutschen nach oben. »Woher wissen Sie das?«

»Weil ich solche Männer kenne. Vor nicht einmal einer Woche sind sie in unsere Wohnung eingebrochen, mitten in der Nacht. Männer, die ich nie vorher gesehen habe, graue Staubmäntel, graue Anzüge, graue Homburger. Wir vermuten, dass die nach Aufzeichnungen über wissenschaftliche Forschungen suchen, die helfen sollten, solche Unglücke wie das von Echterdingen zu verhindern. Aber was viel schlimmer ist: Meine Tante und mein Onkel sind vor kurzem in Hamburg erschossen worden. Möglicherweise waren das genau diese seltsamen grauen Herren.«

Bruno Baguschke guckt von einem zum andern, seine Augen werden größer und größer. »Da hört sich doch alles auf! So was machen die?« Er beugt sich vor, winkt uns dichter heran, seine Stimme ist nur noch ein Flüstern. »Bei uns war eine ganze Horde von diesen Herren, vor genau drei Tagen. Die fielen ein wie ein Wespenschwarm, über den ganzen Flugplatz. Von Paule Engelhardt zu Thelen und Rumpler, von Melli Beese zu mir. Jeden einzelnen Flugzeugbauer haben die ausgefragt, jede Flugschule. Von jedem wollten die wissen, wie gut seine Flugzeuge funktionieren, wie lange wir damit in der Luft bleiben können, wie sicher die Landungen sind.«

Wir sehen uns an, Verschwörerblick. Der eiserne Griff um meinen Arm lockert sich, die Stimme von Justus ist tonlos. »Was glaubst du, Bruno, was waren das für Männer?«

»Keine Ahnung. Die kamen mit allerhöchster Autorität, vom Kaiser persönlich, wurde hinter vorgehaltener Hand gesagt. Seltsam ist, dass sie keine Uniformen trugen. Aber auch ohne Uniform sahen sie … alle gleich aus. Wir Flieger haben die halbe Nacht zusammengesessen und überlegt, wer die wohl sein könnten und was sie wollen.«

»Worauf seid ihr gekommen?«

»Wir denken, die sind eine geheime Polizei. Und sie haben eine große Macht hinter sich. Vielleicht wirklich der Geheimdienst des Kaisers. Wir halten es für möglich, dass unser reizender Kaiser mit seinen Militärfliegern nicht zufrieden ist. Und dass er aus irgendeinem Grund dringend nach besseren Flugzeugen sucht. Und nach besseren Fliegern.« Bruno Baguschke wischt sich mit den Händen über die Stirn, als müsste er einen Albtraum verjagen, er sieht uns streng ins Gesicht. »Ihr beide seht mir so aus, als ob ihr Sorgen habt. Wenn ich euch irgendwie helfen kann, sagt es mir! Du und ich, Justus, wir haben früher zusammengehalten, und das soll auch so bleiben. Ich habe viele Freunde in Johannisthal, Männer und Frauen. Wir fürchten nicht Tod noch Teufel, nichts und niemanden!« Er greift nach seinem Bier, stürzt es hinunter, steht auf. »Ich muss los, schönes Rehfräulein. Am Schiffbauerdamm liegt ein Kahn zum Abwracken, der einen kräftigen kleinen Motor hat.«

Justus springt hinter ihm her. »Bruno, Moment noch!« Er zieht einen Geldschein aus der Jackentasche, drückt ihn Baguschke in die Hand.

»Mensch, viel zu viel für die paar Mollen!«

»Die Mollen bezahle ich schon. Und du bezahlst dieses Mal deinen Motor, stimmt's?«

Bruno Baguschke grinst, sieht uns zweifelnd an. »Nee, Justus, mich wirst du nicht ändern. Mach's gut, alter Schwede! Bis zum nächsten Mal, kesses Fräulein!«

Und weg ist er. Justus setzt sich wieder, guckt unschlüssig auf seine Hände. Ich weiß nicht, was ihm durch den Kopf geht. Schließlich winkt er dem Wirt.

Niemand hat uns bemerkt, nicht die Straßenfeger vor dem Haus, nicht der kleine Kommis von *Loeser & Wolff*. Unbemerkt von Wernicke schließt Justus die schmale Haustür auf, unbemerkt von Bertha und den Mädchen schleichen wir uns in die Wohnung. Selbst dass ich die geborgte Kleidung ablege, bemerkt niemand, denn Annas Bluse kann ich vollständig alleine aufknöpfen. Ja, und wer kleidet mich an? Nach einigem Suchen finde ich eine Bluse in meinem Kleiderschrank, die wirklich vorne zu knöpfen ist. Von nun an nur noch alleine! Ach, Tante Emmy, wie klug, sie hat tatsächlich an alles gedacht.

Wir sitzen längst wieder im Salon, als Bertha mit einem Tablett frisch abgewaschener Gläser hereinkommt. Sie schreit leise auf. »Hatten die Herrschaften eben die Wohnung verlassen? Ich habe Sie nicht mehr gesehen.«

Wir schütteln die Köpfe, lächeln ihr zu. Seit wir mit der schrecklichen Nachricht aus Hamburg zurückgekommen sind, wird Bertha von Tag zu Tag wunderlicher. Ich lehne mich zurück in die Polster, schließe die Augen, aber mein Kopf kommt nicht zur Ruhe. »Justus, warum hast du Bruno vorhin so ausführlich nach dem Motor gefragt?«

»Er hat mich auf etwas gebracht. Er hat gesagt, immer wenn das Flugzeug seine Nase vom Boden hebt, wenn der Motor in Schräglage kommt, immer dann geht er aus.«

»Das habe ich gehört.«

»Diese Zeichnungen aus dem Aktenkoffer von Gustav, die ohne jede Beschriftung sind. Ich dachte, dass ich sie nicht verstehen kann. Aber beim Gespräch mit Bruno fiel mir ein: Auf einigen dieser Blätter könnte ein Motor sein. Allerdings ein Motor, der vollkommen anders gebaut ist. Vielleicht ein Motor, der *keinen Schwimmer* hat. So etwas gibt es eigentlich gar nicht, darum habe ich's auch nicht erkannt.«

»Was ist das Besondere daran, wenn ein Motor *keinen Schwimmer* hat?«

»Ein Schwimmer regelt im Vergaser die Zufuhr des Gemisches von Kraftstoff und Luft, die in den Kolben gelangt. Nehmen wir an, ich fahre mit dem Automobil einen Berg hinauf, einen sehr steilen Berg, so steil wie eine Hauswand, dann würde der Motor verkehrt herum liegen, der Schwimmer würde nicht mehr in seine vorgegebene Position zurückkommen, es würde kein neues Gemisch aus Kraftstoff und Luft in die Kolben gelangen. Damit wäre der Motor aus.«

»Aber wir fahren ja niemals einen so steilen Berg hinauf.«

»Wir nicht. Aber Bruno! Wenn er startet, hebt sich zuerst die Spitze von seinem Flugzeug. Das heißt, der Motor kommt in eine starke Schräglage, immer steiler, je höher das Flugzeug steigt. Vielleicht sogar für Minuten. Und da könnte ein Motor, der so konstruiert ist, dass er ohne Schwimmer funktioniert, die Lösung für seine Probleme sein. Die Lösung für alles, was fliegen kann. Für diese kleinen Flugzeuge genau wie für jedes Luftschiff. Auch für einen Zeppelin!«

Ich kann nicht mehr stillsitzen, auch Justus geht im Salon hin und her, unsere Wege kreuzen sich, im Vorbeigehen legt er den Arm um mich, zieht mich zu sich heran. Gleich darauf lässt er mich wieder los, setzt seinen Weg fort.

»Sag mal, Wanda, ist dir das auch aufgefallen?« Justus ist an ein Salonfenster getreten.

»Ja, es wird Herbst.«

»Das meine ich nicht. Diese beiden Straßenkehrer vor unserem Haus, die sind wirklich ungeschickt. Die halten nicht mal die Besen richtig. Die haben keine Ahnung, wie man eine Straße fegt.«

Ich trete hinter Justus, sehe hinaus. Wirklich, da kehren sie, mit langsamen ungeschickten Bewegungen schieben sie ihre Reisigbesen über den Gehweg. Sie schieben! Immer wieder halten sie inne und sehen die belebte Straße hinab. »Da bin ich ganz sicher, heute Morgen, als ich zur Apotheke gegangen bin, waren die auch schon hier vor dem Haus.«

»Und jetzt fegen sie immer noch? Vier Stunden an diesem Stückchen Straße? Zehn, zwanzig Meter, mehr sind das nicht. Das ist doch nicht möglich!«

Wir treten zurück in das Zimmer, klappen leise das Fenster zu, Justus nimmt meine Hand. Da, plötzlich, vorne im Korridor ein Geräusch, jemand klopft an die Wohnungstür. Ich fahre herum, oh nein, bitte, nicht schon wieder der Geheime Kammerherr! Aber das Klopfen klingt anders als in der Nacht. Es ist zart, nahezu schüchtern.

»Das ist nicht der, an den du gedacht hast. Komm.« Wir gehen beide zur Tür, Justus öffnet. Ein junger Mann steht vor uns, klein, dünn, mit ordentlich nach hinten gekämmten braunen Haaren. Eigentlich ist er noch ein Junge, erwachsen wirkt er nur durch den langen weißen Kittel, den er trägt.

Er streckt die Hand aus, hält mir eine kleine Blechschachtel entgegen. *Bombastus Veilchen-Pastillen*. »Gnädiges Fräulein, die Veilchenbonbons soll ich Ihnen überreichen, mit den besten Empfehlungen von meinem Chef. Dazu diesen Zettel. Und Ihre Frau Tante möchten Sie bitte ganz herzlich grüßen. Er hat sich sehr über Ihren Besuch gefreut.«

»Danke.« Sobald ich Zettel und Schachtel in meiner Hand halte, macht er auf dem Absatz kehrt, läuft die Treppe hinab.

»Halt! Bleib stehen!« Der Junge erstarrt, Justus lacht. »Musst nicht gleich so erschrecken. Komm mal her.« Justus verschwindet kurz in der Wohnung, der Junge kommt langsam zurück. »Mach deine Hand auf.«

»Aber das kostet nichts.«

»Mann, stell dich nicht so an, sonst kommst du doch nie zu was.« Justus drückt ihm ein Geldstück in die Hand. Wenn ich richtig sehe, ist das eine ganze Mark.

»Gnädiger Herr?«

»So, jetzt kannst du loslaufen! Und ein gnädiger Herr bin ich nicht.«

Na also, so schnell sind wir! Schon einen Tag nachdem Alfred Bluman uns davon erzählt hat, können wir seine Bitte erfüllen, möglicherweise, wenn dieser Herr mit der Fabrik ordentlich Auskunft geben kann. Wir gehen zurück in den Salon, lassen uns auf die breiten Sofas fallen. *Julian Jochanaan Wergen, Fabrikation feinster Zephirleder, Marienfelde, Motzener Landstraße.*

Justus lehnt sich zurück. »So, Wanda, wir rufen ihn an, sagen ihm die Adresse durch. Und das war's.«

»Wen rufen wir an?«

»Alfred Bluman. Und dann kümmern wir uns wieder um unsere eigenen Dinge.«

»Genau das tun wir gerade! Könnte dies der alte Mann sein, der damals den Grafen Zeppelin aufgesucht hat?«

»Auf jeden Fall kann er diese Häute bearbeiten. Wanda, wir wollten wissen, womit sich Emmy und Gustav in den letzten Wochen beschäftigt haben. Wir wollten sie hierher holen, damit wir sie beerdigen können. Wir wollten herausfinden, wer sie umgebracht hat. Die Häute sind Sache von Bluman!«

»Da bin ich mir nicht so sicher.« Mein Kopf macht wieder Sprünge und Purzelbäume. Die nächste gute Idee. »Hast du gesehen, Justus, die Adresse ist hier in Berlin. Wir könnten dort hinfahren.«

Justus richtet sich auf. »Warum? Wir telefonieren mit Bluman. Das genügt, und das tun wir am besten jetzt gleich.« Schon macht er sich auf den Weg zu Gustavs Arbeitszimmer.

Ich gebe nicht auf. »Justus, bitte! Glaubst du etwa immer noch, die Landkäufer haben Gustav und Emmy umgebracht?«

»Ich habe bisher kein Echo auf meine Erkundigungen über diese Herren.«

»Bis du dein Echo hast, könnten wir noch ein wenig über den Zeppelin nachdenken. Emmy zuliebe. Das ist doch ganz und gar logisch,

Emmy hat die Adresse durch den Apotheker bekommen, sie war bei dem Herrn, er hat mit ihr über die Häute gesprochen, hat ihr sogar Proben mitgegeben. Ganz bestimmt kann er uns viel über Emmy sagen. Und wenn du etwas von der Terraingesellschaft hörst, dann kümmern wir uns sofort nur noch darum, ja, Justus?«

Justus kneift die Lippen zusammen, schließlich lässt er die Türklinke von Gustavs Arbeitszimmer los, kommt mit mir zurück in den Salon. »Wanda, du bist ein Dickkopf!« Er schließt seine Arme um mich.

»Das habe ich schon öfter gehört. Also, fahren wir?«

»Du gibst ja doch keine Ruhe.«

Es ist eine kleine Fabrik, einsam am Rand von Marienfelde, neben der endlosen grauen Landstraße nach Teltow. Die Fabrik ist kaum halb so groß wie unsere Scheune, aber penibel in Ordnung und sauber. Blitzblanke Sprossenfenster, schneeweiße Wände, zwei tiefe hölzerne Wasserbehälter stehen neben dem Kiesweg vor dem Haus. Ringsum Wiesen und Wald, hohe Kastanien säumen Straße und Weg, weit hinten die Silhouette der Dorfkirche. Hochherrschaftlich und groß ist dagegen die Villa direkt neben der Fabrik.

Alles ist seltsam ruhig, kein Laut ist von der Fabrik zu hören. Die Läden der Villa sind geschlossen, die Vorhänge zugezogen. Über dem Gelände liegt Totenstille, kein Mensch ist hier. Justus drückt die Klinke, aber das Tor ist verschlossen. Er sucht nach dem Zug einer Klingel, nach irgendetwas, um uns bemerkbar zu machen. Nichts.

Justus bleibt nur zu rufen, zwei, drei Male, kräftig und laut. Nach dem vierten Ruf bewegt sich ein Vorhang im ersten Stock, eine Frauenstimme ist zu hören, danach ein Mädchen, Türen werden geschlagen, jemand schreit.

Dann wird die breite Eingangstür aufgerissen. Blitzschnell tritt eine Frauengestalt auf die Freitreppe heraus, ihr folgt eine zweite. Sie tragen beide schwarze Kleider, das ist alles, was ich in der Kürze der Zeit sehen kann, im nächsten Augenblick gibt es einen Knall, etwas pfeift durch die Luft, an dem Torpfeiler neben uns splittern Ziegelsteine. Justus reißt mich nach unten und wirft sich auf mich. Es knallt noch einmal, Justus drückt mich fest auf den Boden. Beim dritten Knall klingt es, als würde eine Glasscheibe durchschlagen, irgendwo hinter uns. Jetzt erst verstehe ich, was hier passiert.

Von der Freitreppe herunter schreit das Mädchen: »Sie können hier nicht herumschießen, gnädige Frau! Nehmen Sie das Gewehr weg!«

Ich kann fast nicht mehr atmen, so schwer lastet Justus auf mir. Der nächste Schuss peitscht in die Zweige der Kastanien, dann ist endlich Ruhe, auf der Freitreppe schreien die Frauen einander an.

»Die soll weggehen!«

»Dann lassen Sie sie doch aufstehen!«

»Die soll endlich verschwinden!«

»Sie wird ja verschwinden. Nehmen Sie das Gewehr herunter und sagen Sie ihr, dass sie gehen kann!«

»Die ist an allem schuld! Die will ich nie wieder sehen!«

»Beruhigen Sie sich, gnädige Frau! Geben Sie mir die Flinte!«

Schritte nähern sich über den Kiesweg, das Gewicht von Justus wird leichter. Über unseren Köpfen ertönt eine Stimme. »Gehen Sie weg von hier, Frau Baronin! Die Gnädigste will Sie nicht sehen.«

Justus gibt mich frei, richtet sich auf, schiebt sich zwischen mich und das Eisentor. Etwas klickt metallisch in seiner Hand, er hat seine Pistole gezogen. »Wenn dem gnädigen Fräulein etwas passiert ist, bringe ich euch beide um!«

Ich atme wieder, richte mich langsam auf.

»Bist du verletzt, Wanda?« Justus' Brille ist verrutscht, seine Jacke staubig, ich sehe an mir hinunter, spüre keinen Schmerz, nirgendwo ist Blut.

»Mir fehlt nichts. Und du?«

»Stehen wir auf.« Er stellt sich auf die Füße, hält mir den Arm hin, lässt nicht den Blick von den Frauen, die wie versteinert hinter dem schmiedeeisernen Tor stehen und auf seine Pistole starren. »Los, Wanda. Rückzug.« Er zieht mich hinter sich, schiebt mich zum Auto, hält die Frauen in Schach. »Dass ihr beide euch ja nicht bewegt!«

Sie bewegen sich wirklich nicht. Beide starren zu mir herüber, vollkommen fassungslos. »Sie ist es ja gar nicht!«

»Nein, das sehe ich jetzt auch!«

Justus schiebt mich weiter, ich spüre das Blech der Motorhaube hinter mir, wende mich um und erstarre. »Justus, unser Automobil!« In der Seitenscheibe klafft ein kreisrundes Loch.

»Egal, Wanda, steig ein, schnell.« Er schließt mir die Tür auf, lässt nicht den Blick von den beiden Frauen am Tor.

»He, Sie, junge Frau, wir dachten, Sie wären die Baronin von Branndenburg. Wir hätten doch niemals auf Sie geschossen. Stimmt's, Rieke, sag's ihr! Sie waren gar nicht gemeint.«

Ich lasse den Fuß auf dem Trittblech, drehe den Kopf zu ihnen.

»Bitte, zeigen Sie uns nicht an! Lassen Sie uns darüber reden!«

»Justus?«

»Die sind doch verrückt. Steig bloß ein!«

»Nein, warte. Meine Damen, worüber wollen wir denn reden?« Ich lehne mich vor, um an Justus vorbeizusehen. Meine Frage scheint die Frauen zu irritieren, sie blicken sich an, die eine, ein junges Mädchen in schwarzer Kleiderschürze, zieht schließlich ein dickes Schlüsselbund unter ihrer Schürze hervor.

Die andere schüttelt heftig den Kopf. »Nicht aufmachen!«

»Doch! Sonst macht sie 'ne Anzeige. Reden muss sein!« Das Dienstmädchen schließt auf, öffnet für uns das Tor. Wieder schnellt Justus vor mich, richtet die Waffe auf sie.

»Ich glaube, du kannst die Pistole wegstecken, die haben ihr Gewehr auch nicht mehr in der Hand.«

Das Dienstmädchen kommt langsam näher.

»Zurück, Rieke!«

Rieke winkt beruhigend, nähert sich, immer den Blick auf Justus, endlich steht sie direkt vor mir. »Darf ich bitte fragen, wer Sie sind, gnädige Frau?«

»Ich bin Baronesse Wanda von Branndenburg. Ich möchte mit Herrn Julian Jochanaan Wergen sprechen.«

»Branndenburg heißen Sie? Aber Sie sind doch nicht die Baronin?«

»Das bin ich nicht, nein. Allerdings, ich bin ihre Nichte.«

Wir dürfen trotzdem hinein. Das kleine Dienstmädchen in der schwarzen Trauerschürze geht uns voraus, nahezu freundlich, legt den Arm um die junge Frau, die noch immer mit hängenden Armen hinter dem Eisentor steht, nimmt auch sie mit hinein. Auf den Stufen der Freitreppe hebt sie fast beiläufig das Gewehr auf, stellt es hinter die Eingangstür. Justus lässt die Pistole in seine Tasche zurückgleiten. Wir werden in eine geräumige Halle geführt, Gummibäume und Phönixpalmen stehen vor hohen Fenstern, Rattansofas mit Tigerfellüberwürfen laden zum Sitzen ein.

»Die gnädige Frau macht sich nur eben ein wenig frisch, sie ist gleich bereit.« Das Dienstmädchen schiebt die sich sträubende Frau die Treppe hinauf.

Wir setzen uns auf die Tigerfelle, mein Herz hämmert, das merke ich jetzt erst. Aus den Räumen im Obergeschoss dringen die Stimmen der Frauen, sie streiten sich schon wieder. Justus' rechte Hand rutscht wieder in die Jackentasche. »So ein Wahnsinn, Wanda, lass uns gehen!«

»Ich will mit dieser Frau reden.«

»Na, da bin ich gespannt! Ob wir das überleben?«

»Justus, bitte!«

»Keine Sorge, Wanda, ich lasse dich nicht alleine. Wir tun schließlich alles für diesen Bluman und seinen Zeppelin.«

»Und für Emmy.«

Mein Blick wandert über die Wände. Zwischen dem Grün der Pflanzen lugen kleine Marmorputten hervor. Halb verdeckt von den Wedeln der Palmen hängen zwei goldgerahmte Porträts. Bismarck, unser alter Reichskanzler, auf dem einen Bild, auf dem anderen ist ein alter Herr mit weißen Haaren. Er trägt einen Überzieher, der schon seit hundert Jahren nicht mehr in Mode ist. Vielleicht der Gründer dieser Fabrik? Sein Gesicht kommt mir irgendwie bekannt vor. Aber ich schiebe den Gedanken beiseite, dieser Mann hat vor so vielen Jahren gelebt, ich kann ihm niemals begegnet sein.

»Die gnädige Frau lässt bitten!«

Nahezu eine halbe Stunde ist vergangen, seit sie das Gewehr auf uns gerichtet hat. Ich betrete den Salon, Justus folgt mir, immer auf dem Sprung, wie die Tiger, auf deren Fellen wir eben gesessen haben.

Die junge Frau trägt ein Trauerkleid, argwöhnisch blickt sie mir entgegen. Die Portieren im Zimmer sind nun aufgezogen, die Fenster geöffnet. Die Augen der Frau leuchten hellblau im Nachmittagslicht. »Baronesse von Branndenburg, ich bin Brunhilde Wergen.« Sie hält mir nicht ihre Hand entgegen. Ob ich sie ergriffen hätte, weiß ich ohnehin nicht. »Sie wollen also meinen Vater sprechen?«

»So ist es. Und was ist der Grund dafür, dass Sie meine Tante erschießen wollen?«

Ihre Stimme wirkt nicht wie die einer bewaffneten Amazone, eher schüchtern, vielleicht auch devot, etwas ist an ihr, was mich richtig wütend macht. Wir stehen uns gegenüber, starren uns böse an. »Das …

tut mir wirklich sehr leid … ich weiß nicht, wie das passieren konnte.« Das sanfte Stimmchen redet schüchternen Schwachsinn.

»Meine Tante hat Ihnen bestimmt keinen Grund gegeben, der diese Schüsse rechtfertigen würde.«

»Ich … nein … aber …«

»Dann sollten Sie mir diesen Grund sagen! Sonst rufe ich doch noch die Polizei.«

Die Salontür fliegt auf. So wie Justus immer im richtigen Moment erscheint, kommt jetzt Rieke herein. »Sie haben ja völlig recht, liebes gnädiges Fräulein von Branndenburg. Wir bitten Sie um Verzeihung, es wird nie wieder vorkommen. Die zerstörte Automobilscheibe werden wir selbstverständlich ersetzen. Wir hoffen, Sie sind mit einer sofortigen Barzahlung einverstanden. Nicht wahr, gnädige Frau?«

»Selbstverständlich … selbstverständlich …« Die junge Frau murmelt undeutlich. Der Duft von heißer Schokolade breitet sich im Salon aus, Rieke stellt drei Gedecke auf den Tisch, dann zieht sie sich in die Nähe des Fensters zurück, bleibt dort stehen, als würde sie auf neue Anweisungen warten, beobachtet uns.

Wir setzen uns, aber wir starren uns weiter an, schweigen. Rieke seufzt leise. Ich trinke von der Schokolade, sie schmeckt vorzüglich, bitter und gleichzeitig süß mit einem Hauch von Vanille. Justus schüttelt missbilligend den Kopf, als würde ich mich freiwillig von den Frauen vergiften lassen. Mein Blick wandert hinüber zu Rieke, über die gestreiften Portieren, die Bilder, die zwischen den Fenstern hängen. Und plötzlich erkenne ich ihn. Auf einer Fotografie ist ein alter Mann, er sieht dem alten Herrn draußen in der Halle sehr ähnlich, aber hier weiß ich sofort, dass ich dieses Gesicht schon gesehen habe, und mir fällt auch ein, wo. Ich zucke zusammen, als hätte ich in kochendes Wasser gefasst. Der graue Anzug verstaubt, das weiße Haar zerzaust und schmutzig, das Gesicht grau, eine leise Stimme, die von Wernicke verlangt, zur Baronin von Branndenburg vorgelassen zu werden. Justus beugt sich herüber zu mir. »Wanda, um Himmels willen! War etwas mit der Schokolade?«

Statt einer Antwort deute ich auf das Bild hinter dem Rücken unserer Gastgeberin.

Justus blinzelt, er braucht nicht länger als ich. »Oh ja!«

Die junge Frau dreht sich zu dem Bild um. »Ganz richtig, das ist mein Vater. Aber wenn Sie ihn sprechen wollen, kommen Sie zu spät.«

»Das ist Julian Jochanaan Wergen?«

»Ja, sicher.«

»Und dieser Herr … ist verreist?«

»Nein, er lebt nicht mehr.«

»Aber vor vier, nein, vor fünf Tagen habe ich ihn gesehen.«

»Was?« Die junge Frau springt auf, schreit. »Wie können *Sie* ihn vor fünf Tagen gesehen haben? Da ahnte *ich* nicht einmal, wo er war!«

Justus ist von seinem Stuhl hochgeschnellt, hat seine Pistole gezogen, steht wieder vor mir. Wütend versucht sie ihn zur Seite zu schieben.

Rieke stellt ihr Tablett auf die Anrichte, nimmt die junge Frau bei den Armen, drückt sie sanft auf ihren Stuhl zurück. Dabei beugt sie sich tief hinunter zu ihr. Es ist still im Zimmer, so still, dass ich deutlich verstehen kann, was sie der jungen Frau zuflüstert. »Ein offenes Gespräch wäre jetzt angebrachter als eine Schlägerei.«

Der Meinung bin ich allerdings auch.

Ich mache den Anfang, erzähle ihr von Tante Emmy und Onkel Gustav, von unserer Suche im Schauhaus und auf dem Exerzierfeld in Hamburg-Fuhlsbüttel. Als ich ihr die Szene vor der Portiersloge von Wernicke schildere, breitet sich auf ihrem Gesicht Entsetzen aus.

»Vor fünf Tagen? Aber da war er doch schon volle vier Tage verschwunden. Warum ist er nicht nach Hause gekommen?«

Nun ist sie an der Reihe. Vor genau neun Tagen war ein Automobil vor der Villa des Fabrikanten Wergen vorgefahren, der Beschreibung nach unser Automobil. Ein Herr und eine Dame waren ausgestiegen, die Dame trug ein graublaues Seidenkostüm, hatte aufgesteckte dunkle Haare. Sie und der Herr waren schrecklich aufgeregt. Julian Wergen hatte die Dame gekannt, er war vom Mittagstisch aufgestanden, war in den Salon gegangen und hatte sie freundlich empfangen. Nach wenigen Minuten schon liefen sie wieder aus dem Haus, stiegen ins Automobil und verschwanden.

Nach ihrem Besuch war Julian Wergen völlig verstört. Er hatte einen kleinen Koffer gepackt, hatte verkündet, sofort verreisen zu müssen. Dann aber hatte er telefoniert, wie sich später herausstellte, mit seinem Bruder in Oberfranken. Nachdem er das Telefon eingehängt hatte, hatte er seinen Koffer zurück in sein Schlafzimmer gestellt und war nach draußen gegangen, um Atem zu holen, wie er sagte, ein wenig nachzudenken. Sein Zug fuhr ohnehin erst gegen Abend, nach einer Stunde wollte er wieder zurück sein.

Zwanzig, dreißig Minuten nachdem er gegangen war, waren zwei Herren gekommen, die ihn zu sprechen wünschten. Sie wollten zwar auf ihn warten, aber keinesfalls im Salon, sondern draußen vor der Haustür. Ihr Automobil hatte bis zum späten Abend vor dem Haus gestanden, die Herren hatten darin gesessen und auf ihn gewartet, aber er kam nicht von seinem Spaziergang zurück.

»Haben Sie ihn nach dem Spaziergang nicht mehr wiedergesehen?«

»Doch, das schon. Aber er war lange, sehr lange verschwunden. Bis er dann vor vier Tagen …«

»Da ist er zurückgekommen?«

»So würde ich das nicht nennen. Er lag … morgens, als die ersten Arbeiter kamen …« Sie bedeckt das Gesicht mit den Händen, schluchzt. Rieke tritt neben sie.

»Der gnädige Herr lag auf dem Gartenweg. Als ob ihn jemand dort hingelegt hätte, sehr achtsam, sogar seine Hände waren gefaltet.«

Ich kann mich nicht mehr beherrschen. »War er tot? Hatte er eine Verletzung? Ist er ermordet worden? Vielleicht sogar erschossen?«

Die junge Frau nimmt die Hände von ihrem Gesicht, reißt die Augen auf. Rieke blickt mich hinter ihrem Rücken tadelnd an. Ich will alles wissen, allerdings muss ich lange warten, bis die junge Frau wieder auf meine Fragen antworten kann.

Als er dort auf dem Gartenweg lag, war Rieke zu ihm gegangen, hatte eine Decke über ihn gebreitet, dann war sie zum Doktor gelaufen, danach zur Polizeiwache auf dem Anger. Der Polizist kam noch vor dem Doktor, fragte die Frauen aus und verkündete dann, dass ab sofort das Polizeirevier sich um alles kümmern würde, sie sollten nichts unternehmen, der Reviervorsteher würde sich melden, vielleicht sogar der Polizeipräsident.

»Und, hat er sich gemeldet?«

»Bis jetzt nicht. Der Reviervorsteher war eine Stunde danach bei mir und sagte ausdrücklich, er würde die Sache jetzt dem Polizeipräsidenten übergeben. Ich sollte mich nur um die Bestattung kümmern. Der Polizeipräsident würde mich anrufen, zu gegebener Zeit.«

Nun, die gegebene Zeit ist wohl noch nicht gekommen. Ich verzichte darauf, ihr mit meinen Erfahrungen mit der Polizei ihre Zuversicht zu zerstören. Danach frage ich vorsichtig nach der Zephirleder-Fabrik. Bis zu dem Tag, an dem der alte Herr auf dem Gartenweg lag, ist dort noch gearbeitet worden. Aber sie ist nur die Tochter, sie wird die Fabrikation nicht weiterführen. Das Wort Goldschlägerhaut hat sie zwei, drei Mal von ihm gehört, aber weder von der Verarbeitung der gereinigten Därme noch von der Zusammensetzung der Gerberlohe hat sie die geringste Ahnung. Sie verzieht das Gesicht, als ich sie danach frage, der Gedanke an Rinderblinddärme ekelt sie. Dass ihr Vater all seine Maschinen, seine Rohstoffe, seine geheimen Rezepte an seinen Neffen vererbt hat, ist ihr nur recht.

»Wissen Sie, warum Ihr Vater sich damals nicht mehr beim Grafen Zeppelin gemeldet hat?«

»Zeppelin? Ist das der mit dem Luftschiff?«

Ich nicke.

»Er hat einmal darüber gesprochen, dass Luftschiffe eine interessante Sache sind. Mehr weiß ich nicht.«

»Kann denn sein Neffe auch Ballonhüllen aus Goldschlägerhaut machen?«

Sie guckt mich an, als ob sie Mühe hätte, meinen Worten zu folgen. »Ich könnte ihm schreiben, wenn Ihnen das so wichtig ist.«

»Es ist mir wichtig, ich möchte selbst mit ihm reden. Wo wohnt er?«

»In Schöneberg. Hier wird alles abgebaut und zu ihm verfrachtet.«

»Oh, Schöneberg, das ist gar nicht so weit.«

»Nein, nicht in Schöneberg bei Berlin. Mein alter Onkel, der Bruder meines Vaters, hat mit seinem Sohn eine kleine Fabrik weit oben in Franken. Da gibt es auch einen Ort namens Schöneberg.«

Als wir schon über den Kiesweg zu unserem angeschossenen Automobil gehen, drehe ich mich noch einmal um. »Was wollten eigentlich diese beiden Herren von Ihrem Vater?«

»Welche Herren?«

»Die den ganzen Nachmittag in ihrem Automobil auf ihn gewartet haben.«

»Ach die, die sprachen ja beide nur Englisch, die habe ich überhaupt nicht verstanden.«

Ich lege das Blatt aus der Hand. Es ist nicht das letzte Blatt, aber ich will nicht mehr.

Opa streckt sich auf seinem Sofa. Hier ist es bequemer für ihn. Eine Stunde lang hat er in der Küche vorgelesen. Ich habe ihm dabei über die Schulter gesehen, dann konnte ich das Sütterlin entziffern. Wir zogen um auf sein Sofa, ich setzte mich auf seinen Fernsehsessel. Von da an las ich vor. Opa korrigierte und half mir, wenn ich einen Buchstaben nicht erkennen konnte. Blatt für Blatt reichte er mir die Bögen zu. So eine Dickköpfigkeit wie bei der Fahrt zum Damensportclub passiert mir nicht noch einmal.

Immer noch steht die Sonne auf dem blendend hellblauen Himmel.

»Na, Kind, was sagst du?«

Ich sage gar nichts.

»Marie, was ist denn?«

»Nichts, Opa, nichts.« Wenn ich sage, was ich gerade denke, beweist er mir, dass ich schwachsinnig bin: Am liebsten würde ich in die Oranienburger Straße laufen und Wanda helfen, ihr Leben zu ordnen.

»Komisch, mein Kind, dass ein Buch dich so mitnimmt.«

»Weil es eben kein Buch ist. Weil es wirkliche Menschen sind.«

»Ach, Marie!«

»Ich weiß, das Thema hatten wir schon.«

»Wirst du denn gar nicht vernünftig?«

»Doch! Das ist völlig klar! Sie wohnt hier um die Ecke. Sie verliebt sich gerade. Und sie hat Sorgen und Probleme ohne Ende, die sie alleine nicht lösen kann.«

»Hahaha!«

»Glaub mir. Wir lesen schließlich ihr Tagebuch!«

»Ach, ach! Sieh dir mal diese losen Blätter an. Wenn *du* ein Tagebuch führen würdest, würdest du dann auf solche Bögen schreiben? In ein Tagebuch schreibt man *alles*, was man lieber für sich behält. Aber diese Blätter sind groß – riesig. Die kann man nicht mal verstecken!«

»Irgendwo stand doch, sie hätte ein Tage*buch*?«

»Stimmt, das *stand* da. Eine Behauptung des Autors, *das ist offensichtlich.* Und wenn wir schon dabei sind, dass *diese Blätter nur so tun*, als ob sie ein wirkliches Tagebuch wären, dann möchte ich dich erinnern, dass schon *Die Leiden des jungen Werther* hunderte Leser täuschen konnte!«

»Dieses Tagebuch kann nicht das Manuskript für einen Roman sein. Das ist nicht von vorne bis hinten erfunden.«

»Beweise?«

»Ich habe keine! Aber Wanda gibt es … hat es gegeben! Da bin ich ganz sicher!«

»Darf ich dich darauf aufmerksam machen, mein Kind – du *lebst* davon, dass Menschen Bücher schreiben.«

»Jajaja, aber Wanda lebt in der Zeppelin-Zeit. Einhundertfünfzig Jahre nach Großvater Goethe. *Damals* konnte man die Leute noch leicht übers Ohr hauen. Zu Wandas und Zeppelins Zeiten nicht mehr!«

»Marie, Marie! Und was ist mit den Groschenheften, die unten in deinem Laden liegen? Bei denen die Heldin *Baronesse Wanda von Branndenburg* heißt? Sie ist eine Erfindung.«

»Nein! Die Heldin der Groschenhefte heißt Wanda von *Brannburg*.«

»Drei Buchstaben! Riesenunterschied. Das Wesen der Sache wird davon nicht berührt. Möglicherweise haben wir hier die Autorin, die diese Groschenhefte geschrieben hat. Die ist eben auch die Autorin des vorgetäuschten Tagebuches.«

»Opa! Jetzt verlässt *du* aber den Boden der Tatsachen. Bei jedem Groschenroman stand auf der ersten Seite immer der Name des Autors, Emil Eggert-Breslau, und das ist ein *Mann*!« Wir sehen uns an. Zwei Musketiere mit gezogenem Degen. Gekreuzte Klingen. Aber keiner tut dem anderen was. »Eigentlich habe ich Hunger.«

Opa nickt. »Ich auch. Frieden, Marie?«

»Frieden! Wir sehen in die Archive, richtig?«

»Richtig. Analytisch drangehen, wissenschaftlich arbeiten! Herausfinden, wer dieser Emil Eggert-Breslau ist. Ob er außer den Groschenheften noch andere Werke geschrieben hat. Vielleicht einen Roman in Tagebuchform.«

»Und wenn dieser Name ein Pseudonym ist?«

»Dann finden wir das heraus.«

»Und wenn Wandas Tagebuch nirgendwo auftaucht? Wenn es *kein* Roman ist, wenn es *nicht* veröffentlicht ist?«

»Dann, aber *nur dann*, hast du *vielleicht* eine Chance, dass es diese Wanda wirklich gegeben hat.« Seine Augen strahlen, sein Gesicht ist rosig. So munter war Opa schon lange nicht mehr. »Wir müssen uns gar nicht mehr streiten, mein Kind. Du wirst diese Schriftstellerin finden, egal ob mit Pseudonym oder ohne, egal ob sie Groschenhefte geschrieben hat oder einen Roman. *Ihr* Name oder *sein* Name muss in den Archiven verzeichnet sein.«

»Ich gehe am Montag in die Staatsbibliothek.«

»Wenn, dann richtig. Such in den Archiven der Deutschen Bücherei.«

»Ich soll nach Leipzig fahren?«

»Aber sicher, mein Kind. In Leipzig ist alles, was du jetzt brauchst. Die komplette deutsche Nationalbibliografie. Und wenn das wider Erwarten nichts bringt, dann fährst du eben nach Frankfurt.«

»So ganz einfach mal eine Tagesreise?«

»Das wär es mir wert.«

Weit weg, in meinem Zimmer, ertönt ein kurzes Ding-ding. Mein Handy. Bitte, guter Gott, lass es eine SMS von Werner sein, eine SMS von O² oder von dem Kollegen in Schöneberg … Nein, ich weiß, es gibt nur einen, der mir jetzt schreibt. Der, an den ich den ganzen Morgen beinahe ununterbrochen denke. Marie, jetzt halt bloß den Ball flach! Ich bin wirklich kein Weichei, kein Warmduscher!

»Opa, ich fahre nach Leipzig, gleich nachher.«

»Musst dich nicht überschlagen.«

»Ich überschlage mich gerne.« Und ich fahre auch bis nach Frankfurt. Von mir aus bis nach Timbuktu, falls es dort auch noch ein Verzeichnis deutscher Schriftsteller und deutscher Bücher gibt. Hauptsache schön weit weg. Weit weg von Fritz. Und ganz weit von Linus.

»Jut jut, Marie, mach! Wunderbar, wunderbar!« Opa lehnt sich zurück, lächelt sein glücklichstes Nussknackerlächeln. »Siehst du, mein Kind, jetzt verstehst du, was wissenschaftliches Arbeiten ist. Systematisch vorgehen, Fakten sammeln und auswerten. Jetzt arbeitest du wie eine richtige Antiquarin.«

Ich rücke Opa seinen Fernsehsessel direkt an das große Fenster. Hier kann er nach draußen gucken, kann Tagebuchseiten ordnen und nach Sätzen suchen, die uns vielleicht Klarheit bringen. Mit Herzklopfen gehe ich in mein Zimmer. Natürlich ist es keine SMS von Werner, keine von dem Kollegen aus Schöneberg, keine von Fritz. Die SMS ist von Linus. Nee, keine Chance, Bruchpilot, deine Nachricht lese ich nicht. Stattdessen rufe ich die Auskunft an. Sie sagen mir die Nummer der Deutschen Bücherei Leipzig durch, die Nummer der Deutschen Bibliothek in Frankfurt am Main. Das geht alles ganz fix. Aber in Leipzig geht keiner ans Telefon. Nach ungefähr drei Minuten meldet sich in gemütlichem Sächsisch ein Pförtner, den ich so perfekt verstehe, als würde er Suaheli sprechen.

»Teitsche Büscherei. Mir habben heide geschlossn. Was kannsch fir Sie dun?«

Ich lasse mir von ihm die Öffnungszeiten durchsagen. Durchbuchstabieren, einzeln, Wort für Wort, Zahl für Zahl. Natürlich haben sie die ganze Woche über ganz wunderbare Öffnungszeiten im Lesesaal und in den Katalogen. Natürlich auch am Samstagvormittag. Aber am Sonntag ...

»Nee, dudmer leid, junge Frau, das nu ebn nisch!«

Zu allem Überfluss fängt, noch während ich mit ihm spreche, mein Handy zu klingeln an. Ich weiß sofort, wer da dran ist. Ganz ruhig bringe ich das sächsische Suaheli zu Ende. Ich gebe Linus die Chance, wieder aufzulegen. Das wär doch das Beste, wir beenden unser Gespräch, schon bevor es beginnt. Aber er legt nicht auf. Er lässt es läuten und läuten, er weiß ja, dass ich meine Mailbox abgeschaltet habe.

»Naaa, Marie, hast du gut geschlafen?«

Dieses *Naaa* trifft mich mitten in meinen Bauch, in mein innerstes Inneres. »Ja ... äh ... einigermaßen.« Wieso muss ich plötzlich stottern? Kann ich nicht ruhig und beherrscht sein? Eiskalt wie eine Katze auf Mäusejagd, abgebrüht wie ein Hochseilartist?

»Hat dich etwas gestört?«

»Ich ... äh.« Kein Wort von dem, was heute Morgen gewesen ist. Kein Wort von Fritz! »Frag mich lieber was Leichtes.«

»Ich dachte, die Frage wäre leicht. Gibt's was Neues bei Wanda? Wie ist das Wetter bei euch? Wie geht es deinem Opa? Kreuzen Sie an, welche Frage Sie gerne beantworten wollen.«

»So ist es besser. Das Wetter ist ordentlich. Opa geht's gut, Wanda treibt seinen Blutdruck in die Höhe. Wir wollen herausfinden, ob ihr Tagebuch ein wirkliches Tagebuch oder eine Erfindung ist. Ich muss jetzt den Autor suchen, der Wanda von Branndenburg erfunden hat.«

»Den Autor? Du hast davon erzählt, als ob es Wanda wirklich gegeben hat. Hast du deine Meinung geändert?«

»Wanda hat wirklich gelebt, ist doch klar. Aber Opa lässt nur greifbare Beweise gelten. Vielleicht treffe ich mich mit ihm auf der Mitte: Wenn Wanda diese schrecklichen Ereignisse überlebt hat, ist sie *danach* vielleicht Schriftstellerin geworden und hat ihre Erlebnisse aufgeschrieben. In Groschenheften oder in einem Roman. Dann suche ich keinen Autor, sondern eine Autorin. Ich muss ihre Biografie sorgfältig abgleichen mit dem, was im Tagebuch steht. Also muss ich nach Leipzig.«

»Wieso das denn?«

»Unser erster Schritt. In alten Archiven graben.«

»Klingt interessant. Aber warum Leipzig? Ich denke, alles spielt sich hier in Berlin ab?«

»In Leipzig ist die Deutsche Bücherei. So eine Art Nationalbibliothek. Dort steht jedes Buch, das je im deutschen Sprachraum erschienen ist. Und eine Deutsche Nationalbibliografie.«

»Danke für die umfassende Auskunft, klingt richtig wissenschaftlich. Und diese historischen Kronjuwelen musst du jetzt durchpflügen?«

»Muss ich. Am liebsten würde ich sofort losfahren, aber heute ist zu. Also frühestens nächsten Samstag.«

»Wie wäre es online? Das geht immer.«

»Wie bitte?«

»Alle sind heute im Internet. Vielleicht kannst du die Archive auch online benutzen. Man muss nicht mehr überall hinfahren.«

»Ah ja.«

»Noch nie gemacht?«

»Doch, doch.«

»Hast du schon deinen Computer hochgefahren?«

»Nein, muss ich?«

»Das wäre nützlich, wenn du ins Internet willst. Soll ich dir unter die Arme greifen? In dreißig Minuten bin ich bei dir!«

»Nein … bitte nur das nicht. Du kannst mir am Telefon assistieren.«

»Ich hab nicht die Pest.«

»Das ist nicht das Problem.«

»Und ich soll nicht danach fragen, stimmt's?«

»Stimmt.«

»Gut. Der Computer läuft? Dann öffne den Internet Explorer.«

»Ich öffne was?«

»Du klickst auf das kleine *e* unten in der Leiste, das so aussieht, als würde ein Satellit drum herumfliegen. Und jetzt geh zu Google.«

»Stell dir vor, es ist Google und keiner macht mit.«

»Doch, machen alle. Hast du es?«

Okay. Ich mache, was alle machen. Aber auf meinem Bildschirm klappt ein riesiges blaues Fenster auf. Es sieht aus, als würde es von meinem eigenen Betriebssystem kommen. Das kann schon darum nicht sein, weil es dort niemals solche gravierenden Schreibfehler gibt. *Diser Programm schützt ihrem Computer vor Eindringen von Viren*. Das kommt mir so schrecklich bekannt vor. Ich klicke es weg, sofort kommt es wieder. Das hab ich doch schon mal gesehen! Jetzt warnt es ganz eindringlich: *Dringent! Instaliere jetz dem Programm!* Was ist das wieder für ein Wahnsinn! Wegklicken! Weg!

»Linus … nichts mit Google, da ist nur ein Fenster, was nicht dahin gehört. Könnte es sein, dass ich einen Virus hab?«

Er lässt sich erzählen, was mein dummer Computer mit mir macht. »Kein Virus, eher ein Trojaner … Keine Sorge, das kriege ich hin. Ich komme vorbei, lade schnell das Programm aus dem Internet runter, mit dem ich das Ding wegmachen kann. Und dann verschwinde ich wieder. Du musst kein Wort mit mir reden. Du musst mich nicht einmal ansehen.«

»Unmöglich, ich gehe nachher zu Rose von Reventlow.«

»Kein Problem, dann komme ich heute Abend.«

Immer aufs Schlimme, immer noch tiefer rein in den Fettnapf. Heute Abend? Und wann endet der Abend? Und was wird heute Nacht? »Genau das wäre ja ein Problem.«

»Ich kann auch schon um fünf kommen. Um vier. Ich kann auch jetzt.«

Oooch nein! Das ist Mist! Kacke, Kacke, Kacke! So geht das nicht. Das wissen wir doch: Rotwein trinken von eins in der Nacht bis frühmorgens um vier, darin sind wir beide perfekt. Und wie so was endet … Wieso denke ich auf einmal an Fritz? Fritz im BMW auf der Autobahn, Fritz auf der Köhlbrandbrücke in Hamburg. Mit einer Tankfüllung 500 Kilometer weit. Wie viele Stunden haben Wanda und Justus damals mit ihrem Ford gebraucht?

»Gut, Linus, komm her. Aber nur für 'ne halbe Stunde! Um fünf bin ich von Rose zurück.«

Ich weiß, Rose von Reventlow schätzt preußische Tugenden. Pflichtgefühl, Fleiß und Geradlinigkeit. Ordnung und Toleranz. Und vor allem Pünktlichkeit! Schlachten, die pünktlich begannen, haben die Preußen immer gewonnen. Die Schlacht von Leuthen, die Schlacht von Königgrätz und noch hunderte weitere Schlachten. Allein schon durch pünktliches Anfangen. Auf die Minute genau an allen Sturmspitzen gleichzeitig losschlagen. Und wären die Preußen bei Jena und Auerstädt so zeitig wie die Franzosen auf ihren Posten gewesen, dann wäre Napoleon mit gebrochenem Bein und zwei blauen Augen nach Frankreich zurückgehinkt. Originalton Opa.

Rose von Reventlow wirkt nicht so, als wäre Pünktlichkeit ihre liebste preußische Tugend. Bei ihr ist es eher ... wurde Dickköpfigkeit schon in den Rang einer preußischen Tugend erhoben?

Der blaue Himmel ist grau geworden, es hat zu regnen begonnen. Ich habe Opa vom kalten Fenster zurück auf sein Sofa geholt. Danach habe ich einen großen Fehler gemacht – ich habe versucht, für ihn zu kochen. Zur Feier unserer Versöhnung sollte er heute mal nichts von Luigi und Mario essen, auch keine *Heiße Tasse*. Aber das weiß ich vorher schon, wenn Opa sich ein Essen wünschen darf, ist das immer Hausmannskost. Und wenn ich erst anfange, Kartoffeln zu stampfen und Bouletten zu braten, dann kann ich zu keiner Verabredung pünktlich sein.

Wie un-preußisch von mir! Zehn Minuten nach zwei eile ich im Laufschritt den roten Teppich im Hausflur von Rose von Reventlow hinauf. Lege meinen Finger auf den Klingelknopf und klingele, zweimal kurz, zweimal lang, wie verabredet. Sie macht mir nicht auf. Klar doch, ich bin zehn Minuten zu spät. Jetzt will sie mich erziehen.

Zwei Minuten vergehen. Vier Minuten. Ich klingele noch einmal. Sie bestraft mich? Oder muss sie erst aus dem Mittagsschlaf aufwachen und in ihre Pantoffeln schlüpfen? Vielleicht sitzt sie gerade auf der Toilette und braucht noch ein bisschen. Ich wage es und klingele ein drittes Mal. Jetzt lasse ich den Finger länger auf dem Klingelknopf liegen. Ich warte, warte. Hört sie mich überhaupt? Ich könnte in den Hof gehen und Steinchen an ihre Fenster werfen. Aber ich weiß ja, das mag sie überhaupt nicht. So etwas machen nur die schrecklichen Männer aus Hamburg. Was steht in Preußen auf Hochverrat? Auf Kollaboration mit dem Feind aus Hamburg? Zersäbeln, Vierteilen, Erschießen?

Also nun was?

Ich nehme den Finger vom Klingelknopf. Steige die Treppe hinauf. Im Stockwerk über Rose von Reventlow sind zwei Wohnungstüren. Zuerst klingele ich an der rechten. Eine junge Frau im langen Samtkleid öffnet mir, sie balanciert ein Kind mit laufender Schnupfnase auf ihrer Hüfte. Der Duft von Räucherstäbchen wabert kratzig und schwer aus der Wohnung. »Nee, tut mir leid, die alte Dame geht nie aus. Die habe ich schon seit Monaten nicht mehr gesehen.«

Na gut, das weiß ich dann doch besser. Vor zwei Tagen stand Rose von Reventlow leibhaftig mitten in meinem Laden. Bleibt noch die linke Wohnungstür. »Die alte Dame …? Tut mir leid, wir sind beide Schichtarbeiter. Wir kriegen sowieso nicht viel mit.«

Ich verzichte darauf, in die nächste Etage zu steigen. Stattdessen gehe ich wieder zurück ins Hochparterre und versuche noch einmal mein Glück mit der Klingel an Roses Wohnungstür. Es bleibt dabei, sie macht mir nicht auf. Nun – wenn sie *nicht* ausgegangen ist, wenn sie *genug* Zeit hatte, aus dem Mittagsschlaf aufzuwachen oder von der Toilette zu kommen, dann ist ihr vielleicht etwas passiert? Sie könnte gefallen sein und jetzt irgendwo in ihrer Wohnung auf dem Fußboden liegen. In einem Zimmer, das so weit hinten liegt, dass ich ihre Rufe hier vorne nicht hören kann. Ich presse mein Ohr an die Wohnungstür. Los, wenn du Hilfe brauchst, mach dich bemerkbar! Aber sie ruft nicht, sie schreit nicht. Nichts, nichts rührt sich.

Ich steige noch einmal nach oben und klingele die Schichtarbeiterin aus dem Bett. Noch weniger mitkriegen als die räuchernde Mutti auf der anderen Flurseite kann sie eigentlich nicht. »Könnten Sie sich vorstellen, dass jemand hier im Haus einen Schlüssel für die Wohnung von Frau von Reventlow hat?«

»Nein, sicher nicht.«

»Das wissen Sie so genau?«

»Ganz sicher. Ich bin Krankenschwester, ich weiß, wie schnell das mit alten Leuten gehen kann, dass sie mal Hilfe brauchen. Also hab ich ihr angeboten, dass ich ihren Schlüssel nehme. Und sie hat gesagt, nein, dafür hat sie ihre Enkelin.«

Schluss, aus, Ende. Dieser Satz bringt die Entscheidung für mich. Jetzt könnte ich noch die Feuerwehr rufen, damit sie die Wohnungstür öffnet. Aber will ich erschossen werden? Mit dem Schleppsäbel erstochen? Mit alten Schuhen erschlagen? Nein, auch nicht den Notarzt. Noch nicht.

Mit riesigen Schritten laufe ich nach Hause zurück. Springe über Pfützen, laufe Slalom um Fußgänger mit gewaltigen Regenschirmen. Wenn ich jetzt ein Fahrrad hätte, wäre ich wesentlich schneller. Und wenn meine Knie nicht immer noch wehtun würden von meiner letzten Radtour, meine Arme, mein Kinn ... Jetzt nicht schwach werden! Disziplin! Ich laufe die vier Treppen nach oben, stürze mich auf das Telefon. Gesine muss her! Ohne Widerrede, sofort.

Aber Gesine sieht das natürlich ganz anders. »Großmama ist bestimmt nur mal ausgegangen.«

»Es regnet in Strömen!«

»So zimperlich ist sie nicht.«

»Ich weiß, Pflichtgefühl, Fleiß, Geradlinigkeit. Und natürlich auch Mut!«

»Wie bitte?«

»Ach, schon gut. Also, wann kommen Sie?«

»Na, wenn es unbedingt sein muss ... dann komme ich morgen Vormittag.«

»Waas?«

»Heute Abend muss ich melken und füttern. Für morgen kann ich vielleicht jemand finden, der das übernimmt.«

»Sagen Sie mal, wem gehören diese Kühe da eigentlich?«

»Meinem Vater. Es ist unser Hof.«

»Warum melkt ihr Vater nicht selber?«

»Weil er außerdem noch einen Vollzeitjob hat. Sonst kann er den Hof nicht halten.«

Logisch, vollkommen. Als würde ich den ganzen Tag drüben am S-Bahnhof Fahrkarten knipsen und die Züge abfahren lassen, damit ich die Miete für meinen Laden bezahlen kann. Aber die Bücher verkaufen müsste dann jemand anders, dafür hätte ich keine Zeit. »Geigen Sie ihm die Meinung. Schließlich geht es um seine Mutter.«

»Ich werde sehen, was ich tun kann. Sie tut mir ja auch leid. Aber bedenken Sie bitte, Großmama ist 93 Jahre alt.«

Eben, liebe Gesine, eben. »Und bis Sie morgen früh hier sind, was schlagen Sie vor, was ich nun machen soll?«

»Wie – *machen*?«

»Ich kann doch nicht *nichts* tun und bis morgen früh abwarten. Sie könnte gestürzt sein und liegt nun da, auf dem kalten Boden. Oder sie braucht ärztliche Hilfe nach einem Infarkt.«

»Dann wäre es jetzt sowieso schon zu spät.«

»Ich könnte die Feuerwehr rufen.«

»Unterstehen Sie sich! Großmama würde uns beide umbringen. Außerdem wissen Sie gar nicht, ob sie wirklich dort liegt.«

Stimmt, das muss ich zugeben. Dabei fällt mir ein: Sie könnte ja auch schon gestern gefallen sein. Bitte, guter Gott, lass es nicht einen Sturz nach einer halben Flasche *Asbach Uralt* sein.

Wir verabschieden uns. Gesine ganz cool, nicht im Geringsten beunruhigt. Und ich … klettere langsam die Wände hoch. Nein, *ich kann einfach nicht nichts tun!* Alles, was mir einfällt, was ich machen könnte, verbietet sich. Nicht die Feuerwehr, nicht der Schlüsseldienst, nicht die Polizei. Wenn Rose von Reventlow in ihrer Wohnung ist, komme ich nicht an sie heran.

Und wenn sie *nicht* in ihrer Wohnung ist? Dann – ja, *dann* könnte ich doch etwas machen.

Als Erstes rufe ich die Krankenhäuser in Berlin-Mitte an.

»Stell dir vor, Rose von Reventlow ist in der Charité.«

Linus steigt gerade die letzten Stufen nach oben, schnauft, obwohl er heute keinen Wäschekorb mit Romanheften schleppt. Seine schwarzen Haare schimmern im hellen Flurlicht, seine Bartlocken beben. »Wieso ist sie im Krankenhaus?« Er bleibt vor mir stehen, zögert kurz. Dann schließt er seine Arme um mich und drückt mir einen Kuss auf die Lippen.

Nein, das ist nicht wie bei einem alten Ehepaar, wo der Mann am Abend von der Arbeit nach Hause kommt. Das ist aufregend, prickelnd, frech. Nein, Marie, fang ja nicht an, das zu genießen! Keinen Gedanken in diese Richtung! Schluss, Klappe und aus!

Ich rücke einen Schritt zur Seite und lasse ihn eintreten. Er hängt seine Jacke an einen Haken am Garderobenbrett. Stellt seine Schuhe genau neben meine. Dann geht er schnurstracks zu meinem Zimmer. Alles, alles hat er sich gemerkt. »Oder zuerst in die Küche, Marie, und Grünen Chinesen aufbrühen?«

Perfekt! Meine Hände beschäftigen sich mit der Teekanne, wir reden übers Teekochen, ohne wirklich miteinander zu sprechen. Dann trinken wir hübsch und ordentlich grünen Tee. Ein gutes Programm für die halbe Stunde, die wir jetzt miteinander verbringen. Bloß keinen Rotwein, keinen *Asbach Uralt.* Halt den Ball immer schön flach, Marie!

Das Tablett mit den Teetassen balanciere ich hinüber in mein Zimmer. Von den dreißig Minuten sind zehn schon glücklich herum. Linus nimmt mir das Tablett ab, stellt Tassen und Kanne auf den Tisch, setzt sich brav auf das Sofa. »Und jetzt erzähl mal, was ist mit der alten Dame?«

Regen klopft an meine Fensterscheiben. Es ist richtig gemütlich. Ich lasse mich auf meinen Sessel fallen, weit weg von ihm. »Ich denke, du siehst nach meinem Computer?«

»Klar, das auch. Fahr ihn schon mal hoch. Und dabei erzählst du mir: Ist euer kleines Gelage ihr nicht bekommen?«

Zu meiner und seiner Beruhigung schalte ich den Computer ein. »Das hatte ich zuerst auch befürchtet, dass sie vielleicht zu viel getrunken hätte. Aber es war etwas anderes. Sie hat sich mit dem Brotmesser geschnitten, heute Morgen. Dann hat sie die Blutung nicht stillen können und hat den Notarzt gerufen, damit der sie verbindet. Sie hat ihm sogar noch selber die Tür aufgemacht. Dann fiel sie plötzlich um. Einfach so, in eine tiefe Ohnmacht. Bis jetzt ist sie nicht wieder aufgewacht.«

»Woher weißt du das alles?«

»Ich habe die Krankenhäuser durchtelefoniert, alles, was hier ringsum liegt. Als Nächstes hätte ich die Polizei angerufen. Danach die Rettungsstelle der Feuerwehr. Aber es war gleich das zweite Krankenhaus, das ich am Apparat hatte.«

»Die geben dir ausführlich Auskunft über eine wildfremde Frau?«

»Natürlich nicht. Ich habe gesagt, ich wäre von ihrer Enkelin beauftragt. Die muss gerade einen großen Geschäftsabschluss tätigen und kann erst morgen kommen. Das hat sie so beeindruckt, dass sie mir alles verraten haben.«

»Und was sagt diese Gesine dazu?«

»Es tut ihr leid. Sie hätte eher kommen sollen. Was soll sie denn sonst sagen?«

Während er mich ausfragt, setzt er sich vor meinen Computer. Hackt auf der Tastatur herum. Auch bei ihm passiert es, das blaue Fenster klappt auf. Er fährt wild mit der Maus übers Mousepad, drückt Tastenkombinationen, klickt, wieder und wieder schiebt sich das blaue Fenster über den Bildschirm. Dann verschwindet es plötzlich. Löst sich in nichts auf, wie es aus dem Nichts gekommen ist. Mein üblicher Startbildschirm ist wieder sichtbar.

»Siehst du, total easy.«

»Easy oder nicht – ich hätte das nicht geschafft. Danke!«

Plötzlich merke ich, dass ich neben ihm sitze, auf der Lehne von meinem Bürostuhl. Wie ist das denn passiert? Hat er mich hierher gebeamt? Ich springe auf, rette mich auf meinen Sessel. Dieser Mann sollte gehen, sofort. Na gut, zwölf Minuten hat er noch. »Noch eine Tasse Grünen Chinesen?«

Ich gieße ihm Tee ein, stelle die Tasse auf den Schreibtisch. Er nutzt die Gelegenheit, packt meine Hand im Vorüberstreifen und drückt einen feuchten Kuss darauf. Oh mein Gott! Und schon kommt der nächste Schreck: Das Telefon klingelt, laut und schrill. Ich stelle meine Stacheln auf, wappne mich für die Abwehr von Vorwürfen.

Aber dann ist gar nicht Fritz am Apparat, sondern Werner. »Hi, sweetheart, ich war some days in New York. Hab just now meinen Anrufbeantworter abgehört. Hast du inzwischen deine Fragen geklärt?«

Ich gebe Linus ein Zeichen, angele nach meinem Schreibblock und setze mich mit gezücktem Stift in meinen Sessel. »Ein paar Fragen hab ich schon noch. Kannst du dir vorstellen, dass diese Heldin aus den Groschenheften im Berlin der Kaiserzeit eine reale Person gewesen ist?«

»Du meinst, ob es wirklich so eine Detektivin gab? Keine Ahnung, sweetheart, das klingt eher unwahrscheinlich. Diese Hefte wurden doch gerade darum von allen so gerne gelesen, weil sie so gar nichts mit der harten Realität zu tun hatten. Die waren von vorne bis hinten erfunden, die Geschichten genau wie die Helden. Sagenhafte Typen mit sagenhaften Erlebnissen, in denen immer das Gute siegt. Gerade letztens habe ich ein Buch darüber gelesen, von Kaspar Maase, einem Professor an der Universität Tübingen, *Schund und Schönheit im Kaiserreich.*« Werner erzählt mir vom schweren Leben der armen Leute. Von den Romanheften, die jeder sich leisten konnte. Für 'n Jroschen Jlück.

Von den ersten Filmen, den ersten Kinos. Schöne Träume von einem anderen Leben, interessant, bunt, schillernd, ein spannendes Ereignis jagt das andere. Am Ende siegt immer der Held.

»Glaubst du, eine Frau könnte die Autorin dieser Wanda-von-Brannburg-Hefte gewesen sein?«

»Steht der Name des Autors nicht auf der ersten Seite? Das war doch damals so üblich.«

»Doch, ein Name steht da. Der Name eines Mannes. Aber das könnte ein Pseudonym sein.«

»Na, ich weiß nicht, sweety. Eine Frau? Das wär ja *die* Ausnahme! Frauen hatten doch gar nichts zu sagen. Küche, Kirche und Kinder. Auch bei den besseren Leuten war's nicht unbedingt anders.« Meine Informationen zu Preisen und Seltenheit der Hefte über Wanda, die ich von dem Kollegen in Schöneberg habe, bestätigt Werner in allen Punkten. »So, merry Mary, you know how to get more advice if necessary. Vielleicht konnte ich dir auf die Schnelle ein wenig nützlich sein?«

»Mindestens so wie ein Weinglas nützt, damit man den guten Rotwein nicht aus der Flasche trinken muss. Ich hab alles mitgeschrieben. Werde ich gleich weitersagen. Danke!«

»Weitersagen? Sweety, an wen denn?«

»An … äh … meinen Kollegen.«

»Kollegen? Heißt das jetzt so? Oder führst du deinen Laden seit neuestem mit einem Kompagnon?«

»Nein, das nicht … du verstehst das falsch, Werner.«

»Ich bin ein Meister im Richtig-Verstehen. Ich hab sogar schon erlebt, das ich eher verstanden habe als diejenigen selber.«

Aaach! Vorsichtig balanciere ich um den Fettnapf herum, den Werner da für mich aufstellt. Wir verabschieden uns. Ich lege den Block aus der Hand. Linus sitzt immer noch an meinem Schreibtisch. Hackt emsig auf der Tastatur herum. Guckt gebannt auf den Monitor. Ein letztes Mal sehe ich auf die Uhr, deutlich sichtbar für ihn. Er hat noch genau zwei Minuten. Und was mache ich, wenn die um sind? Soll ich ihn rauswerfen?

»Diese zehn Minuten kriege ich aber Verlängerung!«

Solche Drohungen überhöre ich einfach. »Ich muss jetzt Abendbrot machen. Für Opa.«

»Setz dich doch noch einmal neben mich. Das war schön.«

Diese Bemerkung treibt mich aus dem Zimmer. »Ich muss sofort nach ihm sehen. Der ist längst verhungert …«

Linus steht auf, kommt langsam hinter mir her. Aber Opa ist nicht verhungert, er liegt friedlich in seinem Bett und sägt an den Bettpfosten. Neben ihm steht ein Teller, auf dem die Krümel von einem Toast liegen. Sieh an, notfalls kann er alleine, wie beruhigend für mich. Ich nehme Linus am Arm, der sich hinter mir ins Zimmer geschlichen hat. Leise drücke ich Opas Zimmertür wieder zu. Ich versuche es. Natürlich habe ich die Scharniere noch nicht geölt, wann denn? Schon ertönt Opas Stimme.

»Marie?«

Ich mache die Tür wieder auf.

»Bist du schon zurück? Wie war es in Leipzig?«

»Aber, Opa! Ich war doch noch gar nicht in Leipzig, ich fahre am nächsten Samstag.«

Er richtet sich langsam in seinem Bett auf. Da entdeckt er hinter mir Linus. »Junger Mann! Kommen Sie rein, kommen Sie rein! Ich weiß, wer Sie sind.«

Linus schiebt sich an mir vorbei, geht schnurstracks zu Opa und reicht ihm die Hand. »Guten Abend, Herr Baer.«

Opa grinst. »Ich bin gar kein Bär mehr! Sag Willi zu mir, mein Sohn. Und du bist der …«

»Linus. Linus Stein.«

»Berlin, richtig? Steglitz?«

Linus nickt, grinst. Aber Opa ist noch nicht fertig mit ihm. Ich muss etwas unternehmen, etwas sagen, was Opa auf andere Gedanken bringt!

»Und du machst was mit … Autos? Richtig, mein Sohn?«

Au, bitte, nein – bis eben dachte ich noch, dieses Tagebuch hätte Opa einen klaren Tag geschenkt. Noch kein einziges Mal hat Opa zu Fritz *mein Sohn* gesagt. So peinlich ist manchmal das Leben.

»Opa, du hast sicher Hunger. Wie wär's mit 'nem schönen Abendbrot?« Opa Willi starrt immer noch Linus an, wahrscheinlich überlegt er gerade, ob der Mann, der sonst mit mir in dieser Wohnung ist, nicht doch irgendwie anders aussieht. Gleich wird er Linus fragen, ob er sich eine andere Frisur zugelegt hat. Einen Bart wachsen lassen, junger

Mann, die Haare schwarz gefärbt, die Locken rausgetrimmt? Schneller, Marie, schneller! »Wie wär's mit einer Suppe?«

Das wirkt. Opa nimmt endlich seinen Blick von Linus und guckt mich an. Von seinem Gesicht schwindet der ratlose Blick, ein Lächeln erscheint. »Ja, Marie, ein Tomatensüppchen!«

Genau! Das hab ich davon. Mittags Bouletten und Kartoffelbrei, und abends koche ich schon wieder. Ich werde zum Küchenwunder.

»Mein Sohn, kennst du Maries Tomatensuppe? Wunderbar! Sahnig und fruchtig. Obwohl es noch ein bisschen früh ist fürs Abendbrot. Du bleibst doch zum Essen, oder?«

Grrr! Kacke, Kacke, Kacke! Mist! Stecken hier alle unter einer Decke? Kriegt Opa überhaupt nicht mehr mit, was er macht? Na klar doch, dieser Linus bleibt, was denn sonst. Er steht neben dem Bett, nickt zu Opa hinunter und strahlt.

Eigentlich ist Suppe kochen ganz einfach. Linus assistiert mir am Herd. Öffnet Büchsen, schneidet Pappschachteln auf, reicht mir Rührlöffel und Gewürze zu. Obwohl ich das alles sehr gut alleine kann. Opa sitzt auf seinem Küchenstuhl und beobachtet uns.

»Und, Marie, was sagen die in Leipzig denn nun? Hast du Wanda in den Archiven gefunden?«

»Opa! Ich war doch noch nicht Leipzig. Ich will erst in einer Woche hinfahren.«

»Ach ja, ach ja. In einer Woche erst? Das ist aber wirklich noch lange hin. Bis dahin können wir gar nicht mehr miteinander streiten? Wie schade!«

Linus holt Suppenteller. Er öffnet auf Anhieb den richtigen Schrank. Deckt den Tisch. Setzt sich zu Opa. »Verstehe ich Sie richtig, Herr Baer, Sie glauben, dass Wanda eine literarische Figur ist? Eine Erfindung?«

»Sag Willi zu mir, mein Sohn! Ich bestehe darauf!«

»Für mich sieht das sehr real aus. Wir haben hier gleich um die Ecke die Straße, in der sie gelebt hat. Wir haben ihre Wohnung. Marie war sogar selber darin.«

»Du hältst wohl auch nicht viel von handfesten Beweisen?«

»Doch! Bei mir muss alles immer korrekt sein, exakt, das brauche ich für meine Arbeit. Sonst funktioniert das da nicht.«

»Das war was mit Autos, stimmt's?«

»Nein, was mit Computern. Ich bin Netzwerkadministrator in einer großen Firma im Wedding, falls Ihnen das etwas sagt.«

»Aber ja, freilich …«

Ich rühre ein letztes Mal um, halte die Sahneschachtel über den Suppentopf und male mit dicker Sahne ein schneeweißes Smiley auf die rote Suppe. Fertig! Wir sitzen uns gegenüber, löffeln und schweigen, schweigen und löffeln. Linus beugt sich tief über seinen Teller, isst die fruchtig-sahnige Blechdosen-und-Pappschachtel-Tomatensuppe, ohne sich über Blech- und Pappgeschmack zu beklagen. Kleine Perlen aus Tomatensuppe hängen in den Bartkriseln über seiner Oberlippe. Wenn keiner guckt oder wenn er glaubt, dass keiner guckt, wandert sein Blick zu mir.

Das Loch in der Seitenscheibe ist so groß, dass ich meinen Daumen hindurchstecken kann. Aber die Scheibe hält, auch als Justus die Kurbel dreht und den Motor anwirft, als er losfährt und der Fahrtwind von außen drückt. Die Sonne scheint immer noch, die hohen Chausseebäume ziehen an uns vorüber, wir nähern uns der Stadt. Ich schließe die Augen. Was wäre, wenn … dieses winzige Loch *nicht* in der Scheibe wäre, wenn die Gewehrkugel *nicht* den Wagen getroffen hätte, sondern mich … oder gar Justus? Was tun Menschen, die gerade dem Tode entronnen sind?

Nur ganz kurz öffne ich meine Augen, sehe zu Justus hinüber, sein Blick geht starr auf die Straße. Ich lehne mich an ihn, richte mich schnell wieder auf, aber er schweigt. Langsam lehne ich mich an seine Schulter zurück.

Erst nach vielen Minuten bin ich bereit, an Julian Jochanaan Wergen zu denken. »Was meinst du, Justus, ist der alte Mann nun erschossen worden? Warum sagt diese Frau nichts?«

»Sie weiß es nicht.«

»Und Rieke weiß es?«

»Ich habe Rieke gefragt, als ich ihr geholfen habe, das Geschirr in die Küche zu tragen. Er hatte zwei kreisrunde blutige Löcher in seiner Jacke, genau über der Herzgegend.«

»Wie Emmy und Gustav.«

»Genau. Ich wüsste gerne, wo er die Woche über gewesen ist.«

»Irgendwo in Berlin? Vor fünf Tagen kam er zu uns und wollte Emmy sprechen. Da waren sie und Gustav schon tot.«

»Wo war er den Rest der Woche?«

»Vielleicht hat er auf der Straße gelebt. Im Wald. Sich bei Freunden versteckt. Bis sie ihn doch noch gefunden haben.«

Wir fahren, erschöpft hängt jeder seinen Gedanken nach. Erst als wir das Hallesche Tor passieren, fallen die nächsten Worte.

»Wanda, es reicht. Wir haben diesen Nachmittag überlebt, mit viel Glück. Jetzt kümmern wir uns um die Bestattung.«

»Vielleicht hast du recht.«

»So geht's auch nicht weiter. Wir übernehmen die Arbeit der Polizei. Wir fahren nach Hamburg. Wir suchen nach diesem alten Mann. Du kommst fast ums Leben dabei. Gustav würde mich umbringen, wenn er wüsste, dass ich das zulasse.«

Ich setze mich auf, sehe ihn an. Sein Blick geht starr geradeaus, die belebte Straße entlang. Auf einmal dreht er sich zu mir, legt seine Hand an meine Wange.

»Wenn diese Irre dich getroffen hätte, ich weiß nicht, was ich tun würde.« Er wendet den Blick wieder auf die Straße, presst fest die Lippen zusammen.

Wir biegen in die Oranienburger Straße ein, Justus setzt den Winker, fährt vor das Haustor. Noch bevor er geläutet hat, erscheint Wernicke. Immer noch kehren zwei ungeschickte Straßenkehrer den blitzsauberen Gehweg vor dem Haus.

Das halte ich nicht mehr aus. »Verschwindet! Kehrt vor eurer eigenen Tür!« Ich lehne mich weit aus dem Wagen.

Justus zieht mich zurück, fährt durch die Toreinfahrt. »Wanda, schscht, ruhig!«

Aber ich kann nicht mehr aufhören. Auf dem Hof springe ich aus dem Automobil, laufe zurück auf die Straße. »Was wollt ihr? Wer gibt euch das Recht, hier herumzulungern?« So rücke ich gegen die beiden Männer vor. Sie weichen zurück, langsam, Schritt für Schritt, dann ist Justus hinter mir, greift meine Hand. »Wer seid ihr? Wer hat euch geschickt? Das will ich jetzt wissen!« Justus zieht mich am Arm, immer weniger sanft, schiebt mich zurück zum Haus. Ich schimpfe immer noch, Passanten eilen vorüber, verdrehen die Köpfe nach uns, der Kommis von *Loeser & Wolff* guckt durch die Schaufensterscheibe. Das ist mir vollkommen gleichgültig, ganz egal. »Wer hat euch geschickt? Wer hat euch denn bloß geschickt?«

»Wanda, komm jetzt!« Justus schiebt mich durch das Haustor.

»Diese Männer bringe ich um!« Wir sind endlich im Hausflur, das Tor fällt hinter uns ins Schloss.

»Mensch, Wanda! Das hat nun hoffentlich keiner gehört.«

Eugen hat sich geschmückt wie ein Christbaum. Er ist mit Pomade gekämmt, trägt zwei riesige goldene Siegelringe, hat sich sogar angekleidet, obwohl es noch nicht einmal Mittag ist. Sobald wir die Wohnung betreten, kommt er aus den hinteren Räumen gelaufen, strahlt mich an. »Wanda, das musst du dir ansehen!«

Mir ist eigentlich mehr nach Ruhe, aber Eugen zieht mich durch den Korridor.

»Du, benimm dich! Ich komme auch mit.«

»Nee, Hansen, du nun nicht … ach was, kommt ruhig beide gucken.«

Er zieht mich in den Seitenflügel, durch den Wintergarten zu den Gästezimmern, reißt seine Zimmertür auf. Alles ist anders geworden, das breite Bett ist an die Seite gerückt, die Bettdecke zurückgeschlagen, darauf Berge von Leinwand. Farbtuben und Flaschen mit Verdünnungsmitteln auf allen Tischen, viele von ihnen offen. Pinsel liegen verquer auf dem Teppich. Die Verbindungstüren sind ausgehängt, in Ermangelung einer Staffelei hat Eugen beide Türen an die Wand gelehnt und ein großes Stück Leinwand quer darübergespannt. Der kleine blaue Zettel, den der Geheime Kammerherr Eugen gegeben hat, ist leider nirgends zu sehen.

Eugens Bild ist noch frisch. Wo die Farben dick aufgetragen sind, glänzen sie ölig. Als hätte er auf den Schienen der Hochbahn am Bahnhof Börse gestanden und auf die Spree hinuntergesehen, so hat Eugen den Dom gemalt, die riesige Kirche am Ufer der Spree, gegenüber vom Schloss. Zwei Spreebrücken lenken den Blick über den Fluss in die Ferne, die hohe Kuppel und die vier reich verzierten Türmchen liegen dem Betrachter genau gegenüber und spiegeln sich im Wasser des Flusses. Vorne rechts am Bildrand führen die Kolonnaden zur

Museumsinsel. Und über allem, ich kann es kaum glauben: Am strahlend blauen Nachmittagshimmel schwebt ein Zeppelin.

»Ist das ein geniales Gemälde, Wanda? Würdest du freiwillig in einem Kontor sitzen, wenn du so schön malen könntest?«

Ich versuche zu lächeln, meine Gedanken von all den Katastrophen der letzten Tage in dieses Zimmer zu ziehen. Auf dem Bild vom Dom ist etwas, das verwirrend ist wie ein Vexierbild. Aber was? Ist es der sorgfältig gemalte Zeppelin, den wir erst vor acht Tagen mit eigenen Augen gesehen haben? Ist es die Vorstellung vom zeichnenden Eugen mit seinem Skizzenblock auf den Schienen der Hochbahn? Nein, keines der Kunstwerke, die ich so gerne betrachte, nicht einmal das Abendmahl in der Sixtinischen Kapelle, entfachen ein solches Chaos in mir. Plötzlich fällt es mir ein. »Sag mal, Eugen, den Zeppelin über dem Dom hast du doch gar nicht gesehen. An dem Tag warst du eigentlich noch in Hamburg. Du hast gesagt, du wärst erst einen Tag später nach Berlin gekommen.«

»Ach … das … ist eben Phantasie! Das ist eben unglaublich!«

Ich drehe mich um zu Justus. Der hat sich abgewendet von den beschmierten Türen, dem Wirrwarr von Pinseln und Tuben. Für einen Menschen, der Ordnung so hoch schätzt, ist dieser Anblick wohl unerträglich. Aber dann sehe ich, dass etwas anderes seinen Blick gefesselt hat. In der Ecke neben dem Kleiderschrank liegt auf einem flachen Schemel ein kleines Krokodilleder-Brillenetui. Habe ich Eugen jemals mit einer Brille gesehen? Kein Zweifel, es ist Onkel Gustavs Etui. Hinter dem Schemel stehen mehrere Skizzenblöcke an die Wand gelehnt. Die Blöcke sind aufgeschlagen, auf dem einen ein Motiv, reichlich seltsam für einen Maler: Ein Tisch, darauf Flaschen, die mit Röhren und Schläuchen verbunden sind, neben dem Tisch hängt an einem hohen Ständer ein Ballon, umgekehrt, mit der Öffnung nach unten. Ein Schlauch führt von den Glasflaschen auf dem Tisch in die Ballonöffnung. So muss der Aufbau der Apparatur zur Herstellung von Wasserstoff in Gustavs Laboratorium gewesen sein, bevor der Brand alles zerstörte. Auf einem anderen Blatt ist ein Schloss aus rotem Backstein, Laubengang im Obergeschoss, ein kleiner Turm über dem Eingang: Gustavs und Emmys Schloss auf der Havelhöhe. Daneben lehnen Porträts an der Wand, sauber schattiert, ordentlich ausgeführt. Sie verdecken sich gegenseitig, sind aber zu erkennen, ein

Porträt von Onkel Gustav, eines von Tante Emmy, unverletzt und lebendig. Dahinter ein Porträt von Justus und, halb verdeckt davon, ein Porträt von mir.

Was macht dieser schreckliche Eugen hier eigentlich? Unsere Blicke treffen sich, Justus legt den Zeigefinger über seine Lippen, ich nicke ihm zu.

Eugen steht mit dem Rücken zu uns, bewundert noch immer sein Werk. »Ein großartiges Gemälde, stimmt's? Übrigens, Wanda, ich habe mir ein paar Materialien bestellt, die sind gestern geliefert worden. Sonst hätte ich ja nicht malen können. Ich hoffe, du hast nichts dagegen.«

»Aber, Eugen, wieso sollte ich etwas dagegen haben?«

Er kichert unsicher. »Nun ja, Wanda, die Rechnung geht schließlich an dich, die musst du bezahlen.«

Justus räuspert sich, ich sehe, wie sein Rücken sich strafft, wie er die Fäuste hebt. Ich drehe mich weg, reiße die Türe auf, laufe aus dem Zimmer. Nein, ich gebe nicht auf! Es geht gar nicht mehr um Emmy und Gustav, jedenfalls nicht *nur* um sie. Es geht auch um uns, um Justus, um mich! Ich habe noch immer die Hoffnung, dass ich herausfinden kann, was passiert ist. Und bin doch weit davon entfernt, irgendetwas zu verstehen. Stück für Stück komme ich meiner Hoffnung näher. Stück für Stück verstricke ich mich tiefer in Wirrwarr und Chaos.

»Sitzt du gut, Wanda?« Justus dreht die Kurbel, der Motor springt an, Wernicke salutiert, schließt das Tor hinter uns. Die Abendsonne steht schon am Himmel, die elektrischen Straßenlampen leuchten noch nicht. Mein Platz auf dem Beifahrersitz ist mit einer wollenen Decke gepolstert, der Fahrtwind pfeift durch das Loch in der Seitenscheibe. Erst am Halleschen Tor wenden wir uns beide gleichzeitig, wie auf ein geheimes Zeichen, einander zu. »Ist alles in Ordnung, Wanda?«

»Alles in Ordnung, Justus.« Nichts ist in Ordnung. Wirrwarr und Chaos. Nun noch diese seltsamen Anordnungen, die Fanny für uns getroffen hat: nicht die Einfahrt benutzen, den Wagen nicht an der Auffahrt abstellen, das Haus von der Gartenseite betreten – diese Weisungen hören sich an, als wären wir Hausierer, die Schnürsenkel und Hosenträger verkaufen. Oder heimliche Besucher, die niemand sehen soll.

»Dieses Mal horche *ich sie* aus! Am besten, du fährst gleich mitten auf ihre Auffahrt, dann weiß sie, dass heute nicht alles so abläuft, wie *sie* es will.«

Justus wendet mir überrascht sein Gesicht zu, aber dann verzieht er den Mund zu einem schmalen Lächeln.

Wir erreichen den Grunewald, langsam steigt die Dämmerung auf. Die Lichter der Stadt liegen hinter uns, wir fahren lange Alleen, nur ab und an taucht die Umfriedung eines Anwesens aus der Dunkelheit auf.

»Ich glaube, da vorne ist es.« Justus drosselt die Geschwindigkeit. Hohe Eichen, eine unübersteigbare Mauer, durch ein schmiedeeisernes Tor dringt heller Laternenschein. Im langsamsten Tempo fahren wir an der Einfahrt vorüber, werfen einen Blick auf das Haus. Wir sehen, dass die Auffahrt zwar hell erleuchtet ist, aber verlassen und leer. Kein Wagen steht dort, der gefürchtete Gemahl scheint noch nicht zu Hause zu sein. Am Ende der Parkmauer biegt Justus in die Seitenstraße, lässt den Wagen ausrollen, hält am Straßenrand. Nur noch Dunkelheit ist um uns.

»Wie finden wir jetzt diesen Garteneingang?«

Ein leises Kratzen, in Justus' Hand flammt ein Streichholz auf, er entzündet eine Karbidlampe. Er hat wieder einmal an alles gedacht. »Warte, ich bin gleich bei dir.«

Aber es kommt nicht dazu, dass Justus mir aus dem Wagen hilft. Wie aus dem Nichts taucht vor unserer Windschutzscheibe das Gesicht eines Mannes auf, genau im Lichtkegel der Karbidlampe, er starrt zu uns herein. Ich kann den Blick nicht von dieser Erscheinung lösen, aus dem Augenwinkel sehe ich, wie Justus seine Hand in seine Jacke schiebt, das metallische Klicken ertönt, das ich nun schon öfter gehört habe. Er löscht das Licht der Karbidlampe, reißt blitzschnell seine Autotür auf, springt aus dem Wagen, wirft sich in der Dunkelheit auf den Fremden. Ein leiser Schrei, ein dumpfer Aufprall.

»Mann, bist du verrückt? Warum gehst du denn auf mich los?«

Noch einmal ein Schlag. »Soll ich warten, bis du auf uns losgehst?«

»Mensch, hör auf! Ich soll euch doch abholen!«

Es wird still, Justus atmet tief durch. »Wer hat dich geschickt?«

Der andere braucht eine Weile, um wieder zu Atem zu kommen. »Die Baronin von Schwartz. Wenn die Dame im Wagen die Baronesse von Branndenburg ist?«

»Ist sie. Ich bin Justus.«

»Emile, Kammerdiener und Chauffeur der Baronin von Schwartz. Wir haben uns schon vor dem Deutschen Theater gesehen.«

Ich taste hinüber zum Fahrersitz, finde die Karbidlampe wieder, zünde ein Streichholz an. Im matten Lichtschein reichen sich zwei Männer die Hand.

An meiner linken Seite geht Justus, zu meiner Rechten schreitet Emile. Ein kräftiger Butler in vornehmer Livree, nur wenig älter als Justus, mit kurzgeschorenen blonden Haaren. Wir durchqueren lange Gänge, kahl, ohne Teppiche, ohne jeden Schmuck an den Wänden. Solch ein Treppenhaus für Dienstboten gibt es auch auf Schloss Branndenburg. Aus dem Kellergeschoss dringen die Geräusche von geschäftigem Treiben, das Klappern von Töpfen und Tellern, das Rumpeln einer Mangel, junge Stimmen und Lachen. Emile öffnet eine kleine Tür, wir treten hindurch und sind plötzlich in einer anderen Welt.

Eine breite Treppe, die auf ein buntes Bleiglasfenster zuführt. Ein Gang, ausgelegt mit flauschigem flussblauem Teppich. Wandmalereien, Jesus Christus beim Wandeln über den See Genezareth, dazwischen Hirsche und Rehe und Horden borstiger Wildschweine. Fünfzehn, zwanzig Meter vor uns, am Ende des Ganges, ist eine breite Flügeltür. In diesem Haus könnte man sich verlaufen, wer sich hier nicht begegnen will, kann sich gut voreinander verstecken. Emile klopft an, öffnet für uns die Tür.

Fanny steht mitten in einem schwach erleuchteten Raum voller Vorhänge und Paravents. Ein seidiger blauer Kimono umspielt ihre Figur, sie wirkt fremd und verkleidet. Mit wehenden Ärmeln kommt sie mir entgegen, schließt mich in ihre Arme. »Wanda … meine liebe kleine Wanda. Es tut mir so leid, Kind, es tut mir so leid!« Justus und Emile gehen, die Flügeltür schließt sich, immer noch hält Fanny mich fest umarmt. »Weine ruhig, liebe Wanda, weine.«

Aber mir ist nicht danach.

»Wenn du möchtest, mein Kind, kannst du mir alles erzählen.«

Mir ist auch nicht nach Erzählen zumute, was ich ihr mitteilen will, habe ich am Telefon schon gesagt.

»Ach, Wanda!« Fanny von Schwartz lässt mich los, blickt anerkennend in mein Gesicht. »Aus echtem Schrot und Korn, gute Güte, du gleichst deiner lieben Tante. Emmy ist … Emmy *war* zart gebaut, so wie du. Aber ihr habt beide eine außergewöhnliche Kraft.«

»Danke.« So kernig und stark fühle ich mich gar nicht.

Fanny deutet auf ein rundes Sofa, das mitten in dem riesigen Zimmer steht. Ich versinke in den Polstern. Neben mir plätschert es leise, ein weißer Marmordelphin lässt Wasser aus seinem geöffneten Maul in eine blaue Schale strömen. Der Gipfel der Geschmacklosigkeit, noch weit schlimmer als Fannys Kimono! »Einen kleinen Sherry, mein Kind?«

»Nein, danke.«

Wir beginnen die Art von Unterhaltung, die bei Fanny anscheinend üblich ist. Wieder fragt sie die Erlebnisse der letzten Tage aus mir heraus, wieder macht sie es so wie bei unserem Telefongespräch. Wenn ich stocke, vollendet sie meine Sätze, wenn ein Wort mir nicht einfällt, ergänzt sie es für mich. Aber dieses Mal passe ich auf: Was weiß sie, schon *bevor* ich es ihr erzähle? Wovon weiß sie noch nichts?

»Nun, Kind, wie geht es dir? Hast du schon den Tag der Bestattung festgelegt?«

»Ich würde gerne, aber bis jetzt weiß ich noch nicht einmal, wann ich die beiden nach Hause holen kann. Sie liegen immer noch auf diesem Friedhof …«

»In Hamburg-Blankenese?«

»Ja, und man gibt sie mir einfach nicht.«

»Hast du sie denn gesehen?«

»Nein, dieser schreckliche …«

»Friedhofsverwalter?«

»Dieser schreckliche Friedhofsverwalter von Blankenese zeigt sie mir nicht.«

»So so. Und eine Grabstelle?«

»Die habe ich auch noch nicht.

»Nun wird's aber Zeit! Wie wär's mit dem Südwestkirchhof?«

»Der liegt doch mitten im Wald?«

»Inmitten der freien Natur, das hätte Emmy gefallen.«

Das glaube ich nun gar nicht, die freie Natur von Branndenburg konnte Emmy keine zwei Stunden ertragen. Weiß diese Fanny das nicht? Was für eine *beste Freundin* ist sie eigentlich? Das geht immer so weiter, sie horcht mich aus, lauernd, tastend. Irgendwann fliegen meine Gedanken davon.

»Wanda, hallo, ich habe dich gerade gefragt, was du sonst so den ganzen Tag machst?«

»Nun …«

»Du kannst doch nicht die ganze Zeit nur die Wände anstarren! Warst du in Emmys Zimmer? Hast du nach ihrem Notizbuch gesucht?«

»Doch, an ihrem Sekretär war ich. Aber da waren nur riesige Haufen von Zeitungen.«

»Die Zeitungen, für die Emmy geschrieben hat? Weiter nichts?«

»Hm … eigentlich … nur Papier. Altes Zeug. Ich habe es gar nicht gelesen.«

»Ach. So so. Und wie geht es Herrn Bluman?«

»Ich weiß nicht, den habe ich nicht mehr …«

»Nicht mehr wiedergesehen? Brav, mein Kind, brav! Ich bin ein wenig beruhigt.«

Wie schön, dass sie beruhigt ist. Ich bin ganz und gar nicht beruhigt, aber ich nicke ihr zu, lächele sehr freundlich. Nun bin ich dran! »Fanny, woher wussten Sie, dass ich mich mit Bluman getroffen habe?«

Fanny blinzelt überrascht, ihr Blick huscht über mein Gesicht, ich lächele weiter, harmlos und nett. »Ach, Gerüchte, Gerüchte! Ich wusste es ja gar nicht, mein Kind!«

»Wer hat Ihnen denn solche Gerüchte erzählt?«

Sie nestelt ein Spitzentuch aus ihrem Pompadur, der zwischen den Polstern des Sofas liegt, tupft über ihre Augen. »Nun ja, man hört so von diesem und jenem.«

»War es Ihr Mann, der Ihnen das erzählt hat?«

»Ach, mein Mann – ich höre gar nicht zu, wenn der etwas sagt, mir wäre wirklich lieber, ich wüsste überhaupt nichts davon.«

»Wovon wollen Sie nichts wissen?«

»Ach …« Sie winkt ab, schiebt meine Frage mit einer Handbewegung zur Seite. »Trinkst du nicht doch einen Sherry, Wanda? Ich hätte auch einen guten Portwein oder Aquavit.«

Ich schüttele nachdrücklich den Kopf. »Fanny, Sie wollten mir etwas sagen. Was ist so dringend, dass ich unbedingt herkommen sollte?«

»Ich will dir etwas *geben*, mein Kind. Etwas, was Emmy mir zur Verwahrung anvertraut hat. Aber du musst schon entschuldigen, ich *muss* dich nach alldem fragen, ich *muss* auf dich achtgeben, Kind, meine Pflicht als Freundin erfüllen. Das schulde ich meiner lieben Emmy.«

»Ist schon recht, Fanny, ist schon recht.«

Sie presst ihr Spitzentuch fest zusammen, tupft wieder ihre Augen, schließlich springt sie auf, holt doch den Sherry heran. Eine geschliffene Karaffe, zwei gar nicht so kleine Gläser, die auf kräftigen Stielen stehen. Sie gießt ein, ihr Lächeln ist starr und verkrampft. Zögernd nehme ich das Glas aus ihrer Hand, sie stößt mit mir an. »Auf dein Wohl, Wanda! Darauf, dass du es besser als unsere liebe Emmy machst!« Mit einem Zug leert sie den Sherry, stellt ihr Glas zurück auf den Tisch, sieht mich herausfordernd an. »Los, Wanda, auf ex!«

Wie hatte Gustavs alter Professor an der Universität gesagt? *Homo homini lupus.* Der Mensch ist dem Menschen ein Wolf. Vorsichtig, Wanda, aufpassen! Es schmeckt so scheußlich wie Hustensaft. Kaum stehen unsere leeren Gläser nebeneinander, schon gießt Fanny nach.

»Was soll ich besser machen als Tante Emmy?«

»Du sollst … zuhören sollst du! Gute Ratschläge annehmen! Sei nicht so stur wie Emmy! Die macht immer nur, was sie will!« Fanny leert ihr Glas, ich nippe nur kurz an meinem und stelle es zurück. Dieses Gespräch wird von Minute zu Minute interessanter. Fanny tupft sich Wangen und Lippen und beobachtet mich. Schade, so ein kleines Spitzentuch, hinter dem ich mich verstecken könnte, habe ich nicht.

»Was hat denn Emmy für schlimme Dinge gemacht?«

Fannys Blick streift lauernd über mein Gesicht, ich lächele zurück, unbefangen, nett, freundlich. Irritiert legt sie den Kopf in den Nacken.

»Ach, was für einen hübschen Kimono Sie haben, Fanny – und was war es denn nun, was hat Emmy gemacht? Sind Sie ärgerlich, weil sie sich mit Bluman getroffen hat?«

»Genau, sie hat sich mit ihm getroffen! Obwohl sie das auf keinen Fall sollte. Aber das war es nicht allein. Immerzu, immerzu hat sie unaussprechliche Dinge getan. – Nun, Wandakind, ein Gläschen nimmst du doch noch?« Sie wartet die Antwort nicht ab, schenkt nach, stößt unsere Gläser zusammen.

Ich trinke wieder nur ein winziges Tröpfchen. Was mir Fanny ins Glas gießt, ist ganz sicher kein Sherry, es brennt auf der Zunge und rinnt wie flüssiges Feuer die Kehle hinab.

»Kommen Sie, Fanny, mir können Sie es doch sagen! Was für schreckliche Dinge?«

»Ach, was du alles fragst, Kind … Na, schon allein diese Artikel.«

»Über technische Errungenschaften in der Hauswirtschaft?«

»Natürlich nicht *diese* Artikel, die sind doch nichts Schlimmes! Die über den Zeppelin meine ich! Immer wieder habe ich ihr gesagt, lass das, Emmy. Die beobachten dich. Und sie? Schreibt weiter und weiter. Aber solche Artikel kann man nicht geheim halten. So eine Zeitung wird doch *gelesen*! Auch von Leuten, die besser nichts davon wissen sollten. Und dann gibt es Ärger!«

»Was für Ärger denn?«

»Nun … äh … ich hab keine Ahnung.«

»Aha. Eben haben Sie gesagt, ›die beobachten dich‹. Wen meinen Sie, wer hat *Emmy beobachtet*?«

»Ich – ich weiß nicht.«

»Dieselben Leute, die mir das Leben schwermachen?«

»Ich … nein … keine Ahnung …«

»Fanny?«

»Nun … ja, möglicherweise … kann sein.«

»Die Männer in diesen grauen Anzügen?«

»Mhm.«

»Vielleicht der Geheime Kammerherr? Der kaiserliche … Geheimdienst?«

Fannys Augenlider beginnen zu flattern, sie nimmt wieder die Flasche. »Aber nein! Nein! Ich wünsche dir, dass du die niemals kennenlernst! Das kann schrecklich unangenehm werden! Wirklich furchtbar! Wenn die herauskriegen, dass man ihren Interessen zuwiderhandelt … oh Gott!«

»Aha. Was ist denn so schlimm an einer Unterhaltung mit Bluman?«

»Na … nichts … gar nichts. Überhaupt nichts. Du könntest jetzt endlich aufhören zu fragen, findest du nicht, Wanda?«

»Nein.«

Fanny gießt ein, leert ihr Glas, blickt mich auffordernd an. »Auf ex, Kind!«

Ich hebe mein Glas, kippe es gegen meine geschlossenen Lippen und stelle es wieder zurück. Es ist immer noch nahezu voll, aber Fanny schenkt trotzdem nach.

»Fanny, jeder darf mit Alfred Bluman sprechen. Warum *Emmy* nicht? Warum *ich* nicht?«

»Weil … nun, weil ihr … euch nicht an die Regeln haltet!«

»Was denn für Regeln, Fanny?«

»Sich nicht einzumischen in Kaiserliche Politik! Diesen Leuten nicht im Wege zu sein!« Mit fliegenden Händen gießt Fanny den nächsten Sherry ein, oder was immer in dieser Flasche ist. Die Wirkung ist jedenfalls verheerend, Hitze steigt in mir auf, obwohl ich nur wenig davon getrunken habe, mir ist schwindlig, mein Kopf sinkt gegen die Polster.

Ich rappele mich wieder auf, nun gut, wenn das so ist: Ich nehme die Flasche, gieße für Fanny ein, gebe ihr das nächste Glas in die Hand.

»Prosit, Kind!«

»Prost, Fanny!«

»Das verstehst du doch, liebes Kind! Es ist *keinem* verboten, sich mit Alfred Bluman zu treffen. Es ist aber vollkommen unerwünscht, ihm in den Ohren zu liegen und ihn zu beeinflussen. Dieser Mann erfüllt nur seine Pflicht! Anders geht's nicht! Das deutsche Volk braucht ihn … braucht seine Arbeit! Da hat er doch gar keine Wahl!«

»Aha.« Sie redet und redet, schnell gieße ich noch einmal nach. »Auf ex, Fanny!«

»Prosit!«

»Wissen Sie, Fanny, wenn Emmy *mir* in den Ohren liegen würde, ich sollte dies oder jenes machen – *niemals würde ich auf sie hören*! Wie hat sie denn Bluman dazu gebracht?«

»Hicks … aaach, sie hat eine Abendgeschellschafff für ihn gegeben …«

»Eine was?«

»Eine Abend-ge-schell-schaft. Obwohl ich's verboten hab!«

»Ach, Fanny, ich liebe Gesellschaften! Das ist doch so etwas Nettes!«

»Wie man's nimmt.«

»Wer war denn da eingeladen?«

»Tjaaa …«

»*Sie* waren da, Fanny, stimmt's? Und dann natürlich der Bluman, nicht wahr?«

Fanny nickt, lächelt fröhlich.

»Und der alte Professor von Isensee?«

»Schtimmt! Was du alles weißt, Kind!«

Ich versuche weiterzulächeln, aber es gelingt mir nicht mehr. »Und Julian Jochanaan Wergen, war der auch da?«

Fannys Lächeln erstarrt. Sie fällt in die Polster zurück, presst fest ihre Lippen zusammen. Schließlich schüttelt sie heftig den Kopf.

»Sie wissen aber, wer das ist, nicht wahr, Fanny?«

»Wanda … hicks …Wanda … ich hatte dir doch gesagt, du sollst mit keinem darüber sprechen! Wer hat dir von *dem* erzählt?«

Ich übergehe die Frage, nehme Fanny das Glas aus der Hand, gieße noch einmal nach. »Prost, Fanny! – Sie wissen, dass er tot ist?«

Ihr Mund klappt ein wenig auf, ihre Augenlider zucken. »Wer?«

»Julian Jochanaan Wergen. Ermordet, wie Emmy und Gustav.«

Fanny leert ihr Glas hastig, wirft den Kopf hin und her. Sie schließt die Augen, Tränen quellen unter ihren geschlossenen Lidern hervor. »Ach, diese Emmy … Warum kann sie mir nie, nie, niemals zuhören! Ich habe ihr gleich gesagt, dass das nich gut gehen kann. Ich habe gesagt, *Emmy, gib nich diese Abendgeschellschafff für diesen Bluman!*« Ihre Stimme bebt, erstickt in Tränen. »Es is alles so furchtbar! Das konne doch keiner vorhersehn! Warum musse das alles passiern?«

Was ist das nur für ein Schnaps? Mir zittern die Hände, mein Gesicht brennt.

Fanny greift nach der Flasche, schenkt sich ein, trinkt, es ist ihr vollkommen egal, dass ich nicht mehr mithalte. »Aaach … das wollte ich nich! Wenn ich gewusst hätte, dass er es weitersagt … kein Sterbenswörtchen hätte ich ihm erzählt …«

»Fanny, wem haben Sie davon erzählt?«

»Meinem Gatten natürlich.«

»Aber warum denn?«

»Er hat mich danach gefragt. Und da hab ich's ihm gesagt … Aaach … wenn ich doch geahnt hätte … dass die Emmy und Gustav erschießen … wirklich … Wanda, nie … nie hätte ich ihm gesagt …« Fanny schluchzt, Tränen laufen über ihre Wangen. Liebe Güte, ist das wirklich die kühne Bogenschützin, die ich im Damensportclub kennengelernt habe?

»Wem hat er es weitergesagt?«

»Was?«

»Von der Abendgesellschaft?«

»Aaach! Warum konnte ich nicht meinen Mund halten … das hätte doch keiner erfahren!«

»Wem, Fanny, wem?«

»Aaach … diesem Untier! Diesem eiskalten …« Ohne jedes Vorzeichen bricht Fanny wie ein erlegter Hirsch zusammen. Sie sinkt gegen die Lehne, rutscht daran hinunter, kippt auf die Seite und schnarcht.

Ich knie mich neben sie, rüttele an ihrer Schulter. »Was für einem Untier, Fanny?«

Sie schnarcht einfach weiter.

»Dem Geheimen Kammerherrn? Dem Geheimdienst?«

Es gibt einen Knall, die breite Flügeltür wird aufgerissen, der sanfte Emile springt mit einem Satz mitten ins Zimmer, vollkommen außer Atem. »Fanny …. äh … gnädige Frau! Der Wagen des gnädigen Herrn fährt gerade vor!«

Fanny von Schwartz schreckt zusammen, stöhnt, schlägt die Augen auf, zieht sich an den Polstern hoch. »Wanda! Oh … schnell!«

Ich erhebe mich, habe Mühe, nicht zurück auf das Sofa zu fallen. Mir ist heiß, schwindlig, ich denke Gedanken, so verschlungen wie Efeuranken. Meine beiden Gläser von diesem schrecklichen Getränk setzen mir mehr zu als Fanny die halbe Flasche, die sie getrunken hat. Fanny kommt schnell wieder zu sich. Emile greift unter ihre Arme, stellt sie auf die Füße. Er drückt mir meine Kostümjacke in die Hand, nimmt mein Glas, stellt es unter den Tisch, dann legt er die Arme um Fanny, stützt sie. »Komm, aufrecht, aufrecht!«

Fanny hält sich tapfer, für einen Augenblick legt sie ihre Wange an seinen Arm, für einen noch viel kleineren Augenblick fährt er mit der Hand über ihren Nacken und drückt seinen Mund in ihr Haar. Ach, *so* ist das also hier! Darauf wär ich niemals gekommen! Ich stehe da und starre die beiden an, das alles dauert nur Sekunden, dann kreuzen sich unsere Blicke, Fanny löst sich aus Emiles Armen. »Ja, Wanda … das Leben! Lass bloß nichts liegen, nicht auszudenken, wenn er merkt, dass du hier warst.«

Nun stürmt auch Justus ins Zimmer. »Oh! Kannst du stehen, Wanda? Kannst du laufen? Dann komm.« Er packt meinen Arm, ihm zuliebe versuche ich ein paar Schritte.

»Fanny, wieso soll Ihr Gatte nicht wissen, dass ich hier war?«

»Er hat mir ausdrücklich verboten, mit dir zu verkehren.«

Justus zieht mich zur Tür, ich folge ihm widerwillig. »Fanny, würden Sie mir das bitte erklären!«

»Das ist mir sehr peinlich, bitte entschuldige, Kind. Eine seiner ehernen dummen Regeln: *Alles, was von Branndenburg heißt, bedeutet Ärger.* Aber nun, wo Emmy und Gustav tot sind – ermordet –, seit er das weiß, lässt er Emile Tag und Nacht auf mich aufpassen. Dass ich nur ja nicht nachforsche. Niemanden nach ihnen frage. Oder nach dir!«

»Emile? Aber der hat uns doch hereingelassen?«

»Ja, sicher. Emile hört nicht auf meinen Mann, er kann selber denken. Er und ich, wir haben uns sowieso … wir sind …«

Sie schreitet in ihrem Kimono durch das Zimmer. Ich schwanke in Justus' Arm. Jetzt bin ich bereit, ihm zu folgen. Er schiebt mich zur Tür.

»Halt … wartet … oh mein Gott … um ein Haar hätte ich das vergessen! Das Wichtigste, das, weshalb du gekommen bist!« Fanny plumpst auf das runde Sofa, lässt sich hinuntergleiten, kniet schließlich auf dem Boden, genau vor dem kleinen Delphinbrunnen. Sein Marmorfuß ist aus zwei Teilen zusammengefügt, Fanny legt ihre Hände darum, zieht ächzend, bis der Marmorfuß auseinanderrückt. In das Innere der Säule gepresst, zwischen Rohren und Leitungen, steckt ein dünnes Päckchen, in hellbraunes Wachspapier eingewickelt, mit Paketband verschnürt. Fanny zerrt es heraus, hält es mir hin. »Hier, das hat mir Emmy gegeben. Ich sollte es sicher verwahren.«

»Und jetzt geben Sie es mir?«

»Ich bin eine gute Freundin gewesen, ich habe gut darauf aufgepasst! Es gehört dir, Wanda.«

Einen Moment weiß ich nicht, ob ich danach greifen soll, Chaos und Wirrwarr, neuer Ärger, eine neue Chance, erschossen zu werden …

»Ich werde es dir nicht vor die Nase halten, bis mein Mann zur Türe hereinkommt. – Gut, dann eben nicht! Dann bleibt es dort liegen bis zum Jüngsten Gericht.« Schon drückt sie das Päckchen in die Säule zurück.

»Doch, ich will es!« Ich schnappe es ihr aus der Hand, presse das Päckchen an mich. Im selben Augenblick fange ich an zu weinen.

Auch Fanny weint, mit tränenverschleierten Augen sieht sie zu mir auf. »Gott schütze dich, Wanda. Denk an meine Worte! Ich beschwöre dich!« Mühsam erhebt sie sich.

Dann passiert eine kolossale Wandlung: Sie tupft sich die Tränen ab, ordnet ihr Haar, strafft ihren Rücken, bis sie ordentlich und gerade wie ein preußischer General vor uns steht. Auf ihrem Gesicht erscheint ein huldvolles Lächeln. Sie winkt uns noch einmal zu und entschwebt durch die Flügeltür in den Gang, hindurch zwischen Hirschen und Rehen und den Wellen vom See Genezareth, die Treppe hinab, ihrem Gatten entgegen. Mit offenem Mund sehen Justus und ich ihr nach.

»Nun kommt endlich, ihr beiden! Schnell!« Emile öffnet eine kleine Tapetentür, wir treten hindurch, stehen in einem winzigen Zimmer, in dem es kein einziges Möbelstück gibt. Emile öffnet eine weitere Tür in der hinteren Wand, nun sind wir im selben Treppenhaus wie bei unserer Ankunft. Es ist grau, eng, inzwischen riecht es kräftig nach gebratenem Fleisch und Rotkohl.

»So, geschafft. Darf ich bitten? Ich führe euch sicher nach draußen.«

Die Straße ist dunkel, aber auch ohne diese Dunkelheit hätte ich Mühe, ordentlich geradeaus zu laufen. Wir gehen an der Mauer entlang, Justus lässt mich nicht los. In der einen Hand hat er Fannys Päckchen, mit der anderen hält er mich. Er öffnet die Wagentür, reicht mir seinen Arm, manövriert mich hinein. Was für eine umständliche Prozedur!

»Wanda, Wanda, was habt ihr nur getrunken?«

»Ein, zwei Sherry … nur ganz winzige Gläschen.«

»Das kann überhaupt nicht sein.« Er lehnt mich sanft in den Autositz, schließt meine Tür.

Als der Motor brummt, setzt Justus sich hinter das Lenkrad, und da … sinke ich einfach hinüber zu ihm. Mein Kopf rutscht an seine Schulter, noch einmal rücke ich mich zurecht, ein Stückchen nach oben, jetzt bin ich auf gleicher Höhe mit seinem Gesicht. Ich atme den Geruch, der von ihm ausgeht, ein wenig duftet er noch nach dem Bad, das er heute Morgen genommen hat, ein ganz kleines bisschen ähnelt sein Geruch dem des Autos. Und ein wenig riecht er … eben wie Justus, so, wie nur er riecht. Ich kann nicht anders, ich vergrabe meine Nase in den Falten über seinem Kragen, und dann – ich weiß nicht, was über mich kommt – drücke ich ihm einen Kuss auf die Wange, dicht neben seinen Mund.

Mein erster Kuss. Ich habe ihn nicht empfangen, ich habe ihn mir genommen!

Justus erstarrt. »Wanda!« Aber lange braucht er nicht, um seinen Schrecken zu überwinden. Er legt seine Arme um mich, lehnt sein Gesicht an meines. »Darauf habe ich schon lange gewartet.«

Ich gebe nicht den leisesten Laut von mir. Wenn ich atme, ziehe ich tief seinen Duft ein. Wenn ich mich an ihn lehne, kratzen seine Bartstoppeln über meine Wange. Seine Haut ist warm, weich … »Ach, Justus!«

Er biegt meinen Kopf nach hinten, streicht über meine Haare, über meine Augenbrauen, über meine Wangen. Mit beiden Händen hält er mein Gesicht umfangen, und dann, dann berühren seine Lippen meinen Mund. Ich schließe die Augen. Ohnehin ist es dunkel um uns. Seine Hände sind warm, sanft, zärtlich.

Es ist lange nach Mitternacht, als wir von der Friedrichstraße in die Oranienburger einbiegen. Die elektrischen Lampen leuchten die leere Straße hinab. Vor dem Schloss Monbijou stehen wie immer die Torwachen. Justus hält mich in seinem Arm, manchmal muss er mich loslassen, weil er beide Hände zum Schalten und Lenken braucht, aber das ist immer nur kurz, dann kehrt sein Arm zurück.

»Wanda, Wanda, dein Ferdinand bringt mich um.«

»Das macht er bestimmt nicht!«

»Irgendwann wird er darauf bestehen müssen, dass du seine Frau wirst.«

»Na und? Dann werde ich es eben, dann machen wir es wie Fanny und Emile.«

»Wie bitte? Was machen die denn?«

»Ach, äh … das erzähle ich dir später.«

»So so.« Er drückt einen Kuss auf mein Haar.

Wir nähern uns unserem Haus. Fannys Päckchen liegt neben mir. Die Straße ist menschenleer, um diese Zeit fahren keine Straßenbahnen. Vor dem Haupttelegrafenamt stehen zwei Lastwagen am Straßenrand, kurz sehe ich einen Schatten im Fahrerhaus, es scheint, als würde in beiden Lastwagen jemand hinter dem Lenkrad sitzen. Aber dann sind wir vorüber, ich schiebe diesen Eindruck zur Seite. Neben dem Bierkeller an der Ecke steht ein ausgespannter Pferdewagen. Vor unserem Haus kehrt endlich kein einziger Straßenkehrer mehr.

Schon von weitem blicke ich hinauf zu unseren Fenstern, alles dunkel, Bertha und die Mädchen sind wahrscheinlich schon schlafen gegangen. Bei *Loeser & Wolff* glimmt das blaue Lämpchen über der Muratti-Reklame, kein Licht im Laden, kein Licht in unserem Hausflur.

»Eigentlich ist dieser Abend wie geschaffen dafür, unten im Garten zu stehen und in unsere Fenster zu sehen.«

Justus nickt, wirft mir einen Blick zu, beschleunigt den Wagen noch einmal. »Du hast recht, Wanda. Wir stellen den Wagen so ab wie vorhin bei der Baronin von Schwartz. Einverstanden?«

»Aber sicher.«

Wir fahren vor bis zur Kleinen Präsidentenstraße, biegen in die Große Hamburger ein, Justus stellt den Wagen in eine Toreinfahrt. Ein letzter Kuss auf mein Haar, wir laufen den kurzen Weg bis zum Haus. Selbstverständlich klingeln wir nicht nach Wernicke, wir schließen selber die Haustür auf, schleichen die Treppe hinauf, öffnen leise die Wohnungstür. Die Wohnung ist still. Weder Bertha noch die Mädchen kommen, um uns zu begrüßen, nur aus den Zimmern von Eugen tönt leise Grammophonmusik.

»Du spazierst in den Wintergarten, drehst das Licht an, läufst hin und her. Ich gehe in die Küche.«

Bevor ich das tue, werfe ich das verschnürte Päckchen auf meinen Schreibtisch, dann laufe ich in den Ostflügel, drehe alle Lichtschalter im Wintergarten an, trage Tisch und Rattansessel an die Rückseite des Zimmers. Schließlich wedele ich die Wolldecke über mich und lasse mich auf dem Sessel nieder. Wer auch immer dort unten im Garten sein mag, jetzt ist er sicher, dass ich die nächste Stunde in diesem Raum verbringe.

Ohne mich aufzurichten, gleite ich vom Sessel, krieche gebückt hinüber zur Wintergartentür. Zu dumm, warum habe ich sie nicht offen gelassen. Mühsam strecke ich meinen Arm bis zur Klinke, drücke die Tür einen Spaltbreit auf. Geschafft, ich schiebe mich hinaus in den Flur. Erst als ich in meinem Rücken die Flurwand spüre, richte ich mich auf. Mit schnellem Schritt eile ich in die Küche. Die Silhouette von Justus steht bewegungslos vor dem Küchenfenster, ich stelle mich neben ihn.

»Volltreffer. Da, Wanda, hinter dem Wacholder, siehst du ihn?«

Ja, er hockt hinter dem dichtesten Buschwerk des Gartens, geschützt von der Dunkelheit, blickt zu unseren Fenstern herauf. Das helle Licht vom Wintergarten fällt über sein Gesicht.

»Siehst du auch den zweiten Mann, hinten an der Mauer?«

»Was, noch einer?« Ich spähe scharf wie ein Bussard in die Dunkelheit. Und richtig, dort sitzt noch einer, gebückt hinter den Hecken an der Gartenmauer. Das Licht aus dem Wintergarten beleuchtet auch dieses Gesicht: Es ist Polizeileutnant von Reventlow, eindeutig zu erkennen. Fast scheint es, als würde er nicht hinauf zu unseren Fenstern sehen, sondern nach vorne, zu dem anderen Mann. Ich atme tief durch, Justus legt seinen Arm um mich.

Kurze Zeit später schlurfen leise Schritte über den Korridor, die Küchentür wird geöffnet, ein schmaler Lichtschein fällt herein. Bertha, im weißen Nachthemd, ein Wolltuch um die Schultern gehüllt. »Da sind Sie ja endlich, gesund und munter. Gott sei es gedankt! Soll ich den Herrschaften Tee zubereiten? Vielleicht ein Bier, gnädiger Herr?«

Auf unsere Bitte, kein Licht einzuschalten, stellt Bertha zwei Kerzenleuchter aus Messing auf den Küchentisch. Sie füllt den Wasserkessel, macht die Teekanne zurecht, stellt Bierflasche und Glas auf den Tisch. Jeder Handgriff sitzt, auch im Dunkeln. »Sie wollen wirklich nicht in den Salon gehen? Nicht einmal in den Wintergarten?«

»Nein, lassen Sie nur, Bertha, wir fühlen uns wohl hier. Weitab von Eugen, unbeobachtet.«

Bertha nickt, das kann sie verstehen. Sie gießt den Tee auf. »Wenn ich Ihnen behilflich sein soll, gnädiges Fräulein, dann läuten Sie bitte.«

Ach ja, Bertha denkt wirklich an alles. Wie lästig das ist, auch für sie! Niemand weiß, wie viele Stunden Justus und ich hier noch sitzen werden. Ich brauche mehr als nur eine Bluse, die vorne zu schließen ist.

»Nein, Bertha, danke, gehen Sie ruhig schon zu Bett.«

Bertha nickt dankbar, schließt die Küchentür hinter sich.

Ich hätte mir Ruhe gewünscht, eine stille Stunde, um nachzudenken, eine Stunde für Emmy und Gustav. Warum wurde der alte Mann umgebracht? Warum zeigt uns Eugen sein Bild vom Zeppelin über der Stadt, wo er doch wissen muss, dass er damit die letzten Scherben seiner Lügen zerschlägt? Woher kennt Eugen den Ballon mit dem Wasserstoff? Wo hat er Emmy und Gustav zu ihren Lebzeiten gesehen? Und jetzt auch noch Fanny, Tante Emmys Abendgesellschaft ... Ich weiß, ich habe die Enden gefunden, an denen ich zerren und den Knoten lösen kann. Chaos und Wirrwarr, und jetzt muss ich ziehen!

Ich springe auf, reiße die Küchentür auf, laufe hinter Bertha her. Sie ist noch nicht weit gekommen, langsam wie eine alte Schildkröte schiebt sie sich durch den Korridor. »Bertha, ich habe eine Frage an Sie. Tante

Emmy hat in dieser Wohnung sicher häufiger kleine Gesellschaften gegeben. Können Sie sich an eine Gesellschaft erinnern, im letzten Juni, bei der ein gewisser Alfred Bluman geladen war?«

Bertha bleibt stehen, schüttelt langsam den Kopf. »Es tut mir leid, gnädiges Fräulein, aber das war nicht an dem. Wenn die gnädige Frau in diesen Räumen auch nur eine einzige Gesellschaft gegeben hätte, dann wüsste ich das ...«

»Ach?«

»Und im Juni ... im Juni war ich für drei Tage bei meiner Schwester in Thüringen. Anna und Johanna waren jede bei ihren Eltern, zur gleichen Zeit.«

»Sie hatten alle drei gleichzeitig frei? Hat Sie das nicht gewundert?«

»Nein. Uns wurde gesagt, die gnädigen Herrschaften wären drei Tage verreist. Allerdings, als ich zurückkam, merkte ich, dass nicht mehr alle Dinge in meiner Küche an ihren Plätzen lagen. Und – die Möbel im Salon standen nicht ganz so wie vorher. Die Zwischentür zum Esszimmer war weit offen. In der Luft lag Zigarrenrauch ... Jetzt, wo Sie mich fragen, fällt mir das wieder ein.«

»Danke, Bertha, Sie haben mir sehr geholfen. Jetzt schlafen Sie gut!«

Ich gehe zurück in die Küche. Justus steht wieder am Fenster und sieht in den Garten hinaus. Ich strecke die Hand nach ihm aus, berühre seine Schulter. Er dreht sich so schnell zu mir um, als hätte er darauf gewartet, schließt mich in seine Arme, zieht mich an sich, hält mich. Ich drücke mein Gesicht fest an seinen Hals, lasse einfach los, meinen Kummer, die Angst. Er legt die Hände um meinen Nacken. Als ich den Kopf hebe, um ihn zu küssen, öffnen sich seine Lippen. Keiner leistet dem anderen Widerstand, er nicht mir, ich nicht ihm. Seine Lippen wandern von meinem Mund über meine Wangen zu meinen Augen, lange Zeit, streicheln und küssen. Wenn die Dinge um uns nicht so wären – von Tag zu Tag schrecklicher, chaotischer, auswegloser –, dann hätte ich das niemals gewagt. Nein, darüber denke ich jetzt nicht nach.

Wie lange stehen wir am Fenster? Der Tee in den Tassen dampft noch, da laufe ich in mein Zimmer, hole das kleine braune Paket. »Jetzt müssen wir Licht machen.«

»Wie schade.«

Ich drehe den Schalter. Justus nimmt das Brotmesser, durchtrennt die Verschnürung, das braune Papier ist sorgfältig verklebt. Der Inhalt ist bunt zusammengestellt, mit klopfenden Herzen ziehen wir alles heraus. Ein Stapel Briefe, zwei große Bögen, die vielfach gefaltet sind. Zwei Proben von Goldschlägerhaut. Dazu ein handtellergroßes Stück Stoff, anders als alle Stoffstücke, die wir in Emmys Koffer gefunden haben. Vielleicht Goldschlägerhaut, auf jeder Seite mit spinnwebendünner Seide verstärkt? Eine Naht mit der Nähmaschine sehen wir jedenfalls nicht. Wir tasten, reiben, es knistert nicht, keine elektrostatischen Aufladungen. Vorsichtig legen wir die Stoffe auf Berthas Küchenbuffet. Auch unsere Teetassen müssen wandern, die beiden großen Bögen füllen den ganzen Tisch. Es sind technische Zeichnungen, sehr ordentlich auf einem Reißbrett gemalt, so viel erkenne ich. Zwei verschiedene Zeppeline sind darauf, LZ VI und LZ VII, in verschiedenen Ansichten, mit verschiedenen Ausschnitten und Vergrößerungen.

»Das hier ist der Querschnitt, Wanda, hier ist die Seitenansicht, hier ein Detail der Verstrebungen, hier die Aufhängung der Propeller, die ihn vorwärtstragen.«

Schön, sehr schön – ich erkenne nichts, diese Erfahrung ist mir mittlerweile schon vertraut. Als Nächstes kommt ein gebundenes Heft, von dem seltsamerweise der Umschlag und die Seite mit Titel und Beschreibung entfernt worden sind. Von Blatt zu Blatt wechseln darin Kolonnen von Zahlen mit technischen Zeichnungen. Dann wieder Seiten, auf denen Buchstaben mit Strichen und mathematischen Zeichen verbunden sind. Plus, Gleichheitszeichen und Pfeil, $CnHm + 2nH_2O \rightarrow (2n+m/2)\,H_2 + nCO_2$ = *gewünschtes Ergebnis!!!* steht dick unterstrichen am unteren Ende einer Seite.

»Das sind chemische Formeln, Wanda. Keine Ahnung, um was es geht. Wir könnten Professor von Isensee fragen.«

»Von mir aus gleich morgen früh!«

Als Nächstes breiten wir die Papierstreifen aus, die ganz unten im braunen Päckchen liegen. Sie sind dreißig oder vierzig Zentimeter lang, keiner ist breiter als sechs Zentimeter. Mit dünner schwarzer Linie sind Worte auf die Streifen geschrieben: *Maybach-Motor Nr. I, Konstrukteur Carl Maybach. Leistung 105 PS.* Oder: *Für Luftschiff Zeppelin Nr. V, Baujahr 1908/09, Bauwerft Manzell. Länge 136 m, Durchmesser 13 m, Leergewicht 12 780 kg, Nutzlast 4650 kg,* Oder: *2 Motoren, Geschwindig-*

keit 13,5 m/s. Oder: *Wellenantrieb, neuere Bauart.* Oder: *Erste Fahrt Zeppelin Nr. V am 26.05.1909, 38 Stunden Dauerfahrt vom 29.05. bis 02.06.1909, 1195 km.*

Es folgen weitere Streifen, auf denen die Motorleistung höher ist oder auf denen *Detail des Vergaser*s oder *Detail Anlasser* oder *Der neue Stahlbandantrieb* steht. Das ergibt noch einmal einen kompletten Satz Streifen für einen weiteren Maybach-Motor. Motor Maybach Nr. II.

Ah ja, schon wieder das bekannte Gefühl, für mich jedenfalls. Justus blickt lange darauf, nimmt noch einmal die ersten Streifen, zieht die Augenbrauen nach oben, guckt wieder auf den zweiten Satz Streifen in seiner Hand. »Hast du die kleinen Zeichen gesehen, die in den Ecken stehen? Ich vermute, die Streifen sind von großen Blättern abgeschnitten worden. Die kleinen Zeichen geben die Zuordnung an.«

»Ach?«

»Jetzt hab ich's. Wenn ich diese Streifen unter die technischen Zeichnungen aus Gustavs Aktenkoffer hefte, dann sind die endlich komplett!« Er steht auf, geht aus der Küche, kommt Minuten später mit dem Aktenkoffer aus Gustavs Weinkeller zurück, entfaltet die Blätter auf dem Küchentisch. Es passt, auf jedem Blatt stehen an den Ecken der Längsseite winzige Zahlen, die gleichen Zahlen finden sich auf den Streifen. Die Streifen gehören wirklich unter die Zeichnungen. Sogar die kleinen Kurven, die die Hand mit der Schere beim Abschneiden mitunter gemacht hat, stimmen zwischen Streifen und Zeichnungen genau überein.

»Wenn ich nur wüsste, warum.«

»Vielleicht haben sie die Beschriftungen abgeschnitten, damit nicht jeder gleich beim ersten Blick auf die technischen Zeichnungen erkennen kann, was sie darstellen. Ich habe es ja auch nicht geschafft. Ohne Beschriftung braucht man dafür einen Fachmann.«

»Sie haben sie nicht nur abgeschnitten, sie haben Streifen und Zeichnungen voneinander getrennt, eine weite räumliche Trennung über viele Kilometer. Wer so etwas macht ...«

»Handelt wirklich vorsichtig.«

»Oder hat große Angst.«

»Oder weiß, dass er einen starken Gegner hat.«

»Und was ist nun auf diesen Zeichnungen, Justus?«

»Das ist der Motor, der die Propeller antreibt. Eindeutig.«

»Gleich zwei davon?«

»Ja. Wobei der eine die Weiterentwicklung des anderen ist. Maybach Nr. I und Maybach Nr. II. Zwischen den beiden liegen Welten. Rate, warum, Wanda.«

»Ich habe keine Ahnung.«

»Einer von beiden hat keinen Schwimmer in seinem Vergaser.«

»Genau der Motor, von dem dein Freund Bruno träumt?«

»Nicht nur Bruno. So einen Motor brauchen alle, die fliegen wollen. Und es gibt ihn, hier, dieser Maybach hat ihn entwickelt. Das ist eine Sensation.«

Der Stapel Briefe ist für mich viel interessanter als die Motoren. Hier sind sie endlich, die Briefe, die Emmy mit Bluman gewechselt hat, Emmys Entwürfe, Blumans Originale.

»Sehr geehrter Herr Bluman, nachdem wir bereits bei unserem letzten Briefwechsel die Frage der Ursache der Unglücksfälle besprochen haben, möchte ich mich auch heute wieder mit diesem wichtigen Problem der elektrostatischen Aufladungen befassen …«

»Sehr verehrte gnädige Frau Baronin, Ihr werter Brief hat mich sehr beschäftigt und tief berührt. Wenn Sie uns wirklich helfen könnten, dass diese schrecklichen Unfälle in Zukunft der Vergangenheit angehören …«

Einige unscheinbare graue Briefe ohne Wappen und gräfliches Siegel, mit der Unterschrift von Julian Jochanaan Wergen.

»Hochverehrte gnädige Frau, noch immer zögere ich, Ihre Einladung anzunehmen. Viele Gedanken gehen mir im Kopf herum, die teils positiv, teils negativ sind und die mich doch dahin bringen, als patriotisch denkender Deutscher die Einladung zu Ihrer Gesellschaft abzulehnen. Wir alle sind Menschen, mit Makeln behaftet. Ich habe lange nachgedacht, glaube nun, dass ich damals einen Fehler gemacht habe. Aber diesen kann ich nicht ungeschehen machen durch einen neuen Fehler. Noch habe ich nicht entschieden. Bitte haben Sie einige Tage Geduld und verzeihen Sie einem alten Mann …«

Plötzlich, ohne jedes Vorzeichen, fliegt die Küchentür auf. Eugen lehnt im Türrahmen, äugt über den Küchentisch. Sein Blick huscht über die Zeichnungen, über die Briefe, seine Augenbrauen rutschen nach oben, mit einem Sprung steht er mitten im Raum. »Oh, ein Mitternachts-Kränzchen! Ihr habt doch sicher ein Bier für mich.«

Justus nimmt wortlos Zeichnungen und Blätter vom Küchentisch, legt sie zusammen, dann erst geht er in die Speisekammer.

Eugen verfolgt jeden Handgriff, schließlich zieht er einen Küchenstuhl unter sich, drückt seine Bierflasche auf. »Lasst euch bloß nicht stören.«

Wir starren ihn an. »Keiner hat was dagegen, wenn du das Bier auf deinem Zimmer trinkst.«

»Mann, seid ihr öde! Was soll ich auf meinem Zimmer, wenn in der Küche das volle Leben tobt?«

»Zwei Flaschen Bier?«

»Sechs!«

»Drei, allerhöchstens.«

»Sechs! Keines weniger! Und morgen zum Mittag will ich Kartoffelpuffer. Frisch gerieben, frisch ausgebraten, bis ich satt bin – sagt das eurer Bertha!«

»Du!«

»Dein Wort darauf, Justus Hansen von Enckendorf, oder ich gehe nicht.«

»Du bist so ein dummes …« Justus steht auf, macht einen Schritt auf Eugen zu, Eugen zieht schon den Kopf ein, aber Justus beherrscht sich, biegt ab in die Speisekammer, holt fünf Flaschen *Kindl*, drückt sie Eugen in den Arm. »Verschwinde, aber dalli!«

Eugen springt auf, grinst. »Ich darf mich empfehlen. Wünsche noch eine schöne Nacht!« Er wirft die Tür hinter sich zu.

Über dem Dach vom Ostflügel zieht schon der Morgen herauf.

Ich schlafe schlecht in der engen Bluse, die ich ohne Hilfe von Bertha nicht ausziehen kann. Zuerst höre ich die Nachtigall in den Linden am Straßenrand, eine Stunde später ein Rotschwänzchen, irgendwann die Amsel. Um sechs Uhr fährt der Milchwagen vorüber, ein Viertel nach sechs kommen die Straßenkehrer.

Ich warte bis kurz nach sieben, dann erhebe ich mich, werfe den

Morgenmantel über, gehe in den Ostflügel hinüber zum Telefonapparat. Vielleicht kann ich Professor von Isensee so früh noch zu Hause erreichen und mich mit ihm verabreden? Oder ich stelle ihm meine Fragen gleich am Telefon und erspare uns den Weg in die Universität.

Aber nein, es gibt eine Überraschung. Vor Gustavs Zimmer bleibe ich stehen, lege mein Ohr an die Tür: die Stimme von Eugen, nicht eben leise, aber sehr devot. »Nein ... sie haben die Pläne, die lagen vor ihnen auf dem Küchentisch, ich habe es deutlich gesehen ... Auf keinen Fall, Exzellenz ... nein, sie hat sich bestimmt nicht mit Bluman getroffen. Sie war gestern zu Hause, den ganzen Tag.«

Mein Atem stockt, mein Herz klopft wie ein Schmiedehammer, ich schnappe nach Luft, aber ich *muss* hören, was drinnen gesprochen wird.

»Nein, Exzellenz, heute habe ich nicht getrunken ... Ja ... selbstverständlich ... ich gebe mir Mühe. Disziplin und Ordnung ... nein, ich verbrüdere mich nicht mit den beiden. Bitte glauben Sie mir, Exzellenz ... ich halte mich an den Vertrag ...«

Eugen legt den Hörer auf. Ich renne auf Zehenspitzen durch den Korridor, öffne geräuschlos die Tür zur Bibliothek, schlüpfe hinein, hole Atem. Dann klappere ich laut mit der Klinke, reiße die Bibliothekstür auf. Die Tür zu Gustavs Arbeitszimmer wird gerade geöffnet, Eugen erscheint, vollständig angekleidet, in der Hand eine von Gustavs Zigarren, halb aufgeraucht. In derselben Sekunde wie er trete ich hinaus auf den Korridor.

»Oh ...«

»Na, Eugen, wie geht es dir? Gut geschlafen?«

»Gut, Wanda, bestens.« Er gerät überhaupt nicht aus der Fassung, lässt seinen Blick auf mir ruhen, traurige graue Augen. »Ich glaube, ich muss mich niederlegen.« Damit schreitet er langsam davon.

Sofort nach dem Frühstück telefoniert Justus mit einer Garage und kündigt das Automobil für den Nachmittag zur Scheibenreparatur an. Danach verbindet ihn das Fräulein vom Amt mit dem Amt von Johannisthal. Der Flugplatz hat inzwischen ein richtiges Büro bekommen, die junge Dame, die den Anruf von Justus entgegennimmt, verspricht, gleich in ihrer Mittagspause zu den Hallen zu laufen, in denen die Flieger ihre Werkstätten haben, um Bruno Baguschke seine Nachricht zu überbringen.

Eine Viertelstunde vor zehn Uhr öffnet Wernicke das Haustor, Justus holt das Automobil aus der Toreinfahrt, wo wir es in der Nacht abgestellt haben, auf unseren Hof. Sorgfältig sichert er das fingerdicke Loch in der Seitenscheibe mit zwei überkreuz geklebten Guttapercha. Ich sehe ihm dabei zu, blicke hinauf zu unseren Fenstern. Von Eugen erspähe ich nicht einmal den Zipfel seines Morgenmantels.

Endlich fahren wir los. Auf der Straße vor dem Haus kehren die Straßenfeger. Mit aufrechtem Rücken und hoch erhobenem Kopf fahren wir an ihnen vorüber. Immer gerade, mein Kind, deine Gedanken auf deine Pflichten richten, und immer mit Disziplin. *Lerne leiden, ohne zu klagen!* Mama hätte ihre Freude an mir.

»Sollten wir umsteigen in ein Taxi?«

»Dieser Kammerherr hat uns nicht verboten, in die Universität zu fahren.«

»Gut, Wanda, dann nehmen wir den kürzesten Weg und machen kein Geheimnis daraus.«

Wir überqueren die Friedrichsbrücke, parken das Automobil in der Dorotheenstraße.

Seit wir aus Hamburg zurück sind, haben wir Professor von Isensee noch kein einziges Mal gesprochen. Unser Zusammentreffen ist ... anders. Als wir nach Anklopfen und kurzem Warten die Tür zum Arbeitsraum von Professor von Isensee öffnen, fällt die Begrüßung sehr knapp aus. Er springt von seinem Stuhl auf, stürzt uns entgegen, lässt uns keinen Schritt in sein Zimmer. Über seine Schultern hinweg erspähe ich drei Herren, die in der Tiefe des Raumes vor den geöffneten Schränken des Professors knien und in Papieren blättern. Am Garderobenständer in der Nähe der Tür hängen graue Mäntel.

»Ah, die Lieferung der bestellten Chemikalien, da ist sie ja endlich. Ich komme, ich komme!« Er packt Justus und mich an den Ellenbogen, schiebt uns zurück in den Flur, mit dem Absatz tritt er die Tür zu seinem Arbeitsraum zu. »Wanda, sind Sie wahnsinnig, sich hier blicken zu lassen? Justus, wie könnt ihr das machen?«

»Was ist denn los?«

»Was los ist? Ach!« Er zögert, überlegt, wo er uns verbergen könnte. Dann packt er uns wieder fester, schiebt uns den Flur hinunter zum Treppenhaus. Er spricht leise, dreht seinen Kopf hin und her wie ein aufgescheuchter Hahn. »Gehen Sie, Wanda, sofort! Sie glauben ja gar nicht … Seit drei Tagen sind diese Herren in unserem Institut … ich kann nichts tun … der Dekan kann auch nichts dagegen machen.«

»Was denn für Herren?«

»Sie haben sie doch gerade gesehen! Die durchwühlen alles, das Labor, alle Pulte, alle Schränke. Heute Morgen ist mein Zimmer dran. Ach, was wird wohl noch kommen? Wonach suchen die bloß?«

»Vielleicht fragen Sie Professor von Rannstedt. Ich habe gehört, der weiß alles.«

»*Mir* sagt der gar nichts. Sein Zimmer durchwühlen sie nämlich nicht. Professor von Rannstedt wird weggehen. Mitten im Semester verlässt er die Universität und geht an dieses neumodische Kaiser-Wilhelm-Institut. Ein Nachfolger hat sich schon vorgestellt. *Zwei* Nachfolger, wie der Dekan mir heute mitteilte, einer für *ihn* und einer für *mich.*« Professor von Isensee schiebt uns zum Ausgang, Justus hält die breite Flügeltür für uns auf, wir sind wieder im Treppenhaus. Unten fällt krachend die große Haustür ins Schloss, eilige scharfe Schritte kommen die Treppe herauf. Das Gesicht von Professor von Isensee nimmt einen hilflosen Ausdruck an.

Vorsichtig trete ich näher an das Treppengeländer und blicke hinunter, vier Männer in langen grauen Mänteln marschieren eilig nach oben. Einen von ihnen kenne ich, wie lange ist das schon her: Justus hatte ihn am Genick gepackt, ihn aus unserem Salon hinaus und die Treppe hinunter befördert. Wahrscheinlich trägt er auf seinem Rücken noch immer den Abdruck von Onkel Gustavs Paradedegen. Ein wirklich unglücklicher Moment für ein Wiedersehen.

Justus' Blick fliegt durch das Treppenhaus, es gibt eine einzige Tür, direkt gegenüber vom Eingang. Wir sehen uns an.

»Wanda …?« Anscheinend weiß Justus, was uns hinter dieser Tür erwartet, ich weiß es noch nicht. Ein kurzes Nicken, dann packen wir den Professor an den Ellenbogen, öffnen geräuschlos die Tür. Drinnen riecht es nach Chlor und Lysol, wie im Leichenschauhaus von Hamburg. Eine Reihe von hellgrauen Holztüren, ein langes Waschbecken, der Fußboden ist hellgrau gekachelt, das Licht ungeheuer schwach. Da es so gut wie keine Studentinnen gibt, kann das hier nur die Herrentoilette sein.

Ich erstarre, Professor von Isensee murmelt tonlos vor sich hin. »Es tut mir so leid … es tut mir so leid!« Was kann er nur meinen? Setzt es ihm so heftig zu, dass er hier mit mir in einer öffentlichen Toilette steht?

Auch Justus guckt recht betreten. »Sieh einfach nicht hin, Wanda.«

Die Schritte im Treppenhaus kommen näher. »Wenn nun einer von denen hier herein will?«

Sie schauen mich an, der eine verdrossen, der andere voller Furcht und Grauen. Gerade noch rechtzeitig schließen wir eine der Kabinentüren hinter uns. Die Schritte erreichen den Treppenabsatz, die große Schwingtür wird aufgezogen und fällt krachend wieder zurück. Erleichtert seufzt der alte Professor. Und dann – doch noch! Schneidig klinkt jemand die Tür zur Toilette auf …

Kein Wort davon! Ich überstehe es, Justus übersteht es, sogar Professor von Isensee fällt nicht auf der Stelle tot um. Als alle Türen sich wieder hinter dem Mann geschlossen haben, wagen wir lange nicht, uns in die Augen zu sehen.

Justus ist der Erste, der sich wieder fasst. »Wir müssen reden, Herr Professor. Keine Ausflüchte! Nur bitte nicht hier.«

Zittrig, aber entschlossen wie ein Mann, der nichts mehr zu verlieren hat, tritt der Professor mit uns hinaus auf den Treppenabsatz. Eine schmale Holztreppe führt nach oben, der Professor schließt die Gittertür auf, langsam und schwerfällig steigt er mit uns auf den Dachboden des Institutes.

Zwischen den Balken des Dachgestühls, zwischen eingestaubten Regalen, Glasballons und zugedeckten Apparaturen zieht Justus das Heft aus der Tasche, das wir in dem braunen Päckchen von Fanny gefunden haben. Das schräge Dach über uns ist niedrig, durch die kleinen Dachluken fällt nur wenig Sonne. Der Professor sucht einen Lichtstreifen, beugt sich über das Heft, studiert die Seiten mit den Zeichnungen, die Seiten mit den chemischen Formeln, blättert lange hin und her. »Aha … ja … ach so …« Er hat sich sehr verändert in den letzten Tagen: Der wache alte Herr, der mit Fakten und Menschen umgeht wie ein geschickter Jongleur, ist er wohl nicht mehr.

»Nun, Herr Professor?«

»Also, soweit ich das hier sehen kann, ist das eine Apparatur … eher eine richtig große Einrichtung … hier vorne haben wir Acetylen … hier wird es gespalten … das ergibt Carbonium – und Wasserstoff. So ein Überfluss, das ist kaum zu glauben, die Behälter haben riesige Ausmaße! Dass jemand Ruß in großen Mengen haben will, kann ich mir noch vorstellen. Aber wofür braucht jemand so viel Wasserstoff?«

»Für den Zeppelin, Herr Professor. So etwas braucht jeder, der ein Luftschiff baut. Wenn das Ding fliegen soll, braucht es riesige Mengen davon.«

»Ach, immer wieder der Zeppelin. Darum ging es ständig in den letzten Wochen bei meinem lieben Freund Gustav. Darf ich fragen, woher Sie dieses Heft haben?«

»Aus einem Paket, das Tante Emmy bei einer Freundin in Verwahrung gegeben hat.«

»Hm. Aha. Bei einer Freundin also. Darf ich wohl auch noch fragen, wie diese Freundin heißt?«

»Sie dürfen mich alles fragen, Herr Professor. Sie heißt Fanny von Schwartz.«

»Gott bewahre. Doch nicht etwa die Baronin von Schwartz, die mit diesem Herrn aus dem Auswärtigen Amt verheiratet ist?«

»Sie kennen sie?«

»Leider, leider, das muss ich bejahen.«

»Aber das kleine Paket hat Fanny gut behütet, am Grunde eines Brunnens, so sicher wie in Abrahams Schoß.«

»Nein, Wanda, bei dieser Dame ist Vorsicht geboten. Wir alle haben sie unterschätzt. Ach, wenn unsere verehrte Emmy sie doch niemals getroffen hätte!«

Hätte ich nicht gestern Abend das Gespräch mit Fanny geführt, wären das für mich nichts als seltsame Sätze eines seltsamen alten Professors. Aber nun – ist hier wieder mein Faden? So nah, dass ich danach greifen kann? Und wenn ich jetzt daran ziehe, werden Chaos und Wirrwarr noch tiefer? »Sie waren doch auch auf dieser Abendgesellschaft, die Emmy und Gustav gegeben haben?«

»Dazu … kann ich nichts sagen.«

»Doch, das können Sie!«

Zögernd streicht er sich über die Haare, als müsste er sich erst erinnern. »Ja, Wanda … ja, ich war Gast dieser illustren kleinen Gesellschaft.«

Aha! »Wer war außer Ihnen noch da?«

»Wer … nun, unsere verehrte Emmy, mein Freund Gustav …«

»Und? Die Baronin von Schwartz?«

»Leider, auch die.«

»Alfred Bluman?«

»Der auch.«

»Julian Jochanaan Wergen war auch da?«

Professor von Isensee erbleicht, lauscht meinen Worten nach.

»Der alte Herr, der das Material für die sicheren Ballonhüllen entwickelt hat, Sie erinnern sich doch, Herr Professor?«

»Ja, schon wieder der Zeppelin! Aber der alte Herr kam nicht. Obwohl … wir ihn sehr erwartet haben.«

Aha. »Warum könnte er sich entschlossen haben, nicht zu Emmys Abendgesellschaft zu kommen?«

»Nun, ich habe keine Ahnung!«

»Ich glaube, Sie *wollen* nicht reden. Diese Abendgesellschaft sollte geheim bleiben. Warum?«

Professor von Isensee guckt mich mit großen Augen an. »Für eine junge Dame, liebe Wanda, verfügen Sie über eine erstaunliche Gabe.«

»Und die wäre?«

»Die Gabe des logischen Denkvermögens. Was Sie hier für Gedankengänge entwickeln, ist nahezu unglaublich.«

»Danke für das Kompliment. Würden Sie jetzt bitte meine Frage beantworten?«

Der Professor greift nach einem Balken des Dachstuhls, als könnte er sich daran festhalten wie an einem Rettungsring. Er sieht von Justus zu mir, von mir zu Justus. »Ach, Kinder, wenn ich nur wüsste …«

»Sie wollen nichts sagen, weil Sie Gustav und Emmy versprochen haben, dieses Geheimnis zu hüten, nicht wahr?«

»Nein … nein …«

»Lieber Herr Professor, Tante Emmy ist tot, Onkel Gustav ebenfalls. Auch Julian Jochanaan Wergen lebt nicht mehr. Der alte Mann wurde ermordet, vor fünf Tagen, auf die gleiche Weise wie Gustav und Emmy.«

»Um Himmels willen, um Himmels willen!« Er knetet seine Hände, verdreht die Augen. Ich habe genug von seinen Ausflüchten.

»Ich will das jetzt wissen! Damit *ich* nicht die Nächste bin, die deswegen stirbt. Oder *Justus*. Oder *Sie*!«

Die grauen Herren haben gut für mich vorgearbeitet: Professor von

Isensee zittert wie Espenlaub. Er klammert sich an den Dachbalken, als strömten reißende Flüsse auf ihn zu.

Justus schüttelt tadelnd den Kopf. »Wanda hat es nicht so gemeint, Herr Professor. Gar nichts wird passieren.«

»Doch, doch, Wanda hat recht. Wir werden alle sterben, alle, die auf dieser Gesellschaft waren. Ach, warum verstehe ich das erst jetzt …«

»Erzählen Sie uns, was sich abgespielt hat, eins nach dem anderen.«

»Ja, Justus, ja … Das begann alles ganz harmlos. Emmy wollte, dass ich, zusammen mit Gustav, diesem Herrn Bluman zuhöre. Dass ich sozusagen … ein fachliches Urteil abgebe, ob diese ganze Fliegerei mit den Luftschiffen vom Grafen Zeppelin wirklich sicher ist.«

»Und, ist sie sicher?«

»Gut und verlässlich, bis auf die Sache mit den elektrostatischen Aufladungen. Aber da sollte der alte Herr mit der Lederfabrik Abhilfe schaffen, der an diesem Abend erwartet wurde.«

»Sie saßen also zu fünft im Salon und redeten über den Zeppelin. Über seine Sicherheit, über die Ballonhülle. Und was noch?«

»Nun, Bluman plauderte über die Gesellschaftsabende beim alten Grafen Zeppelin in Friedrichshafen …«

»War etwas Besonderes an dem, was er sagte?«

»Nein, eigentlich nicht. Er erzählte vom Grafen. Das war für mich neu, denn Graf Zeppelin ist nicht einfach ein alter ehrwürdiger Herr vom Bodensee, so wie ich immer gedacht hatte. Der hat auch nicht sein Leben lang auf seinen Gütern Wein angebaut, wie die meisten dort. Nein, mit 20 Jahren hat er die Militärakademie abgeschlossen, mit 21 ist er freiwillig einem Pioniercorps beigetreten. Mit nur 23 Jahren hat er durchgesetzt, Kriegsbeobachter im Amerikanischen Bürgerkrieg zu werden. Er hat die Potomac-Armee begleitet und ist schließlich in Minnesota dem ersten Ballon seines Lebens begegnet. Die Armee der Nordstaaten hatte schon Anfang der 1860er Jahre ein Ballonkorps, mit dem Aufklärer aufsteigen und hinter die Linien des Feindes sehen konnten. Ein paar Jahre später, 1870, als wir Deutschen Paris belagert und schließlich besiegt haben, da hat Zeppelin mit angesehen, wie die Franzosen Ballons zur Nachrichtenübermittlung einsetzten. Und, noch viel interessanter, sie haben mit ihren Ballons weit über hundert Menschen aus der belagerten Stadt herausgetragen. Und das … war der große Ansporn für ihn. Von da kamen seine ersten Ideen.«

Wir hören ihm zu, tauschen Blicke, wagen kaum zu atmen, um ihn ja nicht zu unterbrechen.

»Zu dieser Zeit gab es das Buch *Weltpost und Luftschiffahrt*, das der Postmeister des Norddeutschen Bundes geschrieben hatte, auch das hat den jungen Zeppelin sehr beeindruckt. Und so redete Bluman weiter und weiter, er ist ein wunderbarer, ein interessanter Erzähler, aber irgendwann unterbrach Emmy seinen Redefluss und fragte ihn geradeheraus, wie weit seine Verhandlungen mit dem Kriegsministerium gediehen seien.«

»Wen? Bluman?«

»Ja, ja. Bluman erschrak fürchterlich, das sind ja geheime Verhandlungen. Bluman hatte Emmy immer von der völkerverbindenden Idee des Luftschiffverkehrs erzählt. Von weltweiten Handelsbeziehungen, weltweiter Postbeförderung, weltweitem Passagierverkehr. Aber Emmy war eine kluge Frau, sie hatte längst angefangen herumzufragen, das Woher und Wohin zu ergründen. Der Luftschiffbau in Deutschland hat zwei Gesichter, so ist es nun mal.

Graf Zeppelin hatte damals nach diesem großen Unglück von Echterdingen viele Millionen bekommen, das ganze deutsche Volk hat für ihn gespendet. Die Leute lieben und verehren ihn, fast mehr als unseren Kaiser. Sogar eine Lotterie war extra für den Bau eines neuen Luftschiffs ins Leben gerufen worden. Aber Graf Zeppelin hatte eben außerdem auch noch zweieinviertel Millionen Mark vom Kriegsministerium erhalten. Unsere verehrte Emmy hatte ein Gespür für das Verborgene, für den Hintergrund aller Dinge. Sie hat sogar einen Brief vom Kriegsminister Karl von Einem in die Hände bekommen, in dem war die Rede davon, dass der Kaiser kriegstaugliche Zeppeline für das Deutsche Heer anschaffen will. Alles geheim natürlich, streng geheim. Darüber darf man nicht reden.«

»Wie hat Emmy das herausgefunden?«

»Sie war eine gescheite Frau. Viele Nachforschungen sind über die Baronin von Schwartz gegangen …«

»Ich dachte, Fanny von Schwartz hätte die Bekanntschaft von Tante Emmy gesucht, um sie zu beobachten?«

»Nein, liebe Wanda, es war genau umgekehrt. Unsere Emmy wurde ihr zufällig im Damensportclub vorgestellt, und da ihr Gatte, der Baron von Schwartz, Legationsrat im Auswärtigen Amt ist, hat Emmy zielgerichtet diese Bekanntschaft vertieft. Sie war sehr geschickt darin. Schon zwei Wochen nach ihrem ersten gemeinsamen Bogenschießen waren Gustav und Emmy bei der Baronin von Schwartz zu einem Diner geladen. Da hat Emmy versucht, den Baron von Schwartz ein wenig ... *auszuhorchen*. Aber solche Leute reden ja nicht mit Frauen über derartige Dinge. Krieg ... Technik ...«

»Und schon gar nicht mit einer Frau, die Artikel für *Die Zukunft* schreibt.«

»Richtig. Aber schließlich erfuhr sie dann doch, was sie wissen wollte, denn die Baronin von Schwartz hat höchstselbst ihren Mann ausgefragt. Und sein Vortragender Rat war wohl auch recht gesprächig.«

»Und was die beiden Herren erzählt haben, das hat Fanny an Emmy weitergesagt?«

»Jawohl.«

»Also doch keine schlechte Freundin.«

»Aber auch keine gute. Um Himmels willen, um Himmels willen ...« Professor von Isensee blickt hilflos um sich. Das Licht, das durch die Dachfenster scheint, ist grell geworden, es muss nahezu Mittag sein. Der Professor zieht seine goldene Taschenuhr, lässt den Deckel aufspringen. »Oh ... so spät schon. Es tut mir leid, meine Lieben, ich muss wieder nach unten, man wird mich vermissen.«

Oh nein! Ich will nicht wieder in Chaos und Wirrwarr versinken. »Herr Professor! Wie soll ich Ihnen denn helfen? Bitte sagen Sie mir die *ganze* Wahrheit über diesen Abend, nicht nur die halbe!«

»Ach, Wanda, verstehen Sie doch, ich gab Gustav mein Ehrenwort.«

»Onkel Gustav erfährt nichts mehr davon. Und die Erzählungen über diesen Abend machen längst die Runde zwischen Auswärtigem Amt und Kaiserhof.«

»Sie glauben, der Kaiser weiß es?«

»Ganz bestimmt, Herr Professor.«

»Wir werden sterben, oh Gott, oh Gott ...«

Da ist er, mein Faden. Daran ziehen, die Knoten lösen, Chaos und Wirrwarr ordnen! »Ja, wir werden sterben, wenn Sie jetzt nicht reden.«

»Nun ... ja ... ich ...«

»Was geschah danach, Herr Professor? Die *ganze* Wahrheit!«

Schweißperlen stehen auf seiner Stirn, seine Hände zittern. »Gustav wird mich umbringen ... Punkt acht Uhr – das war Emmys Überraschung für diesen Abend, wovon weder Gustav noch ich vorher gewusst hatten – Punkt acht Uhr kamen die Engländer.«

»Was denn für Engländer?«

»Zwei Gesandte. Ein freundlicher alter Herr und ein junger … beide in Zivil, nicht vom Militär. Soweit ich weiß, gehörten beide zum Englischen Konsulat hier in Berlin. Sie waren wissenschaftlich gebildet, der ältere war jahrelang Professor für Physik an der Universität in Oxford, der jüngere ein hervorragender Techniker von einem englischen Motorenwerk. Beide hatten ein fulminantes Vorwissen über Luftschiffe. Und ein großes Interesse am Zeppelin.«

»Ich verstehe immer noch nicht.«

»Nun … wir hatten … mehr oder weniger … einen fachlichen Austausch. Über Ländergrenzen hinweg.«

»Wie? Ein fachliches Treffen, sonst nichts?«

»Nein, sonst nichts … Wir sprachen … über das Aluminiumskelett … über den Aufbau der Gaszellen. Dann über diese Goldschlägerhaut. Die beiden Herren aus England bedauerten sehr, dass der alte Herr nicht gekommen war. Sie wollten ihn aufsuchen, wollten selbst mit ihm in Verbindung treten. Aber Emmy verriet ihnen nicht seinen Namen, sie zog es vor, noch einmal persönlich bei ihm vorzusprechen und seine Zustimmung einzuholen … Danach redeten wir über die Kraftübertragung von den Motoren auf die Propeller, über die Brücke, die längs durch das Aluminiumskelett nach hinten zu einem dritten Motor führt. Manchmal so fachbezogen, dass selbst ich kaum noch folgen konnte. Und schlussendlich sprachen wir über die Motoren, die die Herren Maybach senior und junior für den Zeppelin entwickelt haben …«

Maybach? Oh ja, da sind sie, die technischen Zeichnungen aus Onkel Gustavs Aktenkoffer, die abgeschnittenen Beschriftungen aus Fannys braunem Päckchen. »Maybach I und Maybach II?«

»Sie wissen davon, Wanda?«

»Ja! Ein Motor, der ohne Schwimmer arbeitet.«

Er schüttelt leise den Kopf. »Ganz wie Ihre Frau Tante, wirklich und wahrhaftig …«

»Und dann? Wie ging es weiter, Herr Professor? Ist etwas passiert?«

»Nein … es *war nichts* … gar nichts. Es fand einzig und allein ein Austausch von Ideen und Erkenntnissen statt.«

»Das ist doch nichts Verbotenes, oder?«

»Ich habe viel nachgedacht in den letzten Tagen. Non liquet, mir ist nichts anderes eingefallen. Wir hatten nur einen Austausch! Allerdings ausgerechnet mit Engländern. Das ist nicht genehm beim Kaiser. Das ist … unerwünscht, das widerspricht dem nationalen Interesse des deutschen Volkes.«

»Ich kann Ihnen da nicht folgen. Wenn Techniker und Wissenschaftler aus verschiedenen Ländern über den Zeppelin reden, das ist doch ungefähr so, als würde mein lieber Papa sich mit Gutsbesitzern aus England oder aus Frankreich über Kartoffelanbau und Rübenernte unterhalten. Sie tauschen Erfahrungen aus, geben dem anderen Anregungen.«

»Verstehen Sie doch, Wanda! Die Engländer sind längst nicht so weit mit ihrem Luftschiffbau wie unser Graf vom Bodensee. Auch die Franzosen sind im Luftschiffbau nicht erfolgreich. Deutschland dagegen genießt ein sehr hohes Ansehen. Deutsche Techniker, deutsche Ingenieure, deutsche Überlegenheit! Die muss unter allen Umständen erhalten bleiben. Sogar ausgebaut, so will es der Kaiser.«

Justus sieht vom Professor zu mir, von mir zum Professor. »Emmy hat Türen geöffnet, die durch den Willen von Kaiser Wilhelm II. verschlossen waren.«

»Ja, Kinder, im Grunde wusste jeder von uns, dass wir etwas tun, was nicht ganz den Regeln entspricht. Aber konnten wir ahnen, dass das ein derartig schlimmes Verbrechen ist? Kann der Kaiser uns wirklich erschießen lassen, nur weil wir miteinander geredet haben? Sogar dieser arme alte Herr, der nicht einmal anwesend war …« Professor von Isensees Hände zittern, seine Stimme ist nur noch ein heiseres Flüstern. »Ich bin der Nächste … der Nächste, der erschossen wird …«

Ich biete ihm meinen Arm, er wankt zur Tür.

»Diese Baronin … diese unselige Baronin … sie hätte niemals auf dieser Gesellschaft sein dürfen! Dann hätte der Kaiser nie davon erfahren.«

Wir laufen zurück in die Dorotheenstraße, wo Justus das Automobil abgestellt hat. Neben dem Ford kehren zwei Straßenfeger den blitzsauberen Fußweg. Zehn Meter voraus, an der zugigen Ecke der Universitätsstraße, sieht ein Herr im grauen Mantel gelangweilt die Straße hinab.

Justus schließt die Autotür auf, hält sie mir auf. »Wanda, ich habe dich lange nicht gefragt, ob du zurück nach Branndenburg willst. Ich würde dich sofort hinfahren.«

Ich brauche eine kleine Weile, um Justus zu antworten. Nicht, weil ich auch nur eine Sekunde lang in Betracht ziehe, zurück zu Papa und Mama zu flüchten. Nein, ich ordne noch immer die Sätze von Professor von Isensee. Sie stellen sich quer, sie *tun* so, als wären sie die Fäden, an denen ich ziehen kann, um das Chaos zu ordnen, aber sie *sind* es nicht. Nichts von dem, was er gesagt hat, passt am Ende zusammen.

»Nun, Wanda?« Justus setzt sich auf den Fahrersitz, der Motor läuft schon.

»Nein, Justus, nicht zurück nach Branndenburg. Ich will wissen, wer Emmy und Gustav umgebracht hat. Seit wann steht auf Miteinander-Reden die Todesstrafe?«

»Wenn es wirklich nur ein wissenschaftlicher Austausch war, dann kann das nicht sein.«

»Er sagt, *weiter war nichts*, sie haben zu siebent auf den Sofas im Salon gesessen und stundenlang nur geredet.«

»Ein Chaos!«

Ich wende den Kopf, Chaos und Wirrwarr, das denkt Justus also auch. »Vielleicht sagt der Professor uns nicht die Wahrheit, manchmal schlägt er Haken wie ein Hase.«

»Er ist alt, verliert manchmal den Faden.«

»Oder er spielt uns den vergesslichen Alten nur vor, führt uns an der Nase herum! Wir sollten noch einmal zurückgehen.« Ich habe die Klinke schon in der Hand, den Fuß schon fast auf dem Trittbrett, da fällt mein Blick aus dem Fenster. Neben dem Automobil kehren noch immer die Straßenkehrer, ab und an bückt sich einer, sieht neugierig zu uns herein. »Justus, wir fahren!«

Ohne ein Wort löst Justus die Bremse, lenkt das Automobil auf die Mitte der Straße. »Ich denke genauso wie du, Wanda, wir müssen alles über die Abendgesellschaft erfahren. Wirklich alles!«

»Dann bleibt doch nur Bluman.«

»Aber wir setzen unser Leben aufs Spiel, wenn wir uns mit ihm treffen, das ist dir doch klar, oder?«

»Warum darf ich nicht mit Bluman sprechen? Ach, Justus, wo leben wir nur?«

»Mitten in Deutschland.«

»Armes Deutschland!«

»Armer Professor.«

»Arme Emmy! Armer Gustav!«

»Wir geben nicht auf.«

»Vielleicht gehst du mit Eugen nach hinten in sein Zimmer, und ich rufe Bluman an. Das merken die nie, davon dringt nichts zum Geheimen Kammerherrn.«

Wir fahren stadtauswärts. Die Garage, in der Justus das Automobil zur Reparatur angemeldet hat, ist auf dem Hof eines Hauses in der Müllerstraße. Justus spricht mit dem Besitzer der Garage, derweilen lässt er den Wagen auftanken. Ein junger Mann in blauem Arbeitsanzug füllt Benzin ein, gießt Öl nach, reinigt die Lampen und beginnt mit der Kontrolle des Motors. Das wird zwei Stunden dauern, ob wir darauf warten wollen?

Nein, das wollen wir nicht. Die Seitenscheibe muss ohnehin erst bestellt werden. Wir schlendern die lange Straße hinunter, steigen in eine Straßenbahn, steigen um in ein Taxi, fahren in großem Bogen durch die halbe Stadtmitte. Endlich einmal keine Straßenkehrer, die um uns herumfegen, keine Herren, die uns beobachten, kein Eugen, der uns belauscht. Es ist beinahe so schön wie früher mit Sottke und Hans und Lotte, um uns herum nur Berlin, Berlin! Als wir in der Oranienburger aus unserem Landauer steigen, wissen die Straßenkehrer vor unserem Haus nicht, wo unser Automobil ist. Ratlos sehen sie uns entgegen, dann beugen sie sich wieder emsig über ihre Reisigbesen.

Wernicke salutiert, starrt uns aus glasigen Augen an. Eine heftige Bierfahne umweht ihn trotz seiner fest geschlossenen Lippen, dabei ist noch nicht einmal Mittag. Wir steigen die Stufen hinauf. Bertha empfängt uns schon im Korridor mit der Mitteilung, dass Ferdinand vor einer Stunde angerufen hat. Er hat den Bebauungsplan und inzwischen auch sämtliche ergänzenden Akten eingesehen und wird heute Abend zu uns kommen. Entweder persönlich, wenn es ihm zeitlich möglich ist, oder er schickt seinen Leibkutscher mit den Unterlagen zu uns. Justus hilft mir aus der Jacke, hängt sein Jackett tief in die Flurgarderobe.

»Oh, Eugen!«

Ein Schatten löst sich aus dem dunklen Garderobenraum.

»Na, Herr Kunstmaler, stehst du schon lange hier?«

Eugen gibt keine Antwort, druckst herum. Justus nimmt ihn beim Ellenbogen, zieht ihn in den Korridor, biegt in die Küche, kommt mit zwei Flaschen Bier unter dem Arm zurück und schiebt Eugen vor sich her. »Sag mal, mein Lieber, hast du wieder mal was gemalt? So einen hübschen Zeppelin? Oder ein nettes Porträt?«

Ich sehe ihnen nach, mein Blick streift Bertha, auch sie kann die Augen nicht von Eugen lösen, bis sie endlich in den Ostflügel einbiegen. Unsere Blicke treffen sich, Bertha schüttelt leise den Kopf. »Es steht mir nicht zu, das zu sagen, gnädiges Fräulein, aber dieser Mann ist … ein Wolf, der mitten unter die Schafe gesprungen ist.«

Da kann ich ihr nicht widersprechen. Ich lege ihr den Arm um die Schultern. Was soll ich sagen? Dass alles bald wieder gut sein wird, dass alles sich aufklären wird, Onkel und Tante demnächst beerdigt werden und wir alle dann wieder unser altes Leben führen?

An der Biegung zur Küche kommt uns Anna entgegen. Beim ersten Hinsehen halte ich sie für ein vornehmes fremdes Fräulein, so gut kleidet sie das Kostüm, das ich ihr geschenkt habe, weil sie mir für die *Mulackritze* ihren blauen Rock und ihre gute Bluse geliehen hat. »Diese Seide ist ach so schön, gnädiges Fräulein! Der Rock ist ein wenig zu lang, aber das macht nichts, Bertha wird ihn mir kürzen.« Sie dreht sich vor mir wie eine Vorführdame.

»Wirklich wunderschön, Anna! Nicht nur die Seide, nicht nur das Kostüm, sondern das ganze Fräulein!«

Anna kichert, Bertha biegt mit ihr in den Küchenflur. Hinter dem Wintergarten klappt Eugens Zimmertür. Es wird still. Leise drücke ich die Tür zum Arbeitszimmer von Onkel Gustav auf.

»Einen wunderschönen juten Morjen wünsche isch! Sinn Sie vonne Presse, jnädije Frau?« Der gesetzte Herr, der in Düsseldorf das Büro der DELAG führt, gibt sich wirklich Mühe. Wenn ich ein oder zwei Mal nachfrage und ihn seine Worte wiederholen lasse, verstehe ich nahezu vollständig, was er auf Rheinländisch von sich gibt. »Wenn Sie vonne Presse sinn, muss isch Sie an unsern Herrn Dr. Eckener verweisen. Der betreut die Korrespondenten, die sisch bei uns vorschtellen wollen.«

»Ich bin kein Vertreter der Presse, ich wünsche ausdrücklich Herrn Bluman, weil ich nämlich die Tochter seiner Cousine aus Berlin bin.

Aber das geht Sie im Grunde gar nichts an. Und nun benehmen Sie sich nicht wie ein Flegel, verbinden Sie mich mit ihm! Ich will jetzt endlich meinen Onkel Alfred sprechen.«

»Ach Jott, ach Jott! Isch bin ja untröstlisch, liebes jnädijes Froilein. Freilisch, freilisch, isch würde Se jerne verbinden, nur leider ... is der Herr Onkel im Moment jar nisch momentan. Der is man jrade inne Pirschheide und guckt sisch de Arbeiten an de neue Zeppelinhalle an.«

»Pirschheide ... wo ist das denn?«

»In Potsdam, unser neuet Jelände, draußen anne Havel.«

»Das ist nicht weit von Berlin.«

»Eben, eben. Da könnten Se beinahe selber hinfahren. Dann jestatten Se mir, verehrtes jnädijes Froilein, Ihnen die Telefonverbindung zu unserm Büro in Potsdam anzusaren.«

Ich gestatte es ihm, notiere die Nummer, bedanke mich gnädig und hänge ein.

Das Fräulein vom Amt verbindet mich mit der Nummer in Potsdam. Alfred Bluman ist noch nicht eingetroffen, der junge Mann im Büro weiß nicht einmal, dass er heute noch kommen will. »Er ist ein vielbeschäftigter Mann, Sie müssen verstehen. Ick könnte ihm eine Nachricht schreiben, verehrtes gnädijes Fräulein, wirklich sehr jerne. Ick lege sie hier, mitten auf seinen Schreibtisch. Aber ob er sie liest, kann ick nich jarantieren. Ick bin nämlich gleich weg, Sie verstehen bitte, eine unaufschiebbare Nachfrage bei *Orenstein und Koppel*, wegen der Gleisanlagen. Und danach komme ick leider leider nich noch mal hierher, danach is es fünf Uhr, und da jehe ick stantepede nach Hause.«

Ich hänge ein, lasse mich in Onkel Gustavs Sessel sinken. Aus Eugens Zimmer tönen zwei laute Männerstimmen, klingt Musik vom Grammophon. Von der Zimmerdecke kommt leises Kratzen, in der Wohnung über uns scheuert das Dienstmädchen die Fußböden. Ich werfe einen Blick auf die Dielen unter meinen Füßen. Was wird nun aus dieser Wohnung, was wird aus diesem Haus? Und was können wir jetzt noch tun? Sollen wir warten, bis Alfred Bluman eventuell wieder zu erreichen ist? Wie viel Zeit haben wir? Woher kommt mein Gefühl, dass jede Minute viel zu kostbar ist, um sie ungenutzt verstreichen zu lassen? Ach, wenn ich diesen Bluman nur fragen könnte!

Doch, ich muss *ihn* fragen, wen denn sonst?

Die Sonne scheint hell, die hohen Chausseebäume fliegen an uns vorüber. Ich falte die Zeitung auseinander, die ich vorhin aus Emmys Zimmer geholt habe, schlage den Artikel auf, lese Justus die wichtigsten Absätze vor. Justus blickt starr auf die Straße, konzentrierter Blick, ernster Mund. Ich lehne mich an ihn.

Die Überschrift des Artikels lautet:

Schon wieder ein Zeppelin

Ein Bericht unserer Berliner Correspondentin
Baronin Emmy von Branndenburg

»Große Männer haben große Schicksale, im Glück wie im Unglück. – Ähnliche Sätze lasen wir in den vergangenen Wochen recht häufig in den Zeitungen unseres Landes. Im größten Augenblick seines Lebens ereilt den Helden das Geschick. Auf unsere begeisterten Herzen legt es sich mit eiskalter Hand … und schon greifen wir alle tief in unsere Geldbörsen, wollen beistehen, helfen, wieder aufhelfen. Bringen alles in allem dem vom Schicksal geschlagenen Grafen runde 3 Millionen Mark! Da sollte doch einmal die Frage gestellt werden: WEM wir da großherzig geben, und bei all unserer Begeisterung: OB ES DENN RICHTIG IST?

So wirkt Graf Ferdinand von Zeppelin auf seinem Landsitz unweit des Bodensees schon seit vielen Jahren unermüdlich und unter Einsatz seines gesamten Vermögens weiter an der Umsetzung seiner im Grunde großartigen Idee, ein Luftschiff konstruieren und bauen zu können, das zum Überwinden der Schwerkraft der Erde und zum Fluge doch in der Lage ist. So hat er im Jahre 1905 mit dem Bau eines neuen Luftschiffes beginnen können. Technisch ganz erheblich verbessert, nun mit Dreiecksträgern anstelle der bisher verwendeten flachen Gitterträger, Verbesserungen an der Steuerung, stärkeren Motoren, die noch dazu von geringerem Gewicht waren.

Eine Katastrophe ereignete sich dann beim zweiten Aufstieg, im Januar 1906. In einigen hundert Metern Höhe kam das Schiff in einen starken Westwind, dem die Motoren nicht gewachsen waren, wurde weit ins Land getrieben und musste bei Kißlegg im Allgäu notlanden. Der Wind, der über Nacht zu einem Sturm anwuchs, zerstörte das Schiff am Boden innerhalb weniger Stunden völlig. Noch immer aber waren keine Menschenleben verloren, noch war kein Toter zu beklagen, noch war Zeit zur Umkehr.

So wurden nun Geldmittel unserer Regierung zugesagt, vom Reichstag gutgeheißen, wiederum wurde eine Geld-Lotterie betrieben, dieses Mal genehmigt durch Allerhöchste Order Seiner Majestät, die einen Reinertrag von 250 000 Mark erbrachte.

Am 20. Juni 1908 war damit das vierte Zeppelin-Luftschiff aufstiegsbereit! In 12-stündiger Dauerfahrt überquerte es Konstanz, Baden, den Vierwaldstätter See, das Berner Oberland, die Straßen Luzerns, den Felsrücken von Horgen, durch den die Gotthardbahn im langen Tunnel nach Zürich bricht. Weiter über den Züricher See nebst der Stadt Zürich, Winterthur und die Waldgebiete Thurgaus. Es fuhr über Städte und Berge, kreuzte die Grenzen verschiedener Staaten, überall standen Menschen mit emporgereckten Hälsen und winkten ihm zu. Der Verkehr in den Städten stockte. So bejubelt, landete das Luftschiff in der Abendsonne wieder sicher am Bodensee. Welch ein Triumph!

Nun sollte das Schiff die nächste Prüfung bestehen, die Vierundzwanzigstundenfahrt. Der Flug ging rheinabwärts bis Basel, über Straßburg auf Mainz. Hier sollte nach dem Plan des Grafen umgekehrt werden, um somit eine Fahrtlänge von 700 Kilometern zu erreichen. Begeisterte Menschenmengen, Glockenläuten und wehende Fahnen begleiteten das Schiff auf seinem gesamten Wege. Dem erstmaligen Ausfall eines Motors konnte man bei einer sicheren Zwischenlandung zwischen zwei Buhnen des Rheins mit einer Reparatur begegnen. Allerdings fiel nach Mitternacht wieder ein Motor aus, das Schiff kam nur noch langsam vorwärts und strebte nun eine Landung in der Nähe von Oberthürkheim an, um die Daimler-Werke mit der Ausbesserung des Motorschadens zu betrauen. Und da, auf dieser Zwischenlandung, geschieht es!

Noch lag das Luftschiff ruhig zwischen den in die Erde geschlagenen Pflöcken vor Anker, von Stuttgart war eiligst Militär herbeigerufen, um es zu halten. Hinter dem Städtchen Echterdingen stieg, noch weit entfernt, eine mächtige graue Mauer auf. Noch ehe der Regen losging, kam der Wind. Wer dem Luftschiff nahe war, hörte nichts als ein leises Klirren. Der schlanke Leib und die hintere Gondel, die sich zunächst nur leicht im Wind bewegt hatten, gehalten von 20 oder 30 Soldaten, schliffen plötzlich über den Boden und trieben die Zuschauer in wilder Flucht vor sich her. Der Anker nahm seine Richtung gefährlich über die sich flach auf den Boden werfende Menschenmenge! Das Luftschiff flog nun davon, die Menge setzte sich in Bewegung und verfolgte zu hunderten das steuerlos dahintreibende Schiff. Die Spitze des Ballons aber neigte sich tiefer und tiefer, berührte fast die Erde. Da, plötzlich, ein schwacher Knall, eine leise Detonation, Flammen schossen aus der Hülle empor, eine zweite, eine dritte ohrenbetäubende Detonation folgten, eine riesige Feuersäule lohte zum Himmel, ein Schrei ging durch die Menge, wilde Verzweiflung, Schluchzen! Entsetzen und Grauen, ein Meer von Staub. Das Luftschiff vernichtet, Tote und schwerst Verletzte lagen am Boden. Was soll hier noch das Gerede vom Schicksal Großer Männer, die im höchsten Moment ihres Erfolges das Geschick ereilt – was wir voller Verwunderung in so vielen Zeitungen lesen?

Aber ach und weh, alte Mythen werden nun wieder bemüht: der kühne Ikarus, dem das Feuer der Sonne das Wachs aus den Flügeln löst. Vernichtet und doch Sieger – nein!

Aus der Trauer erhob sich eine Welle des Mitgefühls mit dem Grafen, ergriff das gesamte deutsche Volk, Geldspenden in bisher beispielloser Höhe flogen ihm zu. Dienstmädchen spendeten ebenso bereitwillig wie Lehrer oder Amtmänner oder die Spitzen unserer Industrie – in einem Augenblick, in dem nicht nur der Graf sich die Frage stellen sollte, ob denn die weitere Entwicklung der Technik des Luftschiff-Fluges wirklich das Opfer von Menschenleben wert war und weiterhin ist.

Welch eine Frage von wahrlich existentieller Bedeutung – die inzwischen glücklicherweise mit einem guten Ausgang beantwortet wurde. Technische Verbesserungen, von weiteren Geldspenden möglich gemacht, haben Möglichkeiten und Sicherheit der Zeppelin'schen Luftschiffe in weit höhere Ebenen geführt. Und auf jeder neuen Stufe muss ein Graf Zeppelin, muss ein jeder, der mit der Entwicklung der Luftschiffe zu tun hat, sich doch immer aufs Neue fragen: Was tue ich hier? Habe ich alles bedacht, unter jedem nur möglichen Blickwinkel, dem wissenschaftlichen, dem technischen, dem des Gewinns für die gesamte Menschheit wie auch dem des Schutzes von Menschenleben? Nicht stehen bleiben, sondern tagtäglich wieder sein Gewissen befragen. DENN ALLES, WAS WIR TUN, SOLLTEN WIR TUN MIT EINER GEWISSEN MORAL …

Der Motor brummt. Ich falte die Zeitung zusammen. Wie weit noch, Justus? Er legt seinen Arm um mich, lässt seine Finger durch meine Haare gleiten. »Nicht lange, Wanda, wir sind bald da.«

Zwei Stunden Irrfahrt liegen hinter uns. Wir sind aus dem Haus geschlichen, über den Hof, durch den Dienstboteneingang, kreuz und quer durch die Stadt gefahren, Straßenbahn, Taxi und Autobus, bis wir sicher waren, dass niemand uns folgt. In der Garage in der Müllerstraße hatte glücklicherweise noch niemand mit dem Ausbau der Scheibe begonnen, wenn auch die Heftpflaster schon entfernt waren. Heute Nacht werden wir das Automobil wieder auf den Hof der Garage stellen, in den Morgenstunden wird mit dem Wechsel der Seitenscheibe begonnen, damit wir morgen Nachmittag wieder ein intaktes Automobil mit einer unbeschädigten Scheibe haben.

Alfred Bluman steht am Ufer der Havel. Die Abendsonne scheint ihm ins Gesicht, eine leichte Brise weht seine Rockschöße auseinander. Als er unseren Wagen auf dem Heideweg hört, winkt er uns lächelnd entgegen. Wir umfahren gefällte Kiefern, weichen den tiefen Kratern gerodeter Wurzeln aus. Frierend steige ich aus dem Wagen, schaue über die Havel, als wäre ich voller Interesse für Landschaft und Fluss. Alfred Bluman reicht mir seine Hand, hilft mir über einen Stapel Langholz. Sein Blick hängt an dem Einschussloch in der Autoscheibe, das auch von hier aus deutlich zu erkennen ist. Aber sein Lächeln bleibt herzlich, er hebt seine Arme, weist auf die untergehende Sonne, Heide, hohe Kiefern. »Sehen Sie, meine Lieben! So schön gehen Träume in Erfüllung. Wir haben Luftschiffhallen in Düsseldorf, Köln. Die Luftschiffhalle in Hamburg-Fuhlsbüttel ist nahezu fertig. Und nun sind wir in Potsdam. Ganz nahe der Reichshauptstadt!«

»Jawohl, Herr Bluman, ein Hoch auf die DELAG!« Meine Stimme klingt rau, ein wenig verkühlt.

Überrascht wendet er sich zu mir. »Ich bin froh, Sie zu sehen, liebes gnädiges Fräulein. Allerdings ahne ich, wenn ich in Ihr Gesicht sehe, dass die Freude mir gleich vergehen wird. Sie wissen inzwischen mehr?«

»Viel mehr. Herr Bluman, Sie haben mich gebeten, nach dem alten Mann zu suchen, von dem Sie Emmy erzählt hatten.« Ich trete näher, forsche in seinen Augen nach dunklen Gedanken, die er vor mir verbergen will. Aber sein Blick ist klar, unverstellt. »Der alte Mann, Herr Bluman, heißt Julian Jochanaan Wergen. Allerdings ist er inzwischen verstorben, ermordet, genau wie Tante Emmy und Onkel Gustav. Sein Geheimnis der Ballonhüllenherstellung hat er keinem mehr verraten können. Seine Firma wird jetzt geschlossen und …«

Ich breche ab, mitten im Satz. Alfred Bluman ist bleich geworden, weiß wie eine Wand. »Großer Gott! Ich habe es befürchtet.«

Ach? Ich sehe zu Justus, er beobachtet Bluman aus den Augenwinkeln.

»Was für ein schwerer Schlag für den Zeppelin. Es kann Jahre dauern, eine andere gute Lösung zu finden, anstelle der speziellen Erfindung dieses alten Herrn …«

»Wergen.«

»… dieses alten Herrn Wergen. Fräulein Wanda, ich kann Ihnen gar nicht sagen, wie erschüttert ich bin.«

»Sie sagten eben, Sie hätten befürchtet, dass es so kommt?«

Sein Gesicht wirkt verzweifelt, er lenkt den Blick ins Weite. Die Havel fließt ruhig, einhundert Meter stromab ist sie breit wie ein See. In der Ferne eine Eisenbahnbrücke, ringsum Heide und Kiefern, schlimmer als in Branndenburg. Hier vorne ist der kahle Sandboden schon geebnet, weiter hinten wird gerade mit der Rodung der Bäume begonnen. Bluman deutet auf drei flache Kähne, die am Ufer vertäut sind, dicke Rasenstücke liegen darauf gestapelt. »Die sind heute Abend gekommen. Morgen in aller Frühe werden die Arbeiter damit den Boden bedecken. Hinten gehen die Rodungen weiter. Schritt für Schritt, immer mit Effizienz.« Er versucht ein Lächeln, der Versuch scheitert kläglich, aber sein Stolz auf dieses Gelände ist nicht zu übersehen. »Hier, schräg zur Havel, steht bald unsere Luftschiffhalle. Die Entwürfe sind nahezu fertig. Leichte Bauweise, genietete Eisenträger. Im Winter fangen wir an zu bauen, es dauert nur wenige Wochen, dann steht sie. Schon die beiden Tore – wunderbare Konstruktionen, lassen sich bei stärkstem Wind mühelos öffnen und schließen. Von der Halle aus verlegen wir Führungsschienen für die Luftschiffe bis ans Wasser heran. Erst hatte ich Zweifel, ob dieses Landstück für uns geeignet ist, es ist 900 Meter lang, aber leider nur 400 Meter breit, sein Format stimmt nicht für unsere Ansprüche. Dann erkannten wir, dass wir zum Landen die Wasserfläche nutzen könnten, und nun ist dieses verquere Maß überhaupt kein Problem mehr.« Vor seinem inneren Auge erscheint sein fertiger Luftschiffhafen, aber mitten in diesem wunderbaren Traum steht unser Automobil, in der Scheibe ein kreisrundes Loch. Blumans Gesicht wird wieder ernst. »Hat jemand auf Sie geschossen?«

Ich nicke, mehr nicht.

»Ich hoffe, Ihnen ist nichts passiert?«

Ich zucke die Schultern.

»Aber wer es war, wissen Sie?«

Ich nicke wieder. Zeit, dass wir endlich zur Sache kommen. »Bei unserem ersten Treffen haben Sie mir von einer Abendgesellschaft erzählt, die Tante Emmy gegeben hat.«

»Ja, ein wunderbarer wissenschaftlicher Austausch!«

»Auch mit den Kollegen aus England?«

»Alles wunderbar, ganz bezaubernd. Sie haben davon gehört?«

»Ich habe auch von etwas anderem gehört: von einem *geheimen* Gespräch!«

Alfred Bluman zuckt zusammen. Habe ich den Faden gefunden, an dem ich ziehen kann? »Baronesse, Sie wissen davon?«

»Ging es dabei um den Maybach-Motor?«

»Das … ja, auch … ich habe niemandem davon erzählt. Wie haben Sie es erfahren?«

»Verehrter Herr Bluman, ich versuche herauszufinden, von wem meine Tante und mein Onkel erschossen wurden. Ich laufe herum, frage Leute aus, über Apothekerleder, Goldschlägerhaut, Wasserstoffherstellung in Großmengen und den Maybach-Motor.« Ich hole Atem, Justus hebt kurz die Hand, als wollte er mich davon abhalten, weiterzusprechen. Er kennt mich, er weiß genau, was jetzt kommt. Aber es ist schon zu spät. »Und je mehr Fragen ich stelle, umso mehr habe ich den Eindruck, dass es schwer ist, am Leben zu bleiben. Für mich, für Justus und für alle, die auf dieser Abendgesellschaft waren. Also auch für Sie!«

Der Satz trifft, Bluman zieht die Augenbrauen nach oben, öffnet den

Mund. Justus versenkt sich wieder in den Anblick der Sonne über dem Fluss.

»Sind Sie bedroht worden, Herr Bluman?«

»Nein … nein, direkt bedroht worden bin ich nicht. Aber nach unserem Gespräch im Garten der Universität habe ich sehr viel nachgedacht.«

»Worauf sind Sie gekommen? Was glauben Sie, warum Emmy und Gustav gestorben sind?«

»Ich … nun … vielleicht …«

»Vielleicht liegt es an England?«

Bestürzt sieht Bluman mich an. »Aber dieses Treffen mit den beiden Herren aus England hielt ich für konform. Zumindest an diesem Abend dachte ich noch, dass es dem Kaiser genehm wäre.«

»Das sehen Sie jetzt anders?«

»Ich stelle es mit Entsetzen fest. Aber das konnte ich nicht – das konnten *wir* nicht voraussehen!«

»Die Karten auf den Tisch, Herr Bluman, was wollten die Herren aus England?«

»Die Engländer haben uns in einem Gespräch unter acht Augen an diesem Abend ein Angebot gemacht. Sie wollten die Lizenz für den Maybach-Motor von uns kaufen. Für 100 000 Mark. Das Geld konnten wir gut gebrauchen, um weitere Luftschiffe zu bauen, jetzt, wo wir die DELAG gegründet haben. Wir hatten auch schon Anfragen für diesen Motor aus Japan, Russland, Italien.«

Ich lasse ihm Zeit, seine Gedanken zu klären. Erst als lange kein Wort von ihm kommt, gebe ich ihm den nächsten Aufschlag. »In den Unterlagen von Tante Emmy haben wir technische Zeichnungen des Maybach-Motors gefunden.« Bluman nickt angespannt. Ich setze noch einmal nach. »Und wir haben Zeichnungen von einem weiteren Motor entdeckt, der scheint die Weiterentwicklung des ersten Motors zu sein.«

»Wie bitte … ach!« Blumans Kinn klappt herunter. »Um Himmels willen! Maybachs *neuer* Motor? Das kann gar nicht sein, das *darf* nicht … Wie ist dieser Motor bezeichnet? Auf jeder Zeichnung steht eine Nummerierung, eine römische Zahl. Das ist doch eine römische *Eins*? Oder … ist es etwa … eine *Zwei*?«

»Warum erschreckt Sie das so? 100 000 Mark für einen Motor, das lässt sich beim zweiten noch steigern.«

»Nein, Sie verstehen nicht – das geht nicht. Ich würde ... Maybach würde ... Das kann Ihre Tante nicht machen! Wurde die Zeichnung etwa schon an den englischen Gesandten übergeben?«

»Herr Bluman, worüber, außer über den Verkauf von Maybach Nr. I, redeten Sie mit den Engländern in diesem geheimen Gespräch?«

»Nur ganz allgemein ... über den Zeppelin. Auf jeden Fall nicht über Maybach II. Dazu bin ich gar nicht autorisiert!«

»Aber Sie sind autorisiert, die Zeichnungen für einen kompletten Zeppelin zu verkaufen? An die Engländer?«

Sein Kinn sinkt langsam herab. »Das wissen Sie also auch ...«

»Hu-hu! Hallo-o! Herr Blu-man!«

Bluman zuckt jählings zusammen. In der Nähe der Einfahrt steht ein flacher roter Ziegelbau, von dorther eilt quer über den Platz ein Mann.

»Oh nein! Schon wieder ein Mensch von der Presse. Immer dann, wenn man sie ganz und gar nicht gebrauchen kann.«

»Ich denke, die Korrespondenten betreut Herr Dr. Eckener?«

»Mein Gott, Fräulein Wanda, gibt es irgendetwas, wovon Sie noch nichts wissen?«

Der Mann stapft heran, winkt mit den Armen. Er ist nicht sehr groß, schmal, hat sein Jackett geöffnet, seine Hosenbeine sind aufgekrempelt, er trägt die Schuhe in der Hand, läuft barfuß über den Sand. Seine kinnlangen Haare fliegen im Wind. Ein struppiger Schnauzbart prangt über seiner Oberlippe, der ganz und gar nicht dem wohlgezwirbelten Bart von Kaiser Wilhelm ähneln will. »Huhu, Herr Bluman! Erinnern Sie sich? Wir sind heute verabredet.«

Alfred Bluman erbleicht unter seiner sonnengebräunten Haut. »Ja, nun, das sind wir, ich bitte Sie tausendmal um Vergebung. Sie haben vollkommen recht. Ich hielt Sie eben für einen Pressevertreter ... Wenn ich die Herrschaften vielleicht miteinander bekannt machen darf?«

»Danke, danke, mit einer so schönen jungen Dame mache ich mich gerne selber bekannt. Albertus Ritter von Steißbein! Und wer sind Sie, verehrtes gnädiges Fräulein?«

»Baronesse Wanda von Branndenburg.«

Dieser Ritter von Steißbein lacht mir verschmitzt ins Gesicht, als wäre ihm jede Etikette unbekannt. »Oho! Aha! Gehört Ihnen dieser wundersame Ford an der Auffahrt, der ein Loch in der Seitenscheibe spazieren fährt? Ein Loch – etwas, was es eigentlich gar nicht gibt.«

»Wieso nicht? Es gibt Löcher in Strümpfen, Löcher im Käse.«

»Aber da, wo das Loch ist, ist ja eigentlich nichts. Das Nichts. Sie würden das Loch nicht einmal wahrnehmen, wäre nicht die Begrenzung des Nichts durch ein Etwas, was drum herum ist.«

Alfred Bluman sieht von diesem Ritter zu mir, von mir zum Ritter. Justus nimmt die Hände aus seinen Hosentaschen, reißt seinen Blick von der Abendsonne, schlendert zügig zu uns heran. Wie ein vierblättriges Kleeblatt stehen wir uns gegenüber. Der Ritter mit den aufgekrempelten Hosenbeinen sieht mich lachend an. Dann verschwindet die Freude aus seinem Gesicht. »Pardon, gnädiges Fräulein, ich muss mich entschuldigen. Habe ich eben richtig gehört? Ihr Name ist wirklich *von Branndenburg*?«

»Sie haben richtig gehört, lieber Albert, die Baronesse von Branndenburg ist genau die, von der ich Ihnen erzählt habe.«

»Ah ja. Die mutige Nichte, die nach den Mördern sucht. Von Ihnen redet das halbe Kaiser-Wilhelm-Institut. Nun, gnädiges Fräulein, konnte unser verehrter Bluman Ihnen weiterhelfen?«

»Ich glaube, eher nein.«

»Was? Das kann doch nicht wahr sein! Sagen Sie, Bluman, worauf warten Sie eigentlich noch? Zwei Menschen, die für den Zeppelin große Ziele verfolgten, wurden erschossen.«

»Der alte Herr, der Goldschlägerhaut zu Ballonhüllen verarbeiten konnte, ist ebenfalls tot. Gleichfalls erschossen …«

»Sehen Sie, Bluman, sehen Sie! Wollen Sie sich das wirklich gefallen lassen?«

»Aber … ich habe doch überhaupt keine Chance! Meine Aufgabe ist es, der Entwicklung neuer Zeppeline meine ganze Kraft zu widmen. Alles Weitere entzieht sich doch meiner Kontrolle.«

»Ja, ja, lieber Bluman, dieses Gefühl kenne ich. Diese schreckliche Ohnmacht. Ob die Erkenntnisse meiner naturwissenschaftlichen Forschungen militärisch oder zivil genutzt werden, zum Schaden oder zum Nutzen der Menschen, ich dachte immer, darauf hätte ich kaum einen Einfluss.«

»Der Zeppelin wird, wie jeder weiß, nur für zivile Zwecke genutzt!«

Der letzte Überrest eines freundlichen Lächelns weicht aus dem Gesicht des Ritters. »Aber Sie *wissen* doch, dass Graf Zeppelin schon vor Jahren geheime Verhandlungen mit dem Kriegsministerium und der Marine geführt hat. Leugnen Sie das doch nicht! Er hat seine Luftschiffe von vornherein für zivile *und* militärische Nutzung geplant. Mit diesen Dingern kann man wunderbar Aufklärungsflüge über die Reihen der Feinde machen, Soldaten über den Ärmelkanal transportieren, man kann sogar Bomben über den feindlichen Linien abwerfen. Selbst bis über die Städte der Feinde könnte man damit fliegen, um sie zu bombardieren. London, Paris sind inzwischen in greifbarer Nähe.«

»Ich weiß es doch, Albert, ich weiß.«

»Ich weiß, dass Sie es wissen. Wir haben so oft darüber gesprochen. Jeder Einzelne trägt eine große Verantwortung. Und darum sage ich Ihnen: Wenn zu mir zwei Menschen kommen, die sich Gedanken um die Verwendung meiner Erfindungen machen, wenn sich mir eine solche Chance bietet wie Ihnen …«

»Ach! Ihnen hat sich wohl auch eine Chance geboten, lieber Albert. Hat man Ihnen nicht gerade die Leitung im neuen Kaiser-Wilhelm-Institut angeboten? Sie hatten die Chance, Nein zu sagen! Aber Sie haben die Stelle angenommen.«

»Jawohl, das habe ich getan. Ich habe die Stelle als Leiter angenommen, weil ich genau dort an dieser Bindungsstelle von Wissenschaftlern und Herren der Industrie versuchen kann, meine Verantwortung wahrzunehmen. Und ich stelle mich dem, so unangenehm das auch sein wird, denn ich habe ein Gewissen. Aber wenn zu mir jemand kommen würde, so wie die Baronin von Branndenburg zu Ihnen kam, und mir anbieten würde, einen Teil meiner Verantwortung mitzutragen, dann würde ich dankend annehmen und sie unterstützen. Und nicht zögerlich zusehen, wie diese wundervolle Dame am Ende erschossen wird. Und dann noch völlig umsonst!«

Alfred Bluman schnappt nach Luft wie ein Ertrinkender, ertrunken in einem Schwall bissiger Worte. Ich sehe zu Justus, Justus sieht mich an.

»Darf ich fragen, meine Herren, welche Rolle meine Tante bei Ihrem Streit spielt?«

»Bluman, los, reden Sie endlich!«

»Ja, Albert … Wanda, ich traf mich mit Ihrer Frau Tante im Garten der Universität. Dass es nicht nur darum ging, mit den Zeppelinen Menschen und Länder zu verbinden, das hat sie sehr schnell herausgefunden. Und da sie enge Kontakte zu Frau von Suttner hatte, Sie wissen, jene Dame, die auf dem Friedens-Kongress damals in Den Haag diese fabelhaften Vorschläge machte, schlug Ihre Frau Tante ebenfalls einen recht … unkonventionellen Weg ein.«

»Meinen Sie Bertha von Suttner, die die berühmten Romane geschrieben hat?«

»Ebendiese, liebe Wanda. Ja, also, die Frau Baronin war von der Idee eines Europäischen Staatenbundes sehr angetan, von einem Internationalen Gerichtshof, vor dem jeder Staat seine Rechte einklagen kann, statt gegeneinander Kriege zu führen …«

»Obwohl hierbei die Macht der deutschen Industrie leider völlig unterschätzt wird, die hat ganz andere Interessen als einen Internationalen Gerichtshof. Aber abgesehen davon liegen Frau von Suttner und Frau von Branndenburg hier vollkommen richtig, Bluman. *Das Töten von Menschen im Krieg ist nicht besser als gewöhnlicher Mord.*«

»Sie haben ja recht, Albert, Sie haben wie immer recht! Nun, Wanda, während also Frau von Suttner immer wieder auf Friedensverhandlungen zwischen den Staaten drängt, ging Ihre Frau Tante die Sache von der anderen Seite an. Sie schlug vor, einen Gleichstand zwischen den Ländern zu erzeugen. Ganz einfach dadurch, dass man jede beteiligte Seite, jedes Land, mit dem gleichen technischen Wissen versorgt. *Wenn alle Länder auf dem gleichen technischen Stand sind, bei Zeppelinen genau wie bei Schlachtschiffen*, so sagte unsere verehrte Baronin immer, *dann ist das eine Garantie dafür, dass keines dieser Länder die anderen überfällt oder ihnen den Krieg erklärt.*«

»Wie wunderbar unpatriotisch! Was für eine geniale Idee! Wirklich, die Frau Baronin ist genial, Pardon, *war* genial!«

»Ja, Albert, ja, Sie haben recht! Und deshalb arrangierte unsere Baronin dieses Treffen mit den Engländern. Dem sollte ein Treffen mit den Franzosen folgen …«

»Verstehe ich Sie richtig, meine Tante hat Sie überredet, die Pläne für den Zeppelin an die Engländer zu übergeben?«

»Sie an die Engländer *zu verkaufen*, liebe Wanda. Wir hätten Geld für weitere Zeppeline gehabt, die wir für die DELAG so dringend brauchen. Schon allein deshalb hätten wir gerne zugestimmt. Wir waren sicher, wir würden dem deutschen Volk damit nicht im Geringsten schaden. Denn, das muss man bedenken, es geht um die friedliche Nutzung auf allen beteiligten Seiten. Wir *haben* ja gar keinen Krieg.«

»Der nächste Krieg wird längst vorbereitet!«

»Woher wollen Sie das wissen, Albert?«

»Das sieht jeder Blinde. Zählen Sie zwei und zwei zusammen! Warum wird das Kaiser-Wilhelm-Institut gegründet? Warum steckt die deutsche Industrie Berge von Geld in dieses Institut? Doch nicht etwa, weil Kaiser Wilhelm ein begeisterter Freund der Wissenschaft ist. Nein, weil im Kaiser-Wilhelm-Institut genau *die* Wissenschaften gefördert werden, die dazu dienen, Deutschlands Vorrangstellung in der Welt zu erhalten. Deutschlands Macht! Am KWI geht es sehr wenig um zivile, sondern vorrangig um militärische Zwecke. Dünger und Sprengstoffe, tragende Gase, den drahtlosen Funkverkehr. *Die Wehrkraft und die Wissenschaft sind die starken Pfeiler der Größe Deutschlands*, sagt unser lieber Kaiser. Dass einem da nicht Tränen der nationalen Rührung in die Augen treten. Nein, Bluman, das wird ein neuer Krieg! Sehen Sie genau hin, misstrauen Sie den Erklärungen, die in unserer Presse geschrieben werden, *denken Sie selber*!«

Ich hole tief Luft, meine Stimme wird laut. »Bitte, wenn ich Sie noch einmal unterbrechen darf, ich *muss* das jetzt wissen: Wurde im geheimen Teil der Abendgesellschaft der Zeppelin verkauft?«

Die Männer schließen den Mund, sehen mich an.

»Nun?«

»Nein, eigentlich nicht, am Ende gingen wir ohne Entscheidung auseinander. Ich wollte noch einmal mit dem Grafen Zeppelin sprechen. Die Gesandten, nehme ich an, mit King George …«

»Aber es war alles vorbereitet? Die technischen Zeichnungen, die übergeben werden sollten, lagen parat?«

Alfred Bluman nickt. Justus wirft mir einen Blick zu. Die Pläne aus Gustavs Aktenkoffer, die technischen Zeichnungen aus Fannys Paket, das alles war für die Engländer bestimmt?

»Liebe Wanda, Sie müssen mich bitte verstehen, auf keinen Fall wollte ich die Verhandlungen mit den Engländern ausmanövrieren. Aber ich wollte auch nicht den nationalen Interessen von Deutschland schaden. Nichts tun, was mit dem Willen von Kaiser Wilhelm II. unvereinbar ist. Darum brauchte ich diesen Aufschub. Ich hatte einfach … ein schlechtes Gewissen!«

»Sie hatten Furcht, dass alles ein böses Ende nimmt?«

»Wir sind alle davon ausgegangen, dass nichts über unser Treffen bekannt wird.«

»Dass jemand wegen dieser Verhandlungen erschossen werden könnte, hielten Sie nicht für möglich?«

Alfred Bluman blickt zu Boden. »So etwas Schreckliches habe ich noch niemals gehört.«

»Aber ich, Fräulein Wanda, ich halte das sehr wohl für möglich. Hier geht es nicht nur um diese halbe oder dreiviertel Million für die Pläne vom Zeppelin. Sondern um unvorstellbar viel Geld, das erst noch verdient werden soll. Aus diesem Grunde kann man fest damit rechnen, dass Leute, die vorhaben, die halbe Welt zu erobern, sehr ungehalten reagieren, wenn man sich ihnen in den Weg stellt. Auch Ihre Frau Tante und Ihr Herr Onkel werden mit Folgen gerechnet haben. Aber diese Brutalität … Nun, wenn man es recht bedenkt, was ist für diese Leute schon ein Menschenleben? In einem Krieg werden tausende sterben, zehntausende. Da geht es nur noch um den Sieg!«

Der Wind frischt auf, die Sonne senkt sich hinter den Wald am Ufer. Wir stehen uns gegenüber, schweigen. Habe ich jetzt endlich die Fäden, nach denen ich so lange gesucht habe? Lange, lange sehe ich auf die Wellen, die an das Ufer schlagen.

»Herr Bluman, werden für diesen Presseflug, zu dem Sie meine Tante einladen wollten, auch englische Journalisten erwartet? Vielleicht auch französische?«

»Aber ja, ganz bestimmt. Von der *Times*, von der *Sun*, von *Le Figaro*. Wir brauchen Werbung, gute Berichte über uns, rund um die Welt. Warum fragen Sie, Wanda?«

»Ach, nur so.«

Die drei Männer stehen und schweigen. Justus blinzelt zu Bluman hinüber, beobachtet ihn. Bluman sieht angespannt über das Wasser, regt keine Miene mehr. Nur der Ritter mit dem seltsamen Namen hat sofort verstanden, warum ich das wissen will. Er legt kurz seine Hand auf meine, nickt anerkennend. »Ich wünsche Ihnen Glück, verehrtes gnädiges Fräulein. Sie sind genial. Genau wie Ihre Frau Tante, sehr mutig und wirklich genial.«

So, genauso genial wie Tante Emmy, und vielleicht bald auch genauso tot?

Trockene Zweige und Sand wehen über den Platz, der Abend kommt. Justus und ich gehen zurück zum Wagen, sehr langsam, sehr angespannt, sehr bedrückt. Der Ritter Albert von Steißbein, was für ein seltsamer Name für einen so außergewöhnlichen Menschen, schreitet mit großen Schritten in die andere Richtung davon.

Alfred Bluman steht wieder allein am Ufer. Er blickt über den Strom, als könnte von irgendwoher eine Barke kommen, die ihm endlich den Menschen bringt, der ihm erklärt, wie er alle Gefahren umschiffen kann. So dass er seine Luftschiffe bauen, mit ihnen nach Paris und nach London fliegen, Pakete und Passagiere rund um die Welt transportieren kann, ohne dass jemand etwas anderes Schreckliches von ihm verlangt.

Justus macht mir die Wagentür auf.

»Was hältst du davon, wenn sich die Korrespondentin einer kleinen deutschen Zeitung für diesen Presseflug anmelden würde?«

Justus schlägt die Wagentür zu, geht um das Automobil herum, holt die Kurbel und fängt an zu drehen. Die Zeit, bis der Motor läuft, braucht er, um nachzudenken. »Da sehe ich Schwierigkeiten. Diese Korrespondenten sind zum größten Teil Männer. Da fällst du als Frau viel zu sehr auf. Man wird dich erkennen.«

»Das stimmt, aber wenn ich als Frau zu sehr auffalle, dann könntest *du* dich anmelden. Einen Mann beachtet keiner.«

»Ich, fliegen, mit einem Luftschiff? Schon bei dem Gedanken, dass ich mich achthundert Meter vom Erdboden entferne und nichts unter meinen Füßen habe als ein paar Leitern aus Aluminium, sträuben sich meine Haare.«

»Deine Haare sträuben sich sowieso, das gehört zu deiner Frisur.«

»Wanda!«

»Unter deinen Füßen hast du den Parkettboden einer komfortablen Gondel, in der es einen großen Speiseraum gibt, einen Aufenthaltsraum, ein Rauchzimmer. Demnächst sogar Schlafkabinen für die Reisenden.«

»Aber die Gashülle ist nicht sicher. Immer noch keine Goldschlägerhaut.«

»Ach, Justus …« Ich packe ihn bei den Schultern.

Er legt schnell die Arme um mich, zieht mich zu sich heran. »Wanda, ich weiß, was du vorhast. Natürlich lasse ich mich akkreditieren. Einen

Presseausweis besorgt mir Bruno, der kennt so viele Zeitungsleute, die nicht nur ihren Presseausweis dafür hergeben würden, dass er sie einmal mit in die Lüfte nimmt. Das ist bestimmt kein Problem.«

»Und ich dachte schon, du willst mich nicht verstehen.«

»Doch. Ich weiß, wie verwegen du bist. Todesverachtend! Ich hoffe, du lässt mich nicht allein in diesem schrecklichen Zeppelin.«

»Ganz bestimmt nicht! Vielleicht ist es ausnahmsweise möglich, dass dieser Korrespondent von seiner Frau Gemahlin begleitet wird? Und wenn wir erst oben sind, haben wir viele Stunden Zeit, um die englischen Korrespondenten von Emmys Idee zu überzeugen. Und vielleicht auch die französischen?«

»Von *deiner* Idee, Wanda.«

»Nein, von *unserer* Idee! Die technischen Zeichnungen, das Heft mit der Anlage für die Wasserstoffherstellung, wir übergeben alles sofort, gleich an Ort und Stelle. Vielleicht auch die Proben von der Goldschlägerhaut. Ich hoffe nur, dass es dort oben keine Männer in grauen Mänteln gibt.«

»Jemand von denen wird dort sein. Die in den grauen Anzügen oder die vom Kriegsministerium. Wahrscheinlich beides. Man wird sie nur schwerer erkennen als sonst.«

»Bluman könnte uns unterstützen, vielleicht zeigt er uns unauffällig, wer diese Männer sind.«

»Bluman? Ha! Wäre heute nicht zufällig dieser Albert zu uns gestoßen, hätte uns Bluman auch dieses Mal nicht die Wahrheit gesagt. Nicht einmal auf seine ausweichende höfliche Art. Wir wüssten immer noch gar nichts.«

»Ich kann Bluman verstehen. Er weiß, dass es ums Überleben geht, auch für ihn. Was nützt dem Zeppelin ein toter Bluman?«

Über dem Luftschiffhafen verfärbt sich der Himmel, das Licht wechselt von hellem Orange zu zartem Gold, das Wasser der Havel liegt bleischwer und rosenrot. Justus gibt Gas, der Wagen bewegt sich, auf dem lockeren Sandboden wenden wir schwerfällig zurück auf die Zufahrt.

Hier setzt Justus den Winker, aber nicht nach rechts, wie ich es erwartet habe. Er fährt hinaus auf die Landstraße, an den letzten Häusern von Potsdam vorüber. Wir unterqueren die Eisenbahnbrücke, fahren eine lange schnurgerade Chaussee entlang durch hohen

Buchenwald. Wir erreichen ein kleines Dorf, fahren von der großen Landstraße ab, über Feldwege, Wiesen, stehen wieder am Havelufer. Vor uns der Fluss, breit wie ein kleines Meer. Boote mit weißen Segeln, die im Strom kreuzen, hohe Wellen im Abendlicht. Starker Wind weht über das Wasser, kein Haus, kein Mensch ist in der Nähe.

»Da hinten, Wanda, siehst du Caputh, hier ist Baumgartenbrück, hier der Schwielowsee. In diesem Gasthof am Havelufer haben meine Eltern oft mit uns Kindern gesessen. Manchmal sind wir mit dem Ausflugsdampfer hier herausgefahren, manchmal mit der Kutsche über die langen Chausseen ...« Justus atmet tief, die Erinnerung trägt ihn weit. Glücklich macht sie ihn nicht.

Ich streiche über seine Hand. »Ich habe nie darüber nachgedacht, woher du kommst, wer deine Eltern sind. Du hast mir nie gesagt, dass du der Neffe von Emmy bist.«

»Ich erzähle dir alles, Wanda, später. Sollte uns Zeit dafür bleiben.«

Wir sehen hinaus auf das Wasser. Justus nimmt die Decke vom Rücksitz, breitet sie über mich, ich lehne mich an ihn. Er legt seinen Arm um mich. Die Wellen sind grau, das letzte rosa Schimmern verschwindet vom Himmel, die Segler streben dem Ufer zu. Wie viele Tage, wie viele Wochen sind es noch bis zum Flug der Pressevertreter? Wird die Gashülle explodieren, werden die Männer in den grauen Anzügen uns erschießen? Gleich in der Luft oder erst am Boden?

Nein, nein, nein! Was für Gedanken sind das? Ich will leben! Nichts von alldem wird passieren. Und doch ... wie schön könnte jeder Tag sein, wenn ich ihn leben würde, als ob es kein Ende gäbe. Aber auch wenn ich jeden Tag lebe, als ob er mein letzter Tag wäre, könnte er voller Glück, voller Liebe sein!

Es gibt keine Regeln von Mama für *letzte Tage*. Wanda, tu dies nicht, aber tue auf jeden Fall jenes. Nun, Mama, einfach nur glücklich sein, wie wäre das? Keine Frage, ihre Antwort will ich sowieso nicht hören. Ich tue das, was mein Herz mir sagt. Jetzt, sofort. Mama, mach nicht so ein Gesicht.

Unvermittelt muss ich lachen, wirklich richtig laut. Ich pruste los, Justus starrt mich an. Meine Hand ist so schnell bei ihm, auf seinem Arm, seinem Hals, seinem Gesicht. Meine Finger streicheln, spüren seine Haut, seine kratzenden Bartstoppeln auf den Wangen, seine kräftigen Ohren, die schmale Nase, die borstigen Augenbrauen. Seine

Wangen sind fest, sein Kinn kantig und hart, hinter den Ohren laufen weiche Falten über seinen Hals. Ich ziehe sein Gesicht zu mir herunter, hebe meinen Mund zu ihm hinauf, mein Lachen verebbt. Justus drückt mich an sich, legt sein Kinn an meine Stirn. Ich fühle seine Hände warm in meinem Nacken, sein Mund gleitet über meine Haare, mein Ohr, hin zu meiner Wange. Er erwidert meine Küsse, seine Lippen küssen heftiger als meine, alles ist richtig heute, endlich ist alles gut.

»Wanda, du bist verrückt!« Er drückt mich fester, beugt sich über mich, seine Hände gleiten von meinen Schultern nach unten …

»Du bist selber verrückt, Justus.«

Es gibt niemanden, den ich dafür um Verzeihung bitten müsste, ich schmiege mich an ihn, spüre ihn, mein Herz klopft wild, ich lehne den Kopf zurück in die Polster und schließe die Augen.

Das Automobil ist warm, geschützt wie ein kleines Haus, das auf dem nachtdunklen Ufer steht.

Es ist einfach nur schön.

Der Motor brummt ruhig, gleichmäßig, ein Käuzchen schreit, es ist finster, kein Mond, keine Sterne, nur dichte Wolken. Wellen plätschern ans Ufer, Grillen zirpen, Nachtvögel schreien. Ich liege mit dem Kopf auf seiner Schulter, in die Decke gehüllt, meine Hand ist in seiner Hand. Justus fährt einen schmalen Feldweg, unter uns Wellen und Strand.

Erst als Justus wieder hinaus auf die Landstraße biegt, schließe ich meine Augen. So ist das also mit uns, zärtlich, voller Wärme, voller Kraft, voll Vertrauen, der zweihundertste Schritt vor dem ersten, so schön. Viel zu schade, jetzt schon zu sterben!

Der kühle Abendwind pfeift durch das Loch in der Seitenscheibe. Wir fahren heimwärts, zu einer Kanne mit warmem Tee, einem Bier, einem Imbiss, zu Bertha, die mir aus meiner immer noch umständlichen Bluse hilft, damit ich mich endlich in meinem Bett ausstrecken kann. Wir fahren die ewige Landstraße entlang schnurgerade zurück nach Potsdam, fahren durch endlose, wie mit einem Lineal gezogene Straßen. Die Stadt liegt unter dem schwarzen Mantel der Nacht. Gibt es in dieser Provinz keine Straßenbeleuchtung, so wie in Berlin?

Nur auf einem einzigen Platz leuchten ein paar Laternen, schon von weither sehen wir ein hohes Tor, verziert mit Helmen, Wappen, Fahnen.

»Wanda, dort ist das Brandenburger Tor.«
»Ach? Haben die denn hier keine Quadriga?«
Da fallen mir schon die Augen zu.

Ich wache erst wieder auf, als Justus auf den Hof der Garage in der Müllerstraße einbiegt. Das Tor steht offen, wie der Besitzer der Garage uns versprochen hat. Justus stellt den Wagen in die Remise, legt den Schlüssel ab, wie verabredet.

Es folgt unsere Kreuz-und-quer-Reise mit Autobus, Taxi und Straßenbahn.

»Fahren Sie bitte langsamer!« In gemächlichstem Tempo fährt der Taxifahrer an unserem Haus in der Oranienburger Straße vorüber. Alles sieht gut aus, keine Straßenkehrer, keine unbekannten Automobile vor dem Haus, die ganze Straße liegt still und verlassen. Es muss lange nach Mitternacht sein, trotzdem, wir sind vorsichtig, erst am Bahnhof Börse steigen wir aus. Immer im Dunkeln, im Schatten der Häuser, unter den Kronen der Linden, gehen wir zurück.

»Was glaubst du, ob Fanny ihrem Gatten von unserem braunen Päckchen erzählt hat?«

»Schon möglich. Du kennst doch Fanny, sie tut immer das, was ihr am meisten nützt. Immer *ohne* diese gewisse Moral, die Emmy so wichtig war. Es ist besser, wir rechnen damit.«

Wir schleichen uns durch den Seiteneingang in den Hof, der Dienstboteneingang ist nicht verschlossen, die Tür nur angelehnt. Keine Spur von Wernicke, der ganze Hausflur riecht nach billigem Schnaps und Bier. Wir huschen die Treppe hinauf, geräuschlos nimmt Justus den Schlüssel aus seiner Tasche. Aber unsere Wohnungstür … steht halb offen.

Justus greift meinen Arm, zieht mich zurück. Seine Hand gleitet in die Tasche seines Jacketts, er geht mir voran, die Pistole in der Hand, drückt langsam die Türe auf. In der Wohnung kein Laut, alles ist finster, wir schleichen auf Zehenspitzen. Nur unter der Tür vom Esszimmer dringt ein Lichtschein heraus, schmal wie eine Mondsichel. Justus nimmt mich bei den Schultern, drückt mich neben der Esszimmertür an die Flurwand, dann öffnet er langsam die Tür.

Ich sehe sein Gesicht, das Licht aus dem Esszimmer fällt darauf. Er blickt durch den Türspalt in das Zimmer, sein Mund öffnet sich langsam, ein stummer Schrei, er schüttelt den Kopf, als müsste er einen Albtraum verscheuchen, kein Laut.

Ich stoße mich von der Wand ab und trete neben ihn.

Doch, Fanny hat ihrem Gatten davon erzählt. Es hat sich herumgesprochen. Das Schlimmste, was wir hätten befürchten können, ist passiert.

Bertha ist vor dem Tisch zusammengebrochen. Eine silberne Servierplatte lehnt neben ihr, in einer riesigen Blutlache. Johanna liegt verkrümmt hinter Bertha. Anna, immer noch in meinem Seidenkostüm, liegt genau vor dem Fenster, so als hätte sie im Augenblick ihres Todes nicht auf ihren Mörder, sondern auf die Straße hinausgesehen.

Quer über dem Esstisch, der Oberkörper zusammengesunken neben Besteck und Teller, liegt ein Mann … Ferdinand? Ferdinand wollte heute Abend kommen, uns von seiner Einsicht in den Bebauungsplan berichten. Nun schreie ich doch noch, trete näher. Nein, Gott sei Dank, es ist nicht Ferdinand, der dort liegt, mit einem blutumrandeten Einschussloch in der Schläfe. Sein Arm hängt vom Tisch herab, ein Bierglas ist auf dem Boden zerbrochen, die Scherben liegen um seine Stiefel verteilt. Ich kenne diesen Mann, schon seit vielen Jahren, es ist Ferdinands Leibkutscher.

Überall Blut, Seen von Blut, Flecken, Spritzer. Unter dem Tisch, mittendurch in zwei Teile zerbrochen, die chinesische Teekanne. Meine Augen halten sich daran fest, hier ist der einzige Platz im Esszimmer, der nicht mit Blut verschmiert ist …

»Wanda, bitte, lass mich los!«

Ich spüre die Hand von Justus auf meiner, mit eisernem Griff habe ich seinen Arm gepackt, klammere mich an ihn.

»Wir müssen sofort aus der Wohnung! Vielleicht sind sie noch hier – und warten auf uns.«

Er nimmt meinen Arm, dreht mich weg von dem schrecklichen Anblick, schiebt mich zurück in den Flur. Meine Füße wollen nicht gehen, mein Atem stockt, ich ringe nach Luft.

»Scht, leise, komm!« Er schiebt mich durch den Korridor, durch die Garderobe, um uns ist schwärzeste Dunkelheit. Wir laufen vorwärts, ohne zu sehen, was vor uns ist, ohne zu wissen, was hinter uns geschieht. Justus schiebt mich, schon stehen wir an der Wohnungstür, sind draußen im Treppenhaus. Ich spüre den roten Läufer unter meinen Schuhen, Stufe für Stufe, wir fliegen die Treppe hinab, durchqueren den

Flur in Richtung Garten, zum Dienstboteneingang. Alles ist dunkel, ruhig. Justus streckt schon die Hand nach der Klinke aus …

Da plötzlich öffnet sich die Tür. Ein Mann steht vor uns, tiefschwarze Silhouette, groß, breit, unüberwindlich. Justus holt aus, der Mann vor uns macht einen Schritt zur Seite, nur schleppend folgt ihm sein rechtes Bein.

Blitzschnell greife ich dahin, wo ich den Arm von Justus ahne, der gerade zuschlagen will. »Justus, nein!«

Sein Schlag geht ins Leere. Justus stolpert, fängt sich wieder, wir stehen uns gegenüber, Polizeileutnant von Reventlow, Justus und ich.

»Sind Sie das, gnädiges Fräulein?«

»Ich bin's! Da oben sind alle tot … ich muss raus … wir müssen …«

Er zieht mich hinaus auf den Hof, zu einem Mauervorsprung, zu Büschen, die von den Fenstern im ersten Stock niemand sehen kann. Wir machen uns klein, kauern hinter Zweigen. »Ich habe seit einer Stunde hier im Garten gehockt und Ihre Wohnung beobachtet, wie jeden Abend. Die Stille dort oben war unheimlich … Dann sah ich Sie über den Hof schleichen. Und von oben kein Ton. Was ist los? Reden Sie!«

Ich suche nach Worten, Justus ist schneller als ich. Er erzählt von Bertha, von Johanna, von Anna, die in meinem Seidenkostüm vor dem Fenster liegt, von Ferdinands Leibkutscher.

»Was ist mit diesem Kunstmaler? Liegt der auch im Esszimmer?«

Eugen? Justus weiß es nicht, ich weiß es auch nicht, keiner hat ihn gesehen.

»Hatten Sie das Gefühl, dass noch jemand in der Wohnung ist?«

Wir zucken die Schultern, schütteln die Köpfe.

Polizeileutnant von Reventlow bedenkt sich, schweigt einen kurzen, wirklich nur einen kurzen Augenblick, dann verkündet er seinen Schlachtplan. »Erstens: Sie gehen nicht mehr dort hinauf. Zweitens: Sie verschwinden von hier, schnell, vollkommen unauffällig. Drittens: Ich laufe in meine Dienststelle, sammele meine wackersten Schutzmänner um mich und komme mit denen hierher. Wer auch immer dort oben ist, auf Polizisten schießen die nicht. Das wagen sie nicht. Und dann …«

Ja, und dann? Wieder ist Justus schneller als ich. »Wir müssen noch einmal in unsere Zimmer.«

»Ich fürchte, das geht nicht.«

»Aber wir brauchen etwas zum Anziehen.«

»Vielleicht kann ich etwas einpacken, während meine Schutzmänner den Tatort durchsuchen.«

»Wir brauchen das Geld aus dem Safe. Die Papiere, die Briefe.«

»Geben Sie mir die Schlüssel, dann mache ich das.«

»Und außerdem …«

»Was noch? Sagen Sie, was Sie haben wollen.«

Uns bleibt nichts anderes übrig, wir sagen es ihm. Den Aktenkoffer aus dem Weinkeller, das kleine braune Paket, Emmys Krokodillederkoffer mit den Proben der Goldschlägerhaut.

Polizeileutnant von Reventlow verzieht keine Miene, nickt. »Gut. Wenn ich etwas tun kann, was dem Andenken Ihrer Frau Tante dient, dann tue ich das gerne. Ist sonst alles geklärt? Dann jetzt los!«

Geduckt läuft er voran, winkt uns, hinter den Büschen zu bleiben. Am Dienstboteneingang, am Durchgang vom Hof zur Straße ertönt plötzlich Lärm, kräftige Schritte, das kleine Tor wird geöffnet, eine Gruppe von Männern stürmt hindurch. Polizeileutnant von Reventlow macht sogleich kehrt, kriecht zu unserem Busch zurück. Sie überqueren den Hof, ich zähle, es sind sieben Männer und … wirklich, eine Frau. Keiner von ihnen trägt einen wehenden grauen Mantel, auch keinen grauen Anzug. Obwohl … nachts sind alle Katzen grau. Lange Hosen, Ballonmützen, kurze Jacken. Fliegerjacken? Wie ist denn das möglich?

Dann geht alles ganz schnell, die Männer überqueren eilig den Hof, schwatzen und lachen. Eine der Stimmen kenne ich, auch Justus kennt diese Stimme, er springt auf. »Bruno! Nicht nach oben!« Seine Stimme ist heiser, nahezu tonlos. Schon fällt die Haustür hinter den Männern zu, sie stürmen die Treppe hinauf, Justus steht fassungslos, dann läuft er los.

»Justus, nein!«

Justus läuft hinter den Männern her, nur ein paar große Schritte, dann reißt er die Haustür auf. Jetzt springe auch ich auf.

»Gnädiges Fräulein, das kann Sie das Leben kosten, bleiben Sie hier!«

Ich eile zur Tür, schiebe mich durch den Spalt, bevor sie zufällt, haste die Treppe hinauf, trete durch die Wohnungstür, gerade als der letzte der Flieger im Esszimmer verschwindet und Justus den Flur erreicht. Ich bleibe stehen, halte den Atem an. Niemand schreit, kein Schuss, keine grauen Männer kommen aus den hinteren Fluren, um ihre Waffen auf Justus und die Flieger zu richten. Langsam, bei jedem Schritt nach allen Seiten lauschend und sichernd, gehe ich ihnen nach.

Am weitesten vorne steht Bruno Baguschke, mit weit aufgerissenen Augen, direkt neben dem Leibkutscher von Ferdinand. »Justus! Nein! Justus –« Er wendet sich zu seinen Begleitern, alle stehen zu Salzsäulen erstarrt im Zimmer verteilt. »Das ist mein Freund Justus … tot … nein, das kann doch nicht sein!« Dann sieht er hinter den letzten Männern Justus, der gerade zur Türe hereinkommt. Brunos Mund klappt auf, seine Augen quellen hervor. Er hebt den Arm, zeigt auf den Kutscher, der quer über dem Tisch liegt, mit dem Einschussloch in der Schläfe, hebt den anderen Arm, zeigt auf Justus. »Nein … nein!«

Justus ist mit drei Schritten bei ihm, sie fallen sich in die Arme. Bruno Baguschke weint, auch Justus laufen Tränen übers Gesicht. Die Salzsäulen wagen wieder zu atmen, lockern die Glieder, sehen sich beklommen im Zimmer um. Acht Freunde, die weder Tod noch Teufel fürchten.

»Was ist denn hier los, Mann?«

»Die … diese grauen … wollten uns umbringen.«

»Wie gut, dass du lebst, Justus! Und wo ist dein kesses Fräulein? Haben sie die etwa erwischt?«

»Ich bin hier.«

Sie drehen sich zu mir herum, Bruno und Justus, die anderen Flieger, die Frau. Sie trägt weite Hosen, eine weite Jacke. Ein goldenes Kettchen hängt über ihrer blauen Bluse, mit einem goldenen Kreuz, einem Anker, einem Herz. Glaube, Liebe und Hoffnung, was für sinnlose Kleinigkeiten man doch manchmal wahrnimmt. Mein Herz klopft bis in den Hals, ich kann noch immer nicht wieder richtig atmen. Dieses Blut überall. Ich wische die Tränen in meinen Ärmel.

Die Frau nickt mir zu, kommt herüber, streckt mir die Hand hin. »Ich bin Melli Beese, Fliegerin. Ich habe eine Flugschule draußen in Johannisthal. Sie sind Wanda?« Sie verstummt, wendet rasch den Kopf, mein Nicken sieht sie nicht mehr.

Leise Schritte tappen durch den Flur, tok-tok-tok, Mellis Augenbrauen rutschen nach oben, wir lauschen. Um die Tür schiebt sich eine Hand, eine Schulter, ein Kopf. Eugen? Der Geheime Kammerherr? Ich halte den Atem an.

Es ist Polizeileutnant von Reventlow. Sein Blick schweift durch das

Zimmer, in Windeseile erfasst er alles, jeden Toten, jeden Lebenden, jedes Gesicht. Er tritt an das Fenster, betrachtet Anna, wendet sich weiter zu Bertha.

»Ach du großer Gott. Großer Gott!« Leutnant von Reventlow beugt sich zu jedem hinunter, zu Anna, zu Bertha, zu Johanna, zu Ferdinands Leibkutscher. Hält ihr Handgelenk, fühlt ihren Puls, tastet mit dem Finger auf ihrem Hals. Die Flieger treten zur Seite und lassen ihn an sich vorüber, keiner sagt ein Wort. »Von denen lebt keiner mehr. Die anderen Zimmer habe ich schon in Augenschein genommen. Niemand außer uns ist noch hier. Nur dieser Kunstmaler liegt im Gästezimmer. Nicht tot, aber schwer verletzt.«

Justus und Bruno gehen neben ihm bis zur Tür. »Können wir irgendetwas für ihn tun?«

Polizeileutnant von Reventlow schüttelt den Kopf. »Das veranlasse ich gleich. Gnädiges Fräulein, das Mädchen am Fenster ... sieht Ihnen ähnlich. Verblüffend! Trägt sie Kleidung, die Ihnen gehört?«

Ich nicke hastig.

»Und dieser Kutscher? Herr von Enckendorf, rein vom Äußeren her könnte man ihn tatsächlich mit Ihnen verwechseln. Großer gütiger Gott, vielleicht haben Sie Glück im Unglück.«

»Was bedeutet denn das?«

»Ich habe die Hoffnung, dass die Herren vom Geheimdienst der Meinung sind, dass sie Sie wirklich erschossen haben. Wenn die nicht vollkommen sicher wären, hätten sie hier auf Sie gewartet, egal wie lange. Aber für die ... sind Sie wohl tot.«

Ich höre ihm zu, alles ist wie ein Traum. Aufwachen, Wanda, Dinge, die nicht passieren dürfen, passieren mir nicht, allerhöchstens in einem schrecklichen Albtraum, und daraus kann ich erwachen.

Die junge Frau hält meine Hand. »Kopf hoch, Wanda!«

Ich schnappe nach Luft. Justus befreit sich aus den Armen von Bruno, kommt herüber, nimmt mich in den Arm.

Polizeileutnant von Reventlow lässt uns nicht eine Minute Ruhe. »Keine Schwachheiten! Disziplin! Ich denke, am besten wäre es, wenn Sie jetzt tot bleiben ... Verschwinden Sie, machen Sie sich unsichtbar. Vielleicht überleben Sie. Also: Gehen Sie in Ihre Zimmer. Sachen packen! Fünf Minuten! Zack, zack! In einer Viertelstunde bin ich mit meinen Polizisten hier.«

»Aber ich kann doch nicht tot sein!«

»Doch, Sie sehen ja, dass Sie es können. Sie müssen!«

Justus zieht mich hinaus in den Flur. Die junge Frau kommt mir nach, Bruno folgt Justus. Ich werfe Blusen, Röcke, Jacken in einen Koffer, meinen Skizzenblock, Fotografien, mein Tagebuch. Hole Emmys Krokodillederkoffer unter meiner Matratze hervor, das braune Päckchen aus dem Delphinbrunnen. Die junge Frau geht mir zur Hand, sie nimmt mir den Koffer ab, geht hinter mir her. Ich laufe nach hinten, in Gustavs Arbeitszimmer. Justus steht bereits vor dem Tresor, gemeinsam räumen wir alles aus, was darin ist, stopfen Geldbündel in den Aktenkoffer von Justus, Aktien und Briefe in meinen Koffer. Bruno und Melli helfen.

Vor der Esszimmertür warten die Flieger. Acht Freunde. Weder Tod noch Teufel. »Gehen wir?«

»Ich … nein, Justus … das geht alles zu schnell!«

»Komm, Wanda, komm.«

An der Wohnungstür drehen wir uns noch einmal um. Da steht Polizeileutnant von Reventlow, sieht uns nach.

»Vielleicht … wenn ein wenig Gras über die Sache gewachsen ist … kann ich die Wohnung hier für Sie retten. Und wenn ich sie selber miete! Vertrauen Sie mir, ich versuche alles, was in meiner Macht steht.«

»Danke. Wir sehen uns wieder! Dann!«

»Passen Sie auf sich auf.«

Von den Fliegern flankiert gehen wir die Treppe hinab. In den Garten, aus dem Dienstboteneingang, auf die Straße hinaus –

Es ist Abend geworden. Regen rauscht vor dem Fenster, schon seit Stunden. Opa hockt auf seinem Küchenstuhl, den Kopf auf die Hände gestützt. Linus sitzt dicht neben mir. Sein Knie berührt mein Knie. Das letzte Blatt ist gelesen. Das war's.

Wir atmen tief durch. Opa schweigt. Linus schweigt. Und ich … »Jetzt wüsste ich gerne, wie es weitergeht.«

Opa streckt seine alten Gelenke. Linus geht in den Flur, kommt mit einem Arm voller Flaschen zurück. Nimmt Biertulpen aus dem Küchenschrank, gießt ein. Opa lächelt ein dankbares Nussknackerlächeln. Vor mir steht ein Glas Rotwein, der gleiche, den ich gestern Nacht in der *Alten Schmiede* getrunken habe. Heute ist Sonntag, wo hat Linus den her?

»Ob Wanda diesen Zeppelin-Flug mit den Pressevertretern machen konnte? Ob sie ihn überlebt hat?«

»Ja, Marie, das finde ich auch schade, dass dieses Tagebuch schon so lange vor dem Presseflug aufhört. Wie im Film: Es endet immer gerade dann, wenn es spannend wird. Aber ich kann dich beruhigen: Wanda überlebt alles. Sofern ihr Autor das will.« Opa lächelt glücklich in seine Biertulpe.

Ich nehme einen tiefen Schluck aus meinem Rotweinglas. »Ich kann mir gut vorstellen, dass Wanda und Justus es geschafft haben, an Bord des Luftschiffes zu kommen.«

»Marie, Marie, du begibst dich schon wieder aufs Glatteis!«

»Ach was. Phantasieren ist nicht verboten.«

»Das nennt man nicht *phantasieren*, das nennt man *wilde Hypothesen aufstellen*. Na, erzähl schon!«

»Nach dem Mord im Esszimmer sind Wanda und Justus untergetaucht. Bis zum Flug mit den Pressevertretern haben sie bei Bruno Baguschke und den anderen Fliegern gelebt. Sie sind mit dem Luftschiff aufgestiegen. Haben die Unterlagen an die Engländer übergeben. Und an die Franzosen. Und wer weiß an wen noch. Und danach …«

»Ja?«

»Danach …«

»Aha. Wild, sehr wild. Und wenn ich dich auf noch etwas hinweisen darf: Du behauptest, das Haus von Rose ist dasselbe Haus, in dem Wanda gelebt hat. Sogar dieselbe Wohnung. Da habe ich gleich einen Einwand.«

Ich zucke die Schultern, mir geht gerade der Faden verloren. Der Faden, an dem ich ziehen kann. Chaos und Wirrwarr entwirren. Linus hat seinen Faden fest in der Hand: Sein Arm liegt auf meiner Schulter, er streicht über meinen Rücken, meinen Po, hoch und runter. Wie lange macht er das schon? »He!«

»Wieso *he*?«

»Lass das sein, Linus!«

»Warum?«

»Du bringst mich aus dem Konzept.«

»Ich verwirre dich? Ach, wie schön.«

»Na, Marie, willst du meinen Einwand nicht hören?«

»Natürlich will ich!«

»Du hast keine Beweise, Marie. Aber nur die zählen!«

Glücklicherweise fällt mir darauf sofort etwas ein. »Ich könnte aufs Grundbuchamt gehen und mir zeigen lassen, wer 1909 Eigentümer des Hauses in der Oranienburger Straße war. Polizeileutnant von Reventlow? Gustav und Emmy von Branndenburg? Oder die Baronesse Wanda von Branndenburg nebst dem Baron Justus Hansen von Enckendorf?«

»Eine Heldin aus einem Groschenroman, deren Name in einem Grundbuch steht? Na, da bin ich gespannt.«

»Sie ist keine Romanheldin, Opa, es gab diese Frau wirklich! Mir geht noch was im Kopf herum. Ich frage mich, so wie es zwischen den beiden jetzt aussieht, ob Wanda und Justus vielleicht später Kinder hatten. Und … ob Rose vielleicht die Tochter von Wanda und Justus ist. Aber das muss ich nach deiner Theorie gar nicht fragen.«

»*Mich* jedenfalls nicht, Marie!«

»Sieht's nicht bei Wanda und Justus so aus, als würde da eine große Liebe anfangen?«

»Du solltest Schriftstellerin werden. So viel Phantasie in einem einzelnen Kopf. Seit wann kann eine literarische Figur die Mutter einer wirklich existierenden Person sein?«

Ich öffne den Mund, hole tief Luft. Vorhin haben Opa und ich gefochten wie hyperaktive Musketiere. Und nun – Miss Marple und Mister Stringer bei der Arbeit! »Lass uns nachrechnen, Opa: Rose von Reventlow ist jetzt 93. Dann ist sie geboren … neunzehnhundert … zwölf. Das Tagebuch setzt im Jahr 1909 ein. Da ist diese

Wanda, wie sie selber schreibt, achtundzwanzig. Siehst du! Drei Jahre nachdem das Tagebuch endet, wird Rose geboren. Alles deutet darauf hin: Wanda ist Roses Mama und Justus ihr Vater.«

»Rein rechnerisch mag das ja hinkommen. Aber es passt nicht zusammen! Wieso hat Rose von Reventlow mit ihrem Vater, dem Reviervorsteher, in einer Wohnung gelebt, die im Tagebuch angeblich Wanda gehört? Da hinkt deine Hypothese! Da hat sie ein richtiges Holzbein! Aber gut, nehmen wir an, diese Wanda hätte wirklich gelebt. Wie kann dann ihr Tagebuch in der Wohnung von diesem Polizeileutnant von Reventlow liegen? Dieser Mann hat anscheinend wirklich existiert. Er war die Vorlage für eine literarische Figur. Aber dann wäre er schon durch seinen Diensteid verpflichtet gewesen, sie anzuzeigen. Und er hätte nie im Leben ihr Tagebuch bei sich aufbewahrt. Was sagst du dazu?«

»Nichts sage ich dazu. Keine Ahnung!«

»So so.«

Nein, ich gebe mich nicht geschlagen. »Vielleicht hat dieser Reviervorsteher Wandas Tagebuch aufgehoben, weil er anders als andere Polizisten war. Er hatte seine eigenen Überzeugungen, seine eigene Moral. Darum hat er ihr geholfen an dem Abend, als alle ermordet wurden. Darum durfte sie aus der Gefahrenzone verschwinden. Sie geht mit den Fliegern, taucht unter, überlebt die Zeit bis zum Presseflug. Sie fliegt mit dem Zeppelin, übergibt die geheimen Papiere. Irgendwann heiratet sie Justus. Irgendwann wird Rose geboren …«

»Beweise! Beweise!«

»Man kann nicht immer alles beweisen. Intuition, Opa, Intuition!«

Linus guckt von einem zum anderen, nickt, grinst, schiebt sich Kekse in den Mund, die er wer weiß woher hat, und kaut. »Ist euch schon aufgefallen – mal abgesehen davon, dass wir erst klären müssten, ob Wanda und Justus wirklich gelebt haben – aber wenn es so wäre, dann könnten wir der alten Dame einen großen Gefallen tun.«

»Und der wäre, mein Sohn?«

»Wenn die Geschichte wahr ist, dann hat Wanda wirklich in dieser Wohnung in der Oranienburger Straße gelebt. Dann hat ihr die Wohnung gehört. Nicht nur die Wohnung, sondern das ganze Haus. Und wenn die alte Dame nun ihre Tochter wäre – ihre Erbin sozusagen –, dann gehört ihr doch alles. Dann hätte Rose von Reventlow von diesen Immobilienhaien aus Hamburg nichts zu befürchten.«

»Mein lieber Junge. Sagtest du nicht, du wärst Realist?«

»Mein lieber Willi. Meine These ist komplett logisch, die passt wie die Faust aufs Auge zu dem, was im Tagebuch steht: Er hat die Wohnung für Wanda gerettet. Wie er es ihr versprochen hat, bevor er sie in der Mordnacht flüchten ließ. Um die Wohnung für Wanda zu sichern, ist er selbst dort eingezogen, hat vielleicht die Hälfte der Wohnung wirklich bewohnt, das war immer noch ein riesiger Palast. In der unbewohnten Hälfte der Wohnung hat er alle Zimmer so gelassen, wie sie waren. Für Wanda und Justus. Und das Esszimmer hat er nie benutzt, weil darin der Mord passiert war.«

»Klug, klug! Aber Wanda und Justus sind nie zurückgekommen. Weil es sie gar nicht gab!«

»Ich weiß, wenn es um das Eigentum an einem Mietshaus in der Oranienburger Straße geht, dann brauchen wir mehr Beweise als eine Eintragung in diesem Archiv in Leipzig.« Linus schiebt sich den letzten Keks in den Mund, öffnet die nächste Bierflasche. Er gießt ein, nimmt beide Biertulpen in die Hand. »Kommt ihr mit rüber? Wir finden was über die Sache, und wenn wir die halbe Nacht suchen müssen.«

Opa schüttelt den Kopf, stöhnt. »Wozu ist das nun gut?« Aber dann erhebt er sich, ich stütze ihn, der bewährte Opa-Willi-Griff. Linus fährt gerade meinen Computer hoch. Ich schiebe Opa meinen Sessel vor den Computer. Und wo sitze ich? Jedenfalls nicht auf dem Knie von Linus.

Linus beginnt zu googeln. Zuerst findet er *Schenkenberger's Luftschiff-Shop*. Hier kann man ein Fertigmodell des Luftschiffs *Graf Zeppelin* kaufen, das einen halben Meter lang ist. Schick und glänzend, sehr dekorativ zum Unter-die-Decke-Hängen. Falls man ein Zimmer mit zwei Meter achtzig Höhe hat. Außerdem gibt es Luftschiff-Anstecker, Luftschiff-Pins, Luftschiff-Schlüsselanhänger und Luftschiff-Postkarten. Ein Poster zeigt die *Final Moments* der *Hindenburg*, die 1937 über Lakehurst in Flammen aufging. 35 Tote. Nur 62 Passagiere und Männer aus der Mannschaft überlebten, zum Teil mit schwersten Verbrennungen. Das war damals das Ende der Passagier-Luftschifffahrt.

Unter *www.luftschiff.de* können wir die technischen Daten von sämtlichen Luftschiffen aufrufen, die jemals gebaut wurden, lückenlos. Von den ersten Versuchen des Grafen Zeppelin bis zu Passagierluftschiffen, Marineluftschiffen und Luftschiffen mit Maschinengewehrbewaffnung. Alle sorgfältig geordnet nach ihrer Baunummer und Bezeichnung. Es gibt ein Gästebuch, eine Börse. Sogar Fotos von Hangars in verschiedenen Städten. »Auch ein Bild von dem Hangar in Potsdam?«

»Tut mir leid, hier sind nur Brest-Litowsk, Düsseldorf, Dresden, Lakehurst, Leipzig, Wilthen. Darunter steht, dass demnächst weitere Bilder folgen.«

»Schade, das hätte ich zu gerne gesehen. Den Hangar, auf dessen Bauplatz Wanda und Justus am Ufer der Havel standen.«

Es gibt die Homepage vom Zeppelin-Museum am Bodensee, die eines virtuellen Luftfahrtmuseums und die vom Luftfahrtmuseum Deutschland. »Hier ist ein langer Artikel über ein Zeppelin-Unglück. Auf der Seite der Stadt Leinfelden-Echterdingen an der Filder. *Der Tag der Katastrophe. In Echterdingen wurde einst Luftfahrtgeschichte geschrieben: Am 5. August 1908 verunglückte hier das vierte Luftschiff des legendären Ferdinand Graf von Zeppelin …«*[2]

Oh nein, jetzt bitte keine Katastrophengeschichte! Ich will, dass Wanda den Flug der Pressevertreter überlebt hat, dass sie und Justus ein Paar wurden, dass sie eine Tochter bekommen haben!

»Marie, wenn du dich neben mich setzt, könnte ich dir das vorlesen!«

Warum nicht gleich auf den Schoß? Ich hocke mich auf die Sessellehne neben meinen glücklichen Mr. Stringer. Sherlock Holmes bleibt alleine auf seinem Bürostuhl. Der Regen klopft immer noch an die Fensterscheiben. Draußen ist es stockdunkel. Wie behaglich! Wie schön!

Bei *www.pilotundluftschiff.de* sind alte Schwarzweißfotografien der Luftschifffahrt vor und nach 1900 zu sehen. Piloten, Erfinder, Luftschiffe, Hangars. Schade, die Luftschiffhalle von Potsdam ist wieder nicht dabei. Aber es gibt historische Fotos von der *Graf Zeppelin*, dem LZ 127, die einfach umwerfend sind. Das Luftschiff in seiner Halle in Friedrichshafen, rechts vorne im Bild eine Tafel, auf der mit Wandtafelkreide notiert ist: *Luftschiff Zeppelin / Nächste Fahrt 8. Dezember, am Samstag 20 Uhr, nach Südamerika, Preis RM 1400.–, Fahrscheine*

2 Den Text der Beschreibung könnt ihr im Internet nachlesen. Dieser Link führt auf die Seite der Stadt Leinfelden-Echterdingen: www.leinfelden-echterdingen.de

hier beim Pförtner oder bei der Hamburg Amerika Linie, Friedrichshafen. Es gibt Aufnahmen vom LZ 127 über Lindau, über dem Rheinfall, über Basel, über Finsteraarhorn, Chemnitz, Berlin, Köln, Hamburg, Stettin und Wien, San Remo, Barcelona, Rom, London, New York und Chicago. Eine Aufnahme zeigt die Pyramiden und das zerfallene Antlitz der Sphinx, über denen ein Zeppelin schwebt.

Eine andere Serie alter Schwarzweißfotos zeigt das LZ 127 von innen. Das Cockpit mit zwei Steuerrädern, so groß wie auf der Kommandobrücke eines Ozeanriesen. Die Elektrozentrale mit zwei riesigen Generatoren. Der Funkraum, der Navigationsraum. Die Bordküche, in der ein moderner Elektroherd, glänzende Edelstahltöpfe und Pfannen neben Reihen von Kellen und Rührutensilien auf engstem Raum untergebracht sind. Es gibt Fotos einer Fahrgastkabine mit geblümter Stofftapete, Raffgardinen und urgemütlichem Liegesofa. Wie das Zimmer eines Luxushotels. Fotos von Passagieren, die sich in einem edel eingerichteten Fahrgastraum vom Küchenpersonal verwöhnen lassen. Schneeweiße Tischtücher, Vasen mit blühenden Blumen, breite Panoramafenster. Das letzte Foto zeigt einen prächtig gedeckten Tisch im Speiseraum, vier Gedecke mit Suppenteller, Terrine und Kaffeegeschirr.

»Ein richtiger Luxusliner! Wenn Wanda auf diesem Luftschiff mitgeflogen ist, hatte sie bestimmt eine wunderbare Reise.«

»Die *Hindenburg*, die 1937 über Lakehurst abgestürzt ist, war auch so eine *Queen Mary* der Lüfte. Luxus ist keine Garantie dafür, dass ein Luftschiff sicher ist. Außerdem war Wandas Flug mit den Pressevertretern lange vor dem LZ 127. Ich könnte effektiver suchen, wenn ich mehr Suchbegriffe eingebe. Wie hieß denn das Luftschiff, mit dem Wanda geflogen ist?«

»Keine Ahnung.«

»Wie hieß dieser Mann, der sie zum Presseflug eingeladen hat?« Linus googelt weiter, er findet eine Seite über Alfred Bluman, auf der seine Verdienste für die Zeppelin-Luftfahrt akribisch notiert sind. Aber nirgends auch nur ein Satz über den Flug der Pressevertreter.

Super, Miss Marple, Mister Stringer und Sherlock Holmes, Hand in Hand. Mit keinem Gedanken, auch nicht mit dem allerwinzigsten Zipfel meiner allerkleinsten Gehirnwindung denke ich an Fritz. Bis mir plötzlich auffällt, dass ich nicht an Fritz denke. Was er wohl jetzt macht? Er ruft nicht an, um sich zu beklagen, dass ich ihn nicht anrufe. Er schickt keine SMS … Und da, genau in diesem Augenblick, als hätten ihn meine Gedanken aufgescheucht, klingelt auf meinem Schreibtisch mein Handy.

Ich lasse es klingeln, zucke mit keiner Wimper. Linus guckt mich an, zieht die Augenbrauen hinter der Brille nach oben. Ich schüttele schnell den Kopf. »Da ist nichts!«

Es klingelt und klingelt.

»Er will, dass du rangehst. Vorher lässt er's nicht.«

»Woher weißt du denn, wer das ist?«

»Ich sehe es dir an. Vielleicht will er nur wissen, ob du jetzt für ihn Zeit hast. Geh lieber ran und sag ihm, heute bin ich da, er darf nicht.«

Mein strafender Blick trifft Linus. Und dann passiert mir, was nicht passieren dürfte. Ich kneife ihn einfach ins Ohr. Linus grinst mich an, ich grinse dümmlich zurück. »Fritz *kann* nicht vor der Tür stehen, er ist heute in Hamburg oder sonst wo weit weg.«

»Hamburg – du könntest ihm sagen, er soll mit der Fähre nach Schweden fahren. Da ist er nächste Woche erst wieder in Berlin.«

Ach ja, wenn Fritz in Schweden wäre, müsste ich nicht bis nach Timbuktu, um Abstand zwischen uns zu bringen. Mein dummes schlechtes Gewissen. Soll ich vor Fritz oder soll ich vor Linus flüchten? Und wohin? Zu Luigi und Mario? In eine Rotweinflasche? Ins Internet?

Das Handy läutet noch vier, fünf Mal, dann ist Ruhe. Linus lächelt und öffnet die nächste Flasche.

Opa schüttelt den Kopf. »Früher, als ich meinen Buchladen aufgemacht habe, das muss ich euch erzählen, Kinder, da wollte ich zuerst auch ein Antiquariat daraus machen, genau wie du, Marie. Aber dann habe ich mich für die *neuen* Bücher entschieden. Hab ich das mal erwähnt?«

Bitte, jetzt keine Demenzwolken, die uns vom Weg abbringen. Keine ollen Kamellen aus grauer Vorzeit. »Doch, Opa, das hast du erzählt. Schon einige Male.«

»Aber eins weißt du noch nicht!«

Ich gucke stur auf den Monitor. Das Foto von Alfred Bluman, technische Zeichnungen von einem Zeppelin, ein Längsschnitt, ein Querschnitt. Bitte, Opa, lieber Mr. Stringer, du kannst Miss Marple jetzt nicht alleine lassen! Wir ermitteln!

»Marie, weißt du, dass es noch Restbestände vom allerersten Nachlass gibt, den ich damals angekauft habe?«

»Mhm.«

»Hab ich aufgehoben. Gehütet wie einen Schatz. Das steht alles immer noch neben der Tür zum Hinterzimmer, ganz unten rechts im Regal.«

»Mhm.«

»Oder hast du es etwa weggeräumt? Schon verkauft?«

»Mhm. – Nein, nein.«

»Siehst du, ist manchmal auch gut, wenn man nicht allzu ordentlich ist. Das war der Nachlass von einem Ingenieur, musst du wissen. Der Mann hat alles gesammelt, was mit Technik zu tun hatte, jedes Buch, jede Zeitung. Du könntest runtergehen in den Laden, Marie. Das Buch, das ich meine, steht in der zweiten Reihe von unten, auf der linken Seite.«

»Ach, Opa!«

»Ich hab den ganzen Nachmittag drüber nachgedacht. Das ist ein altes Buch, noch von lange vor dem Krieg. Die Memoiren von einem dieser Luftschiff-Leute. Vielleicht wirklich von diesem Herrn Bluman. Ich wusste doch, dass ich diesen Namen schon mal irgendwo gehört habe.«

Waas? Ich stelle mein Rotweinglas mitten auf die Tastatur. Linus fängt es auf, platziert es ordentlich auf dem Schreibtisch. »Die Memoiren von Alfred Bluman?«

»Kann durchaus sein.«

»Die hast du?« Mr. Stringer ist wieder online! Schon springe ich auf, laufe hinaus in den Flur, reiße den Ladenschlüssel vom Haken. »Bin gleich wieder da!«

Immer zwei Stufen auf einmal jage ich die Treppen hinab.

Es regnet noch viel heftiger als heute Nachmittag. Die Straßenlaternen leuchten durch dicke Tropfenvorhänge. Ich halte mich dicht an der Hauswand, jage am Tor zum Sophienfriedhof vorbei. Die Straße liegt ruhig. Ich schiebe den Schlüssel ins Schloss. Von ganz weit her rauscht ein Taxi heran. Es hält genau vor meinem Laden. Im Innenraum schaltet der Fahrer das Licht an. Flüchtig werfe ich einen Blick hinein. Eine Frau sitzt darin. Aber das ist doch …

Die Frau im Taxi bezahlt. Sie steigt aus. Doch, das ist sie. Gesine! Auch wenn die junge Frau dort vorne nicht aussieht wie die Gesine, die ich kenne. Sie trägt die Haare offen. Sie wallen ihr dunkel über die Schultern herab. Ein kurzer Rock endet knapp über ihren Knien, darüber ein enges T-Shirt. Nicht einmal die gewaltige Strickjacke hat sie an, hinter der sie sich sonst immer versteckt. Wow! Ein bisschen sieht sie aus wie die junge Frau auf dem Bild von Corinth, das im Salon von Rose hängt: den kurzen Rock wegdenken, dafür ein langes weißes Musselinkleid. Eine efeubewachsene Mauer anstelle des elfenbeingelben Berliner Taxis und der verregneten Straße …

Sie sieht sich um, guckt als Erstes zu meinem Laden. Vor der Tür stehe ich. Bewegungslos. Sie winkt mir zu. »Frau Baer! Es tut mir leid, Frau Baer, ich habe vorhin versucht, Sie anzurufen, auf dem Handy, aber Sie sind nicht rangegangen. Sonst hätte ich Ihnen alles am Telefon sagen können.«

Ein Schreck durchfährt mich. Will sie mir mitteilen, dass Rose gestorben ist?

Sie läuft durch den Regen, springt über Pfützen. »Was für ein Glück, dass Sie gerade im Laden sind! Ich wusste nur, dass Sie in der Nähe der Sophienkirche wohnen. Alle Hauseingänge hätte ich absuchen müssen.«

Ich schließe auf, wir gehen gemeinsam hinein.

»Ich bin sofort losgefahren, hab alles stehen und liegen lassen, als Sie mich heute Nachmittag angerufen haben. Ich war schon bei ihr in der Charité. Sie ist immer noch nicht bei Bewusstsein, aber die Ärzte meinen, ich soll mir keine Sorgen machen.«

»Also sie lebt? Gott sei Dank!«

»Ja, Frau Baer! Ich muss mich bei Ihnen bedanken, ohne Sie wüsste ich gar nicht, dass Großmama mich braucht.«

»Und wer melkt heute die Kühe?«

»Mein Vater. Morgen auch, und übermorgen. Das hätte ich schon viel eher machen sollen, schließlich sind das *seine* Kühe, *er* wollte den Hof haben, *er* wollte Bauer sein, nicht ich.«

»Schön, wenn Sie das doch noch gemerkt haben. Ihre Oma wird sich freuen.«

»Ich hoffe es. Ich meine, ich hoffe, ich kann ihr das alles noch sagen. So, und jetzt muss ich nach Hause, ich falle um vor Hunger. Ich rufe Sie an, wenn es etwas Neues gibt.«

Sie nickt mir zu, reißt die Tür auf. Ein heftiger Windstoß weht herein. Der Regen rauscht. Die Tür fällt hinter ihr zu.

Mit schnellem Schritt bin ich an der Tür zum Hinterzimmer. Vor der Tür das Regal, das zweite Regalbrett von unten, links … Ein Buch über Juri Gagarin, eins über die Schierker Kleinbahn, eins über Manfred von Richthofen, den Roten Baron … Da ist es: *Alfred Bluman, Memoiren meiner Arbeit mit Graf Zeppelin.*

Mann, Opa! Wie hast du das wieder hingekriegt?

Ich klemme mir das Buch unter den Arm und weg bin ich. Gesine ist schon über den Platz vor dem Sophienkirchhof, ihre Pfennigabsätze klappern über die Gehwegplatten. Da fällt es mir ein: Ich kann sie doch jetzt nicht gehen lassen! Wir sitzen da und machen die Arbeit, die sie machen sollte. Ein paar Ideen, ein paar Gedanken sollten von ihr kommen.

»He, Gesine!« Sie dreht sich um, winkt. Ich winke zurück, wedele mit dem Luftschiffer-Buch. Sie bleibt stehen, zögert. Langsam kommt sie zurück. Ich nehme ihren Arm. »Wie ist das, Gesine, haben Sie sich überlegt, ob Sie in Berlin wohnen wollen? Oder ist es Ihnen immer noch völlig egal, ob die Makler aus Hamburg Ihrer Oma das Haus unterm Hintern wegziehen?«

Gesine funkelt mich an. »Nein, das ist mir nicht egal! Ich habe viel nachgedacht in den letzten Tagen. Sie wissen doch, dass wir nicht mal beweisen können, dass uns das Haus gehört. Aber genau darauf kommt es jetzt an.«

»Da haben Sie allerdings recht. Wenn Sie bereit sind, für Ihre Oma zu kämpfen, dann kommen Sie mit nach oben. Wir haben Neuigkeiten für Sie.«

Einen kleinen Moment zögert sie noch. Dann steigen wir nebeneinander die vier Treppen hinauf.

Ich glaube nicht, was ich sehe. Die beiden Herren sind in die Küche umgezogen. Die Suppe ist aufgewärmt, die drei Suppenteller sind abgewaschen. Der Tisch neu gedeckt. Opa und Linus sitzen einträchtig nebeneinander und warten mit dem Essen auf mich.

»Wir hatten glatt noch mal Hunger, ist doch erlaubt, oder?« Opa strahlt, Linus grinst.

Ich schiebe Gesine in das Blickfeld von Opa. »Schau mal, wen ich auf der Straße getroffen habe! Das ist die Enkeltochter von Rose von Reventlow.«

»Schön, dass Sie uns besuchen kommen. Wie geht's Ihrer Großmutter, junge Frau?«

»Sie ist noch nicht wieder aufgewacht, ich konnte noch nicht mit ihr sprechen. Aber die Ärzte hoffen, dass sie bald zu sich kommt.«

»So so. Ich hoffe, dass die Ärzte recht haben. Wenigstens dieses eine Mal.« Dann schwenkt sein Blick von Gesine auf mich. »Wo ist das Buch? Hast du es gefunden, Marie?«

Ich lege es vor ihm auf den Tisch. Sofort greift er danach, schlägt es auf, blättert darin herum. Sein Nussknackerlächeln erstrahlt. »Gar nicht so einfach, sich zu erinnern, nach 50 Jahren … Ich war nicht mehr sicher. Aber wenn ich es jetzt in der Hand halte …«

Das Buch über die Zeit mit Graf Zeppelin ist 1933 in Stuttgart und Berlin in der *Deutschen Verlags Anstalt* erschienen. Gleich hinter dem Titelblatt folgt ein ganzseitiges Foto. Alfred Bluman. Ein großer Mann, kräftig, etwas ausladend, mit freundlichem Lächeln und warm blickenden Augen. Das ist also der Mann, der damals im Garten der Universität Wanda gegenüberstand. Und am Ufer der Havel … Der Mann, der auf der Suche nach dem alten Herrn mit der Goldschlägerhaut war. Der mit den Engländern verhandelt hat …

Opa blättert, liest ein paar Zeilen, blättert weiter.

»Setzen Sie sich, Gesine. Möchten Sie einen Teller Suppe?«

»Ich will Ihnen nicht zur Last fallen.«

»Also *ja*!« Ich tue ihr reichlich auf. Gesine stürzt sich sofort darauf, als ob sie tagelang nichts gegessen hätte. Meinen Teller stelle ich neben den von Linus. Und sobald ich die Hände frei habe … sehe ich meine rechte Hand plötzlich über seinen Rücken streichen, über seinen Nacken, schließlich über seinem Kopf schweben. Meine Finger greifen fast schon in seine Haare, um darüberzustreichen, zu strubbeln, zu ziepen … Halt! Stopp! Meine Hand bremst mitten in der Bewegung – da nimmt Linus den Löffel aus seiner Suppe und hebt den Blick. Guckt auf meine schwebende Hand, guckt mich an. »Ist alles in Ordnung?«

»Aber klar doch!« Ich setze mich ordentlich neben ihn. Oh nein, wie alt bin ich eigentlich? Warum benehme ich mich, als wäre ich zwölf?

Völlig unbeeindruckt lehnt sich Linus herüber zu mir, legt seinen

Arm um mich, zieht mich an sich, streicht durch meine Haare, wickelt an ihnen herum, zupft, bis es ziept.

»Du!«

»Ja?«

Da, aus der Ecke von Opa ein Freudenschrei. »Ich hab es gefunden, Kinder!«

»Was?«

»Na, die Stelle, nach der ich gesucht habe. Der Flug mit den Pressevertretern!«

Ein Blick in die Runde. Alle sitzen, ganz Ohr. Gesine lässt langsam den Löffel sinken, sieht von Opa zu Linus, von Linus zu mir.

Linus trinkt einen großen Schluck aus seiner Tulpe, nimmt Opa das Buch aus der Hand und liest vor.

Zur zweiten Fahrt der *Deutschland* von Düsseldorf aus waren Pressevertreter zu einem Frühstück an Bord des Luftschiffs geladen; dies Frühstück bestand aus Sekt und Kaviar, der an Gewicht leichtesten und an Ansehen vornehmsten Frühstücksnahrung jener Zeit. Eckener war zur Behandlung der Journalisten mit von der Fahrt.

Um den Eindruck größter Pünktlichkeit zu erwecken, fuhren wir auf die Minute ab, obgleich infolgedessen die Wettermeldung nicht abgewartet werden konnte. Ein eigener Apparat für Pilotballonmessung war im neu eingerichteten Hafen noch nicht eingetroffen. Das Wetter und die Windstärke wurden an diesem Tage so ungünstig wie möglich. Die geringe Eigengeschwindigkeit war zum Teil auf die nicht glückliche Form dieser ersten DELAG-Schiffe zurückzuführen.

Es war einer der Fehler des Tages, dass wir mit dem Winde in Richtung der belebten Wupperstädte fuhren, die größeren landschaftlichen Reiz als die entgegengesetzte Richtung in der Rheinniederung zu versprechen schienen.

Über Rittershausen gab ich das Zeichen zur Umkehr; die Windstärke war inzwischen größer als die Eigengeschwindigkeit des Schiffes geworden. Langsam, mit der Spitze in Richtung Düsseldorf, trieb das Schiff Schritt um Schritt rückwärts auf Dortmund zu. Eine dort abgeworfene Meldung, die besagte, dass

Landung in Münster beabsichtigt sei, wurde später auf dem Dach eines Hauses gefunden. – In den dichter werdenden Regenwolken, die jede Fernsicht benahmen, fanden wir Münster nicht. Im Norden, in Richtung auf den Teutoburger Wald, stand eine schwefelgelbe Wand. Hinter der Sturmwand lag Osnabrück, wo bei einer Landung militärische Hilfe zu erwarten war.

Die *Deutschland* tauchte kaum in die Wolkenwand, als sie rasch auf eine Höhe von 1100 m gerissen wurde. Für die Verhältnisse dieses Schiffes war das eine außerordentliche Höhe. Schneeflocken flogen durch die in jener Zeit noch offenen Kabinenfenster. Unter uns rissen die Wolken, wir näherten uns mit Sturmgeschwindigkeit den Höhen und Tannengipfeln des Teutoburger Waldes; als im kritischen Moment noch ein Motor versagte und das Schiff rascher sank, rief einer der Fahrgäste: »Landen wir?« – »Nein«, antwortete ich, »jetzt stranden wir.«

Die grünen Wogen der Tannenwipfel rauschten wie Wellen beim Stapellauf eines Schiffes an uns vorüber, die Bäume bogen sich, höher stiegen die grünen Wogen – dann ein ungeheures Klirren, wie wenn tausend Gläser zersprangen ... und das Schiff stand. »Festhalten!« Jeder ergriff einen Tannengipfel.

Das in der Mitte gebrochene Schiff hatte in letzter Fahrt eine Schneise in den Wald geschnitten und dabei dicke Stämme gebrochen. Einige Zellen waren zerrissen. Die Vordergondel hing etwa 5 m über dem Waldboden. Außer einem Monteur, der im letzten Augenblick zur Erleichterung des Schiffes aus der hinteren Maschinengondel gesprungen war und das Steißbein gebrochen hatte, war keiner der Fahrtteilnehmer verletzt.

Nachdem das Schiff genügend gesichert schien – es lag unter dem Winde in einer Mulde –, wurde mit dem Ausladen der Gäste begonnen. Zu diesem Zweck wurde die kurze zum Laufgang führende Strickleiter aus der Gondel gehängt. Weil ihre fünf Sprossen nicht bis zum Boden reichten, ließ ich mich als Längster von der letzten Sprosse herunterfallen, um die Gäste einzeln in Empfang zu nehmen. Einer nach dem anderen wurde an der Strickleiter hängend von mir auf den Boden gesetzt. Bevor ich den letzten der wackeren Zeitungsmänner herunterhob – es war der spätere Kriegsberichterstatter von Gottberg –, konnte ich mich in der Freude meines Herzens, alle gerettet zu sehen, nicht enthalten, ihm einen kräftigen Schlag auf die nicht unerhebliche Breitseite zu setzen.[3]

Das war's. Der Flug der Pressevertreter. Keine Toten, keine Verletzten. Jedenfalls nicht unter den Leuten der Presse. Was für eine Erleichterung. Aber *kein* Wort über Wanda. Nicht *ein* Satz über eine Frau an Bord, die bei den Journalisten war.

Linus legt das Buch aus der Hand. Seine Tulpe ist leer. Er steht auf, holt ein Glas Wasser für sich und für Opa. »Warum schreibt dieser Bluman nichts über Wanda?«

»Um sie zu schützen? Um sich selber zu schützen? Wenn der Geheimdienst herausfindet, dass er mit Wanda zusammenarbeitet, bringen sie beide um.«

»Aber dieses Buch ist 1933 erschienen, da lag die Fahrt der Pressevertreter schon mehr als zwanzig Jahre zurück. Der Kaiser war seit 14 Jahren kein Kaiser mehr.«

»Bluman hätte also über sie schreiben können, vorausgesetzt, dass Wanda bei diesem Flug überhaupt dabei war.«

»Genau das ist der Punkt.«

»Kinder, denkt bitte logisch! Wenn Bluman nichts über Wanda *schreibt,* heißt das im Umkehrschluss keinesfalls, dass Wanda bei diesem Flug *nicht* dabei war.«

»Aber wie sollen wir dann beweisen, dass es Wanda wirklich gegeben hat? Dieses Buch war die perfekte Möglichkeit.«

»Passagierlisten.«

»Wie sollen wir an Passagierlisten kommen? Uralte Unterlagen der DELAG aus der Zeit ihrer Gründung?«

»Vielleicht liegen die in irgendeinem Archiv? Oder in einem Museum?«

»Seid da mal nicht so sicher. 1909 – gab es damals überhaupt schon Passagierlisten?«

Schwipp, schwapp. Schwapp, schwipp. Unser Gespräch geht hin und her wie wogende Wellen. Gesines Blick versucht dem Gewoge zu

3 Zitiert aus: Alfred Colsmann: *Luftschiff voraus! Arbeit und Erleben am Werke Zeppelins.* Deutsche Verlags Anstalt, Stuttgart/Berlin 1933

folgen. Ihr Teller ist leer, sie greift nach dem Löffel, spielt nervös damit herum. »Bitte, ich möchte Sie nicht aus Ihren Gesprächen reißen, aber worum geht es hier eigentlich? Frau Baer, Sie sagten vorhin, Sie hätten wichtige Neuigkeiten für mich?«

Ein tadelnder Blick von Opa. Ein erstaunter von Linus. »Marie, hast du Gesine nicht von dem Tagebuch erzählt?«

»Das ist wohl irgendwie untergegangen. – Sagen Sie bitte, Gesine, kennen Sie das Tagebuch der Baronesse Wanda von Branndenburg?«

»Nein.«

»Ihre Großmutter hat es Ihnen vielleicht mal gezeigt?«

»Daran könnte ich mich erinnern.«

»Aber den Namen Wanda von Branndenburg haben Sie von ihr gehört?«

»Ganz sicher nicht, nein.«

Mein Blick trifft den von Linus. *Die Dinge des Lebens.* So einen wichtigen Umstand, der die ganze Familie betrifft, hat Rose ihrer Enkeltochter verschwiegen? Kein Wort darüber in all den Jahren? Nun bleibt es an uns hängen, das nachzuholen.

»Vielleicht hat Rose selbst nichts davon gewusst? Das wäre doch möglich, Marie. Hat sie nicht gesagt, dass sie diese Seiten gar nicht gelesen hat?«

Gesine legt den Löffel von einer Seite des Tellers zur anderen. »Würde mich bitte mal jemand aufklären?«

»Nun, Ihre Großmutter hat uns einen großen Stapel Blätter übergeben. Wir sind überzeugt, dass es sich um ein Tagebuch handelt.«

»Vorsicht mit deinen Hypothesen, Marie!«

»Wir sind *fast* überzeugt. Und zwar das Tagebuch der Mutter von Rose von Reventlow. Ihrer Urgroßmutter.«

»Hypothesen, Marie, alles nur Hypothesen!«

Jetzt legt Gesine endgültig den Löffel aus der Hand. »Sie haben ein Tagebuch von meiner Urgroßmutter Lotte von Reventlow?«

»Eben nicht! Die Frau, die diese Seiten beschrieben hat, heißt Baronesse Wanda von Branndenburg. Wir sind sicher – nein, *wir halten es für möglich*, dass diese Wanda die *wirkliche* Mutter von Rose ist. Und damit, Gesine, *Ihre wirkliche* Urgroßmutter. Auch wenn ich nicht verstehe, wie man über zwei Generationen – nein, sogar über vier Generationen so ein Geheimnis daraus machen kann. Wanda hätte ihrer

Tochter sagen müssen, wer ihre Familie wirklich ist. Wie sie wirklich heißt. Wer zu wem gehört. Ich verstehe ihr Schweigen, solange Kaiser Wilhelm II. noch regiert hat. Da waren Wanda und Justus und Rose in Lebensgefahr. Aber warum hat sie das Geheimnis auch nach dem Kaiser immer weiter gehütet? Warum hielt sie die Wahrheit zurück? Vielleicht aus Rücksicht auf Polizeileutnant von Reventlow? Hat sie gewartet, bis er gestorben ist? Oder bis seine Frau Lotte stirbt? Aber wenn sie dann immer noch nicht mit Rose spricht, dann ist sie vielleicht irgendwann selber tot. Dann gibt es niemanden mehr, der Bescheid weiß. Und nun steht Rose da, diese ganze Familie steht da und weiß *nichts* über sich!«

Uff. Luft holen. Ich lehne mich auf meinem Stuhl zurück. Treffe gleich wieder auf die Schulter von Linus. Sofort legt er seinen Arm um mich, streicht durch meine Haare, wickelt, zupft, ziept. Kneift mit der ganzen Hand in meine Pobacke. Das darf Sherlock Holmes mit Miss Marple nicht machen. Ich sag's Mr. Stringer! »Wenn du nicht aufhörst, werde ich das Gleiche bei dir tun!«

»Au ja!«

»Liebe Kinder, vergesst bitte nicht zu erwähnen, dass der wichtigste Teil eurer *Hypothese* noch nicht bewiesen ist!«

Gesine steht auf, sieht von einem zum andern. »Ich glaube, ich sollte jetzt gehen. Was Sie mir hier alles erzählen … darüber müsste ich erst mit Großmama reden. Zuerst muss ich wissen, was sie dazu sagt.« Sie nimmt ihren Teller, trägt ihn hinüber zur Spüle. Braves Mädchen.

Aber so leicht kommt sie nicht davon. Opa hebt seinen dürren Arm. »Warten Sie, meine Liebe! – Seht ihr, Kinder, jetzt habt ihr sie erschreckt. – Kommen Sie, setzen Sie sich zu mir, liebe Gesine! Meine kleine Marie hat das alles nicht böse gemeint. Sie *ist* gar nicht so brummig, wie sie sich immer anhört.«

Widerstrebend setzt Gesine sich zu ihm. Er nimmt ihre Hand.

»Machen Sie sich bloß keine Sorgen. Ich für meinen Teil halte das nicht für ein Tagebuch, sondern für einen Roman. Also nichts, was Ihre Familie betrifft. Aber wenn die Kinder recht haben, dann können Sie morgen zum Grundbuchamt gehen und beweisen, dass Ihrer Großmutter das Haus gehört. So eine Möglichkeit kann man nicht ignorieren, oder? Gesine, Sie sind so ein kluges Mädchen.«

Gesine sieht ihn an, als hätte er verkündet, dass ihr demnächst Flügel wachsen werden. Ihre Lider flattern.

»Keine Angst, meine Liebe. Ich mache Ihnen einen Vorschlag: Wir lesen Ihnen das Tagebuch vor. Vielleicht sagen Ihnen manche Sätze mehr als uns …«

»Gute Idee, Opa. Leute, wir brauchen literweise Grünen Chinesen! Zum Munterbleiben. Wer möchte?«

Gesine hebt den Kopf. Zum ersten Mal, seit sie mit mir in die Wohnung gekommen ist, lächelt sie. »Grünen Chinesen? Das hört sich an wie zu Hause bei Großmama. Ich kenne sonst keinen Menschen, der zu einer Tasse Tee *Grüner Chinese* sagt.«

»Möchten Sie nun oder möchten Sie nicht?«

»Wir werden hier stundenlang sitzen und lesen, nicht wahr? Ja, dann möchte ich Grünen Chinesen, eine große Kanne.«

Ich fülle Wasser in den Kocher, nehme die Blechdose mit den Teeblättern. Meine Teekanne ist aus blauem Steingut. Mir fällt die Küche von Rose ein, das Brett, auf dem Kanne und Tassen stehen … Als ich das erste Mal ihre Teekanne in die Hände nahm, fiel mir auf, wie leicht diese Kanne ist. Auch ihre Teetassen. Und dieses Muster … blaue Streifen, ein winziges Monogramm … »Mensch, Gesine!«

Sie fährt zusammen.

»Gesine, kommen Sie mit!« Ich ziehe ihre Hand aus der von Opa, schleppe sie hinter mir her. Aus der Küche, den Flur hinunter, zu meinem Zimmer. »Linus! Komm, komm!«

Er trabt hinter uns her, sein Kopfschütteln übersehe ich einfach. In meinem Zimmer ist der Computer noch nicht heruntergefahren. Das spart jetzt viel Zeit.

»Diese Seite, auf der du mir vorhin das Foto von der Sphinx und dem Zeppelin gezeigt hast, kannst du die bitte noch einmal aufmachen?«

Linus guckt mich an, ganz friedlich, ganz entspannt, nickt. »Manchmal könntest du deinen Film etwas langsamer abspulen, damit ich dir folgen kann. Sagst du mir bitte, worum es geht?«

»Ich weiß jetzt, dass Wanda wirklich auf diesem Luftschiff gewesen ist! Dass sie die Fahrt der Presseleute mitgemacht hat!«

»Und dazu brauchst du die Luftschiff-Aufnahmen? Die Sphinx? Hast du Wanda auf einem Foto entdeckt?«

»Das nicht. Aber ich kann euch beweisen, dass Wanda nach diesem Flug mit den Pressevertretern mindestens noch einmal in der Wohnung in der Oranienburger Straße war. – Mach, Linus, mach!«

Gesines Blick flackert, sie tritt von einem Fuß auf den anderen.

Linus macht ein paar Mausklicks. Eine Seite springt auf. Genau die Seite, die ich sehen will. Oben links in der Ecke dreht sich das ovale Logo. Darunter eine Reihe von winzigen Zeppelinen, über die man zu verschiedenen Themen kommt. »Marie, ist es das, was du meinst?«

»Ja! Und jetzt bitte das *LZ 127*.« Er klickt, die Seite öffnet sich. »Jetzt geh auf *Innenaufnahmen*.« Linus klickt. Neben mir macht Gesine kleine Schritte nach hinten, zieht sich langsam aus dem Zimmer zurück. »Gesine!«

»Ich möchte nicht stören. So viel Aufregung, und alles wegen Großmama. Vielleicht sogar wegen mir.«

»Hierbleiben! Angucken!«

Gehorsam kommt sie zurück. Eine blaue Seite klappt auf. Hier das Foto vom Aufenthaltsraum für Passagiere. Links ein Koch mit gestärkter weißer Mütze, an den Tischen plaudernde Menschen. Aber man sieht nur die Stuhllehnen, die Rücken der Passagiere. Dahinter das Fenster mit dem Blick hinaus in die Wolken … Ich suche weiter. Ein Foto vom Speiseraum, ein Foto von – ja, hier ist es endlich: eine Nahaufnahme, klar und groß – ein Foto von einem gedeckten Tisch.

In der Mitte eine Terrine. Rundherum vier Gedecke mit großem Essteller und Kaffeeservice, Senfdose und Salzstreuer. Es ist nur ein Schwarzweißfoto. Aber das, was ich sehen will, kann ich deutlich sehen. Das Geschirr ist weiß mit mehrfarbigen Streifen, in der Mitte prangt ein kleines ovales Emblem. Und noch etwas ist da, etwas, womit ich überhaupt nicht gerechnet habe: neben jedem Gedeck eine Reihe von Gläsern, wunderschön – und stiellos. Eins wie das andere. Jedes Glas sitzt direkt auf seinem Fuß. All diese zarten Gebilde sind mit einem umlaufenden Band ziseliert, darin das kleine Oval. Ich tippe mit dem Finger darauf. »Kannst du das Bild vergrößern?«

»Sicher kann ich. Wie groß willst du es denn?« Linus klickt. Das Bild wird so groß wie der ganze Bildschirm. Etwas unscharf. Das Geschirr ist gut zu erkennen. Perfekt. Auch die Gläser. Die Form stimmt. Das Muster. Die beiden Buchstaben, die mitten in dem kleinen Oval stehen: ein L und ein Z. Ich hatte immer gedacht, diese Buchstaben stehen für Luise von Zitzewitz oder Leonore von Zülow. Aber nun ist alles ganz anders!

»*L-uftschiff Z-eppelin.*« Ich packe Gesine am Arm, ziehe sie näher. »Hier! Sehen Sie!«

Sie wirft einen Blick auf den Bildschirm. Nickt. »Ja. Und?«

»Und? Was sagen Sie?«

»Was soll ich denn sagen?«

»Das müssen Sie doch erkennen! Das Teeservice von Rose!«

Gesine guckt mich an. Ihr Mund klappt auf. Sie wendet den Kopf zum Bildschirm, beugt sich näher. »Stimmt! Sie haben recht! Das hier ist zwar ein Mittagsgedeck, aber das ist das Muster von Großmamas Teekanne. Und das sind ihre Gläser.«

Na also! Sogar Gesine sieht es. Dieses Service hat die gleichen Streifen, das gleiche Monogramm wie die Teetassen und die Teekanne in Roses Küche … in Wandas Küche: Roses Gläser sind die Gläser von Wanda.

Schlotternd und wacklig biegt ein dürres Opa-Gespenst in mein Zimmer. Ich lasse Gesine los, springe ihm entgegen, greife nach seinem Arm.

»Musst mir gar nichts erzählen, Kind, ihr wart laut genug. Und was soll das nun beweisen?«

Ich bugsiere ihn durch mein Zimmer, lasse ihn vorsichtig auf mein Sofa herunter. »Das beweist, Opa, dass Wanda die Teekanne aus chinesischem Porzellan ersetzt hat.«

»War die denn kaputt?«

»Ja, das war sie! Sie lag in zwei Teile zerbrochen unter dem Tisch im Esszimmer. An dem Abend, als Bertha und die Mädchen und Ferdinands Leibkutscher erschossen wurden.«

»Ich erinnere mich, ja.«

»Also ist Wanda mit dem Luftschiff gefahren. Als das Luftschiff in die Bäume stürzte, ging alles drunter und drüber. Sie musste über die Strickleiter nach unten klettern …«

»Du meinst doch nicht, sie hat die Teekanne, die beiden Tassen und die Gläser in ihre Handtasche gesteckt?«

»Das traue ich ihr zu. Die macht so was. Wir kennen doch Wanda!«

»Na gut, aber das Geschirr stammt doch wohl von der *Graf Zeppelin*. Die Pressevertreter waren auf der *Deutschland*. Sehr fraglich, ob die da auch schon dieses Geschirr hatten, und wenn, müsste dann nicht das Monogramm ›L‹ und ›D‹ heißen?«

»Gut, ich gebe zu, dass ich das Rätsel nicht hundertprozentig gelöst habe. Aber Wanda lebt. Hat gelebt. Ihr hat die Wohnung gehört. Das wird auch im Grundbuch stehen. Und da Rose ihr Kind ist, ist sie ihre Erbin. Die Wohnung gehört Ihrer Oma, Gesine, darauf können Sie wetten!« Ich sehe von einem zum anderen. Alle starren mich an, wortlos, mit aufgerissenen Augen. »Ihr haltet mich für verrückt, stimmt's?«

»Nicht für verrückt. Nur meine übliche Bitte: Beweise!«

»Willi hat recht. Selbst wenn der Name von Wanda als Eigentümerin im Grundbuch steht, wie sollen wir nachweisen, dass Rose ihre Erbin ist?«

»Rose ist eine interessante Dame. Sie hat drei Pässe aus ihrer Kinderzeit gefunden, in denen drei verschiedene Namen stehen. Ihr Vater – ihr Ziehvater – war Polizeileutnant. Anscheinend saß er direkt an der Quelle für Ausweise und Pässe. Darum bin ich sicher: Entweder Wandas oder einen von Roses drei Namen werden wir im Grundbuch finden.«

Ich bin fertig mit meinem Plädoyer. Keiner widerspricht.

Ich folge dem Blick von Linus, dem Blick von Opa. Gesine steht in der Zimmertür. Eine aufrechte, klarblickende Frau. »Wenn ich Ihre Theorien vielleicht noch einmal rekapitulieren darf: Einer Baronesse Wanda von Branndenburg hat im Jahr 1909 Großmamas Haus gehört? Diese Baronesse ist vielleicht bei einem Zeppelin-Absturz ums Leben gekommen? Aber wenn sie diesen Absturz überlebt hat, könnte sie die Mutter von Großmama sein?«

Wir sehen sie an. Nicken. Wortlos.

»Und es ist möglich, dass mein Urgroßvater von Reventlow das Haus von dieser Baronesse von Branndenburg gekauft hat, sehe ich das richtig? Schließlich hat er mit seiner Frau und mit Großmama in diesem Haus gewohnt.«

Wir nicken.

»Gut, dann werde ich jetzt gehen. Ich danke Ihnen für Ihre Anregungen.«

»Was haben Sie vor?«

»Suchen. Und wenn es die ganze Nacht dauert. Jetzt habe ich endlich eine Vorstellung davon, wonach ich forschen kann.«

»Gut. Machen Sie das. Rose wollte nicht aufgeben. Sie hatte mich heute Nachmittag zu sich bestellt, damit ich mit ihr suche. Glauben Sie, dass Sie etwas finden können, das beweist, wem das Haus gehört?«

»Nein, ich glaube es nicht. Ich weiß es!«

»Denken Sie bitte daran, Gesine, die Baronesse Wanda von Branndenburg hat sehr wahrscheinlich einen Baron Justus Hansen von Enckendorf geheiratet. Ihr Name hat sich geändert.«

»Mir scheint, Sie kennen meine Familiengeschichte besser als ich. Vielleicht wollen Sie mir helfen?«

»Aber klar! Ich mag Wanda. Ich kann sogar Rose gern haben. – Morgen Abend, wenn mein Laden zu ist?«

»Nein, Marie. Wenn, dann jetzt!«

Als ich am Morgen um vier nach Hause komme, schwebt mein Adrenalinspiegel neben der Spitze vom Sophienkirchturm. Zum ersten Mal seit einer Woche schleiche ich nicht leise und bedrückt die Treppe hinauf. Ich singe auf jeder Stufe. Ziemlich laut.

In meinem Zimmer liegt ein Mann auf dem Sofa, den ich erst seit drei Tagen kenne. Das stört mich überhaupt nicht. Ich gehe in die Küche, lasse die Kaffeemaschine laufen. Mit Kaffee und zwei Tassen gehe ich in mein Zimmer zurück. Linus schlägt die Augen auf, noch bevor ich in meinem Sessel sitze. »Wir haben recht, stimmt's?«

»Ach, schon wach? Wie hast du geschlafen?«

»Dafür, dass ich die erste Nacht bei dir war und du mich gleich alleine gelassen hast, war's in Ordnung. Also erzähl, was ist mit Wanda?«

»Stell dir vor, wir haben die drei Pässe gefunden. Einer ist auf den Namen Rose Lotte von Reventlow ausgestellt. So wie es in Roses Ausweis steht, wie alle sie kennen. Der zweite Pass hat einen unauffälligen Allerweltsnamen, darin ist ein süßes Kinderpassbild von ihr. Und der dritte Pass – rate!«

»Sag schon, hör auf mich zu foltern!«

»Der dritte lautet auf den Namen Rose Emmy Wendeline Sophie von Eckendorf.«

»Ich wusste ja, dass wir recht haben. Aber dass wir *so sehr* recht haben …« Linus wirft die Wolldecke von sich. Er springt vom Sofa, in Unterhosen und Hemd.

»Halt, ich bin noch nicht fertig.« Ich drücke ihn auf das Sofa zurück, gebe ihm seine Kaffeetasse in die Hand. »Wir haben den Safe gefunden, hinter dem Bild im Arbeitszimmer. Wir konnten ihn sogar aufmachen. Mit einem Schlüssel, der an Gesines Schlüsselbund hing. Sie wusste nur nie, wofür dieser Schlüssel ist.«

»Und?«

»Rate!«

»Hör auf mich zu foltern oder ich foltere dich!«

»Also gut: alte Pfandbriefe, alte Aktien. Was die wert oder nicht mehr wert sind, werden wir herausfinden. Und: da war ein Kaufvertrag. Herr Leutnant von Reventlow kauft von der Baronesse Wanda von Branndenburg und dem Baron Justus Hansen von Enckendorf das beiden zu gleichen Teilen gehörende Haus und Grundstück in der Oranienburger Straße. Der Kaufpreis ist, da kommst du nicht drauf, eine Krone. Das sind zehn Mark! Kaum zu glauben, nicht wahr?«

»Ein symbolischer Kaufpreis? Aber Wanda war tot, offiziell. Die konnte doch nichts mehr verkaufen.«

»Ha. Die haben den Kauf zurückdatiert. Das Datum liegt eine Woche, bevor der Zeppelin zum ersten Mal über Berlin auftauchte. Und du ahnst nicht, wer diesen Vertrag beurkundet hat.«

»Wie soll ich das wissen, ich kenne keine Anwälte aus dieser Zeit.«

»Doch, einen kennst du. Carl von Schickedanz aus der Friedrichstraße. – Mit diesem Kaufvertrag ist es egal, ob wir nachweisen können, dass Rose das Kind von Wanda ist. Auch als Tochter der von Reventlows ist sie die Erbin des Hauses.«

»Aufregend, wirklich. Mein Herz klopft wie wild.«

»Kannst du noch ein bisschen vertragen? Jetzt kommen die weniger schönen Fundstücke.«

»Leg los. Ich bremse meinen Herzschrittmacher.«

»Es gibt einen taufrischen Briefwechsel zwischen Rose und einer Anwaltskanzlei Jacobi aus Hamburg. Die beanspruchen den Titel für Haus und Grundstück in der Oranienburger Straße für die Erben des Kunstmalers Baron Eugen von Wistler und seiner Gattin Wanda geborene von Branndenburg.«

»Ich brauche Baldrian! Könntest du mich bitte beatmen?«

»Nicht nötig. Wanda und Justus haben das Haus an von Reventlow verkauft. Das ist ein wasserdichter Vertrag. Diesen Eugen könnte ich jetzt noch erwürgen. Wenn der behauptet, er hätte mit Wanda – das wäre ungefähr so, als würde ich Fritz heiraten.«

»Da siehst du es: ein Wolf im Schafspelz. Einmal Eugen, immer Eugen, auch wenn's nun die Enkel sind. Diese Hamburger haben garantiert keine Eheschließungsurkunde. Und weil sie nichts vorweisen können, haben sie Rose diese dubiosen Makler auf den Hals gehetzt. Einfach um Druck zu machen. – Und jetzt frühstücken wir? Telefonieren muss ich auch noch, ich hab dringend was zu klären. Gleich heute morgen noch, vor der Arbeit.« Er legt seinen Arm um mich. Gibt mir einen Kuss, tief und lange. Seine Lippen streicheln über meine Lippen. Seine Zunge streicht über meine Zunge. Meine Finger gleiten durch seine Haare. Meine Fingerspitzen spüren nach seiner Haut, seinem Nacken, seinen nicht eben kleinen Ohren. Elchohren. So richtig zum Anpacken. Nackenröllchen zum Dran-Festhalten. Er zieht mich an sich. Ganz eng, so dass ich spüren kann, was mit ihm los ist. Abrupt lässt er mich los, schiebt mich auf Armlänge von sich. »Manchmal klappt das nicht, manchmal kann ich gar nicht so viel trinken, wie ich vergessen möchte. Aber ich bringe das in Ordnung, und dann, meine liebe Marie, kommst du mir nicht mehr davon. Keine Chance. Und nun geh, sonst höre ich nicht auf dich zu küssen, und dann vergesse ich meine guten Vorsätze.«

Wow! Mal abgesehen von seinen kryptischen Worten ist das eine vielversprechende Drohung! Ich rücke ab von ihm, hole mein letztes Fundstück aus meiner Handtasche. »Hier, ich hab was Schreckliches in der Wohnung gefunden.«

Linus nimmt mir das uralte Blatt aus der Hand. »Nur ein Zeitungsartikel?«

»Der Bericht über den Erntedank-Gottesdienst im Berliner Dom im Jahr 1909. Das ist genau der Gottesdienst, zu dem der Geheime Kammerherr Wanda bestellt hatte. Eine Stunde vor dem Beginn sollte sie sich an der Kaiserloge einfinden. Hier ist eine Stelle, da stehen mir die Haare zu Berge: *Bedauerlicherweise kam es kurz vor dem Beginn des Gottesdienstes zu einem Ereignis, bei dem mehrere Bedienstete Seiner Kaiserlichen Majestät sowie etliche Angehörige der Schlosswache verletzt wurden. Heimlich hatte sich eine unbefugte Person in Zivil Zutritt zum geheimen privaten Zugang seiner Kaiserlichen Majestät von seinen Privatgemächern im Schlosse hinüber zum Dom verschafft. Zehn ausgewachsene Männer waren vonnöten, um dieser Person, die sich in die Gänge der Gruft auf die Flucht begab, habhaft zu werden. Ein Zusammentreffen der Person mit Seiner Kaiserlichen Majestät konnte durch den heldenhaften Einsatz der Schlosswache glücklicherweise verhindert werden. Weitere Einzelheiten über Aussehen und Absicht der Person sind uns leider nicht bekannt gemacht worden, denn die Person wurde nach ihrer Dingfestmachung von keinem weiteren Zeugen gesehen.«*

»Darüber machst du dir Sorgen? Das hat doch nichts mit Wanda zu tun.«

»Wieso lag der Artikel dann im Tresor?«

»Aber Wanda war da schon tot. Untergetaucht. Da ist sie nicht hingegangen.«

»Wir kennen doch Wanda. Die hat keine Angst, die will immer wissen, was los ist.«

Der Montag ist nie schön. Schon gar nicht, wenn ich nicht geschlafen habe. Die kryptischen Sätze von Linus verdunkeln mir meine Stimmung. Schwüle Herbstwärme liegt nach dem Regen über der Stadt. Die Touristen strömen. Mein kleiner Laden ist voller Menschen. Heute gibt's keine Vorstellung vom beherzten Reviervorsteher. Ich hab meine eigenen Sorgen. Und die von Wanda.

Zuerst muss ich unbedingt telefonieren. Linus hat weiter gegoogelt, als ich bei Gesine war. Er hat die Firma Buchecker in der Schweiz gefunden, die auf ihrer Homepage eine Seite über ihre Firmengeschichte hat. Unter anderem gibt es hier Farbfotos vom Bordservice und Bordtrinkservice des Luftschiffes *Graf Zeppelin*, 1928. Während ich mit Egon Buchecker, dem 84-jährigen Senior der Firma, telefoniere, klappt ununterbrochen meine Ladentür. Touristen rein, Touristen raus. Ich muss Preise zusammenrechnen, Wechselgeld herausgeben, Bücher eintüten. Ich liebe Touris.

Egon Buchecker hat Geduld ohne Ende. Es freut ihn sehr, dass ich mich für das Bordservice des Luftschiffes interessiere. Sein Vater Wilhelm Buchecker hat damals Kontakt mit der Luftschiffwerft aufgenommen und den Auftrag für die Firma zum Abschluss gebracht, die Gläser für das LZ 127 *Graf Zeppelin* zu liefern. In dieser Zeit waren hohe Stielgläser sehr gefragt. Eigens für das LZ 127 wurden dann diese kippsicheren Kostbarkeiten entworfen, das Glas ohne Stiel direkt auf den Fuß gestellt, damit es bei Windböen keinen Glasbruch gibt. Für jeden Cocktail gab es eine eigene Form. Weißweingläser,

Rotweingläser, Gläser für den Apéritif, für den Eierlikör, für den kleinen Verdauungsschnaps nach dem Essen. Jedes Glas reich verziert, vom Großvater Leonhard Buchecker per Hand mit dem Kupferrad graviert und mit Monogramm versehen: ein L und ein Z, die ineinander verschlungen sind.

Die Buchecker sind noch heute stolz auf diesen Teil ihrer Firmengeschichte, wie ich dem freundlichen Herrn Buchecker senior deutlich anmerken kann. Das Geschirr, nein, das hat die Firma Buchecker nicht hergestellt, sie waren immer schon eine Glasfabrik. Das Geschirr kam damals von der Firma Heinrich aus Selb. Diese Firma gibt es leider seit 1950 nicht mehr.

Hier finde ich also keine Teekanne. Ich rufe im Luftschiffmuseum in Friedrichshafen an, werde mit einem netten Herrn verbunden, der mir ausführlich Auskunft gibt. Als das LZ 127 gebaut wurde, hat die DELAG eigentlich nur noch formal existiert. Doch, es gab schon vor 1928 Geschirr für die Luftschiffe der DELAG, aber vor dem LZ 127 waren das immer nur Einzelstücke, nie ein ganzes Service. Also mal Teller, mal Gläser. Es war einfach nicht nötig, ein komplettes Service herzustellen, schließlich gab es nie diese kompletten Menüs auf dem Luftschiff, wie es dann später beim LZ 127 üblich war. Aber eine Teekanne, nein, von einer Teekanne hat er noch nie gehört. Das wäre eine kleine Sensation, wenn ich ihm eine Teekanne mit dem Monogramm LZ zeigen würde.

Was beweist das nun? Dass Wanda auf dem Luftschiff war? Dass sie nicht auf dem Luftschiff war? War sie auf der *Deutschland* oder auf der *Graf Zeppelin*? Hat sie vielleicht ein Einzelstück bekommen, das zwar geplant war, aber wieder verworfen wurde?

Um halb elf kommt Gesine endlich zurück vom Grundbuchamt. Sieg! Polizeihauptmann von Reventlow und seine Frau Lotte sind als Eigentümer im Grundbuch eingetragen. Rose von Reventlow hat diese Eintragung nie verändern lassen, aber sobald Gesine Roses Erbschein vorlegt, wird das nachgeholt. Kostenpflichtig natürlich. Damit sind die Hamburger aus dem Rennen.

Kleine Schweißperlen stehen auf Gesines Stirn, ihr Gesicht ist gerötet. »Das Haus gehört uns! Ich gehe jetzt zu Großmama und erzähle ihr alles. Vielleicht ist sie inzwischen aufgewacht.«

Ich bin so vertieft in mein Gespräch mit Gesine, ich merke kaum, dass mich jemand am Ärmel zieht.

»Junge Frau, bitte, es ist dringend!« Eine Zeitung wedelt vor meinem Gesicht hin und her. »Die haben unter dem Dom eine uralte Gruft entdeckt. Zugemauert.«

Was sollen Touristen machen, wenn sich Erwachsene unterhalten? Richtig.

»Grüßen Sie Rose von uns. Ganz besonders von Opa. Er will sich unbedingt mit ihr treffen.«

»Wie wär's, wenn Sie heute nach Ladenschluss wieder zu mir kommen und mit mir nach Papieren suchen? Ich möchte wissen, was aus Wanda und Justus geworden ist.«

»Das lässt mir auch keine Ruhe.« Das und dieser aufdringliche Touri. Ich ziehe meinen Arm aus seiner Umklammerung.

»Diese Gruft wird heute geöffnet! Sagen Sie mir, wie wir zum Dom kommen? Es sind nur noch zehn Minuten!«

Ich nehme ihm die Zeitung weg, mit der er die ganze Zeit vor meinem Gesicht herumwedelt. Quer über der Seite ein Foto. Überschrift des Artikels: *Gruft entdeckt! Geheime Gänge unter dem Dom*! Mir stockt der Atem. Das ist der Dom, in den der Geheime Kammerherr Wanda bestellt hatte. Der Dom, in dem der kaiserliche Erntedank-Gottesdienst gefeiert wurde. Der Dom, der nur zehn Minuten Fußweg von hier entfernt ist. »Gesine!«

»Sie meinen, dass die dort unten Wanda ...«

»Verschwinden ließen? Das könnte doch sein, oder? Eigentlich kann es nicht sein! Ich muss da hin, ich muss das mit eigenen Augen sehen.« Wir gucken uns an. Ein Blick auf die Uhr. Zehn Minuten vor elf. Keine Zeit zu verlieren. »Gesine, Sie passen auf meinen Laden auf!«

Ich laufe. Die Große Hamburger hinunter, in die Oranienburger, durch die Kleine Präsidentenstraße. Warum mache ich das? Wie komme ich nur darauf, dass sie in der Gruft sein könnte? Es gibt keine Begründung. Das ist ein Gefühl. Meine Intuition. Ich überquere die Bodebrücke. Fünf Minuten vor elf. Weit hinter mir schnaufen die Touristen.

Der Tag ist heiß. Ich kann kaum noch atmen. Aber ich laufe. Endlich der Dom. Die Fliege kommt mit mir herein, aus der Hitze in die kühle Haupthalle. Ich suche die Kaiserloge. Steuere darauf zu. Absperrbänder mit dem Bundesadler. Hochnäsige Männer, die den

Einlass überwachen. Ich dränge mich durch die Massen der Neugierigen. Werde vorgelassen, zur Treppe geführt. Laufe hinab. Ich hätte ihr so gewünscht, dass sie überlebt. Dass ihr Zeit bleibt für ihre Liebe. Dass sie alles, was sie von da an tut, immer mit dieser gewissen Moral machen kann, die ihr so wichtig war.

Modrige Schwüle schließt mich ein. Diese Fliege summt immer noch neben mir. Hier ist der private Zugang des Kaisers zu den Grabgewölben. Restauriert, mit Schautafeln ausgestattet. Auch hier Absperrbänder. Wegweiser ins Gewirr der geheimen Gänge unter Dom und Spree. Sicherheitsleute, Journalisten, Kameramänner. Ein Lamellenvorhang aus Baufolie. Das vertraute Summen neben mir. Wir schlüpfen hinein. Kameras, riesige Scheinwerfer, ARD oder ZDF. Reihen von Klappstühlen, würdige Herren und Damen in schwarzen Anzügen, die Kanzlerin, der Innenminister, der Regierende Bürgermeister, Nachfahren der Kaiserlichen Familie. Vorne ein grünes Baunetz. Dahinter die alte Mauer. Vor dem Baunetz das Rednerpult. Der Ministerpräsident. Diese Fliege macht mich verrückt.

… freue ich mich, Sie heute zu diesem außergewöhnlichen Ereignis begrüßen zu dürfen. Ein bewegender Moment deutscher Geschichte. In wenigen Minuten wird diese Mauer hinter meinem Rücken durchbrochen. Von Ultraschallechountersuchungen wissen wir, dass sich dahinter ein Raum befindet, der auf keinem Grundriss des Berliner Domes verzeichnet ist.

Meine Hände zittern. Das Summen ist immer noch neben mir. Dann brummt die Fliege davon. Umkreist den Redner. Lässt sich auf dem grünen Baunetz nieder. Schlüpft durch ein Loch auf die Rückseite. Läuft über die Fugen der Mauer. Bauarbeiter mit erhobenen Vorschlaghämmern warten auf ihren Einsatz.

Wenn ich nun das Zeichen gebe, werden wir diese Mauer einreißen. Ein durch glücklichen Zufall entdeckter, seit hundert Jahren verschlossener Raum wird vor unseren Augen sein Geheimnis preisgeben. Wir alle wünschen und hoffen mit Ihnen, verehrte Familie von Hohenzollern, dass wir hier die so lange verschollenen Sarkophage der Hohenwalder Linie finden.

Die Fliege verschwindet in einer Fuge. Der Ministerpräsident hebt den Arm. Der erste Hammerschlag saust auf die alten Steine nieder. Die Abluftanlage schaltet auf Vollbetrieb. Neben mir öffnet sich der Lamellenvorhang. Gesine schiebt sich herein.

»Haben sie sie gefunden?«

»Es geht gerade erst los.«

Die Mauer fällt. Stein für Stein. Ich halte den Atem an. Gesine nimmt meine Hand. Wir sehen uns an.

Und was finden sie? Tatsächlich, fünf Sarkophage mit dicken Steinplatten. Keine junge Frau im eleganten Seidenkostüm mit schwarzen Schnürstiefeln, die vor einhundert Jahren hier eingemauert wurde, tot oder lebendig.

Wir fallen uns in die Arme. Jubeln. Tanzen. Singen.

»Nur langweilige Särge! Von langweiligen Hohenzollern!«

Alle drehen die Köpfe. Die Kanzlerin wirft uns einen tadelnden Blick zu. Neben uns erscheinen die hochnäsigen Herren und bitten uns dringend hinaus. Wir werden beidseitig flankiert durch den Hauptgang ins Freie geführt. Zweihundert Schaulustige recken die Hälse. *Langweilige Särge! Langweilige Hohenzollern!*

Draußen auf den Stufen vom Dom tanzen wir immer noch.

»Übrigens, was haben Sie mit meinem Laden gemacht?«

»Ordentlich abgeschlossen. Das Schild angehängt. Den Schlüssel hat Anorag.«

Wir tanzen noch immer. Es war keine Intuition, die mich hierher gebracht hat. Es war Angst. Aber 1912 geht die Titanic unter. 1914 beginnt der Krieg. 1935 verbrennt die *Hindenburg* über Lakehurst. Ich sollte aufhören, Angst um Wanda zu haben. Ich sollte ihr endlich vertrauen.

Nachbemerkung der Autorin

In diesem Krimi fliegt der Zeppelin zum ersten Mal über Berlin, durch die Straßen fahren Elektrotaxen und Straßenbahnen, Wissenschaftler erforschen die Chemie der tragenden Gase und den drahtlosen Funkverkehr, das Kaiser-Wilhelm-Institut wird gegründet.

Die realen Ereignisse, die die Grundlage für die Handlung bilden, haben sich nicht exakt an den Tagen und in den Wochen ereignet, in denen der Krimi spielt. Im Wesentlichen sind es die Jahre 1909 bis 1912, vereinzelt bis 1914, die ich hier zu einer zeitlichen Dichte »verwoben« habe. Den ersten Flug über Berlin und den Empfang durch Kaiser Wilhelm II. erlebte der Zeppelin tatsächlich am 29. August 1909. Das Kaiser-Wilhelm-Institut wurde im Jahr 1911 gegründet.

Ähnlich verhält es sich mit den Figuren, die im Krimi auftreten. Viele von ihnen sind realen Personen nachempfunden. Melli Beese und Bruno Baguschke (der Name ist leicht verändert) gab es wirklich. Sie gehörten zum Kreis der Männer und Frauen, die sich der Fliegerei verschrieben hatten und auf dem noch nicht einmal offiziell eröffneten Flugplatz in Johannisthal ihre Flugzeuge zusammenbauten, waghalsig das Fliegen übten und später Flugschulen betrieben. Die Fliegerin Melli Beese agiert unter ihrem wirklichen Namen. Sie war eine interessante, mutige Frau und verdient es, dass wir sie nicht vergessen.

Die Figur des Alfred Bluman ist dem Wegbegleiter des Grafen Zeppelin, Alfred Colsman, nachempfunden. Colsman war ein vehementer Enthusiast, bei seiner Arbeit für den Zeppelin wie auch im nationalen Gedankengut. Ich habe großen Wert auf einen achtungsvollen Umgang mit dieser Person gelegt. Als ich ihm seine wichtige Rolle in der Handlung gab, hat er von mir (erdachte) Eigenschaften bekommen, die ich für die reale Person Colsman plausibel fand. Seine Begegnungen mit der Baronin Emmy von Branndenburg sind erfunden. In seinem Buch *Luftschiff voraus! Arbeit und Erleben am Werke Zeppelins* (Deutsche Verlagsanstalt, Stuttgart und Berlin 1933) berichtet Colsman von einem alten Mann, der den Grafen Zeppelin in Berlin aufgesucht und behauptet hatte, das Geheimnis der Ballonstoffherstellung aus Goldschlägerhaut zu kennen. Auch Colsmans Absicht, die Zeichnungen der ersten von Carl Maybach entwickelten Motortype für 100 000 Mark an England zu verkaufen, als die verbesserte zweite bereits entwickelt war, ist in seinen Memoiren zu finden. Dort steht auch der Hinweis auf den liebenswürdigen englischen Marineattaché Watson und seine reizende Gattin, der Colsman durch Vermittlung einer befreundeten Dame zu einem Abendessen bitten lässt, um mit ihm über den Verkauf eines Zeppelins an England zu verhandeln. Dies gerade im Jahr 1912, als die Betriebsmittel der Luftschiffwerft und der DELAG zur Neige gingen. Das Reichsmarineamt, das der finanziellen Notlage eigentlich hatte abhelfen sollen, war von Colsman vergeblich um die Bestellung von 20 Luftschiffen für Luftangriffe auf den Feind gebeten worden.

Alle diese Hinweise wurden für mich zur Anregung, diese Geschichte zu schreiben.

Die Figur des Ritters Albertus von Steißbein ist einem berühmten Zeitgenossen nachempfunden, der im Jahr 1914 zum Direktor des Kaiser-Wilhelm-Institutes für Physik ernannt wurde. Den Spitznamen Albertus Ritter von Steißbein hat Albert Einstein sich selber gegeben.

Dagmar Scharsich

Kriminelle Heimat

Christine Lehmann

»Lehmann ist den meisten deutschen Krimischreibern stilistisch haushoch überlegen. Man kann sich diesen Sound nicht antrainieren. Bei Lehmann beruht er auf Menschenkenntnis, Lebenserfahrung, Selbstironie und Belesenheit.« *Perlentaucher*

»Einsam, aufsässig und notorisch respektlos – ein klarer Fall von hardboiled woman.« *Konkret*

Nachtkrater

Nerz 7 · Ariadne Krimi 1173 · ISBN 978-3-86754-173-2

Als Lisa Nerz zu sich kommt, ist sie nicht mehr am Bodensee, wo sie noch kürzlich mit Richard Weber Spargel aß. Sie ist nicht einmal mehr auf der Erde – sondern unterwegs zur Mondstation Artemis! Warum? Was soll sie hier? Ist das die Strafe, weil sie schon wieder einen Mord gewittert hat? Der Tod des Astronauten Torsten Veith schien ihr Ungereimtheiten aufzuweisen. Aber auf dem Mond geht der Ärger erst richtig los …

Harte Schule

Nerz 4 · Ariadne Krimi 1157 · ISBN 978-3-88619-887-0

Lisa Nerz, narbengesichtige Reporterin mit beträchtlicher Erfahrung und guten Verbindungen, trägt gern Männerkleidung und genießt es, ihre arrogante blonde Volontärin zu triezen. Als auf einem Stuttgarter Schulhof ein ermordeter Lehrer liegt, nimmt sie die Fährte auf und folgt ihr bis in allerhöchste Kreise, wobei sie Kopf und Kragen riskiert …

Höhlenangst

Nerz 5 · Ariadne Krimi 1161 · ISBN 978-3-88619-891-7

Dunkel sind die Höhlen der Schwäbischen Alb. Doch das kann Lisa Nerz nicht schrecken – wenn Gerüchte von Mord und Korruption umgehen, steckt sie ihre Nase auch ins finsterste Fledermausnest. Auf der Suche nach einem Staatsanwalt, einer Leiche, die eben noch da war, und ein bisschen Liebe nimmt sie waghalsige Klettertouren auf sich und entreißt dem unterirdischen Labyrinth die Wahrheit.

Kriminelle Heimat

Christine Lehmann

»Es sind nicht nur die Figuren, die Lehmanns Krimis haushoch aus den Niederungen der deutschen Kriminalliteratur hervorstehen lassen. Wunderbar geformte Bilder aus der Wirklichkeit, literarischer Realismus verdichtet in wenigen Worten: witzige und kunstvolle Krimis mit Klassikerqualitäten.« *krimiblog.de*

Allmachtsdackel

Nerz 6 · Ariadne Krimi 1169 · ISBN 978-3-88619-899-3

»Ganz stark! Ein Kommentar zur globalen Situation, situiert im Schwabenland. Christine Lehmann kann das, souverän und überzeugend.« Thomas Wörtche, *kaliber38*

»Lehmanns Schwaben-Western: Rinder, Söhne, Pietisten. Do legscht di nieder!« *arte / Krimiwelt*

Vergeltung am Degerloch

Nerz 1 · Ariadne Krimi 1165 · ISBN 978-3-88619-895-5

Junge Frau erschlägt jungen Mann auf Stuttgarts nächtlichen Straßen. Beziehungskrach? Missverständnis? Oder steckt mehr dahinter? Erster Auftritt der Journalistin Lisa Nerz, großspurig, narbengesichtig und sexuell hemmungslos.

Gaisburger Schlachthof

Nerz 2 · Ariadne Krimi 1167 · ISBN 978-3-88619-897-9

Lisa Nerz ermittelt im Fitnessstudio und stößt auf durchtrainierte Kriminelle, mysteriöse Drogen, einen geheimnisvollen Staatsanwalt, Leichen und Wirtschaftsbetrug.

Pferdekuss

Nerz 3 · Ariadne Krimi 1171 · ISBN 978-3-88619-171-8

Eine Zucht Vollblut-Araber ist ein Vermögen wert – aber wer hat dafür getötet? Lisa Nerz, die Witwe des einstigen Thronfolgers, kennt die zerstrittene Familie, in der einige Leute das stärkste Motiv der Kriminalgeschichte haben: Gier …

Kriminelle Heimat

Monika Geier

»Monika Geier verfügt über die Bösartigkeit aller guten Krimiautorinnen, über Witz und die Raffinesse für wirklich subtile Plots. Ihre Bücher sind mehr als eine Entdeckung, sie sind eine Befreiung.« T. Gohlis, *Die Zeit*

»Monika Geier ist eine versierte Stilistin und hierzulande eine der Besten des Geschäfts.« Ulrich Noller, *Deutsche Welle: Bücherwelt*

Wie könnt ihr schlafen

Ariadne Krimi 1110 · ISBN 978-3-88619-840-5

Leichenfund in Kreimheim: Bettina Boll wird in die Pampa geschickt. Als Verstärkung gibt man ihr den »kleinen« Willenbacher mit und informiert sie in letzter Sekunde, dass die fragliche Babyleiche seit 25 Jahren da liegt. Viel Glück beim Ermitteln, Frau Boll!

Neapel sehen

Ariadne Krimi 1136 · ISBN 978-3-88619-866-5

Die Lehrerin Aurelie betreute Sorgenkinder der Gemeine – nun liegt sie tot im Steinbruch. Kommissarin Boll ermittelt in brütender Hitze und stößt auf menschliche Abgründe ...

Stein sei ewig

Ariadne Krimi 1150 · ISBN 978-3-88619-880-1

Boll soll die Provinzvariante eines Kunstraubes aufklären. Dann gibt es eine böse Überraschung: Ein eiskalt inszenierter Mord erschüttert die Architekturfakultät Lautringens!

Schwarzwild

Ariadne Krimi 1174 · ISBN 978-3-86754-174-9

Zwei Wandersfrauen entdecken verdächtige Knochen im Wildschweingehege. Eine verschwindet spurlos in den Wäldern. Verirrt? Kriminalkommissarin Bettina Boll forscht nach. Was hat es mit dem geplanten Nazi-Trainingscamp auf sich? Und wo blieb der mazedonische Koch, der so unheimlich gut schlachten konnte?

Krimineller Globus

Merle Kröger

»Ein üppiger Genreroman, der alles hat, was des Krimilesers Herz begehrt: Action, Intelligenz, Wortwitz, Situationskomik, Liebe, Verzweiflung, Leidenschaft, Kampf, Korruption, Bedrohung, Aufbegehren, Abschied, Erkenntnis, Aufklärung. Respekt!.« Ulrich Noller, *WDR*

»So beherzt wie überzeugend … Merle Krögers Krimi ist auf der Höhe der Zeit, ihre Figuren sind so rund und bunt wie das Leben.«
Sylvia Staudte, *Frankfurter Rundschau*

Kyai!

Ariadne Krimi 1166 · ISBN 978-3-88619-896-2

In Berlin wird das erste Bollywood-Musical geprobt! Regisseur Cal Mukherjee reist aus Bombay an, und Mattie Junghans besorgt das filmische Begleitprogramm. Parallel kommt es zu dramatischen Ereignissen am Ostseestrand: Eine Politikerin legt sich mit der Bundeswehr an, und Mattie deckt eine düstere Realität hinter blühendem Raps und Windenergie auf … Am Ende ist die Nord-Idylle um eine Illusion ärmer, aber das Musical tritt zur Premiere an. Dazwischen Kung-Fu, geheimnisvolle Tote, ein norddeutsches Watergate, Filmschnipsel, Liebe und Songs.

Cut!

Ariadne Krimi 1146 · ISBN 978-3-88619-876-4

Ein Programmkino gibt seine letzte Vorstellung vor dem Abriss. Für Madita Junghans, die Norddeutsche mit den indischen Genen, endet eine Ära. Sie lässt sich überreden, in einem sehr privaten Fall Ermittlungen anzustellen, und verstrickt sich in den losen Fäden eines dunklen Kapitels deutsch-indischer Geschichte. Und dann gibt es Tote …

»Es gibt sie tatsächlich, die kleinen Wunder in der Kriminalliteratur. Merle Krögers Sprache ist einfach und bildstark, ihr Sinn für Dramaturgie und Spannung überzeugt. Nach Jahren der Dürre scheint sich ein Frühling im deutschsprachigen Kriminalroman abzuzeichnen: Merle Kröger könnte sich zur Avantgardistin in diesem Bereich entwikkeln.« Ulrich Noller, *WDR*